Für Flow.
Dank dir für ein paar tolle Ideen.

Sowie für Tanja, Wiebke und Philipp alias
Agentin Penelope, Agentin Kassandra und
Agent Priamos. Alle mit der Lizenz,
mir in den Waffenarm zu fallen.

THOMAS FINN

A·R·G·O·S

LIZENZ ZUM STERBEN

DIE GEHEIMSTEN GEHEIMAGENTEN EUROPAS IM EINSATZ

lübbe

Dieser Titel ist auch als Hörbuch und E-Book erschienen

Die Bastei Lübbe AG verfolgt eine nachhaltige Buchproduktion. Wir verwenden Papiere aus nachhaltiger Forstwirtschaft und verzichten darauf, Bücher einzeln in Folie zu verpacken. Wir stellen unsere Bücher in Deutschland und Europa (EU) her und arbeiten mit den Druckereien kontinuierlich an einer positiven Ökobilanz.

MIX
Papier | Fördert gute Waldnutzung
FSC® C014496

Originalausgabe

Dieses Werk wurde vermittelt durch die
Michael Meller Literary Agency GmbH, München.

Textredaktion: Dr. Frank Weinreich, Bonn
Titelillustration: © stock.adobe.com: Ulia Koltyrina | Igor Kovalchuk | imagosrb; © shutterstock.com: Ensuper | C Design Studio | SERVER; © Colin Thomas, London
Umschlaggestaltung: Johannes Wiebel | punchdesign, München
Satz: Dörlemann Satz, Lemförde
Gesetzt aus der Minion Pro und Francise
Druck und Verarbeitung: GGP Media GmbH, Pößneck
Printed in Germany
ISBN 978-3-404-18894-9

2 4 5 3 1

Sie finden uns im Internet unter luebbe.de
Bitte beachten Sie auch: lesejury.de

Inhalt

Prolog

Geheimes Treffen des Verbrechersyndikats H.A.D.E.S., Château de Durbuy in Belgien

Die Unterwelt würde erbeben.

Und das Verbrechen würde triumphieren.

Demeter war sich dessen hundertprozentig sicher, während sie vom Heck ihres schwarzen Mercedes-Benz CLS aus die nahe Wasserburg mit ihren schlanken Türmen und hohen Mauern musterte, die sich düster im Abendrot abzeichnete: das *Château de Durbuy*.

Nur wenige wussten, dass auf der Festung bereits kurz vor Ausbruch des Zweiten Weltkriegs Pläne geschmiedet worden waren, die das Schicksal Europas nachhaltig beeinflusst hatten. Dabei hatte es sich um Geheimabsprachen im Rahmen des flämisch-wallonischen Konflikts gehandelt, bei denen flämische Kollaborateure ihren Kampf gegen die damalige französische Herrschaft im Königreich Belgien mit den späteren Führern der reichsdeutschen Besatzungsmacht abgestimmt hatten.

Auch heute würden in den Mauern des Châteaus Ränke gesponnen werden. Und so wie einst, würden auch sie das Zeug dazu haben, die bestehende Ordnung Europas in Trümmer zu legen. Der einzige Unterschied zu damals bestand darin, dass die Burg diesmal von einer Schattenmacht als Treffpunkt auserkoren worden war. Von einem Verbrechersyndikat, das noch vor zwei Jahrzehnten die Unterwelt Europas beherrscht, die Polizeidienste zahlloser Länder genarrt und kurz davorgestanden hatte, die politische Kontrolle auf dem Kontinent zu übernehmen. Zumindest, bis es dem verdeckt operierenden supranationalen europäischen Geheimdienst A.R.G.O.S., der ›Agency for Research, Guarding, Offensive and Security‹, gelungen war, diese Organisation auszulöschen.

Der Name des Syndikats ließ Eingeweihte heute noch erzittern: H.A.D.E.S.!

Und das aus gutem Grund.

Denn H.A.D.E.S. hatte überdauert.

Demeter wusste schon lange, dass die Verbrecherorganisation nie wirklich besiegt worden war. Dabei war sie in ihrer Zeit als Mitglied des Olymps, der Führungsebene von A.R.G.O.S., selbst diesem Trugschluss aufgesessen. Tatsächlich hatte das Syndikat aber im Verborgenen seine Wunden geleckt, die Reihen über die Jahre geschlossen und nur auf die Gelegenheit gewartet, erneut sein Haupt aus dem Abgrund zu erheben.

Und diese Gelegenheit war heute gekommen.

Demeter lächelte bei dem Gedanken böse, denn Europa hatte es nicht anders verdient. Eine Überzeugung, zu der sie gelangt war, gerade *weil* sie den Kampf gegen die inneren und äußeren Feinde des Staatenverbundes allzu lange selbst mitorchestriert und ihm ihre besten Jahre geopfert hatte. Sie war heute zweiundsechzig Jahre alt, und die vielen Jahrzehnte hatten sie längst ernüchtert.

Europa … das war bloß eine seelenlose Hülle. Inhaltslos und leer.

Unterhalb des dünnen Firnisses dessen, was die Europäische Union unter Zivilisation und Fortschritt verstand, wucherten in Wahrheit Habgier, Egoismus und Selbstgerechtigkeit. Regiert von Politikern, die sich kaufen ließen. Gesteuert von Wirtschaftsmagnaten, denen kurzfristige Aktiengewinne wichtiger als die Märkte waren, auf denen sie operierten. Bevölkert von Menschen, die ihre Freiheit bereitwillig an diejenigen verkaufte, die ihr Ego mit den größten Lügen zu umschmeicheln wussten.

Sicher, man konnte auch weiterhin versuchen, all diese Krankheiten wie Geschwüre aus den Ländern des Staatenverbundes herauszuschneiden. Doch in Wahrheit gehörten sie wohl zum menschlichen Naturell. Und damit waren sie ebenso unausrottbar wie die Köpfe einer Hydra, von denen stets zwei nachwuchsen, kaum dass man einen abgeschlagen hatte.

Die Entscheidung, die Seite zu wechseln, war lange überfällig gewesen.

Europa war nicht zu retten. Demeter war schon lange davon überzeugt, dass die Legende um die phönizische Königstochter als Namensgeberin des Kontinents missinterpretiert worden war. In Wahrheit musste man sie als Warnung verstehen. Europa, dieses verkommene Miststück, war nie entführt worden, sie hatte sich bereitwillig rauben *lassen*.

Doch all das gehörte der Vergangenheit an. Dass sie bei A.R.G.O.S. aufgeflogen war und ihre einstigen Kollegen im Olymp sie nun als Verräterin jagten, war zwar ärgerlich, aber letztlich nicht zu vermeiden gewesen. Wenn sie etwas bereute, dann nur, ihre Wahl nicht schon viel früher getroffen zu haben.

Tief atmete Demeter daher ein, als ihr Leibwächter mit der Limousine auf eine verschattete Allee einscherte, die geradewegs auf eine Brücke zuführte, die den breiten Wassergraben vor dem Burgtor des Châteaus überspannte. Die rotschwarze Wasserfläche erinnerte sie auf unwirkliche Weise an den Styx, jenen mythischen Fluss, der die Unterwelt von der Welt der Lebenden trennt. Sobald sie diese Grenze überschritt, gab es auch physisch kein Zurück mehr. Denn danach würde sie erstmals dem geheimnisvollen Führungszirkel von H.A.D.E.S. gegenübertreten.

Noch befand er sich im Aufbau, und ihren Informationen nach, trat er hier und heute überhaupt das erste Mal leibhaftig zusammen.

Allein das kündigte die Zeitenwende an.

Bislang war ihr Kontakt nur über Mittelsmänner erfolgt. Doch wenn H.A.D.E.S. seine einstigen Traditionen bewahrte, bestand dieser Kreis aus neun sorgsam ausgewählten Mitgliedern. Die Elite des europäischen Verbrechens, und das aus allen Teilen der Gesellschaft: Politiker, Wirtschaftsmagnaten, Bänker, Anwälte und andere Schwerkriminelle. Ein jeder von ihnen herrschte über eine eigene Domäne der Unterwelt; seien es nun Drogen- und Waffenhandel, Prostitution und erpresserischer Menschenraub, Diebstahl oder Falschgeldbetrug. Die Organisation deckte quasi alle profitversprechenden Bereiche der internationalen Kriminalität ab. Bei alledem bestand die eigentliche Schlagkraft des Syndikats darin, dass es – im Gegensatz zu rivalisierenden Mafiaclans – die Kräfte all dieser Geschäftsfelder bündelte. H.A.D.E.S. würde so auch diesmal jeden Rivalen auf dem Kontinent verdrängen.

Nur ein Aspekt ließ Demeter noch immer rätseln. Denn der einstige Erfolg dieser Verbrecherorganisation wäre damals ohne das brillante Superhirn an seiner Spitze kaum denkbar gewesen. Ein Verbrechergenie, das lange Zeit unerkannt unter dem Codenamen *Alpha* firmiert hatte.

A.R.G.O.S. hatte Jahre damit zugebracht, herauszufinden, welcher Größenwahnsinnige hinter dem Code steckte. Als einstiges Mitglied des Olymps wusste Demeter natürlich, wer sich damals unter dieser Maske verborgen hatte. Allerdings war der Gründer von H.A.D.E.S. schon lange tot. Gefallen im Kampf gegen A.R.G.O.S.

Umso gespannter war sie, herauszufinden, wer heute die Macht, den Einfluss und auch das Durchsetzungsvermögen besaß, seinen Platz einzunehmen. Und das nicht bloß, um einzufordern, was ihr das Syndikat für ihre bisherigen Dienste versprochen hatte.

»Ma'am, Sie sind sich sicher, dass wir hier richtig sind?«, schreckte ihr Bodyguard sie aus ihren Gedanken.

Demeter blickte auf und sah nun selbst, dass das Tor des Châteaus weit offen stand. Jenseits des Torbogens war ein überraschend bunt beleuchteter Innenhof zu erkennen, auf dem sich eine Vielzahl parkender Pkw abzeichnete. Ebenso längs der Allee, die sie gerade entlangfuhren. Nur waren das alles nicht unbedingt die Art von Fahrzeugen, die sie hier erwartet hätte. Stattdessen wirkten die vielen Mittelklassewagen am Straßenrand so, als habe sich hier die halbe Einwohnerschaft des Nachbarorts versammelt.

War das Tarnung?

H.A.D.E.S. galt immerhin als Meister der Konspiration und Verschleierung, und übertraf damit sogar die Geheimniskrämerei von A.R.G.O.S.

»Doch … wir sollten hier richtig sein«, antwortete Demeter zögernd. »Fahren Sie weiter.«

Ihr Leibwächter und Chauffeur nickte, verlangsamte das Tempo, und kurz darauf rumpelten die Bohlen der Brücke unter den Reifen des Benz – als am Tor plötzlich ein Endfünfziger mit Schirmmütze, kariertem Hemd und leichter Sommerhose in den Lichtkegel der Scheinwerfer trat. Er winkte etwas unbeholfen.

Demeter sah, wie ihr Begleiter seine Anzugjacke aufknöpfte, um im Notfall rasch an seine Waffe zu kommen. Fragend warf er ihr einen Blick zu, während der Fremde neben die Fahrertür der Limousine trat und gegen das Fenster klopfte.

Vorsichtshalber setzte Demeter ihre Sonnenbrille auf. Dann summte es, und ihr Bodyguard ließ die getönte Scheibe ein Stück herunterfahren. Von der Burg her war gedämpfte Tanzmusik zu hören.

»Hochzeit oder Sternenfreunde?«, schlug ihnen die Stimme des Fremden entgegen.

»Wie bitte?« Demeters Leibwächter spannte sich.

»Na ja.« Der Mann da draußen senkte sein Haupt, um einen neugierigen Blick in den Wagen zu werfen. »Hochzeit oder Sternenfreunde? Ich, äh, bin der Burgverwalter. Es ist da heute bedauerlicherweise zu einer Doppelbuchung gekommen.«

»Eine Doppelbuchung?« Demeter beugte sich irritiert vor.

»Ja, aber die Herrschaften haben sich zum Glück geeinigt. Die Hochzeitsgesellschaft bleibt im Rittersaal und auf dem vorderen Burghof, der Vereinigung der Sternenfreunde gehört das ganze hintere Burgareal samt Planetarium. Für das Malheur entschuldigen wir uns natürlich. Um Mitternacht erhalten Sie daher alle einige kostenlose Platten mit Schnittchen.«

»Schnittchen?«

»Ja, die guten mit Schinken und Spargel natürlich.«

Demeter und ihr Fahrer wechselten Blicke.

»Zumindest nehme ich mal an …«, der Verwalter räusperte sich nach einem Blick auf die Limousine, »dass Sie, äh, eher zu den Sternenfreunden gehören.«

»Geben Sie jetzt endlich den Weg frei?«, knurrte Demeters Leibwächter.

»Sicher. Natürlich.« Der Verwalter lächelte verlegen. »Ich wünsche viel Spaß! Unser Planetarium wurde gerade erst renoviert. Bitte einfach an der Bühne und dem Waffelstand vorbei, und dann durch das innere Tor nach hinten durch.«

Der Typ trat beiseite, Demeters Begleiter ließ die Scheibe wieder hochfahren und steuerte die Limousine durch das Brückentor auf einen von bunten Lampions erhellten Burghof.

Mehrere Fahrzeuge parkten dort vor einem Bedienstetenhaus. Dominiert wurde die kopfsteingepflasterte Freifläche jedoch von einer Bühne unter einem der historischen Wehrgänge, auf der sich drei belgische Live-Musiker mit ihren Instrumenten abmühten. Außerdem belagerten etwa zwei Dutzend leicht angetrunkene Gäste einen mittelalterlich gestalteten Ausschank sowie zwei Fressbuden mit Pommes und Waffeln. Kopfschüttelnd verfolgte Demeter, wie die Musiker eine schwungvolle Instrumentalversion von *Bella Ciao* anstimmten, dessen Text die Gäste auf dem Hof lärmend mitsangen. Auch aus dem nahen Rittersaal strömten jetzt Feiernde nach draußen, unter ihnen tatsächlich ein Brautpaar.

Das mit der Fehlbuchung schien zu stimmen.

Demeters Fahrer steuerte den Benz ungerührt von der ausgelassenen Menschenansammlung auf die gegenüberliegende Toranlage zu, und sie erreichten einen deutlich kleineren und auch deutlich verschatteteren Innenhof nahe dem Bergfried. Die dort parkenden Fahrzeuge entsprachen schon eher ihren Erwartungen. Unter ihnen ein offensichtlich gepanzerter Rolls-Royce Phantom, ein Bentley Bentayga und andere Nobelmarken mit abgedunkelten Scheiben. Und wie erwartet, drückte sich in den Schatten der Mauern, Treppen und Aufgänge eine kleine Heerschar breitschultriger Anzugträger herum, die nicht nur einander, sondern auch ihre Ankunft misstrauisch beäugten.

Demeters Bodyguard stoppte den Benz, da er auf dem beengten Hof selbst bei bestem Willen keinen Parkplatz mehr fand. Verärgert stieg er aus und blickte sich argwöhnisch um, während er ihr die Hecktür öffnete.

Es war so weit. Die Stunde der Entscheidung war gekommen.

Demeter glättete ihren dunklen Blazer, strich eine silberne Strähne ihres Ponys zurück und trat ins Freie. Die Musik und das gedämpfte Grölen der Gäste auf dem benachbarten Burghof waren noch immer zu hören, doch ihre Miene blieb steinern. Interessant, einer der muskulösen Anzugträger weiter hinten war ein Kerl mit auffälliger Sattelnase. Er hielt einen kurzschnäuzigen Pekinesen mit rosa gefärbtem Fell in den Armen. Wenn sie sich nicht irrte – und sie irrte nur selten –, gehörte die markante Töle Chang Chen Lu, einer Hongkong-Chinesin mit britischem Pass. Offiziell war sie als Hauptaktionärin eines chinesisch-britischen Herstellers für Traktoren bekannt, inoffiziell leitete sie die Geschicke eines einflussreichen Waffenkartells.

Und bei dem Glatzkopf da drüben handelte es sich ohne Zweifel um den international gesuchten spanischen Auftragskiller Pablo Fernández. Die letzten nachrichtendienstlichen Meldungen besagten, dass er im Sold des ›Kardinals‹ stand, wie der einstige Aufsichtsratsvorsitzende der Vatikanbank, Monsignore Lorenzo Rossi, in Geheimdienstkreisen genannt wurde. Der gewiefte Finanzjongleur hatte erst für Kirche und Mafia dreistellige Millionenbeträge veruntreut, bis er sich dazu entschieden hatte, nur noch in die eigene Tasche zu wirtschaften. Er war schon lange untergetaucht – bis jetzt.

Damit hatte sie bereits zwei mutmaßliche Mitglieder der H.A.D.E.S.-Führungselite identifiziert. Der Abend versprach interessant zu werden.

Demeter sah sich suchend nach einer Art Empfangskomitee um, als sie bemerkte, dass einige der Bewaffneten auf dem Hof hastig beiseitetraten. Nahe dem mächtigen Bergfried löste sich in diesem Moment eine Gestalt in schwarzer Lederkombination aus dem Schatten, die sich ihr mit katzenhafter Eleganz näherte.

Sie besaß einen südländischen Teint, ihr schulterlanges schwarzes Haar war an der linken Seite ausrasiert, und ihre Sonnenbrille verbarg nur unzureichend eine aus Titan bestehende Knochenprothese, die sich über Stirnansatz und die linke Augenhöhle bis hinunter zum Wangenknochen spannte. Demeter atmete scharf ein, denn sie wusste genau, wem sie gegenüberstand.

Die Unheimliche wurde bei A.R.G.O.S. unter dem Aktenvermerk ›KSC-7‹ geführt. K für Known, SC für Super Criminal. Sie selbst nannte sich ›Shadow‹.

Sie war eine einstige A.R.G.O.S.-Agentin, der nach einem schweren Unfall experimentelle Cyberimplantate neuester Generation zur Wiederherstellung ihrer Leistungskraft eingesetzt worden waren. Unglücklicherweise hatte ihre neuronale Regulation durch die Einbauten Schaden genommen. Sie galt seitdem als unberechenbar. Was für den Geheimdienst umso schwerer wog, da sie wenig später die Seiten gewechselt hatte.

»Demeter, nehme ich an«, begrüßte Shadow sie ausdruckslos und mit französisch klingendem Akzent.

»So ist es«, antwortete Demeter betont gleichgültig.

»Ich muss Sie durchsuchen.«

Ansatzlos schob Shadow sie zurück zum Benz, als ihr Leibwächter auch schon dazwischen ging. »Hey! Mal halblang, Kleine!«

»Pierre, nicht …«

Demeters Warnung kam zu spät. Bevor der kräftige Mann Shadow zu fassen bekam, war diese auch schon zu ihm herumgewirbelt. Unter dem linken Glas ihrer Sonnenbrille, auf Höhe der Pupille, flammte ein diabolisches rotes Licht auf. Demeter glaubte, die Hydraulik der Cyberware in Shadows linkem Arm zu hören, als diese ihren überrumpelten Leibwächter blitzschnell am Hals packte, mühelos und mit nur einem Arm emporhob und ihn mit einer beiläufigen Bewegung bis hinüber zu dem gepanzerten Rolls schleuderte. Krachend landete der Hüne auf der Karosserie, rutschte hilflos aufs Pflaster und blieb keuchend dort liegen.

Ausdruckslos wandte sich Shadow ihr wieder zu. Noch immer

gloste der rote Lichtpunkt hinter dem Brillenglas. »Haben Sie ebenfalls vor, Widerstand zu leisten?«

»Das war kein Widerstand, sondern ein Missverständnis.« Verärgert hob Demeter die Hände, bevor sie sich mit leicht gegrätschten Beinen gegen ihren Wagen lehnte.

Professionell tastete Shadow sie ab, anschließend nahm die Kriminelle ihre Sonnenbrille ab. Demeter erblickte so erstmals das vercyberte künstliche weiße Auge mit der rot leuchtenden Pupille, das inmitten der Titanapplikation ihres Schädels prangte. Von dem Auge ging jetzt ein breitgefächerter roter Lichtschein aus, der über ihren Körper wanderte. Das Licht verebbte, und Shadow setzte die Sonnenbrille wieder auf. Sie schürzte spöttisch die Lippen.

»Mitkommen! H.A.D.E.S. erwartet Sie im Observatorium.«

Demeter runzelte die Stirn. Warum wählte H.A.D.E.S. gerade einen solchen Ort für das Treffen? Kurz blickte sie noch einmal zu ihrem Bodyguard, der mühsam wieder auf die Beine kam, dann folgte sie Shadow zwischen den Limousinen und den respektvoll Abstand haltenden anderen Leibwächtern hindurch zu einer Treppe, die in den mächtigen Bergfried des Châteaus führte.

Dort erwartete sie ein mittelalterliches, jedoch von blauen LED-Lichtern beleuchtetes Treppenhaus, und die abtrünnige Agentin signalisierte ihr, den steinernen Stufen nach oben zu folgen. Demeter folgte der Anweisung, wohl wissend, dass Shadow ihr jederzeit das Genick brechen konnte. Und trotz der dicken Mauern waren auch weiterhin die ausgelassenen Hochzeitsgäste auf dem Nachbarhof zu hören. Dass sie ausgerechnet jetzt Dr. Albans *Sing Hallelujah* mitgrölten, erleichterte es ihr nur nicht gerade, ihre übliche Maske der Gleichmut aufrechtzuerhalten.

Sie erreichten ein Obergeschoss, in dem Plakate eines örtlichen Astronomieclubs verrieten, dass hier das Observatorium der Burg lag. Durch einen Durchlass ging es in einen Vorraum, in dem Schautafeln von Sternen und Planeten hingen. An der Stirnseite des Zimmers hingegen war eine schmale Doppeltür zu erkennen, vor der zwei weitere Anzugträger mit Sonnenbrillen Wache hielten.

»Nicht so schüchtern«, wisperte Shadow hinter ihr. »H.A.D.E.S. weiß Kompetenz zu schätzen. Andernfalls lernt er oder sie mich kennen …«

Grinsend bleckte sie die Zähne.

Demeter würdigte die einstige Agentin keines weiteren Blickes, sondern marschierte geradewegs zu der Tür, deren Flügel die Anzugträger öffneten, und hinter der Stufen nach oben führten. Zu ihrer Verwunderung vernahm sie von dort die leisen Klänge der Titelmusik von *Star Wars*, auch wenn sie leider nicht ganz das *Sing Hallelujah* übertönte. Sie folgte den Stufen nach oben und erreichte so das abgedunkelte Observatorium des Châteaus. Nicht bloß die gewählte Musik ließ sie innehalten, sondern auch die Abbildungen wandernder Tierkreiszeichen und anderer Sternbilder in mythischer Ausgestaltung, die der Projektor an die Kuppel warf. Alles in allem eine beeindruckende Kulisse für eine konspirative Zusammenkunft.

Größeres Interesse weckten bei ihr die acht Personen in schwarzen Roben, die links und rechts von ihr die unteren Besucherränge ausfüllten und von denen ein jeder sein Gesicht hinter einer schlichten weißen Theatermaske verborgen hielt. Abfällig schürzte Demeter die Lippen. Zwei von ihnen hatte sie bereits identifiziert, das Gleiche sollte ihr auch beim Rest des Kaders gelingen. Wichtig war nur, dass die neunte Stelle noch unbesetzt war. Denn diesen Platz würde sie für sich beanspruchen.

Hinter ihr schloss sich die Tür, und eine der maskierten Gestalten erhob sich.

»Agentin Demeter«, nuschelte der Mann hinter der Maske mit jovialer Stimme, und Demeter war sich sicher, diese schon einmal gehört zu haben, »wir haben nur auf Ihr Eintreffen gewartet.«

»Dann waren Sie es, der in den letzten Monaten Kontakt mit mir gehalten hat?«, fragte sie geradeheraus.

Sie ahnte, wer er war.

»Das ist leider nicht korrekt. Es war *Gamma*, der bei der Operation Pichler mit Ihnen Verbindung hielt.« Der Maskierte nickte einem der Anwesenden auf der gegenüberliegenden Sitzreihe zu.

»Sie Idiot. Ich bin nicht *Gamma*, sondern *Eta*«, antwortete die maskierte Gestalt unterkühlt. Eine Frauenstimme. Ohne Zweifel war das Chang Chen Lu, die Waffenhändlerin. »Vielleicht ist es Ihnen entgangen, aber *Gamma* sitzt zwei Plätze neben mir.«

»Ich?«, korrigierte sie der korpulente Maskierte, auf den sie deutete. »Nein, ich bin *Epsilon.*« Dem harten Spracheinschlag zufolge war er Deutscher. Mühsam drehte er sich zu seiner Lehne um. »Es war offenbar keine gute Idee, dass wir uns hier nicht besser umgesehen haben. Gerade bemerke ich, dass die Plätze mit römischen Ziffern ausgestattet sind.«

»Meine Güte, *ich* bin Gamma«, machte ein weiterer Maskierter auf sich aufmerksam. Er saß direkt neben dem Stehenden. »Und ja, ich war es, der den Kontakt mit Ihnen gehalten hat. Im Auftrag von *Alpha.*«

»Ich verstehe eh nicht, was das mit diesen Masken soll«, erklärte einer der anderen Maskierten mit italienischem Akzent. Vermutlich der ›Kardinal‹. »Wäre es nicht für jeden von uns besser, wenn wir wüssten, auf welche Kollegen wir uns hier eigentlich verlassen müssen?«

»Das haben Sie nicht zu entscheiden«, klärte ihn der Stehende auf. »Sollten Sie je gefasst werden, wird es Ihnen auf diese Weise unmöglich sein, uns Übrige zu verraten.«

»Ich werde schon nicht gefasst«, gab der Italiener verschnupft zurück.

»Dann sind Sie … *Alpha*?«, fragte Demeter den Stehenden.

»Oh nein, ich bin *Beta*«, antwortete der Angesprochene geschmeichelt. »*Alpha* wird noch erscheinen.«

Demeter verengte die Augen und zählte ein weiteres Mal durch. Dass hier bereits acht Maskierte saßen, bedeutete zweifellos, dass der H.A.D.E.S.-Führungszirkel bereits vollbesetzt war.

»Mir wurde ein Platz in diesem Zirkel versprochen«, presste sie wütend hervor.

»Ja, das hörte ich«, antwortete Beta gleichmütig. »Allerdings war das, bevor Sie zuließen, dass die Operation Pichler scheiterte.«

»Das war Umständen geschuldet, die ich nicht zu verantworten hatte«, zischte Demeter. »Im Ausgleich habe ich dafür gesorgt, dass sich die Reihen des A.R.G.O.S.-Olymps gelichtet haben.«

»Positionen, die inzwischen neu besetzt sein dürften«, antwortete ihr Gegenüber ungerührt. »Aber ja, H.A.D.E.S. hat nicht vergessen, wie wichtig Sie sind. Allerdings ist es nicht an mir, Sie über Ihre weitere Verwendung aufzuklären. Dieses Privileg obliegt allein *Alpha* persönlich. Bitte setzen Sie sich.« Er blickte auf seine Armbanduhr und deutete dann auf einen der Sitze neben dem Eingang. »Er wird uns jede Sekunde beehren.«

Verärgert nahm Demeter Platz, als das Theme von *Star Wars* verebbte. Schlagartig kehrte Dunkelheit im Saal ein. Die einsetzende Stille war jedoch nicht perfekt, denn jetzt war auch wieder der leise Lärm der Hochzeitsgesellschaft auf dem benachbarten Burghof zu hören.

»Verrät mir mal jemand, warum wir mit denen da drüben nicht einfach kurzen Prozess gemacht haben?«, zischte eine Stimme – als der kugelförmige Projektor schlagartig den aktuellen Sternenhimmel an die Kuppel projizierte. Zugleich sprang ein weiterer Projektor an, und schräg über ihnen, inmitten des Sternenmeeres über ihren Häuptern, erschien der quadratische Ausschnitt einer Fernübertragung.

Dort trat jetzt ein hohlwangiger Mann mit Mittelscheitel, hoher Stirn und stechenden Augen hinter einer runden Brille in die Kamera, bei dessen Anblick sich Demeter überrascht anspannte.

»Ich freue mich, dass Sie alle meinem Ruf gef...«

Die Tonübertragung wurde jäh unverständlich, und weißer Schnee zog über das Bild. Sofort machte sich leichte Unruhe im Raum breit, auf die Demeter jedoch kaum achtete. Denn das da oben war in der Tat Alpha. Allerdings der echte Syndikatsgründer. Aber das konnte unmöglich sein.

Wie hatte der Kerl überlebt?

»Was, zum Teufel, ist da los?«, fluchte Beta laut, da die Übertragung kurz davor schien, gänzlich abzubrechen.

»Tut mir leid, aber die Netzabdeckung hier lässt zu wünschen übrig«, war eine panisch klingende Stimme bei den Lichtblenden über dem Ausgang zu hören. »Einen Moment ...«

Kurz darauf klärte sich das Bild an der Sternenkuppel, und die Stimme des Syndikatsgründers war wieder deutlich zu hören. »... liegt maßgeblich an Ihnen, von denen manche schon damals auf die eine oder andere Weise H.A.D.E.S. gedient haben. Und dieser Dienst ist nicht vergessen. Sie alle sind nicht nur zu Erben einer alten Macht bestimmt worden, sondern zu ihren neuen Vollstreckern! H.A.D.E.S. mag eine Schlacht verloren haben, aber nicht den Krieg. Und wer mit dem Mythos vertraut ist, weiß, dass Hades nicht nur über die Unterwelt herrschte, sondern auch über den Tod. Es liegt also an uns, wiederaufzuerstehen und eine Macht zu entfesseln, die morgen Europa und übermorgen die ganze Welt beherrscht.«

Einzelne Mitglieder des Zirkels klatschten verhalten.

»Mehr noch, diesmal wissen wir, wo der Gegner steht«, schwor Alpha die Versammelten mit ernstem Blick hinter den Brillengläsern ein. »Dieses Mal werden wir ihn zerschmettern, bevor er sich uns erneut in den Weg stellen kann. Gemeinsam. Vereint. Und mit nie dagewesener Entschlossenheit!«

Demeter ballte die Faust, denn sie wusste, von wem der H.A.D.E.S.-Führer sprach. Er meinte A.R.G.O.S.!

Kein anderer Geheimdienst war so gut über die Verbrecherorganisation informiert wie ihr einstiger Arbeitgeber. Doch diesmal war die Organisation ahnungslos. Und an dieser Stelle würde sie mit ihren intimen Kenntnissen ins Spiel kommen.

»Bei alledem werden wir natürlich nicht unsere eigentlichen Absichten aus dem Blick verlieren.« Alpha lächelte triumphierend. »Ein meisterhafter Plan, geschmiedet bereits vor über zwei Jahrzehnten, der heute nach seiner endgültigen Erfüllung verlangt. Eine Operation von nie dagewesener Dimension, die uns allen zu ungeahntem Einfluss und Reichtum verhelfen wird.«

Diesmal klatschten alle Anwesenden.

»Das ist auch der Grund für unser heutiges Treffen«, fuhr der

Syndikatsführer mit gebieterischem Blick fort, »denn die Aufgaben, die ich Ihnen bislang zugewiesen habe, sind jede für sich Teile eines großen Mosaiks, dessen Gesamtbild ich Ihnen heute enthüllen werde. Ein Vorhaben, das uns im wahrsten Wortsinne zu den Sternen greifen lässt: das Projekt *Black Knight 2.0*!«

Im Observatorium brach erwartungsvoller Jubel aus.

Alpha sorgte mit einer raschen Handbewegung dafür, dass wieder Ruhe einkehrte.

»Theta, ich hoffe, die Gewächshäuser stehen?«

»Ja, Alpha«, war eine weibliche Stimme mit portugiesischem Akzent zu hören. »Allein in Spanien kommen wir auf gute vierhundert Hektar Anbaufläche. Weitere dreihundert Hektar kommen in Frankreich und Portugal hinzu. Abgesehen von denen, die uns schon zur Verfügung stehen. Wir können jederzeit im großen Stil loslegen.«

»Eta«, wandte sich Alpha an Chang Chen Lu. »Wie steht es um unseren … Flankenschutz?«

»Die Waffen werden noch diesen Monat verschifft«, erklärte die Waffenhändlerin. »Die eine oder andere Spezialausrüstung ist schwerer zu besorgen. Die folgt etwas später.«

»Meine Männer«, meldete sich ungefragt einer der anderen Maskierten zu Wort, der unzweifelhaft einen griechischen Spracheinschlag hatte, »sind bereits dabei, die geeigneten Einheiten aufzustellen.«

»Beta, wie steht es um die Bohrinsel?«, hakte Alpha nach.

»Umgerüstet und einsatzbereit!«, vermeldete sein Adlatus und ätzte sogleich in Richtung des ›Kardinals‹. »Allerdings hapert es mit der finanziellen Unterstützung, um den Transport abzusichern.«

Demeter folgte den aufgeschnappten Informationsbrocken konzentriert, konnte sich aber noch immer keinen Reim darauf machen, um welches Vorhaben es hier genau ging. Aber wenn H.A.D.E.S. sich dessen annahm, mussten es dabei um Gewinne im Größenverhältnis des Bruttosozialprodukts von Luxemburg gehen. Mindestens.

Insbesondere aber fühlte sie sich zunehmend weiter an den Rand gedrängt.

»Was ist mit mir?«, platzte es irgendwann aus ihr heraus. »Mir wurde für meine Mühen ein Platz in diesem Kreis versprochen. Wenn Sie A.R.G.O.S. zerstören wollen, benötigen Sie mich.«

Die Übertragung an der Kuppel über ihnen flimmerte, und der Syndikatschef blickte scheinbar in ihre Richtung. Auch die Maskierten im Raum wandten sich ihr zu, und kurz war im Hintergrund wieder die Musik von dem benachbarten Burghof zu hören.

»Ich habe Sie nicht vergessen, Demeter.« Alpha fixierte sie vom Sternenhimmel herab. »Zwar haben Sie dabei versagt, mir zu beschaffen, was ich wollte, aber bei meinem Vorhaben spielen Sie weiterhin eine zentrale Rolle. Ihr Blick wird dafür sogar absolut entscheidend sein.«

Am künstlichen Nachthimmel über ihren Köpfen erstrahlten einige der Sternbilder deutlicher. Zunächst das Sternbild des Perseus, dann das Sternbild der Kassiopeia und schließlich das des Orion.

»Es ist absolut notwendig«, fuhr Alpha an alle gewandt fort, »dass H.A.D.E.S. in den kommenden Monaten mit höchster Effizienz und Gewissenhaftigkeit vorgeht. Jede unserer Aktionen muss mit der Präzision eines Uhrwerks ablaufen. Nicht ein Staubkörnchen darf ins Getriebe geraten.« Er lächelte maliziös. »Bei alledem hilft natürlich, dass unser einziger relevanter Gegner ebenso ahnungslos wie berechenbar ist.«

Auf dem benachbarten Burghof hörte es sich jetzt so an, als würden die da drüben zu einer Polonaise ansetzen …

Da begannen die Sterne über ihnen an der Kuppel zu erlöschen. Eine bedrohliche Finsternis stellte sich ein, die auch vor den Sternbildern des Perseus und der Kassiopeia nicht Halt machte – bis allein das markante Sternbild des Orion übrig blieb.

Demeter fragte sich noch immer, was Alpha mit *Ihr Blick* gemeint hatte?

Sie starrte das verbliebene Sternbild an.

Orion?

Plötzlich ahnte sie, worauf es H.A.D.E.S. abgesehen hatte.

Woher wusste der Syndikatsgründer davon? Die Durchführung

dieses Protokolls galt heutzutage als völlig unmöglich. Und als Flüchtige konnte sie dabei schon gar nicht helfen.

»Sie haben es ja gehört, allein Ihr Blick ist entscheidend«, war in ihrem Rücken überraschend Shadows Flüsterstimme zu hören.

Erschrocken schreckte Demeter herum – besser gesagt, sie versuchte es. Doch es blieb bei dem Versuch, da die Irre sie längst mit ihrem Cyberarm gepackt hatte und ihren Kopf nun wie einen Schraubstock umfasst hielt. Demeter wollte schreien, stattdessen spürte sie einen kräftigen Ruck und hörte noch das Knacken ihres Genicks.

Helena

Lena setzte zu einem beherzten Sprung an, zog sich kraftvoll auf die hohe Mauer und sah sich unmittelbar dahinter mit einem tiefen Graben konfrontiert. Geschickt hangelte sie über den Sims, stemmte ihre Beine so gegen die rückwärtige Mauerseite, dass sie ihre volle Sprungkraft einsetzen konnte, und katapultierte sich mit einem wuchtigen Stoß auf die gegenüberliegende Seite der Grube, wo sie sich gekonnt abrollte und wieder auf die Beine kam. Noch im Aufstehen löste sie eine Handgranate von ihrem Gürtel und schleuderte diese auf die mehr als sieben Meter entfernte Zielmarkierung.

Treffer!

»Yessss!« Triumphierend reckte Lena ihre geballte Faust und stöhnte schmerzerfüllt auf, da sich sofort der elende Muskelkater in ihrem Oberarm bemerkbar machte. Derweil hüpfte ihr elektronisches Alter Ego auf dem Bildschirm der Spielekonsole noch immer begeistert auf und ab.

»Das hört sich so an, als hättest du die Hindernisstrecke geschafft«, quäkte neben ihr Elektras Stimme aus dem Handy, während im Hintergrund das leise Klappern einer Tastatur zu hören war.

»Ja, in acht Minuten und sechzehn Sekunden. Allerdings muss ich den blöden Militärparcours jetzt auch noch in echt schaffen.«

Lena schaltete die Spielekonsole ernüchtert aus und strich die halblangen blonden Haare beiseite, um sich das Smartphone ans Ohr zu klemmen. Anschließend setzte sie sich auf das schmale Bett ihres Rekrutenzimmers, wo sie gequält die Muskulatur ihres Arms massierte. Dabei gab es streng genommen überhaupt keine Stelle ihres Körpers, die nach den zurückliegenden Monaten harten Agententrainings *nicht* schmerzte.

Zugegeben, ihr Hinterteil war dadurch knackiger geworden. Deutlich knackiger sogar. Dafür schaffte sie es derzeit ohne Schmerzen kaum noch in eine Hose. Mal davon abgesehen, dass es hier oben, in der Abgeschiedenheit der Südtiroler Bergwelt, wo das geheime A.R.G.O.S.-Ausbildungscamp lag, eh fast niemanden gab, den sie mit so was beeindrucken konnte. Schon gar nicht die übrigen sechs Rekruten, die hier zusammen mit ihr trainiert wurden. Allesamt Kraftpakete, die schon bei ihrer Ankunft so gewirkt hatten, als könnten sie problemlos eine Flasche Hair-Conditioner mit ihren Oberschenkeln zerdrücken.

»Das ist eine ganz hervorragende Zeit«, meinte ihre lettische Agentenfreundin anerkennend.

»Schon«, antwortete Lena. »Aber seien wir ehrlich: Ich bin noch immer so sportlich wie eine welke Primel.«

Sie seufzte schwer. Dabei hatte alles so gut begonnen. Schließlich war es erst ein knappes halbes Jahr her, dass sie diesen durchgeknallten Monarchenbräukönig Carl Pichler fast im Alleingang gestellt und Europa so vor dem Zusammenbruch bewahrt hatte.

Und was hatte sie sich doch über die offizielle Aufnahme bei dem Geheimdienst und die versprochene Ausbildung zur A.R.G.O.S.-Agentin gefreut. Sogar einen richtigen Codenamen hatte sie erhalten: Helena!

Ein Name, der Erwartungen weckte – und nebenbei natürlich auch ziemlich cool war. Ihre berühmte Namenspatronin galt immerhin als schönste Frau ihrer Zeit, und dass Lena in Schweden ebenfalls von einem *Paris* entführt worden war, passte doch wie die Faust aufs Auge. Okay, der Mistkerl war zwar ein Verräter gewesen, dennoch …

Wenn Lena jedoch ehrlich zu sich war, dann hatte sie sich all das hier irgendwie anders vorgestellt. Wie genau, wusste sie zwar selbst nicht so recht zu sagen, aber doch zumindest weniger … anstrengend.

Und auch nicht so öde.

Das fing schon bei dem ewig gleichen Tagesablauf an, der im Camp streng durchgetaktet war. Morgens, fünf Uhr früh, Morgenappell. Bettruhe ab 23 Uhr. Dazwischen waren die Stunden vollgepackt mit unterschiedlichen Trainings- und Ausbildungseinheiten, die leider nicht bloß den Geist, sondern vor allem ihren geschundenen Körper forderten. Und gerade bei Letzteren war sie ehrlich gesagt … weniger gut.

Das animierte Übungsprogramm, das die aktuellen Trainingspläne grafisch umsetzte, war Elektras Idee gewesen. Ihre lettische Agentenfreundin war eine begnadete Computerspezialistin und Hackerin, und sie hatte das als Spiel getarnte Programm eigens für sie entwickelt, um ihr so einen kleinen Startvorteil für die anstehende Woche zu verschaffen.

Gebracht hatte es bislang leider wenig.

Abgesehen davon vielleicht, dass Lena so wenigstens wusste, welche Schikanen sie erwarteten. Aber es sollte wohl auch eher der mentalen Vorbereitung dienen.

Mental reichte aber leider nicht. Nur wagte Lena ihre Zweifel nicht zur Sprache zu bringen, da sich Elektra doch solche Mühe gab, sie zu unterstützen.

»Hey, ich bin mir sicher, du wirst mit jedem Tag besser«, gab sich ihre Freundin zuversichtlich. »Ich bin ja ebenfalls nicht gerade der Sportcrack. Trotzdem habe ich das Camp damals überstanden. Und das will was heißen.«

Lena erinnerte sich nur zu gut an die pummelige Figur ihrer Freundin. Allerdings tröstete sie das nicht, sondern frustrierte sie nur noch mehr – als sie ein leises Geräusch an der Tür ihrer Rekrutenstube vernahm.

Da war jemand. Mist!

»Warte, Elektra!«, wisperte sie alarmiert.

Telefonate waren im Camp zwar nicht grundsätzlich verboten, blieben jedoch auf wenige Stunden am Abend beschränkt und durften auch nur mit speziellen, nicht zu ortenden Geräten geführt werden. Erwischte man sie hier mit ihrem Privathandy, konnte sie gleich die Koffer packen. Wie auch immer Elektra dafür gesorgt hatte, dass sie hier oben überhaupt eine Verbindung bekam, Lena wollte keinesfalls riskieren, dass sie am Ende noch mit ihr aufflog. Oder noch schlimmer, dass gar herauskam, dass sich die Lettin für sie illegal Zutritt zu den Computern des Ausbildungscamps verschaffte, um so an die Trainingspläne zu gelangen.

Lena versteckte das Handy daher hastig unter dem Kissen, straffte ihren blauen Trainingsanzug und trat vor die Zimmertür.

»Wer ist da?«

Da sich niemand meldete, öffnete sie die Tür draufgängerisch. Doch anstelle einer ihrer Kameraden, stand im Gang bloß Jupiter, der mit treuen Hundeaugen zu ihr aufblickte.

»Ach, du bist das, du Schlingel.« Lena lächelte bei dem Anblick des Schäferhundes und fuhr dem einstigen Sprengstoffspürhund, der in der geheimen Einrichtung seinen Alterssitz hatte, liebevoll über das Fell.

Jupiter schlüpfte an ihr vorbei in das spartanisch eingerichtete Zimmer und schnüffelte sogleich an der Schublade ihres Nachttisches. Lena sah sich draußen noch einmal misstrauisch um, doch alles, was sie wahrnahm, waren leise Gesprächsfetzen aus Richtung des Aufenthaltsraums am Ende des Ganges. Dort saßen vermutlich zwei oder drei ihrer Kameraden und genossen die Trainingspause. Ohne sie.

Wie so häufig.

Rasch schloss sie die Tür und fischte das Handy unter dem Kissen hervor.

»Sorry. Bin wieder da. Hab bloß gerade Besuch bekommen.«

»Besuch?«, fragte Elektra alarmiert.

Lena richtete ihren Blick auf Jupiter, der sie erwartungsvoll anhechelte. Der Schäferhund erinnerte sie stets ein wenig an sie selbst, denn er wurde im Trainingscamp ebenfalls hauptsächlich als lästiges Faktotum betrachtet. Niemand kümmerte sich richtig um ihn, und seine Wachdienste waren in dieser Abgeschiedenheit auch eher nutzlos.

»Ja, mein bester Freund hier: vier Beine, ständig feuchte Schnauze und stets einen riesigen Appetit.«

»Ah, verstehe«, meinte Elektra deutlich entspannter. »Lass dich nicht aufhalten. Ich muss hier eh noch was vorbereiten.«

Lena wandte sich wieder an Jupiter. »Sweety, du weißt doch ganz genau, dass du bei den Unterkünften nichts zu suchen hast. Und Schokolade ist Gift für dich.«

Mahnend hob sie einen Finger, nur um ihre Nachttischschublade schließlich doch aufzuziehen und einen Schokoriegel hervorzukramen, den Jupiter gierig beäugte. Lena riss ihn auf und brach vorsichtig ein winziges Stückchen davon ab. Jupiter schnappte danach, verschlang die Leckerei begierig und wartete sehnsüchtig auf einen weiteren Happen.

»Nix da, kommt nicht in Frage!« Sie legte den Rest des Riegels zurück in die Schublade, strubbelte Jupiters Fell und schob den Hund wieder raus auf den Gang, wo er leise winselte.

»Wir gehen später Gassi, okay? Und jetzt fort mit dir, bevor noch jemandem auffällt, wo du dich schon wieder rumtreibst.«

Jupiter trottete in Richtung Aufenthaltsraum. Lena schloss die Tür, wechselte das Handy auf die andere Kopfseite und setzte sich wieder auf ihr Bett.

»Wo waren wir?«

»Bei deiner Ausbildung«, erklärte die Lettin. »Erzähl, wie war deine letzte Woche?«

»Okay«, antwortete Lena lahm.

»Okay?«, fragte Elektra misstrauisch. »Letzte Woche hattet ihr doch Training im Feld, richtig? Meintest du nicht, dass du froh wärst, mal rauszukommen?«

»Ich sagte doch«, sagte Lena mürrisch, »war okay.«

»Warte, da ich eh gerade bei euch im System bin, kann ich mir die Bewertungsbögen auch gleich mal … oh.«

»*Was* machst du da?« Lena fuhr aufgeschreckt hoch, was ihr Körper sofort wieder mit Schmerzen quittierte.

»Ernsthaft?«, fragte ihre Freundin fassungslos. »Du bist beim Abseilen in diesem Steinbruch fast abgestürzt? Trotz Sicherung?«

»Na ja, ich hatte mich da vielleicht etwas ablenken lassen«, entschuldigte sich Lena kleinlaut. »Du wirst es kaum glauben, aber ich habe in der Wand Versteinerungen gefunden. Trilobiten. Die gibt es seit dem Massenaussterben vor 251 Millionen Jahren nicht mehr. Daher …«

»Und bei der Überquerung dieses Wasserhindernisses bist du …«

»Das war kein einfaches Wasserhindernis, sondern ein reißender Wildbach«, fuhr ihr Lena gereizt ins Wort. »Hier oben im Gebirge ist es übrigens auch saukalt. Steht da nicht, dass ich es selbst wieder rausgeschafft habe?«

»Doch«, murmelte ihre Freundin. »Knappe dreihundert Meter bergabwärts. Und bei der Bergungsübung mit dem Hubschrauber hast du ernsthaft …«

»Echt, Elektra. Ich gebe mir hier wirklich alle Mühe.« Lena schnaubte niedergeschlagen. »Wir dürfen hier zwar alle nicht viel über uns verraten, aber es ist ziemlich klar, dass die anderen allesamt aus dem Militär- oder Polizeidienst rekrutiert wurden. Jemand wie ich hat es da wirklich nicht leicht.«

»Na ja, du könntest die doch mal fragen, ob sie dir nicht vielleicht irgendwie helfen könnten?«, schlug die Lettin vor.

»Helfen?«

»Ja, ich meine, du hast ja auch einiges zu bieten. Gerade bei den eher drögen Schulungseinheiten wie Dienstrecht, Buchhaltung oder Verfassungs- und Verwaltungsrecht bist du als Sekretärin doch bestens …«

»Ich war Assistentin der Geschäftsleitung!«, korrigierte Lena sie verstimmt.

»Meine ich ja. Gerade als Assistentin der Geschäftsleitung hast du doch Sachen drauf, die umgekehrt den anderen wahrscheinlich schwerfallen.«

»Sagt sich so leicht.« Lena erhob sich mühsam und trat geknickt vor das Fenster ihrer Stube, auf dem sich nicht bloß vage ihre schlanke Gestalt mit den halblangen blonden Haaren spiegelte, sondern das auch einen beeindruckenden Blick auf die verschneite Bergwelt außerhalb bot.

Der geheime Ausbildungskomplex befand sich in einem einsam gelegenen Hotelbau, der von A.R.G.O.S. bewusst als ewige Bauruine getarnt worden war. In der Ferne, unter einem strahlend blauen Himmel, konnte sie die mächtigen Kuppen der Dolomiten ausmachen, und nicht zum ersten Mal erwischte sie sich bei dem Gedanken, wie schön es wäre, wieder in die Zivilisation zurückzukehren. Nicht einmal zu Weihnachten war ihr gestattet worden, ihre Familie zu besuchen. Stattdessen hatte sie krude Ausreden bemühen müssen, warum sie ausgerechnet an den Festtagen geschäftlich unterwegs war. Ihre jüngere Schwester Sophia wunderte sich bereits. Lena war nur froh, dass die mit ihrem neuen Model- und Jetsetter-Leben, das sie streng genommen ebenfalls A.R.G.O.S. zu verdanken hatte, so ausgelastet war, dass sie kaum Zeit zur Entwicklung weiteren Misstrauens hatte.

»Die protzen hier unter der Hand alle mit irgendwelchen Auszeichnungen oder Einsätzen«, fuhr Lena unglücklich fort. »Da komme ich kaum gegen an.«

»Die geben allen Ernstes Details ihrer einstigen Verwendungen preis?«, hakte die Lettin ungläubig nach. »Wenn das rauskommt, dann …«

»Nein«, korrigierte sich Lena rasch. »Natürlich ohne Details zu nennen.«

»Dann mach das doch auch so. Du hast doch gezeigt, dass du es draufhast. Sonst wärst du nicht da oben.«

»Hab ich doch.«

»Und?«

»Irgendwie nehmen die mich trotzdem nicht so richtig ernst, glaube ich. Wären du und Jupiter nicht, dann hätte ich vermutlich schon längst … ach, ich weiß auch nicht.«

»Mädel, du warst als Einzige von denen bei einem echten A.R.G.O.S.-Einsatz dabei. Du hast als Zivilistin den brutalen Anschlag auf deinen Chef überlebt, hast in mehreren Ländern gegen Terroristen und Söldner gekämpft, ein Flugzeug vor dem Absturz bewahrt und, und, und … Und am Ende warst du es, die Pichler so richtig in den Arsch getreten hat.«

»Na ja, wenn wir ehrlich sind, bloß beim Puzzeln besiegt.«

»Das kommt auf das Gleiche raus. Wie können die dich also nicht ernst nehmen?«

»Aber all das unterliegt doch strengster Geheimhaltung«, klagte Lena.

Elektra schnaubte. »Okay, das alles musst du natürlich, sagen wir mal, anonymisieren. Allerdings frage ich mich, was du ihnen bitte sonst erzählt hast?«

»Na ja, all meine anderen Erfolge«, meinte Lena begeistert. »Zum Beispiel, dass ich es fehlerfrei auf weit über siebenhundert Anschläge in einer Minute bringe. Und dass ich schon zweimal einen Steno-Wettbewerb gewonnen habe.«

»Was bitte …?«

»Ja, da staunst du. Es gibt eben Dinge in meinem Leben, die nicht mal du weißt. Nur, dass ich mit so was halt eben nicht ständig pose. Oder wusstest du, dass ich 2016 zur besten Sekretärin Deutschlands gewählt worden bin?«

Lena glaubte, am anderen Ende der Leitung ein kurzes Röcheln zu vernehmen. »Elektra?«, fragte sie besorgt.

»Sorry, hatte mich bloß verschluckt«, japste ihre Freundin, die sich nun räusperte. »Ich wusste gar nicht, dass es solche Wettbewerbe überhaupt gibt. Egal. Wir lotsen dich da schon irgendwie durch. Nur müssen wir zunächst einmal ein anderes Problem lösen.«

»Und welches?«

»Na ja, ich vermute, die haben bemerkt, dass jemand die Trainingspläne runterlädt, und daher die Firewall verstärkt. Ich komme zwar noch über einen anderen Port rein, aber auf den Taktik- und Trainingsserver habe ich im Augenblick keinen Zugriff. Ich überspiele dir daher mal ein Mirror-Programm auf dein Handy.«

»Mirror wie Spiegel? Wenn ich mal dazu komme, mich zu schminken, dann kann ich doch auch einfach die Selfie-Funktion …«

»Lena!«, unterbrach Elektra sie harsch. »Ich spreche von einem hochmodernen Spionageprogramm, das sich via Bluetooth mit anderen Handys verbindet, um so illegal dessen Daten runterzusaugen.

Allerdings muss das Zielhandy dafür entsperrt sein. Und du musst auch recht nahe an das Gerät herankommen.«

»Und wozu?«

Elektra stöhnte. »Weil wir auch bei A.R.G.O.S. nicht mehr in den Neunzigern leben, wo alles über Papier läuft. Eure Ausbilder ziehen sich die aktuellen Trainingsdaten zum Wochenende auf ihre Smartphones, und so können wir den Server umgehen. Jetzt verstanden?«

»Okay.« Lena sah, wie auf dem Display ihres Handys ein Ladebalken erschien und das angekündigte Mirror-Programm übertragen wurde.

»Wie geht es eigentlich den anderen?«, fragte Lena verzagt. »Ehrlich gesagt vermisse ich euch alle ja schon ein wenig. Und hier verrät man mir ja nichts.«

»Tja.« Elektra seufzte. »Kirke war angeblich zuletzt in Südamerika. Und Perseus treibt sich meines Wissens auf einem Undercover-Einsatz in Italien herum. Die beiden melden sich nur sporadisch.«

»Echt? Perseus ist in Italien?«, meinte Lena verzückt. »Hat er … ich meine, haben die beiden vielleicht mal nach mir gefragt?«

»Na klar«, erklärte Elektra amüsiert, die natürlich schon lange wusste, wie sehr ihre Freundin heimlich für den Algerienfranzosen schwärmte. Insgeheim hatte Lena ja gehofft, Perseus bei ihrem zurückliegenden Gruppenurlaub auf Tahiti näherzukommen, den A.R.G.O.S. ihnen nach ihrem Erfolg über Pichler spendiert hatte. Doch leider hatte sie sich dort bereits zwei Tage nach ihrer Ankunft eine Fischvergiftung zugezogen, die sie tagelang ausgeschaltet hatte. Inzwischen kam ihr das alles wie ein böses Omen vor.

»Glaub mir«, machte ihr Elektra Mut, »jeder von uns ist schon sehr gespannt, ob du die Ausbildung … also, wann du fertig bist.«

»Und Daedalos?«, fragte Lena.

»Daedalos? Tja … Ja nun, also der … Oh, was sehe ich denn da?«, unterbrach sich Elektra. »Im elektronischen Terminplaner des Prinzipals eures Camps steht, dass für diese Woche dein Name für ein Vier-Augen-Gespräch eingetragen ist.«

»Mein Name?« Lena beugte sich besorgt vor. »Du weißt jetzt aber nicht zufällig, warum, oder? Bislang hat der mich nämlich nicht gerade beachtet.«

»Na, wenn du dir jetzt nicht irgendwelche weitere Verfehlungen erlaubt hast …«

Lena schwieg.

»… dann könnte das dein erstes Verwendungsgespräch sein. Wäre gegen Ende des ersten halben Ausbildungsjahrs nicht ungewöhnlich.«

»Echt?« Lena schlug sich aufgeregt vor den Mund. »Du meinst, dann geht es endlich bald wieder richtig los?«

»Gemach. Keine Ahnung, aber ja. Vielleicht. Ein Grund mehr, dich nicht mehr kleinkriegen zu lassen.«

»Versprochen!«, erklärte Lena kämpferisch.

»Ah, gerade sehe ich, dass die Übertragung des Mirror-Programms abgeschlossen ist«, meinte Elektra zufrieden. »Die App befindet sich jetzt auf deinem Handy. Es liegt nun an dir, ob wir weiter an die Trainingspläne gelangen.«

»Okay.«

»Also, von jetzt ab gilt es, voll aufzudrehen und zu zeigen, was in dir steckt!«

»Logo. Werde ich. Schon wegen des Verwendungsgesprächs!«

»Sehr gut! Wie lautet die A.R.G.O.S.-Losung?«

»Treue, Tapferkeit und Tod!«

»So muss das! Und jetzt sieh zu, dass du dir den Respekt deiner Kameraden verdienst. Du bist Agentin Helena. Du rockst die alle!«

»Na gut.«

»Geht das auch mit etwas mehr Enthusiasmus?«

»Ja.«

»Wie meinen?«

»Jaaa.«

»War das alles?«

»JAAAAAAAAA!«

Lena hämmerte mehrmals bekräftigend gegen die Wand – als es unvermittelt an der Tür klopfte.

»Scheiße. Ich muss Schluss machen«, flüsterte sie erschrocken. Sie drückte das Gespräch weg, versteckte das Handy unter dem Kopfkissen und erhob sich von ihrem Bett.

»Ja?« Sie öffnete die Stubentür einen Spalt breit.

Draußen im Gang stand einer ihrer Kameraden, ein dunkelhaariger und ziemlich breitschultriger Schotte mit dem Codenamen Autolykos. Er bezeichnete sich selbst allerdings lieber als ›War-Machine‹ und war hier definitiv einer der Besten.

Amüsiert blickte er erst sie an, dann an ihr vorbei zu dem zerwühlten Bett.

»Bist du fertig?« Er grinste breit. »Die Wände sind hier übrigens ziemlich dünn. Ich soll dir Bescheid sagen, dass in zehn Minuten das Kampftraining losgeht. Wir sollen pünktlich sein.«

Er zwinkerte ihr anzüglich zu und zog sich noch immer feixend in Richtung Gruppenraum zurück.

Lena blickte ihm verwirrt hinterher – als sie plötzlich begriff.

Das Blut schoss ihr ins Gesicht.

Wieso musste so was immer ihr passieren? Andererseits … Sollte der Kerl doch denken, was er wollte. Schon bald war sie hier weg. Aber vorher würde sie ihm und den anderen noch zeigen, was in ihr steckte.

Verärgert wechselte sie das muffig riechende Handtuch in ihrer bereitliegenden Sporttasche aus, steckte das Handy in die Tasche, verließ die Stube und marschierte den Gang rüber in den Gruppenraum, der jetzt bis auf einen Tisch und mehrere herumstehende Stühle leer war. Auf dem Tisch lag eine ausgelesene italienische Zeitung, die über den kürzlichen Tod von Antonio Cuffaro berichtete, einem berüchtigten Drogenbaron der Cosa Nostra. Überhaupt schien in Europa ein Drogenkrieg entbrannt zu sein, denn das war nicht der erste Artikel zu dem Thema, den sie zu Gesicht bekam.

Schlimmer war, dass keiner ihrer Kameraden auf sie gewartet hatte.

Immerhin lachte ihr der Snackautomat entgegen – und der war zu ihrer Überraschung endlich mal komplett aufgefüllt. In den untersten Fächern befanden sich sogar einige diese Schweizer Nougatleckereien, die sie so gern mochte.

»Visby!«, sprach sie die omnipräsente A.R.G.O.S.-KI an, die auch hier im Ausbildungscamp alle elektronischen Vorgänge lenkte. »Einmal die siebzehn und zweimal die neunzehn.«

»Stimmauthentifizierung erfolgreich, Agentin Helena«, ertönte über ihr an der Decke die bekannte weibliche Computerstimme. »Ich freue mich, Sie im Pausenraum zu begrüßen. Aufgrund der hohen Nachfrage mussten die Zugriffsrechte auf die Imbisse der Fächer fünfzehn bis zwanzig mit einem höheren Level versehen werden. Sie verfügen bedauerlicherweise nur über Clearance 1. Ich empfehle daher die Salzstangen. Fach 4.«

Fassungslos starrte Lena den Snackautomat an. Die allgemeine Knausrigkeit bei A.R.G.O.S. kannte sie ja schon. Der Geheimdienst war ja nicht ohne Grund einst von Buchhaltern und Prokuristen gegründet worden. Aber die Ausgabe der Snacks an ihre Sicherheitsstufe zu koppeln, übertraf an Schikane alles, was sie hier bislang erlebt hatte. Wie Visby sie auf solch schäbige Weise daran erinnerte, dass sie ihren einstigen Götterstatus verloren hatte, war zudem mehr als demütigend. Er war ihr damals von ihrem Chef Doktor Fink kurz vor seinem Tod übertragen worden. Lena hatte erst später erfahren, dass dieser innerhalb von A.R.G.O.S. unter dem Codenamen Poseidon firmiert hatte, und somit ein geheimes Mitglied des Olymps, des aus zwölf Männern und Frauen bestehenden Führungszirkels der Agentenorganisation, gewesen war.

Betrachtete man ihren jetzigen Status, hatte sie tiefer eigentlich nicht sinken können.

Gewissermaßen unter den Wert eines Schokoriegels.

Lena blickte sich verstohlen nach etwaigen Kameras um, trat wütend gegen den Automaten und verließ den Raum endgültig, um über einen der kahlen Hotelflure nach unten zu den Sporträumen zu gelangen. Die Doppeltür der Sporthalle stand einen Spalt auf, und so konnte sie von dort bereits die schneidende Stimme ihrer neuen Zweikampfausbilderin hören: Agentin Otrere.

Die versierte A.R.G.O.S.-Veteranin war erst vor drei Wochen auf dem Stützpunkt eingetroffen und genoss bereits vom ersten Tag an den ungeteilten Respekt ihrer Kameraden.

»... ist Mitleid das Letzte, was sie erwarten dürfen, Ladys und Gentlemen. Und auch Ihnen werde ich jede dieser Regungen abtrainieren. So lange, bis Sie eines begreifen: Gott kennt Gnade, A.R.G.O.S. nicht!«

Lena schlüpfte hastig in die kleine Halle, in deren Mitte einige Matten zu einem großen Quadrat ausgelegt worden waren. Sie sah, dass die übrigen sechs Anwärter dort bereits samt ihren blauen Trainingsanzügen und hinter den Rücken verschränkten Armen Aufstellung genommen hatten. Vier Männer, zwei Frauen. Und natürlich waren ihre Blicke fest auf Agentin Otrere gerichtet, die sich in derselben martialischen Pose vor ihnen aufgebaut hatte, und deren roter Bürstenschnitt sich deutlich von jenen der Umstehenden abhob.

Der drahtigen, etwa vierzig Jahre alten Italienerin eilte der Ruf voraus, für den Geheimdienst bereits Einsätze geleitet zu haben, als sich Lena noch im Teenageralter befand. Da die Besatzung hier oben im Gebirge eher klein ausfiel, war Otrere sowohl für die Taktik- als auch die Nahkampfausbildung der Rekruten zuständig. Und dafür war sie als Meisterin zahlloser Kampftechniken, darunter Karate, Krav Maga und Eskrima, wie geschaffen. Dass sie hierher versetzt worden war, hatte dem Flurfunk nach damit zu tun, dass Otrere irgendwann gegen einen russischen Agenten den Kürzeren gezogen hatte. Angeblich mit der Folge eines Trommelfellrisses. Seitdem kam sie für den aktiven Dienst nicht mehr in Frage. Etwas, was vermutlich auch ihre dauernde schlechte Laune und natürlich den Umstand erklärte, warum sie sich ständig veranlasst sah, sie anzubrüllen.

»Aus diesem Grund werden wir heute ...«

Otrere brach ab und wandte sich verärgert zu ihr um, während Lena mit ihrer Tasche in die Halle schlich.

»Agentin Helena, wie schön, dass Sie uns die Ehre erweisen.«

»Bin ich etwa zu spät?«, fragte Lena zaghaft.

»Aber nein, wir haben uns hier bloß zu einem kleinen Willkommenskomitee für Sie versammelt.«

»Echt?« Lena lächelte unsicher, als Otrere auch schon wieder losbrüllte.

»ALLERDINGS SIND SIE ZU SPÄT! Und zwar«, sie blickte geringschätzig auf ihre Armbanduhr, »eine Minute und sechzehn Sekunden! Und jetzt hierher mit Ihnen. Und zwar pronto!«

Lena warf ihre Tasche auf eine der Bänke und nahm rasch neben Autolykos Aufstellung, dessen Lippen zuckten, als sie an seine Seite trat.

»Sie glauben vielleicht, gut zu sein«, wandte sich Otrere nun wieder an alle. »Sie glauben vielleicht, dass es reicht, was Ihnen Ihre einstigen Ausbilder beigebracht haben – sofern Sie da überhaupt etwas gelernt haben …« Ihr Blick wanderte hinüber zu Lena. »Nur muss ich Sie enttäuschen. Denn gut ist für A.R.G.O.S. eben nicht gut genug. Und heute werden wir die Spreu vom Weizen trennen. Das gilt insbesondere für jene unter Ihnen, die glauben, dass eine gewisse Protektion durch die Führungsetage reicht, um zur Elite zu gehören.«

Lena ahnte, wen sie meinte.

»Sie werden mir daher heute zeigen, was in Ihnen steckt. Was Sie abseits der Regeln draufhaben! Denn da draußen auf der Straße kämpft niemand fair. Da geht es allein ums nackte Überleben. Also«, einladend deutet sie in Richtung Waffenwand mit den dort hängenden Schlagstöcken, Nunchakus und anderen stumpfen Waffen, in deren Gebrauch sie hier unterwiesen wurden, »bedienen Sie sich an allem, was Sie als nützlich erachten. Anschließend suchen Sie sich einen Partner, mit dem Sie heute einen Kampf wie in den guten alten Zeiten austragen werden.«

»Und das heißt was genau?«, fragte Lena verunsichert.

»Bis aufs erste Blut, Agentin Helena!« Otrere musterte sie herrisch. »Aber machen Sie sich keine Sorgen, die Krankenabteilung wurde angewiesen, sich bereitzuhalten.«

Lena sackte das Herz in die Hose, als sie sah, wie all die Kraftpakete um sie herum losmarschierten, um sich mit den unterschiedlichsten Schlagwaffen auszurüsten. Sie selbst entschied sich nach einigem Zögern für zwei schlichte Kampfstöcke, bei denen es sich um die einzigen Waffen handelte, deren Gebrauch sie in den zurückliegenden Monaten zumindest grundlegend beherrscht hatte. Dabei sah sie, wie ihre Kameradin Ariadne, eine an Armen und Oberkörper stark tätowierte Spanierin mit halblangen dunklen Haaren, heimlich auch noch einen kleinen Hartgummiball einsteckte.

»Das habe ich alles schon mal schneller gesehen!«, brüllte hinter ihnen Otrere. »Los jetzt, suchen Sie sich Ihre Sparringspartner!«

Lena wollte Ariadne bereits ansprechen, doch die ignorierte sie geflissentlich und tat sich stattdessen mit Myrina zusammen, der einzigen anderen Frau hier, und nach Lena selbst auch die einzige andere Deutsche. Bei ihr handelte es sich um eine brünette Kampfschwimmerin, mit der Lena leider nur sehr wenig gemeinsam hatte.

Es war überhaupt wie sonst auch. Denn relativ schnell fanden die Paarungen zusammen – nur sie blieb allein.

Allerdings war das diesmal vermutlich sogar von Vorteil.

»Agentin Helena!«, dröhnte auch schon die laute Stimme Otreres an ihre Ohren.

»Wie ich sehe, sind Sie allein.«

Lena blickte ihre Ausbilderin gekränkt an, während die übrigen Rekruten ihr mehr oder minder offen mitleidige Blicke zuwarfen.

»Na ja«, Lena deutete zu einem Boxsack in der Hallenecke. »Ich kann ja da hinten in der Zwischenzeit mit meinen Übungen weitermachen.«

»Kommt überhaupt nicht in Frage!« Otrere verengte mitleidlos ihre Augen und nickte Autolykos zu.

»Autolykos, ich weiß, einige hier betrachten das als Zeitverschwendung, aber wären Sie so freundlich, sich Ihrer Kameradin anzunehmen? Ich möchte sicherstellen, dass die Agentin ein für alle Mal begreift, worauf es bei uns ankommt. Danach dürfen Sie und Glaukos«, sie nickte dem drahtigen Tschechen an seiner Seite zu, »sich gern ebenfalls auf ein Tänzchen in unsere Mitte wagen. Ich bin mir sicher, Ihr Kamerad wird Ihnen diese Aufwärmminute gerne gewähren.«

Der Schotte schnaubte und lockerte seinen Stiernacken knackend, während er Lena bedauernd betrachtete.

Lena schluckte.

»Und nun, nehmen Sie Aufstellung.« Otrere fixierte Lena mit bösem Lächeln. »Myrina, Adriane, Sie beide bestreiten die erste Runde. Zeigen Sie uns, was in Ihnen steckt!«

Lena trat wie alle Übrigen an den Rand des Kampfplatzes und sah zunehmend eingeschüchtert dabei zu, wie ihre beiden Mitstreiterinnen einander lauernd umkreisten. Ariadnes Blick wirkte hart, und als Hauptwaffe hatte die Spanierin ein Nunchaku gewählt. Die Deutsche erwiderte ihren Blick ebenso mitleidlos, während sie sich mit einem Bokutō, einem japanischen Holzschwert, kampfbereit machte.

Otrere schürzte die Lippen, und Lena war sich absolut sicher, dass sie der Schaukampf nur noch mehr verunsichern sollte. Offenbar legte es die Italienerin darauf an, dass sie verängstigt die Flucht ergriff. Und kurz überlegte Lena tatsächlich, klein beizugeben. Aber lieber würde sie sich hier verprügeln lassen, als ihr diese Genugtuung zu geben.

Schon stürzten die beiden Rekrutinnen los und droschen mit ihren Waffen aufeinander ein. Und das schneller, als Lena mit den Blicken folgen konnte. Die Halle war jetzt von wüsten Kampfschreien erfüllt, während die Waffen der beiden Frauen rasend schnell aufeinander krachten. Der harte Klang von Holz gegen Holz ertönte, beide Frauen wichen kunstvoll Hieben aus und entgingen mit beherzten Sprüngen Schlägen, wann immer eine der beiden glaubte, die Deckung der anderen durchbrechen zu können. Dann wickelte sich der Nunchaku Ariadnes plötzlich um den Schaft des Bokutōs ihrer Gegnerin. Wüst zerrte die Tätowierte an ihm, um Myrina so die Holzklinge zu entreißen, doch überraschend überlistete die ehemalige Kampfschwimmerin die Spanierin. Sie verpasste ihr einen wüsten Tritt gegen die Brust und entriss ihr ihrerseits die tückische Schlagwaffe. Bevor sie jedoch weiter auf ihre Gegnerin eindreschen konnte, hielt Ariadne den Hartgummiball in der Hand, den sie der Deutschen brutal ins Gesicht schleuderte. Myrinas Nasenbein knackte, die überrumpelte Deutsche schrie gequält auf, und Ariadne nutzte die kurze Ablenkung gnadenlos dazu aus, aufzuspringen, den Bokutō beiseitezuprellen und Myrina mit zwei, drei harten Schlägen gegen den Kopf den Rest zu geben.

Die Deutsche stürzte mit blutbesudeltem Gesicht zu Boden, und Ariadne nahm sie unbarmherzig in den Würgegriff.

»Sehr gut!« Otrere nickte zufrieden und brach den Kampf fast bedauernd ab.

Ariadne erhob sich, und es dauerte eine Weile, bis ihre stöhnende Gegnerin wieder auf die Beine kam. Blut troff aus Nase und Mund der Deutschen und benetzte rot die Matten.

»Du Miststück, das mit dem Ball war nicht fair«, ächzte Myrina.

»Schieben Sie sich Ihre Fairness sonst wo hin«, kommentierte Otrere die Äußerung erbarmungslos. »So lautete die Ansage. Und jetzt die nächsten beiden.«

Die Italienerin warf Lena und dem Schotten einen scharfen Blick zu.

»Tut mir leid, aber ich kann dich leider nicht schonen«, wisperte Autolykos leise. »Diese Woche stehen gerüchtehalber erste Verwendungsgespräche an. Ich hoffe, dafür hast du Verständnis.«

Woher, zum Teufel, wusste auch er davon?

»Schon okay«, meinte Lena mit dünner Stimme. »Ich werde dich … natürlich auch nicht schonen.«

Zittrig trat sie auf das blutbesudelte Mattenfeld und hob ängstlich ihre Kampfstöcke.

Autolykos baute sich derweil gegenüber mit einem Langstock auf, den er zweimal kunstvoll um seinen Oberkörper wirbelte, bevor er in eine federnde Haltung wechselte, sie fixierte und die Waffe nun wie einen Speer auf sie richtete.

Lena begann zu schwitzen, ohne sich auch nur ein Stück bewegt zu haben.

Schon sprang Autolykos auf sie zu und stach dabei unbarmherzig mit dem Langstock auf sie ein.

Lena begriff kaum, wie ihr geschah, doch irgendwie übernahmen ihre Reflexe, und sie schaffte es tatsächlich, den schnell ausgeführten Stichen standzuhalten, indem sie diese mit ihren Kampfstöcken irgendwie am Körper vorbei lenkte. Ihr gelang sogar selbst ein halbherziger Schlag – als ihr Kampfglück auch schon endete. Denn im nächsten Moment zuckte der Langstock des Schotten wie der Kopf eine Kobra vor, nur, um ihr erst den einen, dann den anderen Stab schmerzhaft aus den Händen zu prellen.

Schockiert wich Lena zurück, als sie sah, wer sich in die Halle Einlass verschaffte. Laut stieß sie einen Pfiff aus.

Im nächsten Moment wirbelte die Waffe ihres Gegners abermals durch die Luft, und der Schotte säbelte ihr fast beiläufig die Beine weg – als hinter ihm auch schon ein Schatten heranhuschte und ihn knurrend anfiel: Jupiter!

Autolykos wirbelte erschrocken herum, versuchte, den Schäferhund noch abzuwehren, und rutschte auf der Blutlache aus. Hart stürzte auch er zu Boden, während sich Jupiter knurrend in seinem linken Arm verbiss.

»Verdammtes Mistvieh!« Aufgebracht prügelte Autolykos auf den Hund ein, als Lena auch schon wieder auf und heran war.

»Wage es nicht, Jupiter wehzutun!«

Mit aller Kraft trat sie Autolykos in die Kronjuwelen und riss den Schäferhund von ihm fort. Der Schotte heulte auf und krümmte sich schmerzerfüllt.

»Gewonnen!«, jubelte Lena voller Genugtuung, während sie Jupiter weiter mühsam zurückhielt. Noch immer fletschte der Schäferhund die Lefzen und knurrte drohend.

In der Halle herrschte eine ohrenbetäubende Stille, die nur von dem Ächzen des Schotten durchbrochen wurde, der sich wechselnd die malträtierte Stelle zwischen seinen Beinen und die blutende Bisswunde hielt.

»Ich fasse es nicht!«, brüllte Otrere plötzlich los. »Wo kommt die verdammte Töle her?! Agentin Helena, Sie glauben doch wohl nicht, dass …«

»›Bedienen Sie sich an allem, was Sie hier finden‹«, unterbrach

Lena sie trotzig, während sie Jupiter mit mahnend erhobenem Zeigefinger Platz nehmen ließ. »Ihre Worte. Der Kampf auf der Straße ist eben nicht fair!«

Sprachlos starrte ihre Ausbilderin sie an, und auch die Kameraden warfen sich ungläubige Blicke zu – als die angenehme Stimme Visbys von der Hallendecke hallte.

»Agentin Helena, bitte finden Sie sich umgehend im Büro des Prinzipals ein.«

Die KI wiederholte ihre Aufforderung, und fragend blickte Lena Otrere an.

»Los, verschwinden Sie!«, giftete diese. »Und nehmen Sie den verdammten Köter mit!«

»Also *habe* ich gewonnen?«

»RAUS!«

Lena trat an Autolykos heran und reichte ihm ihre Hand, doch der Schotte schüttelte wütend den Kopf. Mühsam kam er von alleine wieder auf die Beine.

»Jupiter, bei Fuß!«

Hocherhobenen Hauptes sammelte Lena ihre Sporttasche ein und marschierte flankiert von Jupiter und unter den Blicken aller anderen aus der Halle.

»Boah, waren wir beide gut!«, jubelte sie leise, kaum dass sie die Hallentür hinter sich geschlossen hatte. Diesmal richtig.

Liebevoll knuddelte sie den Schäferhund, der ihr einmal quer über das Gesicht leckte. »Ich verspreche dir, Sweety, das gibt nachher ein weiteres Leckerli.«

Noch immer sah Lena die fassungslosen Gesichter von Otrere und all den anderen im Geiste vor sich. Und erstmals seit Langem fühlte sie sich wieder so energiegeladen wie damals, als sie mit Perseus, Elektra, Kirke und Daedalos ihren ersten Einsatz erlebt hatte.

Jupiter kläffte und lief sogleich in Richtung der Unterkünfte, doch Lena wiegelte ab. »Tut mir leid, aber ich habe jetzt ein wichtiges Gespräch. Nachher, okay?«

Unter den traurigen Blicken des Schäferhundes marschierte sie zum Trakt der Geschäftsführung, bis sie schließlich vor einer Tür stand, über der eine Überwachungskamera in Gestalt eines Auges inmitten eines auf dem Kopf stehenden Dreiecks zu sehen war.

Das Erkennungszeichen von A.R.G.O.S.

Das Auge stand sinnbildlich für das vieläugige Monster gleichen Namens aus der griechischen Mythologie, die drei Spitzen des Dreiecks hingegen für die Eide, die jeder Agent zu leisten hatte: Treue, Tapferkeit und Tod.

Und sie war bereit dafür.

Schon lange.

Die Tür summte und sprang auf. Gespannt betrat sie einen Korridor, dessen Wände ähnlich wie bei den Kontoren des Geheimdienstes, den verborgen über ganz Europa verstreut liegenden Stützpunkten von A.R.G.O.S., von historischen Gemälden geziert wurden. Eines zeigte eine dieser dickbäuchigen Hansekoggen auf hoher See, jene altertümlichen Handelsschiffe des Hansebundes, in dessen Tradition sich der Geheimdienst wähnte. Auf den übrigen Gemälden waren Wagenzüge vor der Kulisse stolzer Gebirgspässe sowie die altertümlichen Porträts dreier Tiroler Hansegrafen zu sehen. Lena hob interessiert eine Augenbraue, denn Letzteres deutete darauf hin, dass die Männer einst nicht nur die Interessen ihres Landes gewahrt hatten.

Eine Tür öffnete sich, und Agent Genetor begrüßte sie. Ein schmächtiger Slowene mit dicken Brillengläsern und hartem Akzent, der dem Prinzipal bei den Tagesgeschäften zur Hand ging und von dem sich Lena kaum vorstellen konnte, dass er ein Camp wie dieses je selbst durchlaufen hatte. Der Mittdreißiger leitete zugleich die obligatorischen Buchhaltungs- und Rechtsseminare, und das auch recht versiert. Zumindest er schien sie zu mögen, was aber auch kein Wunder war, da das die einzigen Lerneinheiten waren, bei denen sie glänzte.

»Ah, Rekrutin Helena. Bitte kommen Sie rein, Prinzipal Aktaion erwartet Sie bereits.«

Lena folgte dem Slowenen in ein nüchtern ausgestattetes Büro.

Er lächelte ihr unverbindlich zu und klopfte an eine Tür, die er kurz darauf öffnete.

»Prinzipal! Die Rekrutin, die Sie zu sehen wünschten.«

»Soll reinkommen«, ertönte von drinnen eine Männerstimme mit italienischem Einschlag.

»Toi, toi, toi!« Genetor lächelte ihr aufmunternd zu, und sie betrat einen Büroraum mit hohen Fenstern, durch die man einen prachtvollen Ausblick auf die verschneite Südtiroler Bergwelt hatte. An den Wänden standen hohe Regale mit unzähligen Aktenordnern, in einer Ecke befand sich ein Tisch mit einer Cappuccino-Maschine, doch der eigentliche Blickfang war ein großer Schreibtisch, der mit Trainingsplänen und Kladden angefüllt war. Dahinter saß ein schlanker, etwa sechzigjähriger Italiener mit grauweißem Haar und elegantem rotbraunem Anzug, der soeben eine Akte studierte.

Interessiert hefteten sich Aktaions dunkle Augen auf ihren blauen Trainingsanzug.

»Agentin Helena. Ich hoffe, meinetwegen verpassen Sie keine Ihrer wichtigen Trainingseinheiten?«

»Nein, nein, schon abgeschlossen. Und ich schätze, sogar ziemlich erfolgreich.«

»Das höre ich gern.« Er deutete auf einen Stuhl. »Bitte setzen Sie sich.«

Lena tat es und nestelte unruhig an dem Handy in ihrer Jackentasche. Ihr kam es zwar etwas kühn vor, diese Mirror-App ausgerechnet gegen den Prinzipal des Camps einzusetzen, allerdings war heute schon Freitag. Und erfahrungsgemäß dauerte es etwas, bis Elektra die Trainingsdaten animiert hatte. Nur musste Aktaion sein Smartphone dafür entsperren. Und sie sah hier überhaupt kein weiteres Handy.

»Tja, Agentin Helena, wo fange ich an«, hob der Prinzipal an. »Sie wurden uns ja von ganz oben empfohlen. Hier habe ich nun Ihren Schulungsbericht, und …«

Lena unterbrach ihn sogleich.

»Ich war heute wirklich gut«, versicherte sie. »Vielleicht rufen Sie kurz Agentin Otrere an und lassen sich Bericht erstatten?«

»Äh, seien Sie versichert, das wird schon noch geschehen.« Die Lippen des Italieners verzogen sich zu der Andeutung eines Lächelns. »Es gibt hier überhaupt nur wenig, was meiner Aufmerksamkeit entgeht. Und da kommen wir auch gleich zu dem Grund, warum ich Sie hergebeten habe.«

»Das Verwendungsgespräch?«, platzte es aus Lena heraus.

»Oh, Sie wissen um die hiesigen Abläufe?«

»Ich, äh … nur Gerüchte. Aber ich verspreche Ihnen, ich bin bereit. Und zwar so was von bereit. Das können Sie sich kaum vorstellen.«

»So, sind Sie das?« Aktaion entnahm der vor ihm liegenden Akte einige Papiere und lehnte sich seufzend zurück. »Ja, ich lese hier in der Tat, dass Sie durch einige recht unkonventionelle Aktivitäten aufgefallen sind. Und man darf wohl sagen, dass Sie die interessanteste Kandidatin sind, die sich je daran versucht hat, unser Ausbildungsprogramm zu durchlaufen.«

»Ich hoffe, das ist etwas Gutes?« Misstrauisch musterte Lena ihn. »Wollen Sie nicht vielleicht doch mal kurz bei Agentin Otrere anrufen?«

»Wie ich sehe, sind Ihre Ergebnisse bei allen administrativen Lerneinheiten herausragend«, murmelte ihr Gegenüber, ohne auf ihren Vorschlag einzugehen, »Dienstrecht – top! Buchhaltung – top! Verfassungs- und Verwaltungsrecht und auch Staatsschutz – top! Fremdsprachen – sogar ausgezeichnet!«

»Na ja …«, wand sich Lena geschmeichelt.

»Bei Angewandter Psychologie beginnt es allerdings … interessant zu werden: ›*Kandidatin neigt zur Unbesonnenheit und voreiligen Schlussfolgerungen …*‹ Sie haben Ihrer Ausbilderin allen Ernstes nahegelegt, eine Therapie wegen ihrer traumatischen Kindheitserfahrungen zu beginnen?«

»Na ja, Agentin Palla zeigt in der Tat Anzeichen, dass sie bereits in ihrer Jugend ein Gewaltproblem hatte. Ihr ganzes Auftreten verrät mir …«

Aktaion stoppte sie und blätterte weiter. »Sie absolvieren die täglichen fünf Kilometer Laufstrecke in einundfünfzig Minuten?«

»Ja, und das inzwischen ganz ohne Seitenstechen und ohne Pausen.« Lenas Lächeln zerfaserte, als sie den ernsten Blick des Prinzipals bemerkte. »Was aber natürlich vor allem an dem vielen Schnee da draußen liegt.«

»Obligatorisch sind zwanzig Minuten«, unterbrach sie ihr Gegenüber. »Und das auch nur, weil Sie hier gewissermaßen als Quereinsteigerin gelten.« Er atmete tief ein. »Waffenzusammenbau einer IMI Desert Eagle in einundzwanzig Minuten.«

»Das sind ganz schön viele Teile.«

»Es sind genau zehn, Agentin Helena. Und Ihre Kameraden schaffen das in unter einer Minute. Und bei dem Biwak im Herbst haben Sie sich geheimer Essensvorräte bedient, statt sich wie gefordert von dem zu ernähren, was die Umgebung hergibt.«

»Das ist so nicht ganz korrekt«, korrigierte ihn Lena. »Die Ravioli-Büchsen stammten von einem Touristenpärchen. Gebirgswanderer, die hier oben zelten waren. Wir sind uns zufällig begegnet, und sie haben mich dann zum Essen eingeladen. Gewissermaßen ... gehörten die also zur Umgebung.«

»Und was ist mit der Funkausbildung? Hier steht, dass Sie über Wochen heimlich mit einem Privatfunker aus Chile Kontakt hielten.«

»Aber doch nur, weil ich mich irgendwie unterfordert gefühlt hatte. Mir war ... etwas langweilig.«

»Langweilig?« Der Prinzipal musterte sie scharf. »Langeweile war dann auch der Grund dafür, dass Sie bei unserem Taktikmodul da draußen in der Bergwelt Feuer nicht mit Hilfsmitteln der Natur, sondern mit dem hier gemacht haben?«

Er entnahm einer Schublade das *Apollon-Auge*, jene Multifunktions-Kristallbrosche aus Visby, die sie nach dem Kampf gegen Pichler behalten hatte. Das Hightech-Gadget war in der Lage, einen scharfen Laserschneidbrenner zu erzeugen, besaß einen eingebauten Entfernungsmesser und verfügte von Nacht- bis Infrarotsicht auch über zahlreiche optische Funktionen. Außerdem war es eine wirklich hübsche Brosche.

Lena warf dem Schmuckstück einen begehrlichen Blick zu und schwieg.

»Wenn Sie sich langweilen«, Aktaion verstaute die Brosche wieder in der Schublade, »warum nutzen Sie den hiesigen Schießstand nicht dafür, Ihre entsprechenden Fähigkeiten zu verbessern? Ihren Ergebnissen nach sollten Sie aber vielleicht von vornherein den Rand der Zielscheibe anvisieren, um auf eine akzeptable Trefferquote zu kommen.«

»Und das heißt jetzt was?«

»Na ja, Sie verfügen offenbar über ganz spezielle Kompetenzen«, meinte der Prinzipal diplomatisch. »Bei all dem wurde Ihr fotografisches Gedächtnis noch gar nicht gewürdigt. Ebenso wenig der Umstand, dass Sie irgendwie die Olymp-Ebene von sich überzeugen konnten. Allerdings haben Sie ja noch ein paar Monate, um Ihr Profil zu schärfen. Was ich Ihnen aber jetzt schon anbieten könnte, wäre eine Stelle im Kontor von Madrid.«

»Ja!«, entfuhr es Lena begeistert. »Ich meine … Das klingt perfekt! So eine schöne Stadt … Und was wäre da so meine Aufgabe? Unterwanderung von ETA-Terroristen? Kampf gegen Drogenkartelle?«

»Besser. Viel besser. Wir dachten da an die frei werdende Assistenzstelle der dortigen Prinzipalin.«

»Wie bitte – Sekretärin!?« Lena starrte den Chef des Camps fassungslos an. »Aber …«

Prinzipal Aktaion schnitt ihr mit einer Handbewegung das Wort ab. »Agentin Helena. Überlegen Sie es sich. Sie wären wirklich geeignet für diese …«

Er kam nicht dazu, fortzufahren, da in diesem Moment eine Sirene losschrillte, die zweifellos in der ganzen Einrichtung zu hören war.

Aktaion schreckte hoch, als auch schon die Tür aufgerissen wurde und Genetor hereinstürmte.

»Prinzipal Aktaion, soeben ist auf Station 3 der stumme Alarm ausgelöst worden.« Aufgewühlt rückte der Slowene seine Hornbrille zurecht. »Offenbar versuchen Unbekannte, sich dort Einlass zu verschaffen.«

Alarmiert sprang der Prinzipal auf. »Ist das Kontor in Mailand informiert?«

»Selbstverständlich.«

»Dann lassen Sie sofort die Rekruten antreten. Volle Gefechtsbereitschaft! Appell in zehn Minuten auf dem Hof.« Er wandte sich Lena zu. »Wir werden unser Gespräch später fortsetzen. Zurück zu Ihrer Ausbildungseinheit!«

Lena, die eine seltsame Aufregung verspürte, nickte hastig und verließ die Büroräume. Auf den Gängen waren inzwischen rote Signalleuchten angesprungen, dennoch schien irgendjemand entschieden zu haben, die Sirene auf dem Gelände auszuschalten, denn es kehrte bald wieder Ruhe ein. Eine Ruhe, die von Stiefelschritten ausgefüllt wurde. Vor ihr hasteten Gestalten über die Flure, und sie erkannte unter ihnen Autolykos wieder, der noch immer leicht humpelte.

»Wo bleibst du?«, rief er ihr säuerlich zu. »Los, zur Kleiderkammer, und dann raus, antreten.«

»Komme!« Lena schloss sich ihm eilig an.

Das war vermutlich ihre letzte Gelegenheit, allen zu zeigen, was in ihr steckte. Gemeinsam mit den anderen erreichte sie die Umkleideräume, wo sie sich in Stiefel und schwarzweiß-gefleckte Schneeanzüge zwängten, als von draußen auch schon der Befehl zum Antreten zu hören war.

Lena eilte gemeinsam mit dem Rest der Truppe auf den verschneiten Innenhof der einstigen Hotelanlage, wo sie in einer Linie antraten.

Otrere wartete dort bereits voll ausgerüstet auf sie, während an einem Seitentrakt ein getarntes Garagentor hochfuhr, hinter dem ein halbes Dutzend Schneemobile zum Vorschein kamen.

Zwei Helfer trugen militärisch anmutende Kisten aus olivgrünem Hartplastik auf den Hof. Als sie deren Deckel hochklappten, kamen MPs, Pistolen, Granaten und Munition zum Vorschein.

Eine weitere Hoftür öffnete sich, und Prinzipal Aktaion trat zusammen mit drei weiteren ihrer Ausbilder ins Freie. Unter ihnen Agent Genetor, die Psychologin Palla und der hiesige Sicherheitschef

Encheleus, ein bärtiger Däne mit eisblauen Augen, der für gewöhnlich auch das Schießtraining und die übrigen Außeneinsätze koordinierte.

Stille kehrte auf dem Hof ein, die nur vom leichten Bergwind durchbrochen wurde.

»Rekruten!« Aktaion baute sich breitbeinig und mit hinter dem Rücken verschränkten Händen vor ihnen auf. »Dies ist keine Übung! Unsere Einrichtung befindet sich nicht ohne Grund in solch exponierter Lage. Denn nur etwa zehn Kilometer entfernt von hier, getarnt als TV- und Radio-Empfangsstation, unterhält A.R.G.O.S. eine von drei geheimen Satelliten-Kontrolleinrichtungen, über die unser Dienst die *Perseiden*, unser geheimes A.R.G.O.S.-Satellitennetzwerk, überwacht. Dort wurde vor fünfzehn Minuten der stille Alarm ausgelöst.«

Lena hatte von der geheimen Satellitenflotte natürlich schon gehört, doch den erstaunten Gesichtszügen ihrer Kameraden entnahm sie, dass den meisten hier nicht bewusst war, wie gut der Geheimdienst tatsächlich aufgestellt war. Allein Ariadne verzog bei der Eröffnung geringschätzig die Lippen.

»Es handelt sich dabei um die streng geheime Station 3!«, fuhr der Prinzipal fort. »Die Anlage funktioniert halbautomatisch, und infolge einiger Etatkürzungen sind dort lediglich vier Techniker und Wachen vor Ort. Und diese melden sich auf unsere Kontaktversuche hin nicht. Wie Sie inzwischen erraten haben dürften, befindet sich diese Einrichtung auch deshalb hier in den Alpen, um im Notfall für den Schutz der Kontrollstation zu sorgen. Und dieser Notfall ist jetzt eingetreten. Ihre Ausbildung gilt damit vor der Zeit als abgeschlossen, und Sie sind hiermit in den aktiven Dienst versetzt. Für die bevorstehende Mission sind Sie Agentin Otrere unterstellt«, der Italiener nickte seiner rothaarigen Landsfrau zu. »Es obliegt ab jetzt Ihnen, die Lage vor Ort aufzuklären und Station 3 zu sichern, bis das Eingreifteam aus dem Kontor in Mailand eingetroffen ist. Fragen?«

Lena meldete sich. »Wann werden wir aufbrechen?«

»Das kommt darauf an, was Sie mit *wir* meinen«, ätzte Otrere. »Denn Sie, Agentin Helena, werden hierbleiben. Der Rest: bewaffnen und aufmunitionieren! Wir rücken in exakt sieben Minuten ab!«

Lena starrte die Italienerin fassungslos an, während ihre Kameraden zu den Kisten eilten, sich dort flugs mit Waffen ausrüsteten, um dann weiter zu der Halle mit den Schneemobilen zu laufen.

Lena stand auch noch immer an ihrem Fleck, als die Motoren der Schneemobile anliefen und sich ihre Kameraden Agentin Otrere anschlossen, die streng ihre Armbanduhr im Blick behielt, bis sie schließlich das Kommando zum Losfahren gab. Die ganze Kolonne braust durch einen Torbogen in die nahe Bergwelt, und Lena erwachte erst aus ihrer Versteinerung, als sie von Genetor angesprochen wurde.

»Agentin Helena?«

Verlegen nestelte er an seiner Hornbrille.

Lena bemerkte erst jetzt, dass sie längst alleine auf dem Hof waren. Leichter Schneefall hatte inzwischen eingesetzt. Sie wandte sich dem Slowenen zu, und dieser schenkte ihr ein aufbauendes Lächeln.

»Grämen Sie sich nicht. Unsereins ist an anderer Stelle einfach besser aufgehoben. Kommen Sie? Wir haben eine andere Verwendung für Sie.«

Unsereins?

Erniedrigt folgte ihm Lena über einen Korridor zurück ins Gebäudeinnere, wo er einen Raum aufschloss, in dem es muffig roch.

Dort stapelten sich ein gutes Dutzend Müllsäcke.

»Äh, hierbei handelt es sich um sensibles Überwachungsmaterial, das uns jüngst aus dem Kontor in Mailand angeliefert wurde. Das ist der Hausmüll von Salvatore Genovese, einem berüchtigten Mafiapaten aus Sizilien, der seit einiger Zeit von uns observiert wird. Die Kollegen baten uns, nach allen verwertbaren Hinweisen zu suchen, die ihnen helfen könnten, mehr über seine illegalen Aktivitäten herauszufinden. Sie wissen schon, das volle Programm: geheime Geschäftstransaktionen, heimliche Geliebte, Spielschulden und so fort.«

Da Lena noch immer schwieg, räusperte sich der Agent. »Gut,

ähm, dann lasse ich Sie mal alleine. Lassen Sie mich wissen, wenn Sie einen Kaffee wünschen. Oder vielleicht … einen Duftstein.«

Er eilte fort, und Lena starrte konsterniert die Müllsäcke an.

Dafür sollte sie hier oben ein halbes Jahr ihres Lebens verschwendet haben?

Entschlossenheit verengte ihre Augen.

Sie war Agentin.

Und es wurde höchste Zeit, das unter Beweis zu stellen.

STATION 3

Ein kalter Wind schlug Lena entgegen, während sie auf ihren Skiern zügig den verschneiten Abhang hinunterwedelte. Die Bretter unter ihren Füßen waren Spezialanfertigungen, die sich an ihre Militärstiefel schnallen ließen, aber auch auf ihnen hatte sie nichts von ihrem Schwung verloren. Ganz im Gegenteil.

Erstmals seit Monaten fühlte sie sich wieder frei.

Bei dem imposanten Anblick der winterlich weißen Bergwelt kam ihr unwillkürlich auch wieder der letzte gemeinsame Winterurlaub mit ihrer Schwester in den Sinn. Sie war auf Skiern schon immer besser als Sophia gewesen, die sich damals sogar einen Bänderriss zugezogen hatte. Und ihr Stolz auf diese Leistung wurde auch nur wenig von dem Umstand getrübt, dass es ihre Schwester erstaunlich schnell geschafft hatte, den Unfall ins Vorteilhafte zu verkehren – zumindest, wenn man die Anzahl der Verehrer als Maßstab nahm, die sie während des Après-Skis umschwärmt hatten. Aber all das war im wahrsten Sinne des Wortes ›Schnee von gestern‹.

Und im Augenblick durfte sie Selbstzweifel auch gar nicht erst aufkommen lassen, denn das als Hotelbau getarnte Ausbildungscamp lag in einer Höhenlage mit schroff abfallenden Hängen und steilen Graten, die alles andere als leicht zu bezwingen waren. Ganz abgesehen davon, dass sie in der hiesigen Abgeschiedenheit auch lange vergeblich auf Hilfe warten konnte, sollte sie hier oben irgendwo verunglücken.

Etwa in eine Felsspalte fallen.

Oder sich ein Bein brechen.

Oder gleich den Hals.

Lena bremste die schnelle Bergabfahrt nun doch etwas. Für

Schwäche war jedoch keine Zeit. Sie musste sich bewähren. Und zwar unbedingt. Unglücklicherweise hatte sie sich in ihrem Furor noch gar keine rechten Gedanken gemacht, wie sie das anstellen sollte. Dass ihre Wut inzwischen einer gewissen Ernüchterung gewichen war, machte all das auch nicht besser. Im Gegenteil. Stattdessen wuchsen mit jedem zurückgelegten Höhenmeter die Zweifel, ob es wirklich so klug gewesen war, die Ausrüstungskammer aufzubrechen und sich unerlaubt vom Camp zu entfernen. Sie hatte ja nicht einmal eine Idee davon, wo genau sich diese geheime Satelliten-Kontrollstation überhaupt befand. Auch wenn sie natürlich bloß den Spuren der Motorschlitten folgen musste.

Im Gegensatz zu ihrem alten A.R.G.O.S.-Team, das ihre Spontaneität stets zu schätzen gewusst hatte, würde Otrere vermutlich auch nicht gerade begeistert reagieren, wenn sie herausfand, dass Lena dem Kommando heimlich gefolgt war. Mehr noch, ihre Ausbilderin konnte sie dafür in hohem Bogen aus dem Agentenkorps werfen lassen.

Längst schlidderte Lena nur noch im mutlosen Pflug durch den Schnee.

Was, zum Teufel, tat sie hier eigentlich?

Sie stoppte die Abwärtsfahrt endgültig, rammte ihre Skistöcke in den Schnee und starrte unglücklich auf die zerfurchten Spuren, die die Schneemobile auf der weißen Fläche hinterlassen hatten.

Bewaffnet war sie auch nicht.

Abgesehen natürlich von ihrem coolen Lady-Shave-Rasierer samt der von A.R.G.O.S. eingebauten Elektroschock-Funktion. Die Trickwaffe, die ihr vor einem halben Jahr so gute Dienste geleistet hatte, hatte sie heimlich behalten. Auch wenn man höllisch aufpassen musste, sobald man sich damit rasierte.

Trotzdem. Wie sollte sie jetzt vorgehen? Selbst bei gründlicherem Nachdenken fiel ihr kein plausibler Grund ein, wie sie den anderen ihr unerwartetes Erscheinen erklären sollte.

Sie war eine solche Idiotin.

Verbittert blickte sie zum Berg auf. Noch konnte sie zurück, ohne dass ihre Abwesenheit auffiel. Genetor würde vermutlich erst in einigen Stunden nach ihr sehen. Wenn überhaupt.

Und dann?

Müll sortieren?

Es war zum Verzweifeln.

Das beschämende Gefühl der Niederlage lastete wie Blei auf ihren Schultern – als von irgendwo in der Bergwelt leiser Donnerhall an ihre Ohren rollte.

Und dann noch mal.

Alarmiert schob sich Lena die Sonnenbrille auf die Stirn, fasste die Zacken und Grate der stolzen Bergwelt ins Auge und lauschte. Doch weder war etwas zu sehen, noch wiederholten sich die befremdlichen Laute. Alles, was jetzt noch zu hören war, war das leise Säuseln des Bergwindes.

Schließlich obsiegte ihre Neugier. Jetzt, da sie so weit gekommen war, musste sie wenigstens mal nachsehen.

Lena rückte die Sonnenbrille wieder zurecht, stieß sich mit den Skistöcken ab und folgte weiter den Spuren der Schneemobile, die sich schräg über die Bergflanke hinüber zu einigen hohen schwarzen Felsen zogen, deren Kuppen wie von dicken Lagen Zuckerguss überzogen wirkten.

Hinter den ehernen Kolossen kam ein Tal in Sicht, und der Berg fiel dort noch steiler ab. Dafür konnte sie nun etwas weiter unten an den Hängen erstmals die Baumgrenze sehen. Die Spuren der Motorschlitten führten über einen tief verschneiten Kamm hinweg und von dort weiter abwärts auf den ebenfalls schneebedeckten grünen Saum zu. Zwischen den fernen Fichten glaubte sie sogar, etwas Rauch ausmachen zu können. Irgendwas stimmte da unten nicht.

Und zwar ganz und gar nicht.

Beherzt stieß sie sich wieder ab, beschleunigte und folgte den Spuren der Schneefahrzeuge zügig über den verschneiten Kamm, um sich dann im Kurzschwung der Waldgrenze gute zweihundert Meter unter ihr zu nähern. Die Schneedecke knirschte und kratzte unter ihren Skiern, dann, endlich, passierte sie das erste Nadelgehölz, jagte an immer mehr Bäumen vorbei und sah, dass die Spuren der Motorschlitten auf einem gedachten Pfad zwischen den Bäumen hindurchführten.

Lena verlangsamte ihre Fahrt im gleichen Maße, wie der Wald dichter wurde, streifte dabei einen überhängenden Ast, der seine Schneelast hinter ihr entlud, und hatte erstmals Mühe, auf dem zerfurchten Untergrund das Gleichgewicht zu bewahren, als sie ein Stück voraus, zwischen dem allgegenwärtigen Grün der Nadelbäume, eines der gesuchten Schneemobile entdeckte.

Die Maschine war frontal mit einer Fichte kollidiert.

Unweit des Motorschlittens war ein verdreckter Krater im verschneiten Untergrund zu erkennen, der so wirkte, als sei dort etwas explodiert.

Eine Granate?

Vorsichtig schlidderte Lena auf die Unglücksstelle zu und erblickte wenige Meter hinter der verunglückten Maschine, unter ausladenden Nadelzweigen, einen reglosen Körper im Fleckanzug. Himmel, das war Myrina!

Schockiert riss Lena die Augen auf, denn ihre Kameradin war nicht bloß mit dem Baum kollidiert, in ihrem Rücken prangten zwei Einschusswunden, die den Schneeanzug mit Blut durchtränkt hatten.

Myrina war tot.

Und nur wenige Meter von ihrem Leichnam entfernt, verkantet zwischen Bäumen, steckte ein weiteres Schneemobil. In unmittelbarer Nähe war ein zweiter Explosionskrater auszumachen, um den herum die Fichten einen Großteil ihrer Nadeln verloren hatten.

Lenas entsetzter Blick folgte dem Pfad weiter nach unten und erfasste einen dritten verlassenen Motorschlitten, daneben die Konturen eines zweiten reglosen Körpers. Außerdem waren im Wald links des Pfades Spuren eines weiteren ihrer Untersätze auszumachen, die zwischen den Bäumen hindurch geradewegs zu einer Abbruchkante in sechs oder sieben Metern Entfernung führten, hinter der es steil in die Tiefe ging. Wer auch immer dort entlanggefahren war, musste unweigerlich abgestürzt sein.

Was, zum Teufel, war hier vorgefallen?

Und wo waren ihre übrigen Kameraden?

Lena kostete es etwas Überwindung, an Myrinas Leichnam heranzufahren und ihr die MP abzunehmen. Da hörte sie tiefer im Wald zwischen den Bäumen ein schmerzerfülltes Stöhnen.

Sofort schreckte sie hoch und zielte mit der Waffe in die Richtung. Doch außer schneebedeckten Tannenzweigen war da hinten nur wenig zu erkennen.

»Wer ist da?«

Das Stöhnen wiederholte sich, und so löste sie ihre Skier und näherte sich der Geräuschquelle in geducktem Lauf. Sie querte den Pfad, nutzte die Fichten als Deckung und erblickte einige Meter entfernt inmitten des Nadeldickichts ein weiteres verunglücktes Schneemobil. Angesichts der dichten weißen Lagen, die es bedeckten, war es vom Pfad aus kaum zu erkennen.

Daneben war eine Bewegung auszumachen.

Die Waffe weiter im Anschlag stapfte sie durch den Schnee, als sich vor einem Baumstamm ein muskulöser Mann mit blutüberströmtem Gesicht aufrichtete, der seinerseits mit einer Beretta APX auf sie zielte.

»Autolykos?!«

»Helena?!« Der Schotte blinzelte unter seiner Skimaske ungläubig und ließ die Pistole sinken.

Lena senkte die MP ebenfalls. »Warum hast du auf meinen Ruf nicht reagiert? Ich hätte dich erschießen können.«

»Nicht, solange du deine Kanone nicht entsicherst.«

»Oh.« Peinlich berührt legte Lena den Hebel ihrer Waffe um und kniete neben ihm. Ihr Gefährte blutete auch an Bein und Oberkörper, wie sie jetzt sah. »Bist du in Ordnung?«

»Nein, verdammt. Siehst du doch.« Autolykos stöhnte. »Mein Bein ist gebrochen und eine Rippe mindestens geprellt.«

»Warte«, Lena griff zu ihrer Verbandstasche. »Ich helfe dir.«

»Du? Nein! Auf gar keinen Fall!« Der Schotte riss alarmiert die Augen auf. »Ich … komme schon zurecht.«

»Sag schon, was ist hier passiert?«

»Wir wurden verraten!«, stöhnte der Schotte, während er sich mit ihrer Hilfe mühsam gegen einen Baum lehnte. Ein Schatten verdüsterte sein Antlitz. »Der Feind war längst unter uns.«

»Otrere?!«

»Was? Nein. Ariadne!« Autolykos schnaubte vor Wut, während Lena bei der Erwähnung der tätowierten Spanierin verblüfft die Augen aufriss.

»Otrere«, fuhr ihr Gegenüber fort, »gab gerade das Kommando durch, dass wir uns sammeln sollen, als Ariadne uns plötzlich in den Rücken gefallen ist. Erst mit Granaten, dann direkt. Wir haben das einfach nicht kommen sehen. Schätze, das Miststück hat mich nach meinem Unfall für tot gehalten, denn ich bin kurz bewusstlos geworden. Sie muss mit den Eindringlingen unten bei der Kontrollstation unter einer Decke stecken. Gut möglich, dass sie sogar gezielt bei uns eingeschleust wurde.«

»Sie hat Myrina erschossen«, erklärte Lena niedergeschlagen. »Und die anderen?«

»Glaukos vermutlich ebenfalls. Und das Letzte, was ich von Talaos gesehen habe, war, wie er da hinten geblendet über den Hang abstürzte. Wo Palos ist, weiß ich nicht. Vermutlich ebenfalls ausgeschaltet.« Der Schotte betastete seine Kopfwunde. »Ariadne ging es offenbar darum, Otrere in die Finger zu kriegen.«

»Wieso das?«

»Ich konnte hören, wie sie mit jemandem über Funk Kontakt aufnahm. Otrere besitzt höhere Zugriffsrechte als wir übrigen, die wir alle bloß Clearance 2 haben. Begreifst du? Mit ihrer Hilfe schaffen es die Eindringlinge vermutlich auch in die sensiblen Abteilungen der Station.«

»Ihr alle habt Clearance 2?«, fragte Lena empört.

»Du nicht?«

»Doch, natürlich …« Lena räusperte sich. »Dann bin ich also die Einzige, die übrig ist?«

»Ich hab zwar keine Ahnung, was du hier eigentlich treibst, aber ja. Du musst unbedingt Kontakt zur Basis aufnehmen und dem Prinzipal melden, was hier vorgefallen ist.«

»Das kannst du übernehmen.« Kämpferisch erhob sich Lena. »Ich werde mir die Kontrollstation vornehmen.«

»Du willst … was!?« Ungläubig starrte Autolykos sie an. »Ehrlich, Helena, nichts für ungut. Aber wir haben es hier mit Profis zu tun. Wie auch immer du es überhaupt zu A.R.G.O.S. geschafft hast, gegen die hast du nicht den Hauch einer Chance. Das Einzige, was du in den letzten Monaten zuwege gebracht hast, ist … sorry … ist alles irgendwie zu, äh, chaotisieren.«

»Ach ja?«, reagierte Lena verschnupft. »Dann werde ich eben genau damit weitermachen.«

»Womit?«

»Na, mit diesem … Chaotisieren. Wirst schon sehen. Ich mache Ariadne fertig. Die wäre nicht die Erste, die mich unterschätzt.« Sie hob kühn ihre Waffe. »Und dann: ›Hasta la vista!‹, wie Bruce Willis immer in seinen Filmen zu sagen pflegt.«

»Das war Arnold Schwarzenegger in Terminator.«

»Einer von den beiden halt.« Sie sammelte Autolykos' Funkgerät auf, das neben dem Motorschlitten aus dem Schnee ragte, und drückte es ihm in die Hand. »Wünsch mir Glück!«

Sie warf sich die MP über die Schulter und marschierte zwischen den Bäumen zu ihren Skiern zurück, während ihr der Schotte sprachlos hinterherblickte. Bedauernd betrachtete sie den leblosen Körper Myrinas, dann durchsuchte sie die einstige Kampfschwimmerin nach weiterer Ausrüstung. Sie fand ein Funkgerät samt Headset, eine Pistole, Ersatzmagazine, drei Granaten mit Spreng-, Blend- und Rauchwirkung sowie einen Einsatzgürtel mit Klappspaten, Kampfmesser, Taschenlampe, Multifunktionspick, Verbandszeug und Feldstecher. Was sie vermisste, waren Trickwaffen jener Art, mit denen A.R.G.O.S. sie noch vor einem halben Jahr ausgerüstet hatte. Allerdings war an dem derzeitigen Kommando auch nicht viel geheim. Dafür fand sich an Myrinas Schneemobil eine Ledertasche samt einer druckluftbetriebenen Greifhakenpistole zur Überwindung von Hindernissen.

Auch diese nahm sie an sich. Kurz überlegte sie, sich auf eine der Maschinen zu setzen, doch der Motorenlärm wäre vermutlich zu auffällig.

Sie schnallte sich daher wieder die Bretter an und machte sich an die Verfolgung der Spanierin. Tatsächlich entdeckte sie voraus sogar die Spuren gleich zweier Motorschlitten. Und das bedeutete, dass Ariadne ihre Gefangene voranfahren ließ. Otrere war also noch einsatzfähig.

Ganz so wie bei den vielen Kämpfen, in die sie vor einem halben Jahr verstrickt worden war, flutete jetzt wieder Adrenalin durch Lenas Adern. Der Unterschied zu damals bestand jedoch darin, dass sie diesmal ganz allein auf sich gestellt war.

Lena zückte daher ihr Smartphone, während sie auf den Skiern weiter durch den verschneiten Bergwald fuhr, und versuchte, Elektra zu kontaktieren. Wenig überraschend gab es hier oben in der Bergwelt keinen Mobilempfang. Mist.

Sie steckte das Handy wieder ein, beschleunigte weiter, rutschte einen Abhang mit Hartschnee hinunter, tauchte abermals zwischen Bäume ein und schoss gekonnt an Fichten und aus der Schneedecke ragenden Felsen vorbei – als sich der Bewuchs lichtete.

Zu ihrer Überraschung tat sich hinter dem Waldrand der Blick auf eine bergige Anhöhe auf, auf der sich ein kleiner, teils dreigeschossiger Gebäudekomplex mit dunklen Fensterfronten befand. Er war von einem eingezäunten Gelände umgeben, auf dem sich mehrere riesige Parabolantennen an den Berg schmiegten. Das Gebäude wirkte aus der Ferne wie eine Ansammlung von aufeinandergetürmten Würfeln. Und auch auf dem Dach thronten diverse kleinere Satellitenschüsseln.

Das musste sie sein, diese ominöse Station 3.

Lena verbarg sich hinter einer Fichte und griff nach dem Fernglas. Ihr sprang sofort der hohe Stacheldrahtzaun der Anlage ins Auge, der so hoch in den Bergen zumindest ungewöhnlich war. Allein daran ließ sich ermessen, dass das keine schlichte Radio- und TV-Empfangsstation war.

Und doch war auf dem verschneiten Areal keinerlei Bewegung

auszumachen. Allerdings konnte sie dank des Feldstechers erkennen, dass der hohe Zaun an gleich zwei Stellen durchbrochen war. Zum einen unten im Süden, auf der dem Tal zugewandten Seite, außerdem im Osten, dort, wo die Masse der Parabolantennen stand. Spuren im Schnee deuteten darauf hin, dass die Eindringlinge den Berg mühsam erklommen hatten, um so zur Anlage zu gelangen.

Das eigentliche Zugangstor der Kontrollstation hingegen war verschlossen, musste aber zuvor benutzt worden sein, denn unmittelbar hinter dem benachbarten Wachhäuschen lag eine reglose Gestalt am Boden. Lena befürchtete für den Agenten das Schlimmste. Insbesondere führten dort die Spuren der beiden Schneemobile, die sie verfolgt hatte, hindurch. Angesichts der vielen Hindernisse auf dem Areal konnte sie jedoch nicht ausmachen, wo die Maschinen verblieben waren.

Lena ließ den Ausschnitt des Feldstechers weiter über das Gelände schweifen und entdeckte eine Vielzahl an Kameras, mit denen Station 3 überwacht wurde. Dass die Eindringlinge es unbemerkt daran vorbei geschafft hatten, war eigentlich nur damit zu erklären, dass sie zuvor sabotiert worden sein mussten. Jedenfalls hoffte sie das, wenn sie bei ihrem weiteren Vorstoß nicht selbst entdeckt werden wollte.

Lena atmete tief ein und beschloss, ihr Glück herauszufordern. Sie stieß sich wieder mit ihren Skistöcken ab, jagte im steilen Schuss den Berg hinunter und steuerte schwungvoll den Zaundurchbruch im Osten an, vor dem sie hart aufkantete. Jemand hatte das Hindernis an dieser Stelle mit einer Metallschere aufgeschnitten.

Sie löste hastig ihre Bretter, trat geduckt vor die zerstörte Absperrung und beäugte das Gelände mit den großen, gen Himmel gerichteten Parabolantennen wachsam. Den Spuren im Schnee nach, waren hier drei Personen vorgedrungen. Wenn ihre Gegner es im Süden ähnlich gehalten hatte, dann hatte sie es also mit fünf oder sechs Gegnern zu tun. Ariadne nicht mit eingerechnet.

Lena zwängte sich ebenfalls durch den Zaun und kämpfte sogleich mit der MP, deren Gurt sich in den Streben verhedderte. Schließlich schlich sie aber auf das Hauptgebäude zu, wobei sie die riesigen Satellitenschüsseln als Deckung nutzte.

Bei dem Hauptgebäude war es noch immer ruhig, allerdings glaubte sie, hinter einer der Fensterfronten im mittleren Stockwerk eine Bewegung ausgemacht zu haben. Rasch duckte sie sich.

Wer, zum Teufel, waren die Eindringlinge? Was wollten sie hier? Und vor allem: Woher wussten die überhaupt von dieser Einrichtung?

Das Perseiden-Satelliten-Netzwerk war topsecret. Erstmals fragte Lena sich, wie viele dieser Himmelsaugen A.R.G.O.S. eigentlich kontrollierte. Sowohl dem Namen als auch der Vielzahl an Satellitenschüsseln nach, mussten es eine ganze Menge sein. Weit mehr, als sie erwartet hatte. Und das war insofern bemerkenswert, als es A.R.G.O.S. nicht leichtgefallen sein durfte, ein solches Spionagesystem an den übrigen Ländern und Geheimdiensten vorbei im Orbit zu platzieren. Und doch bestand es und war sogar recht effektiv. Dazu musste sie bloß an die hochauflösenden Fotos des Stockholmer Hafens zurückdenken, die ihnen damals bei ihrem Einsatz in Schweden zur Verfügung gestanden hatten.

Lena schlich geduckt weiter durch den Schnee und entdeckte endlich die vermissten Schneemobile. Sie standen nicht weit vom Haupteingang entfernt, zusammen mit zwei anderen Motorschlitten, die offenbar zur Station gehörten. Eine Wache entdeckte sie nicht, dafür einige Meter entfernt einen frei stehenden Anbau samt Holzschuppen, vor dem ein Schneemann stand, dem ein Spaßvogel einen Südtiroler Jägerhut aufgesetzt hatte.

Lena hob pikiert eine Augenbraue. Allerdings war für Manöverkritik im Augenblick nicht der rechte Zeitpunkt. Sie musste ins Hauptgebäude vordringen.

Sie lauschte an der Metalltür und versuchte, sie zu öffnen. Leider versperrt.

Enttäuscht trat sie an eines der abgedunkelten Fenster im Erdgeschoss heran, hinter dem sich vage ein leer stehender Büroraum abzeichnete. Die Scheiben bestanden offenbar aus schussfestem Glas, und nichts deutete darauf hin, dass sich das Fenster öffnen ließ. Sie überprüfte die übrigen erreichbaren Fenster. Überall dasselbe Ergebnis.

Wütend blickte sie an der glatten Außenfassade des Baus empor. Um hier einzusteigen, musste sie rauf aufs Dach. Unglücklicherweise war die Front gute sieben Meter hoch.

Entschlossen trat Lena wieder vor die Eingangstür, zückte die Druckluftpistole, visierte die Dachkante an und feuerte den Greifhaken samt dem daran befestigten Kabel in hohem Bogen ab. Auf dem Dach rumpelte es metallisch, sie zog an dem Draht und stellte zufrieden fest, dass das Geschoss Halt gefunden hatte. Aufgeregt schloss sie die Lederschlaufe der Pistole an ihrem Armgelenk, um sich von der Automatik nach oben ziehen zu lassen. Gedacht, getan. Das dünne Seil straffte sich, und ihr Körper wurde von dem eingebauten Servomotor ruckartig in die Höhe gehoben.

So musste das!

Die Dachkante nahte geschwind, und Lena langte bereits nach oben, als der Servomotor einen gequälten Laut von sich gab – und jäh seinen Dienst einstellte. Hilflos und mit durchgestrecktem Arm baumelte sie jetzt in etwa sechs Metern Höhe an der Fassade.

Lena hielt den Knopf des Servomotors weiter gedrückt, doch das Ding wimmerte nur noch, und ihr stach jetzt sogar der Geruch verbrannten Gummis in die Nase. Das durfte doch bitte nicht wahr sein. Verzweifelt versuchte sie, irgendwo Halt zu finden, um den Rest des Aufstiegs von selbst zu schaffen. Doch was sie auch probierte, die Wand war so glatt, dass sie schließlich wie eine lahme Fliege hängen blieb, die sich an einem Spinnfaden verstrickt hatte.

Plötzlich knirschte es jenseits der Dachkante. Lena spürte, wie ihr vor Schreck das Blut in die Beine sackte. Das da über ihr war eindeutig das hässliche Geräusch sich verbiegenden Metalls. Jäh sackte sie ein Stück ab. Nicht das auch noch!

Offenbar hatte sich der Greifhaken an einer der kleineren Satellitenschüsseln verkantet. Und die drohte, aus ihrer Verankerung gerissen zu werden. Unglücklicherweise ging es unter ihr noch immer mehr als vier Meter steil in die Tiefe.

Reglos blieb sie an der Fassade hängen und sann verzweifelt darüber nach, wie sie sich aus ihrer vertrackten Position befreien konnte – als unter ihr überraschend die Fronttür aufflog. Ein älterer Mann in einem blauen Overall stürzte heraus und blieb der Länge nach auf dem eisigen Untergrund liegen. Zwei Kerle mit schwarzen Sturmhauben und schwarzweißen Fleckanzügen drängten hinter ihm ins Freie und richteten die Mündungen von Sturmgewehren auf ihn.

»Los, aufstehen!«, befahl der Kleinere mit britischem Akzent. »Zeig uns die Sendeanlage!«

»Bitte, ich will doch nur …« Der Kerl mit dem Overall reckte abwehrend eine Hand und kassierte von dem anderen Bewaffneten einen kräftigen Hieb mit dem Gewehrschaft. Da ertönte von jenseits der Dachkante ein metallischer Knall, und Lena verlor endgültig den Halt. Mit einem erschrockenen Aufschrei stürzte sie in die Tiefe.

Der Brite unter ihr blickte noch alarmiert hoch, als sie auch schon frontal auf ihn prallte und erbarmungslos von den Füßen riss. Immerhin, sein Körper federte den harten Sturz etwas ab. Doch noch während Lena durch den Schnee rollte, sah sie, wie sein Kumpan zu ihr herumfuhr und die Mündung seiner Waffe auf sie richtete, nur um im selben Moment von einem großen weißen Etwas ebenfalls brutal zu Boden gestreckt zu werden. Neben dem Bewusstlosen dröhnte jetzt die komplette Satellitenschüssel samt der herausgerissenen Dachverankerung zu Boden.

Der Brite war jedoch noch bei Bewusstsein. Stöhnend langte er nach seiner Waffe, doch Lena setzte ihm kurzerhand den knatternden Lady-Shave-Rasierer auf, und einige spastische Zuckungen später rührte auch er sich nicht mehr.

Mann, das war knapp gewesen.

Zufrieden lächelnd betrachtete sie den Rasierer. Es tat so gut, ihn endlich wieder in Aktion zu erleben.

Sie löste die Schlaufe der Druckluftpistole vom Handgelenk, richtete sich endgültig wieder auf und blickte sich zu dem Mann im Blaumann um, der noch immer im Schnee lag und sie ungläubig ansah.

»Wer, zum Teufel, sind Sie?«, fragte er mit gedämpfter Stimme.

»Agentin Helena. Zu Ihren Diensten!«, erklärte Lena nicht ohne Stolz, während sie rasch eines der im Schnee liegenden Sturmgewehre aufsammelte und in den Eingang schob, bevor sich die Tür schließen konnte.

»Ich dachte, das Notfallteam sei ausgeschaltet worden.«

»Ich bin gewissermaßen die Reserve. Und Sie?«

»Mein Codename lautet Diomedes.« Mühsam kam der Mann auf die Beine, und Lena sah, dass sein rechtes Bein steif war. »Ich bin der Hausmeister. Früher im Mailänder Kontor. Jetzt hier.«

»Hier gibt es einen Hausmeister?«

»Natürlich gibt es hier einen Hausmeister«, antwortete ihr Gegenüber. »Oder glauben Sie, unsere ach so geschulten Techniker sähen sich in der Lage, alleine eine Glühbirne auszuwechseln?«

»Okay, wenn wir nicht entdeckt werden wollen, müssen wir erst mal diese beiden Bewusstlosen wegräumen.«

»Verstecken wir sie in der Werkstatt.« Der Hausmeister wies zu dem Schuppen des benachbarten kleinen Anbaus mit dem davorstehenden Schneemann.

Jeder von ihnen packte einen der Männer und schleppte ihn hinüber. Diomedes zog die Tür des Verschlags auf, und Lena eröffnete sich ein mit Werkzeugen und Arbeitsmaterialien vollgestellter Raum, in dessen Mitte eine Holzbank samt Rodelschlitten stand.

»Ist der meines Sohns«, meinte ihr Begleiter entschuldigend.

»A.R.G.O.S. gestattet ihnen hier oben Familie?«, fragte Lena ungläubig, während sie dabei half, die Männer zu knebeln und mit Kabelbindern zu fesseln.

»Ja, schon.« Diomedes blickte kurz raus zu dem Schneemann. »Meine Frau arbeitet für gewöhnlich in der Küche. Und da wir die Einzigen sind, die sich für den Job hier oben in der Einöde beworben haben, kam man uns entgegen. Unser Junge weiß natürlich nicht, was das hier in Wirklichkeit für eine Einrichtung ist. Und im Augenblick bin ich bloß froh, dass die beiden gerade bei meinen Schwiegereltern sind.« Schüchtern lächelte er. »Maria, also meine Frau, hat übrigens auch einen Codenamen. Wollen Sie ihn wissen?«

Lena blickte ihn fassungslos an, und Diomedes räusperte sich verlegen.

»Allerdings darf ich Ihnen den natürlich nicht verraten.«

»Ich glaube, das war eher umgekehrt.« Lena durchsuchte weiter ihre Gefangenen, doch keiner von ihnen trug etwas bei sich, das ihr verriet, mit wem sie es zu tun hatte. »Wie viele sind noch drüben im Gebäude?«

»Von unseren Leuten? Ich befürchte, Sie stehen alleine da.« Ein Schatten huschte über Diomedes' Gesicht. »Es gab einen heftigen Schusswechsel, bei dem soweit ich weiß alle erschossen wurden. Abzüglich der beiden Kerle, die Sie eben ausgeschaltet haben, haben Sie es drüben mit noch vier oder fünf Angreifern zu tun. Einen von denen hat es jedoch auch erwischt. Schusswunde. Außerdem traf vor etwa einer Viertelstunde eine Frau mit einer Gefangenen ein.«

»Ich weiß«, schnaubte Lena. »Diese miese Verräterin Ariadne und unsere Ausbilderin Otrere. Aber mit Ariadne werde ich auch noch fertig.«

»Okay … Nur sollten Sie sich besser vor der Anführerin des Überfallkommandos in Acht nehmen.« Diomedes blickte vorsichtig durch die Schuppentür. »Eine wie die habe ich noch nie gesehen. Ihr Gesicht … Also … Die hat da am Kopf so ein Metalldings samt einem künstlichen elektronischen Auge. Und die wirkt auch sonst verdammt gefährlich.«

»Ein elektronisches Auge? Ernsthaft?« Lena schnaubte. »Himmel, und ich habe damals bereits den Paukanten für durchgeknallt gehalten.«

»Wer?«

»Egal.« Lena erhob sich. »Was war das eben mit der Sendeanlage?«

»Die kriegen den stummen Alarm nicht ausgeschaltet«, erklärte ihr Gegenüber. »Ist ein parallel arbeitendes System. Die wollen natürlich vermeiden, dass jemandem auffällt, dass es Ihre Kollegen nicht hergeschafft haben.«

»Wer sind diese Typen überhaupt?«

»Keine Ahnung.« Der Hausmeister zuckte hilflos mit den Schultern. »Aber ich vermute, dass sie es auf die Überwachungsdaten des Perseiden-Netzwerks abgesehen haben. Ihr Ziel war jedenfalls der Kontrollraum. Allerdings ist der gut gesichert. Sie wissen schon: Die komplette Zone ist Clearance 4, da lässt die KI sonst niemanden rein. Da die Kerle unsere Leute als Allererstes ausgeschaltet hatten, waren die zunächst aufgeschmissen. Jedenfalls bis Ihre verräterische Kollegin die Gefangene hergebracht hat.«

»Mist.« Lena dachte kurz nach. »Es muss doch irgendwie möglich sein, die Station zu sabotieren? Vielleicht … indem wir hier den Strom kappen.«

Ihr Gegenüber blickte sie überrascht an und nickte. »Theoretisch wäre das schon möglich, denn stromtechnisch sind wir hier oben autark. Die Generatoren befinden sich im Keller des Hauptgebäudes. Nicht weit von der Küche.« Der Hausmeister erklärte ihr, wie sie dorthin gelangte. »Die Etage wird zwar ebenfalls von der KI überwacht, aber da reicht Clearance 2.«

»Clearance 2 – echt jetzt?«

»Meine Güte, selbst meine Frau hat Clearance 2. Die werden Sie doch sicher ebenfalls …«

»Nein, habe ich nicht!«, widersprach Lena fuchsig. »Was ist mit Ihnen?«

»Ich? Clearance 3.«

»Wie bitte?! Sie sind doch nicht mal ein richtiger Agent.«

»Ohne käme ich doch gar nicht in all die Räume«, antwortete der Mann gekränkt.

»Mann, und ich besaß mal Götterstatus!«, schimpfte Lena. »Ich fasse es nicht. Das geht mir allmählich wirklich auf den Senkel. Und zwar gehörig!«

»Na ja, es gäbe da vielleicht eine Möglichkeit«, wandte Diomedes ein. »Unsere Gehaltsklasse wird mit ID-Cards ausgestattet, die man durch die Türscanner ziehen muss.«

»Und wo ist Ihre ID-Card?«

»Oben. Im Pausenraum. Ich … hab sie dort an die Pinnwand gehängt.« Er seufzte. »Der befindet sich nur blöderweise ganz in der Nähe des Kontrollraums.«

Lena presste wütend die Lippen aufeinander und ließ sich erklären, wo die Räume lagen.

»Na gut«, sie packte ihre Waffe. »Verstecken Sie sich irgendwo, und warten Sie. Ich übernehme jetzt!«

*

Lena schlich über einen Flur voller leer geschossener Patronenhülsen und kam an einigen offen stehenden Türen vorbei, durch die man in verwaiste Büro- und Dokumentenräume gelangte. Ihr Ziel war das Treppenhaus weiter hinten, über das man ins Obergeschoss, aber auch in den Keller samt Küche, Vorratsräumen und Generatorraum gelangte. Nur musste sie bis dahin erst einmal diese elende ID-Card organisiert haben. Und die befand sich im Obergeschoss.

Sie kam gerade an einer Metalltür mit kleinem Sichtfenster vorbei, durch das ein abgesperrter Bereich mit großen Rechnern zu sehen war, als ihr gleich zwei Dinge auffielen. Über dem Zugang war nicht nur eine kleine A.R.G.O.S.-Überwachungskamera angebracht, auf der Tür selbst befand sich auch ein mit Tape fixiertes Paket Plastiksprengstoff samt Funkzünder, der hin und wieder blinkte. Auch weiter hinten im Flur, unmittelbar unter der Decke, hing eines dieser Sprengstoffpakete. Die Angreifer planten offenbar, ihre Spuren zu verwischen, sobald sie hier abrückten.

Nicht, solange sie hier war.

Mit aller Kraft riss Lena den Sprengstoff von der Tür, doch wohin damit? Suchend schaute sie sich um und entdeckte in einem der offen stehenden Zimmer eine einfache Einkaufstasche aus Jute, die über einem Bürostuhl baumelte. Darin steckten Fachzeitschriften, die sie hastig herausnahm. Sie warf das Paket hinein und entdeckte an der Wand neben einem Regal eine weitere Explosivladung.

Wie viele von denen gab es hier denn noch?

Sie musste sie alle finden und nach draußen schaffen.

Sie schulterte die Tasche, schlich weiter Richtung Treppenhaus und entdeckte so den ersten Toten: einen jungen Mann in Jeans und schwarzem Rollkragenpulli, der noch immer eine Pistole in der verkrampften Hand hielt. Vermutlich einer der Techniker. Die Eindringlinge hatten seinen Leichnam achtlos gegen die von Kugeleinschlägen zersiebte Gangwand geschoben, offenbar, um ungehindert weiter zu der Metalltreppe vorstoßen zu können, die die Stockwerke verband.

Lena betrachtete den unbekannten Kollegen mitleidig und dachte unwillkürlich daran, dass die hochdotierten IT-Jobs vielleicht doch etwas überbewertet waren. Schlagartig wurde ihr aber auch wieder bewusst, dass ihr Tarnanzug nicht vergleichbar mit dem schusssicheren Catsuit war, den Kirke ihr damals anvertraut hatte. Dass die hiesige Ausrüstung zu wünschen übrigließ, hatte sie aber auch vorher schon gewusst.

Immerhin, im Augenblick schienen sich ihre Gegner sicher zu fühlen.

Wachen waren auf diesem Stockwerk keine postiert, allerdings waren von irgendwoher leise Stimmen zu hören. Lena lauschte bei der Metalltreppe nach oben, als sie begriff, dass die Geräusche von dieser Ebene stammten. Sie ertönten jenseits einer angelehnten Tür mit Sichtfenster, die nicht weit entfernt lag.

Mist! Hier unten war also doch jemand.

Dem Roten Kreuz an der Tür zufolge schien es da hinten zum Sanitätsbereich zu gehen. Kurz haderte sie mit sich, dann schlüpfte sie hinüber und lauschte.

»... dir nur die gegen die Schmerzen geben«, murrte eine Männerstimme auf Ungarisch.

»Fuck! Wird schon reichen.«

Lena blickte verstohlen durch den Türspalt zum Sanitätsraum und entdeckte zwei Bewaffnete in Fleckanzügen. Einer von ihnen, ein bärtiger Rothaariger mit kantigem Kinn, hatte seine Sturmhaube abgestreift und hockte mit schmerzverzerrtem Gesicht und griffbereitem Sturmgewehr auf einer Pritsche, während sein Kumpan eine Spritze aufzog. Der Verletzte mochte Mitte dreißig sein, war äußerst muskulös und an mehreren Stellen auf der Brust tätowiert. Blutige Oberkörperbandagen verrieten, dass er sich dort eine Schussverletzung zugezogen hatte.

Wenigstens litt einer dieser Mistkerle.

»Wie du willst«, knurrte sein Kumpane mitleidlos. »In T minus 17 sind wir hier fertig. Bis dahin musst du wieder fit sein!«

Lena wollte sich schon zurückziehen, als sie stutzte. Ihr Blick fiel abermals auf die Tätowierungen des Rothaarigen. Auf der Brust des Angeschossenen, unterhalb der Bandage, war eine seltsame Figur zu erkennen, die wie ein astronomisches Symbol aussah. Ihr Unterkörper war ähnlich einem Kreuz gestaltet, der Oberkörper jedoch mit nach oben geschwungenen Armen beschaffen, zwischen denen ein Kreis ähnlich einem Kopf schwebte.

Lena hatte das Motiv schon einmal gesehen. Noch gar nicht so lange her. Und zwar ... bei Ariadne!

Sie ließ die Tätowierungen der Spanierin vor ihrem geistigen Auge Revue passieren und wurde dank ihres fotografischen Gedächtnisses auch fündig. Das Motiv war das gleiche. Das konnte kein Zufall sein.

Der Verletzte stöhnte laut auf, als ihm sein Gefährte brüsk die Spritze ins Fleisch rammte. Lena nutzte die Gelegenheit, die Tür zuzuziehen, ohne, dass die beiden dies bemerkten.

Sofort eilte sie zurück unter die Kamera vor der Tür des Rechnerraums.

»Visby!«, flüsterte sie mit Blick zum elektronischen Auge.

»Stimmenauthentifikation erfolgreich, Agentin Helena«, ertönte über ihr die weibliche Computerstimme. »Ich freue mich, Sie ...«

»Psssst!!!!«, ermahnte Lena die KI, ihre Lautstärke zu dämpfen. »Reicht meine Sicherheitsstufe aus, um die Türen in diesem Komplex zu verschließen.«

»Sie verfügen über Schließrechte für alle Räumlichkeiten«, drang Visbys Flüsterstimme aus dem Lautsprecher. »Ich weise Sie jedoch darauf hin, dass Sie die meisten Zugänge mit Ihrer Clearance anschließend nicht mehr ...«

»Ja, ja, ja, begriffen!«, fauchte Lena verärgert. »Tür zum Sanitätsraum verschließen!«

Weiter den Gang runter war jetzt ein leises Schnappen zu hören.

Lena lächelte schadenfroh. Wenn sie die nicht mehr aufbekam, dann die beiden Arschlöcher erst recht nicht.

Noch zwei weniger.

Sie schlüpfte mit ihrem Jutebeutel zurück ins Treppenhaus und entdeckte unter einer der metallenen Treppenstufen ein weiteres Sprengstoffpaket.

Das musste bis nachher warten, denn wenn sie den Kerl im Sanitätszimmer richtig verstanden hatte, dann blieb ihr nur eine knappe Viertelstunde, um der Station den Saft abzudrehen.

Die Jutetasche mit dem Sprengstoff geschultert und mit gezückter MP schlich sie die Metallstiegen nach oben und erreichte so das Obergeschoss, wo ebenfalls gedämpfte Stimmen zu hören waren.

»Ich hoffe, du hältst den Zeitplan ein«, war den Quergang runter eine grimmige weibliche Stimme auf Englisch mit französischem Akzent zu hören.

»Ich beeile mich!«, kam es zur Antwort. »Es war nicht meine Schuld, dass ihr den Kontrollraum nicht aufbekommen habt.«

Lena hielt konsterniert inne.

Die zweite Stimme. Die kannte sie! Das war doch die von Andris.

Elektras Erzfeind.

Bevor ihre lettische Freundin zu A.R.G.O.S. gewechselt war, hatte der Mistkerl die gemeinsame Hackergruppe der Lettin an die Russen verraten. Zuletzt hatte Andris für die Umweltterrorgruppe Gaias Warrior gearbeitet, war dann aber nach der Geschichte in Dresden entkommen. A.R.G.O.S. hatte ihn bislang nicht aufspüren können, und Lena wusste, dass Elektra für jeden Hinweis auf den Typ unendlich dankbar sein würde. Andris ausgerechnet hier wiederzutreffen, musste eine Bedeutung haben.

Zu Lenas Irritation begann das elektrische Licht im Flur plötzlich anzugehen und zu flackern. Dann erlosch es wieder.

»Der Upload ist … in diesem Augenblick abgeschlossen«, brummte der Hacker. »Allerdings braucht der Download noch eine Weile. Euch ist hoffentlich klar, was das für Datenmengen sind.«

Lena schlich endgültig in die obere Etage und spähte nach links, dorthin, wo der Kontrollraum der Satellitenstation lag. Die schweren Türen standen offen, und sie konnte einen großen Raum mit dunklen Fensterfronten und Dutzenden Kontrollpulten und Monitoren ausmachen.

Tatsächlich, vor einem der Pulte hockte der verräterische Computerspezialist.

Lena erblickte Andris lediglich im Profil, aber die Hakennase und die bläulich eingefärbten Haare ließen keine Zweifel. Der einzige Unterschied zu ihrer letzten Begegnung war der, dass der Lette heute auf seine markante blaue John-Lennon-Brille verzichtet hatte. Stattdessen trug auch er einen schwarzweißen Tarnanzug.

Deutlich gruseliger hingegen war die Unbekannte, die unmittelbar neben ihm stand. Bei ihr musste es sich um die seltsame Anführerin des Überfallkommandos handeln, von der der Hausmeister gesprochen hatte. Lena schätzte sie auf Ende zwanzig, Anfang dreißig. Der südländische Teint und das schulterlange schwarze Haar, das an der linken Seite ausrasiert war, erweckten den Eindruck, dass sie einmal sehr hübsch gewesen war. Allerdings schien die Frau das Opfer eines schweren Unfalls geworden zu sein. Anders konnte sich Lena jedenfalls nicht den Einbau der fürchterlichen Implantate erklären, die sie verunzierten.

Der mutmaßlich aus Titan bestehende Knochenersatz auf ihrer linken Schädelseite samt dem darin befindlichen künstlichen Auge war bei alledem nicht einmal das Schlimmste. Denn da die Frau bei den Kämpfen vorhin offenbar ebenfalls etwas abbekommen hatte, hatte sie den oberen Teil ihres Schneeanzugs aufgezogen und so ihren linken Arm enthüllt, an dem sie soeben mit einem Werkzeug herumschraubte. Die Gliedmaße bestand nämlich nicht aus Fleisch und Blut, sondern aus beweglichen, irgendwie futuristisch anmutenden Metall- und Kunststoffteilen, die in einer ebenfalls künstlichen Hand endeten. Bei jeder Bewegung glaubte Lena, den leisen Klang von Servomotoren zu hören.

Die Unbekannte steckte das Werkzeug weg, öffnete und schloss die künstliche Hand und grunzte zufrieden, während sie sich wieder anzog.

»Speicher alles ab, was du kriegen kannst«, befahl der weibliche Cyborg. »Wir müssen hier weg sein, bevor auch das Mailänder Team eintrifft.« Sie drehte sich um und fuhr zornig eine andere Person im Raum an. »Was ist mit dem stummen Alarm? Ist der endlich aus?«

»Nein«, war jetzt Ariadnes Stimme zu vernehmen.

Die Spanierin kam schräg hinter der Cyborglady in Sicht, als sie an eine der Fensterfronten herantrat und nach draußen blickte. »Keine Ahnung, was Drei und Fünf da draußen so lange treiben. So unfähig kann doch niemand sein.«

»Ihr könnt tun, was ihr wollt«, ächzte eine angestrengte Frauenstimme, die Lena sofort als die von Otrere identifizierte. »Das Einsatzteam wird hier in jedem Fall nach dem Rechten sehen.«

Lena, die sich noch immer im Treppenhaus verbarg, bemühte sich angestrengt, den Standort ihrer gefangenen Ausbilderin ausfindig zu machen, konnte jedoch nur vage die Ansätze ihrer Beine erahnen. Offenbar saß die Italienerin auf einem Stuhl. Und ihre gepresste Stimme klang, als wäre sie verletzt.

»Halt einfach die Fresse!«, zürnte Ariadne, bevor sie sich wieder der Maschinen-Hybridin zuwandte. »Soll ich mich draußen mal umsehen?«

»Tu das«, knurrte die Unheimliche. »Aber wir halten streng das Zeitfenster ein. Wer nicht mithält, wird zurückgelassen.«

Lena nutzte die Gunst des Moments und huschte über den Korridor in den mit Tischen, Tassen und einem Kaffeeautomaten ausgestatteten Pausenraum, der unmittelbar gegenüber der Treppe lag. Dort entdeckte sie einen zweiten Toten, unter dessen Körper sich eine Blutlache ausgebreitet hatte. Lena versuchte, den schrecklichen Anblick zu ignorieren, und presste sich mit klopfendem Herzen hinter die Eingangstür, um nicht entdeckt zu werden.

Draußen marschierte gerade die über die Treppe nach unten stiefelnde Ariadne vorbei, als Lena die ID-Card von Diomedes erblickte. Sie hing offen an einer Pinnwand mit Dienstplänen.

Wieso hatte der Dummkopf die da überhaupt hingehängt?

Sie schnappte sich die Karte, als drüben im Kontrollraum ein Handy anschlug.

Ein Handy? Also gab es hier Empfang!

»Was soll das?«, war die Stimme der Cyberlady zu hören. »Wir hatten ausgemacht, keinen Kontakt zu ... Nein. Natürlich verläuft hier alles nach Plan ... Operation Brutus wurde ausgeführt. Wir werden ... jetzt noch ...«

Ihre Stimme wurde leiser und unverständlicher, und Lena überlegte kurz, Elektra zu kontaktieren – als ihr eine andere Idee kam.

Denn was die konnten, konnte sie vielleicht auch.

Sie entriegelte ihr Smartphone, öffnete Elektras Mirror-App und presste das Gerät gegen die Wand. Die App ging die Frequenzen durch, dann – endlich – wurde ein fremdes Smartphone angezeigt, und das Programm versuchte Kontakt zwischen den Geräten herzustellen. Leider ließ die Verbindung zu wünschen übrig – als auf der Metalltreppe abermals das Dröhnen von Stiefeln ertönte.

»Es gibt ein Problem!«, erscholl die verärgerte Stimme Ariadnes, die überraschend wieder zurückgekehrt war. »Keine Ahnung, wie Vier und Sechs das angestellt haben, aber die haben sich unten im San-Bereich eingeschlossen.«

»Bin ich eure Nanny?«, fuhr der Cyborg sie an. »Was ist mit dir? Du bist noch immer aktive Agentin.«

»Meine Clearance reicht nicht aus.«

Lena verzog schadenfroh die Lippen.

»Dann sprengt die Tür auf!«, blaffte die Unheimliche. »Lasst euch was einfallen!«

Kontakt! Endlich. Lena sah, wie die Mirror-App den Download von Daten einleitete.

»Die Sprengladungen sind bereits überall verteilt«, erklärte drüben die Spanierin. »Die beiden dachten, dass du die Tür vielleicht ...«

»Meine Güte!«, kam es gereizt zurück. »Nimm sie mit. Soll sich doch das Drecksstück nützlich machen.«

Ein schmerzhafter Aufschrei Otreres folgte, und als sich Lena traute, wieder um die Ecke zu spähen, sah sie, wie Ariadne mit der Gefangenen zum Treppenhaus marschierte. Otrere sah nicht gut aus. Sie blutete an der Schulter, und ihr waren die Hände mit Kabelbindern auf dem Rücken zusammengebunden worden. Doch all das schien die Spanierin nicht zu kümmern, die die Verletzte grob die Stufen nach unten stieß.

Lena schloss die Augen und stöhnte innerlich. Ihre Mission hatte zwar eigentlich Vorrang, aber sie durfte die Italienerin auch nicht so einfach ihren Feinden überlassen.

Sie folgte den beiden daher hinunter ins Erdgeschoss, wo ein beständiges Wummern und Dröhnen klarstellte, dass die beiden Kerle im Sanitätszimmer längst damit begonnen hatten, die Tür von innen mit Möbelstücken zu bearbeiten.

»Los, mach die Tür auf!«, befahl Ariadne ihrer Gefangenen.

Otrere spuckte verächtlich zu Boden. Die Spanierin zog drohend ihre Pistole – als sie Lena bemerkte, die nun ebenfalls im Korridor stand und ihrerseits mit der MP auf sie zielte.

»Waffe runter und Fesseln lösen!«, kommandierte Lena forsch.

Sowohl Ariadne als auch Otrere glotzten sie ungläubig an, als die Tür zum Sanitätsbereich unvermittelt aufbrach. Die beiden Eingeschlossenen drängten mit der zur Ramme umfunktionierten Liege heraus und prellten die beiden überraschten Frauen gegen die Wand des Ganges.

»Alarm!« Ariadnes Gebrüll schallte durch den Korridor, und sofort begann sie zu schießen.

Lena fuhr erschrocken zurück, spürte, wie Kugeln dicht an ihrem Oberkörper vorbeipfiffen, und sah noch, wie Otrere sich reaktionsschnell gegen einen der Kerle warf, um ihn daran zu hindern, ebenfalls zur Waffe zu greifen.

»Helena, weg hier!«, gellte die Stimme der Italienerin durch den Flur. »Code 13! Code 13!«

Zornig wirbelte Ariadne zu Otrere herum und feuerte rücksichtslos mehrere Kugeln auf die Italienerin ab. Entsetzt sah Lena mit an, wie ihre Ausbilderin unter den Einschüssen zusammenbrach, dann ließ sie selbst ihre MP losrattern – leider ohne dass sie einen ihrer Gegner traf – und flüchtete panisch zurück zur Metalltreppe und von dort in den Keller.

Doch noch immer hallte Otreres Stimme in ihrem Kopf nach.

Code 13? Das bedeutete übersetzt: »Einrichtung kompromittiert!«

Was auch immer Otrere damit gemeint hatte, ihr schien es wichtig genug gewesen zu sein, dass sie dafür ihr Leben geopfert hatte.

Längst war auch im Obergeschoss Lärm zu hören.

»Was, zum Teufel, ist da unten los?!«

Oh nein, jetzt war auch noch diese Cyberqueen auf sie aufmerksam geworden.

Lena stierte zwischen den metallenen Treppenstufen nach oben, wo die Unheimliche nun auftauchte, und sie glaubte sogar zu sehen, dass ihr künstliches Auge rot aufleuchtete.

»Feindkontakt!«, brüllte einer der Kerle aus dem Sanitätsraum.

»Wie viele?«, schallte es oben.

»Eine!«, war Ariadnes wütende Stimme zu hören. »Sie darf auf gar keinen Fall entkommen.«

»Niemand wird hier entkommen.«

Befehle gellten, und die Luft brannte, da jetzt von allen Seiten Kugelsalven gegen die Metalltreppe hämmerten. Lena stürzte weiter in die Tiefe, duckte sich angesichts einiger Querschläger und rannte panisch in einen von rotem Notlicht beleuchteten Betonkorridor mit mehreren Türen. Dort wirbelte sie herum und schoss mit ihrer MP aufs Geratewohl zurück.

Kugeln hämmerten gegen die Metallverstrebungen – als eine heftige Explosion die Treppe erschütterte, deren Druckwelle sie in hohem Bogen auf den Betonboden warf. Benommen schüttelte Lena den Kopf, denn einer der Querschläger musste das Sprengstoffpaket unter den Stufen erwischt und es zur Detonation gebracht haben.

Ob die Erschütterung auch einen ihrer Verfolger erwischt hatte, vermochte sie nicht zu sagen. Doch oben gellten bereits wieder Kommandos, als ein lautes Rumpeln und Scheppern einsetzte und die Treppe vor ihren Augen und mit verbogenen Sprossen und quietschenden Metallteilen in sich zusammensackte.

Lena starrte das Metallgewirr erleichtert an, denn die Überreste der Treppe waren nun so im Aufgang verkeilt, dass ihre Verfolger ihr nicht hinterhereilen konnten.

Die Frage war jedoch, für wie lange?

Lena mühte sich wieder auf die Beine, als die Cyborglady beschloss, das sperrige Hindernis mit ihren übermenschlichen Kräften aus dem Weg zu räumen.

»Weg da!«

Irgendjemand da oben feuerte wieder nach unten, dann war das hässliche Geräusch sich verbiegenden Metalls zu hören, und ein grober Stoß ließ die Treppenüberreste erzittern.

Lena hastete derweil den Korridor hinunter und zählte die Türen, bis sie endlich vor dem Generatorraum stand. Der war leicht zu identifizieren, da unmittelbar über der Tür ein weiteres A.R.G.O.S.-Auge angebracht war.

Sie ignorierte es und zog hastig Diomedes' ID-Card durch einen Scanner an der Wand. Es piepte, ein rotes Licht blinkte auf – doch es tat sich … nichts.

»Verdammt! Mach schon!«

Sie wiederholte die Eingabe.

»Reboot … Reboot … Reboot …«, tönte die bekannte Stimme Visbys aus dem Lautsprecher, bevor sie freundlich fortfuhr. »ID-Card ungültig. Bitte nutzen Sie den Retina-Scan, Diomedes.«

»Visby, was soll das?!« Lena starrte das elektronische Auge über der Tür entgeistert an, während hinter ihr herausgerissene Metallstangen in die Tiefe segelten. Offenbar arbeitete sich die Unheimliche sekündlich weiter in den Keller vor.

»Stimmenauthentifikation erfolgreich, Agentin Helena«, antwortete die KI. »Ich freue mich, Sie im Untergeschoss von Station 3 zu begrüßen.«

»Mach … den … Generatorraum … auf!«, schrie Lena los, da die quietschenden Geräusche beim Treppenaufgang darauf hindeuteten, dass sie hier nicht mehr lange allein sein würde.

»Sicherheitsabfrage 1 von 3«, plärrte Visbys Stimme aus dem Lautsprecher. »Ein A.R.G.O.S.-Kommando gerät in Rumänien in einen Hinterhalt. In welchem Land werden die Überlebenden beerdigt?«

»Was?«

»Sie haben noch drei Sekunden. Drei … zwei …«

»Wieso sollen Überlebende beerdigt werden? Das gibt doch überhaupt keinen Sinn.«

»Sicherheitsabfrage 1 bestanden«, antwortet die KI ungerührt. »Sicherheitsabfrage 2 von 3: Wie lautet Geigenkasten auf Kubanisch?«

»Visby, was ist los mit dir?« Lena starrte das A.R.G.O.S.-Auge über der Tür entgeistert an.

»Sie haben noch drei Sekunden. Drei … zwei …«

»Fidel, äh … Castro?«

»Sicherheitsabfrage 2 bestanden«, antwortete die KI emotionslos, während Lena verzweifelt zu ihren Verfolgern zurückblickte.

»Sicherheitsabfrage 3. Diese Frage wird Ihnen gefallen, Agentin Helena: Wobei vertippen sich Sekretärinnen am häufigsten?«

»Sag mal, hackt's?! Willst du mich verarschen?«

»Sie haben noch drei Sekunden. Drei … zwei …«

»Schreibmaschine, Computer, Briefe …«, sprudelte es aus Lena raus, doch diesmal schien die KI nicht zufrieden, denn ein lautes Hupen ähnlich wie bei einer Gameshow ertönte, und die LED des A.R.G.O.S.-Auges färbte sich rot.

»Tut mir leid, Sicherheitsabfrage 3 nicht bestanden.«

»Was denn sonst, zum Teufel? Berichte? Protokolle? Aufmachen! Los!« Zornig hämmerte Lena mit den Fäusten gegen die Tür, als sie sich des Jutebeutels mit den Sprengstoffpaketen entsann. Sie pappte eine der Ladungen an die Tür.

»So, das hast du jetzt davon!«

Hastig brachte sie sich in Sicherheit, duckte sich hinter eine Gangecke und schoss ihr restliches Magazin auf die Sprengladung ab.

Eine laute Detonation erfolgte, und unter heftiger Rauchentwicklung flog die Tür zum Generatorraum auf. Ärgerlicherweise hatten es weiter hinten auch ihre Verfolger hinunter in den Keller geschafft. Das Hämmern von Sturmgewehren war zu hören, Kugeln schlugen in die Wände ein, und Lea sah inmitten des Rauchs ein rotes Laserlicht, das durch den Qualm schnitt und sie erfasste. Kurz zeichnete sich die Silhouette der Cyberqueen im Qualm ab, und Lena sah, dass die Unheimliche ein langes Gestängeteil wie einen Speer in ihrem vercyberten Arm hielt. Ein wütender Schrei hallte ihr entgegen, und die Metallstange sauste dicht an ihrer Nase vorbei, um sich neben ihr unter Getöse tief in die Betonwand zu bohren.

Lena japste erschrocken, wechselte fahrig ihr Magazin und erwiderte das Feuer, indem sie die Mündung ihrer MP blind um die Ecke hielt. Den Generatorraum konnte sie vergessen, da kam sie nicht mehr hin. Sie durfte froh sein, wenn sie es hier überhaupt noch lebend herausschaffte.

Sie feuerte eine zweite Salve in den Korridor, als sie sich wieder daran erinnerte, dass es in der Station Mobilempfang gab. Verzweifelt zückte sie ihr Handy und drückte Elektras Rufnummer, als die zornige Stimme der Unheimlichen an ihre Ohren schallte.

»Die Pläne zeigen da hinten einen weiteren Ausgang an. Vier und Sechs, los nach oben. Schneidet dem Miststück den Weg ab.«

Ein Ausgang?

Verwirrt sah sich Lena um und entdeckte inmitten des Qualms am Ende des kleinen Gangabschnitts, in dem sie sich verbarg, Betonstufen, die nach oben führten. Sie endeten an einer weiteren Metalltür.

Okay, eine Sprengladung hatte sie ja noch.

Um Zeit zu gewinnen, schleuderte sie ihre Blendgranate um die Ecke des Gangs, wartete ab, bis diese mit einem Knall gezündet hatte, steckte ihr Handy wieder weg und hetzte nach oben, um die letzte verbliebene Explosivladung ihrer Feinde an der Tür anzubringen. Da schwang diese vor ihrer Nase problemlos auf.

Ein kalter Wind begrüßte sie, und vor ihr eröffnete sich die tief verschneite Ebene hinter dem Kontrollgebäude, auf der zahlreiche große Parabolantennen vor der stolzen winterlichen Bergkulisse aufragten.

Weg hier!

Sie rannte bereits nach Osten, in Richtung jener Stelle des Umfriedungszauns, wo sie ihre Skier zurückgelassen hatte, als sie von dort Stimmen hörte.

Scheiße! Auch die Skier konnte sie vergessen.

Hektisch blickte sie sich um, und in ihr reifte ein verzweifelter Plan.

Sie rannte wieder zurück und visierte mit ihrer Waffe den Zugang zur Kellertreppe an, wo noch immer der Sprengstoff pappte. Sie schoss, und eine heftige Explosion rollte über das Gelände, die ihr genug Zeit verschaffte, um das hohe Gebäude zu umrunden und den Eingangsbereich zu erreichen. Ihr Ziel war der Werkstattschuppen mit dem davorstehenden Schneemann.

Wüst rammte sie die Tür mit der Schulter auf.

Diomedes musste sich irgendwo versteckt haben, denn er war nicht zu sehen, doch noch immer lagen die Gefangenen gefesselt und geknebelt im Raum. Beide waren längst wieder wach und stierten sie drohend an, doch Lena ignorierte sie. Stattdessen schnappte sie sich den Rodelschlitten von Diomedes' Sohn, wuchtete ihn durch die Tür und rannte so lange durch den Schnee, bis sie den Betonsockel einer der riesigen Parabolantennen erreicht hatte.

»Da hinten!«, gellte ein Ruf, dem sofort Schüsse folgten.

Ariadne.

Gott, sie hasste diese Verräterin.

Lena stürzte auf den Abhang zu, der sich hinter der Antenne auftat, und fasste den bergabwärts gelegenen Zaun der Spionage-Einrichtung ins Auge. Sie wusste, dass das Überfallkommando auch dort auf das Gelände vorgedrungen war. Wenn die den Zaun an der Stelle ebenfalls aufgeschnitten hatten, dann gab es noch eine Chance für sie.

Sie nahm Anlauf, warf den Rodelschlitten vor sich in den Schnee und ließ sich bäuchlings darauf fallen, als sie in ihrer Brusttasche eine leise quäkende Stimme vernahm: »Lena? Lena? Was … da los?«

Elektra!

Offenbar war das Handy noch immer an.

»Elektra! Ich stecke in Schwierigkeiten!«, schrie sie, während der hölzerne Untersatz rasch Fahrt aufnahm.

Hinter ihr hämmerten gleich mehrere Salven auf sie ein, die den Schnee links und rechts des Schlittens durchpflügten. Hart schlidderte sie an einer weiteren Parabolantenne vorbei, hörte schräg hinter sich den Klang von Kugeln auf Metall, dann hatte sie auch schon eine zweite und dritte Antenne passiert und sauste auf den Zaun im Süden des Geländes zu.

Noch immer ertönten hinter ihr stakkatoartig Schüsse. Verzweifelt blickte sie auf, während Elektras Stimme wieder in ihrer Brusttasche losquäkte, nur konnte sie sich gerade nicht darum kümmern. Stattdessen entdeckte sie endlich jene Stelle, wo sich ihre Gegner zuvor einen Weg durch den Draht geschnitten hatten. Sie korrigierte ihre rasche Schussfahrt leicht, jagte auf den Durchbruch zu … und crashte in voller Fahrt hindurch.

Der aufgeschlitzte Zaun schepperte, der Stoff ihres Schneeanzugs riss an zwei Stellen auf, und einen winzigen Augenblick lang geriet ihr Schlitten ins Schlingern. Dann war das Hindernis überwunden.

Herrje, sie hatte es geschafft!

Sie war ihren Gegnern entkommen!

Lena wollte schon jubeln, als sie den gedämpften Lärm von Motoren vernahm.

Entgeistert blickte sie zurück und sah vor der Kulisse der Kontrollstation, dass dort nach und nach alle vier Schneemobile den Abhang mit den Parabolantennen hinunterrasten. Sie hielten ebenfalls auf den Durchbruch im Zaun zu.

Was waren das denn bitte für schlechte Verlierer?

Und warum, zum Teufel, hatten die es jetzt fast alle gleichzeitig auf sie abgesehen? Diesen weiblichen Cyborg entdeckte sie unter ihren Verfolgern nicht, aber sie war sich sicher, Ariadne ausmachen zu können.

Sie hob mühsam die MP und zielte fahrig auf ihre Verfolger, doch bereits nach zwei Schüssen war die Waffe leer geschossen. Die Gewichtsverlagerung führte auch noch dazu, dass sie den Schlitten erst wieder unter Kontrolle bekommen musste.

Auch ihre Gegner eröffneten erneut das Feuer auf sie. Abermals wühlte eine Kugelgarbe den Schnee in ihrer Nähe auf. Kurz darauf raste der erste Motorschlitten krachend durch den Zaun, dann folgte der zweite, dritte und schließlich der vierte.

So oder so, sie musste weg hier. Und zwar schleunigst.

Schnee wirbelte Lena auf der abschüssigen Fläche entgegen und vernebelte ihre Sicht. Als sie wieder sehen konnte, begriff sie, dass der Berg an dieser Stelle noch steiler als zuvor abfiel. Oh nein! Ihre letzte Rodelpartie lag mindestens zwanzig Jahre zurück, und damals war sie auch bloß einen Deich heruntergefahren.

Auf Skiern wusste sie wenigstens, wie man lenken und abbremsen musste, der verdammte Schlitten schien sich hingegen völlig ihrer Kontrolle zu entziehen. Und sie wurde immer schneller.

Im steilen Schuss raste sie weiter in die Tiefe, während ihr die vier Motorschlitten auf der Bergflanke im Slalom folgten.

Immer wieder hallten Schüsse durch die imposante Bergwelt, doch im Augenblick schienen ihre Verfolger mehr mit Fahren als mit Zielen beschäftigt zu sein. Leider kämpfte auch sie zunehmend mit ihrem Untersatz. Rasend schnell ging es weiter hinab, als Lena voraus einige vereiste Felsen erblickte, die den Hang ausfüllten. Hastig verlagerte sie ihr Gewicht, als sie auch schon an dem ersten Brocken vorüberjagte – und dahinter zwei zottelige Bergziegen samt einem Jungtier entdeckte, die überrascht zu ihr aufblickten.

Hier oben gab es Bergziegen?

Wie niedlich war das denn?

Unglücklicherweise übersah sie derart abgelenkt eine verschneite Felsfläche, die wie eine Skirampe in die Landschaft stach. Lena begann zu schreien.

Schon schrammten die Kufen ihres Schlittens über den vereisten Untergrund, dann folgte ein kraftvoller Aufwärtsschwung, der sie mittels einer raschen Drehbewegung hoch in die Luft beförderte und einmal komplett um die Längsachse wirbelte.

»Aaaaaaahhhhhhh!«

Verzweifelt hielt Lena sich an dem Schlitten fest, während hinter ihr abermals Schüsse aufpeitschten. Sie glaubte, ein oder zwei Kugeln dicht an sich vorbeipfeifen zu hören, bevor sie mehrere Meter weiter unten wieder auf dem verschneiten Berghang aufschlug – und die Welt um sie herum in weißem Treiben versank.

Lena hustete und spuckte Schnee, und erst als sich ihr Blickfeld wieder klärte, begriff sie, dass sie allen Wahrscheinlichkeiten zum Trotz mit den Kufen zuunterst gelandet war ... und längst weiter über eine buckelige Schräge in die Tiefe raste.

Dem Tal entgegen.

Lena stöhnte, und das nicht nur, weil sie auf dem Rodelschlitten vermutlich gerade ein ziemlich erbärmliches Bild abgab. Sollte sie das hier überleben, würde sie die peinlichen Umstände ihrer Flucht in jedem Fall unter den Teppich kehren. Unglücklicherweise hatte sie aber gerade mit anderen Problemen zu kämpfen. Denn das gähnende Nichts da hinten am Ende des weißen Einerleis sah nun doch nicht mehr so aus wie der Beginn eines weiteren Hangs hinunter zum Tal, sondern vielmehr wie die Abbruchkante einer tiefen Klamm. Und sie raste unerbittlich darauf zu.

Abermals quäkte Elektras Stimme in ihrer Brusttasche.

»Elektra, ich kann jetzt nicht!«, schrie sie gestresst.

Hinter ihr jagten ihre Gegner ebenfalls in kühnen Sprüngen über das felsige Hindernis hinweg und landeten einer nach dem anderen gekonnt im Tiefschnee, wo sie sofort wieder ihre Motoren aufdrehten und ihr nachjagten.

Lena bremste ihre Schussfahrt mit einem Schuh ab, schlidderte so in einem weiten Bogen auf den Abgrund zu und entdeckte weiter rechts an der vereisten Felskante so etwas wie eine Schneebrücke, die schräg hinüber auf die andere Seite des Bergeinschnitts führte. Ohne nachzudenken, raste sie darüber hinweg, flog abermals ein Stück durch die Luft und setzte hart auf einem verschneiten Hang auf, über den es zunehmend steiler werdend abwärts ging. Da erblickte sie etwas voraus, vor einem grün bewaldeten Saum. Es sah aus wie ein schlanker Turm, der aus der schneebedeckten Fläche aufragte.

Der Turm einer Bergkapelle?

War der Gottesbau völlig im Schnee versunken?

Anders konnte es kaum sein.

Lena kam nicht dazu, sich weiter über das abrupte Zeugnis von Zivilisation zu wundern. Sie dachte bloß daran, den Turm als Deckung zu nutzen, da hinter ihr schon wieder das Rattern von Gewehren durch die eisige Bergwelt hallte. Da bemerkte sie, dass der harte Untergrund inzwischen weniger aus Schnee als aus hartgefrorenem Eis bestand. Jeder Bremsversuch war zum Scheitern verurteilt. Stattdessen raste sie mit schrammenden Kufen geradewegs auf den rasch näher rückenden Turm zu, als sie darunter erstmals Dachschrägen erblickte. Viel zu spät begriff sie, dass die Bergkapelle nicht etwa unter Tiefschnee begraben war, sondern sie in Wahrheit auf einen erhöht liegenden Hang zurauschte, der hinter dem Sakralbau lag.

Lena klammerte sich panisch an ihrem Untersatz fest – als der Schlitten abermals die Bodenhaftung verlor und sie erneut mehrere Meter weit durch die Luft flog. Geradewegs auf die Kapelle zu. Genauer gesagt … auf die rückwärtig gelegene bunte Fensterfront.

Lena schrie auf. Um sie herum klirrte und schepperte es, und inmitten eines prasselnden Scherbenregens landete sie samt Schlitten auf dem Boden eines kleinen und mit Bänken gefüllten Andachtsraums, wo sie weiter mit hoher Geschwindigkeit auf den Eingang zuschrammte.

Zu ihrem Erstaunen war sie hier nicht allein. Auf den Bänken rechts von ihr hatte ein älteres Pärchen Platz genommen, das sie ebenso entgeistert anstarrte wie Lena sie. Und die beiden waren auch nicht allein. Denn hinten bei der Kapellentür stand ein junger Mann, der hastig ein Kreuz schlug, als sie auf dem Schlitten auf ihn zuraste, bevor er reaktionsschnell die Tür öffnete.

Grußlos rauschte sie an ihm vorbei durch den Ausgang und fegte über einen winterlich verschneiten Trampelpfad hinweg. Ohne dass sie etwas dagegen tun konnte, landete sie auf einem weiteren weißen Hang, der gute fünfzig Meter tiefer bei einem alpinen Mischwald aus Tannen und Fichten endete, der sich über die komplette Breite der Bergflanke zog.

In diesem Moment war auch schon wieder das Motorgeheul der Schneemobile zu hören, deren Fahrer von dem verschneiten Steilhang hinter der Kapelle ebenso überrascht wurden wie sie zuvor. Lena konnte ihre Verfolger zwar nicht sehen, aber hören, wie sie verzweifelt versuchten, dem Kirchenbau zu entgehen.

Eine der Maschinen krachte dennoch lautstark gegen die Turmmauer.

Gott sei's gedankt!

Die übrigen drei Motorschlitten schafften es rechts und links an dem Sakralbau vorbei und nahmen unter röhrenden Geräuschen wieder Fahrt auf.

Abermals eröffneten ihre Gegner das Feuer. Kugeln pfiffen an ihr vorbei, und eine weitere Garbe durchpflügte den Schnee in ihrer Nähe.

Lena verzichtete endgültig darauf, den Schlitten abzubremsen. Stattdessen langte sie ihrerseits nach ihrer Waffe und bemerkte zu ihrem Schrecken, dass die MP fort war. Sie musste sie bei einer der harten Landungen vorhin verloren haben. Vermutlich hätte sie eh keine Gelegenheit gehabt, das Magazin zu wechseln. Außerdem hatte sie ja noch ihre Pistole. Leider lag sie etwas unglücklich auf dem Halfter und kam nicht an sie heran. Dafür vernahm sie wieder eine quäkende Stimme aus ihrer Brusttasche.

»Bitte, Elektra, ich kann jetzt wirklich nicht!«

Aufgeschreckt starrte sie die Bäume an, die auf ganzer Breite näher rückten.

Hinter ihr war abermals das Knattern von Waffen zu hören, als sie eine erste, dann eine zweite Fichte passierte, um kurz darauf endgültig in das Nadelgehölz einzutauchen. Immerhin, allmählich hatte sie den Dreh raus. Lena verlagerte immer wieder ihr Gewicht, durchpflügte gewaltige Schneewehen, kurvte an hohen Tannen vorbei und unter tief hängenden Nadelzeigen hindurch, als ihr eine Idee kam.

Sie koppelte ihre Rauchgranate ab, riss den Splint ab, schleuderte ihn hinter sich … und einen schreckgeweihten Moment auch die Granate selbst.

Zugleich versuchte sie, nicht mit einem der vielen Nadelbäume zu kollidieren. Als sie schließlich doch einen Blick über die Schulter riskierte, war ein Großteil des Waldes hinter ihr vernebelt.

Das erste Schneemobil kam aus dem Rauch hervorgeschossen, dann ein zweites. Lena glaubte schon, dass ihre List fruchtlos geblieben war, als irgendwo im Wald ein hässlicher Knall erschallte, der klarstellte, dass ihr dritter Verfolger im künstlichen Nebel brutal mit einem Baum kollidiert war.

Noch einer weniger.

Allmählich gewann sie Zuversicht.

Vor allem: Das ließ sich doch wiederholen!

Sie sauste an weiteren Tannen vorbei, erblickte einen verschneiten Pfad, der zwischen den Bäumen hindurchführte, und schleuderte die ihr verbliebene Sprenggranate hinter sich. Es dauerte nicht lange, und in ihrem Rücken war eine Detonation zu hören, die ungewöhnlich laut durch die Bergwelt rollte. Offenbar hatte sie die Distanz zu ihren Verfolgern zu kurz bemessen, denn der Motorenlärm riss dennoch nicht ab. Ganz im Gegenteil, die Schneemobile schienen sogar aufzuholen. Schon war auch wieder das wütende Knattern automatischer Waffen zu hören. Da lichteten sich die Bäume unvermittelt, und sie raste auf ihrem Schlitten abermals auf eine freie verschneite Fläche zu, über die es weiter den Berg hinab ging.

Ungewöhnlich war nur, dass jetzt von irgendwoher ein dumpfes Getöse wie von einem Gewitter durch die Bergwelt rollte. Dabei war der Himmel über ihr strahlend blau. Auch das Rattern der Waffen verstummte.

Lena blickte irritiert über die Schulter, während sie weiter talwärts jagte, und riss bestürzt die Augen auf. Denn am Berg hinter ihr, jenseits des Waldes, wallte eine graue Wand aus Schneestaub in die Höhe. Da ging gerade eine Lawine ab!

War das etwa ihr Werk?

Ihre Verfolger schienen die Gefahr in ihrem Rücken ebenfalls bemerkt zu haben, denn sie prügelten ihre Maschinen regelrecht den Berg hinunter und versuchten verzweifelt, Geschwindigkeit zu gewinnen. Auch Lena gab alles, da die Lawine jetzt erbarmungslos über das Gehölz hinter ihnen hinwegwalzte.

Wüst legte sie sich auf die Seite und fiel dabei fast vom Schlitten, schaffte so aber eine harte Linkskurve. Die Bergflanke fiel dort etwas steiler ab, was ihr hoffentlich zugutekam. Allerdings erstreckte sich auch dort Wald. Doch das war ihr inzwischen egal, wenn dieser sie bloß vor den Schneemassen schützte. Wenige Momente später schoss sie abermals zwischen hohen Nadelbäumen hindurch, während sich ihre Verfolger aufteilten. Einen von ihnen verlor sie aus dem Blick, der andere jagte weiter hinter ihr her.

Sie löste ihren Blick von ihm, denn die Bäume standen jetzt so dicht an dicht, dass sie ihr Glück endgültig zu verlassen drohte. Brachial raste sie unter verschneiten Tannenzweigen hindurch, schaffte es zweimal nur so eben, einer Kollision mit Baumstämmen zu entgehen, als sie hinter sich auch schon ein dumpfes Brausen und Rumoren vernahm. Ein kräftiger Wind setzte ein, dann hatte die Lawine die Baumgrenze erreicht. Lärmend drängte der viele Schnee durch die Bäume und schob die Luft mit lautem Brausen vor sich her – als sie weiter vor sich eine Landstraße erblickte, die sich serpentinenartig an den Berg schmiegte.

Und eine mächtige Wurzel, die aus dem Schnee ragte.

Lena schrie auf, ihre Kufen kollidierten hart mit dem Hindernis, dann flog sie im hohen Bogen vom Schlitten und überschlug sich mehrfach. Kreischend kollerte sie an weiteren Bäumen vorbei, segelte elegant über den schlammigen Straßenzug hinweg und prallte hart gegen eine der Tannen auf der gegenüberliegenden Straßenseite.

Die Luft wurde ihr aus den Lungen gepresst, und Schlieren wallten vor ihren Augen.

Und doch hatte sie Glück im Unglück gehabt, denn nicht weit hinter dem Serpentinenweg fiel der Berg steil in die Tiefe ab.

Lena war noch immer mit sich beschäftigt, als hangaufwärts die Lawine zwischen den Bäumen hervorbrach und den kompletten Straßenzug unter Schnee und Geröll begrub. Doch statt sie weiter mit sich zu reißen, blieb die weiße Pracht um sie herum liegen.

Lena hustete angesichts des vielen Schneestaubs, der in der Luft hing.

Ihr halber Körper war unter Schnee begraben, und sie fühlte sich, als wäre sie von einer Schneeraupe überfahren worden. Dabei hatte sie unglaubliches Glück gehabt, denn die Schneemassen hätten sie problemlos auch weiter mit sich in die Tiefe reißen können.

Sie spuckte gefrorenen Matsch aus und versuchte verzweifelt, wieder auf die Beine zu kommen, als plötzlich erneut dieser Motorenlärm zu hören war. Schon schoss zwischen den Bäumen am Hang über der Straße das Schneemobil hervor, das sie verfolgt hatte. Hart landete es auf der verschütteten Straße, und sein Fahrer schaffte es, die Maschine mit einem heftigen Ruck zu stoppen. Lena blinzelte benommen und erkannte, dass es sich bei ihrem Verfolger um einen ihrer Gefangenen aus dem Schuppen handelte. Der Brite.

Der Blick seiner spiegelnden Schneebrille fiel auf sie, und seine Lippen verzogen sich zu einem frostigen Lächeln. Dann hob er seine Waffe.

Lena wusste, dass sie verloren hatte.

Hier also würde sie sterben.

Und das mit Clearance 1.

Aber wenigstens im Einsatz – als sie hinter sich ein beständig lauter werdendes Dröhnen oder Wummern vernahm. Nein, eher war das eine Art … Ploppern.

Aufgeschreckt blickte ihr Verfolger an ihr vorbei zum Abgrund neben der Straße, wo in diesem Moment ein großes schwarzes Etwas aus der Tiefe aufstieg. Ein rasend schnell kreisender Rotor erzeugte einen tosenden Windstoß, der die Schneemassen aufwirbelte und die nahen Nadelbäume zum Schwanken brachte.

Ungläubig glotzte Lena den schwarzen Hubschrauber an, der jetzt neben ihnen in der Luft hing. Der Helikopter war so nah, dass sie durch die Scheiben sogar die Pilotin erkennen konnte.

Ungläubig riss sie die Augen auf: Das war Kirke! Elektra musste den Helikopter hierher beordert haben.

Voller Wut begann der Blonde auf den Helikopter zu schießen. Doch auch dort hämmerte ein unter der Kanzel angebrachtes Maschinengewehr los, dessen Salve den Mann voll erwischte, ihn von der Maschine warf und in den Schnee schleuderte, der sich unter seinem Körper blutrot verfärbte.

Sogleich stieg der Hubschrauber weiter über der Straße auf, und Lena sah, wie sich dort oben eine Seitentür öffnete und ein Seil herausfiel, über das sich eine athletische Gestalt mit MP und schwarzer Sturmhaube zu ihr herabließ.

Alle Schmerzen waren sofort vergessen.

Denn sie erkannte natürlich sofort, wer da zu ihrer Rettung eilte: Perseus!

Kein anderer Mann auf der Welt bewegte sich so elegant und vollendet wie der Algerienfranzose. Schon setzte er auf dem schneegefüllten Straßenzug auf. Er löste die Sicherung und winkte kurz nach oben zu Kirke, die den Hubschrauber sofort wieder aufsteigen ließ.

»Lena, alles in Ordnung?«, schallte ihr Perseus' Ruf entgegen, während er mit der Waffe nach allen Seiten sicherte.

Gerade vor diesem Mann wollte Lena sich nun keinerlei Blöße geben. Hektisch strampelte sie sich frei, mühte sich auf die Beine und eilte ihm bereits über den aufgetürmten Schneeberg entgegen … als sie am Hang über sich, zwischen den schneebedeckten Nadelbäumen, einen abgebrochenen Ast wie einen heranrasenden Pfahl auf sich zu rutschen sah, der sie schwer am Kopf traf und jäh von den Beinen riss.

»Lena!?«

Lena wollte antworten. Doch ihr Kopf dröhnte, ihr Sichtfeld verschwamm, und nur am Rande bekam sie mit, wie sich jemand über sie beugte.

»Lena … Sorgen … dich in Sicherheit.«

Sicherheit? Endlich fiel ihr die Antwort auf Visbys letzte Frage ein.

»Ich … weiß jetzt, wobei sich Sekretärinnen am häufigsten vertippen«, ächzte sie.

»Beim Lotto!«

Dann fiel sie in eine gnädige Bewusstlosigkeit.

La Familia

Lena betrachtete ihr Spiegelbild über dem kleinen Waschtisch und betastete vorsichtig die Beule am Kopf. Das blöde Ding schmerzte nicht nur, der Auswuchs schillerte auch tiefblau zwischen ihren blonden Haarsträhnen hindurch. Und zwar völlig unabhängig davon, wie sie ihn mit ihrem Pony zu kaschieren versuchte. Es war jedenfalls keine gute Idee gewesen, die Kopfbandage zu lösen.

Noch immer ärgerte sich Lena darüber, dass sie den Kampf oben in der Satelliten-Kontrollstation sowie jenen im Gebirge schadlos überstanden hatte, nur um dann ausgerechnet bei der Begegnung mit Perseus von diesem blöden Ast außer Gefecht gesetzt zu werden.

Und das so heftig, dass sie sich nicht einmal richtig an die letzten vierundzwanzig Stunden erinnern konnte. Dabei hatte sie sich speziell die Begegnung mit dem Algerienfranzosen über Monate in den schönsten Farben ausgemalt.

Klar, sie hatte natürlich mitbekommen, dass man sie in ein geheimes Spital irgendwo im Stadtgebiet von Mailand gebracht hatte. Zumindest vage … Ebenso, wie sie sich irgendwie auch daran erinnerte, dass sie zwischenzeitlich immer mal wieder wach geworden und von ihr unbekannten Agenten über die zurückliegenden Ereignisse befragt worden war. Recht eindringlich sogar, wenn ihr Kopf ihr da keinen Streich spielte. Denn all das verschwamm in einem diffusen Nebel, und sie konnte sich kaum mehr an die Gesichter der Männer und Frauen erinnern. Dabei hatte sie selbst so viele Fragen.

Und es erklärte auch nicht, warum es hier so streng nach Ziege stank.

Komisch, dass ihr der Geruch erst jetzt auffiel. Vielleicht ein Zeichen dafür, dass es ihrem Kopf allmählich wieder besser ging?

Lena schnupperte misstrauisch an dem blauen Trainingsanzug, in den man sie gesteckt hatte, und beschloss, die nächste Möglichkeit zum Duschen wahrzunehmen. Leider gab es hier kein Bad, nur eine separat liegende Toilette.

Sie wollte gerade den Wasserhahn aufdrehen, als es an der Tür ihres kleinen Krankenzimmers klopfte.

»Ja?« Lena schob die Haarsträhnen des Ponys wieder vor die Beule und dreht sich zur Tür um. Statt der robusten italienischen Krankenschwester, die sich bislang um sie gekümmert hatte, betrat überraschend eine ihr wohlbekannte A.R.G.O.S.-Agentin samt kleinem Lederkoffer den Raum.

»Kirke!« Lena jauchzte vor Freude und verzog sogleich das Gesicht, da sich nun wieder ihr malträtierter Körper bemerkbar machte. Trotzdem fiel sie ihr unvermittelt um den Hals. »Du hast ja keine Ahnung, wie gut es tut, dich endlich wiederzusehen.«

Kirke lachte überrumpelt und musterte sie von oben bis unten. Ihr besorgter Blick blieb an der Beule hängen.

»Und, Agentin Helena, geht es dir wieder gut?«

Kirke brachte etwas Abstand zwischen sie beide, und Lena ahnte, warum. Vermutlich war auch der Griechin ihr strenger Geruch aufgefallen.

»Ja, jetzt schon.«

Wie immer kam sie sich in Kirkes Nähe wie das berühmte hässliche Entlein in Anwesenheit eines stolzen Schwans vor. Denn egal, ob Kirke ein Kleid, einen schusssicheren Catsuit oder wie jetzt gerade dunkle Jeans und Lederjacke trug, mit ihrer leicht gebräunten Haut und dem kühnen Profil samt den hohen Wangenknochen und der markanten Nase besaß sie stets eine Grazie ähnlich der drei Chariten, wie die anmutigen Untergöttinnen der griechischen Mythologie genannt wurden. Allein Kirkes stylischer Bob mit den Mikrobangs gehörte der Vergangenheit an. Stattdessen trug sie ihr schwarzes Haar jetzt mittellang im Sleek-Look, was ihre Stirn hübsch zur Geltung brachte.

»Bedeutet dein Besuch, dass ich hier endlich raus kann?«, wollte

Lena wissen. Abermals stieg ihr dieser strenge Geruch in die Nase, und sie schämte sich etwas.

»Ja, ich denke schon«, antwortete die Griechin. »Unser Doc stellt es jedenfalls in dein Ermessen, ob du dich wieder einsatzbereit fühlst. Allerdings sollst du dich weiterhin schonen.«

»Doch, das tue ich!« Lena nickte heftig und spürte einen leichten Schwindel.

»Hoffentlich«, meinte Kirke. »Denn du hast dir vorgestern eine ziemlich heftige Gehirnerschütterung zugezogen. Du hast es überhaupt nur einigen brandneuen pharmazeutischen Präparaten zu verdanken, dass du schon wieder auf den Beinen bist. Ist schon ziemlich lange her, dass eine A.R.G.O.S.-Einrichtung direkt angegriffen wurde. Entsprechend haben die Kollegen alles dafür getan, dich trotz deiner Kopfverletzung zum Sprechen zu bringen.«

»Echt? Ja, ich erinnere mich vage, dass ich befragt wurde. Aber … vorgestern?« Lena biss sich auf die Lippe. »Das heißt, heute ist schon Sonntag? Herrje … Ich dachte, das alles wäre erst gestern passiert.«

»Nein, wir haben uns zeitweilig sogar etwas Sorgen um dich gemacht.«

Lena seufzte. »Und, ist, äh, Perseus zufälligerweise auch da? Ich meine, er war es doch, der sich vom Hubschrauber abgeseilt hat, oder?«

Kirkes Lippen kräuselten sich amüsiert. »Nein. Aber auch ihn wirst du schon bald wiedersehen. Er holt nämlich gerade Elektra vom Flughafen ab und sollte in Kürze hier sein, um uns einzusammeln.«

»Elektra ist ebenfalls auf dem Weg hierher?«

»Allerdings. Der hast du es überhaupt zu verdanken, dass wir dich aufspüren konnten. Sie hat dein Handy geortet und uns dann gezielt zu dir geführt.«

»Richtig. Ich hatte sie ja angerufen.« Lena blickte Kirke aufgewühlt an. »Heißt das etwa, dass die unser altes Team wieder zusammenstellen?«

»Gewissermaßen.« Die Griechin räusperte sich. »Zumindest hat das, was die Kollegen dir entlocken konnten, inklusive dem, was sie aus den übrigen Zeugen herausgeholt haben, für genug Aufregung gesorgt, dass wir alle ins hiesige Kontor einbestellt wurden.«

»Was genau habe ich denen erzählt?«

»Genug, dass bei der Führungsetage alle Alarmsirenen schrillen.«

»Da war diese …«

»Stopp!«, unterbrach Kirke sie ernst. »Ich habe die Order erhalten, dich abzuholen und dafür zu sorgen, dass du einstweilen jedem gegenüber Stillschweigen über deine Erlebnisse bewahrst. Zumindest so lange, bis wir das Kontor erreicht haben.«

»Selbst euch gegenüber?«

»Selbst uns gegenüber. Und dieser Befehl war ziemlich eindeutig. Wir wurden angewiesen, uns bis zur Besprechung diskret zu verhalten. Aber ich schätze, wir werden eh noch genug Zeit bekommen, um uns auszutauschen.«

»Okay. Trotzdem seltsam«, meinte Lena nachdenklich. »Ich hätte nicht gedacht, dass dem Prinzipal Mailands bekannt ist, in welcher Verbindung wir zueinander stehen.«

»Ich sehe schon, man kann dir nicht so leicht was vormachen«, antwortete die Griechin mehrdeutig, die jetzt den kleinen Koffer auf das Bett wuchtete. »Geh einfach davon aus, dass es für all das triftige Gründe gibt. Und hab etwas Geduld.«

Grübelnd starrte Lena sie an.

»Ich mag mir trotzdem kaum ausmalen, in welches Desaster du da oben am Berg geraten bist«, murmelte Kirke. »Von der Satelliten-Kontrollstation ist nämlich nicht mehr viel übrig. Als wir dort ankamen, hatten unsere Gegner schon den halben Bau in die Luft gejagt.«

»Ja, ich erinnere mich, dass da überall Sprengsätze verteilt waren«, meinte Lena, deren Euphorie angesichts Kirkes Eröffnung einen deutlichen Dämpfer erhalten hatte. »Ich hab sie leider nicht alle beseitigen können. Weißt du, wie viele meiner Camp-Kameraden überlebt haben?«

»Zusammen mit dir war lediglich von drei überlebenden Rekruten die Rede«, antwortete Kirke bitter. »Einer von ihnen wurde ebenfalls hier eingeliefert. Mit Schusswunden.«

»Das wird Autolykos sein«, meinte Lena. »Kann ich ihn besuchen?«

»Später vielleicht.«

»Und wer noch?«

»Außer euch beiden gab es noch einen weiteren, den wir oben im Gebirge geborgen und sofort in eine Spezialklinik nach Rom geflogen haben. Schwere Brüche durch einen Sturz.«

»Das könnte Talaos sein. Autolykos berichtete mir von seinem Absturz.«

»Der Rest deiner Leute ist tot. Ebenso wie eure Ausbilderin Agentin Otrere. Es tut mir wirklich leid.« Kirke betrachtete sie mitfühlend. »Ähnlich verhält es sich leider auch oben auf der Kontrollstation selbst«, fuhr sie fort. »Da hat nur der Hausmeister überlebt.«

»Diomedes. Wenigstens dem geht es gut.« Traurig presste Lena die Lippen aufeinander. »Apropos: Wie geht es deiner Schwester? Hat sich Europa wieder etwas erholt?«

Überrumpelt blickte die Griechin sie an, dann lächelte sie wehmütig.

Lena hatte Europa, die ebenso wie Kirke schon einige Jahre für A.R.G.O.S. arbeitete, nur kurz kennengelernt. Dabei war die Suche nach der vermissten Agentin der Hauptgrund für Kirke gewesen, sich dem Team anzuschließen, das Perseus damals zusammengetrommelt hatte. Lena hatte Kirkes Schwester am Ende zwar aus den Fängen ihrer Feinde retten können, allerdings war sie von diesen zuvor über Monate hinweg gefoltert worden. Und das hatte bei Europa Spuren hinterlassen, die sich sicher nicht so leicht würden heilen lassen.

»Lieb, dass du fragst.« Kirke atmete tief ein. »Sie befindet sich in einem geheimen A.R.G.O.S.-Sanatorium, wo sie die bestmögliche Betreuung erhält. Wenn es der Job zulässt, besuche ich sie dort einmal im Monat. Ihr geht es den Umständen entsprechend, aber ich hoffe weiter auf das Beste. Nur geht das alles nicht von heute auf morgen.«

»Verstehe.« Betroffen schlug Lena die Augen nieder. »Ich wüsste nicht, was ich tun würde, wenn es Sophia mal so hart treffen sollte.

Ich hoffe, du hast Europa ausgerichtet, wie dankbar ich ihr bin. Ich habe ihr immerhin mein Leben zu verdanken.«

»Sie dir das ihre auch. Und es würde ihr nicht gefallen, wenn dir etwas passiert.« Kirke blickte sie ernst an. »Du hattest vorgestern großes Glück, meine Liebe. Eigentlich wie immer …«

Die Griechin gab sich einen Ruck und öffnete endlich den Koffer. »Da ich bereits geahnt hatte, dass du mitkommst«, fuhr sie geschäftig fort, »habe ich dir etwas zum Anziehen mitgebracht. Deine Größe kenne ich ja.«

Sie präsentierte ihr eine praktische Ausstattung bestehend aus Stiefeln, Unterwäsche, Jeans, Kapuzenpullover, einer zum Februarwetter passenden dunkelblauen Kunststoffjacke sowie einen Hygienebeutel, der alles enthielt, was Frau benötigte.

»Und weil ich weiß, wie sehr dein Herz daran hängt«, Kirke zwinkerte ihr zu, »habe ich dir auch wieder einen von denen hier besorgt.«

Sie präsentierte ihr ein dunkles Etui samt nagelneuem A.R.G.O.S.-Lady-Shave-Rasierer.

»Den alten haben nämlich die Kollegen einbehalten, nachdem du hergebracht wurdest. So, wie alles andere, was du bei dir trugst.«

»Oh, Kirke! Das ist so lieb.« Begeistert drückte Lena den neuen Rasierer an sich. »Der hat ja sogar noch eine Trimmfunktion mehr.«

»Das ist nicht alles«, erklärte die Agentin sachkundig. »Das Modell wurde allgemein etwas aufgemotzt. Das Schneidwerk fräst sich auf Stufe 2 nun auch durch Holz und Leder, außerdem verfügt das Modell über einen größeren Akku und damit über gleich drei Elektroladungen. Im Etui findest du noch einen Multi-Netzstecker, mit dem du den Rasierer überall auf der Welt laden kannst.«

»Toll!«

»Wobei ich persönlich immer noch zu einer richtigen Waffe raten würde.«

»Das *ist* eine richtige Waffe!«, erklärte Lena kämpferisch.

»Wie du meinst.« Kirke schnaubte amüsiert. »Ich lass dich dann mal allein, damit du dich umziehen kannst. Den Papierkram hab ich schon erledigt. Du musst dich nur noch selbst entlassen. Nimm den

Fahrstuhl im offiziellen Empfangsbereich, ich warte unten vor dem Gebäude auf dich, auch um Perseus und Elektra abzupassen. Und denk dran: Absolutes Stillschweigen!«

»Alles klar. Ich beeil mich.«

Die Tür fiel hinter der Griechin ins Schloss, und sofort schnupperte Lena wieder an sich.

Dieser Ziegengeruch ... Meine Güte, war das peinlich.

Auf keinen Fall konnte sie Perseus so gegenübertreten. Da es hier keine Dusche gab, musste sie es jedoch bei einer Katzenwäsche belassen. Der strenge Geruch wollte dennoch nicht vergehen. Da entdeckte sie einen kleinen Deo-Zerstäuber im Hygienebeutel. Auf Kirke war eben Verlass.

Sie besprühte sich kurz unter den Achseln – doch das Zeug roch praktisch nach nichts. Konnte das überhaupt etwas? Da der strenge Geruch einfach nicht vergehen wollte, nebelte sich nun überaus großzügig ein.

Immer noch nichts.

Seltsam.

Sie warf den Zerstäuber enttäuscht in den Mülleimer, entschied sich für ein großes Pflaster, mit dem sie ihre Beule abdeckte, und schlüpfte rasch in die mitgebrachten Sachen. Dann verließ sie das Krankenzimmer.

Sie konnte es kaum erwarten, die anderen wiederzusehen.

Vor allem natürlich Perseus.

Draußen erwartete sie ein schmaler weiß gestrichener Korridor mit weiteren Zimmertüren, an die sie sich nur vage erinnern konnte. Rechter Hand endete der Gang bei einem großen Lastenfahrstuhl, linker Hand an einer Sicherheitstür mit A.R.G.O.S.-Auge, auf der ein Schild mit der Aufschrift ›Praxis‹ befestigt war.

Also dort entlang.

Sie musste nicht einmal Visby bemühen: Die Tür sprang auf, kaum dass sie sich ihr näherte, und schon schallten ihr gedämpfte Stimmen, aber auch Gebell sowie das aggressive Fauchen einer Katze entgegen.

Himmel, ihr schwindelte fast, so intensiv stank es hier nach Stall.

Sie trat um eine Ecke und gelangte so in den typischen Empfangsbereich einer Arztpraxis, von dem aus man einen Blick auf das Wartezimmer erhaschen konnte. Dort hockte zu ihrer Überraschung ein halbes Dutzend Zivilisten unterschiedlichen Alters, die offenbar die eigentlichen Patienten dieser Praxis mitgebracht hatten: Hunde, Katzen, eine Schildkröte, außerdem lag der typische Geruch eines Kaninchens in der Luft. Ein Junge von etwa elf oder zwölf Jahren hielt sogar einen wassergefüllten Plastikbeutel mit weißgesprenkelten Aquariumsfischen in der Hand. Wo war sie hier gelandet?

Zögernd näherte sie sich dem Empfangstresen, wo die ihr bekannte Italienerin auf sie wartete. Die robuste Mittvierzigerin mit dem Lockenkopf arbeitete hier offenbar als Arzthelferin.

»Ah, da sind Sie ja«, sprach diese mit einem knappen Blick Richtung Warteraum. »Ich benötige noch Ihre Unterschrift.«

»Ich dachte, das hier ist eine geheime A.R.G.O.S.-Einrichtung?«, flüsterte Lena.

Die Italienerin senkte ebenfalls die Stimme: »Ist es auch. Der Mailänder Kontor ist nicht so groß wie jene, die Sie vielleicht kennen. Unsere Sanitätssektion wurde daher ausgelagert. Und vor ein paar Jahren haben die Erbsenzähler da oben dann aus Kostengründen beschlossen, dass wir uns selbst finanzieren müssen.«

»Als das hier?«

»Andere Ärzte gab es hier in der Gegend schon«, raunte die Agentin ermüdet. »Eine Tierarztpraxis versprach die meiste Rendite.«

Lena verdrehte die Augen und setzte ihren Agentennamen unter die Entlassungspapiere. Natürlich in dreifacher Ausfertigung. Ihr Gegenüber quittierte den Empfang mit einem konspirativen Nicken und reichte ihr eine Dose mit Tabletten.

»Morgens zwei, abends zwei. Und das noch mindestens zehn Tage. Außerdem sollen Sie sich möglichst schonen, denn Sie sind noch nicht über den Berg.«

Lena nahm die Dose entgegen und betrachtete sie skeptisch. »Was ist das?«

»Kann ich Ihnen auch nicht genau sagen. Aber Sie befanden sich in einem ziemlich desolaten Zustand, und die Agency musste Sie zum Reden bringen. Ich weiß nur, dass sich dieses Medikament noch im experimentellen Stadium befindet.« Die Italienerin musterte sie argwöhnend. »Aber Ihnen scheint es ja gut zu gehen. Oder?«

»Ja, wieso?«

»Es heißt, dass es in Folge der Einnahme zu olfaktorischen und gustatorischen Wahrnehmungsstörungen kommen könnte. Also Gerüche und Geschmack. Aber nichts Dramatisches … heißt es zumindest.« Plötzlich rümpfte sie die Nase. »Sagen Sie mal, riechen Sie das auch?«

»Ich?«, meinte Lena verwundert. »Keine Ahnung, was Sie meinen. Mal abgesehen von diesen widerlichen Zooausdünstungen. Wie halten Sie das bloß aus?«

»Ach die.« Die Italienerin blickte achselzuckend zum Wartezimmer. »Die bemerke ich schon lange nicht mehr. Aber irgendjemand da drüben hat sich eingedieselt, als gäbe es keinen Morgen mehr. Wie 'ne Rentnerin im 4711-Rausch.«

Lena blickte auch ins Wartezimmer.

»Sagen Sie mal«, fragte sie misstrauisch. »Wurde mein Zimmer in der Vergangenheit vielleicht als Praxisraum genutzt?«

Die Frau blickte sie überrascht an. »Woher wissen Sie das? Das war noch vor dem Umbau vor einem halben Jahr.«

Lena betrachtete die Pillendose, und ihr schwante Übles.

Rasch verließ sie den Empfangsraum in Richtung eines Aufzugs, wo ihr ein Mittvierziger samt Plastikbox entgegenkam, aus der ihr traurig ein Kapuzineraffe entgegenlugte. Ein Affe?

Was bitte stimmte mit den Menschen nicht?

Leider war das nicht alles. Denn von dem Tier ging ein beißender Gestank aus. Ebenso schlimm war die Übelkeit erregende Wand exotischer Gerüche im Fahrstuhl, die ihr mit der verbrauchten Luft entgegenschlug.

Angeekelt wich sie zurück und schlug stattdessen den Weg zum Treppenhaus ein.

Herrje, wenn diese Geruchssensibilität eine Folge der Pillen war, dann würde sie in einem Zoo vermutlich ersticken. Sie war daher froh, als sie die vier Stockwerke hinter sich gebracht hatte und endlich die unterste Etage erreichte.

Lena hatte keine Ahnung, in welchen Bezirk Mailands es sie verschlagen hatte, doch der Gebäudekomplex, in dem die Praxis untergebracht war, gehörte zu einem Viertel mit unspektakulären Wohnblocks, die von schlichten Straßenzügen durchschnitten wurden. Durch die Glastür des Eingangs hindurch konnte sie bereits Kirke erkennen, vor der gerade ein anthrazitfarbener Dacia Logan mit großem Kofferraum hielt.

Offenbar war sie gerade rechtzeitig nach unten gekommen, um die anderen zu begrüßen.

Erfreut trat Lena nach draußen, wo sie von kühlfeuchter Februarluft begrüßt wurde, in der ein leichter Geruch nach Hund mitschwang. Schon klappte die Hecktür des Fahrzeugs auf, und Elektra stürmte ihr entgegen.

»Lena!«

Die kleine Lettin hatte sich optisch überhaupt nicht verändert: kurze, violett gefärbte Haare, markante Panto-Brille in poppigen Grün- und Lilatönen, und wie immer trug sie eine Unisex-Jeansjacke, diesmal in Blau, die ihre fülligen Formen kaschierte.

Erfreut drückte sie sie an sich und brachte sie sogleich wieder auf Abstand, um sie irritiert anzusehen. Lena wunderte sich etwas über ihr Verhalten, als Elektras Blick auf das große Pflaster an ihrer Stirn fiel. »Wow, hab schon gehört, dass es dich ordentlich erwischt hat.«

»Ach, alles gut«, wiegelte Lena ab. »Und denk dran, es muss jetzt Helena heißen.«

»Ja, klar. Natürlich.«

»Und dank dir für deine Hilfe. Kirke hat mir erzählt, dass ich ohne dich jetzt vermutlich …«

Lena versagte die Stimme, denn die Fahrertür des Dacias öffnete sich und Perseus trat ins Freie. Der Algerienfranzose hätte auch als Model für einen Männer-Modekatalog arbeiten können. Die blätterte Lena sehr gern durch, wenn auch nicht unbedingt wegen der dort präsentierten Kleidung. Die Wirkung, die er auf sie hatte, wäre bestimmt die gleiche gewesen. Denn wie immer sah der Anfang Dreißigjährige unverschämt gut aus: Das kurze dunkle Haar mit den feinen Locken und ein Dreitagebart verliehen seinem ausdrucksstarken Gesicht mit den dunklen Augen und dem markanten Kinn etwas Verwegenes. Und die schwarze Lederjacke passte natürlich wie immer hervorragend zu seinem südländischen Teint.

Immerhin, sie schaffte es, ihn nicht mit offenem Mund anzustarren, als er lächelnd auf sie zukam und sie nun ebenfalls kurz zur Begrüßung umarmte.

»Hey.«

»Hey.« Lena lächelte verlegen. Zu gern hätte sie etwas Kluges gesagt. Doch ihr fiel schlicht nichts ein. Stattdessen stand sie stocksteif da und genoss den kurzen Körperkontakt.

»Schön, dich wieder auf den Beinen zu sehen. Wir hatten uns schon Sorgen …« Perseus löste sich von ihr, musterte sie irgendwie irritiert und blickte kurz hinüber zu Elektra, die noch immer neben ihnen stand. Die räusperte sich vernehmlich.

»Ich würde sagen«, platzte es aus der Computerspezialistin heraus, »dass wir jetzt erst mal zusehen, dass wir rasch zum Kontor kommen. Du kannst dir kaum vorstellen, wie neugierig ich bin, zu erfahren, was dir alles passiert ist. Die ganze Agency scheint in heller Aufregung zu sein. Also … zumindest auf Prinzipalsebene. Gibt zwar keiner offiziell zu, wird aber klar, wenn man einige der internen Chats studiert.«

»Du hast dir Zugriff auf interne Chatverläufe beschafft?«, fragte Kirke, als die Lettin Lena an ihr vorbei zum Auto führte.

»Natürlich habe ich das. Was denkst du denn?«

Elektra sorgte dafür, dass sich Lena hinten zu ihr setzte, während Perseus wieder auf der Fahrerseite Platz nahm und Kirke neben ihm auf dem Beifahrersitz zustieg. Von dort aus warf die Griechin Lena sogleich einen mahnenden Blick zu.

»Tut mir leid«, antwortete Lena ernüchtert, während die Türen klappten. »Aber ich wurde dazu verdonnert, Stillschweigen zu bewahren. Keine Ahnung, warum.«

Alles in ihr brannte danach, Elektra von Andris zu erzählen, den die Lettin schon so lange suchte. Sie sah zu Kirke rüber, die jedoch ebenso wie alle anderen irgendwie versteinert dasaß. Irgendwie atemlos.

»Ist was?«, fragte Lena unsicher in die Runde.

Ihre drei Begleiter wechselten verlegene Blicke, schließlich räusperte sich Kirke.

»Sag mal, Lena, kann es sein, dass du … vielleicht etwas zu viel Parfüm aufgelegt hast?«

»Ich? Wie kommst du denn …?« Lena erinnerte sich schlagartig wieder an die Bemerkung der Krankenschwester, und sie spürte, wie ihr Gesicht Farbe bekam. »Oje. Die … haben mir so neue Pillen gegeben. Angeblich haben die Nebenwirkungen. Geruchs- und Geschmacksverlust und so. Ich hätte angesichts des beißenden Tiergestanks da oben in der Praxis eigentlich gewarnt sein sollen. Da ist mir fast schlecht geworden. Dabei dachte ich zunächst, ich selbst … also … na ja … Ich hab dann jedenfalls etwas von dem Deo genommen, das du mir mitgebracht hast!«

»Etwas?«, kommentierte Elektra.

»Das war kein Deo, sondern Fußspray«, erklärte Kirke mitleidlos.

Lena wäre am liebsten vor Scham im Sitz versunken. »Aber das war doch praktisch geruchlos.«

»Geruchlos?« Elektra wedelte mit der Hand vor dem Gesicht herum und fuhr feixend ihre Seitenscheibe herunter.

»Ehrlich, ich verstehe das nicht!«, entschuldigte sich Lena. »Ich rieche wirklich nichts. Wartet mal.« Ihr Blick fiel auf eine kleine Packung mit Karamellkeksen, die Elektra vermutlich am Flughafen gekauft hatte.

Aufgewühlt bediente sie sich, kaute und hielt beklommen inne.

»Das schmeckt wie Pappe. Nämlich nach gar nichts.«

»Meinst du das ernst?« Elektra sah sie erstaunt an. »Das sind die leckersten Kekse zwischen Sizilien und Kopenhagen.«

»Ein deutliches Zeichen dafür, dass deine Pillen wohl noch andere Nebenwirkungen haben«, brummte Perseus. »Aber hey. Wir lüften einfach ein bisschen, und alles ist gut.«

»Und irgendwie zeigt uns das ja auch, dass du ansonsten ganz die Alte bist«, merkte Kirke mit einem feinen Lächeln an.

Auch vorne fuhren die Seitenscheiben runter, Perseus startete endlich den Wagen, und es ging los. Lena schloss schweigend ihre Jacke, da jetzt von allen Seiten ein frischer Wind in den Wagen wehte. Vor allem aber grübelte sie darüber, was Kirke mit »ganz die Alte« gemeint hatte.

Immerhin, sie kamen auf den Straßen gut voran.

Perseus machte seinem Unmut über die Geheimniskrämerei Luft, der sie unterworfen waren, bis Kirke klarstellte, dass sie es war, die Lena die entsprechende Order überbracht hatte. Doch nicht einmal Elektra schaffte es, der Griechin mehr über den Anlass oder gar die Instanz bei A.R.G.O.S. zu entlocken, die sie damit beauftragt hatte. Lena war es nur recht, denn so musste sie nicht selbst reden. Nach Reden war ihr im Anschluss an ihren peinlichen Auftritt wirklich nicht zumute.

Stattdessen saß sie still im Fond des Fahrzeugs und hoffte, dass sie bald ihr Ziel erreichten. Und doch beschlich sie zunehmend der Eindruck, dass ihnen Kirke etwas verheimlichte. Was es auch war, dafür musste es einen Grund geben. Und irgendwie bezweifelte sie, dass ihr dieser gefallen würde.

Immerhin, sie erkannte schnell, dass sie aus dem Südosten auf die Innenstadt zufuhren. Sie war bereits zweimal mit ihrem einstigen Chef, Doktor Fink, in der Expo-Metropole gewesen. Und da über den Dächern weiter im Norden die Skyline des Stadtteils Porta Nova mit ihren vielen Hochhäusern zum grauen Februarhimmel aufragte, gab es an der Richtung keinen Zweifel. Darunter war auch der riesige Glasturm Torre Unicredit, der mit seinen 231 Metern bis zur markanten Antennenspitze zugleich das höchste Gebäude Italiens war.

Lena freute sich darüber, wie sehr der Zukunft zugewandt sich die Stadt inzwischen präsentierte. Zusammen mit der City-Life

Superoase im Westteil der Stadt, einem einstigen Messegelände, auf dem sich heute drei weitere futuristische Hochhäuser erhoben, die von einem großen, von Wasserläufen durchzogenen Park umgeben waren, verkörperten diese architektonischen Meilensteine das moderne Mailand.

Denn zur Wahrheit gehörte auch, dass Italiens zweitgrößte Stadt auch eine unspektakulärere Seite besaß. Mailand war während des Zweiten Weltkriegs weitgehend zerstört worden und danach eher in die Breite gewachsen. Und das nicht unbedingt zum Vorteilhaftesten. Dabei war Mailand die führende Wirtschafts- und Industriemetropole Italiens. Und sie galt neben Paris, New York und London als eines *der* Modezentren der Welt, wovon sich Lena schon vor einiger Zeit höchstpersönlich mittels eines Shoppingbesuchs in der bekannten Galleria Vittorio Emanuele II überzeugt hatte. Die von einer mächtigen Glaskuppel überdachte und von eklektizistischen Stilelementen geprägte Galerie stellte für Lena das eigentliche Zentrum der Stadt dar, denn dort fand sich beginnend bei Luis Vuitton und Prada bis hin zu Massimo Dutti praktisch alles, was in der Modewelt Rang und Namen hatte.

Lena schwelgte noch in ihren Erinnerungen, als Perseus am fünfschiffigen Mailänder Dom mit seiner gotischen Marmorfassade vorbeifuhr. Spätestens jetzt war klar, dass sie die Altstadt erreicht hatten. Ihre Begleiter hatten die Scheiben inzwischen auch wieder bis auf einen Spalt hochgefahren, und so wagte es Lena, erstmals wieder die Stimme zu erheben.

»Sagt mal, kommt Daedalos auch?«

Ihre Begleiter verstummten, und sie konnte sehen, wie ihr Perseus einen irritierten Blick durch den Rückspiegel zuwarf. »Du weißt es noch nicht?«

»Ich weiß *was* noch nicht?«, fragte sie besorgt. »Er ist doch nicht etwa …«

»Nein, das nicht.« Elektra neben ihr rutschte unruhig auf dem Sitz herum. »Unser irischer Sturkopf hat den Agentenjob an den Nagel gehängt.«

»Was?!« Ungläubig blickte Lena ihre Freundin an. »Wann? Wieso?«

»Schon Ende letzten Jahres«, erklärte die Lettin betreten. »Ich wollte es dir die ganze Zeit schon sagen. Aber du hattest so mit deiner Ausbildung zu tun, dass ich dir das nicht aufbürden wollte. Ich weiß ja, wie sehr du ihn magst.«

Lena musste unwillkürlich an die Zeit mit dem Einbruchsexperten zurückdenken. Abgesehen von Elektra, war Daedalos von allen am zugänglichsten gewesen. Bis es dann zu seiner Entführung und seinem vermeintlichen Verrat gekommen war, den er am Ende aber wieder ausgebügelt hatte. Und plötzlich ahnte sie, welche Gründe ihn zu diesem Schritt bewogen hatten. Wie sich herausgestellt hatte, hatten ihre damaligen Gegner seine Frau und ihre beiden Kinder entführt, um ihn so auf ihre Seite zu pressen.

»Er hat es wegen seiner Familie getan, stimmt's?«

Kirke warf ihr vom Beifahrersitz einen bedauernden Blick zu und nickte. »Ihm ist klar geworden, welche Verantwortung er trägt. Und das war eine Entscheidung, die ihm niemand abnehmen konnte. Ich meine, wir anderen sind alle weitgehend ungebunden. Da gibt es kaum jemanden, der nach uns krähen würde, wenn es uns erwischt. Vor allem aber hat keiner von uns Familie, die wir mit unserem Job gefährden könnten.«

Lena musste unwillkürlich an ihre Eltern und ihre Schwester denken – und schwieg. Irgendwie bekam sie jetzt ein schlechtes Gewissen.

»Schade«, meinte sie dennoch. »Ich vermisse ihn.«

»Da bist du nicht die Einzige.« Elektra seufzte, und Lena konnte sehen, wie Perseus ihr durch den Spiegel einen nachdenklichen Blick zuwarf.

Sie erreichten schließlich die U-Bahn-Station Cairoli, von wo aus man über eine breite Straßenflucht im Nordwesten zu einem prachtvollen Platz mit Brunnen blicken konnte, hinter dem sich der beeindruckende Mittelturm des Castello Sforzesco erhob, des eigentlichen Zentrums der Altstadt. Das riesige Schloss war ein beliebter Touristenmagnet, allerdings bezweifelte Lena, dass sie Gelegenheit erhalten würde, es zu besichtigen.

Perseus fädelte sich weiter in den Verkehr ein und bog wenig später in eine der Altstadtstraßen ab, wo er einen Parkplatz suchte. Er und Kirke setzten Sonnenbrillen auf, anschließend führte der Algerienfranzose sie in eine von klassizistischen Bauten gesäumte Fußgängerzone, in der trotz des Wetters zahllose Touristen und Einheimische flanierten. Es ging vorbei an Mode-, Schmuck- und Uhrenläden, und sie passierten Fast-Food-Lokale und Straßencafés, bis Perseus in eine Nebengasse mit eher traditionell wirkenden Lebensmittelgeschäften und Restaurants einbog, die nicht ganz so stark frequentiert war.

Da Lena die A.R.G.O.S.-Gepflogenheit kannte, die regionalen Kontore mit den Fassaden landestypischer Geschäfte zu tarnen, ahnte sie bereits, wonach er suchte. Sie war dennoch überrascht, als er schließlich vor einer Pasta-Manufaktur mit hohem Schaufenster stehen blieb, deren gepflegt wirkendes Interieur aus den Fünfzigern zu stammen schien. In der Auslage waren Körbe, Gläser und Packungen mit schmackhaften Pasta-Varianten ausgestellt, und auf der Scheibe prangte ein vornehmer weißer Schriftzug:

Sorelle Russo
Pastificio d'eccellenza dal 1921
Specialità di pasta di produzione tradizionale

Ergeben folgten sie ihrem Anführer durch die Ladentür in den Verkaufsraum, dessen Hauptaugenmerk eine L-förmige gläserne Theke darstellte, hinter deren Scheiben ausnahmslos frische Pasta-Kreationen auf die Käufer warteten. Darunter große Schalen mit köstlich gefüllten Teigtaschen wie Agnolotti, Cappelletti und Tortellini, aber auch einfachere Gaumenfreuden wie Tagliolini, Makkaroni oder Gnocchi. Auf den übrigen Tischen und Regalen stapelten sich hübsch drapierte Vorratspackungen, Schachteln und Gläser mit farbigen Pastasorten wie Spaghetti, Farfalle, Pappardelle, Penne und Fettucine. Unwillkürlich bekam Lena Hunger, auch wenn sie befürchtete, dass sie im Augenblick gar nichts schmecken konnte. Ein kurzer Seitenblick zu Elektra zeigte ihr, dass sie damit nicht alleinstand.

Perseus hingegen schob sich ungerührt an einem Ehepaar vorbei, das sich gerade mit Lasagneplatten eindeckte, und marschierte zum rückwärtigen Tresenbereich, wo soeben eine mollige Mittsechzigerin mit weißer Schürze und unansehnlicher Hornbrille aus einem Lagerraum trat. Sie hielt eine Platte mit dicken Panzerotti in den kräftigen Armen und schob die Pasta in die Auslage. Misstrauisch blickte sie ihnen entgegen, was Lena nicht wirklich wunderte, da sowohl Perseus als auch Kirke noch immer ihre Sonnenbrillen trugen.

»Buona giornata!«, begrüßte sie Perseus reserviert, um dann, nach einem nachdenklichen Blick auf die Neuankömmlinge, in Englisch fortzufahren. »Ist es möglich, dass wir Sie schon einmal mit den Pasta-Kreationen unseres Hauses überzeugen konnten?«

»Ja, erst letztes Jahr«, antwortete Perseus ohne Anzeichen einer Gefühlsregung.

»Ihre Begleiterinnen«, fuhr die Italienerin misstrauisch fort, »wissen unsere Spezialitäten ebenfalls zu schätzen?«

»Unbedingt!«, antwortete Perseus mit Blick auf die übrige Kundschaft im Laden. »Meine Kollegin«, er setzte nun erstmals die Sonnenbrille ab, mit der er sodann auf Kirke deutete, »hat monatelang von Ihrer Spaghetti alla Chitarra mit Basilikum-Pesto geschwärmt, die die Küche in Ihrer Niederlassung in Athen anbietet.«

»Köstlich!«, bestätigte Kirke. »Sie wurde dort mit Feta aus der früheren Präfektur Lesbos verfeinert.«

»Verfeinert also …«, murmelte die Italienerin missbilligend.

»Meine andere Kollegin«, Perseus deutete auf Elektra, »ist eine glühende Verehrerin Ihrer Pasta-Kreationen, seit sie erstmals Ihre Tortellini alla Panna in Ihrer Filiale in Riga kosten durfte.«

»Als Hauptgericht zu einer Sauerampfersuppe«, erklärte Elektra feierlich.

»Tatsächlich?« Die Frau verschränkte die Arme vor der voluminösen Brust. »Mich wundert, dass Sie danach überhaupt noch etwas runterbekommen haben.«

»Allein unsere Praktikantin«, Perseus warf Lena einen Blick zu, die von dem seltsamen Gesprächsritual, mit dem die Agenten einander abcheckten, sehr an ähnliche Situationen in den Kontoren von Kampen und Visby erinnert wurde, »begleitet uns erst seit Kurzem auf Geschäftsreise. Sie kennt ehrlich gesagt nur Dosen-Ravioli. Ein Gourmet ist sie also nicht …«

»He!«, meinte Lena gekränkt, da sie sich insgeheim fragte, ob das schon wieder eine Anspielung auf das blöde Biwak im vergangenen Herbst war.

»… aber ihren mangelnden Geschmack«, fuhr Perseus unbeeindruckt fort, »macht sie durch ihren großen Appetit wett.«

»So viel esse ich doch gar nicht«, erklärte Lena empört. »Außerdem: Was habt ihr gegen Ravioli? Das ist eines meiner Lieblingsgerichte. Man darf die Dosen halt bloß nicht in der Mikrowelle heiß machen. Da ist mir fast mal das ganze Gerät um die Ohren geflogen.«

Fassungslos sahen die Italienerin, Perseus, Kirke und Elektra sie an.

»Ja, ehrlich«, bekräftigte Lena. »Ihr könnt euch gar nicht vorstellen, was für Geräusche die gemacht hat. Und all die Funken …«

»Davon abgesehen«, unterbrach Kirke sie, »müssen wir unbedingt Ihrer Experimentalküche einen Besuch abstatten.«

»Ich werde gern unseren Inhaber benachrichtigen.« Die Italienerin musterte Lena weiterhin durch die dicken Gläser ihrer Hornbrille hindurch. »Sie sind mit unseren Gepflogenheiten vertraut?«

»Sind wir«, erklärte Perseus.

»Molto bene. Verraten Sie mir bitte noch, welche Pasta Sie bevorzugen.« Sie wies auf die Auslage vor ihr. »Gerade fertig geworden sind unsere delikaten Panzerotti mit einer traumhaften Füllung aus Mozzarellakäse. Ich kann Ihnen aber auch unsere köstlichen Tortellini mit Steinpilzfüllung …«

»Nein«, unterbrach sie Perseus ungeduldig. »Wir möchten eine Packung Rigatoni. Röhrendurchmesser 0,9 cm. Länge 4 cm. Als Hartweizenmischung kommt für uns nur Semola rimacinata in Frage. Ach ja, und bitte eine Packung zu 750 Gramm.«

»Ich sehe, Sie sind ein Kenner.« Die Italienerin schürzte anerkennend die Lippen, griff in eine Schublade unterhalb der Theke und überreichte ihm eine Packung Rigatoni, auf der das dreieckige Manufaktur-Logo prangte, das verdächtig dem A.R.G.O.S.-Emblem ähnelte.

Lena ahnte, dass die Nudeln eine ähnliche Funktion wie die Zigarre damals in Kampen oder der Bergkristall in Visby erfüllten. Allerdings fragte sie sich: Welche genau?

»Wir würden sie gern sofort verkosten.« Kirke wies auf eine schmale Tür neben den Regalen. »Zu Ihrer Küche geht es dort entlang?«

Die Italienerin nickte und betätigte einen Türsummer. »Bitte einfach bis zum Innenhof durchgehen. Buon appetito!«

Perseus drückte die Tür auf, und sie gelangten in eine Großküche, in der ein halbes Dutzend Pastabäcker arbeiteten: Zwei Männer mit weißen Schürzen standen vor großen Maschinen, die Nudelteige auswarfen, die sie dann in Wannen zu einem Bereich mit breiten Alutischen trugen, wo bereits Frauen auf sie warteten, die daraus mittels spezieller Formen köstliche Kreationen zubereiteten. Natürlich dampften hier auch unterschiedliche Füllungen in großen Töpfen, von denen Lena annahm, dass sie vermutlich wunderbar dufteten – jedenfalls den neugierigen Blicken ihrer Begleiter nach zu schließen. Sie selbst roch leider gar nichts.

Perseus und einer der Pastabäcker, ein kräftiger Mann mit sizilianischem Schnurrbart, der auf sie eher wie ein Mafioso wirkte, tauschten knappe Blicke, dann ließen sie die Großküche hinter sich. Der Algerienfranzose führte sie durch eine quietschende Tür auf einen Innenhof, der von hohen Hausfassaden samt einer schmalen Durchfahrt gesäumt wurde, und in dem lediglich einige große Abfallcontainer standen. Lena wurde flau zumute, da ihr hier der beißende Geruch von Hundeurin in die Nase stach. Sie schüttelte sich. Wenn das so weiterging, würde sie lieber bereitwillig mit Gehirnerschütterung im Bett liegen, als weiter diese Pillen zu schlucken.

»Ich hasse dieses Kontor«, murmelte Perseus, und Lena pflichtete ihm innerlich bei.

Allerdings zielte sein Einwand auf den Inhalt der Nudelpackung ab. »Eine der Rigatoni trägt das A.R.G.O.S.-Emblem. Nur müssen wir die erst einmal finden.«

Er verteilte die Nudeln, und unwillig machten sie sich auf die Suche, als Kirke einen triumphierenden Laut ausstieß. »Da. Ich hab sie.«

Sie präsentierte eine Röhrennudel, in die das bekannte und von drei Dreiecken umfasste A.R.G.O.S.-Auge eingebacken war. Perseus nahm sie ihr aus der Hand und schob sie wie den Schlüssel damals in Kampen in eine unscheinbare Mauerfuge. Kurz schimmerte zwischen den Mauersteinen ein rotes Laserlicht hervor, mit dem die Nudel abgetastet wurde, und Sekunden später fuhren an den Fenstern der Fassaden um sie herum Stahlbleche hoch. Ein elektrisches Tor versiegelte die Durchfahrt, und ähnlich wie bei dem Kontor in den Niederlanden vibrierte plötzlich der Untergrund. Der komplette Innenhof senkte sich jetzt fast vier Meter ab, bevor er rumpelnd zum Stehen kam. Diesmal erwartete sie hier unten jedoch keine Garage, sondern eine schwere Sicherheitstür, über der sie ein A.R.G.O.S.-Auge mit Kamera erfasste, in dessen Mitte es rot aufflammte. Ein Gitter aus Laserlicht umhüllte, sie und die angenehme Stimme Visbys war zu hören.

»Identifikation abgeschlossen«, vermeldete die KI. »Willkommen in Mailand.«

Perseus trat an die Tür, um sie zu öffnen, doch kaum berührte er den Griff, gab es einen elektrischen Knall. Funken sprühten, und mit einem Schmerzensschrei taumelte er zurück.

»Verdammte Scheiße!«, ächzte er. Er hob die Rechte, deren Finger er nur mühsam bewegen konnte, und blickte zornig zur Kamera auf. »Hey, was ist los bei euch?«

Lena und Kirke eilten erschrocken zu ihm.

»Ist es schlimm?«, wollte Lena wissen.

»Geht schon«, knirschte Perseus, der aufgebracht mit der Hand wedelte.

»Identifikation abgeschlossen«, vermeldete die KI abermals. »Willkommen in Mailand.«

Allerdings traute sich jetzt keiner mehr, die Tür auch nur zu berühren.

»Hey, aufmachen!«, rief Kirke wütend.

»Ich glaube, ich werde hier mal ein ernstes Wort mit den Kollegen von der IT wechseln«, knurrte Elektra.

Von hinter der Tür waren plötzlich Geräusche zu hören, die darauf hindeuteten, dass jemand dort drinnen sie jetzt von Hand öffnete. Zwei südländisch aussehende Agenten mit weißen Hemden und Schulterhalfter stemmten sie dann auch auf und blickten sie betroffen an.

»Entschuldigung«, meinte der Kleinere mit spanischem Akzent. Ein drahtiger Mann mit kurzen dunklen Haaren und einer kleinen Narbe am Kinn. »Ich bin Deusos. Mein Kollege hört auf den Namen Poimandros. Wir haben hier leider einige technische Probleme. Die Haustechnik arbeitet aber bereits daran.«

»Technische Probleme?« Perseus schnaubte wütend. »Seht zu, dass ihr eure Probleme in den Griff bekommt, sonst setze ich meine Kollegin auf euch an. Die zeigt euch dann, was es bedeutet, echte Probleme zu kriegen.«

Die Lettin lächelte maliziös.

»Benötigen Sie einen Arzt?«, fragte Poimandros zerknirscht. Der Bärtige war definitiv Italiener. »Unsere Krankenstation wurde leider ausgelagert. Aber wir haben natürlich …«

»Nein, zum Glück nicht«, murrte Perseus, dessen Hand sich zunehmend geschmeidiger öffnete und schloss. »Außerdem kommen wir da gerade her. Wir werden erwartet.«

»Verstehe. Folgen Sie uns«, erklärte Deusos. »Das alles ist umso peinlicher, als die Sicherheitsvorkehrungen heute noch einmal erhöht wurden.«

»Die Sicherheitsvorkehrungen wurden erhöht?«, hakte Elektra misstrauisch nach.

Die beiden Kontors-Agenten warfen sich verschwörerische Blicke zu.

»Ja … wurden sie«, wog der Spanier seine Worte ab. »Leider bin ich nicht befugt, Sie in Details einzuweihen. Aber ich bin mir sicher, man wird Ihre Fragen in Kürze beantworten. Sie werden jedenfalls erwartet.«

*

Lena folgte ihren Begleitern durch einen engen Gang mit noch mehr Überwachungskameras. Sie passierten eine zweite Sicherheitstür, die von einer weiteren bewaffneten Agentin bewacht wurde, und gelangten in einen Bereich des Mailänder Kontors, der an ein modernes Großraumbüro erinnerte. An der Decke waren Tageslichtlampen angebracht, und Glastüren trennten separate Räumlichkeiten ab. Dort arbeiteten Agenten, die aufgeregt Telefonate führten oder Überwachungsmonitore im Blick behielten. Lena bemerkte durchaus, dass zwei von ihnen soeben ihre Waffen aufmunitionierten.

»Ich frage mich, was hier gerade vor sich geht«, meinte Elektra leise an Lena gewandt.

»Keine Ahnung, aber ich bin mir sicher, wir werden es schon bald erfahren.«

Lena fiel ein Monitor mit dem Bild einer Überwachungsdrohne auf, die die Einkaufszone in der Mailänder Innenstadt samt dem geheimen Zugang zum Kontor überwachte.

Befürchteten die Kollegen etwa Ärger in dieser Gegend?

Wo auch immer die allgemeine Hektik im Kontor herrührte, Lena war sich sicher, dass sie an alledem nicht unschuldig war. Zumindest, wenn Kirkes Andeutung vorhin gestimmt hatte, nach der es ihre Aussagen gewesen waren, die die Führung der Agency in Alarmstimmung versetzt hatten. Der Überfall auf die Satellitenkontrollstation allein konnte dafür aber nicht verantwortlich sein, auch wenn der für sich gesehen schon genug Fragen aufwarf. Schließlich hatte den auch Diomedes als Augenzeuge miterlebt. Hinter alledem musste also noch mehr stecken. Etwas, dessen Bedeutung ihr offenbar entging.

Die Agenten Poimandros und Deusos führte sie an den Büros

vorbei zu einem Korridor samt älterem Paternosteraufzug, dessen offene Zwei-Mann-Kabinen gemächlich in die Tiefe glitten.

»Sie werden eine Etage tiefer erwartet.« Poimandros deutete auf den Zugang zum Paternoster. »Bitte folgen Sie uns.«

»Gern, solange es hier nicht weitere Defekte gibt«, meinte Perseus verschnupft und betrat eine der Kabinen. Lena wollte ihm schon folgen, doch zu ihrer Enttäuschung kam ihr der Italiener zuvor. Mist, sie hätte zu gern die Gelegenheit genutzt, kurz mit Perseus allein zu sein. So musste sie mitansehen, wie die beiden Agenten gemeinsam aus ihrem Blickfeld verschwanden. Kirke und Deusos bestiegen die nächste Kabine und glitten ebenfalls in die Tiefe.

Sie wollte mit Elektra gerade die nachfolgende Kabine betreten, als Lena hinter der Glastür am Ende des Korridors überraschend eine untersetzte Person mit Halbglatze, auffälliger Nickelbrille und weißem Arbeitskittel entdeckte. Der Mann trat soeben aus einem Raum, um einer Assistentin eine Schale mit Armbanduhren in die Hand zu drücken. Lena erkannte den Mann sofort wieder, denn das war ohne Zweifel Theodorus, der wissenschaftliche Projektleiter, den sie damals in Kampen kennengelernt hatte.

»Oh, warte mal«, hielt sie Elektra zurück.

Erfreut lief sie zu der Glastür, die jedoch verschlossen war, klopfte dagegen und winkte. »Theodorus! Äh, ich meine ›T‹! Huhu!«

Der Brillenträger wandte sich zu ihr um, blickte sie erstaunt an und öffnete nach kurzem Zögern die Tür.

»Hallo!«, begrüßte Lena ihn erfreut. »Erinnern Sie sich noch an mich?«

»Aber ja, natürlich.« Theodorus begrüßte sie mit Handschlag und fasste auch Elektra ins Auge, die hin- und hergerissen zu dem Paternosteraufzug blickte. »Sie sind doch die Sekretärin unseres letzten Poseidon?«

»Assistentin!«, korrigiert ihn Lena sofort.

»Äh, ja, gewiss. Ich weiß gar nicht, ob ich Ihnen damals mein Beileid bekundet habe.«

»Das ist sehr lieb von Ihnen. Er war ein wirklich feiner Mann, und ich wünschte, ich könnte ihm sagen, dass sein Tod gerächt ist. Wir haben nämlich …«

»Oh, bitte keine Einzelheiten, denn dafür reicht meine Clearance nicht aus.«

»Ach ja, das kenne ich.«

»Aber was machen Sie hier?«, fragte der Wissenschaftler. »Sie wissen doch, Zivilisten haben in einem A.R.G.O.S.-Kontor nichts zu suchen. Oder befinden Sie sich schon wieder im Zeugenschutz?«

»Stimmt, das wissen Sie ja gar nicht. Ich bin jetzt selbst Agentin!«, erklärte Lena stolz. »Mein Codename lautet Helena!«

»Ach! Und ich dachte, man hätte Sie nach unserer letzten Begegnung zwecks Gedächtnislöschung dem Thanatos-Programm unterzogen.«

»Nein, zum Glück ist mir das erspart geblieben.« Lena räusperte sich.

»Helena!«, meldete sich Elektra mahnend zu Wort, »dir ist schon klar, dass wir eigentlich unten erwar…«

»Ach, komm schon. Die haben uns gerade fast gegrillt, da werden die sicher ein Auge zudrücken. Dauert ja auch nicht lange.« Lena zog Elektra aufgeregt zu sich. »Elektra, darf ich dir Theodorus vorstellen. Allerdings nennen ihn alle nur ›T‹. Wir haben uns damals in Kampen kennengelernt. T ist da für die Waffen- und Ausrüstungsentwicklung zuständig.«

»Vergangenheit«, winkte T ab. »Ich wurde Anfang des Jahres an diesen Standort versetzt.«

»Techniker, also?« Die Lettin musterte den Wissenschaftler interessiert. »Ich glaube, ich habe tatsächlich schon einmal von Ihnen gehört.«

»Nur gehört?«, platzte es aus Lena heraus. »T ist eine Legende! Seine technischen Wunderwerke haben uns letztes Jahr nicht nur einmal das Leben gerettet. Und da spreche ich nicht bloß von diesen Raketenstiefeln. Ohne sein Fragmentierungsprogramm hätte ich Pichler damals gar nicht bezwingen können.«

»Also, jetzt übertreiben Sie.« Theodoros nahm geschmeichelt

seine Brille ab und putzte sie mit einem Tuch, das er aus einer seiner Kitteltaschen hervorzauberte. »Zugleich überraschen sich mich. All das war damals für Sie bestimmt?«

»Na ja, nicht alles … aber ich habe mir genommen, was die Kollegen, sagen wir mal, als nicht so nützlich empfunden haben. Völlig zu Unrecht übrigens.«

Theodorus seufzte. »Wir Techniker werden ja für gewöhnlich nur unzureichend über Feldeinsätze aufgeklärt, bei denen unsere Erfindungen zum Einsatz gelangen. Wir können schon von Glück reden, wenn wir zurückbekommen, was danach übrig bleibt. Meist ist das aber nur noch Schrott. Umso mehr freut mich Ihre Rückmeldung.«

»Glauben Sie mir, Ihre Erfindungen waren absolut genial!«, erklärte Lena im Brustton der Überzeugung. Neugierig spähte sie an ihm vorbei zu den angrenzenden Räumen. »Dann ist das hier Ihr neues Labor? An was arbeiten Sie denn gerade? Brauchen Sie vielleicht jemand, der Ihre neuen Erfindungen testet?«

»Also eigentlich ist diese Abteilung …«

»Helena«, unterbrach Elektra sie mahnend. »Da unten warten sie auf …«

»Na, komm schon.« Lena zwinkerte ihr aufgeregt zu. Eigentlich hasste sie Typen, die zu spät auf Meetings erschienen, aber eine Gelegenheit wie diese würde nicht wiederkommen. »Immerhin sind wir es, für die all diese Gadgets bestimmt sind. Wir dürfen doch, oder?«

Bevor Theodorus widersprechen konnte, zog Lena ihre Freundin an dem Wissenschaftler vorbei.

»Also, wie schon gesagt«, räusperte Theodorus sich befangen, »eigentlich ist diese Abteilung streng geheim. Andererseits, wo Sie schon mal hier sind …« Er strahlte nun über das ganze Gesicht. »Ein, zwei Sachen kann ich Ihnen vermutlich doch zeigen. Da hat die Entwicklung wirklich Spaß gemacht. Kommen Sie, kommen Sie.«

Er führte sie über den Gang weiter nach hinten, und sie kamen an einer großen Sichtscheibe vorbei, hinter der gedämpfte Schüsse zu hören waren. Dort lag eine Halle mit Betonwänden, an deren Ende ein halbes Dutzend Dummys aufgestellt waren, die elegante lederne

Catsuits und schicke modische Anzüge trugen. Befremdet verfolgte Lena mit, wie weiß gekleidete Techniker die Dummys mit MPs unter Feuer nahmen. Eine der Puppen fiel um, doch überraschenderweise schien die schicke Kreation, die sie trug, kaum Schaden genommen zu haben.

»Hier in Mailand fertigen wir vor allem schusssichere Westen und andere Sicherheitsbekleidungen«, erklärte T.

»Meine Güte, der elegante Stil und die extravaganten Schnittformen«, schwärmte Lena beim Anblick der edlen Kleidungsstücke. »Das alles wirkt so, als sei das einer Kollektion von Giorgio Armani entsprungen.«

»Das *sind* Anzüge von Giorgio Armani«, erklärte Theodorus lächelnd. »Allesamt Spezialanfertigungen.«

Lena erinnerte sich plötzlich daran, dass der berühmte Modezar Mailänder war. »Ich fasse es nicht! Dann gehört Georgio Armani ebenfalls zu A.R.G.O.S.?«

»Kein Kommentar.« Theodorus zwinkerte verschwörerisch, während er sie in eine unaufgeräumte Werkstatt mit Werkbänken, Computern, Fräs- und Bohrmaschinen und anderem technischem Equipment führte, die von kaltem Neonlicht ausgeleuchtet wurde.

»So, das hier ist gewissermaßen Herz und Seele unserer hiesigen Entwicklungsabteilung.« Theodorus rückte selbstzufrieden seine Nickelbrille zurecht. »Und hier sehen Sie, an was ich aktuell arbeite. Auch wenn das jetzt auf den ersten Blick nicht ganz so spektakulär wirkt wie damals in Kampen.« Er deutete auf ein gutes Dutzend modischer Accessoires, die neben Lötkolben und spezielleren Werkzeugen auf einem zentral im Raum platzierten Arbeitstisch lagen. Unter ihnen eine Sonnenbrille, eine Armbanduhr, außerdem Schmuckringe sowie goldene Ohranhänger und Manschettenknöpfe.

»So was wie Hightech-Computerausrüstung entwickeln Sie hier aber nicht, oder?«, fragte Elektra gespannt.

»Nein, tut mir leid. Darum kümmern sich andere Abteilungen. Das Mailänder Kontor ist auf Modeaccessoires spezialisiert, die wir für den Einsatz … sagen wir mal … etwas pimpen.«

»Ich glaube, das hier ist schon jetzt mein Lieblingskontor«, meinte Lena begeistert.

Sie griff zu der schicken schwarzen Sonnenbrille, die irritierenderweise nur über die Andeutungen von Bügeln verfügte. »Ist das so ein Smart Glass?«

»Man merkt, Sie sind inzwischen Profi«, kommentierte T die Frage anerkennend. »Tatsächlich ist das ein brandneuer Prototyp. Wie gewohnt mit eingebauter Wärmesicht, Kamera, Funk und interaktivem Bildschirm, der sich mit den Kameras anderer Smart Glasses der Agency verbinden lässt, sodass Sie bei Ihren Einsätzen alles mitverfolgen können, was ihre Kollegen treiben.«

»Ja, die waren uns in Schweden ganz nützlich«, meinte Lena wenig beeindruckt.

»Neu ist«, fuhr T fort, »dass die Brille nun auf Ihre Kommandos reagiert, wenn Sie das wünschen. Abgesehen davon, dass Sie mit ihr jetzt auch die üblichen Streamingdienste empfangen können. Außerdem lässt sich das Glas nach Belieben aufhellen und abdunkeln, etwa, wenn Sie mal ein verdientes Nickerchen halten möchten.« T zwinkerte ihr zu. »Insbesondere jedoch wurde die größte Schwäche der alten Modelle eliminiert, nämlich die Gefahr, dass Sie das Smart Glass durch eine hektische Bewegung verlieren. Während eines Kampfes beispielsweise. Auf die Bügel wurde daher verzichtet, stattdessen wurde in den Rahmen ein neuartiger, durch Elektroimpulse steuerbarer Polymerkleber eingearbeitet, der sich mit entsprechendem Sprachbefehl aktivieren und deaktivieren lässt.«

»Aha.« Lena setzte sich das Smart Glass neugierig auf.

T nahm ein Steuergerät zur Hand, mit dem sich die Erfindung auf sie konfigurieren ließ, und bat sie um einige Sätze, um die Brille auf ihre Stimme zu eichen.

»Versuchen Sie es!«, forderte er sie auf.

»Brille, äh, ansaugen?«

Lena spürte einen leichten Druck am Rahmen, und als sie die Hand wegnahm, klebte das Smart Glass fest auf ihrer oberen Kopfpartie.

»Netflix aufrufen!«

Der Streamingdienst schaltete sich zu.

»Nice!« Sie lächelte und wollte die Brille absetzen, aber die klebte noch immer bombenfest auf ihrem Gesicht. »Äh, kriegt man die auch wieder ab?«

»Aber sicher. Einfach über Sprachbefehl.«

»Brille absetzen!«

Unvermittelt löste sich das Smart Glass und fiel herunter. Lena schaffte es gerade noch, die Brille aufzufangen.

»Na?«, meinte Theodorus gespannt.

»Joaaa. Ganz okay«, antwortete Lena diplomatisch.

»Prima.« Der Chefentwickler lächelte. »Sie dürfen sie behalten. Hiermit erkläre ich Sie offiziell zur Testperson. Allerdings benötige ich später einen Bericht.«

»Gern.« Lena steckte das Smart Glass weg, schielte jedoch bereits zu den übrigen Accessoires auf dem Tisch. »Sagen Sie mal, haben Sie vielleicht auch etwas mit mehr … Wumms? Mein damaliger Chef hatte früher so tolle Sprengknöpfe, die sich als ganz nützlich erwiesen haben.«

»Der vormalige Poseidon?« T seufzte schwer. »Ja, die Götterebene der Agency genießt das Privileg vorrangiger Belieferung.«

»Die Ohrklunker, die ich in Dresden von meiner Kollegin Kirke bekommen habe, hatten es aber auch in sich.«

»Ich muss Sie enttäuschen«, meinte T bedauernd. »All unsere Mikrobomben sind leider im Einsatz, mal davon abgesehen, dass die auch nur für spezielle Missionen zugeteilt werden. Und selbst das erst, wenn die Verwaltungsebene das genehmigt hat. Und die Objekte hier sind alle noch nicht fertig. Aber …«, reagierte er auf ihren enttäuschten Blick, »… weil Sie es sind: Ich glaube, ich habe in meinem Musterkoffer noch eine kleine Überraschung.«

Er zog einen schwarzen Hartschalenkoffer unter dem Tisch hervor, dessen Verschluss er mittels eines Fingerabdrucksensors öffnete.

»Ist das hier das, wofür ich es halte?« Elektra nestelte an ihrer bunten Panto-Brille. Sie stand weiter hinten vor einem der anderen

Werktische, wo sie ein stiftförmiges Gerät anhob. »Das ist doch ein Lasermikrofon, oder?«

»Erstaunlich, dass Sie das sofort erkannt haben.« T blickte überrascht auf und wandte sich erklärend an Lena. »Ihre Kollegin hält ein Abhörgerät in der Hand, mit dem man über weite Entfernung einen unsichtbaren Laserstrahl auf die Fensterscheibe eines Raums mit Verdächtigen richten kann. Es erfasst die Vibrationen der Scheibe, die durch den Schall entstehen, und wandelt sie in akustische Signale um.« Er seufzte. »Das da ist eine spezielle Miniaturversion, die eigentlich für den Einbau in einen Feldstecher gedacht war. Ärgerlicherweise haben die Einsparungen in Visby dafür gesorgt, dass die entsprechenden Linsen für die Ferngläser bis heute nicht bei uns eingetroffen sind.«

»Das wäre ideal für Bob«, meinte Elektra grübelnd.

T sah sie fragend an. »Bob?«

»Elektras Drohne«, erklärte Lena beiläufig. »Elektra ist selbst eine halbe Technikerin.«

»Sehr gut!«, meinte T. »Ich kann Ihnen das Mikro nur leider nicht überlassen. Die Linsen könnten jederzeit eintreffen.«

»Viel ist das hier ja nicht«, zog Lena seine Aufmerksamkeit wieder auf sich.

Enttäuscht beäugte sie den Inhalt seines Musterkoffers, da dessen Schaumstoffeinlagen abgesehen von einem Ring mit protzigem grünem Schmuckstein nahezu leer waren. Der Rest waren Hygieneartikel wie eine Zahnbürste samt Pastatube und ein Deostick, außerdem ein Paar Einlegesohlen sowie einige Plastikpäckchen mit blauem Inhalt.

»Na ja, hier ist gerade viel los.« Theodorus griff entschuldigend zu dem Ring, den er Lena an den Ringfinger steckte. »Aber den hier dürfen Sie gewissermaßen als Ihr Verlobungsgeschenk mit der Agency betrachten. Wenn Sie mit dem Daumen Druck auf den unteren Teil des Rings ausüben, aktivieren Sie ein Chilispray.« Er lächelte böse. »Schärfegrad 10+, also mehr als zweihunderttausend Einheiten auf der nach oben offenen Scoville-Skala, was für gewöhnlich als unmenschlich bezeichnet wird.«

Lena streckte die Hand aus und betrachtete den Ring hingerissen.

»Und da dabei eh kein Auge trocken bleibt, bekommen Sie den hier auch noch mit.« Er griff zum Deostick. »Das ist in Wahrheit ein Tränengaswerfer. Grob zielen und zum Auslösen unten am Rad drehen. Reichweite etwa zehn Meter. Ist das ›Wumms‹ genug?«

»Oh ja!«, rief Lena begeistert.

»Sie sollten mit beidem extrem vorsichtig sein.«

»Okay. Und der Rest?«

»Na, Sie sind mir vielleicht eine. Erst den Finger, dann die ganze Hand, wie?«

Lena blickte ihn verlegen an, und Theodorus zuckte bedauernd mit den Schultern. »Leider nichts, was für Sie von Interesse ist. Die Zahnpasta wird als Haftmittel für eine Mundwanze benötigt. Nur habe ich davon leider gerade keine mehr vorrätig. Die orthopädischen Einlegesohlen sind, äh, orthopädische Einlegesohlen. Es gab da jüngst einige Beschwerden wegen unserer neuen Einsatzstiefel. Und das Gel in den Pads … dafür haben wir ehrlich gesagt noch keine rechte Verwendungsmöglichkeit gefunden. Geheime französische Militärentwicklung, die für den Einsatz durch Pioniere bestimmt war. Sie wissen schon: Flussüberquerungen und so weiter. Bei Kontakt mit Wasser bläht sich das Gel zu einer gewaltigen, schwimmfähigen Masse auf. Leider trägt die keine Fahrzeuge und ist bei Luftkontakt auch extrem klebrig. Wir dachten ursprünglich mal an …«

»Was macht ihr hier bitte?!«, erklang vom Eingang her die gereizte Stimme Perseus'. »Wir warten da unten auf euch!«

Lena fuhr zu dem Algerienfranzosen herum und sah aus den Augenwinkeln, dass auch Elektra betreten dreinblickte.

»Tut mir leid«, meinte Lena kleinlaut.

Überrascht weiteten sich die Augen des Algerienfranzosen. »T? Du hier?«

»Perseus!«, rief Theodorus nicht minder erstaunt. »Ich fasse es nicht. Du bist ebenfalls in Mailand?«

Die beiden begrüßten einander mit Handschlag.

»Deine Zivilistin von damals und ich sind uns zufällig begegnet«, erklärte T. »Wer hätte gedacht, dass aus ihr mal eine richtige Agentin wird.«

»Na ja, von *richtig* sind wir noch ein Stück entfernt.« Perseus warf Lena einen knappen Blick zu, trat dann aber zur Seite und hielt ihr und Elektra demonstrativ die Tür auf. »Bedauerlicherweise sind wir nicht zu unserem Vergnügen hier. Der Prinzipal erwartet uns. Jetzt!«

Verlegen verabschiedete sich Lena bei Theodorus und marschierte gemeinsam mit Elektra über den Korridor des Labors zurück in Richtung Paternoster.

»Ich hoffe, wir beide sehen uns später noch?«, war hinter ihnen Theodorus' Stimme zu hören.

»Unbedingt, sofern es die Zeit zulässt«, antwortete Perseus, der sie und Elektra nicht aus den Augen ließ, sondern ihnen rasch folgte, bis sie wieder vor dem Paternosteraufzug standen.

»Was sollte dieser Ausflug?«, fragte er verärgert. »Wir haben keine Zeit für so was. Kirke macht da unten gerade gute Miene zum bösen Spiel, während unser Empfangskomitee und ich dazu verdonnert wurden, nach euch zu suchen.«

»Ist ja gut«, knurrte Elektra. »Botschaft angekommen.«

Perseus sorgte dafür, dass Lena und die Lettin eine der Fahrstuhlkabinen betraten. Unter seinem wachsamen Blick glitten sie in die Tiefe.

»Ich schätze, für das eben kriegen wir noch Ärger«, meinte Elektra, kaum dass sie außer Hörweite waren.

»Hat sich doch für dich gelohnt«, antwortete Lena.

»Wie meinst du das?«

»Ich hab gesehen, dass du dir dieses Laser-Dings heimlich eingesteckt hast.«

»Na und? Du dir ja auch ein paar von diesen Gel-Pads.«

Lena räusperte sich ertappt, als sie auch schon das untere Stockwerk erreichten, wo Deusos auf sie wartete.

»Da sind Sie ja!«, begrüßte der Spanier sie reserviert. »Folgen Sie mir bitte.«

Er führte sie zu einem Kreuzgang, in dem zu Lenas Überraschung zwei weitere bewaffnete Agenten mit MPs Wache hielten, dann geleitete sie Deusos zu einer gepolsterten Tür, die er nach einem wachsamen Blick zurück in den Gang öffnete.

Lena und Elektra gelangten in einen großen Besprechungsraum, dem man angesichts geschickter Beleuchtung nicht anmerkte, wie tief er unter der Erde lag. Sein Anblick hätte keinen größeren Kontrast zu den nüchtern wirkenden Korridoren außerhalb bieten können:

Das komplette Interieur war in gediegenstem Renaissancestil gehalten.

In die Wände waren halbplastische toskanische Säulen eingearbeitet, und über ihnen spannte sich eine beeindruckende Stuckdecke über einen mittig platzierten Besprechungstisch aus dunklem Nussbaumholz, der von bauchigen Säulen aus demselben Material getragen wurde. Umringt war der Tisch von acht altertümlich anmutenden Kastenstühlen mit Arm- und hohen Rücklehnen, deren Sitzflächen mit bequemen Tapisserien ausgestattet waren.

Der Raum wies noch weitere prachtvolle Möbelstücke auf, die vermutlich modernstes Kommunikationsgerät verbargen. Unter ihnen eine protzige alte Truhe, außerdem schrankartige Einbauten mit Sockeln und aufgesetzter herausragender Attika. Überall waren reiche Einlegearbeiten und fantasievolle Schnitzereien zu sehen. Insbesondere stachen jedoch zwölf historische Gemälde an den Wänden ins Auge, die – wie bei allen A.R.G.O.S.-Kontoren üblich – die traditionsreiche Vergangenheit des jeweiligen Standortes hervorhoben.

Die Bildnisse glorifizierten Mailands Rolle als mittelalterliches Gewerbezentrum ersten Ranges, als die Stadt noch die Warenströme über die Alpenpässe kontrolliert hatte. Entsprechend waren auf den meisten Bildern Handelszüge abgebildet, die Stoffballen für die damaligen Woll- und Barchentweber transportierten, aber vermutlich auch Erze und luxuriöse Gewürze, die zuvor über die Seewege Venedigs hierhergelangt waren. Die übrigen Bilder zeigten Scharmützel mit Banditen und Soldaten rivalisierender Städte, und wie schon bei den Gemälden im Südtiroler Ausbildungscamp, wurde Lena wieder vor Augen geführt, dass der Einfluss der Hanse, deren Traditionen A.R.G.O.S. wahrte, bereits damals weit über die Alpen hinausgereicht haben musste.

Allerdings verblassten all diese Eindrücke angesichts der Blicke jener beiden Personen, die bereits am Tisch Platz genommen hatten. Zum einen Kirke, die verärgert zu ihnen aufsah, zum anderen ein älterer Italiener mit Halbglatze, dunklem Bart, angegrauten Schläfen und elegantem blauem Zweireiher mit breiten Nadelstreifen, der an der Stirnseite des Tisches samt einem Laptop auf sie wartete. Eisig schweigend fasste er sie durch ein dunkles Smart Glass hindurch ins Auge.

»Entschuldigung.« Diesmal war es Elektra, die Lena rasch mit sich zog.

Sie hatten kaum am Tisch Platz genommen, als sich die Tür ein weiteres Mal öffnete und Perseus folgte, der nach einem kurzen Nicken in Richtung des Italieners Platz nahm.

»Nun, es sieht so aus, als wären wir schließlich vollzählig«, erklärte dieser nach einer Weile. Noch immer musterte er Lena und Elektra durch das dunkle Smart Glass hindurch. »Ich bin Bellerophon, der Prinzipal dieser Einrichtung, und ich werde zu Ihren Gunsten einfach annehmen, dass die Weitläufigkeit dieses Kontors zu Ihrer Verspätung beigetragen hat.«

»Tut uns wirklich leid«, meinte Lena bedrückt. »Kommt nicht wieder vor. Nachdem ich erfahren hatte, dass Sie Ihre Krankenstation ausgelagert haben, hatte ich mir das hier tatsächlich viel kleiner vorge…«

Ein Tritt Elektras unter dem Tisch sorgte dafür, dass sie verstummte.

»Weitere Verirrungen dieser Art werde ich jedoch nicht dulden«, fuhr Bellerophon mit kühler Stimme fort. »Das gilt insbesondere für Sie, Helena. Ihre Ausbildung ist unvollendet, und Sie nehmen nur an diesem Treffen teil, weil Sie gewissermaßen als Kronzeugin für gewisse Ereignisse fungieren. Haben Sie mich verstanden?«

Lena nickte bedrückt.

»Gut«, der Prinzipal Mailands fuhr sich angespannt über den Bart. »Eigentlich sollten Sie hier von jemand anderem in Empfang genommen werden. Allerdings hat sich diese Person verspätet. Da A.R.G.O.S. vermutlich vor der größten Herausforderung seit über zwanzig Jahren steht, werde ich Sie stattdessen einweisen. Visby?«

»Ich höre Sie, Prinzipal Bellerophon«, erklang die angenehme Frauenstimme der KI im Raum.

»Licht dimmen und Whiteboard ausfahren!« Er klappte seinen Laptop auf.

»Licht gedimmt. Whiteboard ausgefahren.«

Lena und ihre Kameraden warfen sich Seitenblicke zu, denn im Raum passierte nichts. Auch Bellerophon merkte rasch, dass etwas nicht stimmte. Er nahm erstmals das Smart Glass ab und blickte sich irritiert um. Lena sah, dass der Prinzipal faszinierend grüne Augen besaß.

»Visby, hier tut sich nichts«, sagte er verärgert.

»Verstehe. In diesem Raum. Wird sofort korrigiert«, kam es freundlich zur Antwort.

Elektra schnaubte verächtlich, doch endlich erfüllte Dämmerlicht den Raum, und hinter dem Italiener fuhr eine digitale Tafel aus der Decke herunter, die sich selbständig mit Bellerophons Rechner verband und dann das A.R.G.O.S.-Logo präsentierte.

Der Italiener wollte soeben loslegen, als sich erneut die Tür öffnete und ein Lena unbekannter breitschultriger Agent den Besprechungsraum betrat, der rasch zum Prinzipal schritt und ihm etwas ins Ohr flüsterte.

Der Italiener straffte sich und erhob sich schneidig von seinem Sitz.

»Planänderung. Es sieht so aus, als sei unser Gast doch noch rechtzeitig eingetroffen. Sie warten hier.«

Er setzte sich wieder das Smart Glass auf, und gemeinsam mit seinem Untergebenen eilte er aus dem Besprechungsraum. Die Tür klappte, und Lena und ihre Begleiter sahen sich fragend an.

»Habt ihr eine Ahnung, was das hier alles soll?«, fragte Perseus.

Elektra hob ergeben die Hände, und auch Lena zuckte nur mit den Schultern. »Es muss wohl mit dem zu tun haben, was ich im Gebirge erlebt habe. Aber ich darf ja nichts sagen.«

Auch Perseus schien jetzt zu bemerken, dass Kirke ungewöhnlich still blieb.

»Kirke, sag schon: Du weißt doch mehr.«

»Falls dem so ist«, antwortete die Griechin steif, »dann darfst du dich darauf verlassen, dass mein Schweigen Gründe hat.«

»Leute, das ist doch alles hirnrissig!«, knurrte Elektra, die ihren Stuhl zurückschob und sich kurzerhand erhob. »Wie häufig sind wir schon gemeinsam durch dick und dünn gegangen? Ausgerechnet uns zu zwingen, einander anzulügen, kann doch nicht im Sinne des Erfinders sein.«

Sie marschierte hinüber zum Platz des Prinzipals, wo noch immer dessen Rechner stand.

»Elektra! Was tust du da?« Kirke sprang ungehalten auf.

»Was denn?«, blaffte die Lettin sie an, während sie sich über Bellerophons Laptop beugte. »Ich bin Agentin, und mein Job ist es, mir Informationen zu beschaffen. Egal, wer sie zurückhält.«

»Du kannst doch nicht einfach …«

Kirke eilte zu ihr, doch sie kam zu spät, denn das A.R.G.O.S.-Logo auf dem Whiteboard erlosch und machte jetzt einem Symbol Platz, das Lena sofort wiedererkannte. Der kreuzförmige Unterkörper und die nach oben geschwungenen Arme, zwischen denen dieser kreisförmige Kopf schwebte – das war eindeutig die seltsame Tätowierung, die sie sowohl bei Ariadne als auch bei dem Angeschossenen gesehen hatte. Beunruhigend war jedoch vor allem die Reaktion, mit der ihre Mitstreiter auf das Symbol reagierten.

Elektra ächzte bei dem Anblick entsetzt, und auch Perseus erhob sich jetzt mit weit aufgerissenen Augen. Kirke hingegen erstarrte mitten in der Bewegung.

»Das ist doch nicht möglich«, stöhnte Perseus.

»Glaub mir«, Kirke starrte das Symbol noch immer schockiert an, »*davon* wusste ich nichts. Das ist doch …«

»Verrät mir vielleicht mal jemand, was diese Tätowierung zu bedeuten hat?«, fragte Lena verwirrt.

Ihre drei Begleiter fuhren zu ihr herum.

»Tätowierung?« Kirke musterte sie entgeistert.

»Äh, ja.«

»Du hattest damit zu tun?«, fragte Elektra ungläubig.

»Ich schätze schon.« Lena betrachtete ihre Freunde hilflos. »Aber wie ich schon sagte: Ich darf ja nichts sagen.«

»Mach schon!«, schnaubte die Lettin. »Jetzt ist es eh gleich.«

»Na ja, dieses Tattoo trug Ariadne, eine von uns Rekruten, verborgen unter einigen anderen Motiven. Während des Angriffs auf Station 3 stellte sich dann heraus, dass sie eine Verräterin war. Einer der anderen Angreifer, so ein rothaariger Typ, hatte die gleiche Tätowierung. Ist das was Schlimmes?«

»Das ist ... Das *war* das geheime Erkennungszeichen der Elitekräfte von H.A.D.E.S.«, erklärte Perseus mit eisiger Stimme. »Es hier zu sehen, kann nur eines bedeuten: Nämlich, dass H.A.D.E.S. zurück ist!«

Man hätte jetzt einen künstlichen Fingernagel zu Boden fallen hören können.

»Das ist doch diese ominöse Organisation, mit der A.R.G.O.S. mal zu tun hatte, oder?« Lena erinnerte sich an etwas, das sie damals in Griechenland erfahren hatte. »Die, die dafür gesorgt hat, dass der damalige Hephaistos aus der Götterebene irre wurde und in diesem Zustand das seltsame Orakel in Thessaloniki erbaut hat, mit dem wir uns dann rumschlagen mussten.«

»H.A.D.E.S. war ein Verbrechersyndikat«, erklärte Kirke ernst. »Allerdings wurde es schon vor über zwanzig Jahren vernichtet. Heißt es jedenfalls ...« Ihr besorgter Blick kreuzte sich mit denen von Perseus und Elektra. »H.A.D.E.S. war die größte Bedrohung, mit der es A.R.G.O.S. je aufnehmen musste.«

»Also, ich finde, Pichler letztes Jahr war jetzt auch nicht ohne«, meinte Lena.

»Der Kerl war gegen H.A.D.E.S. ein Witz«, korrigierte Perseus sie.

»Okay, das alles war deutlich vor unserer aktiven Agentenzeit, und die älteren Kollegen meiden das Thema, aber dieses Syndikat war so mächtig, dass es A.R.G.O.S. fast zu Fall gebracht hat.«

Beklommen blickte Lena in die Runde. »Und wofür steht H.A.D.E.S.? Das ist doch sicher ebenfalls so ein Akronym wie bei A.R.G.O.S., oder?«

»Ja, nun …«, Elektra räusperte sich. »Während meiner Rekrutenzeit meinte mal jemand, dass H.A.D.E.S. schlicht für ›Herzlose, Abartige, Degenerierte Erz-Schurken‹ stünde. Kommt der Wahrheit vermutlich nahe, wird es aber wohl nicht gewesen sein.«

»Nein«, korrigierte Kirke sie. »Das Syndikat wurde von einer Gruppe Superverbrecher gegründet, die es auf die Beseitigung unserer Demokratie abgesehen hatte. Gewissermaßen die damalige kriminelle Bildungselite Europas, nämlich die ›Higher Academics Against Democratic Egalitarian Society‹.«

»Was bitte?« Perseus schüttelte den Kopf. »H.A.D.E.S. war ein Zusammenschluss von Diktatorensöhnen. Die ›Heirs of Autocratic Dictators Against Evolving Societies‹. Jeder in der Agency weiß …«

»Sagt mal, wollt ihr uns veräppeln?«, unterbrach ihn Elektra ungläubig. »Ihr wisst in Wirklichkeit gar nicht, wofür H.A.D.E.S. steht? Warum nicht gleich ›Henchman All Do Evil Stuff‹? Oder noch besser: ›Hirnverbranntes Akronym, Das Echt Scheiße‹ klingt?«

»Hades war einst ein Mitglied des Olymps!«, ertönte hinter ihnen im Raum eine ernste Frauenstimme.

Aufgeschreckt fuhren sie herum, und Lenas Augen weiteten sich vor Erstaunen. Denn im Eingang stand niemand Geringeres als Zeus persönlich: das Oberhaupt der geheimen Olymp-Ebene und damit die Chefin der Geheimdienstorganisation.

Perseus, Kirke und Elektra entfuhr unisono ein zackiges »Göttervater!«, und ebenso wie die drei nahm auch Lena sofort Haltung an.

Lena hatte Zeus vor einem halben Jahr kennengelernt. Sie überhaupt persönlich zu treffen, war vermutlich schon ein Privileg. Wäre man Zeus zufällig auf der Straße begegnet, niemand hätte vermutet, dass die zierliche ältere Griechin eine solche Machtposition bekleidete. Auch jetzt wirkte sie eher unscheinbar.

Sie trug heute eine geschmackvolle weiße Bluse zu einem grauen Blazer samt knielangem gleichfarbigem Rock, und allein ihr zu einem einfachen Bob geschnittenes silbergraues Haar, das ein ernstes Gesicht mit klugen Augen umrahmte, hatte sich nicht verändert.

Natürlich war die A.R.G.O.S.-Chefin nicht allein gekommen. Mit ihr hatte Prinzipal Bellerophon den Raum betreten, der sie um mehr als Haupteslänge überragte und verärgert hinüber zu seinem Laptop blickte. Außerdem ihre Leibwächterin Antiope. Bei Letzterer handelte es sich um eine Afroeuropäerin mit streng nach hinten gekämmten Haaren. Die versierte Agentin war ebenfalls deutlich größer als Zeus. Und so wie bei ihrem erstmaligen Kennenlernen damals in Thessaloniki war sie auch heute mit einem schwarzen Anzug bekleidet und trug eine Sonnenbrille, bei der es sich garantiert ebenfalls um ein Smart Glass handelte. Antiope ließ sich nicht anmerken, was sie von ihrem Wiedersehen hielt. Lena freute sich dennoch, dass es ihr gut ging, da sie die Agentin nach ihrem gemeinsamen Kampf damals in den Alpen aus den Augen verloren hatte.

»Rühren!«, kommandierte Zeus, während sich hinter der kleinen Gruppe die Tür schloss.

Elektra und Kirke eilten rasch zurück zu ihren Plätzen, während Zeus gemeinsam mit ihren Begleitern zur Stirnseite des Besprechungstisches marschierte, wo Bellerophon umgehend seinen Laptop forträumte. Anschließend rückte er Zeus den Stuhl zurecht und nahm zu ihrer Rechten Platz, während sich Antiope so im Raum positionierte, dass sie sowohl die Anwesenden als auch den Eingang im Blick behalten konnte.

Noch immer starrten Perseus und Elektra die A.R.G.O.S.-Chefin verdutzt an, allein die gefasste Reaktion Kirkes zeigte, dass diese offenbar in den Besuch eingeweiht gewesen war.

»Ladys, Gentlemen«, Zeus blickte aufmerksam in die Runde, »wie ich gerade bemerken durfte, haben Sie den Hauptanlass unseres Treffens bereits in Erfahrung gebracht. Tatsächlich deuten alle Anzeichen darauf hin, dass sich H.A.D.E.S. aus dem Totenreich erhoben hat und erneut danach trachtet, die Macht über die Unterwelt zu ergreifen.«

»Wie kann das sein, Göttervater?«, entfuhr es Perseus. »Es hieß doch, H.A.D.E.S. sei ausgelöscht worden.«

»In der Tat, Perseus. Bis vor Kurzem dachten wir das vermutlich alle«, antwortete Zeus. »Ein Fehler. Das Syndikat scheint vielmehr im Verborgenen überdauert zu haben, um jetzt wieder seine hässliche Fratze zu erheben. Wir wissen noch nicht, wie genau das möglich war, aber erste Anzeichen dafür liegen uns bereits seit September letzten Jahres vor. Damals hat eines unserer Teams die Entführung eines Mitglieds einer französischen Industriellenfamilie vereitelt. Der mutmaßliche Anführer des Entführungskommandos besaß ebenfalls dieses markante Tattoo. Leider wurde er von unseren Leuten erschossen, und wir konnten ihn nicht mehr befragen. Unsere Analysten haben diesem Umstand jedoch nicht die ihm zustehende Bedeutung gezollt, denn es hätte sich dabei theoretisch auch um ein modisches Gadget halten können. Eine Einschätzung, die sich mit dem Überfall auf Station 3 dramatisch geändert hat.« Sie blickte Kirke und Perseus an. »Auch der unbekannte Angreifer, der es in den Bergen auf Agentin Helena abgesehen hatte und der von Ihnen erschossen wurde, trug dieses Erkennungszeichen. Und zwar verborgen unter dem Haupthaar.« Der Blick der alten Griechin heftete sich jetzt auf Lena. »Wir sind nur darauf gestoßen, weil wir von Agentin Helena in Erfahrung bringen konnten, dass noch zwei weitere Mitglieder des Angriffskommandos über diese Tätowierung verfügten. Und das kann kein Zufall mehr sein. Ganz im Gegenteil.«

»Du hast wirklich ein Talent dafür, die Agency aufzumischen«, meinte Elektra an Lena gewandt.

Lena lächelte stolz.

»Ein Talent, das unter anderem darin zu bestehen scheint, stets zum richtigen Zeitpunkt am falschen Ort zu sein«, meinte Zeus trocken.

Lena fragte sich insgeheim, was sie unter Einfluss dieser Pillen noch alles erzählt hatte.

»Ich hätte da trotzdem eine Frage«, grübelte Lena laut. »Meinten Sie bei unserer letzten Begegnung nicht, dass H.A.D.E.S. eine Organisation sei? Wieso sagen Sie jetzt, dass ...«

»Hades ist beides«, unterbrach die A.R.G.O.S.-Chefin ihren Redefluss. »Was Sie jetzt erfahren, verlässt diesen Raum nicht. Die Wahrheit ist, dass H.A.D.E.S. von Hades gegründet wurde, dem abtrünnigen dreizehnten Mitglied des damaligen Olymps. Eine Position, die seitdem innerhalb unseres Führungszirkels nicht mehr besetzt wurde. Hades war ein brillanter Koordinator und Stratege, der skrupellos Mittel und Wissen, die ihm durch A.R.G.O.S. zur Verfügung standen, zu eigenen Zwecken missbraucht hat. Und zwar im Wesentlichen dazu, um ein ihm höriges Verbrechersyndikat mit sich selbst an der Spitze zu gründen. Und das alles so, dass A.R.G.O.S. lange Zeit nichts von seinen kriminellen Aktivitäten mitbekam. Mehr noch: Er hat unsere Organisation damals sogar unwissentlich für sich arbeiten lassen.« Zeus seufzte schwer. »Sein Treiben währte so lange, bis es fast zu spät war. Am Ende stand A.R.G.O.S. so kurz davor, von H.A.D.E.S. übernommen zu werden.« Zeus hob Daumen und Zeigefinger, zwischen denen kaum ein Centstück Platz gefunden hätte. »Zum Glück konnte das im letzten Moment abgewendet werden. Da die Geschichte von H.A.D.E.S. zugleich eine Geschichte des Versagens der Olymp-Ebene ist, neigt die Agency bis heute dazu, die wahren Hintergründe dieses Konflikts im Ungefähren zu lassen.«

»Und was war sein Ziel?«, fragte Elektra. »Macht? Einfluss? Weltherrschaft?«

»Sehr viel simpler, Agentin Elektra: Unfassbarer Reichtum!« Zeus verzog verächtlich ihre Lippen. »Das nach ihm benannte Syndikat bestand damals aus neun Mitgliedern, rekrutiert aus der kriminellen Elite ganz Europas. Er selbst war die Nummer eins und thronte als Alpha an der Spitze. Die übrigen Mitglieder kannten einander nur unter den Namen Beta bis Iota, also den nachfolgenden acht Buchstaben des griechischen Alphabets. Jeder dieser Schwerkriminellen war führend auf seinem Gebiet: Drogen-, Waffen- und Menschenhandel, Raub, Mord und Entführung, außerdem Produktpiraterie und Enkeltrick. Das Credo von H.A.D.E.S. lautete: ›Mach Geld. Mache mehr Geld. Bringe andere dazu, noch mehr Geld zu machen.‹«

»Ich dachte, das sei das Credo der Scientologen?«, merkte Lena an.

»Ja, von denen auch.«

»Aber diese Tätowierungen können doch nicht alles sein?«, hakte Perseus nach. »Wenn das Syndikat schon vor über zwanzig Jahren zu Fall gebracht wurde, warum taucht es ausgerechnet jetzt wieder aus der Versenkung auf? Und wer, bitte, hat den Schneid, in Hades' Fußstapfen zu treten, wenn der Kerl so ausgebufft war?«

»Sie stellen die richtigen Fragen. Hades kam vor nunmehr zweiundzwanzig Jahren durch den Einsatz einer bunkerbrechenden Waffe ums Leben. Zusammen mit seiner damaligen Führungsriege. Wir wissen daher nicht, wer die Organisation heute leitet, geschweige denn, wer dem Syndikat dieses Mal alles angehört. Aber wir haben einen schwerwiegenden Verdacht.« Zeus Augen verengten sich. »Sie erinnern sich vermutlich alle noch sehr gut an die Geschehnisse letzten Jahres, die Carl Pichler zu Fall brachten. Und auch daran, dass zur gleichen Zeit der Reihe nach Mitglieder des Olymps ermordet wurden? Namentlich meine Kollegen Aphrodite, Hestia, Poseidon und Apollon.«

Zeus Blick heftete sich kurz auf Lena, die bei der Erwähnung ihres einstigen Chefs traurig schluckte.

»Der Grund, warum ich Ihre Zelle damals persönlich abgeschirmt habe«, fuhr Zeus fort, »war der, dass wir annehmen mussten, dass der größenwahnsinnige Pichler den Schutz eines Insiders aus unserer Führungsebene genoss. Ein Verdacht, der sich bei der nachfolgenden Untersuchung durch den *Revisor* bestätigte.«

Lena sah, wie sich ihre Freunde unangenehm berührt anblickten. Dieser Begriff fiel ebenfalls nicht zum ersten Mal. Der gefürchtete *Revisor* schien bei A.R.G.O.S. so etwas wie eine fast allmächtige Instanz zu sein. Judikative und Exekutive in Personalunion. Und zugleich das schärfste Schwert, das der multinationale Geheimdienst zum Einsatz bringen konnte. Geld und sonstige Mittel schienen dem *Revisor* unbegrenzt zur Verfügung zu stehen. Wenn er zuschlug, dann nach

Aussage ihrer Kameraden so gründlich, dass zuweilen offenbar nicht nur Personen, sondern sogar ganze Ortschaften aus dem kollektiven Gedächtnis getilgt wurden.

»Diese Verräterin war Ihre Olymp-Kollegin Demeter?«, erhob Kirke erstmals ihre Stimme, und auch Lena erinnerte sich nun wieder daran, dass der Name letztes Jahr gefallen war.

»So ist es.« Zeus nickte. »Leider gelang es Demeter, unmittelbar nach dem Fall unseres Monarchenbräukönigs unterzutauchen. Und bislang war es uns nicht möglich, sie wieder aufzuspüren. Aber«, Zeus hob mahnend einen Finger, »wir konnten herausfinden, dass Demeter in den letzten Jahren auf eigene Faust Nachforschungen betrieben hat, um den Verbleib einstiger H.A.D.E.S.-Vermögenswerte aufzuspüren. Dabei handelt es sich um einen von dem Syndikat zusammengerafften Goldschatz im Wert von mindestens vierhundert Millionen Euro. Den konnte die Agency bis heute nicht finden. Wir halten es daher für plausibel, dass Demeter das Gold an sich gebracht und H.A.D.E.S. auf diese Weise mit ihr an der Spitze neu gegründet hat. Mehr noch: Wir müssen sogar annehmen, dass ihre Unterstützung Pichlers allein den Zweck verfolgte, über ihn in den Besitz seines Quantencomputers zu gelangen. Den haben Sie aber zum Glück zerstört.«

»Das heißt, Pichler war nur eine Marionette von H.A.D.E.S.?«, entfuhr es Perseus.

»Exakt davon müssen wir ausgehen«, antwortete Zeus unglücklich. »Auch dieses Vorgehen, also andere Gruppen und Organisationen für die eigenen konspirativen Ziele einzuspannen, entspricht der damaligen Vorgehensweise von H.A.D.E.S., nämlich bis zuletzt im Verborgenen zu operieren, um die verfolgten kriminellen Absichten und Ziele so kunstvoll wie möglich zu verschleiern.«

»Und Sie trauen Demeter zu, in die Fußstapfen von Hades zu treten?«, fragte Kirke gespannt.

»Glauben Sie mir«, Zeus atmete tief ein. »A.R.G.O.S. erhebt nur die klügsten Köpfe in den Olymp.«

»Verdammter Mist!«, entfuhr es Perseus, der sich sofort entschuldigte. »Das heißt aber doch, dass der Angriff auf unsere Satelliten-Kontrollstation in den Alpen auf irgendeinen neuen Plan dieses Syndikats hinweist.«

»Auch davon ist auszugehen«, ergriff jetzt der Prinzipal Mailands das Wort. »Unsere Spezialisten drehen da oben noch immer jeden Stein um. Doch schon jetzt sieht es so aus, als wäre es dem Angriffskommando darum gegangen, Zugriff auf unser internes Arachne-Computernetzwerk und zugleich auf das geheime A.R.G.O.S.-Perseiden-System im Orbit zu erhalten. Den Angreifern ist es gelungen, mehrere Firewalls zu durchbrechen und Tonnen von Satellitendaten herunterzuladen.«

»Nochmal ein Schritt zurück. Was war das für eine Industriellenfamilie, die die Kollegen letztes Jahr geschützt haben?«, wollte Kirke wissen.

»Die Le Blancs«, antwortete Zeus. »Mit einem geschätzten Vermögen von über zwölf Milliarden Euro gehören sie zu den zehn einflussreichsten Familien Frankreichs. Das Le-Blanc-Konsortium erstreckt sich über Unternehmen in ganz Europa und engagiert sich in den Bereichen Kommunikations-, Raumfahrt- und Waffentechnik.«

»Wenn hinter dem Entführungsversuch wirklich H.A.D.E.S. steckte, ging es dabei doch garantiert nicht nur um schlichtes Lösegeld«, meinte Perseus misstrauisch, »sondern vermutlich um Erpressung.«

»Das ist nicht auszuschließen.«

»Und wir wissen bei alledem nicht einmal, welche Entführungen A.R.G.O.S. *nicht* vereiteln konnte«, murmelte Lena nachdenklich. »Also, wenn das mit den Entführungen System haben sollte.«

Zeus musterte sie aufmerksam. »Klug beobachtet, Agentin Helena.«

»Kommunikations-, Raumfahrt- und Waffentechnik also.« Elektra rieb sich das Kinn. »Irgendwie passt das doch auch zu dem Angriff auf Station 3.«

»In der Tat, Elektra.« Bellerophon wechselte einen kurzen Blick mit Zeus. »Auch diese Verbindung bestärkt unseren Verdacht, dass

H.A.D.E.S. wieder zurück ist. Es hat in den letzten zwölf Monaten überhaupt auffällig viele Versuche gegeben, Satelliten zu hacken. Und zwar weltweit. Zivile ebenso wie militärische Satelliten. Das wissen wir durch geheime Operationsberichte anderer Dienste. Nicht nur die Europäer sind davon betroffen, sondern auch die Amerikaner, die Russen und sogar die Chinesen. Dabei ist es offenbar auch zur Zerstörung einiger kompletter Systeme gekommen. Zumindest ist durchgesickert, dass China vor einem halben Jahr die Kontrolle über einen seiner Killersatelliten verloren hat, mit dem dann ein US-amerikanischer, ein französischer und ein britischer Satellit zerstört wurden. Soweit wir wissen, alles ebenfalls Kampfsatelliten.« Er seufzte. »Die ganze Angelegenheit wurde zwar streng unter den Teppich gekehrt, hat aber erhebliche Spannungen zwischen den Ländern ausgelöst – bis China den Hack schließlich eingeräumt hat. Nordkorea wurde dafür anfangs verantwortlich gemacht, aber das hat sich schnell als Ente entpuppt.«

Zeus legte die Fingerspitzen aneinander und betrachtete sie der Reihe nach ernst. »Auch eine Reihe privat betriebener Satelliten waren in den letzten Monaten von Hacks und Kaperungen betroffen. Die dahinterstehenden Unternehmen sind ebenfalls äußerst beunruhigt – zum Glück aber etwas kooperativer.«

»Von welchen Unternehmen sprechen Sie?«, wollte Elektra wissen.

»Von europäischen Satellitenbetreibern wie AstraSat und Geo Systems, die private Kommunikations- und Aufklärungssatelliten betreiben. Die Unternehmen leiden alle darunter, dass sich die nationalen Geheimdienste mehr um die staatlichen Satelliten sorgen. Um zu klären, ob hinter den Ausfällen und Kaperungen der künstlichen Erdtrabanten ein bestimmtes System steckt, ist A.R.G.O.S. daher inzwischen sogar an den Multimilliardär Elton Rusk herangetreten. Und zwar mit Hilfe einer hoch spezialisierten Sicherheitsfirma; einem Tarnunternehmen von A.R.G.O.S., das genau für solche Zwecke gegründet wurde. Denn Rusk nennt derzeit die größte Flotte an privat betriebenen Satelliten sein Eigen.«

»Das ist doch der, der seinen Sohn nach der Kreiszahl Pi benannt hat, richtig?«, fragte Lena. »In der Boulevardpresse wurde er jedenfalls dafür verspottet, dass man seinen Sohn später Pipi nennen könnte.«

Alle Anwesenden warfen ihr befremdete Blicke zu.

»Ehrlich. Kein Witz. Und mal ehrlich, wenn ich mir überlege, was ich mir damals alles wegen meiner Zahnspange anhören durfte – holla, die Waldfee!«

»Nun«, antwortete Zeus abwägend. »Rusk gilt in gewissen Kreisen durchaus als Sonderling und Enfant terrible. Zumindest darf man den Finnen als etwas extravagant bezeichnen. In jungen Jahren war er erst als Schatztaucher tätig, anschließend hat er mit Kryptowährungen und Beteiligungen an Bergwerken für Seltene Erden ein Vermögen gemacht. Heute ist er außerdem an zahlreichen Unternehmen beteiligt, die sich vor allem mit Photovoltaik, Energiespeichersystemen und Weltraumforschung beschäftigen. Sein Gesamtvermögen wird auf etwa fünfzig Milliarden Dollar geschätzt, womit er zu den reichsten Menschen dieses Planeten gehört.«

»In Kürze will er sogar der ISS als Weltraumtourist einen Besuch abstatten«, erklärte Lena.

»Ich sagte doch, dass man ihn als extravagant bezeichnen kann«, bestätigte Zeus. »Die Weltraumforschung ist überhaupt sein größtes Steckenpferd. Dabei geht es Rusk um nichts Geringeres als die Rettung des Planeten. Er arbeitet schon lange an einem satellitengestützten Weltraumsystem, um so die Klimaerwärmung der Erde aufzuhalten. Wie genau das funktionieren soll, müssen Sie die Experten fragen, aber daher rührt auch sein Stardust-Programm, also die große Flotte an Kleinstsatelliten, die er in den letzten Jahren sukzessive im Erdorbit stationiert hat. Ein Umstand, der ihn und seine Unternehmungen ebenfalls ins Zielraster von H.A.D.E.S. rücken lässt.«

»Zurück zu Demeter«, meinte Kirke skeptisch. »Ihre Ambitionen allein werden es doch nicht sein, die die Agency annehmen lässt, dass sie hinter H.A.D.E.S. steckt?«

»Nein, natürlich nicht.« Zeus atmete tief ein. »Zu diesem Schluss sind wir letztlich durch einige andere Indizien gelangt. Denn das

Angriffskommando vorgestern hat sich der Hilfe eines Computerspezialisten bedient, den Sie alle bereits kennen.«

Sie warf Lena einen auffordernden Blick zu, die sofort ahnte, wen sie meinte.

»Sie sprechen von Andris?«, fragte sie.

Auf dem Whiteboard erschien jetzt ein Fahndungsbild des feindlichen Letten, auf dem dieser spöttisch durch seine blaue John-Lennon-Brille auf sie herabzublicken schien.

»Du bist da oben Andris begegnet?!« Elektra fixierte Lena aufgebracht. »Und das erfahre ich erst jetzt?«

»Es tut mir leid, Elektra«, Lena blickte hilfesuchend zu Kirke. »Ich wollte dir ja von ihm erzählen, aber ich durfte nicht.«

»Du hättest mir trotzdem …«

»Agentin Elektra, reißen Sie sich zusammen«, wies Zeus die Lettin mit erhobener Stimme zurecht. »Ihre Kollegin hat lediglich meine Anweisungen befolgt. Nachdem unsere Verhörspezialisten Agentin Helena über die Ereignisse in den Bergen befragt hatten, musste ich sicherstellen, dass nichts, aber auch rein gar nichts davon auch nur zufällig nach außen dringt. Helena ist fast die Einzige, die den Angriff auf Station 3 überlebt hat. Und das war vermutlich auch der Grund, warum diese Truppe sie so unerbittlich durchs Gebirge jagte. Der einzige Vorteil, über den wir derzeit verfügen, ist, dass H.A.D.E.S. bislang nicht weiß, dass wir von seiner Rückkehr wissen. Und das ist ein Vorsprung, den wir nicht leichtfertig verspielen dürfen.«

Elektra fuhr sich gefasst durch ihre violett gefärbten Haare. »Entschuldigung, Göttervater.«

»Entschuldigung akzeptiert«, antwortete Zeus versöhnlich. »Es hat seinen Grund, warum Sie alle hier sitzen. Denn niemand kennt diesen Andris so gut wie Sie. Und ich setze darauf, dass Sie Ihren Teil dazu beitragen, seiner habhaft zu werden.«

»Mein Wort darauf!« Elektras Augen blitzten böse. »Und wenn es das Letzte ist, was ich tue.«

»Gut.« Zeus wandte sich jetzt an Perseus. »Leider ist dieser Hacker nicht der einzige alte Bekannte, wegen dem ich Agentin Helena einstweilen zu Stillschweigen verdonnern musste. Denn das Angriffskommando wurde, wie auch von einem anderen Zeugen bestätigt, von niemand Geringerer angeführt als KSC-7.«

»Shadow!?« Perseus fuhr hoch und starrte erst Zeus, dann Lena an. »Du bist Shadow begegnet?«

Lena blickte ihn überrascht an. »Mit dieser Shadow ist jetzt aber nicht die irre Prothesenqueen mit dem rot leuchtenden Zyklopenauge und dem Terminatorarm gemeint, oder doch?«

»Sie ist nicht irre. Sie kann gerettet werden.« Perseus ballte eine Faust. »Wir müssen ihrer bloß endlich habhaft werden.« Er warf Kirke einen scharfen Blick zu. »Du wusstest von ihr, oder? Die ganze Zeit schon.«

Das Bild von Andris auf dem Whiteboard wich und machte nun einem Foto der Südländerin mit den seltsamen Cyberimplantaten Platz. Die Aufnahme war offenbar während eines zurückliegenden Kampfes geschossen worden, denn es zeigte die Unheimliche auf dem Dach eines Lkw stehend. Ihr Cyberauge glühte in diabolischem Rot, das Gesicht war von Hass verzerrt, und sie hielt ein komplettes Motorrad über ihren Kopf gewuchtet, das sie offenbar auf zwei auf sie zueilende Agenten werfen wollte.

Kirke sah zu dem Foto, atmete tief ein und nickte beklommen.

»Perseus«, erklärte Zeus mit fester Stimme. »Ich weiß, wie nahe Sie beide sich standen. Und mir war angesichts Ihrer beider Beziehung auch klar, dass Sie diese Nachricht nicht unvorbereitet erreichen durfte. Ehrlich gesagt, war das sogar der Hauptgrund dafür, warum ich bis eben auf absoluter Diskretion bestehen musste. Ich will es nicht bereuen, Sie in dieses Team geholt zu haben. Doch jetzt, da die Karten auf dem Tisch liegen, muss ich wissen, ob Sie über genug emotionale Distanz verfügen. Ihre Gefühle KSC-7 gegenüber dürfen Ihnen bei der professionellen Erfüllung Ihrer Pflichten nicht im Wege stehen.«

Diese Prothesentussi … war Perseus Freundin?

Lena spürte, wie sich in ihr eine bleierne Leere ausbreitete.

Sie hatte sich schon die ganze Zeit über gefragt, wie es sein konnte, dass ein Mann wie er alleinstand. Doch jetzt fügten sich die Puzzleteile zusammen.

Perseus' gequälter Gesichtsausdruck, sein ganzes Verhalten … Von allen Verlusten, die Perseus erfahren hatte, musste sie der bitterste gewesen sein.

Und es war sonnenklar, dass Perseus die Superkriminelle noch immer liebte.

Gleich, was ihr widerfahren war.

Und auch gleich, ob sie sich inzwischen H.A.D.E.S. angeschlossen hatte.

Und diese Erkenntnis schmerzte mehr, als Lena gedacht hätte.

»… scheint es mir daher klug, sich nicht weiter falschen Hoffnungen hinzugeben«, drang Zeus' Stimme wieder in ihr Bewusstsein. »Es sei denn, Sie haben da oben in den Bergen noch eine Beobachtung gemacht, von der wir nichts wissen, Agentin Helena?«

»Falsche Hoffnungen?« Lena ruckte hoch, da der Rest des Gesprächs irgendwie an ihr vorübergeplätschert war. »Ich befürchte, Sie haben recht«, stammelte sie. »Ein völlig hoffnungsloser Fall. Aber das war mir ehrlich gesagt schon von unserer ersten Begegnung an bewusst.«

Elektra stupste sie unter dem Tisch abermals mit der Fußspitze an, und Lena begriff, dass Zeus' Worte eigentlich Perseus galten, der sie mitgenommen ansah.

»Du meinst, sie hatte nichts Menschliches mehr an sich?«, hakte er nach.

»Ach so. Nein, äh …« Sie ertrug seinen gepeinigten Blick kaum, und beneidete diese Shadow ein wenig. »Den anderen Arm hat sie ja noch. Und vielleicht tun wir ja alle gut daran, wenn wir auch bei A.R.G.O.S. für etwas mehr Inklusion sorgten.«

Bellerophon hustete krampfhaft. »Ich befürchte, dass alle diesbezüglichen Möglichkeiten im Fall KSC-7 ausgereizt wurden.«

»Vielleicht nennen wir sie auch einfach nicht weiter KSC-7«, schlug Lena vor, die allmählich ihre Fassung wiedergewann. »Ich meine, damit fängt es doch schon an. Das klingt ja wirklich wie ein

Roboter. Shadow … Das ist jetzt zwar auch nicht viel vertrauenerweckender, aber vergleichsweise schwingt da ja noch eine gewisse dunkle Poesie mit.«

Alle Anwesenden starrten sie an.

»Lass gut sein«, seufzte Perseus. Entschlossen wandte er sich an Zeus. »Mir war klar, dass ich ihr eines Tages wiederbegegnen würde. Ich bin darauf vorbereitet. Sie können sich auf mich verlassen.«

»Gut. Sie wissen am besten, wie gefährlich sie ist. Falls Sie sich der Situation nicht gewachsen zeigen, werde ich Sie sofort durch Kadmus ersetzen. Wir dürfen bei ihr kein Risiko eingehen.« Zeus legte ihre Fingerspitzen aufeinander und musterte sie der Reihe nach. »Unglücklicherweise erwischt A.R.G.O.S. die Nachricht von der Wiederauferstehung von H.A.D.E.S. zum denkbar ungünstigsten Zeitpunkt. Denn wie einige von Ihnen bereits wissen, tobt in Europa seit Kurzem ein Drogenkrieg, ausgelöst durch großflächige Brände von Koka-Feldern in Kolumbien. Genauer gesagt in der südwestlichen Provinz Neriño an der Grenze zu Ecuador. Offenbar wurde dort fast die komplette Frühjahrsernte zerstört. Die CIA war dafür ziemlich sicher nicht verantwortlich. Lokale Drogenbanden und abtrünnige Mitglieder der ehemaligen FARC-Guerilla geben sich stattdessen gegenseitig die Schuld an dem Ernteausfall und kämpfen jetzt um die Kontrolle der verbliebenen Felder. Bolivien und Peru sind damit mit einem Schlag zu den wichtigsten Koka-Anbauländern aufgestiegen. Dennoch hat die anstehende Minderversorgung schon jetzt zu eklatanten Verwerfungen auf den Weltdrogenmärkten geführt. Das hat wiederum dafür gesorgt, dass die internationalen Drogenringe in Europa aufeinander losgehen. Unter ihnen die albanische Mafia, die süditalienische ’Ndrangheta, die Marokkaner und andere. A.R.G.O.S. hat also gerade alle Hände voll zu tun. Hinzu kommt, dass die Agency noch dabei ist, auszuwerten, welche Agenten bis letztes Jahr Demeter unterstanden. Bis diese Untersuchung aber nicht abgeschlossen ist, kann ich nicht allen Agenten gleichermaßen trauen.«

»Sie sollten sich vielleicht mal ansehen, durch wessen Empfehlung diese Ariadne ins Ausbildungscamp berufen wurde«, schlug Lena vor.

»Glauben Sie mir, Helena, das passiert bereits.« Zeus lehnte sich leicht zurück. »Angesichts der heiklen Situation, in der sich unsere Organisation nun einmal befindet, und angesichts Ihrer Erfolge im letzten Jahr, setze ich daher Sie auf H.A.D.E.S. an! Ihr Kontaktmann ist Prinzipal Bellerophon.« Sie nickte dem Mailänder zu. »Zwischenberichte allein an ihn. Sie können sich darauf verlassen, dass alles an mich weitergeleitet wird. Außerdem werden Sie einstweilen den Kontakt zu anderen Kontoren meiden. Und zwar zumindest so lange, bis wir zweifelsohne wissen, dass Demeter dort keinen Spitzel untergebracht hat. Davon abgesehen genießen Sie die volle Unterstützung der Agency. Was auch immer H.A.D.E.S. plant, A.R.G.O.S. muss dieses Syndikat zerschlagen, bevor es erneut zu einer Katastrophe kommt.«

»Das heißt, wir haben eine Spur?«, fragte Kirke gespannt.

»In der Tat, die haben wir.« Zeus' Kiefer malmten. »Und diese Spur haben wir erstaunlicherweise – aber hier wiederhole ich mich – ebenfalls unserem Neuzuwachs zu verdanken.« Sie musterte Lena aufmerksam. »Denn bei der Auswertung von Helenas Smartphone haben unsere Techniker festgestellt, dass sie eine Mirror-App auf dem Gerät hatte. Keine Ahnung, wie Ihre Kollegin an dieses Spionagewerkzeug herangekommen ist. Oder, wie sie es überhaupt geschafft hat, ein privates Handy mit ins Ausbildungscamp zu schmuggeln. Denn das ist bekanntlich strengstens verboten.«

Lena sank beschämt in ihrem Sitz zusammen, und sie und Elektra wechselten verstohlene Blicke.

»Aber diese Fragen werden wir zu einem späteren Zeitpunkt erörtern«, fuhr Zeus fort. »Im Augenblick ist uns daraus ein Vorteil erwachsen, nämlich der Datendownload eines fremden Smartphones, der gemäß Zeitstempel während Helenas Aufenthalts in Station 3 durchgeführt wurde.«

Lena blickte befangen auf.

»Nicht so schüchtern, Agentin Helena.« Zeus nickte ihr zu. »Verraten Sie uns doch bitte, was Sie unseren Verhörspezialisten erzählt haben.«

»Ich weiß nicht, was ich den Kollegen unter Einfluss dieser Pillen alles erzählt habe, aber ich hatte versucht, das Handy, das diese Shadow auf der Station benutzt hat, anzuzapfen. Mir war nicht klar, dass der Versuch erfolgreich verlaufen ist.«

»Du hast die Chuzpe besessen, Shadow zu bestehlen?« Perseus starrte Lena beeindruckt an. »Wenn sie das mitbekommen hätte, hätte sie dich ungespitzt in den Boden gerammt. Und zwar wortwörtlich.«

»Echt? Na ja, war ja bloß virtuell.«

»Und was haben Sie gefunden?«, wandte sich Perseus an die A.R.G.O.S.-Chefin.

»Leider kaum Telefondaten«, antwortete diese. »Shadow hat das Gerät offenbar nur wenige Stunden benutzt, und auch ihre Gesprächspartner haben Wegwerfhandys verwendet, die wir somit alle nicht zurückverfolgen können. Aber …«, Zeus beugte sich lauernd vor, »… gespiegelt wurde auch eine App zum Mobile-Dating.«

»Diese Shadow tindert?«, fragte Lena ungläubig. »Mal ehrlich, ich bin da schon chancenlos. Da wird jemand wie sie doch wohl unmöglich …«

»Nicht Tinder«, korrigierte Zeus sie, »sondern ein Konkurrenzprodukt. Nämlich ›YourCrush‹. Eine neue Dating-App, von der wir schon seit geraumer Zeit wissen, dass auf dem Diamant-Level Drogengeschäfte abgewickelt werden.«

»Die App ist damals von Andris entwickelt worden«, schnaubte Elektra.

»Korrekt.« Zeus nickte. »Interessanter sind aber die aufgezeichneten Chatverläufe. Diesen zufolge hat Shadow mittels der App Kontakt zu einem User namens ›JetLag‹ aufgenommen. Wir wissen nicht, um welche Geschäfte es dabei im Einzelnen geht, wir wissen nur, dass diese schon in Kürze in London abgewickelt werden sollen. JetLag ist für die Agency kein Unbekannter. Unsere Analysten sind sich sicher, dass hinter dem Nickname der Geschäftsmann Nikolai Alexejewitsch Sokolow steckt.«

Hinter ihr auf dem Whiteboard erschienen jetzt drei Aufnahmen eines schnurrbärtigen Mannes mit kurzen gepflegten Haaren, auffallend breiten Wangenknochen und in einem lässigen Sakko, der begleitet von zwei Leibwächtern in einen anthrazitfarbenen Bentley stieg. Lena tippte angesichts der vornehmen Hausfassade im Hintergrund darauf, dass die Überwachungsfotos im schicken Londoner Stadtteil Mayfair geschossen worden waren.

»Er ist Exilrusse, der seit drei Jahren die Londoner Clubszene aufmischt und nebenbei ein Vermögen mit Immobilien und Drogen gemacht hat. Letzteres ließ sich nur nie beweisen.«

»Das heißt, wir sollen Sokolow dingfest machen, um so an Shadow heranzukommen?«, fragte Kirke.

»So ist es. Loyale Kollegen unserer Londoner Dependance werden Ihnen bei dieser Mission die nötige Rückendeckung geben. Sokolow hat unzählige Feinde, nicht nur im Milieu, sondern auch in Russland. Aus diesem Grund wechselt er ständig seine Verstecke, benutzt Doppelgänger und bedient sich anderer Tricks, um zu verschleiern, wo er sich gerade aufhält. Unsere Agenten sind aber zuversichtlich, dass sie seinen Aufenthaltsort bis zu Ihrem Eintreffen in London ermittelt haben. Noch Fragen?«

Lena und ihre Begleiter sahen sich an.

»Wenn wir es schaffen, Shadow in die Finger zu bekommen, was geschieht dann mit ihr?«, wollte Perseus mit rauer Stimme wissen.

»Sie übergeben sie unseren Leuten, und wir sorgen dafür, dass sie von der Agency entsprechend medizinisch behandelt wird«, antwortete Zeus.

»Insbesondere«, mischte sich Bellerophon wieder ein, »hoffen wir, über sie den aktuellen Mitgliedern des Syndikats auf die Spur zu kommen. Denken Sie stets daran: H.A.D.E.S. ist wie eine Zwiebel aufgebaut. Die äußerste Schale wird von einfachen Fußsoldaten gebildet. Darunter verbergen sich die Eliteexekutoren, die auch Station 3 angegriffen haben. Und darunter folgt bereits der innere Führungszirkel, bestehend aus neun Mitgliedern, die sich, wenn H.A.D.E.S. seinen alten Prinzipien folgt, nicht einmal untereinander kennen. Mit einer Ausnahme: Alpha, der als Spinne im Netz alle Fäden in der Hand hält. Beziehungsweise, *die* die Fäden in der Hand hält, wenn es sich dabei tatsächlich um Demeter handeln sollte.« Der Prinzipal wischte sich über seine Halbglatze. »Shadow dürfte der Exekutorenebene angehören. Bei Sokolow können wir nur mutmaßen. Mit etwas Glück ist er ein Mitglied des Führungszirkels. Konzentrieren Sie sich daher nicht nur auf KSC-7. Sokolow könnte sich für uns gegebenenfalls als sogar noch bedeutender erweisen.«

Alle Blicke waren auf Perseus gerichtet, der stumm dasaß.

»Oh, eine Sache habe ich noch«, durchbrach Lena die Stille. »Wäre es möglich, dass meine Clearance endlich hochgestuft wird? Im Augenblick liegt sie bei eins, und das hat für echte Probleme gesorgt.«

»Eins? Echt?« Elektra sah erstaunt zu ihr auf.

»Ja, ich konnte mir in den Bergen nicht mal einen Schokoriegel aus dem Snackautomaten ziehen.«

»Ich werde mich darum kümmern.« Zeus räusperte sich. »Gut, Ladys und Gentlemen, bleibt noch eine letzte Angelegenheit zu klären. Der Kampf gegen H.A.D.E.S. genießt ab jetzt oberste Priorität. Keinesfalls dürfen Sie die Finesse und Schlagkraft unseres Gegners unterschätzen. Wir wissen nicht, welche Schwierigkeiten und Hindernisse Sie erwarten. Aus diesem Grund gestatte ich Ihnen während Ihres Einsatzes einmalig die Einleitung der *Kerberos-Initiative.*«

Lena wusste natürlich, dass mit Kerberos der dreiköpfige Höllenhund der griechischen Mythologie gemeint war. Allerdings musste diese Initiative etwas ganz Besonderes sein, da sich Perseus, Kirke und Elektra alarmiert aufrichteten. Selbst Zeus' Leibwächterin Antiope presste für einen Moment die Lippen aufeinander.

»Seid Ihr Euch sicher, Göttervater?«, fragte Kirke tonlos. »Das ist eine Verantwortung, die bislang keiner von uns tragen musste.«

»Nun, es gibt immer ein erstes Mal«, erklärte die A.R.G.O.S.-Chefin. »Genau genommen werden Sie es nämlich sein, die diese Last trägt, Agentin Kirke. Und ich hoffe, Sie überlegen es sich sehr gut, bevor Sie zu dieser Maßnahme greifen. Also: Merken. Einprägen. Schweigen. Sie haben drei Sekunden.«

Sie schob ihr ein Plastikkärtchen rüber, auf dem etwas eingestanzt war.

Kirke nahm die Karte an sich, starrte sie konzentriert an und schluckte.

Schon flammte inmitten der Karte eine grünliche Stichflamme auf, und sie zerbröselte zu Asche.

»Sie können fünf Tage lang auf die Initiative zurückgreifen«, erklärte Zeus ruhig. »Danach erlischt Ihre Sondergenehmigung.«

Die Nummer eins des Olymps erhob sich, und Bellerophon und alle übrigen Agenten folgten ihrem Beispiel respektvoll. Zeus nickte Antiope zu, und flankiert von ihrer Leibwächterin verließ die A.R.G.O.S.-Chefin den Besprechungsraum.

Alle Blicke richteten sich auf den Prinzipal.

»Sie haben unseren Göttervater gehört«, erklärte dieser. »Die Agency verlässt sich auf Sie. Nutzen Sie Ihren Aufenthalt bei uns, um sich in den Archiven über H.A.D.E.S. zu informieren. Außerdem werden Sie hier neu ausgestattet. Morgen um 12.25 Uhr werden Sie ein Flugzeug nach London besteigen, das Sie zu Ihrem Zielort bringt.«

»Morgen erst?«, wunderte sich Perseus.

»Na ja«, meinte Bellerophon, »das Kontor muss die Kosten für Ihren Einsatz tragen. Statt eines teuren A.R.G.O.S.-Jets haben wir daher beschlossen, dass diese Aufgabe auch ein günstiger Brian-Air-Flug erfüllt.«

»Ausgerechnet Brian-Air?«, schimpfte Kirke.

Auch Lena starrte den Italiener missmutig an. Sie und Kirke hatten nicht gerade gute Erinnerungen an die irische Billigfluglinie.

»Das alles dient natürlich auch Ihrer Tarnung«, versicherte der Prinzipal. »Sollte es in Mailand oder London Spitzel Demeters geben, könnten diesen Extravaganzen wie Privatjetflüge auffallen. Ich bringe Sie jetzt zu Ihren Quartieren.«

Er klemmte sich seinen Laptop unter den Arm und marschierte an den vieren vorbei zum Ausgang.

Perseus ignorierte die auf ihn gerichteten Blicke und folgte ihm schweigend. Kirke hingegen trat kurz an Lena und Elektra heran.

»Ihr wisst wegen Shadow Bescheid?«, fragte sie leise.

»Ja, klar«, meinte Lena. In Wahrheit sorgte die Erwähnung der Superkriminellen für einen neuen Stich in ihrer Brust.

»Gut. Denn Perseus braucht jetzt unsere Hilfe. Er hat nicht viele Freunde, aber auf die muss er sich jetzt verlassen können, sobald die beiden … Ihr wisst schon.«

Lena und Elektra nickten.

Kirke eilte besorgt dem Algerienfranzosen hinterher, und Lena wechselte einen scheelen Blick mit der Lettin.

»Wusstest *du*, dass Perseus 'ne Freundin hat?«, fragte sie geknickt.

»Wohl eher Ex-Freundin. Aber nee.« Elektra zuckte mit den Schultern. »Ehrlich, das tut mir voll leid. Aber ich glaube, KSC…, also ich meine, Shadow, war früher selbst A.R.G.O.S.-Agentin. Angeblich hatte die schon während ihrer Zeit bei uns eine höhere Abschussquote als der gesamte Mossad. Ich schätze, da haben die beiden sich auch kennengelernt.«

»Na toll.« Lena seufzte schwer, und sie beide verließen ebenfalls den Raum. »Ach so«, fragte sie beim Hinausgehen, »was ist diese *Kerberos-Initiative* eigentlich?«

»Du weißt das nicht?« Elektra blieb wie angewurzelt stehen und sah sie aufgewühlt an. »Klar, woher auch. Das wird ja erst ganz am Ende der Ausbildung durchgenommen.«

Die Lettin vergewisserte sich, dass sie keine Mithörer hatten, und fuhr in verschwörerischem Tonfall fort. »Die Kerberos-Initiative ruft niemand Geringeren als den *Revisor* auf den Plan. Ich bin ihm selbst noch nie begegnet, aber er ist so eine Art Cleaner oder Problemlöser, der gewissermaßen hinter dir aufräumt.«

»Doch, ich hab schon ein paarmal von ihm gehört. Aber eher so als … Gerücht.«

»Glaub mir, er ist alles andere als das«, erwiderte die Lettin. »Wenn du drohst, zu versagen, deine Mission vor dem Scheitern steht oder die Agency selbst in Gefahr gerät, dann nimmt er sich des Problems an. Und zwar mit wirklich *allem*, was A.R.G.O.S. zur Verfügung steht. Nur ist das echt die allerletzte Reißleine. Wer diese Karte spielt, muss sich anschließend einer Untersuchung unterziehen. Stellt sich heraus, dass du den Revisor leichtfertig gerufen hast, dann kann es sein, dass er dir selbst einen Besuch abstattet. Die Folge ist dann Ausschluss aus der Agency und Thanatos-Programm. Also Gedächtnislöschung. Anders gesagt: Wenn wir für die vielen Augen des mythischen Argos-Monsters stehen, dann ist der Revisor gewissermaßen sein von Reißzähnen bewehrtes Maul. Er ist gewiss nicht allmächtig, aber ich habe noch nie davon gehört, dass er mal versagt hätte. Ganz im Gegenteil.« Elektra blickte argwöhnisch zu einer Sicherheitskamera im Korridor gegenüber dem Eingang auf. »Ich wette, er beobachtet schon jetzt jeden unserer Schritte.«

»Und warum wird er dann nicht von Anfang an mit allen Einsätzen betraut?«, fragte Lena, die ängstlich ihrem Blick folgte.

»Du meinst, abgesehen davon, dass er nicht überall zugleich sein kann? Ganz einfach: die Kosten, Lena, die Kosten …«

Elektra zog sie mit sich, und Lena dachte an die Plastikkarte, die Zeus Kirke zugeschoben hatte. Auch wenn sie es nicht gewollt hatte, hatte ihr fotografisches Gedächtnis sie abgespeichert. Und mit ihr die darauf befindliche Zahlenkolonne, die immer deutlicher vor ihrem inneren Auge stand.

Zweifellos war das eine Telefonnummer.

Lena beneidete Kirke nicht um die Verantwortung, die sie damit tragen musste. Und sie konnte nur hoffen, dass die Griechin nicht gezwungen war, den Revisor anzurufen. Sollte sie die Nummer aber zwischenzeitlich vergessen, konnte sie ihr damit jetzt immerhin helfen. Denn ob sie es nun wollte oder nicht, die Ziffernfolge hatte sich nun einmal in ihr Gedächtnis gebrannt. Nur wagte sie nicht, es sich auszumalen, was geschehen würde, wenn der Revisor das herausfand.

London Calling

»Wenn das hier stellvertretend für unsere hiesige Rückendeckung steht, sehe ich schwarz«, grollte Perseus, während ihr roter Doppeldeckerbus in leichtem Regen durch den Londoner Verkehr zuckelte.

»Darf ich dich an die Worte des Prinzipals erinnern?«, antwortete Kirke sarkastisch. »All das dient natürlich ausschließlich der Tarnung …«

Lena, die den beiden zusammen mit Elektra im Oberdeck des Busses gegenübersaß, enthielt sich einer Antwort. Stattdessen blickte sie nach draußen, da sie dort trotz des miesen Wetters drei junge Leute mit auffälligen regenbogenfarbigen Jacken, Kappen und Regenschirmen entdeckt hatte, die einem unbekannten Ziel entgegenstrebten.

Richtig, der Februar war ja im Vereinigten Königreich zum LGBTQ-Geschichtsmonat ausgerufen worden. Er fiel mit der Aufhebung von Abschnitt 28 im Jahr 2003 zusammen, einem umstrittenen Änderungsgesetz der Kommunalverwaltung, das bis dahin die ›Förderung von Homosexualität‹ verboten hatte.

An welchem Event die drei auch immer teilzunehmen gedachten, Lena verlor sie rasch wieder aus den Augen, da über dem Dächermeer im Nordosten nun die ikonische Skyline des berühmten Finanzdistrikts Canary Wharf sichtbar wurde.

Gebildet wurde sie von so markanten Bauwerken wie dem despektierlich »Gurke« genannten Londoner Hauptsitz des Versicherungsriesen Swiss Re, dem keilförmigen Leadenhall Building oder dem Tower 42 samt seiner wie aufgesetzt wirkenden Spitze. Und natürlich war voraus, und trotz des nassgrauen Februarwetters, auch das »Walkie-Talkie« auszumachen. Ein Hochhaus, das wegen seiner auffälligen, sich nach oben hin verdickenden Form so genannt wurde und dessen Aussichtsplattform sie einmal gemeinsam mit ihrem Chef Dr. Fink besucht hatte.

Lena lächelte wehmütig. Überhaupt, sie liebte London mit seinen Pubs, Coffee-Shop-Ketten und leider immer weniger werdenden roten Telefonzellen. Die prachtvolle Aussicht entschädigte sie auch etwas dafür, dass sie der Brian-Air-Billigflug ausgerechnet im vierzig Kilometer südlich gelegenen Gatwick Airport abgesetzt hatte. Die Erbsenzähler bei A.R.G.O.S. hatten natürlich sogar am Aufpreis für Extragepäck gespart, womit sie nahezu ohne Ausrüstung auf der Insel eingetroffen waren. Und obwohl Elektra kurz nach der Landung ein überteuertes Sandwich verputzt hatte, war sie noch immer nicht darüber hinweggekommen, dass auf dem Flug nicht einmal ein Kaffee für sie gebucht worden war.

Lena selbst war angesichts der Pillen, die sie nehmen musste, eh der Appetit vergangen. Denn wirklich alles schmeckte derzeit wie Pappe in unterschiedlichen Auflösungszuständen. Im Augenblick war an Essen sowieso nicht zu denken. Dafür sorgte schon der grausame Geruch hier oben im Bus, der klarstellte, dass hier noch vor wenigen Stunden jemand gesessen hatte, der nach einem Starkregen mit seinem Hund zugestiegen war. Allerdings schien sie die Einzige zu sein, die sich an den Ausdünstungen störte.

Die Stimmung unter ihnen war eher verhalten. Und jeder von ihnen fragte sich, warum sie nicht vom Flughafen abgeholt worden waren oder doch wenigstens den deutlich praktischeren Gatwick Express hatten nutzen dürfen, um auf diese Weise zügig in die Londoner Innenstadt zu gelangen. Stattdessen hatten sie in den letzten zwei Stunden ihrer Anreise gleich dreimal den Bus wechseln müssen, um exakt diese Linie zu erreichen.

»Mir würde es schon reichen, wenn diese Geizhälse in der Verwaltung wenigstens für eine vernünftige Verpflegung gesorgt hätten«, murrte Elektra neben ihr. »Schon mal in der Kantine des Londoner Kontors gegessen? Nach Italien ist das ein echter Kulturschock. Da gibt es nur irgendwelches totes Getier, das in dieser schrecklichen kalten Minzsoße ersäuft wurde. Ganz zu schweigen von den billigen Toasts, die sie da anbieten. Etwa diese ekligen Beans on Toast, Cheese on Toast – natürlich mit dem widerlichsten Oblatenkäse ever – oder …«

»Wieso, das ist doch alles superlecker«, widersprach Lena.

Elektra musterte sie ungläubig.

»Also, zumindest meiner Erinnerung nach«, schränkte sie rasch ein. »Im Augenblick schmecke ich ja eher gar nichts.«

»Das Einzige, was man hier essen kann, sind die Essigchips aus den Automaten«, fuhr die Lettin wütend fort. »Und natürlich …«

»Vielleicht konzentrieren wir uns besser auf unseren Job, statt uns Gedanken darüber zu machen, womit wir unsere Mägen füllen«, unterbrach Perseus sie schlecht gelaunt. »Das Londoner Kontor ist für uns eh tabu. Zumindest so lange, bis geklärt ist, ob Demeter dort Verbündete hat. Unser Auftrag bestand darin, diese Buslinie zu nehmen. Aber wie weit? Sollen wir bis zur Endstation durchfahren?«

»Ich gehe davon aus, dass wir unterwegs angesprochen werden«, meinte Kirke. »Es muss ja einen Grund geben, warum wir uns diesen dämlichen Limerick von Edward Lear als Losung einprägen sollten. Ich hoffe, ihr habt den drauf?«

»Aber sicher«, meinte Lena und deklamierte aufgeregt:

There was an old lady of France,
Who taught little ducklings to dance;
When she said, »Tick-a-tack!«
They only said, »Quack!«
Which grieved that old lady of France.

»Gut. Allerdings reagieren wir nur mit dem zweiten Teil des Limericks«, ermahnte Kirke sie.

»Wetten, dass sich das der hiesige Kontakt ausgedacht hat?«, murrte Perseus. »Das ist doch sicher so eine kleine miese Spitze gegen uns Franzosen.«

Lena musterte den Algerienfranzosen unauffällig. Dass Perseus gereizt schien, war kein Wunder. Denn jeder von ihnen wusste, dass sich Shadow vermutlich längst ebenfalls in London aufhielt, wenn sie hier mit diesem Russen Geschäfte abwickeln wollte. Über kurz oder lang würde es also zu einem Zusammentreffen mit der Kriminellen kommen. Und noch immer bereitete Lena Magenschmerzen, wie Perseus auf sie reagieren würde.

Sicher, für ein irgendwie geartetes Happy End zwischen den beiden sprach auf den ersten Blick nicht viel. Allerdings sprach auch nicht viel dafür, dass sich Perseus' Frauengeschmack in den letzten Jahren geändert hatte. Denn eines musste Lena dieser Irren lassen: Shadows Vita las sich verdammt beeindruckend.

Noch gestern hatte sie mit Elektras Hilfe Nachforschungen über die Abtrünnige angestellt. Die Dokumente waren zwar teils geschwärzt gewesen, speziell, was den persönlichen Background anging, dennoch hatten sie auf diese Weise einiges über die Superkriminelle herausgefunden. Etwa, dass sie genau wie Perseus vor knapp fünf Jahren vom französischen Auslandsnachrichtendienst DGSE, der *Direction Générale de la Sécurité Extérieure*, abgeworben worden war. Sie und er kannten sich also mutmaßlich viel länger, als Lena gedacht hatte. Danach hatte der weibliche Cyborg zwei Jahre lang für A.R.G.O.S. gearbeitet – damals noch unter dem Codenamen Hippolyte, angelehnt an die legendäre Amazonenkönigin. Und als Hippolyte schien sie ziemlich gut in ihrem Job gewesen zu sein, denn nach ihrer Rekrutierung war sie erfolgreich an über einem Dutzend nicht näher ausgeführter A.R.G.O.S.-Missionen beteiligt gewesen, die alle so bedeutungsschwangere Codenamen wie *Medusa*, *Damoklesschwert* oder *Pandoras Büchse* trugen.

An gleich fünf dieser Missionen hatte auch Perseus teilgehabt. Aus den Dokumenten war hervorgegangen, dass die zwei ein ziemlich schlagkräftiges Team gebildet hatten. So lange jedenfalls, bis die heutige Shadow bei dem Zweikampf gegen einen Superverbrecher aus Shanghai namens Dr. Feng Meng Leng den Kürzeren gezogen hatte. Der Kerl hatte damals eine militärische Superdroge in Umlauf gebracht, die in kriminellen Kreisen sehr begehrt gewesen war. Ihr

Konsum bescherte den Nutznießern außergewöhnliche körperliche Kräfte bei gleichzeitiger Minderung jeglichen empathischen Empfindens. Shadow hatte den Chinesen aufspüren können, leider war sie von ihm dabei regelrecht auseinandergenommen worden – und zwar wortwörtlich.

Ihr Überleben hatte sie natürlich niemand Geringerem als Perseus zu verdanken. Halbtot war sie sodann dem *Prometheus-Programm* zugeführt worden, einer geheimen A.R.G.O.S.-Initiative zur Rekonstitution gefallener Agenten. Und noch immer wusste Lena nicht so recht, was sie davon halten sollte, dass ihr die Cyberware ausgerechnet von der Agency eingesetzt worden war. Irgendetwas musste damals nämlich kolossal schiefgelaufen sein. Bei Shadow waren in der Folge schwerwiegende Wesensveränderungen diagnostiziert worden, ausgelöst durch den chirurgischen Einbau neuronaler Implantate. Nur drei Monate später hatte das zu ihrer Flucht aus der geheimen Einrichtung geführt. Drei Agenten, die zu ihrer Bewachung abgestellt worden waren, waren dabei ums Leben gekommen. Anschließend hatte sie unter dem Kampfnamen Shadow als Killerin für mehrere Kriminelle in ganz Europa gearbeitet, bis sich vor gut zwei Jahre ihre Spur verlor. Dass sie heute ausgerechnet für H.A.D.E.S. arbeitete, war also in zweierlei Hinsicht ein Schock.

»Ich weiß nicht, was die Agency für uns plant«, meinte Elektra, die argwöhnisch zu den Touristen hinter ihnen im Bus blickte; einer Gruppe ausgelassener Dänen. »Aber ich gewinne gerade den Eindruck, dass wir es bald herausfinden werden.«

Lena folgte ihrem Blick unauffällig und sah, dass weiter hinten ein hagerer Mittvierziger mit Brille und schmalem Oberlippenbärtchen nach oben kam. Angesichts seiner blauschwarzen Schirmmütze samt dem auffallenden Guard-Emblem und dem grünen Übermantel war er deutlich als Ticketinspektor erkennbar. Allerdings schienen die Kleidungsstücke irgendwie zu groß für seine schmale Gestalt geraten zu sein. Die Schirmmütze reichte ihm fast bis zu den Augenbrauen, und auch der Mantel saß etwas schlabbrig. Bei einigen der Dänen brach Unruhe aus, doch ohne die Touristen weiter zu beachten, arbeitete sich der Unbekannte direkt zu ihnen durch. Elektra hatte recht, das musste ihr Kontakt sein.

»When she said, »Tick-a-tack!«
They only said, »Quack!«
Which grieved that old lady of France«

Die Verse platzten aufgeregt aus Lena heraus, noch bevor der Inspektor etwas sagen konnte.

Der Kontrolleur musterte sie durch seine Brille hindurch.

»Die Fahrkarten, bitte«, meinte er ungerührt.

Perseus, Kirke und Elektra warfen sich Blicke zu, und Kirke reichte dem Briten rasch die vier Bustickets, die sie für sie gezogen hatte. Der Mann knipste sie mit einer altertümlichen Lochzange ab.

»Sie scheinen Edward Lear zu mögen?«, sprach er Lena an, während er die Karten zurückgab. »Nun, der hat auch im Ausland Flagge gezeigt. Wenn Sie etwas von der britischen Lebensart verstehen wollen, empfehle ich Ihnen, bei der U-Bahn-Station Monument auszusteigen.«

Er nickte ihnen zu und marschierte an den Touristen vorbei zurück nach unten. Gerade rechtzeitig, da der Doppeldeckerbus nun einen Stopp einlegte. Sie sahen dabei zu, wie er den Bus verließ, dann zischten die Türen und ihr Gefährt fuhr wieder an.

»Das eben war ein kleines bisschen voreilig«, meinte Kirke spitz.

»Ach, komm schon«, antwortete Lena. »Das war doch nie und nimmer ein richtiger Kontrolleur. Und wir müssen auch von unserer Seite aus mal etwas Engagement zeigen. Außerdem … ist es von hier aus nicht mehr weit bis zu dieser U-Bahn-Station. Sag mir nicht, dass das Zufall ist.«

Sie blickte nach vorn, da der alte Leyland Routemaster auf die bekannte London Bridge einscherte. Die Brücke verband den Stadtteil Southwark auf der Südseite der Themse mit der City of London auf der Nordseite. Und von der Überführung aus hatten sie nun auch einen hervorragenden Blick auf die von Frachtern, Kähnen und Aussichtsbooten erfüllte Themse mit der berühmten Tower Bridge im Osten.

»Helena hat recht«, meinte Perseus zu Lenas Freude. »Gehen wir der Sache nach.«

Während sie in die untere Etage stiefelten, erreichte der rote Doppeldeckerbus das gegenüberliegende Ufer und folgte nun der von modernen Bürobauten gesäumten King William Street.

»Leute, das ist doch jetzt bitte nicht wahr, oder?«, stöhnte Elektra nach einem Blick in Fahrtrichtung.

Tatsächlich fuhren sie geradewegs auf eine breite Straßenkreuzung zu, die von LGBTQ-Aktivisten überlaufen war. Die Menschenansammlung, die dort den Verkehr aufhielt, schwenkte trotz des Regens zahlreiche farbenfrohe Regenbogenflaggen. Mindestens zwei Dutzend. Der Bus stoppte unplanmäßig, und als sie ausstiegen, strömten trotz des andauernden Nieselregens Dutzende Demonstranten an ihnen vorbei, unter denen eine Dragqueen mit riesiger weißer Perücke und kunstvollem Make-up die Auffälligste war. Weiter hinten machte ein Musikanhänger auf sich aufmerksam, indem er den Platz mit *Tainted Love* von Soft Cell beschallte.

Ratlos blickten sich die Agenten an.

»Flagge zeigen also?!« Perseus schüttelte ungläubig den Kopf, während er sich einen Überblick über die Menge mit den vielen Fahnen verschaffte. »Sollen wir uns jeden einzelnen dieser Aktivisten vornehmen?«

»Immerhin gibt es hier etwas zu essen«, meinte Elektra gelangweilt. Sie spähte in Richtung eines fliegenden Händlers, der Tüten mit bunten Gummibärchen und Rainbow-Bacon verkaufte.

»Wartet!«, rief Lena voller Enthusiasmus. »Ich glaube, ich weiß, wen wir ansprechen müssen.«

Bevor einer ihrer Begleiter sie daran hindern konnte, kämpfte sie sich in dem bunten Treiben zu einer kräftig gebauten Transfrau durch, die samt ihrer Begleiterin exponiert mitten auf der Kreuzung stand und dort eine besonders große und auffällige Regenbogenfahne schwenkte.

»When she said, »Tick-a-tack!«
They only said, »Quack!«
Which grieved that old lady of France«

Die Angesprochene starrte sie ungläubig an, und bevor Lena wusste, wie ihr geschah, bekam sie eine schmerzhafte Ohrfeige verpasst, die sie einen halben Schritt zurückschleuderte.

»Was bist du?«, fuhr die Unbekannte sie mit französischem Akzent an. »'ne dämliche TERF? Verpiss dich von hier.«

Sie und ihre Begleiterin zogen weiter, und Lena blickte ihnen verdattert hinterher, während sie sich die Wange rieb.

»Du hast jetzt eben nicht wirklich dein Entensprüchlein aufgesagt, ohne dich zu vergewissern, ob die Frau wirklich zur Agency gehört, oder?«, ertönte hinter Lena die Stimme Kirkes, die sich gemeinsam mit Perseus und Elektra zu ihr durchgearbeitet hatte.

»Ich schätze, ich hatte schon bessere Ideen«, antwortete Lena kleinlaut. »Aber ich dachte, die große Fahne wäre ein Hinweis.«

»Nein.« Perseus blickte zu einer Gruppe Bobbys, die die Menge von der Straße zu treiben versuchte. »Das hier scheint eine spontane Veranstaltung zu sein. Mit der Flagge ist etwas anderes gemeint.«

Sie sahen sich weiter auf der belebten Straßenkreuzung um, als Kirke auf eine der angrenzenden Gebäudefronten wies. »Seht mal dort hinten. Der Pub mit den Flaggen über den Fenstern. Angesichts der Uhrzeit dürfte der auch schon geöffnet haben.«

Sie folgten ihrem Fingerzeig, und auch Lena entdeckte jetzt die Eckkneipe mit dem grünlichen Schild des Pubs, auf dem der beziehungsreiche Name *The Eye & Triangel* prangte. Besonders markant an dem Etablissement waren jedoch vor allem die auffälligen rot-weiß-blauen Union Jacks über den weißen Fensterfronten.

»Diesmal werden wir mit etwas mehr Fingerspitzengefühl vorgehen, verstanden?«

Kirke warf Lena einen mahnenden Blick zu und führte sie anschließend an einem in der Menschenmenge stecken gebliebenen Mini Cooper vorbei direkt auf ihr Ziel zu.

Lena war froh, dem Regen entrinnen zu können.

Im Innern erwartete sie ein gediegenes Ambiente mit langer Theke und runden Tischen, an denen bereits ein halbes Dutzend Geschäftsleute standen und saßen und sich an ihren Pints festhielten. Weiter hinten spielten zwei Gäste Darts, aus einer Jukebox schallte ihnen *Surrounded by Spies* von Placebo entgegen, doch Lena hatte bloß Blicke für die vielen Promifotos an den Backsteinwänden, die bis unter die Decke reichten und allesamt signiert waren.

Unter ihnen waren Musiker aus Gruppen wie den Beatles, Coldplay und Oasis zu sehen, aber auch so mancher bekannte Schauspieler, etwa Tom Hardy, Martin Freeman und sogar ihr aktueller Liebling Kit Harington.

»Wow!«, flüsterte sie beeindruckt. »Die waren alle schon mal hier?«

»Konzentration!«, ermahnte Perseus sie. »Am besten, ihr sucht euch einen Tisch.«

Sie folgten seinem Vorschlag und sahen dabei zu, wie er an den übrigen Pub-Gästen vorbeischlenderte, direkt auf den hageren Barkeeper zu, der sich ihm jetzt mit Bierglas und Putztuch in Händen zuwandte. Lenas Augen weiteten sich überrascht, denn bei dem dunkelhaarigen Brillenträger mit dem schmalen Oberlippenbärtchen, der Leinenhose und dem weißen Hemd samt roter Fliege handelte es sich um den Ticketinspektor von vorhin.

»Wie ist der denn so schnell hergekommen?«, fragte Elektra verblüfft.

Lena sah zu, wie sich Perseus und der Brite kurz unterhielten. Anschließend zapfte der Unbekannte einige Pints, und Perseus kam schließlich mit den Gläsern zum Tisch zurück. Allerdings folgte ihm der Barkeeper, der ihnen sogleich eine Speisekarte reichte. Interessanterweise war in einer Ecke der Karte die Karikatur einer Frau mit mehreren Entenküken zu sehen.

Darunter stand der erste Teil des Lear-Limericks:

There was an old lady of France,
Who taught little ducklings to dance

Erwartungsvoll sahen Perseus, Kirke und Elektra Lena an.

»Ernsthaft jetzt?«, fragte diese mit Schmollmund. Ihre Wange brannte noch immer.

Augenrollend rezitierte sie den Rest des Limericks:

»When she said, »Tick-a-tack!«
They only said, »Quack!«
Which grieved that old lady of France.«

Die Losung war wirklich dämlich.

»Viermal Fish 'n' Chips also«, entfuhr es dem Barkeeper etwas lauter. »Wenn Sie möchten, können Sie sich die Wartezeit gern im Billardzimmer vertreiben. Folgen Sie mir.«

Sie erhoben sich samt den Biergläsern und folgten ihrem geheimnisvollen Kontaktmann zu einem Nebenraum mit Billardtisch, während dieser einer Angestellten zunickte, die seinen Platz hinter dem Tresen einnahm.

»Willkommen in London, Agents«, begrüßte der Brite sie. »Sie dürften die Agenten Perseus, Kirke, Elektra und Helena sein. Ich bin Agent Peleus, und ich hoffe, Sie hatten eine angenehme Anreise.«

»Das ist jetzt nicht Ihr Ernst, oder?«, murrte Elektra. »Warum haben Sie uns nicht gleich vorhin im Bus aufgesammelt, statt uns diesen Umweg zuzumuten?«

»Tut mir leid, aber ich wurde von der Führungsebene angewiesen, mich strengstens ans Sicherheitsprotokoll zu halten.«

»Moment!«, mischte sich Lena ein, die den Mann nun eingehender musterte und mit dem Bild aus ihrer Erinnerung abglich. »Sie sind nicht der Ticketinspektor von vorhin, richtig?«

Perseus und Kirke stellten alarmiert ihre Pints ab, während der Brite leicht überrumpelt an seiner Fliege nestelte. »Darf ich fragen, wie Sie zu dieser kühnen Annahme gelangen?«

»Sie haben da einen kleinen Leberfleck am Hals, den der andere nicht hatte. Das erklärt auch, warum Sie vor uns hier sein konnten. Sie und er, Sie beide sind … Zwillinge. Richtig?«

Unruhig atmete der Brite tief ein.

»Sieh einmal an.« Perseus stellte sich lauernd vor ihn, während Kirke im Hintergrund einen Kugelschreiber zückte, den sie jetzt wie eine Schusswaffe auf den Briten gerichtet hielt.

»Ich wusste gleich, dass mit Ihnen etwas nicht stimmt«, fuhr Perseus böse fort, »denn Peleus ist Spanier. Da Sie definitiv kein Spanier sind und die Agency keinen Namen zweimal vergibt, können Sie nicht er sein. Ich empfehle Ihnen daher, dass Sie uns diese Scharade erklären, ansonsten wird meine Kollegin die Wahrheit aus Ihnen herauskitzeln.«

»Schon gut, schon gut.« Abwehrend hob der Mann die Hände. »Ja, äh, Ihre Kollegin hat recht. Wir sind Zwillinge. Ich bin Agent Kastor, mein Bruder hört auf den Namen Pollux.«

»Kastor?« Perseus verengte die Augen. »Ein Kastor hat mir mal zugearbeitet. Vor eineinhalb Jahren, bei einem Auftrag, den ich in Oxford ausgeführt habe. Wenn Sie also Kastor sind, dann wissen Sie von der Mission.«

»Ja, nur war das nicht Oxford, sondern Cambridge«, antwortete der Brite eilig. »Die Sache mit dem chinesischen Spion in der dortigen Königlichen Marineeinheit.«

»Weiter. So leicht bin ich nicht zu überzeugen«, erklärte Perseus kalt.

»Pollux und ich wurden damals von der Götterebene in die Operation einbezogen. Und zwar von niemand Geringerem als dem einstigen Poseidon, für den auch Sie zu jener Zeit arbeiteten.«

Lena schürzte traurig die Lippen.

»Sie müssen wissen«, fuhr Kastor fort, »dass niemand in London weiß, dass es Pollux gibt. Hier glaubt man, wir wären ein und dieselbe Person. Genau genommen treten wir hier beide unter dem Namen Kastor auf.«

Kirke schüttelte den Kopf. »Das ist sogar für A.R.G.O.S. zu konspirativ. Was soll der Unsinn?«

»Mitnichten«, wiegelte der Brite ab. »Ich bin im Londoner Kontor für die Logistik und Ausrüstung unserer Agenten verantwortlich. Wie Sie vielleicht wissen, führt die Götterebene manchmal Geheimoperationen durch, in die nicht einmal die Prinzipale der lokalen Kontore eingeweiht werden. Im UK kommen dann Pollux und ich wegen unserer Fachkenntnisse und Zugriffsrechte ins Spiel, denn auf die über die Insel verteilten Faktoreien haben nur die Prinzipale von London und Liverpool Zugriff. Außerdem die jeweiligen Logistikleiter. In London bin ich das. Also genau genommen sind wir das.«

»Mit Faktoreien sind die geheimen Ausrüstungslager gemeint, die A.R.G.O.S. allerorten unterhält?«, fragte Lena. Sie musste unwillkürlich an die Faktorei in Nyköping in Schweden zurückdenken, von der aus ihnen damals die Cessna für ihren Einsatz in Stockholm überstellt worden war.

»Korrekt.« Kastor nickte. »Leider dauern diese Sonderoperationen gern etwas länger. Damit meine Abwesenheit im hiesigen Kontor nicht auffällt, teilen mein Bruder und ich uns die Rolle des Logistikleiters für diese Zeit, während der jeweils andere im Außeneinsatz ist.«

»Und diese jahrelange Heimlichtuerei funktioniert?«, fragte Kirke stirnrunzelnd.

»Na ja, bislang vermochte uns bloß Visby auseinanderzuhalten. Aber das ist ja auch eine KI.« Der Agent zuckte ergeben mit den Achseln. »Prinzipiell dürfte das bei Ihnen ja nicht viel anders sein. Falls Ihre Frage jedoch ins Private zielt: Nun, man gewöhnt sich an die Belastung. Und ich gestehe schon, so eng wie Pollux und ich unsere Einsätze takten müssen, lassen sich gewisse Reibungsverluste manchmal nicht vermeiden. Aber der Aufwand hat natürlich auch Vorteile. Denn da wir zu zweit sind, schaffen wir natürlich auch das Doppelte.«

»Sparen Sie sich diese Milchmädchenrechnung für die Personalabteilung«, schnaubte Elektra. »In den Routinephasen läuft Ihr Arrangement doch vor allem mal auf doppelte Freizeit hinaus.«

»Also, das … ist jetzt eine wirklich ungehörige Unterstellung.«

Kastor blickte sie empört an. »So oder so: Wir beide sind die einzigen Agenten, die in Ihre Mission eingeweiht sind. Der Olymp scheint nämlich zu glauben, dass das Londoner Kontor kompromittiert wurde.«

»Wissen wir«, knurrte Perseus.

»Und was sollte das eben mit Peleus?«, fragte Kirke.

»Nur ein Wort.« Kastor sah die Griechin beschwörend durch seine Brille hindurch an. »Hundertprozentige Diskretion.«

»Das sind zwei Wörter«, korrigierte ihn Elektra.

»Meine Güte, Sie nehmen es aber wirklich genau.«

»Glauben Sie mir«, meinte die Lettin, »*das* wurde mir bislang noch nie vorgeworfen.«

»Verlieren wir besser keine weitere Zeit«, unterbrach Perseus die beiden. »Wo ist die Faktorei? Außerdem wurde uns die Mithilfe der hiesigen Aufklärung versprochen.«

»Natürlich. Bitte dort entlang.« Kastor wies zu dem Billardtisch, drückte einen verborgenen Knopf daran und wandte sich der Raumdecke zu.

»Visby, Zugang öffnen!«

»Stimmenauthentifikation erfolgreich, Agent Pollux«, ertönte über ihnen die bekannte weibliche Computerstimme. »Zugang wird geöffnet.«

»Was soll das, Visby?«, schimpfte Kastor, während der Billardtisch summend zur Seite glitt und so Stufen in die Tiefe freigab. »Ich bin Kastor.«

»Beschwerde registriert. Authentifikation wird wiederholt«, antwortete die freundliche Computerstimme, während der Pooltisch wieder zurückfuhr.

»Hey!« Kastor stemmte sich erfolglos gegen den Billardtisch, der den geheimen Treppenzugang nun wieder versiegelte. »Das kann doch wohl nicht wahr sein.«

»Stimmenauthentifikation erfolgreich, Agent Pollux«, wiederholte die weibliche Computerstimme über ihnen. »Zugang wird geöffnet.«

Der Billardtisch glitt wieder zur Seite.

Lena und ihre Begleiter warfen sich irritierte Blicke zu.

»Sagten Sie nicht eben, Visby sei die Einzige, die sie beide zu unterscheiden weiß?«, fragte Kirke skeptisch.

»Eigentlich schon.« Kastor schüttelte unwillig den Kopf. »Darum müssen wir uns später kümmern. Die hiesige Faktorei befindet sich am Themseufer. Mir nach, bitte.«

Er stiefelte die Stufen nach unten, und Lena und die anderen folgten ihm in ein geräumiges altes Kellergewölbe mit Tonnendecke, in dem ein halbes Dutzend E-Roller standen. Ein Durchbruch zweigte von hier aus in südliche Richtung ab.

»Das Kellergewölbe stammt noch aus dem 19. Jahrhundert«, erklärte Kastor, dessen Stimme hier unten nachhallte. »Die Organisation hat es um einen verborgenen Tunnel zu der eigentlichen Faktorei erweitert.« Er deutete auf den düsteren Gang. »Schnappen Sie sich einen der Roller und folgen Sie mir.«

Er griff nach einem der Untersätze, dessen Lichter sofort ansprangen, und mit summendem Motor und eingezogenem Kopf rauschte er voran in den Tunnel.

»Bringen wir die Sache hinter uns«, murrte Perseus.

Eine nach der anderen und Perseus folgten dem Briten in die Finsternis, die nur von den Lichtern der E-Roller erhellt wurde. Für eine Weile waren lediglich leise elektrische Fahrgeräusche zu hören, bis Kastor ein weiteres Kellergewölbe samt roter Notbeleuchtung und schwerer Stahltür erreichte.

Seinem Beispiel folgend stellten sie ihre E-Roller wieder ab, und der Agent trat vor das vertraut blinkende A.R.G.O.S.-Kameraauge unter dem Zugang.

»Zugang zur Faktorei öffnen!«, kommandierte er.

»Zugang wird geöffnet, Agent Kastor«, hallte Visbys freundliche Computerstimme von den Wänden.

»Na also, geht doch.«

Die Stahltür glitt zur Seite, und Kastor führte sie über eine Treppe nach oben, hinein in eine hohe Halle mit alten Backsteinwänden, die auf den ersten Blick, und angesichts einer Rutschstange in der Nähe zur oberen Etage, auffällig an eine umgebaute Feuerwache erinnerte.

Perseus stieß einen leisen Pfiff aus. Die komplette Halle war ringsum mit Vitrinen, Metallregalen, Ständern und Schneiderpuppen ausgestattet, in, an und auf denen penibel alles an Einsatzmaterial untergebracht war, was das Agentenherz begehrte. Eine ganze Wand präsentierte ausschließlich Waffen, darunter Sturmgewehre, MPs, Pistolen und Granatwerfer, aber auch Kampfmesser und Schlagstöcke sowie eine Kollektion … Regenschirme. Auch das übrige Equipment im Lager ließ nichts zu wünschen übrig.

Lena entdeckte neben der üblichen schwarzen Einsatzbekleidung in allen Größen gleich vier Taucheranzüge sowie eine ganze Kollektion an Motorradkombinationen. An benachbarten Ständern hingen schusssichere Catsuits und Westen, in einer Vitrine waren diverse Uhren ausgestellt, die garantiert mehr konnten, als nur die Zeit anzuzeigen. In einer offenen Militärkiste ruhten verschiedene Typen von Handgranaten, die anhand ihrer wechselnden Farbkennung zu identifizieren waren, und natürlich gab es hier auch alle möglichen elektronischen und optischen Kommunikations- und Spionagemittel. Lena sah die üblichen Smart Glasses, aber auch Walkie-Talkies, A.R.G.O.S.-Smartphones in unterschiedlichen Designs sowie diverse Feldstecher und sogar Periskope.

Das Hauptaugenmerk bildete jedoch die zentrale Wasserfläche mitten in der Halle, die bis an ein schweres Rolltor grenzte und in der ein schwarzes, äußerst schnittiges Speedboot dümpelte, dessen reichlich mit Knöpfen und Schaltern ausgestattetes Armaturenbrett Lena vermuten ließ, dass dieses Vehikel über einige verborgene Extras verfügte.

»Na, habe ich zu viel versprochen?« Kastor strich zufrieden über seinen dünnen Oberlippenschnurrbart.

»Ich gebe zu, die Faktorei entspricht meinen Erwartungen!«, sprach Kirke aus, was alle dachten.

Mit anerkennendem Blick marschierte die Griechin an einer Vitrine voller Abhörwanzen vorbei, während Lena ein Regal mit

Leuchtmitteln und Spionagekameras in allen Größen und Formen beäugte. Darunter befanden sich auch zwei dieser Smart Flashlights, wie sie eines in Schweden benutzt hatte. Angesichts ihrer Erfahrungen mit dem stroboskopartigen Blitzdings, hielt sich ihre Begeisterung über die Entdeckung jedoch in Grenzen.

Perseus hingegen stand längst vor der Wand mit den Schusswaffen und nahm dort sachkundig ein schwarzes MPT-76 in Augenschein. Lena wusste aus ihrer Ausbildung, dass dieses Sturmgewehr türkischer Fertigung weltweit zu den modernsten Waffen seiner Art gehörte. Elektra hingegen beugte sich über eine torpedoförmige Unterwasserdrohne am Beckenrand und begutachtete deren Innenleben.

»Sagen Sie mir einfach, was Sie benötigen.« Kastor rückte wohlwollend seine Fliege zurecht. »Mir wurde aufgetragen, Sie mit allem auszustatten, was Sie für Ihren hiesigen Einsatz benötigen.«

»Alles?«, fragte Lena begeistert, die jetzt an eine Vitrine mit Gold- und Edelsteinschmuck aller Art herantrat, hinter der ein Ständer mit Hüten und Kopfbedeckungen für unterschiedliche Anlässe aufgebaut war.

»Aber sicher.« Der Brite marschierte zu einem Schreibtisch mit Computer, auf dem drei Briefablagen mit dicken Papierstapeln lagen. »Allerdings müssen Sie für jedes der Objekte eine dreifache Empfangsbestätigung ausfüllen. Handschriftlich natürlich. Einmal für unser hiesiges Kontor, einmal für die Olymp-Ebene und ein drittes Mal … Ich hab ehrlich gesagt vergessen, wofür die dritte ist, aber die entsprechenden Stellen leiten die Papiere weiter. Außerdem ermahne ich Sie, mit der Ausrüstung pfleglich umzugehen. Verlustmeldungen und Schadensmitteilungen müssen nämlich sogar in fünffacher Ausfertigung eingereicht werden.«

Gereizt blickten Lenas Begleiter auf.

»Bemühen wir uns einfach darum, nichts zu verlieren«, meinte Perseus säuerlich, der das Sturmgewehr wieder in seiner Wandklammer einrasten ließ. »Ich vermisse hier übrigens die Smart Guns. Ich hätte gern, dass Sie unsere Kollegin Helena mit einer solchen Waffe ausstatten.«

Lena erinnerte sich an die entsprechende Pistole, die man ihr damals in Schweden zur Verfügung gestellt hatte. Ihr wesentliches Merkmal bestand darin, dass ein Fingerabdrucksensor verhinderte, dass sie durch Dritte benutzt oder zweckentfremdet werden konnte. Perseus glaubte doch nicht etwa, dass sie ihre Waffe verlieren könnte?

»Oh, Pollux hat alle Smart Guns jüngst in die Wartung gegeben.« Kastor blickte sich suchend um. »Sie sollten längst zurück sein. Nur frage ich mich, wo er den Koffer abgestellt hat …?«

»Mir wurde zugesagt«, meldete sich Elektra zu Wort, »dass Bob über Umwege ebenfalls noch heute auf die Insel überführt wird.«

»Bob?« Der Brite blickte sie verwundert an. »Ihnen wird sich noch jemand anschließen?«

»Elektras Quadrokopter«, beantwortete Lena die Frage.

»Aber ja, entschuldigen Sie bitte.« Kastor eilte zu einem fassbreiten Rohr in einer Hallenecke, das über eine große Klappe sowie ein Steuermodul verfügte. »Ihre Drohne wurde heute Morgen mit einem Spezialflugzeug ins Kontor gebracht, und ich habe sie natürlich sofort hierher überführt. Und zwar mittels unseres *Pneumatic Dispatch Railways*«, er zwinkerte ihnen zu. »Vielleicht haben Sie schon einmal von dieser Einrichtung gehört? Die legendäre Londoner Rohrpostleitung.«

»War die nicht vor hundertfünfzig Jahren in Betrieb?«, fragte Elektra erstaunt.

»Ja. 1874 offiziell eingestellt. Allerdings waren Teile des Röhrensystems noch intakt, und so hat A.R.G.O.S. das System grunderneuert und mit neuen Druckluftkompressoren ausgestattet, um die Leitung für unsere Zwecke zu nutzen.« Er öffnete die Klappe, lächelte breit und wuchtete einen Lena gut bekannten schwarzen Hartschalenkoffer aus der Röhre, den er mühsam auf dem Boden abstellte. »Bitte sehr!«

Elektra eilte zu ihm, öffnete den Koffer und schnaubte angesichts des Inhalts zufrieden.

»Ich denke, wir kommen hier ansonsten klar«, erklärte Kirke, die mit wiegendem Schritt neben Elektra trat. »Sollten wir noch etwas vermissen, setzen wir es auf die Liste mit den Smart Guns. Kommen wir besser gleich zu der alles entscheidenden Frage: Haben die hiesigen Kollegen den Aufenthaltsort von Nikolai Alexejewitsch Sokolow ausfindig gemacht? Sie wurden ja darüber informiert, dass sich KSC-7 schon in Kürze mit ihm treffen will. Ohne diese Information können wir die ganze Operation auch gleich wieder abblasen.«

»Pollux ist da selbstverständlich schon dran.« Kastor zückte sein Smartphone und blickte auf das Display. »Eigentlich sollte er sich schon längst gemeldet haben. Warten Sie.«

Er tippte eine Nummer und lächelte aufbauend in die Runde.

»Sie wissen«, fragte er, »dass Sokolow früher Immobilienmakler war und demzufolge über Leichen geht?«

»Ja, wissen wir«, antwortete Kirke.

Der Brite straffte sich, da sein Zwillingsbruder jetzt dran ging.

»Ja, hier Kastor. Ich bin mit den Agents bereits in der Faktorei … Nein, du solltest eigentlich mich anrufen, nicht ich dich …« Er verdrehte leicht die Augen. »Lassen wir das. Die Agents wissen über uns zwei Bescheid. Wir … Nein, ich habe mich *nicht* verraten … Meine Güte, Pollux«, brauste Kastor verärgert auf, »ich wurde auch nicht gefoltert: *Sunday Roast, Sunday Roast!*«

Aufgebracht wandte er sich von ihnen ab und senkte die Stimme.

»Nein, verdammt, das ist kein Code, sondern das Safewort, das wir beide vor zwei Jahren ausgemacht hatten, dass auf meiner Seite alles in Ordnung ist. Erinnerst du dich? … Na endlich. Danke.«

Perseus, der nach einem ausgiebigen Blick auf das schnittige Speedboot im Becken ebenfalls herangetreten war, räusperte sich ungeduldig.

»Äh«, Kastor sah verlegen zu dem Algerienfranzosen auf. »Pollux, ich stelle dich jetzt mal auf laut. Das Team hat, wie du weißt, noch einige wichtige Fragen.«

Der Brite tippte auf das Bedienfeld des Handys, und eine Männerstimme tönte aus dem Gerät, die jener von Kastor glich.

»Willkommen in London, Agents. Ich hoffe, Sie haben alles zu Ihrer Zufriedenheit vorgefunden?«

»Hier Perseus. Danke, alles soweit bestens«, antwortete der Algerienfranzose geduldig. »Es gibt hier zwar noch ein, zwei Dinge, die wir vermissen, aber …«

»Genau, wo hast du die Smart Guns versteckt?«, mischte sich Kastor wieder ein. »Im Waffenregal sind sie nicht.«

»Oh, sorry«, schallte es aus dem Lautsprecher. »Ich glaube, die liegen noch im Kontor.«

»Glaubst du oder weißt du es?«

»Sie *sind* hier«, kam es verärgert zurück.

»Die hätten längst wieder in der Faktorei sein sollen.«

»Meine Güte«, stöhnte Pollux auf der anderen Seite der Leitung. »Stell dich nicht so an. Ich schicke sie euch gleich via Rohrpost.«

»Trotzdem, das ist jetzt schon das wievielte Mal, dass so was passiert? Ständig muss ich hinter dir herräumen.«

»Na komm, dafür darfst du immerhin meine Katze betreuen.«

»Ja, schon seit zwei Jahren«, giftete Kastor. »Das ist jetzt *meine* Katze!«

»Sie beide sollten wirklich an Ihren *Reibungsverlusten* arbeiten.« Perseus entriss Kastor ungeduldig das Smartphone und hielt es sich vor die Lippen. »Pollux, alles, was uns interessiert, ist, ob die Aufklärung den Aufenthaltsort von Nikolai Alexejewitsch Sokolow feststellen konnte.«

»Ehrlich gesagt wissen die nicht mehr, als dass er sich derzeit in London aufhält«, antwortete ein niedergeschlagen klingender Pollux.

»Das ist doch wohl nicht Ihr Ernst?« Perseus' Augen verengten sich.

»Ich wünschte, es wäre anders«, seufzte Kastors Zwillingsbruder. »Gerüchteweise hat es vor Kurzem einen Attentatsversuch auf ihn gegeben. In seinem privaten Domizil in Mayfair hat er sich daher schon seit Tagen nicht mehr blicken lassen, ebenso wenig bei den anderen Adressen, die wir mit ihm in Verbindung bringen können. Allerdings liegen uns Hinweise vor, dass er seine Geschäfte derzeit vom Scorpio Club aus leitet. Der Club gehört ihm.«

»Ist das ein Musikclub?«, mischte sich Kirke in das Gespräch ein.

»Nein, ein Nachtclub im Vergnügungsviertel Soho, der in gewissen Kreisen einen besonderen Ruf genießt. Genauer gesagt …«, Pollux räusperte sich, »steht der Besuch des Clubs nur eingetragenen Mitgliedern offen. Und diesen Status erringt man ausschließlich durch Empfehlung eines anderen Mitglieds.«

»Was sind das für Mitglieder?«, fragte Perseus misstrauisch. »Lokale Unterweltgrößen?«

»Nein, das, äh, ist vielmehr ein BDSM- und Swingerclub für Wohlsituierte.«

Lena spürte, wie ihr Gesicht Farbe annahm.

»Die Mitglieder stammen vornehmlich aus der Londoner High Society«, fuhr der Brite fort. »Die natürlich allesamt auf entsprechender Diskretion bestehen. Und die weiß Sokolow besser zu wahren als irgendjemand sonst in der Szene.« Der Agent seufzte. »Und da ist noch ein Problem: So einfach kommt man da gerade heute auch als Mitglied nicht rein. An diesem Abend findet da eine besondere Veranstaltung statt, zu der die Mitglieder spezielle Einladungskarten mit fälschungssicheren Hologrammen erhalten haben. Unser Versuch, kurzfristig an eine dieser Einladungen heranzukommen, war leider vergeblich. Hinzu kommt, dass der Laden gut bewacht wird. Sie wissen, dass Sokolow früher Immobilienmakler war und demzufolge über Lei…«

»Ja, wissen wir«, unterbrach ihn Perseus gereizt. »Wie schlagkräftig ist die Security des Clubs?«

»Wir gehen von mindestens einem Dutzend Männer und Frauen aus. Zu den Mitgliedern zählen schließlich viele Prominente.«

»Okay. Und was für eine Veranstaltung ist das genau?«, hakte Kirke nach.

»Das haben wir im Detail nicht herausfinden können. Es ist lediglich bekannt, dass dort heute Abend Kostümzwang herrscht.«

»Kostümzwang?«

»Na ja, Sie wissen schon«, erklärte Pollux leichthin. »Was man in diesen Kreisen halt so trägt. Oder eher … nicht trägt. Andererseits sollte Ihnen das im Zweifel dabei helfen, sich dort inkognito unterzumischen.«

»Ja, aber dazu müssten wir es irgendwie schaffen, an der Security vorbeizuschlüpfen«, meinte Kirke nachdenklich. »Wie viele Zugänge hat der Club?«

»Soweit ich weiß, nur zwei.« Pollux seufzte. »Abgesehen natürlich von der Feuertreppe. Alle Ein- und Ausgänge werden jedoch gut bewacht.«

»Es muss doch einen Gebäudeplan für diesen Club geben?«, fragte Perseus.

»Sicher … nur haben wir den noch nicht«, meinte der Brite etwas verlegen. »Die Information, dass Sokolow sicher in London weilt, konnte erst vor einer Stunde durch einen zweiten Kontakt bestätigt werden. Die Kollegen sind aber schon dabei. Insofern …«

»Elektra!« Kirke nickte der Lettin zu.

»Schon unterwegs.« Die Lettin zog Kastor tatendurstig mit sich zu seinem Schreibtisch, wo sie ihren Laptop aufbaute. »Das Passwort für Ihr WLAN, bitte. Den Rest können Sie mir überlassen.«

»Gut, das war's fürs Erste«, sprach Perseus ins Handy. »Und, Pollux: Denken Sie bitte noch an die Smart Guns.«

Er drückte das Gespräch weg und trat ebenso wie Lena, Kirke und Kastor hinter Elektra, die längst online gegangen war, einige ihrer Spezialprogramme aufrief und sich mit fliegenden Fingern auf die Webseiten der Londoner Stadtverwaltung stürzte.

Es dauerte keine zehn Minuten, und sie hatte, was sie wollte: einen vollständigen Plan des Gebäudes, das den Scorpio Club beherbergte.

Kastor druckte ihn aus, und sie beugten sich darüber.

»Wow!«, meinte Lena beeindruckt. »Der Club ist ja riesig. Der erstreckt sich über gleich zwei Etagen und hat ganz schön viele Räume. Sogar einen Pool gibt's da, wenn ich das richtig deute. Für wie viele Gäste ist der, bitte?«

»Soweit ich weiß«, murmelte Kastor, »hat der Scorpio Club fast zweihundertfünfzig solvente Mitglieder.«

»Woher wissen Sie das?«, fragte Kirke.

»Durch eine Observierungsmission, die dort vor einem halben Jahr stattfand. Wie viele heute anwesend sein werden, kann ich nicht sagen. Aber es werden auch von denen nicht immer alle gleichzeitig da sein.«

»Nur müssen wir da zusätzlich noch irgendwie unentdeckt hineingelangen«, murmelte Kirke. »Wie steht es in der Faktorei eigentlich mit Kostümen?«

»Kostüme?«, wiederholte Kastor die Frage etwas steif. »Also, das eine oder andere haben wir hier natürlich vorrätig. Nur vermutlich nichts, was sich für, äh, für eine solch pikante Veranstaltung eignet. Ich muss auch zugeben, dass bislang noch keiner unserer Agenten auf solch ein Event musste. Aber ... das ist Soho. Und zufällig, äh, weiß ich, dass es in der Nähe des Clubs einen Erotikshop samt kleiner Boutique gibt, wo sie sich sicher rasch mit dem Notwendigsten eindecken können.«

»Okay, das sollte in Ordnung gehen.« Kirke nickte. »Bleibt noch immer die Frage, wie wir da überhaupt unerkannt hineingelangen?«

Sie beugte sich näher über die Grundrisse. »Die Shops und Läden im Erdgeschoss fallen aus. Keine Verbindung zum Club darüber. Nicht einmal ein Treppenhaus. Der Vordereingang des Clubs fällt ebenfalls aus. Zu eng. Da kommen wir unmöglich an der Security vorbei, ohne gecheckt zu werden. Was ist mit dem Lieferanteneingang da an der Seite?«

»Sie sehen ja selbst«, meinte Kastor. »Der liegt in einem Innenhof. Es dürfte ohne Mithilfe der Agency äußerst schwer werden, Kameras und Security zu umgehen.«

Kirke seufzte. »Die Feuertreppe ... können wir wohl auch vergessen. Von der Straße aus einsehbar. Dennoch. Da *muss* es doch noch andere Zugänge geben. Bautechnisch wäre das doch ...« Die Griechin verstummte, beugte sich dichter über die Karte und deutete auf eine Stelle auf der rückwärtigen Seite des Clubs. »Was ist das da?«

»Auf der Rückseite des Gebäudes? Eine Autowerkstatt«, erklärte Elektra.

»Ja, das sehe ich ebenfalls«, wiegelte Kirke ab. »Nein, ich meine das da!«

Sie wies auf zwei fensterlose Räumlichkeiten, die nebeneinander lagen, und von denen eine zu der Werkstatt, die andere jedoch zu dem Club gehörte.

Auch Lena beugte sich über die Karte. »Ist das nicht das Symbol für eine Feuerschutztür?«

»Exakt!« Die Griechin nickte. »Die Gebäudeteile vorne und hinten sind also doch miteinander verbunden.«

»Darauf würde ich mich nicht unbedingt verlassen«, merkte Kastor an. »Diese Pläne sind einige Jahre alt. Und Sokolow lässt das Etablissement angeblich immer mal wieder umbauen. Sollte es diese Metalltür tatsächlich noch geben, dann wird die garantiert verriegelt sein.«

Lena, Kirke und Elektra blickten zu Perseus auf, der nachdenklich die Lippen aufeinanderpresste.

»Wenn Sokolow wirklich so viele Feinde hat«, knurrte er, »ist das vermutlich das Mindeste, mit dem wir rechnen müssen. Andererseits kann ich mir kaum vorstellen, dass er für die Tür da unten ständig Security abstellt.«

»Aufsprengen?«, fragte Elektra.

»Besser nicht.« Er wog sein Haupt. »Sieh doch: Der Raum liegt unweit dieses großen Saals im Stockwerk drüber. Da in der Nähe ist auch eine Küche verzeichnet. Ich tippe daher auf eine Art Lager. Sprengen wir die Tür auf, könnte man die Explosion oben hören.«

Kirke richtete sich wieder auf, und sie, Perseus und Elektra blickten einander missmutig an.

»Wenn wir uns an der Security vorbei unter unsere BDSM-Freunde mischen wollen«, erklärte Kirke, »dann müssen wir da aber durch.«

Perseus und Elektra warfen sich scheele Blicke zu, und Elektra seufzte.

»Jemanden aus dem Kontor für den Job anzufordern«, fragte die Lettin, »kommt wohl nicht in Frage, oder?«

Perseus schüttelte den Kopf. »Nein. Niemand sonst in London darf wissen, dass wir hier sind.«

Kirke stieß einen missmutigen Laut aus.

»Dann sind wir uns einig?«, fragte Perseus nach einem kurzen Blick in die Runde.

»Worin einig?«, fragte Lena verwirrt.

»Darin«, antwortete der Algerienfranzose zögerlich, »dass wir uns einen vertrauenswürdigen Schlüsseldienst besorgen müssen. Allerdings wird das ganz schönen Ärger geben.«

*

Lena sah durch die transparente Fahrgastkabine dabei zu, wie sich Kastor vorn am Steuer des Black Cab in den abendlichen Verkehr auf der Shaftesbury Avenue einreihte.

Natürlich fuhr sie nicht zum ersten Mal mit einem dieser berühmten schwarzen Taxis, die mit ihren auffälligen Kotflügeln, den hohen Kabinen und den knopfartig anmutenden Scheinwerfern wie aus der Zeit gefallen wirkten. Dieses Fahrzeug entstammte jedoch dem Fuhrpark einer geheimen A.R.G.O.S.-Garage im Londoner Stadtteil Holborn. Und Kastor trug sogar Anzug und Melone, damit sie, Elektra und Kirke, als einfache Touristinnen durchgingen. Der Einzige, der fehlte, war Perseus. Er war bereits vor einer halben Stunde mit einem Motorrad vorausgefahren, um die Werkstatt hinter dem Club zu sondieren.

Kirke und Kastor unterhielten sich vorne leise, Elektra neben ihr studierte den Grundriss des Scorpio Clubs, und Lena betrachtete die noch immer vom Regen glänzende Fahrbahn. Sie versuchte, sich mental auf ihren Einsatz vorzubereiten.

Die anderen wussten das natürlich nicht, aber es war das erste Mal, dass sie dem berühmten Vergnügungsviertel Soho einen Besuch abstattete. Amüsements jener Art, wie sie dort und in anderen Rotlichtvierteln Europas geboten wurden, hatten eben nicht gerade zu den üblichen Gepflogenheiten ihres einstigen Chefs gehört. Entsprechend war ihr angesichts dessen, was speziell in diesem Scorpio Club auf sie zukam, doch ein klein wenig unpässlich zumute.

Wobei mulmig vermutlich der bessere Ausdruck dafür war.

Swingen und Sadomaso also …

Sie war da natürlich völlig offen.

Sollten die Leute doch treiben, was sie wollten.

Sie hatte sich in ihrer Teenagerzeit ja auch schon mal in zwei Typen gleichzeitig verschwärmt: Rüdiger und Sven. Damals hätte sie sich ebenfalls gut vorstellen können, sich von Rüdiger mit seinem Wahnsinnsbody verwöhnen zu lassen, während ihnen Sven, der jetzt eher nicht sooo gut aussah, aber eine unglaublich erotische Stimme hatte, aus *Ich bin dein: Geheime Sehnsucht* von Tara Sue Me vorlas. Leider waren weder der eine noch der andere an ihr interessiert gewesen. Was vermutlich an dieser dämlichen Zahnspange gelegen hatte, die sie so lange hatte tragen müssen. Und natürlich auch daran, dass sie nie so kühn wie ihre Schwester Sophia gewesen war, die mindestens schon zwei Dreier, zahllose One-Night-Stands und auch mehrere Affären gleichzeitig gehabt hatte. Wobei Letzteres, bei genauer Betrachtung, sogar der Normalzustand bei ihr war.

Unglücklicherweise war das nicht alles, was sie in diesem Club erwartete.

Lena fehlte es zwar an Praxis, aber sie hatte da natürlich ziemlich konkrete Vorstellungen. Immerhin hatte sie *Shades of Grey* gelesen. Natürlich alle drei Bände, und zwar gleich zweimal. Allerdings machte es das irgendwie nicht besser. Denn die Aussicht, das alles schon bald real life zu erleben, brachte sie nur noch mehr ins Schwitzen. Insbesondere in dieser Daunenjacke, die sie sich wegen des nasskalten Wetters da draußen über ihre Einsatzkleidung gestreift hatte.

Unauffällig fuhr sie daher die Seitenscheibe runter, um sich etwas Kühlung zu verschaffen. Eine Erfrischung, die angesichts der Bilder, die ihr Gemüt geradezu erhitzten, auch dringend nötig war. Dabei fiel ihr Blick auf die südlich der Hauptverkehrsader gelegenen Straßenzüge Chinatowns, in denen sogar die Straßenschilder chinesische Bezeichnungen aufwiesen. Leider trugen die leuchtend roten Lampions und Banner, die dort vorüberzogen, nicht gerade dazu bei, sie auf andere Gedanken zu bringen.

Ganz im Gegenteil.

Ihr wurde nur noch flauer zumute.

Gott, was hätte sie im Augenblick darum gegeben, wenn sie lediglich zu einer ihrer üblichen Schießereien gefahren wären.

»… solltest du dann besser ausziehen«, erklärte Elektra.

»Ausziehen? Klar, kein Problem!«, schreckte Lena aus ihren Gedanken. »Ich bin ja Profi. Aber eins sage ich dir gleich: Auspeitschen lasse ich mich nicht! Auf gar keinen Fall! Wenn überhaupt, dann nur ein paar Klapse. Also, Klapse wären schon okay, bei genauerem Nachdenken. Aber …«

Kirke vorn auf dem Beifahrersitz drehte sich verblüfft zu ihr um, und selbst Kastor warf ihr durch den Rückspiegel einen erstaunten Blick zu.

»Das … ist zwar interessant, aber ich meinte eigentlich deine Daunenjacke.« Elektras Lippen zuckten verdächtig. »Da ihr euch eh neu einkleiden müsst, lasst ihr besser alles im Wagen, was ihr nachher nicht benötigt.«

»Äh … ja. Klar. Mir ist eh etwas heiß. Also, ich meine …« Lena spürte, wie ihr das Blut ins Gesicht schoss, und war nur froh, dass Perseus nicht anwesend war – als sie begriff, was ihre Freundin damit noch andeutete. »Warte mal, du kommst gar nicht mit in diesen Club?«

»Du scheinst vorhin nicht richtig zugehört zu haben.« Die Lettin grinste inzwischen offen. »Ich leiste euch von außerhalb mit Bob Unterstützung.«

»Na toll.« Lena sah sie missmutig an. »Das heißt, Perseus, Kirke und ich müssen da nachher allein rein?«

Elektras Grinsen verebbte, stattdessen lehnte sie sich mit einem schweren Seufzer zurück. »Vielleicht auch nicht. Warten wir es ab …«

Auch Kirke vorn schien den Blickkontakt mit ihr zu meiden.

Was sollte das?

»Geht es schon wieder um diesen ominösen Schlüsseldienst?«, fragte Lena misstrauisch.

Schon die ganze Zeit über gaben sich ihre Mitstreiter bei diesem Thema ziemlich wortkarg. Und allmählich befürchtete sie, dass es sich dabei um eine ähnlich unangenehme Instanz handelte wie dieser Revisor.

»So, Cambridge Circus!«, machte Kastor auf sich aufmerksam, bevor Lena der Angelegenheit weiter auf den Grund gehen konnte. »Wir haben unser Ziel gleich erreicht!«

Er querte die von zahlreichen Autos befahrene Kreuzung, und sie fuhren einen exotisch beleuchteten Straßenzug entlang, in dem angesichts der Jahreszeit und obwohl es erst kurz nach 21 Uhr war, bereits das Nachtleben pulsierte. Am Straßenrand tummelten sich Einheimische und Touristen, Lenas Blick fiel auf Pubs, Asia-Märkte, Peepshows, Handy-Shops und Schnellimbisse. In den Seitenstraßen waren grell blinkende Aushängeschilder zu erkennen, die für Restaurants, Table-Dance-Schuppen, Schwulen- und Lesbenkneipen, Musikclubs, einschlägige Video- & Book-Stores, Bordelle und mindestens ein Travestie-Theater warben.

Kastor fuhr gerade an einem großen Plakat für ein Musical vorbei, als er die Geschwindigkeit verlangsamte. »Augen nach rechts. Das da ist der Scorpio Club!«

Lena verrenkte sich fast den Hals, um den Laden näher in Augenschein zu nehmen. Das mehrgeschossige Etablissement lag in einem älteren Gebäude unmittelbar an einer Straßenecke. Seine auffälligsten Kennzeichen waren neben einer altertümlichen Feuertreppe ein großes Baugerüst mit blauen Planen an der Außenfassade, das rechter Hand an ein Parkhaus in der Nebenstraße grenzte. Zur Hauptstraße hin waren schummrig beleuchtete Fensterreihen auszumachen, zwischen denen ein großer Skorpion aus roten Neonröhren samt der Clubbezeichnung prangte: SCORPIO CLUB.

Langsam fuhr Kastor an dem schmalen und von dämmrig rotem Licht erfüllten Treppenzugang des Clubs vorbei, vor dem trotz der Dunkelheit zwei breitgebaute Kerle in dunklen Anzügen und Sonnenbrille zu sehen waren.

Unmittelbar vor dem Eingang parkte eine schwarze Stretchlimousine samt blasiert wirkendem Chauffeur, der soeben einem Pärchen öffnete, das vom Alter her Mutter und Sohn hätte sein können. Sie war eher klein und pummelig, er hingegen ein aufgepumpter Wasserstoffblonder mit Goldkettchen. Die beiden trugen Taschen, in denen sich vermutlich ihre Kostüme befanden, und die Security geleitete sie rasch zum Eingang, wo sie verschwanden.

»Zu der rückwärtig gelegenen Werkstatt gelangen Sie, wenn Sie der Gasse dort hinten folgen«, erklärte Kastor. Er fuhr an dem Club vorbei und wies mit dem Kinn zu einer schmalen Nebenstraße etwa zwanzig Meter voraus. »Da befindet sich auch der Erotikshop, von dem ich sprach: nennt sich *Toy Dog Palace*. Kaum zu übersehen.« Er nestelte kurz an seiner Brille. »Natürlich bleibe ich vor Ort, um Sie alle gegebenenfalls unterstützen zu können. Ich bin über Funk erreichbar.«

»Und wo finden wir Sie?«, fragte Kirke.

Kastor hielt jetzt vor einem Imbiss mit indischen Spezialitäten und deutete zwischen den vorbeifahrenden Autos hindurch zu einem Bestatter auf der anderen Straßenseite, der eingeklemmt zwischen einer Wäscherei und einem Reisebüro lag.

»Ich bin dort drüben, da vor wenigen Tagen meine Frau gestorben ist.«

»Das tut mir so leid«, meinte Lena bestürzt. »Das wusste ich nicht.«

»Unsinn, das ist Teil meiner Tarnidentität, falls ich auffliege.«

»Ach so.«

»Für Ihre Kollegin habe ich auch schon einen unauffälligen Ort. Die sollte sich am besten …«

»Machen Sie sich um mich keine Gedanken«, unterbrach ihn Elektra. »Bob und ich werden uns im Parkhaus neben dem Club einrichten.«

»Wie Sie wünschen. Dann viel Erfolg!«

Lena, Elektra und Kirke stiegen aus dem Wagen, Kastor reichte ihnen Elektras Drohnenkoffer sowie die beiden Taschen mit ihrer Ausrüstung, und Lena ließ etwas widerwillig auch ihre Daunenjacke zurück. Dann fuhr er wieder an, und Lena und ihre Mitstreiterinnen sahen dem Black Cab nach, bis das Fahrzeug im Verkehr verschwunden war.

»Hat sich Perseus schon gemeldet?«, wollte Elektra wissen, kaum, dass eine deutlich angeschickerte Gruppe junger Frauen vorübergezogen war, die im Viertel garantiert ihre Hen Night verbrachte.

»Ja, hat er.« Kirke blickte zurück zum Clubeingang, wo nun ein Lamborghini mit weiteren Clubmitgliedern vorfuhr. »Er hat die Werkstatt bereits gecheckt. Diese Feuerschutztür existiert tatsächlich.«

»Hat er bereits ...«

»Ja, hat er«, unterbrach Kirke Elektra eine Spur zu schnell.

»Oh Mann«, seufzte Elektra. »Ich beneide euch wirklich nicht.«

»Was sein muss, muss sein. Alle bereit machen!«, kommandierte die Griechin.

Lena, die die beiden misstrauisch beäugte, checkte nun ebenfalls unauffällig ihre In-Ear-Kopfhörer.

»Also, rüber ins Parkhaus mit dir«, wies Kirke Elektra an. »Du dürftest eh noch ein bisschen Zeit haben, bis wir so weit sind.«

Elektra schnappte sich ihren Drohnenkoffer. »Ich werde da sein, wenn ihr mich braucht. Dass es hilfreich für mich wäre, wenn ihr da drinnen eure Smart Glasses tragt, brauche ich euch vermutlich nicht zu sagen.«

»Du wirst mitkriegen, wenn wir Gelegenheit finden, sie einzusetzen.« Kirke wandte sich an Lena, während Elektra davoneilte. »Also los.«

Sie marschierten mit ihren Taschen in die Seitengasse, in der ihnen eine Gruppe Vergnügungssüchtiger entgegenkam. Sie passierten Kneipen und Spielautomatenläden, die Lena fatal an das Orakel in Griechenland erinnerten, und tatsächlich kamen sie irgendwann an diesem Erotikshop vorbei, von dem Kastor gesprochen hatte.

Kirke warf einen kurzen Kontrollblick ins Schaufenster des *Toy Dog Palace*, in dem neben Massagestäben, Dildos, Nippel-Klemmen und Plüsch-Handschellen auch eine Puppe samt freizügigem grünem Uniform Dress ausgestellt war.

»Sieht ganz so aus, als würden wir hier fündig«, murmelte sie. »Weiter. Perseus wartet.«

Sie beide eilten die Gasse mit den Geschäften und Läden weiter hinunter, bis sie das Ende des Blocks erreicht hatten, in dem der Club lag. Auf der Rückseite erwartete sie ein düsterer Straßenzug, der kaum einen größeren Kontrast zu den schrillen Flaniermeilen des Viertels hätte bieten können. Hier gab es kaum Straßenlaternen, allerorten parkten wild abgestellte Fahrzeuge, außerdem roch es trotz des gerade erst gefallenen Regens bestialisch nach Urin.

Allerdings schien Lena wieder einmal die Einzige zu sein, die den Geruch überhaupt wahrnahm. Ein Betrunkener torkelte ihnen entgegen, dem sie gekonnt auswichen, irgendwo über ihnen schallte Popmusik aus einem Fenster, und zwei Minuten später standen sie vor dem Eingang des Hinterhofs mit der gesuchten Autowerkstatt. Der Platz wurde von einer hohen Ziegelmauer samt Toreinfahrt umgrenzt.

Natürlich waren die Flügel der Durchfahrt verschlossen. Allerdings entdeckte Lena nicht weit entfernt, im Schatten einer trüben Laterne, Perseus' schwarze Triumph. Sie wies Kirke unauffällig auf das Motorrad hin, und diese nickte.

»Wir sind da«, flüsterte die Griechin in ihr Mikro.

»Komme!«, erschallte die Stimme des Algerienfranzosen auch in Lenas In-Ear-Kopfhörern zur Antwort.

Jemand machte sich auf der anderen Seite der Durchfahrt zu schaffen, einer der Torflügel schwang ein Stück weit auf, und sie erblickten im Zwielicht Perseus mit hochgeschobener Motorradmaske.

Er winkte sie zu sich, und sie schlüpften auf einen verschatteten Hinterhof, auf dem vier Fahrzeuge vor dem geschlossenen Rolltor einer Werkstatthalle geparkt waren. In einer Ecke des Hofs stapelten sich Reifen. Lenas Blick glitt über einen offen stehenden Abfallcontainer mit Öldosen und anderem Müll, dann folgte sie Perseus und Kirke hinüber zu einer Bürotür auf der gegenüberliegenden Seite des Hofs, hinter der ein dämmriges Licht brannte.

»Hier, aufsetzen!«, forderte Perseus sie auf, bevor er seine Sturmhaube wieder runterzog und die Tür öffnete.

Lena streifte sich ebenso wie Kirke eine der Motorradmasken über, und folgte ihren beiden Mitstreitern ins Innere des Anbaus. Dort war nun auch der Grund für die Vorsichtsmaßnahme zu sehen. Der abgedunkelte Büroraum barg nicht nur Werkzeuge und einen zugemüllten Schreibtisch samt Computer, sondern linker Hand auch zwei gefesselte und geknebelte Männer, die verängstigt zu ihnen aufblickten.

»Leider war die Werkstatt noch in Betrieb, als ich ankam«, murmelte Perseus.

Ohne die zwei weiter zu beachten, führte er sie über einen Korridor tiefer ins Gebäude, der an eine verdreckt wirkende Küche und eine bestialisch stinkende Toilette grenzte. Sein Ziel war ein Lagerraum mit Tür zur benachbarten Werkstatthalle, in dem sich Autoteile, Schmiermittel, Lappen und Werkzeuge befanden. Obwohl es hier sicherlich nach Metall, Leder und Öl müffelte, roch Lena nichts davon. Sondern ausschließlich den ekelerregenden Duft aus dem Klo hinter ihr.

Es war zum Verzweifeln. Warum ließen sich viele dieser Typen so gehen, wenn sie unter sich waren?

Immerhin, Perseus hatte hinten bereits eines der Regale an der rückwärtigen Wand beiseitegeschoben, sodass sie freien Blick auf jene alte verrostete Feuerschutztür hatten, die den hiesigen Teil des Wohnblocks mit dem unter dem Scorpio Club verband.

»Schon probiert, die zu öffnen?«, fragte Lena.

»Natürlich.« Perseus schnaubte missmutig. »Leider ist das Mistding wie erwartet verschlossen. Ich befürchte sogar, dass die Tür von der anderen Seite zugeschweißt wurde.«

»Also tatsächlich schlimmer als erwartet.« Kirke atmete tief unter ihrer Maske ein und blickte zurück zum Büro. »Wie steht es um unseren Schlüsseldienst?«

»Längst verständigt«, antwortete Perseus. »Ich hab das einen von den Typen drüben erledigen lassen. Er hätte sonst sicher meine Stimme erkannt. Und ich habe ihm einhundert Pfund extra versprechen lassen, wenn er hier so schnell wie möglich aufkreuzt.«

»Einhundert Pfund?« Kirke schnaubte. »War das nicht ein bisschen auffällig?«

»Glaubst du, er verhält sich jetzt anders als andere Handwerker? Ich wollte nicht riskieren, dass er erst morgen oder in einer Woche aufkreuzt.«

»Und dann? Er wird doch sofort wieder abhauen, wenn er einen von uns erblickt.«

»Na ja.« Perseus betrachtete Lena. »Ich hab mir gedacht, wir schicken Helena vor. Du weißt doch, dass er sie mag.«

»Könnt ihr mir jetzt endlich mal verraten, wovon ihr sprecht?«, fragte Lena böse.

Jenseits des Hofs blendete in diesem Moment Scheinwerferlicht bis ins Büro auf, das kurz darauf abgedunkelt wurde. Es folgte ein knappes Hupen.

»Sieht so aus, als wäre er tatsächlich gekommen«, stöhnte Kirke. »Schnell, lasst uns rausgehen, bevor er wieder abrauscht.«

»Er ist doch kein Paketbote«, widersprach Perseus, während die beiden Lena zurück zum Hof drängten und dort ihre Sturmhauben abstreiften.

»Ich will jetzt endlich wissen, was das hier alles soll?«, fauchte Lena die beiden an.

»Pass auf.« Kirke beugte sich zu ihr. »Lass ihn rein und tu am Anfang so, als wüsstest du von nichts. Ich meine, du weißt ja wirklich nichts. Das spielt uns in die Hände. Und dann machst du einfach das, was du immer tust: Du lässt deinen Lena-Charme spielen.«

»Hauptsache, du denkst daran, wie wichtig das alles hier ist«, mahnte Perseus. »Und wenn du die Wogen etwas geglättet hast, dann kommen Kirke und ich hinzu und wir …«

»Ich fasse es nicht!«, zürnte eine Lena vertraute Stimme in der Hofeinfahrt. Aus dem Schatten der Durchfahrt trat eine kräftige Gestalt in Blaumann und Werkzeugkasten ins Dämmerlicht. Die roten Haare, die Sommersprossen und der Fransenbart … endlich begriff Lena, wen ihre Freunde verständigt hatten.

»Daedalos!«, rief sie erstaunt. »*Du* bist der Schlüsseldienst?«

Auch der Ire starrte sie überrumpelt an.

Sie eilte erfreut auf ihn zu, doch der irische Einbruchsexperte stoppte sie mit einer energischen Handbewegung.

»Verdammte Scheiße! Das kann doch wohl nicht wahr sein«, fuhr er Perseus und Kirke an. »Ihr wusstet also, dass ich jetzt in London lebe? Natürlich wusstet ihr das, warum frage ich überhaupt.« Wütend ließ er den Werkzeugkasten fallen. »Ich hätte bereits bei den einhundert Pfund extra stutzig werden müssen. Keine Sau zahlt so viel ohne Hintergedanken. Und jetzt schickt ihr Feiglinge auch noch Lena vor?«

»Also, streng genommen musst du mich jetzt eigentlich Helena nennen«, meinte Lena unsicher.

»Daedalos«, versuchte Perseus zu beschwichtigen. »Wir …«

»Nix da mit *Daedalos*!«, fuhr ihn der Ire erbost an. »Daedalos gibt's nicht mehr. Ebenso wenig, wie eure Überredungsversuche bei mir fruchten. Damals nicht. Und heute auch nicht. Ich dachte, ich hätte euch klargemacht, dass meine Entscheidung feststeht. Schon vergessen? Der verdammte Job hätte mich letztes Jahr fast meine Familie gekostet.«

»Das wissen wir«, versuchte Kirke zu beschwichtigen. »Und wenn wir irgendeine andere Wahl hät…«

»Nein, Kirke! Es geht nicht«, brauste Daedalos auf. »Caitlin hat sich fast von mir scheiden lassen. Sie hat mein Wort. Niemand kann mir garantieren, dass so was nicht noch mal passiert. Glaubt ihr, ich hätte Irland ohne Grund verlassen? Wir sind dabei, uns hier ein neues Leben aufzubauen. Ich kann sie nicht noch einmal in Gefahr bringen.«

»H.A.D.E.S. ist zurück!«, meinte Perseus tonlos.

Daedalos verstummte.

»Wir müssen sogar davon ausgehen«, fuhr der Algerienfranzose fort, »dass das Syndikat damals die Strippen hinter Pichlers Putschversuch gezogen hat.«

Der Ire atmete tief ein, schüttelte dann aber den Kopf.

»Okay. Selbst wenn. Du könntest mir auch erzählen, dass Dr. Mabuse zurück ist. Das alles ist jetzt nicht mehr mein Problem.«

»Echt? Doktor Mabuse existiert wirklich?«, fragte Lena überrascht.

»Keine Sorge, der liegt schon seit Jahren gut bewacht in einer Kryokammer«, murmelte Kirke, während Perseus einen Schritt auf Daedalos zuging.

»Leider geht es nicht bloß um H.A.D.E.S.«, meinte er unglücklich. »Auch Shadow ist zurück. Und es sieht ganz so aus, als arbeite sie heute für das Syndikat.«

Daedalos starrte ihn eine Weile an, drehte sich wie in Zeitlupe zu einer der Mülltonnen um und trat zornig dagegen.

»Das darf doch alles nicht wahr sein!« Daedalos kickte die Tonne zwei weitere Male. »Scheiße! Verdammte Scheiße! Wieso müsst ihr mich da unbedingt mit reinziehen? Warum? Warum? Warum?!«

Lena sah, wie sich Perseus und Kirke Blicke zuwarfen, in stummer Eintracht abzuwarten, bis sich der Wutanfall des Iren gelegt hatte.

Daedalos atmete schwer und drehte sich wieder um.

»Eins sage ich dir«, fauchte er Perseus an und deutete auf den Container. »Wenn das mit Shadow bloß ein mieser Trick ist, um mich zurück in die Agency zu holen, dann wirst du den Rest deiner Tage zwischen diesem Schrott verbringen.«

»Das ist kein Trick«, erklärte Kirke. »Lena ist ihr sogar persönlich begegnet.«

»Und sie hat das überlebt?«

»Na ja«, antwortete Lena unsicher. »Vielleicht waren ihre Cyber-Prothesen ein wenig eingerostet, aber … äh, ja. Schon.«

Daedalos beugte sich vornüber, stützte sich auf seinen Knien ab und starrte verzweifelt aufs Hofpflaster. »Ich hab es Caitlin versprochen. Versprochen!«

»Ich weiß.« Perseus seufzte. »Es tut mir leid. Ich verspreche *dir*, dass deine Frau nichts von alledem erfährt, okay? Alles, was wir von dir wollen, ist, dass du uns da hinten eine alte Brandschutztür aufmachst. Metall. Verriegelt. Vermutlich zugeschweißt.«

Daedalos richtete sich wieder auf. »Und wohin führt die?«

»Unter den Scorpio Club.«

Der Ire zog die Stirn in Falten. »Gehört der Laden nicht Sokolow? Du weißt, dass der Immobilienmakler ist und demzufolge über Leich…«

»Meine Güte, ja. Das weiß ich.« Perseus deutete hinter sich. »Das Ganze geht ganz bestimmt ruckzuck. Und das war's dann auch schon. Du wirst uns anschließend niemals wiedersehen.«

»Wieso, zum Teufel, ich?!«

»Weil das Kontor in London kompromittiert sein könnte«, erklärte Kirke. »Kein Mensch darf erfahren, dass wir hier sind.«

»Unsere Mission ist topsecret!«, ergänzte Lena feierlich. »Wir handeln im Auftrag von Zeus persönlich.«

»Schon wieder?«

Perseus legte den Kopf schief. »Wäre es nicht so immens wichtig, hätten wir dich nicht kontaktiert. Es gibt keinen anderen Einbruchsexperten, dem wir vertrauen.«

»Du weißt ganz genau, dass ich es dabei nicht belassen kann«, knurrte Daedalos. »Ich habe Hippolyte mein Leben zu verdanken. Ohne sie hätten meine Kinder heute keinen Vater mehr. Und ich habe auch dir damals ein Versprechen gegeben, Perseus. Nämlich, dass ich dir helfen werde, sie wieder zurückzuholen.«

»Ich würde das nie von dir einfordern«, versicherte Perseus. »Sie ist vor allem mein Problem.«

»Nein, verdammt. Ist sie nicht!«, fuhr ihn der Ire an. Unglücklich fuhr er sich über den Kopf. »Okay. Klärt mich auf, worum es geht.«

»Du wirst uns helfen?«, fragte Kirke vorsichtig.

»Ja, verdammte Scheiße. Was soll ich denn sonst tun, wenn ich abends noch in den Spiegel schauen will? Mal ganz davon abgesehen, dass ich euch für letztes Jahr noch was schuldig bin. Ich bleibe. Zumindest so lange, bis wir Hippo… Shadow haben. Aber danach bin ich raus. Endgültig! Verstanden?«

»Absolut!«, versicherte Perseus.

Aus der Bauchtasche von Daedalos' Blaumann drang plötzlich die Melodie von *Drei Haselnüsse für Aschenbrödel* als Klingelton.

»Wartet! Still jetzt!« Der Ire legte hektisch einen Finger auf die

Lippen, kramte nervös sein Handy hervor und atmete tief durch, bevor er dranging.

»Was ist denn, Süße? … Nein, Kiana, wenn Mama sagt, dass jetzt Schlafenszeit ist, ist Schlafenszeit. Du hast ja morgen noch Zeit, dir den Film anzusehen … Nein, ich werde das nicht mit Mama diskutieren. Außerdem muss ich jetzt arbeiten … Ich … Ah, du bist es … Nein, sie hat mich angerufen, weil sie wohl hoffte, von mir etwas anderes zu hören … Alles klar …« Daedalos wandte sich verlegen ab und sprach leiser. »Nein, ich bin gerade bei einem Kunden. Du weißt ja, dass um diese Uhrzeit viel los ist … Ja, Schatz. Ich dich auch.«

Daedalos drückte das Gespräch weg und verstaute sein Handy umständlich.

»Sorry.« Er räusperte sich.

»Echt, du hast die *Drei-Haselnüsse*-Melodie als Klingelton?«, rief Lena begeistert.

»Unser Familienton«, erklärte Daedalos verlegen. »Die Kinder lieben den Film seit einem Winterurlaub in Deutschland. Nur, um euch das gleich zu sagen: Ich musste Caitlin versprechen, dass ich ab jetzt ständig für sie und die Kinder erreichbar bleibe. Ständig! Ich hoffe, ihr respektiert das. Die Entführung war ein echtes Trauma für die drei. Und Caitlin hat vermutlich immer noch Angst davor, dass ich wieder schwach werden könnte.«

»Ich schätze, damit kommen wir klar.« Kirke blickte in die Runde. »Also: Willkommen zurück im Team.«

»Ich freu mich so«, entfuhr es Lena beseelt. »Und wenn dir das künftig hilft, dann babysitte ich vielleicht mal für euch.«

»Das … lassen wir besser«, wiegelte Daedalos rasch ab. »Und jetzt raus damit: Warum genau sind wir hier? Und was haben wir vor?«

»Na ja«, seufzte Kirke. »Du darfst uns zu einem Event begleiten, über das deine Frau vermutlich erst recht nichts herausfinden sollte …«

Scorpio Club

»Leute, das ist ja wohl nicht euer Ernst, oder?«, drang Daedalos' aufgebrachte Stimme durch die Werkhalle der Autowerkstatt.

Lena hörte nur halb hin, doch offenbar ging es um das Kostüm aus dem *Toy Dog Palace*, das für den Iren bestimmt war.

Um Zeit zu sparen, hatten sie sich aufgeteilt. Während sie selbst auf dem Gelände Wache gehalten hatte, damit sich Daedalos ungestört mit einem Schneidbrenner der Feuerschutztür widmen konnte, waren Kirke und Perseus losgeeilt, um alles Notwendige aus der nahen Erotikboutique zu beschaffen.

Lena wusste natürlich nicht, was genau Daedalos' Missfallen erregt hatte, doch sie war auch viel zu sehr mit ihrem eigenen Outfit beschäftigt. Aufgeregt betrachtete sie sich in dem Spiegel, den Perseus für sie in der stinkenden Toilette abmontiert hatte, damit sie sich hier umziehen konnte. Er stand jetzt auf einer Werkbank unweit der großen Wartungsgrube, und was sie im Taschenlampenlicht erblickte … ließ sie erröten. Herrje, dass sie so was überhaupt trug: beginnend bei dem verruchten roten Push-up-BH, der ihre Brüste viel größer erscheinen ließ, als sie waren, weiter über das Mini-Korsett mit Stahlknochen und Frontverschluss, das ihr eine nie dagewesene wespenhafte Taille bescherte, bis hin zu den roten, an Hosenträgerschlaufen befestigten Strapsen unter dem ebenfalls roten Slip. Dazu hatte Kirke ihr rote Plateausandaletten besorgt. In dieser Kombination ähnelten ihre Beine den schlanken Säulen eines sündigen Venus-Tempels.

Anders war das kaum zu beschreiben.

Gott, wenn Sophia sie jetzt nur sehen könnte. Ihrer Schwester würden die Augen ausfallen. Lena wischte fasziniert ihr blondes Haar hinter die Ohren, denn sie erkannte sich selbst kaum wieder.

Ihr erotischer Aufzug passte zwar nicht so ganz zu der Autowerkstatt im Hintergrund, die allenfalls als Kulisse für einen ganz miesen Erotikstreifen hätte dienen können. Doch hätte sie nie gedacht, dass sie so etwas Gewagtes tragen konnte. Vor allem nicht, dass es ihr auch noch gefallen würde. Denn das tat es irgendwie.

Zum ersten Mal in ihrem Leben fand sie sich wirklich … sexy.

»Nun stell dich nicht so an«, ertönte drüben Kirkes gedämpfte Stimme. »Dass die Auswahl für euch Männer nicht so groß war, konnte keiner ahnen. Und eigentlich sollte dir das doch entgegenkommen.«

»Entgegenkommen?!«, war Deadalos genuschelte Stimme zu hören. »Sieh dir das mal an. Glaubst du, diese Kluft hier gehört zu meiner üblichen Freizeitgestaltung?«

»Mit Entgegenkommen«, mischte sich jetzt Perseus ein, »meint Kirke, dass dich darin niemand erkennen wird. Du könntest später sogar behaupten, du wärst nie im Club gewesen. Hundertprozentiges Dementi.«

»Ihr wollt mich verarschen, oder?«

Lena fragte sich allmählich, was da hinten vor sich ging.

Beschwingt drehte sie sich um – und knickte sogleich auf den ungewohnten Plateausandaletten um. Mit einem leisen Aufschrei hielt sich an einem Druckluftschlauch fest, der von einem Pfeiler hing, riss ihn jedoch zusammen mit einer Pressluftflasche ab, die polternd zu Boden dröhnte, während sie beinahe neben der Wartungsgrube hinknallte.

»Sorry!« Peinlich berührt blickte sie zu Kirke auf, die besorgt aus dem Lagerraum stürmte. Immerhin hatte sie so eine ärgere Verletzung ihres Fußknöchels abwenden können.

»Na ja, wirkt alles in allem trotzdem so, als wärst du bereit«, meinte Kirke pragmatisch, während sie ihr aufhalf. »Und Gehen kannst du gleich noch üben. Noch etwas Schminke, und du wirst jedem da oben die Augen verdrehen.«

»Meinst du?«, fragte Lena unsicher.

Auch Kirke wirkte wie ausgewechselt. Sie trug jetzt ein figurbetontes schwarzes Military-Catsuit aus Latex samt Metallklammern und -nieten, das bis hinab zu zwei schicken silbernen Stiefeletten reichte, die Lena gern selbst anprobiert hätte. Der eigentliche Hingucker war jedoch ein tiefer, fast bis zum Schambein reichender Ausschnitt auf der Vorderseite ihres Suits, der lediglich von schwarzen Streifen aus Latex und Leder zusammengehalten wurde und nur andeutungsweise ihre Brustwarzen bedeckte, stattdessen aber großzügig die Wölbungen ihrer Brüste betonte.

Angesichts dieser Einblicke kam sich Lena in ihrem Outfit schon fast verklemmt vor.

Auch Perseus trat jetzt zu ihnen. »Lena, alles in Ordnung?«

Lena musste sich bei seinem Anblick kurz an Kirke festhalten, ansonsten wäre sie vermutlich abermals umgekippt. Und das lag nicht etwa an der schwarzen US-Polizeischirmmütze, die er jetzt trug, sondern an dem schwarzen Lackleder-Chab im Biker Look, der hinten offen war und seinen nackten Hintern einladend präsentierte. Und da das offenbar noch nicht reichte, trug er zu alledem eine schwarze, langärmelige, nach vorne ebenfalls offene Policeman-Fantasie-Uniform mit Nieten-Kreuzbandelier, das seine muskulöse Brust und das harte Sixpack auf eine Art und Weise zur Geltung brachte, dass ihr der Mund trocken wurde.

Wenn er sich so in einen Laden mit Lederschwulen hineinwagte, würde er da kaum unversehrt wieder herauskommen. Und vermutlich auch nicht aus ihrem Bremer Nagelstudio mit all den Hausfrauen.

»Ja, äh … alles in Ordnung«, krächzte sie. Und doch entging ihr nicht, dass er eine Augenbraue bei ihrem Anblick hob.

»Nicht schlecht«, meinte er trocken. »Solltest du häufiger tragen. Vielleicht mit anderen Schuhen.«

»Dir steht deine, äh, Mütze ebenfalls gut.«

»Nein, Leute«, grollte im Nachbarraum Daedalos. »Als ich vorhin sagte, ich helfe euch, meinte ich bestimmt nicht so was hier. Das könnt ihr nicht von mir verlangen.«

Auch er trat jetzt in den Durchgang, und Lena riss die Augen auf.

Daedalos steckte bis zum Kopf in einem Gimp-Suit komplett aus

Leder, Latex, Schnallen und Ösen, wie er in der BDSM-Szene beliebt war, und der – abgesehen von dem Reißverschluss zwischen seinen Beinen – lediglich drei kleine kreisrunde Aussparungen für Augen und Mund vorsah. Um seinen Hals lag ein Metallring, und er hielt wütend eine Kette in Händen, die vermutlich dafür bestimmt war, irgendwo an ihm befestigt zu werden.

»Das hier ist der entwürdigendste Auftritt meiner kompletten Karriere.« Die Augen hinter den Löchern der schwarzen Vollmaske blitzten alles andere als devot. »So geh ich da nicht rein!«

»Meine Güte«, herrschte ihn Perseus an. »Nun stell dich nicht so an!«

»Wir können ja gern tauschen«, nuschelte der Ire böse, während er umständlich versuchte, sich in seinem Bondage-Anzug zu bewegen.

»Aber das ist doch perfekt«, meinte Lena mit Blick auf die Kette. »Du bist der Einzige von uns, der es ganz offen schafft, eine Waffe in den Club zu schmuggeln.«

»Helena hat vollkommen recht«, pflichtete ihr Kirke bei. »Sieh das als Chance. Denn abgesehen von dem, was Lena und ich mitnehmen können, werden du und Perseus, wenn es hart auf hart kommt, euch im Zweifel auf das verlassen müssen, was ihr vor Ort findet.«

Daedalos wollte etwas erwidern, doch das Argument schien zu verfangen. Sichtlich mit sich ringend fixierte er die Kette in seinen Händen.

»Warte.« Kirke schlüpfte an ihm vorbei und kam kurz darauf mit einer Tasche zurück, aus der sie den größten und furchterregendsten Dildo zog, den Lena je gesehen hatte. »Den hier nimmst du ebenfalls mit. Ein Schlagstock ist nichts dagegen.«

»Um eines klarzustellen«, Daedalos entriss ihr den Knüppel unwillig, »wenn wir mit alledem durch sind, wird keiner von euch diesen Abend je wieder erwähnen. Niemals wieder. Und sollte ich aus irgendwelchen Gründen in die Hände des Gegners fallen, erschießt ihr mich, bevor die mich aus diesem Anzug schälen können. Ich hoffe, ich habe mich da deutlich ausgedrückt?«

»Vollkommen.« Perseus hob beschwichtigend die Hände.

»Absolut!« Auch Kirke nickte.

»Kann ich den Dildo mal haben?«, fragte Lena noch immer staunend.

»Nein, für uns zwei hab ich etwas anders«, erklärte Kirke ungerührt.

Sie reichte ihr eine schmale rote Lederhandtasche sowie eine halbtransparente rote Schleiermaske, die perfekt zu ihrem Outfit passte. »Dahinter können wir unsere Smart Glasses tragen, ohne dass die auffallen.«

Lena nahm die Schleiermaske entgegen und blickte gespannt auf die Auswahl an Lippenstiften, Kondomen und Hygieneartikeln im Innern der Tasche. »Sind das wieder irgendwelche Trickwaffen?«

»Wenn du den Schwerpunkt weniger auf Waffen setzt, dann schon«, antwortete Kirke. »Wenn es geht, werden wir natürlich versuchen, Sokolow zu entführen. Angesichts deines ... Ausbildungsstandes überlässt du das jedoch lieber uns. Vor allem aber müssen wir herausfinden, wann, wo und warum sich der Kerl mit Shadow treffen will. Denn nur so finden wir heraus, welche Absichten H.A.D.E.S. hier verfolgt.«

»Und nur so kommen wir an Shadow ran«, ergänzte Lena.

»Genau.«

»Konzentrier dich besser auf Sokolows Infrastruktur«, schlug Perseus Lena vor. »Computer, Laptops, Handys. Alles, auf dem er Spuren hinterlassen haben könnte, und womit er vielleicht Kontakt zum Syndikat hält.«

»Und wenn es in diesem Club gar kein Büro gibt?«

»Das bezweifle ich«, erklärte Perseus. »Falls dem aber so sein sollte, kann ich nur hoffen, dass es uns gelingt, Sokolow selbst zu schnappen.«

Lena musste sich noch immer zwingen, ihm ins Gesicht zu blicken. »Also doch ein Kampfeinsatz?«

»Wir versuchen natürlich, das zu vermeiden.«

»Klappt bestimmt«, ätzte Daedalos.

»Hier«, machte Kirke Lena wieder auf den Inhalt der Handtasche aufmerksam. »Das Deo birgt ein Multipick, um Schlösser zu öffnen. In dem Taschenspiegel hingegen befindet sich verborgen ein USB-Stick. Wie damals in Dresden mit einem speziellen Programm von Elektra, das es ihr gestattet, die Firewalls eines Rechners zu umgehen und die darauf befindlichen Daten von außen abzugreifen. Alles wieder Plug-and-play. Du musst also nichts weiter tun, als das Ding in den Port zu stecken. Wir versuchen das natürlich ebenfalls.«

»Okay.« Lena seufzte. »Und der Lippenstift ist wieder so ein Superkleber wie damals in Dresden? Der war klasse.«

»Nein, der enthält diesmal ein spezielles Hormonpräparat, das allerdings nur bei einem Gegenüber mit Y-Chromosom wirkt. Was auch gut ist, weil es dich sonst selbst in Mitleidenschaft ziehen würde. Du küsst dein Opfer, entweder auf den Mund oder auf eine andere naheliegende und gut durchblutete Stelle, und der applizierte Stoff sorgt dafür, dass es, gelinde ausgedrückt, brunftig wird und dir aus der Hand frisst. Allerdings sollen wir damit vorsichtig sein. Die Opfer verlieren angeblich schnell jegliche Impulskontrolle.«

Lena lief rot an, als sie begriff, was mit den anderen gut durchbluteten Stellen gemeint war. So weit würde sie niemals gehen. Das konnte Kirke vergessen.

»Der Parfümzerstäuber enthält gewöhnliche K.-o.-Tropfen«, fuhr Kirke fort, »und die Erfrischungstücher sind die gleichen wie die vom letzten Jahr: getränkt mit einem schnell wirkenden Narkotikum.«

»Das ist alles?«, fragte Lena enttäuscht. »Nix zum Schießen oder sonst wie … Na, du weißt schon?«

»Nein, diesmal ist Heimlichkeit unsere Devise. Im Club sind aus Diskretionsgründen nicht einmal Smartphones zugelassen, sonst hätten wir wenigstens unsere A.R.G.O.S.-Geräte mit Taserfunktion mitnehmen können. Und für deinen geliebten Lady Shave ist in der Tasche leider auch kein Platz. Der ist eh zu groß und zu auffällig. Der Agency zufolge macht die Club-Security immer wieder Stichproben und kassiert im Zweifel alles ein, was irgendwie danach aussieht, dass es eingeschmuggelte Kameras oder Aufnahmegeräte enthalten könnte.«

»Als ob es für so was nicht deutlich unauffälligere Möglichkeiten gäbe«, murrte Lena.

»Ich hab die Regeln nicht gemacht.« Kirke zuckte mit den Achseln. »Besinn dich auf deine Waffen als Frau. Du wirst im Club sicher genug Gelegenheit bekommen, die einzusetzen. Also, noch Fragen?« Sie blickte in die Runde.

»Nein.« Perseus setzte nun offen sein Smart Glass auf, das hervorragend zu dem Policeman-Outfit passte, und lüpfte seine viel zu knapp bemessene Uniformjacke samt dem verborgenen Schlagring auf der Innenseite. »Im Zweifel habe ich das da. Und natürlich sind auch Multipick und USB-Stick am Start.«

Er tippte sich gegen den Schirm der Polizeischirmmütze, die er offenbar als Versteck nutzte.

Alle Blicke richteten sich jetzt auf Daedalos.

»Sehr witzig, ich war ja nicht mal eingeplant.« Missmutig hob der Ire den Riesendildo. »Falls ihr nichts dagegen habt, werde ich den noch mit etwas Blei auffüllen.«

»Mach das, wenn du das bei dem Ding für nötig hältst«, meinte Kirke, die sich ihrerseits eine kleine Militariatasche an die Hüfte hängte. »Hauptsache, du bringst uns durch die Tür.«

Lena stöckelte hinter den dreien zurück in den Lagerraum und warf dort einen kurzen Blick auf die fast vollständig aufgeschweißte Feuertür, vor der noch immer der Schneidbrenner stand. Daedalos löste das Kopfteil des Gimp-Suits, schüttelte sein verschwitztes rotes Haar und machte sich schimpfend daran, seinen Spezialschlagstock zu präparieren.

Lena nutzte die Ablenkung, sich heimlich noch Theodorus' Spezialring an den Finger zu stecken. Außerdem stopfte sie sein Deo mit dem Tränengaswerfer sowie eines der Gel-Pads in die Handtasche.

Der Schneidbrenner fauchte wieder. Daedalos machte sich daran, die Feuerschutztür endgültig aufzutrennen, und Kirke schminkte sie nun und richtete ihr das Haar.

»Dank dir.« Lena setzte sich ihr neues Smart Glass auf.

»Ansaugen!«, kommandierte sie und aktivierte damit die Haftfunktion der elektronischen Brille, bevor sie den roten Gesichtsschleier darüberzog.

»Wo hast du denn die her?«, fragte die Griechin erstaunt.

»Hat mir Theodorus mitgegeben«, antwortete sie betont lässig. »Die meisten nennen ihn T. Ich mache euch gern mal miteinander bekannt. Ist ein Prototyp. Er brauchte jemanden, dem er vertraut und der sie professionell testet.«

»Oh Shit!«, fluchte Daedalos hinter ihnen.

Hastig sprang der Ire auf und hielt die aufgeschweißte Feuerschutztür fest, die ihm gerade entgegenkippte. Schon waren Perseus und Kirke an seiner Seite und halfen ihm dabei, sie möglichst geräuschlos auf dem Boden abzulegen. Allerdings war der Durchlass noch immer versperrt. Denn unmittelbar hinter der Tür hatte jemand ein Regal aufgebaut, auf dem sich Kartons mit Kaviardosen und anderen ausgewählten Delikatessen neben Flaschen mit teuren Alkoholika türmten. Dazwischen standen Packungen, die natürliche Potenzmittel wie Gelée royale, Yohimbin-Rinde und Ginko-Extrakte enthielten.

Ebenso wie die anderen auch spähte Lena durch das Regal hindurch in einen großen, diffus beleuchteten Raum, der wie das Vorratslager eines Nobelrestaurants eingerichtet war. An den Wänden standen gleich mehrere Kühltruhen und -schränke, ein ganzes Regal auf der gegenüberliegenden Seite war ausschließlich für Magnumflaschen mit Champagner reserviert, und auch die übrige Stellfläche war mit Ablagen, Kisten und Fässern zugestellt, die von Wein bis Pata Negra alles enthielten, was geeignet war, den exklusiven Geschmack der Clubgäste zu befriedigen.

Zum Glück war drüben keine Menschenseele zu sehen, und so räumten sie rasch die unteren Etagen des Regals frei, um sich so einen Weg in das gegenüberliegende Vorratslager zu bahnen.

Perseus, Daedalos und Lena schlüpften hindurch, und als Letzte folgte Kirke, die im Lagerraum der Autowerkstatt alle Türen schloss und das Licht ausknipste, bevor sie das Regal von der anderen Seite wieder herrichtete.

»Drückt die Daumen, dass sich keiner dies Regal so genau anschaut«, flüsterte sie. »Wenn jemandem auffällt, dass dahinter jetzt ein Durchgang ist, dürfte es Ärger geben.«

»Ein Grund mehr, uns zu beeilen«, näselte Daedalos unter seiner Gimp-Maske, der sich längst an der eigentlichen Tür des Raums zu schaffen machte. Natürlich war auch diese abgeschlossen, doch dem professionellen Einbrecher war sie nicht im Geringsten gewachsen.

»Warte!« Kirke befestigte eine Lederschnur an seinem Hals und zwinkerte ihm zu. »Ab jetzt immer hübsch gehorsam.«

Daedalos' Augen blitzten verärgert, was Perseus nicht daran hinderte, die Tür endgültig zu öffnen und sie heranzuwinken.

Vor ihnen lag ein kurzer rot beleuchteter Gangabschnitt, der an Treppenstufen endete, die in die Höhe führten. Von dort schallte ihnen leise Musik entgegen, und während sie dem Algerienfranzosen nach oben folgten, nutzte Lena die günstige Gelegenheit, Perseus' knackigen Hintern zu bewundern. Wann bekam sie den schon mal freigelegt zu sehen?

Die Stufen endeten vor einer weiteren Tür, die Perseus problemlos aufdrückte. Sie kamen jetzt an einem Zigarettenautomaten sowie den Türen zu luxuriös mit Marmor ausgekleideten Toilettenräumen und einem Küchenbereich vorbei, in dem drei Angestellte arbeiteten. Sie stoppten erst vor dem schweren roten Samtvorhang am Ende des Flurs, hinter dem gedämpfte Stimmen sowie die lasziven Klänge des alten 69er-Skandalsongs *Je T'aime … Moi Non Plus* von Serge Gainsbourg und Jane Birkin zu hören waren.

»Okay«, wisperte er. »Ich hoffe, jeder weiß, was er zu tun hat?«

»Na klar«, antwortete ihm Lena aufgeregt. »Aufteilen und dann nach Sokolow und seinen Geschäftsräumen suchen.«

Perseus nickte und zog den Vorhang beiseite.

*

Sie betraten einen Clubsaal, der Lena angesichts einer großen getäfelten Bar rechts von ihnen und der großen Spiegelkugel unter der

Raumdecke auf den ersten Blick an eine exklusive Diskothek erinnerte. Allerdings endeten die Ähnlichkeiten damit auch schon. Weiter hinten gab es zwar tatsächlich eine ovale Tanzfläche, auf der ein engumschlungenes Pärchen zu Jane Birkins lustvollem Stöhnen tanzte und dabei die Hände nicht bei sich behalten konnte. Doch abgesehen davon gemahnte der Rest des großen Clubraums an einen Sündentempel in Plüschrot, wie ihn Lena nie zuvor betreten hatte.

Ins Auge stachen vor allem ein riesiges Wandgemälde am hinteren Ende, das einen überdimensionierten Skorpion in roten und schwarzen Farben präsentierte, sowie zwei ebenfalls rot beleuchtete Käfige unter der Decke, in denen sich eine halbnackte Frau und ein junger Mann als Animateure räkelten. Beide waren nur mit einem Hauch von Leder bekleidet, und Lena musste zugeben, dass der Kerl da oben verdammt gut ausgestattet war. Dennoch schenkte kaum jemand ihren Bemühungen Beachtung, weil der größte Teil des Publikums schäkerte, flirtete und ganz offen in halbrunden Separees rechts und links der Raummitte kokste. Immerzu wurden die Sitznischen von halbnackten Bedienungen angesteuert, die dafür sorgten, dass der Strom an Champagner und – nach den Briefchen auf den Tabletts zu schließen – auch Kokain nicht versiegte. Die halbrunden Nischen waren mit Tischen und gemütlichen Sitzgelegenheiten ausgestattet, die zwar eine gewisse Intimsphäre gewährten, zugleich aber so positioniert waren, dass jeder mit wenig Mühe mitbekommen konnte, was vor sich ging.

Das, was Lena dort mitbekam, trieb ihr jedenfalls die Schamröte ins Gesicht.

In einem der Separees übergossen drei dandyhafte Typen eine nackte junge Frau mit Schampus, den sie anschließend von ihrem Körper leckten. Und in der einzigen Sitznische, in der vermeintlich gerade ein Gast alleine eine Line zog, tauchte in diesem Moment eine Rothaarige unter dem Tisch auf, die dort ganz sicher nicht ihre Handtasche gesucht hatte. Und das war noch das Harmloseste; von dem Geschehen in anderen Separees wandte Lena schnell den Blick ab.

Lena richtete ihr Augenmerk also rasch auf die beiden Freitreppen rechts und links, die mutmaßlich nach oben, zu den besonderen Räumen dieses Etablissements führten. Auf einer von ihnen schlenderte gerade ein bärtiger Kerl mit halblangen schwarzen Haaren und schwarzer Lederkombi nach oben, der sie im Zwielicht und trotz Halbmaske ein wenig an Keanu Reeves erinnerte.

Spätestens jetzt fiel ihr auch auf, dass sie zunehmend Blicke auf sich zogen.

»Leute«, zischte Daedalos in seinem Bondage-Anzug erbost, »kann es sein, dass wir etwas overdressed sind?«

Die Kleidung der übrigen Clubgäste war zwar durchweg freizügig bemessen, wirkte jedoch einigermaßen normal. Das einzige einheitliche Kostümierungsmerkmal des Publikums hier unten bestand aus aufwendig bemalten venezianischen Halbmasken. Und ausgerechnet solche fehlten ihnen.

»Dafür wird mir Kastor später noch Rede und Antwort stehen«, murmelte Kirke verärgert. »Jetzt gilt es, gute Miene zum bösen Spiel zu machen. Ausschwärmen!«

Selbstbewusst zog sie Daedalos an der Kette hinter sich her, hinüber zur Tanzfläche, während Perseus in Richtung Bar stiefelte. Zurück blieb Lena, die noch immer beklommen dastand und angesichts des aufreizenden Treibens vor ihr um Fassung rang.

»Wenn Sie die hier bitte aufsetzen würden«, sprach sie unvermittelt eine dunkelhaarige junge Bedienung mit goldener Halbmaske von der Seite an, die lediglich mit einem knappen goldfarbenen Höschen und sternförmigen Nippel Pads bekleidet war. Sie hielt ein Tablett in den Händen, auf denen vorbereitete venezianische Halbmasken mit langen Nasenteilen neben einer verwirrenden Auswahl an bunten Farbbändern lagen.

»Oh, sorry.« Lena war nur froh, dass die Clubbetreiber auf Gäste wie sie eingestellt waren. »Ich schätze, ich habe meine Maske in der Toilette liegen gelassen.«

»Natürlich«, antwortete die Unbekannte unverbindlich. »Wir möchten bloß sicherstellen, dass das Ambiente gewahrt bleibt.«

Lena griff sich eine rotgolden bemalte Maske. Und um nicht weiter aufzufallen, schnappte sie sich auch gleich eines der Farbbänder, da auffallend viele Clubmitglieder ein solches an ihrer Kleidung befestigt hatten. Vermutlich hatten die Bänder etwas mit dem LGBTQ-Geschichtsmonat zu tun, was sie eigentlich ganz sympathisch fand. Ihr Band entsprach jedenfalls der neuen Trendfarbe Fuchsia, einem speziellen Pinkton, und angesichts fehlender Befestigungsmöglichkeiten, stopfte sie es mit einem Zipfel links in ihren Slip.

Rasch brachte sie Abstand zwischen sich und die Bedienung, um unauffällig die Gesichtsmasken auszutauschen, allerdings brauchte es etwas, bis sie eine Position gefunden hatte, die die Kamera ihres Smart Glasses nicht verdeckte. Erstmals schalteten sich im rechten Gesichtsfeld ihrer Brille die Sichten von Perseus und Kirke zu.

»Hier vorn beim Tresen gibt es zwei Türen«, erklärte Perseus leise über Funk, während Lena auf seiner Einblendung mitverfolgte, wie er eine Tür neben einem Regal mit zahllosen Flaschen ins Auge fasste. »Ich muss bloß noch eine Gelegenheit finden, das Personal an der Bar abzulenken.«

»Alles klar, hinten bei dem großen Wandgemälde mit dem Skorpion geht es ebenfalls weiter«, antwortete Kirke leise. Lena sah auf und erkannte, dass sich die Griechin zusammen mit Daedalos, der noch immer Blicke auf sich zog, bereits bis nach ganz hinten durchgearbeitet hatte. »Ich schätze, da geht es zu den Spielwiesen für unsere Swinger. Helena, versuch du dein Glück oben.«

Lena fasste wieder die Freitreppen ins Auge und sah, dass dort jetzt ein maskiertes Pärchen mit Nietenhalsbändern hochging.

»Okay«, antwortete sie beklommen.

Sie wollte schon losstöckeln, als ihr jemand von hinten mit der Hand auf den Hintern klatschte. »Na, sind wir ein böses Mädchen?«

Lena fuhr herum und entdeckte hinter sich einen anzüglich grinsenden Mittdreißiger mit venezianischer Maske, schwarzer Lederhose und dandyhaft aufgeknöpftem schwarzem Seidenhemd. Unter seiner Nase waren Reste weißen Pulvers nicht zu übersehen. Er prostete ihr mit einem Drink zu und betrachtete kurz das Band an ihrem Slip. »In diesem Fall sollten wir beide uns unbedingt kennenlernen.«

»Ach ja?«

»Unbedingt.« Er schniefte. »Du bist genau mein Typ.«

»Tatsächlich?« Lena lächelte geschmeichelt, auch wenn sie die brüske Art seiner Annäherung im wahrsten Wortsinne übergriffig fand.

»Ich hoffe«, meinte er, »Sie sind hier ohne Begleitung?«

»Ich, äh …«, fahrig versuchte Lena sich eine Ausrede einfallen zu lassen. »Ich bin mit meinem Chef hier.«

»Ihr … Chef.« Er zwinkerte. »Verstehe.«

»Ja, äh, ich bin … Assistentin der Geschäftsleitung. Und Sie?«

»Zauberer.«

»Zauberer?«

»Ja. Einer meiner Tricks besteht darin, dass wir beide jetzt Sex haben könnten, und dann verschwinde ich einfach wieder.«

»Ich kenne auch einen Trick«, fauchte Lena. »Ich schnappe mir Ihren Zauberstab, stecke ihn in eine Steckdose und sorge so für knisternde Spannung.«

»Frigide Kuh!«

»Arschloch!«

Meine Güte, selbst in diesem verruchten Outfit, zog sie noch immer solche Typen an.

Die Koksnase stiefelte sauer zur Bar zurück, und auch Lena sah zu, dass sie in Richtung Treppe fortkam, als in ihrem Smart Glass eine dritte Sicht aufploppte, die parkende Autos zeigte, zwischen denen Bob soeben mit schwirrenden Rotoren abhob.

Die Drohne sauste über einen Pkw hinweg in die Nacht davon.

»Schließe mich ab jetzt ebenfalls der Party an«, ertönte Elektras Stimme in ihren In-Ears.

»Gut«, grummelte Perseus, der noch immer nahe der Bar stand. »Denn hier gibt es ganz schön viel Security.«

In seiner Smart-Glass-Einblendung war zu sehen, dass er zum nicht weit entfernt liegenden Haupteingang des Saals blickte, wo sich ein maskierter Mann mit nacktem Oberkörper nahe einer Säule herumdrückte, der gerade Weisungen über Funk entgegennahm.

»Wir mussten bereits einen von denen abschütteln«, tönte Kirkes Stimme als Antwort.

Der Einblendung ihrer Smart-Glass-Kamera zufolge marschierte sie mit Daedalos quer durch einen orientalisch mit Kissen und Seidenschleiern geschmückten Raum, in dem es eine Maskierte mit zwei muskulösen Männern gleichzeitig trieb. »Offenbar hat unser Erscheinen für etwas Aufsehen gesorgt. Versucht also, möglichst unauffällig zu bleiben!«

Lena war nur froh, dass Kirke ihren Blick von der delikaten Szene abwandte, was sie daran erinnerte, dass die anderen ebenfalls genau sehen konnten, was sie so ins Auge fasste.

Alarmiert blickte sie sich im Saal um und entdeckte eher zufällig eine Blondine im Lederkorsett, die misstrauisch zu ihr rüberschaute und dabei ebenfalls an ihrem Ohr herumfummelte. Auch wieder Security.

Lena eilte rasch eine der Freitreppen empor und erhaschte so einen besseren Blick auf einen der Käfige unter der Saaldecke. Auch die halbnackten Animateure waren unauffällig verkabelt.

»Leute«, wisperte sie in ihr Mikro, »ich glaube, unsere Freunde in den Käfigen gehören ebenfalls zur Security.«

Sie erreichte die Galerie des oberen Stockwerks und sah sofort, dass der eingeprägte Gebäudeplan veraltet war, da es hier oben gleich drei großzügig bemessene Durchgänge gab, die in die Tiefe der Clubetage führten. Nur einer davon war in dem Plan vermerkt gewesen. Und ausgerechnet aus diesem ertönte ein rhythmisches Klatschen, dem moderate Schmerzäußerungen folgten. Lena wählte daher lieber den mittleren Zugang, was auch aus dem Grund nötig war, dass ihr die Blondine jetzt nach oben folgte.

Der Durchlass war nach Art eines mittelalterlichen Turmdurchgangs gestaltet, und als Erstes stöckelte sie an einem gleichermaßen mittelalterlich gestalteten Verlies vorbei, bei dessen Anblick sich ihre Augen weiteten. Denn dort war ein Kerl an ein schweres Andreaskreuz gefesselt, während ihm eine Dame in Lack und Leder mit einem Holzscheffel den Hintern versohlte. Befangen stolperte sie weiter, doch auch der Anblick im Raum daneben, der einem Stall samt Heuballen und Futtertrögen glich, war verstörend. Denn dort krabbelte soeben eine nackte ältere Frau mit Zaumzeug in ihr Blickfeld, die von einem Rittmeister mit Gerte wie ein Pferd im Kreis geführt wurde. Herrje, diese Krabblerin … die kannte sie doch. Hatte die nicht damals als Schauspielerin bei der 94er-Verfilmung von Black Beauty mitgewirkt?

Konsterniert setzte sie ihren Weg weiter fort, und ihr dämmerte allmählich, dass die komplette obere Etage nach Art eines Kerkers mit zahllosen ineinander verschachtelten Spielzimmern und Fluren ausgelegt war, die jeweils nur durch leichte Stoff- oder Perlenvorhänge voneinander getrennt waren. Wenn überhaupt. Jeder der Räume war aufwendig nach einem anderen Thema gestaltet, und das Raumarrangement sollte offenbar eine erotische Entdeckungsreise der besonderen Art ermöglichen. Dabei schien es völlig normal zu sein, dass sich die Gäste gegenseitig beobachteten. Immer wieder kam sie an Besuchern vorbei, die dem Treiben in den Räumen erregt zusahen.

Das Publikum hier oben war überhaupt anders gestrickt als jenes im Stockwerk unten. Daedalos wäre hier jedenfalls kaum aufgefallen, auch wenn das lacklederne Outfit der meisten Besucher mehr dem von Kirke und Perseus ähnelte. In ihrer roten Korsage kam sich Lena jedenfalls wie ein Feuermelder auf zwei Beinen vor, und sie spürte, wie ihr angesichts der lüsternen Blicke, die ihr mancher Besucher hier oben zuwarf, das Blut ins Gesicht schoss. Sie war so etwas … einfach nicht gewohnt.

Unwohl beschleunigte sie ihre Schritte, und eher zufällig verschlug es sie so in eine Art Schiffskajüte, in der zwei Männer in Matrosenanzug gemeinsam eine mit Tauen von der Decke hängende Frau bedienten, die ein Outfit anhatte, das an eine Klabauterfrau erinnerte.

Überfordert und mit hochrotem Gesicht stürmte sie weiter und erwischte sich bei dem Gedanken, dass das schrecklich kalte Biwak in den Bergen vor wenigen Monaten vielleicht doch nicht so schlimm gewesen war. Erstmals kam sie nun auch an einer Umkleide vorbei, aus der soeben ein Pärchen in Lack und Leder gestiefelt kam, als sie den Keanu-Reeves-Typen wiederentdeckte.

Meine Güte, der sah wirklich lässig aus.

Nicht ganz so gut wie Perseus, aber doch fast.

Der Unbekannte wandte seinen Blick von einem der Räume ab und lächelte ihr zu.

Lena lächelte schüchtern zurück, als sie abermals die blonde Security im Halbdunkeln erspähte.

Widerwillig brach sie nach rechts aus und gelangte so in ein barockes Puppengemach mit einer verdammt großen Porzellanpuppe, die … bei genauerem Hinsehen gar keine echte Puppe war.

Sie flüchtete in einen Gang und versuchte, dort erst einmal zu Atem zu kommen, als sich ihr eine der Besucherinnen mit wiegendem Schritt näherte und ihr ebenso wie der Kerl vorhin einen rüden Klaps auf den Hintern gab.

»Aua!«

War das hier die übliche Weise der Kontaktaufnahme?

Bei der Unbekannten handelte es sich um eine unfassbar gutaussehende Schwarzhaarige, deren schwarzer Gothic-Look vorn derart ausgeschnitten war, dass Lena ihren durchstochenen Bauchnabel ebenso wie ihren ebenfalls gepiercten Schambereich sehen konnte. Die Unbekannte hob selbstbewusst ihre venezianische Halbmaske und schenkte ihr ein dominantes Lächeln.

Verschreckt den Hintern reibend, wich Lena vor ihr zurück und hob dabei instinktiv ihr Handtäschchen. Die Fremde hingegen lehnte sich souverän neben ihr gegen die Wand und ließ nun auch eine gepiercte Zunge sehen.

»Wenn du so richtig bestraft werden willst«, raunte sie ihr ins Ohr, während sie ihr auf eine Weise über die Arme bis hinunter zu dem Band an ihrem Slip strich, dass Lena eine Gänsehaut bekam, »könnten wir beide uns irgendwohin zurückziehen. Ich bin auch mit meiner Zunge sehr begabt.«

»Also … ich stehe … ehrlich gesagt auf Männer«, keuchte Lena.

»Schade.« Bedauernd wandte sich die Zungenkünstlerin von ihr ab und verschwand in ein Nachbarzimmer.

Gequält blickte Lena auf die Smart-Glass-Einblendungen der anderen. Perseus versteckte sich derzeit in einem Abstellraum, während im Gang davor Bedienstete mit Eisbehältern und Champagnerkübeln vorübereilten. Kirke und Daedalos hingegen querten einen gemütlich ausgestatteten Salon, in dem ein gutes Dutzend halbnackter Männer und Frauen an Tischen saßen, um dort Baccara und Poker zu spielen.

Warum nur hatten sie sich nicht anders aufgeteilt?

Bei denen da unten schien alles fast normal zu sein, während sie hier oben Dinge erlebte, von denen sie gar nicht gewusst hatte, dass es die gab.

»Kommst du voran, Helena?«, fragte Kirke.

»Klar, versuche nur noch, mich zu orientieren.«

Rasch machte sie, dass sie weiterkam, abermals klatschte ihr ein Kerl im Vorübergehen auf den Hintern, und etwas irritiert erreichte sie erleichtert eine von Schwarzlicht beschienene Lounge, die ihr etwas Zeit zum Verschnaufen gab. Im Raum erklang leise Musik von Dead Can Dance, während weiter hinten ein Barkeeper im Gladiator-Kilt Getränke an die in Lack und Leder gekleideten Gäste im Raum ausschenkte, die an Stehtischen miteinander plauderten. Auch hier wurde ganz offen gekokst. Und wie die es schafften, sich trotz ihrer freizügigen Kluft normal zu unterhalten, war Lena ein Rätsel. Sie hatte sich bisher ja nicht einmal in irgendeinen FKK-Bereich getraut.

Allerdings war ihr der Mund inzwischen so trocken geworden, dass sie ebenfalls unbedingt etwas zu trinken brauchte. Lena orderte ein stilles Wasser, das sie sich durstig in den Rachen kippte, als sich vom Tresen aus ein Typ an sie heranschob, über dessen hervorstehendem Bauch sich ein schwarzes Netzshirt spannte.

»Na, Venus in Rot.« Sie sah, wie er sich unter der Halbmaske über die Lippen leckte. »Ganz allein hier?«

»Und wenn?«

»Ich bin Zauberer.«

»Was bitte?«

»Einer meiner Tricks besteht darin, dass wir beide jetzt Sex haben könnten, und dann verschwinde ich einfach wieder.«

»Mann, zieh dir 'ne Tüte über den Kopf.«

Lena konnte es nicht fassen. Schon wieder so ein Loser mit diesem billigen Spruch. Gab es hier irgendwo ein Nest von denen?

Sie stellte ihr Glas ab und ließ ihn stehen – als die weibliche Security die Lounge betrat. Spätestens jetzt war klar, dass die Blondine nach ihr suchte. Sie musste sie loswerden.

Nur wie?

Überstürzt tauchte sie wieder im Kerker ab. Sie ignorierte den Raum mit den Menschenkäfigen ebenso wie jenen, in dem sich eine stramm gefesselte Masochistin auf einem Bock verprügeln ließ. Herrje, lernte man solche Knoten bei den Pfadfindern?

Lena sah sich unauffällig um und stolperte so in ein großes, schwarz bemaltes Spielzimmer mit ausgelegten Matten. Dort lag ein Kerl stöhnend auf dem Boden, der sich mit einer ebenfalls nackten, allerdings gut verschnürten Rothaarigen vergnügte, die über ihm mit Hilfe einer Liebesschaukel auf und nieder hopste.

Lena betrachtete das Treiben mit glühenden Wangen, als sie auf die WCs weiter hinten aufmerksam wurde.

Erleichtert schlüpfte sie in die Damentoilette, die abgesehen von dem dämmrigen Licht überraschend normal ausgestattet war, und spähte von dort aus durch den Türspalt. Tatsächlich, schon tauchte diese misstrauische Security-Tante im Mattenraum auf. Das stöhnende Pärchen ignorierte sie völlig. Zu allem Unglück war sie inzwischen nicht mehr allein. Ihr hatte sich ein drahtiger Kerl mit hartem Gesicht unter der Maske, der eine Lederkombination trug, angeschlossen. Der Typ sah sich ebenso wie die Blondine misstrauisch um. Und die Frau kam dabei der Toilette recht nahe.

»Nein, wir haben diese rote Telefonzelle verloren …«, war ihre leise Stimme zu hören, während sie ihr Headset berührte.

Empört verzog Lena das Gesicht. Meinte die das mit der Telefonzelle wegen ihres Outfits oder weil sie fand, dass sie unförmig aussah?

»Ich bin mir sicher, dass die kein Stammgast ist«, schnaubte ihre

Verfolgerin. »Ja, überprüfen wir … Okay, wir sind eh gerade in der Nähe. Sichert die Räume und haltet euch bereit, damit wir die Falle zuschnappen lassen können.«

Die Blondine nickte ihrem Begleiter zu, während sich das hechelnde Pärchen weiter hinten ekstatisch hochschaukelte. Ihre Stalker teilten sich auf und verschwanden in unterschiedlichen Richtungen.

»Leute!«, wisperte Lena misstrauisch in ihr Mikro. »Hier hat gerade so ein Miststück von der Security etwas von einer Falle erzählt, die sie zuschnappen lassen wollen.«

»Gut, alle doppelte Vorsicht!«, kommandierte Kirke, die gemeinsam mit Daedalos ein römisch anmutendes Bad samt riesigem Schaumpool betrat, in dem sich mehrere Pärchen auf eindeutige Weise miteinander vergnügten. Perseus blieb stumm, doch sie sah, dass er in einem Kabuff stand, das einen älteren Rechner beherbergte, an dem er sich soeben mit seinem USB-Stick zu schaffen machte. Daneben lag ein ganzer Karton mit vorbereiteten Kokain-Briefchen. Der Nachschub an Drogen würde dem Club wohl nicht so schnell ausgehen. Elektra hockte ihrerseits weiterhin in ihrem Versteck im benachbarten Parkhaus und beäugte einen Monitor, der die Sicht ihrer Drohne abbildete, mittels der sie derzeit das Werkstattgelände sondierte, durch das ihre Freunde in den Club eingedrungen waren.

In jedem Fall beeilten sie sich wohl alle besser mit ihrer Mission.

Lena fasste gerade den Entschluss, ihrerseits der Blondine oder ihrem Begleiter nachzusetzen, als sie hinter sich in einer der Kabinen ein leises Schluchzen hörte.

Dort öffnete sich eine Tür, und eine dunkelhaarige Mittfünfzigerin im schwarzen Lacklederhöschen und auffallenden Nippelklemmen trat vor den Raumspiegel, die für ihr Alter erstaunlich gut in Form war.

Ihre Augen jedoch waren gerötet und sie schaute verlegen zu Lena rüber.

»Entschuldigung«, flüsterte sie, während sie Taschentuch und Schminkspiegel aus ihrer Handtasche hervorkramte, um sich zu richten.

»Alles in Ordnung?« Lena kämpfte mit sich, da sie eigentlich weitermusste. »Hat Sie jemand stärker verprügelt, als er sollte?«

»Nein, alles gut«, wiegelte die Unbekannte ab. »Ich …«

Sie brach abermals in Tränen aus, und so schob Lena Smart Glass und Maske nach oben und trat mitfühlend neben sie. »Mal unter uns. Wenn das hier nichts für Sie ist, dann verlassen Sie den Laden doch einfach. Glauben Sie mir, ich würde liebend gern mitkommen, wenn das ginge.«

»Nein, das ist es nicht«, seufzte die Fremde. »Dieser Club ist die reinste Erfüllung. Ich verbringe hier inzwischen so viel Zeit auf den Knien, dass ein Priester neidisch werden würde.« Sie lächelte dennoch traurig und atmete tief ein. »Es ist … wegen meines Mannes«, gestand sie plötzlich. »Wir beide waren früher sexuell so aktiv. Aber wem sage ich das? Sie sind ja noch jung und kennen das sicher.«

»Na ja …«

»Gott, ich erinnere mich noch an unsere ersten Jahre. Wie wir beide es hemmungslos überall getrieben haben. Im Auto, im Fahrstuhl, auf der Anrichte meiner Schwiegermutter … überall.«

»Auf der Anrichte Ihrer Schwiegermutter?«

»Ja, ich weiß. Ihre Generation hält ja nicht so viel von der Ehe. Aber wir waren verrückt aufeinander. Es gab Wochenenden, da haben wir es kaum aus dem Bett geschafft.«

»Also, das kenne ich auch. Allerdings eher beim Binge Watching …«

»Ach? Die Praxis kenne ich noch gar nicht. Dabei habe ich doch wirklich schon alles durch.« Die Augen der Lady schimmerten feucht. »Wir beide haben hier nach einem neuen Kick gesucht. Sehr erfolgreich. Aber das war doch vor allem für uns zwei gedacht. Und jetzt … vergnügt er sich nur noch mit anderen. Mich nimmt er gar nicht mehr zur Kenntnis. Dabei liebe ich ihn. Nur scheint es ihm inzwischen egal zu sein, was ich hier tue.«

Lena musterte sie mitfühlend, als ihr ein Gedanke kam. Eigentlich durfte sie das natürlich nicht, und sie hatte es auch ein bisschen eilig, aber die Frau tat ihr irgendwie leid.

»Wissen Sie was, ich glaube, ich hätte da was für Sie.« Sie kramte den Hormon-Lippenstift hervor, den sie selbst garantiert nicht benutzen würde. »Das hier ist ein Prototyp.«

»Ein Prototyp?«

»Ja, so etwas wie Viagra. Nur eben ausschließlich für Männer.«

»Viagra *ist* ausschließlich für Männer.«

»Ja, okay …«, gestand Lena ein. »Was ich damit eigentlich sagen will: Ein intensiver, äh, Kuss reicht, und Sie wecken mit der aufgetragenen Substanz die Leidenschaft Ihres Partners. Der wird Ihnen anschließend aus der Hand fressen. Bis zur völligen … also der wird dann wirklich hemmungslos. Wurde mir jedenfalls gesagt.«

»Hemmungslos?!« Die Augen der Frau blitzten sehnsüchtig.

Lena zeichnete die Lippen der Frau mit dem Stift nach, und diese lächelte bei ihrem Anblick im Spiegel. »Sie meinen, der wirkt?«

»Raus mit Ihnen, Diana.« Lena zwinkerte. »Und Weidmannsheil!«

Die Unbekannte umarmte sie dankbar und verschwand durch die Tür.

Immerhin, so war das Zeug wenigstens zu etwas gut.

Sie gab der Lady noch einen Moment, dann verließ auch sie die Toilette, wobei sie einen erneuten Blick auf das Pärchen mit der Liebesschaukel erhaschte. Zu ihrer Überraschung lag der Typ jetzt gekrümmt vor Schmerzen auf der Matte und hielt sich jaulend den Schritt, während seine Partnerin weiter hilflos gefesselt in dem Geschirr baumelte.

Bei dem Gehopse war offenbar etwas furchtbar schiefgelaufen.

Versonnen schaute sie sich die Szene an.

Ehrlich … was stellte sie sich eigentlich so an? Sie kam sich in diesem Club zwar wie eine verklemmte Nonne vor, aber wenn man es genau nahm, waren das hier doch alles Menschen wie sie. Menschen mit ganz gewöhnlichen Problemen.

Also mehr oder weniger.

Sie musste vermutlich einfach an ihrem Mindset arbeiten.

»Was grinsen Sie so dämlich?«, ächzte der Kerl aus seiner Embryonalhaltung heraus.

»Sorry.« Lena war gar nicht bewusst gewesen, dass sie lächelte. »Nicht persönlich nehmen. Wir alle sehen nackt ja irgendwie … komisch aus, finden Sie nicht?«

»Verpiss dich!«

Meine Güte, wer von ihnen war denn jetzt der Spießer?

Lena versuchte, zum Randbereich der Etage zu gelangen, was in dem Labyrinth an Räumen gar nicht leicht war.

Abermals klatschte ihr ein Kerl schmerzhaft auf den Hintern: ein rotwangiger Typ mit Lederhose, behaarter Trichterbrust und Bierbauch, der zu ihrem Höschen blickte und ihr arrogant zuzwinkerte. »Na, Kleine, du magst es härter, was?«

»Mann, Dickerchen!«, blaffte sie ihn empört an. »Speck erst mal ab, bevor du mit solchen Sprüchen kommst.«

»Was wird das denn jetzt?«, begann er plötzlich zu wimmern. »Bodyshaming?«

»Ja, für deinen Body würde ich mich auch schämen. Und jetzt mach ’nen Abflug!«

Beleidigt und mit zitternden Lippen drehte der Dicke sich um und verschwand in einer der Kammern.

Was sollte das, dass die ihr dauernd ungefragt auf den Hintern schlugen?

Lena blickte misstrauisch zu dem fuchsiafarbenen Band an ihrer Seite. Auch dieser Harry Potter unten im Saal und die Unbekannte vorhin hatten bei genauerem Nachdenken darauf reagiert.

»Leute«, wisperte sie in ihr Mikro. »Was hat es eigentlich mit diesen farbigen Bändern auf sich?«

»Flagging«, erklärte Kirke beiläufig. »Damit zeigt man seine sexuellen Vorlieben an. Kümmere dich einfach nicht drum, ist eh zu kompliziert für Nichteingeweihte.«

»Du bist echt ’ne Vanilla«, machte sich Elektra stattdessen über sie lustig. »Grau steht für Fesselungsspiele, Rot für Fisting, Grün für Prostitution bis Daddysuche und Gelb für Wassersport, wenn du verstehst, was ich meine. Wofür Braun steht, willst du vermutlich gar nicht wissen.«

Lena wollte gar nicht wissen, woher Elektra wusste, was sie wusste.

»Und Fuchsia?«

»Spanking. Reicht von kleineren Schlägen auf den Hintern bis zu schwerer Bestrafung mit Fesselung.«

Hektisch löste Lena das Band und ließ es zu Boden fallen, was Elektra leises Gelächter entlockte.

»Ich dachte, du magst das?«

»Sehr lustig.«

Lena drückte sich an zwei Goth-Frauen in Latexkleidern vorbei, die eine Session mit Peitsche beobachteten, und eilte durch einen mittelalterlich gestalteten Raum, der von einem hölzernen Pranger dominiert wurde – als sie überrascht innehielt. Denn den Unbekannten, der da schlaff im Marterwerkzeug hing, erkannte sie wieder.

Das war doch der Begleiter der Blondine, den sie vor der Toilette gesehen hatte.

Allerdings wirkte der nun auffallend still.

Sie sah sich vorsichtig um und näherte sich ihm. »Hallo?«

Er rührte sich noch immer nicht.

Sie hob behutsam seinen Kopf und blickte in gebrochene Augen.

Erschrocken ließ sie ihn wieder fallen und wich zurück. Wie konnte das sein?

»Perseus, Kirke!«, ächzte sie, während sie ihren Blick fest auf den Toten richtete. »Hier stimmt etwas nicht. Der Typ, den ihr da seht, gehört zur Security. Allerdings ist der jetzt … tot.«

»Okay«, antwortete Perseus, der inzwischen wieder im Hauptraum angekommen war, »bleib da oben und warte auf uns.«

»Wir beeilen uns!«, raunte auch Kirke. »Dummerweise werden auch wir jetzt verfolgt.«

Befangen zog sich Lena in den Flur hinter der Marterkammer zurück, als ihr Blick eher zufällig auf ein totes Gangende samt schwarzem Samtvorhang an der Wand fiel. Angesichts des schummrigen Lichts fiel der Stoff kaum auf.

Misstrauisch zog sie den Vorhang beiseite und hätte am liebsten einen Pfiff ausgestoßen. Denn vor ihr lag eine verborgene Tür mit der Aufschrift »Privat«.

Endlich so etwas wie ein Backstagebereich.

Wäre Daedalos jetzt bloß hier, denn leider war die Tür verschlossen.

Lena lauschte und griff, als sie hinter der Tür nichts vernahm, zu dem versteckten Multipick in ihrer Handtasche. Verzweifelt besann sie sich an die vielen Übungseinheiten im Ausbildungscamp zurück, in denen sie hatten lernen müssen, Schlösser wie dieses zu knacken. Leider war sie darin nicht gerade gut gewesen. Vorsichtig ausgedrückt. Denn sie hatte es überhaupt nur ein Mal geschafft, eines der Übungsschlösser aufzukriegen.

Zunehmend verzweifelt fummelte sie daher an dem Schloss herum, rüttelte immer wieder an der Klinke und wollte bereits aufgeben, als sie ein Schnappen vernahm.

Hatte sie die Tür tatsächlich aufbekommen?

Ja, hatte sie.

Stolz lächelte sie, während sie das Hindernis ein Stück weit aufzog.

Dahinter war es dunkel.

Eigentlich sollte sie ja auf die anderen warten. Andererseits hatten sie schon Aufsehen erregt. Sie musste einen raschen Blick riskieren.

Sie drückte die Tür endgültig auf und gelangte so in einen düsteren Flur mit drei abzweigenden Türen, von denen jene ganz hinten offen stand. Das ermöglichte den Blick in ein geräumiges Arbeitszimmer mit Schreibtisch, das in Richtung Hauptstraße lag. Durch die auffällig großen Fensterfronten da hinten drang der neonrote Lichtschein des riesigen Leuchtskorpions vorne an der Außenfassade.

Hinter ihr fiel die Tür leise ins Schloss, und Lena aktivierte aufgeregt die Nachtsichtfunktion ihres Smart Glass. Das hellte ihr Umfeld zwar auf, stellte es aber auch in blöden Grüntönen dar.

Gespannt zog sie die Tür links von sich auf. Dort lag ein komfortabel eingerichtetes Schlafzimmer mit Wasserbett und großem Spiegel an der Decke. Das Gemach diente offensichtlich nicht bloß gelegentlichen harmlosen Übernachtungen.

Zu ihrer eigenen Verwunderung roch sie hier erstmals wieder etwas. Eine feine, jedoch penetrante Ausdünstung, die sie vage an die Tierarztpraxis erinnerte.

Lena schüttelte sich. Gab es hier irgendwelche Viecher?

Sie verzichtete darauf, die schummrige Spielwiese zu betreten, und wandte sich stattdessen der gegenüberliegenden Tür zu. Durch sie erreichte man ein luxuriös mit Marmor verkleidetes Bad. Die Luft hier war von dem gleichen ekligen animalischen Geruch erfüllt. Und der war deutlich stärker als im Schlafzimmer.

Einem Verdacht folgend überwand sie sich und trat an den Waschbereich gegenüber dem Whirlpool heran, um das gute Dutzend teurer Herrenparfums zu untersuchen, das dort aufgebaut war. Sie testete zwei, drei. Nichts.

Als sie jedoch an dem Eau de Toilette neben dem Nassrasierer schnupperte, wurde ihr fast schwindelig vor Übelkeit. Ohne Zweifel war das die Quelle des Gestanks.

Widerwillig suchte sie auf dem Etikett nach den Ingredienzien, doch angesichts der Grüntöne war die Aufschrift kaum zu entziffern.

Entnervt schob sie die venezianische Maske auf die Stirn.

»Brille lösen!« Sie fing das Smart Glass auf, verstaute es in ihrer Handtasche und untersuchte den Flakon aufs Neue. Ganz, wie sie es sich gedacht hatte. Offenbar reagierte ihr eingeschränkter Geruchssinn auf verarbeiteten Moschus. Angewidert stellte sie die Flasche wieder zurück.

Und doch war ihre Entdeckung ein Volltreffer, denn das alles hier waren ohne Zweifel Privaträumlichkeiten. Und die konnten eigentlich nur einem gehören: Sokolow persönlich.

Lena überlegte bereits, die anderen zu informieren, doch um letzte Zweifel auszuräumen, huschte sie in das düstere Arbeitszimmer am Ende des Flurs, wo sie von gedämpftem Straßenlärm empfangen wurde. Auch dieser Raum war exquisit eingerichtet: In dem roten Neonlicht, das von draußen in den Raum fiel, zeichneten sich ein teurer orientalischer Teppich, ein wuchtiger Schreibtisch vor großen Fenstern, eine Bar samt Tresen aus Massivholz sowie eine lederne

Sitzecke neben einem auffallend ausladenden Schrank mit Schiebetüren ab.

Lena inspizierte sofort den aufgeräumten Schreibtisch. Leider kein Rechner. Allerdings gab es Anschlüsse, die klarstellten, dass dort ein Laptop angeschlossen werden konnte. Von den Schubladen standen zwei überraschenderweise offen. Doch außer Stiften und Büromaterial war auch dort nichts Kompromittierendes zu finden, bis sie den Schreibblock bemerkte. Rasch nahm sie einen Bleistift zur Hand und kam sich wie Miss Marple vor, während sie damit aufgewühlt über den Block kritzelte und so tatsächlich Abdrücke sichtbar machte:

MV Cartagena

Sie hatte lange genug für die Viktualia Consulting Group gearbeitet, dass sie wusste, dass MV für Motor Vessel, also für ein Schiff stand.

Warum sich Sokolow das notiert hatte, wusste sie natürlich nicht. Allerdings hatte ihre Schraffur noch weitere Notizen sichtbar gemacht. Sie waren blasser und damit vermutlich älter:

»RoswellPlanodeoro1993«
Dario Felipe Gómez
Kopfprämie: 300 000 Pfund
Avianca S. A., Bogota – London, 11.20 Uhr?

Kopfprämie? Das deutete darauf hin, dass dieser Gómez nicht gerade ein Freund war. Dennoch warf das Gekritzel Fragen auf. Denn »Roswell« brachte sie lediglich mit diesem angeblichen UFO-Absturz in den späten Vierzigern in den USA in Verbindung. Und »Plano de oro« ergab auch nicht unbedingt Sinn. Es lautete aus dem Spanischen übersetzt Goldflieger. Schmuggelte dieser Typ Gold? Denn die letzte Zeile bezog sich ganz sicher auf einen Flug der *Aerovias del Continente Americano S. A.*, der größten Fluggesellschaft Kolumbiens.

Einer Eingebung folgend marschierte sie zu der ausladenden

Schrankwand, zog die dortigen Schiebetüren auf und starrte staunend auf eine Reihe flimmernder Monitore, die dahinter verborgen waren. Sie alle gehörten zu Überwachungskameras, die das sündige Treiben in den Clubräumen dokumentierten. Auch wenn einige der Kameras mutmaßlich der Clubsicherheit dienten, traf das keinesfalls für den großen Rest zu. Sokolow schien seine Gäste heimlich zu filmen. Vermutlich, um einzelne später erpressen zu können.

Lena kramte in ihrer Handtasche bereits nach dem Taschenspiegel mit dem darin verborgenen USB-Stick, um diesen in einen der aufeinandergetürmten Rekorder zu schieben ... als sie plötzlich etwas Hartes, Kaltes an ihrem Hinterkopf spürte.

»Hände hoch und schön stillhalten, Kleine«, flüsterte hinter ihr eine gefährlich klingende Männerstimme mit Balkanakzent.

Lena versteifte sich und spürte, wie ihr jemand die Handtasche entriss.

Der Unbekannte hinter ihr durchwühlte die Tasche kurz und warf sie nachlässig auf den Boden.

»Und jetzt umdrehen. Aber langsam.«

Eingeschüchtert folgte Lena dem Befehl. Oh nein. Vor ihr, im dämmrigen Schein des Neonlichts, zeichnete sich die Silhouette dieses Keanu-Reeves-Typs ab.

Ausgerechnet der.

Warum nur musste sie mit Männern ständig so danebenliegen? Denn ganz sicher war er für den Tod des Security-Mannes da draußen verantwortlich.

Der Unbekannte hielt eine Pistole mit Schalldämpfer auf sie gerichtet, brachte einen Schritt Abstand zwischen sie beide und deutete mit der Waffe stumm auf einen Besucherstuhl vor dem Schreibtisch.

Beklommen setzte Lena sich hin.

Himmel, war sie naiv gewesen. Offenbar hatte sich der Kerl bis eben hinter dem Tresen der Bar versteckt gehalten. Dabei hätten ihr schon die offenen Schreibtischschubladen zu denken geben müssen. Wenn er auf demselben Weg wie sie hier eingedrungen war, dann musste er sich sogar die Zeit genommen haben, die Eingangstür hinter sich wieder zuzusperren. Ansonsten wäre sie sicher vorhin schon stutzig geworden.

Hoffte sie jedenfalls.

Das Gerede, dass Sokolow zahlreiche Feinde hätte, entsprach also der Wahrheit. Und der Mann vor ihr war eindeutig ein Profi.

»Nur um das gleich zu sagen«, wimmerte sie. »Wenn Sie es darauf anlegen, mir weh zu tun, dann sollten Sie wissen, dass meine Schmerztoleranz minimal ist.«

»Ist das so?«, antwortete er lauernd. »Dann beantwortest du mir besser alle meine Fragen.«

»Okay, okay«, versicherte sie eilig, während sie unauffällig versuchte, den Chilispray-Ring an ihrer erhobenen Hand in die rechte Position zu rücken. Ärgerlicherweise war die Pistole noch immer auf sie gerichtet, und ihr Gegenüber war in jedem Fall schneller als sie. »Ich habe auch ein ziemlich gutes Gedächtnis. Freunde bezeichnen mich gern als Lexikon des nutzlosen Wissens. Wussten Sie, dass es in Maryland explizit verboten ist, einen Löwen mit ins Kino zu nehmen?«

»Was?«

»Ja. Und wenn man ein Papier zweiundvierzigmal falten könnte, dann wäre es so dick, dass es von der Erde bis zum Mond reicht. Unglaublich, oder? Wenn man Blut spendet, dann verbrennt der menschliche Körper sechshundertfünfzig Kilokalorien zusätzlich. Ich habe das früher ganz gern gemacht, um abzunehmen.«

»Willst du mich verarschen!?«, fuhr sie der Kerl an.

»Nein. Ehrlich nicht. Übrigens, wer nett um einen Gefallen bittet, wirkt gleich sympathischer. Das ist wissenschaftlich erwiesen. Wenn Sie mich also nett bitten, dann …«

»Ich habe nicht vor, nett zu bitten!« Der Unbekannte hämmerte wütend auf den Schalter der Schreibtischlampe und drehte den Schirm so, dass Lena geblendet den Kopf abwandte.

»Wer, zum Teufel, bist du, Kleine?«, fragte er lauernd.

»Sokolows Freundin«, antwortete Lena geistesgegenwärtig.

»Ach ja?«, murmelte er misstrauisch. »Und was treibst du hier im Dunkeln?«

Lena kam allmählich ins Schwitzen. Immerhin war sie sich nun angesichts der Sprachmelodie ihres Gegenübers sicher, dass er Albaner war. »Ich ... wollte Beweise finden. Ob er mich betrügt, verstehen Sie. Und wer sind Sie überhaupt?«

Der Mann lachte rau. »Jemand, der es ihm ebenfalls besorgen will, allerdings endgültig. Also, wo ist der Mistkerl?«

»Ich weiß es nicht.«

Brutal drückte er ihr den Schalldämpfer in den Mund. »Sag schon: Wo ist Sokolow?«

»Isch schag's ja. Isch schag's ja«, nuschelte Lena panisch.

Der Kerl zog den Lauf zurück, visierte sie jedoch weiter an.

»Also?«

Lena, deren Augen sich inzwischen an das grelle Licht gewöhnt hatten, sah plötzlich etwas, das ihrem Peiniger entging. Offenbar hatte Elektra bloß darauf gewartet, dass im Raum endlich das Licht anging.

»Okay. Aber erst will ich Ihre Zusage, dass Sie mir nichts tun, wenn ich es sage«, plapperte sie los, um Zeit zu schinden.

»Na klar. Versprochen!«, erklärte der Albaner gönnerhaft.

»Ja, aber Sie dürfen das nicht nur so dahinsagen. Sie müssen auch wirklich meinen, was Sie sagen.«

»Was soll ich denn sonst tun, als es zu sagen?«

»Ja, aber sagen können Sie mir viel. Wenn ich Ihnen erst sage, was Sie wollen, dass ich sage, und ich dann darauf bestehe, dass Sie sich daran halten, was Sie mir gesagt haben, dann könnten Sie vielleicht auf die Idee kommen, dass gesagt eben einfach nur gesagt war. Dann ist alles Gesagte gar nichts wert.«

»Was?!«

»Also, was ich eigentlich sagen will, ist ...«, endlich war der rote Punkt an der Wand zum Flur bis zu seinem Kopf gewandert, »... dass ich hoffentlich genug gesagt habe.«

Lena senkte ergeben die Augen, als eines der Fenster unter dem Einschlag einer Kugel barst und ihr Häscher jäh von den Beinen gerissen wurde. Er stürzte zu Boden, blieb still liegen, und eine Blutlache breitete sich um seinen Kopf herum aus.

»Oh Gott, danke, Elektra!«

Von draußen drang mit dem kühlen Wind ungedämpfter Verkehrslärm in das Zimmer.

Ebenso erleichtert wie zittrig stand Lena auf und erwartete, vor der großen Fensterfront des Zimmers Bob zu sehen. Doch statt Elektras Drohne entdeckte sie da draußen in der Nacht bloß ein aufflammendes rotes Licht auf einem der gegenüberliegenden Dächer … und dann einen weiteren Lichtpunkt, der über die Schreibtischfläche auf sie zuwanderte.

Das da draußen war gar nicht Elektra?

Mit einem Aufschrei warf sie sich zur Seite, als eine weitere der großen Scheiben zerplatzte. Haarscharf fauchte eine zweite Kugel an ihr vorbei und schlug in der Wand ein.

Im selben Moment schrillte ein Alarm im Raum los.

Lena krabbelte panisch zu dem Toten, nahm ihm die Pistole mit dem Schalldämpfer ab und feuerte mehrfach auf die Lampe. Irgendwann zersplitterte sie, und sofort wurde es wieder dunkel.

Dennoch schlug eine dritte Kugel in der Wand schräg neben ihrem Körper ein.

Lena stürzte in Richtung ihrer am Boden liegenden Handtasche und fischte nach dem herausgefallenen Smart Glass, das sie sich sofort aufsetzte.

»Elektra!«, jammerte sie. »Da draußen auf der anderen Seite der Hauptstraße ist ein Scharfschütze, der mich aufs Korn nimmt. Auf einem der Dächer!«

»Ich kümmere mich darum!«, schallte die Stimme der Lettin zurück. »Und lass gefälligst die Scheißbrille auf! Im Club geht es gerade rund.«

Lena war inzwischen hinter den Schreibtisch gerollt und fand erst jetzt die Zeit, die Einblendungen ihrer Kollegen zu checken.

Kirke kam gar nicht erst dazu, zu antworten, denn sie steckte wieder – oder noch immer? – in diesem römischen Schaumbad und erwehrte sich dort der Attacken gleich zweier Securitys, die sie zu überwältigen versuchten. Auch Daedalos war im Hintergrund auszumachen. Allerdings *im* Schaumbad. Dort prügelte er mit seinem Riesendildo auf zwei weitere Angreifer ein, die wegen seiner schlüpfrigen Latexkleidung große Probleme hatten, ihn überhaupt zu fassen zu kriegen.

Allein Perseus nahte zu ihrer Hilfe, nur steckte der noch irgendwo im Kerker.

»Halte aus!«, ertönte seine Stimme. »Und sag uns endlich, wo du überhaupt bist.«

»Perseus, das ist ein verfluchtes Labyrinth«, jammerte Lena. »In Sokolows Büro. Irgendwo über dem Clubeingang. Aber hier war ein Killer, der auf ihn gelauert hat. Und der wurde gerade selbst erschossen.«

»Okay, dann Rückzug! Hier wimmelt es inzwischen nur so von Sokolows Handlangern. Das sind viel mehr, als wir erwartet haben.«

Lena ächzte mitgenommen. Für all das hier gab es überhaupt nur eine Erklärung. Offenbar hatte der Russe einen Tipp bekommen, dass im Club ein weiteres Attentat auf ihn geplant war. Anders war ihre Begegnung mit dem Albaner eben und auch die Bemerkung der Blondine vorhin mit der Falle nicht zu verstehen.

Lena zog mit den Füßen ihre Handtasche heran, als schräg über ihrem Bein eine vierte Kugel in der Wand schlug. Erschrocken zuckte sie zurück.

»Warte gefälligst!«, mahnte Elektra sie über Funk. »So, ich habe ihn.«

Über den Verkehrslärm draußen vernahm Lena das Rattern von Bobs MP.

»Jetzt!«, kommandierte Elektra.

Lena schnappte sich die Tasche endgültig und glaubte bei einem kurzen Blick durch die zerstörte Fensterfront, Elektras Quadrocopter vor dem Nachthimmel ausmachen zu können, der von dort das gegenüberliegende Hausdach unter Feuer nahm.

Sie huschte hinüber zur Wand mit den Monitoren, steckte dort nun endlich den USB-Stick in einen der Rekorder und flüchtete aus dem Raum. Schon war sie im Flur und stöckelte auf wackeligen Füßen zur Eingangstür, wo sie die Sandaletten abstreifte. Kurz darauf stand sie wieder im Kerker, in dem jetzt neben lustvollen Schreien auch solche ertönten, die eher wütend und aufgebracht klangen. So genau war das zwar nicht zu unterscheiden, doch in Perseus' Sicht war zu sehen, wie es dieser gerade mit einem kräftigen Security-Typen aufnahm.

Sie hetzte zurück in den Raum mit dem Pranger – und lief so fast einem bärtigen Typen in Lacklederhose und -weste in die Arme, der sich besorgt über den Toten beugte.

Alarmiert fuhr der Unbekannte zu ihr herum, entdeckte die Pistole und prellte ihr die schneller aus der Hand, als Lena überhaupt reagieren konnte.

Im nächsten Moment war er bei ihr, packte sie und schleuderte sie gegen den Pranger.

Lena überschlug sich über dem Martergerät, krachte mit einem Aufschrei zu Boden und hob abwehrend ihre Hand.

»Warten Sie!«, ächzte sie.

Aus irgendeinem Grund zögerte der Kerl tatsächlich, was ausreichte, das Chilispray in ihrem Ring auszulösen. Brüllend vor Schmerz riss ihr Gegner die Arme hoch, taumelte zurück und prallte gegen die Wand.

»Eindringling in Sektor 1«, japste er in sein Mikro, während er sich verzweifelt über die Augen wischte.

Lena, die nur froh war, dass das Smart Glass ihre Augen vor dem Sprühnebel schützte, krabbelte hastig zum gegenüberliegenden Ausgang, wo sie rasch wieder auf die Beine kam und losrannte. Sie flüchtete durch einen sakral gestalteten Andachtsraum mit brennenden Kerzen, in dem eine Domina ihr wohlig schnaubendes und mit Mundknebel stillgestelltes Opfer mit heißem Wachs beträufelte, gelangte in einen Nebengang – und erblickte dort entsetzt die Blondine. Und diese sie.

Wütend stürmte die auf Lena los. Allerdings gab es hier eine weitere Tür – wenngleich die auch aussah, als ob sie zu einer Sauna gehörte.

Lena riss sie auf, rannte hindurch und fand sich zu ihrem Befremden in einem Darkroom mit unregelmäßig blitzendem Stroboskoplicht wieder, in dem mehr als ein Dutzend stöhnender Besucher beiderlei Geschlechts enggedrängt auf dem Boden ihren Trieben folgten. Zum Glück gab es weiter hinten eine zweite Tür.

Ohne weiter nachzudenken, lief sie los, während die Nackten und Halbnackten unter ihren Füßen erbost fluchten. »Sorry, darf ich mal durch ... Ups, das war keine Absicht ... Einfach, äh, weitermachen!«

Lena hatte die gegenüberliegende Tür kaum erreicht, als hinter ihr auch schon die Blondine in den Raum stürmte, die es ebenso wenig scherte, was hier vor sich ging. Mit einem zornigen Aufschrei trampelte sie mit ihren Stiefeln ebenfalls über die nackten Leiber hinweg, und das lustvolle Stöhnen im Raum verwandelte sich endgültig in eine Abfolge lauter Schmerzensschreie. Lena hingegen stolperte in einen leeren Raum mit gleich zwei weiteren Ausgängen, der samt der angeschlossenen Zelle wie eine Polizeistation aus billigen US-Filmen hergerichtet war.

Sie wollte gerade weiter, als die Tür auch schon wieder aufbrach und die Blondine aus dem Darkroom auf sie zustürzte. »Hab ich dich, Albanerschlampe!«

Reaktionsschnell ging Lena hinter einem Stuhl in Deckung, als überraschend ein silberhaariger Mann mit geöffneter Lederhose, harter Erektion und aus dem Mund triefenden Speichel im Raum erschien.

»Jaaaa. Weiber!« Gierig und mit rot unterlaufenen Augen starrte er sie beide an. Brünstig warf er sich auf die Blondine, die fluchend zu ihm herumfuhr, jedoch nicht verhindern konnte, von ihm zu Boden gerissen zu werden.

»Schatz ... Schatz, nicht sie! Mich!«

Lena konnte es kaum glauben, doch in diesem Moment tauchte auch noch ihre Bekannte aus der Toilette im Raum auf. Konsterniert sah Lena dabei zu, wie die Lady den Silberhaarigen von der Blondine herunterzuzerren versuchte, während Letztere sich mit wüsten Schlägen der Aufdringlichkeiten des Kerls erwehrte. Allerdings schien ihn das nur noch mehr anzustacheln.

Die A.R.G.O.S.-Entwickler des Lippenstifts würden in jedem Fall was zu hören bekommen. So viel war sicher. Das ging ja gar nicht!

Lena flüchtete rasch weiter, entging nur knapp zwei weiteren Securitys, die irgendwo im Halbdunkel vorüberliefen, schlüpfte durch einen Perlenvorhang und gelangte so in einen Raum, der mit seinen vielen Pulten und flimmernden Bildschirmen wie ein Raumschiff gestaltet war. Dort saß eine Frau auf einem Kommandostuhl, deren offene Brüste mindestens so schwer waren wie ihr zierlicher Begleiter in roter Star-Trek-Uniform, der gesenkten Hauptes vor ihr kniete. Lena ignorierte die beiden, rannte weiter und fand sich unvermittelt in dem barocken Puppengemach wieder, diesmal jedoch ohne lebende Puppe.

Wohin jetzt?

Leider war sie noch immer auf sich gestellt. Perseus schlug irgendwo hier oben einen weiteren Security-Typen nieder, Kirke und Daedalos kämpften weiterhin unten in diesem orientalischen Zimmer, und Elektra verfolgte mit Bob einen schwarz gekleideten Mützenträger über die Dächer, der ein Scharfschützengewehr in der Hand hielt.

Lena beschloss, ihr Glück bei der Freitreppe zu suchen, als ein blasser und auffallend magerer Jüngling in schwarzem Netzshirt und weißer venezianischer Maske in den Raum schlüpfte und schief lächelnd an sie herantrat.

»Was?«, stöhnte sie überfordert.

»Wissen Sie, wer ich bin?«, fragte er eine Spur zu forsch.

»Nein.«

»Ein Zauberer.«

»Ernsthaft jetzt?«

»Ja«, meinte er mokant, »einer meiner Tricks besteht darin, dass wir beide jetzt Sex haben könnten, und dann verschwinde ich einfach wieder.«

»Mann, ihr Vollversager geht mir allmählich auf die Nerven!« Aufgebracht packte Lena den dürren Lappen am Netzshirt und drückte ihn gegen die Wand, ohne dass er Widerstand leistete. »Glaubt ihr Trottel wirklich, dass ihr mit dieser Masche je eine abbekommt?«

»Aber …«

»Kein Aber. Wo auch immer ihr Idioten den Spruch herhabt, keine einzige Frau auf der Welt wird …« Lena verstummte und sah das Magergestell misstrauisch an. »Warte mal, woher hast du diesen Beklopptenspruch eigentlich?«

»Mir wurde versichert, der zieht.« Eingeschüchtert blickte der Hungerhaken zu ihr auf. »Ehrlich, der Kurs war ganz schön teuer. Tut mir leid, wenn …«

»Was für ein Kurs?«

Der Adamsapfel ihres Gegenübers hüpfte aufgeregt. »Ein Kurs für … Pick-up-Artists.«

»Ein Kurs für professionelle Aufreißer? Ausgerechnet du? Ich fasse es nicht.« Wachsam sah sich Lena um. »Und dann versucht ihr gerade hier euer Glück?«

»Na ja, meine Kumpels meinten, hier ginge das sicher am einfachsten. Da seien sie alle … superwillig.«

Lena erinnerte sich nur zu gut an die beiden Gestalten, die ihr bereits begegnet waren. »Ihr drei seid doch unmöglich Clubmitglieder? Oder habt ihr reiche Eltern?«

»Na ja.« Der Bubi vor ihr wurde immer nervöser.

»Sag schon!«

»Ehrlich gesagt … nicht. Wir sind vorhin über den Notausgang auf dieser Etage rein. Die Tür stand sogar schon offen.«

»Wie seid ihr da raufgekommen? Die Leiter unten ist doch garantiert eingezogen.«

»Na, über das große Baugerüst daneben. Wenn Sie niemandem was sagen, dann verspreche ich …«

»Über das Baugerüst?« Lena erinnerte sich daran, dass sie das Gerüst bei der Anfahrt gesehen hatte. War der Attentäter auf demselben Weg in den Club gelangt? Nur war das im Augenblick ohne Belang. Denn die Feuertreppe war natürlich perfekt zur Flucht geeignet.

Lena stieß den Möchtegern-Gigolo von sich, hetzte weiter, folgte diesmal der Rettungsweg-Beschilderung, und erstmals kamen ihr aufgebrachte Gäste entgegen, die inzwischen ebenfalls bemerkt hatten, dass im Club etwas nicht stimmte.

»Leute«, meldete sich Lena über Funk, »ich versuche, über die Feuertreppe rauszukommen!«

Endlich, da hinten war der Notausgang.

Sie rannte durch einen abgedunkelten Raum und kollidierte dort wegen der schlechten Sichtverhältnisse mit einem Kerl in schwarzer Vollmaske und Bondage-Anzug, der fest verschnürt von der Decke baumelte.

»Sorry.«

»Nein, ich hab das verdient, Herrin!«, mümmelte der Fremde erfreut, während er hin und her pendelte.

Lena beschloss, ihn zu ignorierten, als unvermittelt die Blondine im Raum auftauchte. Ihr Outfit war etwas derangiert und das Gesicht wutverzerrt. Außerdem hielt sie jetzt einen Teleskop-Schlagstock mit Elektroschockfunktion in Händen.

»Ich hab sie!«, schnaubte sie in ihren Funk. »Raum 16! Die Schlampe will zur Feuertreppe!«

Schon stürmte sie auf sie zu und schlug mit dem Taser-Schlagstock zu. Reaktionsschnell ging Lena hinter dem vorüberschwingenden Bondage-Typen in Deckung, und der Schlag, der eigentlich ihr galt, traf ihn. Der Taser knatterte, der Kerl in den Seilen schrie ekstatisch auf – und Lena löste kurzerhand ihren anderen Deostick mit der Tränengasgranate aus.

Das Geschoss traf die überraschte Blondine am Kopf, und diese stürzte schwer zu Boden. Im nächsten Moment wurde der Raum komplett mit Tränengas eingenebelt. Ihre Gegnerin hustete krampfhaft und versuchte, dem aufsteigenden Nebel zu entgehen. Allein der Typ in den Seilen keuchte begeistert. »Yeeesss. Die beste Session ever!«

Lena war längst beim Notausgang, riss die Tür auf und erreichte die metallene Feuertreppe. Leider war sie dort nicht allein. Unten auf der Leiter stiefelten ihr bereits zwei weitere bewaffnete Securitys entgegen. Und dem verhusteten Geschrei im Innern des eingenebelten Clubs nach zu urteilen, hatte auch die Blondine die Verfolgung nicht aufgegeben.

»Mist, hier gibt es Probleme.«

»Rauf auf das Baugerüst, Lena!«, ertönte über Funk die besorgte Stimme von Perseus, der natürlich ebenfalls sehen konnte, was sie sah. »Mit etwas Glück reicht das bis rüber zum Parkhaus. Ich bin gleich da!«

»Wir sind auch unterwegs!«, keuchte Kirke, die sich soeben mit Daedalos über die Treppe runter zum Clubeingang vorkämpfte. »Elektra, mach dich auf Besuch von Helena gefasst.«

»Ich bin gefasst!«, ertönte Elektras Stimme.

»Hilfe ist unterwegs!«, meldete sich zum ersten Mal auch Kastor über Funk.

Den Briten hatte Lena fast vergessen gehabt.

Sie hielt jetzt nichts mehr, denn das Baugerüst mit der blauen Verplanung war nur einen halben Meter von der Feuertreppe entfernt. Sie kletterte etwas umständlich über das Geländer und sprang auf das benachbarte Gerüst. Keinen Moment zu spät, denn der erste ihrer Verfolger schickte sich soeben an, ihre Etage zu erreichen.

Ängstlich lief sie über den Laufgang des Gerüsts, kletterte eine Leiter nach oben, rannte hinter der im Wind knisternden Plane weiter an der Außenfassade des Clubs entlang in Richtung Parkhaus. Tatsächlich, das Baugerüst erstreckte sich über die komplette Fassade und reichte sogar sehr nah an das benachbarte Gebäude mit den halboffenen Parkdecks heran. Da die Betonbegrenzung des Decks ein Stück weit auf die Straße vorragte, konnte sie drüben sogar einige parkende Fahrzeuge ausmachen. Allerdings klaffte zwischen Gerüst und Parkhaus ein echt tiefer Abgrund, und so zögerte sie.

Hinter ihr klirrte es metallen, als eine Kugel an einer der Streben des Gerüsts abprallte und als Querschläger neben ihr ein Loch in die Hauswand stanzte.

Lena schrie erschrocken auf, und jetzt war sämtliche Angst vor einem Sturz wie weggeblasen.

Mit einem kühnen Satz sprang sie hinüber zu der Betonumgrenzung. Sie schlug hart auf, versuchte verzweifelt, sich festzuhalten, rutschte ab und drohte abzustürzen – als eine Hand sie packte und ihr hinüberhalf.

Elektra!

Ärgerlicherweise waren drüben auf dem Gerüst bereits Stiefelschritte zu hören.

»Danke!«, ächzte Lena erleichtert, während die Lettin sie auf das Parkdeck zog.

»Weg hier!«, kommandierte Elektra, die eine Pistole in Händen hielt. Sie rannten an parkenden Pkw vorbei, als sie hörten, wie nun auch ihre Verfolger vom Gerüst auf die Betonumfriedung des Parkdecks sprangen. Und in der Tiefe des Parkdecks waren ebenfalls klappende Türen und energische Kommandos zu hören.

»Scheiße!« Lena und Elektra gingen hinter einem grünen Opel Corsa in Deckung.

»Was ist mit Bob?«

»Leergeschossen«, antwortete Elektra grimmig. »Immerhin hab ich den Scharfschützen erwischt. Leider hat die Zeit nicht mehr zum Aufmunitionieren gereicht, sonst würden die Arschlöcher jetzt was erleben. Wir müssen also durchhalten, bis die anderen kommen.«

»Da hinten!«, gellte eine erboste Frauenstimme über das Parkdeck, und als Lena kurz aufsah, entdeckte sie schon wieder die Blondine. Meine Güte war die tough. Andere hätten sich da drüben im Club noch immer die Augen ausgeheult.

Elektra fuhr hoch und schoss auf einen ihrer Verfolger.

Im nächsten Augenblick war das Parkdeck vom Hämmern der Pistolen erfüllt, und der Wagen, hinter dem sie sich verschanzt hatten, erbebte unter zahllosen Einschlägen.

Lena schrie ängstlich auf und verbarg ihren Kopf unter den Händen, während Elektra erbittert Widerstand leistete. Leider hatten sie es hier oben mit mindestens drei oder vier Gegnern zu tun, und so dauerte es nicht lange, bis Elektra das Magazin ihrer Waffe wechseln musste. Einer der Typen da hinten schrie, weil die Lettin ihn an der

Schulter erwischt hatte, doch das Stakkato der gegnerischen Waffen wurde nicht leiser. Da heulte unvermittelt ein Motor auf, und ein ihnen nur zu gut bekannter Wagen raste über eine der Rampen nach oben.

Kastors Black Cab!

Lena spähte am Kühler des Opels vorbei, und tatsächlich, es war der Brite dort hinter der Frontscheibe. Noch immer trug er seinen noblen britischen Chauffeur-Anzug samt der Melone.

Wüst brauste er mit seinem Taxi heran, und die Blondine sah sich gezwungen, beiseite zu springen. Bremsen quietschten, die Fahrertür öffnete sich, und Lena sah, wie Kastor aus dem Wagen hechtete und gekonnt hinter einem der parkenden Pkw in Deckung ging. Von dort aus eröffnete er jetzt ebenfalls das Feuer auf ihre Gegner.

Autoscheiben splitterten, über ihnen zerbarst eine Lampe, und auch Elektra tat das ihre, um die Gegner in Schach zu halten. Bei alledem war Kastor deutlich flinker als gedacht. Immer wieder tauchte seine Melone hinter einem der Fahrzeuge auf, dann verschwand sie wieder, und er schlug sich überraschend schnell zu einer anderen Position durch, von wo aus er ihre Gegner weiter unter Druck setzte.

Doch die stellten sich rasch auf die neue Bedrohung ein. Auch sie suchten sich Deckung, und allmählich verlor Lena den Überblick, wer sich wo befand. Zumindest einer von Sokolows Leuten lag inzwischen hinter einem BMW tot am Boden.

»Shit!«, fluchte Elektra, die nun auch ihr zweites Magazin leergeschossen hatte, als Lena sah, wie sich Kastor zwischen parkenden Pkw und der Betonbalustrade zu ihnen durchkämpfte.

Mit einem Satz war er bei ihnen und lehnte sich mit erhobener Pistole zwischen sie.

»Alles in Ordnung, die Damen?«

»Nein«, fauchte Elektra, während der Wagen abermals unter Einschlägen erzitterte. »Ich habe keine Munition mehr.«

Kastor schoss an ihr vorbei, und auch seine Waffe klickte.

»Das kommt zu einem ungünstigen Zeitpunkt«, meinte er mit distinguierter Stimme.

»Was machen wir jetzt?«, fragte Lena unglücklich.

»Plan B«, meinte Kastor. »Wir geben auf.«

»Wir geben auf?«, fuhr ihn Elektra erbost an. »Schon vergessen: Treue, Tapferkeit und Tod. Ein A.R.G.O.S.-Agent gibt niemals auf.«

»Bist du dir sicher?«, meinte Lena mit kläglicher Stimme. »Mit seinem Motto ›Sieg oder Sarg‹ hat es Markus Eisenbichler zu Beginn der Vierschanzentournee Anfang des Jahres auch nicht so gemeint.«

»Ladys, vertrauen Sie mir«, meinte Kastor mit ruhiger Stimme. »Manchmal ist zum rechten Zeitpunkt aufzugeben genau das richtige Mittel.«

Er schwenkte gut sichtbar seine Melone.

»Stellen Sie das Feuer ein!«, rief er. »Wir geben auf!«

Tatsächlich wurde es schlagartig ruhig auf dem Parkdeck, und die Stimme der Blondine war wieder zu hören. »In Ordnung! Waffen weg und die Hände schön sichtbar nach oben.«

Wütend schleuderte Elektra ihre Pistole nach hinten, und Kastor folgte ihrem Beispiel. Der Brite strich sich über seinen Schnurrbart, hob etwas steif die Arme in die Höhe, stand auf und wandte sich kühn den Angreifern zu.

Auch Lena und Elektra stellten sich ihren Gegnern mit erhobenen Händen. Lena nun schon zum zweiten Mal an diesem Abend.

Zwischen den umliegenden Fahrzeugen kamen die Blondine und zwei ihrer Begleiter zum Vorschein. Einer von ihnen war schwer am Arm verletzt, doch alle zielten unbeirrt mit ihren Waffen auf sie.

»Sind das alle von Ihnen, die übrig sind?«, fragte Kastor ruhig.

»Du arrogantes Arschloch.« Die Blondine zielte auf seinen Kopf. »Glaubst du wirklich, du könntest dir noch Sprüche erlauben? Wenn wir mit euch fertig sind, wird das keiner von euch überlebt haben.«

»Überlegenheit wirkt nur von unten wie Arroganz«, antwortete der Brite kühl. »Außerdem frage ich nicht für mich.«

Hinter einem der Pkw weiter hinten kam jetzt eine neue Gestalt zum Vorschein, die ebenso wie Kastor in einen Anzug gehüllt war und Melone trug. Die Pistole in seiner Hand bellte dreimal, und die überrumpelte Blondine und ihre verbliebenen Begleiter kippten getroffen vornüber.

Es wurde still auf dem Parkdeck.

»Alles in Ordnung bei euch?«, fragte der Schütze.

Lena, die kaum glauben konnte, wie rasch sich die Situation gedreht hatte, wandte sich erstaunt ihrem Begleiter zu. »Sie sind gar nicht Kastor, stimmt's? Sie sind Pollux!«

»Ich freue mich ebenfalls, Sie wiederzutreffen, Agentin Helena.« Der Agent fischte nach seiner Pistole und setzte mit einem schmalen Lächeln seine Melone wieder auf. »Ich sagte doch, dass Sie mir vertrauen sollen. Tarnen und Täuschen. Wie bei dem Märchen vom Hasen und dem Igel. Ein Trick, den mein Bruder und ich immer wieder mit Erfolg einsetzen.«

Drüben, auf der Seite des Gerüsts, sprang jetzt Perseus auf das Parkdeck und lief auf sie zu. Erstaunt blickte er auf die herumliegenden Leichen herab, dann zu den Zwillingen.

»Auf Sie beide ist Verlass!«

Er nahm einem der Toten die Waffe ab, bevor er den Leichnam durchsuchte.

Weiter hinten klappte die Tür des Treppenhauses, und auch Kirke und Daedalos kamen keuchend angerannt. Die Zwillinge hoben irritiert ihre Waffen, doch Kirke winkte ab.

»Alles gut. Das ist Agent Daedalos. Er ist vertrauenswürdig. Daedalos, Kastor und Pollux.«

Da Daedalos inzwischen sein Kopfteil abgenommen hatte, fiel er in seinem Outfit nicht mehr ganz so stark auf. Elektra begrüßte ihn lächelnd, allerdings waren die düpierten Blicke der Zwillinge nicht zu übersehen, als sie den schweren Dildo in der Hand des Iren bemerkten.

»Einfach nicht fragen«, knurrte Daedalos, der das Corpus Delicti kurzerhand in einen Mülleimer warf. Lena hingegen widerstand nur mühsam dem Impuls, sich das Ding endlich mal genauer anzusehen.

»Wir müssen die Leichen loswerden«, machte sich stattdessen Perseus bemerkbar.

»Keine Sorge, das übernehmen wir«, meinte Kastor. »Ich will nur hoffen, dass die Kameras hier oben aus sind.«

»Natürlich sind sie das«, meinte Elektra, die ebenfalls ihre Waffe einsammelte.

Kirke, die Perseus bereits dabei half, die Leichen zu durchsuchen, erhob sich mit einem schweren Seufzer.

»Natürlich tragen die nichts Verwertbares bei sich. Sieht so aus, als war der Einsatz ein einziges Desaster. Sokolow ist ausgeflogen, und wenn ich das richtig mitbekommen habe, hat keiner von euch ein Kommunikationsmittel gefunden, das dem Russen gehört?«

»War doch eigentlich klar«, seufzte Lena, »dass Sokolow nichts davon einfach rumliegen lässt.«

»Es sei denn, irgendetwas war auf dem Computer unten nahe der Küche drauf«, brummte der Algerienfranzose.

»Nicht so voreilig, Kollegen«, mahnte Elektra. Sie hatte sich in der Zwischenzeit ein paar Pkw von ihnen entfernt und kam jetzt mit ihrem Laptop zurück, den sie auf die verbeulte Kühlerhaube des Black Cabs stellte. »Die Daten auf dem Rechner unten im Club waren in der Tat nicht so ergiebig. Abgesehen davon vielleicht, dass die einen irren Umsatz mit Kokain machen. Allerdings hat Helena mir den Zugriff auf die Kameras im Club ermöglicht. Seht mal, was die Gesichtserkennung ausgespuckt hat.«

Sie drehte ihnen den Monitor zu und führte ein kurzes Video der Überwachungskamera beim Clubeingang vor, in dem Sokolow in Begleitung eines Bodyguards zu sehen war, wie er in einen Wagen einstieg, der vor dem Club parkte. Ein anthrazitfarbener BMW.

»Das war zehn Minuten vor unserer Ankunft«, schimpfte die Lettin mit Blick auf den Zeitstempel. »Etwas früher, und wir hätten ihn direkt verfolgen können.«

»Moment mal!«, entfuhr es Lena.

Sie beugte sich vor, um die Fahrerin des BMW näher zu betrachten. Die halblangen dunklen Haare und die tätowierten Unterarme … Sie kannte die Frau! »Leute, das ist Ariadne. Die Verräterin aus dem Camp.«

»Sicher?«, fragte Kirke.

»Ganz sicher.«

»Wenn sie hier ist, ist es Shadow ebenfalls«, knurrte Perseus. »Und nicht nur das. Das muss bedeuten, dass dieses ominöse Treffen bereits heute stattfindet. Jetzt, in diesem Moment. Ärgerlicherweise haben wir keine Ahnung, wo.«

Er hämmerte mit der Faust wütend auf den Kühler.

»Wie gesagt, nicht so voreilig«, widersprach Elektra. Sie zoomte das Kennzeichen des BMW heran. »Hier. Ich habe mich mit Hilfe unseres hiesigen Arachne-Netzwerks bereits vorhin ins Londoner Verkehrsleitzentrum gehackt und dort eine verborgene Suche gestartet. Inzwischen liegt auch das Ergebnis vor.«

Sie schaltete zu der Aufnahme einer Verkehrsüberwachungskamera, und sie sahen denselben BMW irgendwo in einer Hafengegend stehen.

»Das hier«, erläuterte Elektra, »wurde vor einer halben Stunde an einer Uferstraße am geschäftigen Upper Pool aufgezeichnet. Direkt an der Themse. Wenn ihr mich fragt, dann besuchen die da ein Lagerhaus oder ein Schiff.«

»Und da endet die Spur?«, fragte Kirke.

»Ja. Tut mir leid.« Elektra sah missmutig auf. »So gut unsere technischen Möglichkeiten auch sind, allmächtig sind sie leider nicht.«

»Wartet. Ein Schiff?«

Während Kastor und Pollux weiter die Leichen in den Wagen räumten, berichtete Lena ihren Mitstreitern, was sie auf Sokolows Notizblock gefunden hatte.

»Also«, endete sie, »kann hier einer etwas mit dem Namen *MV Cartagena* anfangen?«

»Ich persönlich nicht, aber doch hoffentlich die Hafenmeisterei«, antwortete die Lettin. Sie zog den Rechner zu sich heran, und sie sahen ihr dabei zu, wie sie mit fliegenden Fingern ins Internet ging.

Perseus und Daedalos halfen den Briten bei ihrer unangenehmen Tätigkeit, und als sie fertig waren, hatte auch Elektra ihre Arbeit beendet.

»Volltreffer!« Ernst sah die Lettin zu ihnen auf. »Das ist ein Frachtschiff aus Südamerika, das derzeit im Hafen vor Anker liegt. Ratet mal, wo?«

»Upper Pool?«, fragte Daedalos.

»Bingo! Und zwar nicht weit entfernt vom Standort des BMW.«

»Keinesfalls ist das ein Zufall«, mischt sich erstmals Pollux ein.

»Eben. Interessanterweise ist der Frachter nicht am Ufer vertäut, sondern ankert derzeit auf der Themse. Offenbar gab es da Schwierigkeiten am Verladekai. Trotzdem, wenn wir eins und eins zusammenzählen, dann treiben sich Shadow, Sokolow und auch diese Ariadne genau dort herum.«

»Okay. Dann sollten wir dort schnellstens nach dem Rechten sehen«, knurrte Perseus und wandte sich an Kastor und Pollux. »Wir müssen bloß noch die Frage klären, wie wir unauffällig auf das Schiff gelangen.«

Kastor zwinkerte ihm zu. »Sie waren bereits in unserer Faktorei. Da sollten Sie doch wissen, dass wir dort genau das richtige Equipment für Sie haben.«

CODE 13

»Okay, kann losgehen!«, rief Perseus, der ein letztes Mal seine türkische MPT-76 checkte und sich das Sturmgewehr dann über die Schulter seines schwarzen Einsatzanzugs warf.

Auch Lena überprüfte den Sitz ihres Pistolenhalfters, in dem jetzt eine schicke A.R.G.O.S.-Smart Gun mit Daumenabdruck-Erkennung steckte. Und am Gürtel daneben waren wie damals in Stockholm eine Rauch- sowie eine Blendgranate befestigt. Rasch warf sie noch einmal einen Blick in den Spiegel, musste aber zugeben, dass es nichts zu meckern gab. Der coole, die Figur betonende schwarze Catsuit, in dem sie jetzt steckte, passte jedenfalls perfekt zu ihrem Smart Glass und ließ auch ihren Hintern angenehm knackig aussehen. Dass er aus kugelsicherem Stoff gefertigt war, kam erfreulicherweise noch hinzu.

Lena war zufrieden. Diese Outfits waren überhaupt das Beste am Agentenleben. Den erotischen Dress aus dem Club hatte sie natürlich beiseitegelegt. Aber nicht weggeworfen; man wusste ja nie, wozu der noch einmal gut sein mochte.

»Lena, was machst du da?«, mahnte Daedalos ungeduldig, der bereits mit Kirke in dem schwarzen Speedboot hockte. Der schnittige Untersatz dümpelte inmitten des Faktoreibeckens vor sich hin, und er verstaute soeben sein eigenes Sturmgewehr neben dem Sitz.

Verlegen löste sich Lena vom Spiegel. »Komme!«

Hastig stopfte sie ihre verbliebenen A.R.G.O.S.-Gadgets in die Tasche des Ausrüstungsgürtels. Neben dem Parfumzerstäuber mit den K.-o.-Tropfen, den narkotisierenden Erfrischungstüchern und dem Gel-Pad waren das zwei ihr bereits vertraute Pens, die zur A.R.G.O.S.-Standardausrüstung zählten und Aeskulap-Stab und Artemis-Pfeil genannt wurden. Der erste enthielt ein Kombi-Präparat an Gegengiften, der andere ein Aufputschmittel, das gewissermaßen Tote ins Leben zurückholen konnte. Und natürlich fand sich auch wieder Platz für ihren Lady-Shave-Rasierer.

Zufrieden folgte sie Perseus, der ebenfalls ins Boot kletterte.

»Lassen Sie mich wissen, wenn Sie da draußen noch irgendetwas benötigen«, meinte Kastor, der am Beckenrand stand und sich bereithielt, das Rolltor zur Flussseite hochzufahren.

»Wenn uns da noch etwas einfällt, wird vermutlich jede Hilfe zu spät kommen«, seufzte Kirke, die durch ihr dunkles Smart Glass zu ihm aufsah. »Drücken Sie uns einfach die Daumen.«

Kastor öffnete das Rolltor, das rumpelnd hochfuhr, und ermöglichte ihnen so den Blick auf die glitzernden Fluten der Themse, in denen sich die Lichter der Stadt spiegelten.

»Festhalten!«

Kirke startete den Motor mit sattem Geräusch, und gekonnt steuerte die Griechin an hölzernen Dalben unweit der Halle vorbei hinaus auf den dunklen Fluss. Schon drehte sie den Motor voll auf, und innerhalb weniger Sekunden beschleunigte das Speedboot derart, dass sich Lena festhalten musste.

In zunehmend schneller werdender Fahrt hüpfte ihr schnittiger Untersatz über die Wellen, und ihnen schlug jetzt ein kühler, nassfeuchter Fahrtwind entgegen. Sie rauschten an Ufermolen und vor Anker liegenden Schiffen vorbei, doch zum Glück herrschte zu dieser Uhrzeit kaum Betrieb auf dem breiten Strom. Zugleich hofften sie, dass ihr flinker Untersatz hier draußen keine größere Aufmerksamkeit bei den Nachtschwärmern weckte, die sie gelegentlich im Uferbereich entdeckten.

Daedalos vorn drehte sich zu Lena um und deutete stumm auf sein Smart Glass.

Hastig aktivierte sie es, und sofort ploppten in der Brille die Sichten ihrer Gefährten auf. Darunter nicht nur jene von Perseus, Kirke und dem Iren, sondern auch die von Elektra und Pollux, die bereits vorausgefahren waren, um sie vor Ort zu unterstützen.

»Elektra, Pollux«, ertönte Kirkes Stimme in ihren In-Ears, »was macht die Aufklärung?«

»Ärgerlicherweise können wir nicht auf aktuelle Satellitenbilder zurückgreifen«, ertönte Pollux' Stimme. »Offenbar haben die Kollegen irgendwelche Probleme mit dem Perseiden-Netz. Aber zum Glück haben wir ja noch andere Hilfsmittel.«

In Elektras Einblendung erschienen Drohnenaufnahmen eines Stückgutfrachters älterer Bauart mit mittig liegendem Brückendeck samt dickem Schornstein und einem Wald aus Ladebäumen auf dem Vordeck.

»Wie ihr seht«, ertönte Elektras Stimme, »habe ich Bob ausgeschickt. Seht ihr das?«

Sie zoomte ein Bild vom Hauptdeck des Frachters heran, auf dem neben einem Stapel mit Containern eine Leiche lag.

»Das ist noch nicht alles«, fuhr sie fort, während sie die Aufmerksamkeit auf die Backbordseite des Schiffs lenkte. Man sah, dass dort zwei Speedboote ähnlich dem ihren an der Bordwand vertäut waren. In einem der Boote hielt sich ein Bewaffneter auf, außerdem baumelten von der Reling des Stückgutfrachters an Enterhaken hängende Seile nach unten.

»Ein Enterkommando?«, rätselte Perseus, während sie an einem Flusskahn vorbei weiter nach Westen in die Nacht schossen.

»Wir wissen noch nicht, wie wir das zu deuten haben«, meinte die Lettin besorgt. »Entweder haben Shadow und Sokolow während ihres Besuchs auf der *Cartagena* ungebetenen Besuch erhalten, oder sie selbst sind mit den Booten übergesetzt und haben den Frachter auf diese Weise geentert. Was auch immer auf dem Schiff vor sich geht, dem Toten auf dem Deck zufolge, ist das jedenfalls nicht ohne Widerstand abgelaufen.«

»Mist«, grollte Daedalos. »Das ändert alles. In diesem Fall haben wir es dort wahrscheinlich mit rivalisierenden Parteien zu tun. Persönlich würde ich dennoch auf das Team Shadow setzen.«

»Ich werde euch im Kampf übrigens einstweilen keine Rückendeckung geben können«, merkte Elektra an. »Pollux und ich haben uns dazu entschieden, Bob statt mit der MP mit dem Sprühgerät für Nephilim-Liquid zur Einnebelung des Einsatzgebietes auszurüsten. Wir sprühen den Flussbereich gerade zum zweiten Mal ein. Seht zu, dass ihr euch von der Steuerbordseite aus nähert, da ist der Nebel derzeit am dichtesten.«

»Okay«, antwortete Kirke knapp. »Noch was?«

»Ich habe in der Zwischenzeit auch die andere Notiz überprüft, die Lena auf Sokolows Block gefunden hat«, antwortete die Lettin. »Die über diesen Dario Felipe Gómez, auf den offenbar diese fette Kopfprämie ausgesetzt ist. Bei dem Kerl handelt es sich um einen kolumbianischen Verschwörungstheoretiker und Ufologen.«

»Ufologe?«, wiederholte Perseus ungläubig.

»Ja, ich konnte es selbst kaum glauben. In der Szene ist er offenbar kein Unbekannter. Er betreibt eine größere südamerikanische Webseite zu UFOs und Präastronautik. Allerdings tritt er dort nicht unter seinem Klarnamen auf, sondern unter seinem Nick, und der lautet ›RoswellPlanodeoro1993‹. 1993 ist offenbar sein Geburtsdatum. Roswell erklärt sich von selbst, der andere Begriff ist Spanisch und bedeutet …«

»Goldflieger!«, mischte sich Lena ein.

»Genau. Der Begriff spielt wohl auf die goldenen Fischanhänger alter südamerikanischer Kulturen an, die in der Szene für präastronautische Flugzeugmodelle gehalten werden. Seine Webseite ist interessanterweise schon seit Längerem down, und ich kann seit gut zwei Monaten keinerlei Aktivitäten mehr von ihm im Netz finden. Mehr noch. Da wurden sogar zahlreiche Einträge über ihn gelöscht. Der Kerl ist also entweder untergetaucht oder tot. Warum Sokolow ausgerechnet hinter so einem Freak her ist, kann ich euch leider nicht sagen.«

»Klären wir später«, meinte Kirke. »Sag Bescheid, sobald wieder mit euch zu rechnen ist. Over and out.«

Die Sichten von Elektra und Pollux schalteten sich aus, und Kirke holte jetzt alles aus dem Speedboot an Geschwindigkeit heraus, was der Motor hergab.

Lena hielt sich aufgeregt fest, während ihr Untersatz stampfend über die Wellen sprang, als etwas voraus die London Bridge auftauchte, die sich gerade über den Fluss spannte und hinter dem der ursprüngliche und historisch bedeutende Hafenbereich Londons begann. Das einstige geschäftige Treiben war dort allerdings schon lange zum Erliegen gekommen. Das Geschehen hatte sich längst in den Osten verlagert. Und doch konnten sie zwischen den Brückenbögen hindurch mehrere vor Anker liegende Schiffe ausmachen, über die sich ein trübes Nebelfeld gelegt hatte, das sogar die funkelnde Skyline am Uferbereich verdeckte.

»Okay, bereit machen!«, kommandierte Kirke. »Wir nähern uns dem Zielobjekt!«

Sie betätigte vorn am Speedboot irgendwelche Knöpfe, und das laute Brummen des Motors ging schlagartig in einen Flüstermodus über. Anschließend rauschten sie mit reduzierter Geschwindigkeit unter der Brücke hindurch, hinein in die künstliche auf dem Wasser liegende Nebelbank. Diese war bei Weitem nicht so dicht, wie damals in Stockholm, doch dafür kam ihnen heute die Dunkelheit zugute.

Unter Lenas skeptischen Blicken kramten Perseus und Daedalos zwei Druckluftpistolen mit Seilwinden und Greifhaken hervor, bei denen es sich um ähnliche Modelle handelte, wie jenes, das sie selbst auf Station 3 eingesetzt hatte. Anschließend schraubten sie Schalldämpfer auf die Mündungen ihrer Hauptwaffen.

Kirke steuerte derweil das Boot vorsichtig durch das allgegenwärtige Grau über dem Wasser, aus dem allmählich die düstere Außenwand der *Cartagena* emporwuchs.

Das Speedboot ging endgültig längsseits. Perseus und Daedalos schossen ihre Kletterseile ab, und über ihnen ertönten dumpfe Geräusche, als sich die Greifhaken an der Reling festhakten. Die Männer zogen die Seile straff, vertäuten das Speedboot und kletterten flink nach oben in die Düsternis.

»Fällt das Boot im Zweifel nicht auf?«, wisperte Lena. »Also … wenn der Nebel weg ist.«

»Das ist kein einfaches Boot«, erklärte Kirke. »Visby, Tarnmodus aktivieren!«

»Tarnmodus aktiviert, Agentin Kirke!«, vernahm Lena überrascht die Stimme der A.R.G.O.S.-KI in ihren Kopfhörern, während die Konturen des Speedbootes schon um sie herum verschwammen. Allein das Armaturenbrett, Windschutzscheibe, Sitze und Teile der Innenverkleidung blieben sichtbar.

»Meine Güte«, ächzte sie beeindruckt. »Wie funktioniert das denn?«

»Der Rumpf besteht aus einem intelligenten Metamaterial, das Licht biegen kann«, beantwortete Kirke die Frage leise. »Leider alles noch im Experimentalstadium. Funktioniert mit so vielen Personen an Bord außerdem auch nur eingeschränkt, weil sich dazu alle ducken müssten. Und jetzt rauf mit dir!«

Sie warf Lena einen auffordernden Blick zu, und diese mühte sich nun ebenfalls an einem der Seile in die Höhe. Sie hasste diese Kletterpartien, und wie erwartet erlahmten ihre Kräfte, bevor sie die Reling überhaupt erreicht hatte. Umso dankbarer war sie für den Schubs, den ihr die Griechin von unten gab, und der sie schließlich doch noch auf Deck beförderte.

Sie erhob sich und sah im Dunst, dass Perseus und Daedalos mit ihren Waffen bereits nach allen Seiten sicherten, während hinter ihr auch Kirke über die Reling sprang.

»Wohin?«, wisperte Daedalos.

»Ich schlage vor, Helena und ich sehen uns die Leiche an«, flüsterte Kirke. »Ihr beiden klärt die Lage auf der Brücke.«

Perseus nickte. Er und Daedalos huschten hinüber zum Brückendeck der *Cartagena* und kletterten dort eine Metallleiter nach oben. Kirke winkte Lena mit sich, und sie schlichen im treibenden Nebel am Schanzkleid entlang und an einigen Rettungsbooten vorbei zum Heck des Schiffs. Sie erreichten hohe Containerstapel auf Deck, zwischen denen vereinzelt trübe Deckslampen brannten. Und doch kam es für Lena überraschend, als im Nebel vor ihnen plötzlich die Leiche auftauchte, von der sie bereits von der Drohnenaufnahme wussten.

Bei dem Unbekannten handelte es sich um einen bärtigen Kerl in wetterfester Regenkleidung, der halb auf einer MP lag. Ohne Zweifel war er erschossen worden.

Kirke durchsuchte den Mann, checkte seine Waffe und schüttelte den Kopf.

»Der wurde eindeutig überrumpelt«, wisperte sie.

»Hat der ein H.A.D.E.S.-Tattoo?«, wollte Lena wissen.

»Ich kann keines finden.«

In ihren Smart Glasses konnten sie indessen mitverfolgen, wie Perseus und Daedalos auf die Schiffsbrücke vordrangen, wo zwei weitere Leichen in ziviler Kleidung lagen. Einer der Toten hielt noch eine Pistole in der Rechten. Perseus wollte ihn gerade untersuchen, als sich die gegenüberliegende Brückentür öffnete. Dort tauchte unvermittelt ein Mann in ähnlich schwarzer Kampfkombination auf, wie auch Perseus und Daedalos sie trugen.

Alarmiert starrte er die Agenten durch seine Strumpfmaske hindurch an.

Doch noch bevor er seine MP hochreißen konnte, streckte ihn Daedalos mit einem lautlosen Schuss seines Sturmgewehrs nieder.

Perseus durchsuchte ihn rasch, und Lena konnte mitverfolgen, wie er ein militärisch anmutendes Walkie-Talkie an sich nahm, das an der Kleidung des Mannes befestigt war.

»Shit!«, fluchte der Algerienfranzose leise. »Offenbar sollte der Kerl hier oben nach dem Rechten sehen. Vermutlich ein Söldner. Das alles wirkt auf mich so, als sei die komplette Besatzung überwältigt worden.«

»Versteckt die Leiche«, flüsterte Kirke. »Und dann lasst uns herausfinden, was das Schiff geladen hat. Wir sondieren in der Zwischenzeit weiter hinten die Lage.«

Kirke winkte Lena mit sich, und die beiden schlichen an den aufgetürmten Containern vorbei zur Backbordseite. Da vernahmen sie im Nebel plötzlich gedämpfte Stimmen, die sich auf Englisch unterhielten.

Ebenso wie Kirke suchte auch Lena aufgeregt Deckung. Von ihrem Versteck aus konnten sie das Achterdeck einsehen. Dort liefen bewaffnete Gestalten in Kampfmontur herum, die im Nebel einen Verladekran bereit machten, während sich auf dem Deck vollautomatisch große Frachtraumklappen öffneten.

Lena riss unwillkürlich die Augen auf, als sie eine der Gestalten wiedererkannte. Die halblangen dunklen Haare, der drahtige Körperbau und auch die Tattoos, die sich an Hals und Händen abzeichneten … das war ohne Zweifel die Spanierin.

»Kirke«, wisperte sie alarmiert. »Die mit den Tattoos, das ist Ariadne!«

»Leute, vom Ufer nähert sich ein Kahn der *Cartagena*«, war Elektra wieder zu hören, bevor Kirke antworten konnte.

»Vermutlich, um die Fracht aufzunehmen«, knurrte Perseus über Funk. »Sieh zu, dass ihr Bob für den Kampf bereit macht.«

»Sind schon dabei.«

»Was machen wir jetzt?«, fragte Lena aufgeregt.

»Abwarten«, erklärte Kirke beherrscht.

»Weißt du, auf was die es hier abgesehen haben?«, wollte Lena wissen, während sie dabei zusah, wie Ariadne die Bewaffneten in ihrem Gefolge antrieb.

»Nein«, meinte Kirke leise. »Auch, wenn ich da so einen Verdacht habe. Wir entscheiden das weitere Vorgehen, sobald Perseus und Daedalos zurück sind.«

Tatsächlich dauerte es nicht lange, bis die beiden Agenten wieder bei ihnen waren. Zu allem Unglück schienen die Maskierten am Heck des Schiffes jedoch mitbekommen zu haben, dass sich ihr Kumpan mittschiffs nicht mehr meldete. Zwei von ihnen eilten jetzt mit Waffen im Anschlag hinüber zum Brückendeck.

»Kämpfen wir uns da durch?«, fragte Daedalos.

»Bei dem Nebel zu riskant«, wog Perseus das Risiko ab. »Wir wissen ja nicht einmal, mit wie vielen Gegnern wir es zu tun haben.«

»Den Speedbooten nach zu urteilen, dürften das nicht mehr als acht oder neun sein«, knurrte der Ire. »Noch haben wir das Überraschungselement auf unserer Seite.«

»Du vergisst Shadow«, widersprach Kirke. »Die zählt für mindestens vier. Die müssen wir zuerst ausschalten. Lasst uns einen Weg nach unten suchen. Es gibt hier ja noch weitere Zugänge.«

Lena löste ihren Blick nur widerstrebend von der verräterischen Spanierin, während sie sich den anderen anschloss. Sie erreichten so ein mittig liegendes Deckshaus mit Luken und einer Metalltür, durch die sie ins Innere des Frachters und von dort über einen Niedergang in den Bauch des Schiffes vorstießen. Sie kamen an Kabinen und der Tür des Zahlmeisterbüros vorbei und schlichen anschließend eine weitere Metalltreppe in die Tiefe, wo sie hinter einer Schott-Tür das leise Brummen von Maschinen vernahmen – als sich Elektra erneut meldete.

»Da tut sich noch etwas. Abgesehen von dem Kahn, der gerade am Frachter anlegt, nähern sich von Osten her drei weitere Speedboote. Nach einem Klassentreffen sieht mir das alles aber nicht aus.«

»Okay, behalt die Situation im Blick!«, antwortete Perseus, der beunruhigt aufsah, da zwischen den Rohren an der Decke ein Paket mit Plastiksprengstoff und elektronischem Zünder klemmte.

»Haben die vor, das Schiff in die Luft zu jagen?«, fragte Lena beunruhigt.

»Nicht, wenn wir das verhindern können«, meinte Kirke, als Daedalos kurzerhand einen Draht am Zündungsmechanismus durchschnitt. »Allerdings frage ich mich, warum sie das tun sollten?«

»Ich befürchte, dass von denen noch mehr angebracht sind«, knurrte der Ire. »Kann es sein, dass die hier alle Spuren beseitigen wollen, falls was schiefläuft?«

Kirke wog nachdenklich ihren Kopf. »Nein, irgendetwas stimmt hier nicht.«

Sie und Daedalos sicherten mit ihren Waffen, während Perseus die Tür öffnete.

Das Brummen wurde lauter, und warme Luft schlug ihnen entgegen.

Vor ihnen lag der Hauptmaschinenraum mit dem gewaltigen

Dieselmotor und dem Schiffsgenerator, von dem das Geräusch ausging. Sie suchten sich einen Weg zum Heck des Schiffs und schlichen durch Hilfs- und E-Maschinenraum, in dem sie einen weiteren erschossenen Seemann fanden. Dann, endlich, erreichten sie ein Schott, durch das sie in den hinteren Laderaum des Schiffes gelangten.

Und hier war es auffallend kalt.

Sie waren in einem riesigen Kühlraum gelandet. Bis unter die Decke stapelten sich schwere, teils mit Folie umspannte Paletten mit Hunderten von Bananenkisten.

Die Frachtraumklappen hinauf zum Deck weiter hinten standen inzwischen offen, und sie konnten sehen, wie Vermummte mithilfe eines Niederhubwagens eine schwere Palette mit abgepackten Bananen unter die Öffnung schoben. Einer der Kartons war aufgeschlitzt, und so war zu sehen, dass darin statt der Tropenfrüchte bräunliche Pakete verstaut waren. Lena ahnte, um was es sich dabei handelte: Drogen.

Die Entdeckung verblasste jedoch angesichts der Szene, die sich im mittleren der Laufgänge abspielte. Denn dort stand eine Gruppe von Bewaffneten, die sich um einen am Boden liegenden Endvierziger mit wirrem dunkelblondem Haar und offen stehender Lederjacke gruppiert hatte. Der Unterlegene lehnte gegen eine Palette, und seine blutende Kopfwunde zeigte, dass er zuvor vergeblich Widerstand geleistet hatte.

Lena schluckte, denn abgesehen von einem maskierten Bewaffneten mit Sturmgewehr, der wachsam die Umgebung im Auge behielt, befanden sich dort hinten zwei weitere Personen. Zum einen Shadow in schwarzer Kampfmontur. Sie trug neben zwei Pistolen an der Seite ein schweres Maschinengewehr auf dem Rücken, und ihr unverkennbares rot leuchtendes Cyberauge war erbarmungslos auf den Gefangenen gerichtet. Zum anderen ein Mann in feinem Zwirn samt dunklem Übermantel, der zwischen ihr und dem Gefangenen hockte, und angesichts seines Schnurrbarts und der kurzen gepflegten Haare eindeutig als Sokolow zu identifizieren war. Im Blick des Russen lag Spott und Häme, während er mit dem Gefangenen sprach.

»Sieh an!«, schnaubte Kirke, die die Gruppe in ihrer Einstellung näher heranzoomte. »Seht ihr den Typen in der Lederjacke? Das ist Leano Muça. A.R.G.O.S. sucht ihn schon eine Weile. Er und sein Bruder Enis führen die Londoner Zelle der albanischen Mafia. Ich befürchte, wir sind hier mitten in einen Drogenkrieg hineingeraten.«

»Darum geht es H.A.D.E.S.?«, fragte Lena, während sie wahrnahm, dass der Atem vor ihrem Mund kondensierte.

»H.A.D.E.S. interessiert sich für alles, womit sich in großem Stil Geld machen lässt«, knirschte die Griechin. »Allerdings bin ich mir sicher, dass hinter allem noch weit mehr steckt.«

In der offen stehenden Frachtluke war jetzt der Haken des Krans auszumachen, der sich in den Laderaum absenkte und von den Maskierten an der Palette verankert wurde.

Lena warf Perseus einen knappen Blick zu, der stumm dastand und beim Anblick Shadows unruhig mit dem Kiefer malmte.

»Lasst uns aufteilen«, schlug Daedalos vor.

»Gut, aber Shadow gehört mir! Verstanden!« Perseus musterte seine Begleiter ernst durch sein Smart Glass.

»Ich hoffe, du hast einen Plan«, brummte der Ire, »denn alleine kommst du gegen sie unmöglich an.«

»Natürlich habe ich einen Plan.« Perseus zückte eine futuristisch wirkende Betäubungspistole mit langem Lauf, wie sie Tierärzte oder Zoomitarbeiter verwendeten. »Die Dosis ist so bemessen, dass sie selbst einen Elefanten umhaut.«

»Das wird auch nötig sein«, seufzte Kirke. »Also los, weg mit dir. Wir versuchen, die Truppe abzulenken.«

Perseus huschte in die Dunkelheit, und Lena konnte sehen, wie er weiter hinten einen der Türme aus Bananenkisten erklomm, als sich Elektra abermals meldete.

»Leute, da stimmt irgendetwas nicht«, warnte sie sie. »Der Kahn hat inzwischen angelegt, und auch die Speedboote, von denen ich vorhin sprach, erreichen den Frachter in Kürze. Allerdings kommen von Osten her zwei weitere Boote auf die *Cartagena* zu.«

»Sieh einfach zu, dass du Bob flottkriegst!«, antwortete Kirke angespannt.

»Ja, natürlich. Es dauert nur etwas, ihn umzurüsten.«

Lena schloss sich ihr und Daedalos an, die die aufgetürmten Bananenkisten auf der Steuerbordseite als Deckung nutzten, um sich so ungesehen ihren Gegnern zu nähern.

Endlich konnte man verstehen, was Sokolow sagte.

»… du albanische Drecksau hast dich mit dem Falschen angelegt«, höhnte der Russe. »Und was deinen Cousin betrifft, der ist tot. Meine Leute haben ihn vorhin in meinem Club abgeknallt. Und jetzt«, er erhob sich, »jetzt bist du dran.«

Sokolow nickte Shadow zu. »Erschieß ihn!«

Shadow fixierte den Russen mit ihrem diabolisch leuchtenden Cyberauge.

»Wag es noch einmal, mir Befehle geben zu wollen«, grollte sie, »und ich lasse dich so lange Bananen fressen, bis dir das Zeug das Gedärm zerreißt.«

Sokolow zog unwillig seine eigene Pistole, die er auf den Albaner richtete. »Dann erledige ich die Ratte eben selbst.«

Der Gefangene spuckte ihm voller Todesverachtung vor die Füße.

»Mach ruhig. Mein Bruder wird mich rächen.«

»Dein Bruder ist gerade in Südamerika.«

»Budallallëqe!«, fluchte der Kerl vor ihm auf Albanisch, und vor seinen Lippen kondensierte leichter Nebel. »Er ist schon seit Tagen zurück. Wir haben euch gerade so lange beschäftigt, dass er unsere Männer zusammentrommeln konnte. Er ist bereits auf den Weg hierher und wird euch den Arsch aufreißen. Ihr Wichser werdet uns nicht ein Gramm dieser Ladung ungestraft abnehmen.«

Sokolow blickte verunsichert zu Shadow. Die lächelte hinterhältig, während der Laser ihres Cyberauges prüfend die Gesichtszüge des Albaners abtastete.

»Offenbar sagt er die Wahrheit«, meinte die Unheimliche seltsam zufrieden. »Das bedeutet dann wohl, dass ich ihn nicht mehr eigens suchen muss. Stattdessen können wir heute Phase 1 sogar endgültig abschließen.«

»Phase 1?« Der Albaner verengte die Augen. »Wovon sprichst du?«

Shadow lächelte eisig. »Davon, dass mich eure Ladung einen Scheiß interessiert.«

»Wie bitte?«, brauste Sokolow auf. »Wozu sind wir dann hier? Das sind drei Tonnen Kokain im Straßenverkaufswert von über fünfhundert Millionen Pfund. Vermutlich sogar sechshundert oder siebenhundert, so knapp wie der Stoff gerade ist.«

»Die Organisation benötigt das Kokain nicht. Sie hat ihre eigenen Quellen«, widersprach Shadow kryptisch. »Alles, was sich auf diesem Schiff befindet, ist lediglich Mittel zum Zweck. Und zwar dazu, in dieser Stadt aufzuräumen und das Angebot weiter zu verknappen.«

»Offenbar hast du deine Terminatorin nicht unter Kontrolle, Sokolow«, zischte der Albaner hämisch.

»Er hat die Kontrolle schon lange verloren«, erklärte die Superkriminelle eisig. »In diesem Moment legen die Brasilianer an, denen Sokolow eure Ladung bereits verkauft hat. Und die Pakistani sind ebenfalls auf dem Weg hierher. Auch ihnen hat er ein Vorkaufsrecht eingeräumt. Und wenn dann auch noch dein Bruder hier eintrifft, nun, dann ist die Party vollzählig.«

Sokolow blickte Shadow ungläubig an. »Ich habe niemandem irgendetwas verkauft.«

Lena, Kirke und Daedalos warfen sich beunruhigte Blicke zu.

»Ich befürchte, doch«, erklärte Shadow mitleidig. »Ich persönlich habe dafür gesorgt, dass den jeweiligen Parteien deine Offerte zuging.«

»Du hast … was, zum Teufel!?« Sokolow starrte die Kriminelle entgeistert an.

»Du hältst dich vielleicht für einen König, dabei bist du bestenfalls ein Springer«, fauchte sie. »Und als Springer hast du versagt. Und wie du weißt, hasst der Boss Versager. Wenn alle eingetroffen sind, werden sie erst dich umbringen, anschließend sich gegenseitig … und wer dann noch übrig ist, den versenke ich mitsamt dem ganzen Kahn. Anschließend beginnt Phase 2. Schon morgen werde ich in London einen neuen Statthalter einsetzen, der das entstandene Machtvakuum füllt. Natürlich jemanden, der fähiger ist als du.«

Unter wütendem Gebrüll riss Sokolow seine Waffe herum, doch Shadow hatte damit gerechnet. Schneller, als Lena blinzeln konnte, rammte der weibliche Cyborg den Waffenarm des Russen beiseite, prellte ihm die Knarre aus der Hand und hob ihn ruckartig mit ihrem künstlichen Arm empor, um ihn mit Wucht gegen eine der Paletten mit aufeinandergetürmten Bananenkisten zu schleudern, vor der der Russe röchelnd liegen blieb.

»Du wartest mit dem Sterben gefälligst, bis du deine Aufgabe erfüllt hast!«, zischte sie eisig.

Der Albaner sprang plötzlich auf und hechtete zu der fallengelassenen Waffe – und brüllte auf, da Shadow reaktionsschnell zu ihm herumfuhr und ihm mit einem kraftvollen Tritt die Finger brach, bevor er seinem Ziel auch nur nahe kam.

»Ich befürchte, dich braucht im Augenblick niemand mehr.«

Shadow zückte eine ihrer Automatikpistolen – als ihr Kopf jäh herumruckte, als habe sie ein Geräusch gehört. Schon sprang sie beiseite, und statt ihrer wurde der Albaner von Perseus Betäubungsgeschoss getroffen, der kurz zusammenzuckte und mit zunehmend glasigem Blick liegen blieb.

»Scheiße!«, entfuhr es Daedalos leise.

Auch Lena entdeckte jetzt Perseus, der auf einem der hohen Türme aus aufeinandergestapelten Bananenkisten zum Vorschein kam. Er und Shadow maßen sich einen winzigen Augenblick lang mit Blicken, und der Superkriminellen war die Überraschung anzumerken, als sie begriff, wer ihr dort oben gegenüberstand. Doch sie fasste sich rasch wieder.

»Perseus! Natürlich.« Shadows Cyberauge glühte dunkelrot.

»Hör auf, Hippolyte, und lass dir helfen!«, rief er ihr zu.

»Ich benötige keine Hilfe!« Shadows Gesichtszüge verfinsterten sich. »Ich bin genau das, was A.R.G.O.S. aus mir gemacht hat.«

»Bitte! Hör mich an und …«

»Nein!«, schrie sie erbost. »Ich hatte dich davor gewarnt, dich mir noch einmal in den Weg zu stellen. Die Konsequenzen trägst jetzt du!«

Mit einem wütenden Aufschrei riss sie ihr schweres MG von den Schultern und feuerte eine lange Salve ab. Lena sah verängstigt mit an, wie der Algerienfranzose zur Seite hechtete. Die Cyberqueen hatte die schwere Waffe derart schnell in Anschlag gebracht, dass Lena nicht sicher sein konnte, ob sie ihn nicht vielleicht doch erwischt hatte.

»Angriff!«, befahl Kirke, die jetzt ebenso wie Daedalos das Feuer auf Shadow und den Bewaffneten an ihrer Seite eröffnete. Doch die Kriminelle fuhr blitzschnell herum. Eine der Kugeln traf sie zwar an ihrer Cyberprothese, doch schon hielt sie ihren überrumpelten Begleiter wie einen Schutzschild im Griff, der unter den Einschlägen der Projektile zusammenzuckte.

Die Maskierten im Frachtraum weiter hinten ließen alles liegen und rannten jetzt ebenfalls in ihre Richtung. Und Lena konnte sehen, wie auch durch die Frachtraumluke zwei Gestalten in den Schiffsbauch sprangen. Die beiden landeten auf der leicht schwingenden Palette mit dem vielen Kokain, die noch immer am Kran hing. Von dort aus setzten sie auf benachbarte Kistentürme über, um ebenfalls in den Kampf einzugreifen.

Shadow selbst ließ die Leiche des Mannes fallen und nahm mit dem MG ihr Versteck unter Beschuss. Die schwere Waffe ratterte, Holzsplitter und Teile von Bananen flogen ihnen um die Ohren. Fluchend wichen die A.R.G.O.S.-Agenten tiefer in den Laderaum zurück, da die Kugeln der schweren Waffe nahezu alles zertrümmerten, was zwischen ihnen und der Irren stand.

Auch weiter hinten war jetzt das laute Stakkato von Waffen zu hören, die in ihre Richtung feuerten.

»Wir müssen Shadow aufhalten!«, fluchte Kirke, die kaum zum Schießen kam, da ihnen die Kugeln nur so um die Ohren flogen.

»Und wie sollen wir das anstellen?«, klagte Lena, die längst ihre eigene Waffe gezogen hatte. »Ihr sagtet doch, dass Perseus' Freundin so stark wie vier Männer ist.«

»Freundin?« Daedalos warf ihr einen irritierten Blick zu, während Kirke die Gelegenheit nutzte, zurückzuschießen. »Shadow ist seine Schwester!«

»Schwester?« Lena riss verwundert die Augen auf.

»Ich dachte, das wüsstest du?« Fluchend wechselte Kirke ihr Magazin. »Ich hab dir doch von ihr erzählt. Damals in Dresden. Egal. Das klären wir später – falls wir hier überhaupt je wieder rauskommen.«

Die Griechin schleuderte ihre Blendgranate, deren grelle Explosion das feindliche Feuer kurz stoppte. Daraufhin warf sie ihre Rauchgranate gleich hinterher. Vor ihnen zischte es, und zwischen den vielen Bananenkisten stieg grau wabernder Rauch auf, der sich rasch im Frachtraum ausbreitete.

»Los, auf Wärmesicht umschalten«, kommandierte Kirke. »Wir schwärmen aus!«

Erneut hallte das Knattern von Waffen an Lenas Ohren, als Kirke und Daedalos im Schutz des Rauchs losstürmten und zwischen den eingenebelten Kistenstapeln verschwanden.

Einzig Lena blieb sitzen.

Shadow war gar nicht Perseus Freundin?

Himmel, das änderte wirklich alles!

Verklärt lächelnd sah sie zu dem hohen Turm Bananenkisten über ihr auf, der in diesem Moment von einer Kugelgarbe zersiebt wurde. Sie achtete kaum darauf. Selbst das unentwegte Hämmern der Waffen im Laderaum kam ihr im Augenblick wie eine himmlische Melodie vor.

Natürlich konnte sie sich an das Gespräch zwischen ihr und Kirke letztes Jahr in Dresden erinnern. Aus irgendeinem Grund war die Griechin damals davon überzeugt gewesen, dass sich Perseus Sorgen um sie machte, weil sie ihn angeblich an dessen Schwester erinnerte. Nur hatte sie das Thema nie weiter vertieft und später auch nicht mehr darüber nachgedacht.

Aber warum erinnerte sie ihn an Shadow?

Sie trug doch überhaupt keine Prothesen.

Sie besaß ja nicht einmal Kontaktlinsen.

Ein halbes Dutzend Bananen prasselte neben ihr aus einer der zerfetzten Kisten auf den Frachtraumboden. Ernüchtert kam sie wieder zur Besinnung.

Es wurde Zeit zu handeln. Allmählich wurde ihr auch kalt. Und doch fühlte sie sich jetzt wieder so frisch und motiviert wie … seit der Besprechung in Italien nicht mehr. Perseus würde ihr sicher unendlich dankbar dafür sein, wenn sie Shadow für ihn ausschaltete. Vielleicht sogar in ein schickes Restaurant einladen und sie anschließend bitten, das rote Outfit aus dem Club noch einmal für ihn anzuprobieren.

Das Problem war, dass Shadow übermenschlich stark und geschickt war. Andererseits konnte sie selbst inzwischen auf eine echte Agentenausbildung zurückgreifen. Der Kampf mit ihr würde natürlich dennoch auf ein Duell David gegen Goliath hinauslaufen. Aber David hatte in der Bibel ja auch gesiegt. Und nicht nur da, sondern ebenso in dieser gleichnamigen Sandalenverfilmung von 2016. Das musste also etwas zu bedeuten haben.

Lena schaltete das Bild ihrer Smart Glasses ebenfalls auf Wärmesicht um und krabbelte entschlossen und mit gezückter Waffe zwischen Bordwand und hohen Kistentürmen entlang, bevor sie den Mut fasste, sich wieder aufzurichten. Ungesehen näherte sie sich so der Hauptkampfzone nahe der Frachtraumluke an, durch die in diesem Moment der Körper eines Toten in die Tiefe fiel.

Auch dort oben war Waffenlärm zu hören, was bedeutete, dass inzwischen auch diese Brasilianer an Bord waren. Und vermutlich auch die Albaner. Und wenn erst die Pakistani eintrafen, von denen Shadow gesprochen hatte, würde das alles hier wohl erst recht in ein heilloses Durcheinander ausarten.

Allmählich fragte sie sich, wie sie in dem Chaos auch nur eines ihrer Ziele erreichen sollten. Ihre Freunde kamen jedenfalls kaum voran. In ihrer Brille sah sie, dass sich Kirke und Daedalos bereits wieder hinter Kistenstapeln verschanzt hatten und von unterschiedlichen Positionen aus ihre Gegner unter Feuer nahmen, während Perseus in der rauchgeschwängerten Luft von Kistenturm zu Kistenturm sprang, um den MG-Salven Shadows zu entgehen, die unerbittlich Jagd auf ihn machte.

Lena wollte schon weiterlaufen, als sie angesichts der Explosion einer Granate zusammenschreckte, der das Rumpeln zahlloser zusammenstürzender Bananenkisten folgte. Himmel, das hatte jetzt aber sehr nah geklungen. Geduckt eilte sie weiter und gelangte so in ein Areal, in dem unzählige zerstörte Bananenkisten und ganze Berge an zerfetzten Früchten lagen.

Sie schickte sich gerade dazu an, über den süßen Matsch hinwegzustiefeln, als in einem Spalt zwischen den Kistentürmen ein heller Schemen auftauchte und auf sie zujagte. Alarmiert fuhr sie herum und gab noch einen ungezielten Feuerstoß mit ihrer Pistole ab, als sie selbst brutal von zwei Kugeln getroffen wurde, deren kinetische Energie sie bis zur stählernen Bordwand zurückschleuderte.

Stöhnend vor Schmerzen blieb Lena liegen. Dabei hatte ihr kugelsicherer Catsuit das Schlimmste abgewendet. Gepeinigt versuchte sie, wieder hochzukommen, als ihr jemand die Pistole aus der Hand trat und sich grob auf sie warf.

Trotz der Wärmesicht ihres Smart Glasses erkannte sie sofort, wer sie überwältigt hatte: Ariadne!

Die verräterische Spanierin hielt eine israelische Uzi in der Rechten und starrte böse lächelnd auf sie herab.

»Sieh an! Die deutsche Tippse.«

»Ich war … Assistentin der Geschäftsleitung«, würgte Lena hervor.

»Ach ja? Und doch kreuzt du immer wieder meine Wege. Erst im Gebirge und jetzt hier. Wer bist du wirklich?«

Obwohl sich Lena durch die Feststellung Ariadnes durchaus ein wenig geschmeichelt fühlte, wusste sie nur zu gut, dass sie in höchster Lebensgefahr schwebte.

»Ehrlich, bis vor einem halben Jahr war ich wirklich Assist…«

»Erzähl keinen Scheiß!«, brüllte die Tätowierte und drückte ihr den warmen Mündungslauf der MP an den Kopf. »Ich hätte dich schon im Camp erledigen sollen.«

Doch statt abzudrücken, hielt sie interessiert inne. Sie griff nach Lenas Smart Glass und versuchte, es ihr vom Kopf zu reißen. Jedoch ohne Erfolg.

»Was ist das für ein Ding?«, herrschte sie sie an.

»Ein Prototyp«, wimmerte Lena noch immer unter Schmerzen. »Ich soll später einen Bericht fertigen, wie sie …«

»Gib mir die Scheißbrille, damit ich die Standorte deiner Kollegen ausmachen kann. Andernfalls jage ich dir eine Kugel in den Schädel!«

Lena kam eine Idee.

»Brille absetzen!«, ächzte sie.

Ariadne riss ihr das Smart Glass vom Kopf, richtete sich auf und hielt es vor ihre Augen.

»Genauso, wie ich es mir gedacht habe.« Ihre Stimme nahm einen gemeinen Unterton an, als sie ihren Blick mutmaßlich auf die Sichteinblendungen von Perseus, Kirke und Daedalos richtete. »Ihr seid nicht ernsthaft bloß zu viert? Schwerer Fehler. Wie damals in den Alpen werde ich sie alle hinterrücks erledigen. Einen nach dem anderen.«

»Haftfunktion aktivieren«, kommandierte Lena mit Reibeisenstimme.

Das Smart Glass saugte sich auf dem Gesicht der Spanierin fest, was dieser ein kurzes Grunzen entlockte.

»Kameras aus! Schlafmodus aktivieren!«

»Was, zum Teufel …«

Mit aller Kraft, die Lena aufbieten konnte, brachte sie die jetzt blinde Ariadne aus dem Gleichgewicht und schleuderte sie von sich herunter.

»Scheiße, was ist das!?« Wütend versuchte die Erblindete, das Smart Glass abzunehmen, doch die Brille klebte bombenfest an ihrem Gesicht.

»Die reagiert allein auf meine Stimme, du blöde Kuh!«

Lena verpasste ihrer Gegnerin einen wüsten Tritt, der Ariadne zum Schwanken brachte. Doch schon hob die Spanierin ihre Waffe, zielte grob in ihre Richtung und drückte ab.

Panisch warf sich Lena zur Seite, während schräg neben ihr mehrere Kugeln Bananenkartons perforierten.

»Ich bring dich um!«, brüllte die Verräterin, die weiter erfolglos an dem Smart Glass zerrte. Abermals zielte sie blind in ihre ungefähre Richtung und ließ die MP losrattern. Aber Lena hatte sich längst hinter einem der Kistentürme in Sicherheit gebracht. Dennoch flogen ihr Holzsplitter und Fruchtfleisch um die Ohren.

Reaktionsschnell sammelte sie zwei der herumliegenden Bananen auf und schleuderte diese auf ihre Gegnerin. Natürlich traf sie … nicht.

Die Früchte flogen stattdessen an der Spanierin vorbei, sorgten jedoch dafür, dass die Tätowierte beim Klatschen ihres Aufschlags herumwirbelte und auch den Rest ihres Magazins leerschoss. Lena, deren gepeinigter Körper sich noch immer so anfühlte, als wäre gerade eine Planierraupe darüber hinweggerollt, ging zum Gegenangriff über. Beherzt warf sie sich von hinten auf die Verräterin – und ließ endlich ihren Lady Shave auf das Miststück los.

Ariadne zuckte spastisch und ging röchelnd zu Boden. Leider war sie noch immer nicht endgültig erledigt, sondern versuchte stöhnend, wieder hochzukommen. Lena überlegte bereits, ihr einen zweiten Stromschlag zu verpassen, stattdessen entschloss sie sich dazu, die Ladung aufzusparen, riss stattdessen eines ihrer Erfrischungstuch-Päckchen auf und stopfte Ariadne das Tuch samt Narkotikum in dem Mund.

Endlich gab das Miststück Ruhe.

»Karma, Baby! Karma!«

Zufrieden pustete Lena über das Scherwerk ihres Lady Shaves, als ihr klar wurde, dass ihre Smart Gun verschwunden war. Sie war offenbar unter eine der Paletten gerutscht. Mist. Unter Schmerzen nahm sie die Uzi ihrer Gegnerin an sich, wechselte das Magazin und löste das Smart Glass von Ariadnes Gesicht, um sich die Hightech-Brille selbst wieder aufzusetzen.

Immer noch erfüllte wüster Kampflärm den kühlen Frachtraum.

In den Sichten ihrer Freunde war zu sehen, dass diese weiter erbittert kämpften.

Daedalos prügelte sich gerade mit einem Maskierten, der ihn von einem Kistenstapel aus ansprang, Kirke lieferte sich einen Schusswechsel mit zwei Typen, bei denen es sich eindeutig um Südamerikaner handelte – waren die Brasilianer also schon hier unten? –, während in Perseus' Bildeinstellung zu sehen war, wie dieser sich mehrfach überschlug und hart gegen einen der Bananenkistentürme prallte. Dann sah sie, wie sich sein Blick auf Shadow samt ihrem diabolisch leuchtenden Cyberauge richtete, die ihn offenbar gerade mehrere Meter weit durch die Luft geschleudert hatte. Sie hatte sich mit ihrem schwarzen Kampfanzug mittig in einem der Gänge aufgebaut und legte soeben mit ihrem schweren MG auf ihn an, als hinter ihr überraschend zwei Kerle mit Kalaschnikows auftauchten und auf sie schossen. Lena konnte sehen, dass die Kriminelle mehrfach getroffen wurde. Doch ihre Kampfmontur steckte die Einschläge klaglos weg, denn sie nahm die beiden sofort mit ihrem MG unter Feuer.

Perseus kroch derweil unter Mühen in Deckung, und Lena sah, dass Blut von seiner Hand troff.

»Perseus, wo bist du!?«, rief Lena entsetzt. »Ich komme!«

»Nein!«, ächzte er. »Bleib zurück. Ich muss nur endlich meine Betäubungswaffe wiederfinden.«

Lena ignorierte seinen Befehl und rannte trotz der heftigen Schießerei im Frachtraum an zwei Leichen sowie weiteren Bananenkisten vorbei, als sie überraschend mit einem bärtigen Mann mit Pudelmütze und Sturmgewehr zusammenprallte, der aus einem schmalen Gang rechts von ihr heranstürmte.

Der Kerl versuchte noch, auf sie zu schießen, doch sie prellte instinktiv den Lauf seiner Waffe beiseite, dann stürzte er mit ihr zu Boden. Schreiend betätigte auch sie den Abzug ihrer Beute-Uzi, deren Magazin sich jedoch ziellos entleerte.

Alles, was sie traf, waren irgendwelche Bananenkartons über ihnen.

Plötzlich hockte der Fremde auf ihrer Brust, entriss ihr die Waffe und hob grinsend ein Kampfmesser zum tödlichen Stoß – als von oben ein schwarzgrüner Schatten auf sie beide niedersauste, der ihn brutal am Kopf traf und niederstreckte.

Samt der schweren Bananenstaude, die Lena gerade das Leben gerettet hatte, klappte ihr Gegner bewusstlos auf ihr zusammen.

Mühsam wälzte sie den Bärtigen und die Staude von sich runter und kam zittrig auf die Beine, als ein weiterer Bewaffneter zwischen den Türmen aus Bananenkisten auftauchte und auf sie anlegte. Erschöpft schloss Lena die Augen, vernahm Schüsse – und öffnete ihre Lider irgendwann wieder, da sie keinerlei Einschläge spürte. Stattdessen lag der Unbekannte jetzt tot am Boden, und Daedalos tauchte hinter einem der Kistentürme auf.

»Gut gemacht!« Er nickte ihr mit Blick auf den Bärtigen zu. »Wir müssen irgendwie zu Perseus vorstoßen.«

»Ich weiß.« Lena sammelte mühsam die Waffe ihres bewusstlosen Gegners auf. »Ich hab nur keine Ahnung, wo er ist.«

Von irgendwoher wurde plötzlich auf sie geschossen, und beide gingen reaktionsschnell in Deckung, als unvermittelt die *Drei Haselnüsse für Aschenbrödel*-Melodie ertönte: Das Handy des Iren bimmelte.

»Tut mir leid!«, fluchte Daedalos, der Lena hektisch bedeutete, still zu sein. »Ich muss da ran. Meine Tochter!«

Mit aufgesetztem Lächeln hob er das Mobile.

»Kiana, mein Knuddelbärchen«, meldete er sich mit zuckersüßer Stimme. »Solltest du nicht längst im Bett sein?«

Eine Kugelsalve perforierte die Kartons über ihren Köpfen, und ein Kerl mit MP tauchte auf einem der Kartontürme zu ihrer Rechten auf, den Daedalos mit einem gezielten Wurf seines Kampfmessers zu Fall brachte.

»Nein, hier läuft gerade ein spannender Film. Was ist denn …?«

Lena sah, wie der Kerl, den Daedalos eben mit seinem Messer

ausgeschaltet hatte, schwankend wieder auf die Beine kam. Sie warf sich auf ihn und gab ihm mit knatterndem Lady Shave den Rest.

Daedalos goutierte den Einsatz mit erhobenem Daumen.

»Und jetzt muss Papa leider weiterarbeiten«, beendete er das Gespräch, während weiter hinten Schüsse und Todesschreie zu hören waren. »Lass Mama besser nicht wissen, dass du noch wach bist, okay? … Also, Bussi. Und schlaf gut.«

Rasch steckte er sein Handy wieder weg.

»War keine gute Idee, Kiana ein Handy zu schenken«, stöhnte er, während er seine Blendgranate vom Gürtel löste und hinter die Kisten warf, wo sie krachend explodierte.

»Wäre übrigens nett, wenn das eben unter uns bleiben könnte«, meinte er verlegen. »Kiana hatte sich schon vorhin im Club gemeldet, was Kirke nicht ganz so toll fand.«

»Aber klar«, versicherte Lena verständnisvoll. »Mein Papa war damals auch immer für mich da. Ich finde das toll von dir.«

»Okay, dann los. Wir müssen Perseus finden.«

Lena suchte dessen Sicht, als diese, wie auch jene von Daedalos und Kirke, plötzlich in grauem Schnee versank.

»Scheiße!«, fluchte der Ire, der offenbar das gleiche technische Problem hatte. »Irgendjemand hier hat einen Jammer aktiviert, der unsere Signale stört. Zuletzt war Perseus irgendwo da drüben, nahe der Palette mit den Drogen.«

Gemeinsam kämpften sie sich wieder zu dem Bereich unter der Frachtraumluke durch, als sich von oben drei weitere Angreifer an Seilen in die Tiefe niederließen. Lena wollte schon auf sie anlegen, als sie und Daedalos irgendwo tiefer im Laderaum den zornigen Wutschrei Shadows hörten.

Was auch immer der Cyborg dort hinten trieb, einer der Kistentürme vor ihnen geriet plötzlich unter dem Ansturm einer gewaltigen Kraft ins Schwanken, und ein halbes Dutzend Bananenkisten stürzte auf sie nieder.

Lena sprang zur Seite und konnte doch nicht verhindern, von einer der schweren Boxen getroffen zu werden. Und das ausgerechnet da, wo Ariadnes Kugeln schon Prellungen hinterlassen hatten. Nur am Rande bekam sie mit, wie Daedalos sie wieder auf die Beine zerrte, während der Kampf weiter vorn mit unverminderter Heftigkeit weitertobte.

»Sieht so aus, als fällt Shadow ihr Plan gerade auf die Füße«, fauchte der Ire, während er einen Kerl mit MP mit Gewehrfeuer niederhielt.

»Und das heißt was?«, jammerte Lena.

»Das heißt, dass hier inzwischen jeder gegen jeden kämpft. Perseus' Erscheinen hat Shadow offenbar derart aus dem Konzept gebracht, dass sie das Chaos hier nicht weiter kontrolliert. Das müssen wir irgendwie ausnutzen.«

Sie liefen weiter, und Daedalos schoss einen weiteren Angreifer nieder, bei dem es sich dem Aussehen nach um einen der angekündigten Pakistani handelte. Also hatte auch diese Partei den mittlerweile völlig überfüllten Frachter geentert. Endlich näherten sie sich der umkämpften und noch immer am Kranhaken hängenden Palette mit den Drogen.

Der Bereich darunter war von gelben Früchten und aufgerissenen Kartons übersät, und sie konnten trotz des Rauchs mehr als ein halbes Dutzend Männer sehen, die einander beschossen oder in Nahkämpfe verwickelt waren. Unweit von diesem Geschehen stand Shadow, die von mehreren Seiten zugleich bedrängt wurde. Einhändig hielt sie das ratternde MG im Cyberarm. Unzählige Patronen flogen aus dem Auswurf, während sie unter ihren Gegnern aufräumte.

»Mal sehen, wie ihr das schmeckt!«, zischte Daedalos.

Er warf seine Blendgranate in Shadows Richtung und zwang Lena mit sich in Deckung.

Die Granate explodierte in einem grellen Lichtblitz, und das Rattern des MGs und der anderen Waffen verstummte kurz. Doch nur Sekunden später hämmerte die schwere Waffe erneut los. Diesmal zielte Shadow wutschnaubend in ihre Richtung, und rings um sie herum explodierten weitere Bananenkisten unter dem Beschuss. Lena schleuderte verzweifelt ihre eigene Blendgranate, um die Irre wenigstens etwas zu behindern, als sie trotz des vielen Qualms Sokolow bemerkte, der geduckt und etwas entfernt vom mörderischen Treiben vorüberhastete.

Gott, den Russen hatte sie ganz vergessen.

Leider kam sie nicht dazu, sich um ihn zu kümmern, da Shadow ihre und Daedalos' Position weiter zielgenau unter Feuer nahm. Sie und der Ire pressten sich flach auf den kalten Frachtraumboden, während zwei weitere Mafiosi Shadows Kugelhagel zum Opfer fielen. Da entdeckte Lena hinter einem der Berge aus umgestürzten Bananenkisten Perseus. Geduckt näherte er sich Shadow und visierte sie mit seiner Betäubungswaffe an. Der Algerienfranzose schoss, und diesmal war die Tobende so sehr abgelenkt, dass er Erfolg hatte.

Zornig schrie sie auf, riss sich den Betäubungspfeil jedoch reaktionsschnell aus dem Bein und visierte sogleich ihren Bruder an, um diesen mit einem Hagel an MG-Kugeln einzudecken. Doch da war auf einmal Kirke zur Stelle, die schräg hinter Perseus das Gegenfeuer eröffnete und Shadow dazu zwang, sich inmitten des Qualms zurückzuziehen.

Daedalos schützte Perseus und die Griechin derweil gegen Feindfeuer aus der Frachtraumluke. Lena, die ihrerseits wie paralysiert dalag, bemerkte dennoch, dass Shadows übernatürliche Agilität erstmals nachließ. Die Wütende hatte zwar sofort reagiert, aber es schien genug von dem Gift in ihre Adern gelangt zu sein, sodass ihre Bewegungen allmählich unkoordinierter wurden.

Weitere Bewaffnete griffen in den Kampf ein, die ihre Aufmerksamkeit erforderten, dennoch sah Lena trotz des vielen Rauchs, wie sich Shadow einen Pen in den Körper rammte, bevor sie endgültig hinter einigen Kistentürmen wegtauchte. Sie ahnte nur zu gut, dass es sich dabei vermutlich um ein Präparat handelte, ähnlich dem Artemispfeil oder dem Aeskulap-Stab, die A.R.G.O.S. an seine Agenten austeilte.

Immerhin, ihr und Daedalos gelang es endlich wieder, sich mit Perseus und Kirke zu vereinen.

Perseus sah übel mitgenommen aus. Trotz des dichten Rauchs, der die kalte Luft im Frachtraum schwängerte, konnte sie sehen, dass Blut von einer Augenbraue tropfte. Außerdem humpelte er leicht, und auch sein Kampfanzug wirkte derangiert und wies Risse auf. Shadow musste ihm schwer zugesetzt haben.

»Wo ist sie hin?!«, knurrte der Algerienfranzose, der gemeinsam mit Kirke einige Brasilianer mit Schüssen zurückdrängte, von denen einer auf dem mit zerquetschten Bananen übersäten Boden jäh ausglitt.

Irgendjemand schleuderte eine Rauchgranate, deren Qualm sich zusätzlich im Frachtraum ausbreitete.

»Sie hat sich zur Backbordseite zurückgezogen«, antwortete Lena, die offenbar als Einzige die Gelegenheit gefunden hatte, seine Schwester im Auge zu behalten. Leider war der Frachtraum inzwischen wieder derart eingenebelt, dass sie alle Schwierigkeiten hatten, überhaupt noch etwas zu erkennen.

»Was warten wir dann noch? Sie ist angeschlagen. Wir müssen hinterher und sie suchen.«

»Das bringt nichts!«, schimpfte Daedalos. »Wie sollen wir sie bei diesem Qualm so rasch aufspüren? Wenn sie nicht völlig den Verstand verloren hat, dann wird sie jetzt abhauen, um ihren Masterplan in die Tat umzusetzen. Nämlich alles hier in die Luft zu jagen.«

»Aber wir *müssen* sie finden!«, klagte Perseus. »Es geht nicht nur um sie. Es geht auch darum, dass wir mit ihr unsere letzte Spur zu H.A.D.E.S. verlieren.«

»Nein, Daedalos hat recht!«, pflichtete Kirke dem Iren bei. »Wir müssen hier schleunigst raus. Sonst sind wir bald alle tot.«

»Dann lasst uns Sokolow schnappen«, schlug Lena vor. »Ich wette, er weiß ebenfalls so einiges.«

»Sokolow?«, fragte Daedalos erstaunt. »Du glaubst, der lebt noch?«

»Ja, ich habe ihn eben gesehen!« Lena wies in die Richtung, in der sie ihn entdeckt hatte.

Perseus stieß einen Fluch aus.

»Okay«, schnaubte er wütend. »Probieren wir das. Uns bleibt keine andere Wahl.«

*

Lena führte ihre Gefährten in die Richtung, in der sie den Russen zuletzt gesehen hatte, während Perseus, Kirke und Daedalos gelegentliche Schüsse auf Angreifer abgaben, die ihren Weg kreuzten. Allerdings war auch dieser Bereich des Frachtraums stark eingenebelt.

Die Nachtsichteinstellung der Smart Glasses half ihnen angesichts des vielen Rauchs nicht, und die Wärmesicht gereichte ihnen nur gegenüber herannahenden Gegnern zum Vorteil. Lena glaubte bereits, die Orientierung zu verlieren, als ihr unvermittelt ein feiner, nichtsdestotrotz penetranter Geruch in die Nase stach.

Konnte das sein?!

Das war doch dieses widerliche Eau de Toilette aus Sokolows Badezimmer im Club.

Sollten sich diese verdammten Pillen, die sie nehmen musste, tatsächlich mal als nützlich erweisen?

»Wartet!«, rief sie. »Ich glaube … ich hab ihn.«

»Was bitte?«

Lena schnupperte wie ein Hund und sah selbst durch den Rauch, dass ihre Freunde sie verwirrt anblickten.

»Das, äh, wirkt jetzt vielleicht etwas seltsam«, meinte sie verzagt. »Aber ich glaube, dass ich gerade seine Fährte aufgenommen habe.«

»Seine Fährte?« Kirkes Blick wirkte so, als hielte sie Lena für verrückt.

»Vertraut mir!«

Auf entwürdigende Weise die Luft weiter erschnüffelnd, folgte sie dem widerlichen Geruch und führte die kleine Gruppe an Leichen, herumliegenden Bananenbergen und hohen Kistentürmen vorbei, als vor ihnen unvermittelt ein Schott inmitten des wabernden Rauchs auftauchte.

Lena mühte sich damit ab, es zu öffnen, doch es war verschlossen.

»Ich glaube, hier ist er durch!«

Daedalos drängte sich vor, befestigte ein Sprengstoffpaket an der Schotttür und wies sie an, zurückzutreten.

Das Paket explodierte, und die Stahltür flog auf.

Sofort stürmten sie mit gezogenen Waffen hindurch und fanden sich in einem engen Gang wieder, wo es zwar angenehm warm war, in dem sich Sokolows Eau de Toilette jedoch besonders penetrant breitgemacht hatte. Lena wurde ganz flau.

Immerhin führte am Ende des Gangs eine schmale Treppe nach oben. Perseus setzte sich an die Spitze, wuchtete oben eine weitere Stahltür auf, und ihnen schlug relativ frische Hafenluft entgegen.

Sie befanden sich wieder auf dem Deck der *Cartagena*.

Auch hier oben, zwischen Containern und Decksaufbauten, wurde erbittert um die Ladung Drogen gekämpft. Beständig peitschten Schüsse durch die Nacht, auf dem Bootsdeck hinter dem großen Schornstein traktierten zwei Männer einander mit Karatekicks, und auf dem Achterdeck stürzte soeben ein Typ über die Reling.

»Oh nein, nicht die auch noch«, ächzte Lena, die entgeistert die Themse ins Auge fasste, wo jetzt zwei schwere Streifenboote der Londoner Hafenpolizei nahten. Scheinwerfer richteten sich auf den Frachter, und die Beamten machten mit unverständlichen Lautsprecherdurchsagen auf sich aufmerksam.

Wie nicht anders zu erwarten, eröffnete irgendjemand an Deck das Feuer auf die Polizeiboote, einer der Scheinwerfer erlosch, und auch die Beamten machten sich kampfbereit.

Der Wahnsinn schien einfach kein Ende nehmen zu wollen.

»Da!«, zürnte Perseus.

Er wies erbost über die Reling, wo soeben ein Speedboot von der *Cartagena* ablegte und sich in östlicher Richtung in die Dunkelheit absetzte. Lena zoomte das Boot unterstützt von ihrer Nachtsichteinstellung heran und sah ebenso wie ihre Gefährten, dass in dem Boot zwei Gestalten hockten, von denen einer definitiv Sokolow war.

Allein Shadow blieb verschwunden.

»Hinterher!«, kommandierte Kirke.

So schnell sie konnten, hetzten sie Richtung Frachterbug, wo ihr getarntes Speedboot vertäut war. Sie überwältigten zwei Bewaffnete, die ihren Weg kreuzten, dann, endlich, hatten sie die Seile erreicht, über die sie sich in das getarnte A.R.G.O.S.-Boot hinabschwangen. Selbst Lena schaffte es auf diese Weise rasch in die Tiefe, was auch daran lag, dass ihr Kletterversuch ab der Hälfte der Strecke eher einem Sturz ähnelte.

»Duckt euch, damit die Tarnung erhalten bleibt!«, befahl Kirke, die den Motor anwarf und nun ebenfalls in die Nacht brauste. Und das keinen Augenblick zu spät, denn hinter ihnen ließen jetzt zahllose dumpfe Explosionen den Frachter erbeben.

Shadow hatte die überall an Bord verteilten Sprengsätze gezündet!

Lena warf entgeistert einen Blick über die Schulter und sah, wie Trümmerteile nicht nur auf Schiff und Wasser niederregneten, sondern auch auf sie. An der Spitze des Speedbootes rumpelte es, ihr Gefährt geriet kurz ins Schlingern, und die Tarnfunktion erlosch flackernd. Doch Kirke hatte weiterhin alles fest im Griff und beschleunigte schon wieder. Auf dem Frachter hingegen klafften jetzt rauchende Löcher in der Bordwand, und an Deck waren Feuer ausgebrochen.

Sie waren auch nicht die Einzigen, die sich von der *Cartagena* absetzten. Zwei weitere Speedboote legten gerade ab, von denen jedoch eines eher zufällig von einem der Polizeiboote gerammt wurde.

Während um sie herum Gischt aufspritzte, richtete Lena ihre Aufmerksamkeit wieder in Fahrtrichtung. Kirke steuerte immer schneller werdend auf die stattliche Tower Bridge mit ihren markanten Brückentürmen zu, von der sie wusste, dass sie die östliche Grenze des als Upper Pool bekannten Hafenbereichs markierte.

Schließlich klarten sich in Lenas Smart Glass auch die Sichten ihrer Kameraden wieder auf. Ein Zeichen dafür, dass sie endlich die Einflusszone des Jam-Gerätes verlassen hatten.

»Ich hoffe, du hast Sokolow noch im Blick?«, rief Perseus, da der Flüchtige mit seinem schnittigen Untersatz längst unter dem mittleren Brückenbogen der Tower Bridge hindurchgerast war.

»Oh ja, hab ich!«, antwortete Kirke bestimmt, die einen Knopf drückte. »Festhalten!«

Ein Nachbrenner heulte auf, und ihr Boot schoss in Sprüngen über die Wasserfläche, weiter dem flüchtigen Russen hinterher. Perseus legte soeben auf ihn an, als Daedalos' Handy anschlug und die *Drei Haselnüsse für Aschenbrödel*-Melodie *ertönte.* Hektisch bat er um Ruhe.

»Still! Meine Frau!«

»Oh Mann, nicht dein Ernst?!«, entfuhr es dem Algerienfranzosen.

Entgeistert sahen sie mit an, wie der Ire das Gespräch mit verkrampftem Lächeln annahm.

»Caitlin, Schatz. Was gibt es?«, meldete er sich, während vor und hinter ihnen weitere Schüsse und Explosionen hallten.

»Nein, äh ... ich arbeite gerade in der Nähe der chinesischen Botschaft«, versicherte Daedalos eilig. »Irgendein Fest mit Feuerwerk.«

Hinter ihnen auf der *Cartagena* explodierte jetzt ein Kessel.

»Wow! Wenn du das sehen könntest ... Nein, die Batterien für die Fernbedienung findest du in der obersten Schublade des Küchenschranks.«

Mehrere Kugeln pfiffen an ihren Köpfen vorbei, die klarstellten, dass jemand sie ins Visier gefasst hatte. Überrascht bemerkten sie, dass das verbliebene Speedboot hinter ihnen nicht etwa die Flucht ergriffen, sondern die Verfolgung aufgenommen hatte.

»Ich dich auch, Schatz«, erklärte Deadalos mit Blick auf ihre Verfolger. »Mach dir einen netten Abend. Ich befürchte, bei mir wird das heute noch auf einige Überstunden hinauslaufen ... Ja, Kuss!«

Endlich legte er auf, und sofort ließen er und Perseus ihrerseits die Waffen sprechen.

Erstmals meldete sich nun auch Elektra zurück.

»Dem Himmel sei Dank«, rief sie besorgt, »da seid ihr ja wieder! Wir haben schon das Schlimmste befürchtet.«

»Sag uns einfach, dass Bob einsatzbereit ist!«, knurrte Perseus.

»Ich habe ihn gerade gestartet.«

»Dann such nach Shadow!«, bat Perseus. »Die kann nicht weit weg von der *Cartagena* sein.«

»Nein, schick die Drohne zu uns!«, widersprach Daedalos, der sie hektisch auf zwei weitere Schnellboote aufmerksam machte, die vom linken Ufer aus, von Seiten des mächtigen Tower of London, auf sie zuhielten.

»Scheiße, wo kommen die denn her?«, schnaubte Kirke.

Auch das Boot, das den Polizeischiffen entgangen war, dachte nicht daran, die Verfolgung aufzugeben.

»Offenbar hat Sokolow für den Fall der Fälle Vorsorge für seine Flucht getroffen«, knurrte Perseus. »Aber mit denen werden wir fertig!«

Wie zum Hohn löste sich von einem der Boote auf der Tower-Seite überraschend ein feuriges Geschoss, das dicht über der Wasserfläche auf sie zuraste.

»Panzerfaust!«, brüllte Daedalos.

Kirke fluchte, drückte den Gashebel weiter voll durch und schaffte es gerade so unter der mächtigen Tower Bridge hindurch, als das Geschoss in einen der wuchtigen Standpfeiler der alten Brücke einschlug und explodierte.

»Elektra, vergiss Shadow!«, zürnte die Griechin. »Bring sofort Bob an den Start!«

»Bin schon im Anflug!«, antwortete die Lettin.

Nicht einmal Perseus widersprach, der ebenso wie Daedalos auf ihre Gegner schoss, die nun zu dritt unter der Tower Bridge hindurchrasten und sich einfach nicht abschütteln ließen. Lena zog den Kopf ein, da hinter ihnen beständig Mündungsblitze zu sehen waren. Auch Sokolow oder sein Helfer schossen von vorn auf sie.

Das war nicht gut. Gar nicht gut.

Irgendwie waren sie vom Jäger zum Gejagten geworden.

Lena spürte vereinzelte Einschläge am Heck des Speedbootes mehr, als dass sie sie hörte, doch der Rumpf schien ausreichend gepanzert. Die Treffer hatten bislang keinen Schaden angerichtet. Da nahm sie einen schwarzen Schemen vor dem Nachthimmel wahr, der über die Tower Bridge hinwegsauste und von oben das Feuer auf ihre Verfolger eröffnete.

Elektra war da! Vielmehr Bob.

Trotz der schlechten Lichtverhältnisse konnte sie sehen, wie unweit eines ihrer Verfolgerboote das Wasser aufspritzte, bevor die Salve des Drohnen-MG unter der überraschten Besatzung aufräumte. In einer ungelenken Kurve brach das Boot nach Backbord aus, rammte fast einen seiner Begleiter und krachte einige Momente später frontal gegen eine Hafenmole, wo es mit lautem Knall zerschellte.

Perseus und Daedalos schossen ebenfalls weiter auf ihre Verfolger, allerdings schlugen jetzt auch in der gepanzerten Windschutzscheibe ihres Speedbootes Kugeln ein.

Sokolow vor ihnen schien die Gunst des Augenblicks genutzt zu haben.

»Wird Zeit, dass wir denen zeigen, dass das hier kein handelsübliches Vergnügungsboot ist!«, grollte Kirke. »Visby, Kampfmodus aktivieren!«

Lena lächelte erwartungsvoll, denn genau auf so etwas hatte sie gehofft. Es wurde wirklich Zeit, dass A.R.G.O.S. zeigte, zu was die Organisation fähig war.

»Kampfmodus aktiviert!«, meldete sich die freundliche Stimme der KI.

Auf dem Schiffsrumpf vor dem Cockpit öffnete sich eine Klappe, und an einem hohen Gestänge fuhr summend ein freischwenkendes MG aus.

»Feinde identifizieren und ausschalten!«, befahl Kirke.

»Feinde werden identifiziert«, antwortete die KI. »Feinde werden ausgeschaltet!«

Die Lafette der MG schwenkte summend herum, visierte die beiden Speedboote hinter ihnen an, nur um plötzlich in die Höhe zu rucken … und Bob unter Beschuss zu nehmen.

Lena schrie entsetzt auf.

Auch ihre Gefährten, die noch immer erbittert ihre Verfolger auf Abstand zu halten versuchten, bemerkten jetzt, dass etwas nicht stimmte. Das MG ratterte unerbittlich, und zu ihrem Entsetzen sah Lena, wie Bob über ihnen am Himmel funkensprühend getroffen wurde und in mehrere Teile zerbrach.

Im nächsten Moment schmierte die Drohne über dem Fluss ab und versank in der Themse.

»Bob? BOB!!!!«, heulte Elektra entgeistert auf. »Was, zum Teufel, geht da bei euch vor sich?!«

»Keine Ahnung«, wimmerte Lena. »Hier stimmt irgendetwas ni...«

»Feind wurde ausgeschaltet!«, meldete sich die monotone Computerstimme der KI zurück. »Neue Feinde identifiziert! Feinde werden ausgeschaltet!«

Die MG-Lafette senkte sich summend und nahm jetzt eindeutig sie, Perseus und Daedalos aufs Korn.

Kirke sprang reaktionsschnell auf, riss ihr Sturmgewehr hoch und verkantete den Kolben der Waffe über die Frontscheibe hinweg im Gestänge der MG. Keinen Augenblick zu spät, denn schon ratterte das Ding abermals los.

Ebenso wie Perseus und Daedalos warf sich Lena zur Seite, als dicht über ihre Köpfe ein Stakkato von Kugeln peitschte.

»Schaltet die Elektronik ab!«, schrie Kirke entsetzt, während sie das MG angestrengt weiter blockierte und so davon abhielt, seine Lafette noch mehr abzusenken.

Perseus warf sich nach vorn und machte sich mit einem Kampfmesser am Steuerpult des Speedbootes zu schaffen, während Daedalos mit eisiger Miene seine Rauchgranate vom Gürtel löste und diese irgendwo in der Decksverkleidung verankerte. Schon zogen sie eine dichte Rauchwolke hinter sich her, die sie zumindest etwas vor den Blicken ihrer Verfolger verbarg. Sogleich eröffnete er wieder das Gegenfeuer.

Auch Lena begann endlich zu schießen, während ihr Untersatz weiter ziellos in östliche Richtung über die Fluten schoss. Allerdings hüpfte und sprang das schnittige Boot derart schnell über die Wellen, dass sie keine Chance hatte, überhaupt irgendetwas zu treffen.

Bis auf diese eine Ampel im Uferbereich vielleicht, die plötzlich erlosch.

Nur hatten sie gerade ganz andere Probleme, denn noch immer mühte sich Kirke damit ab, das MG davon abzuhalten, *im* Boot aufzuräumen. Und auch Sokolow vor ihnen schoss sich allmählich ein. Speziell Kirke über der Windschutzscheibe widmete er dabei seine Aufmerksamkeit.

Endlich gelang es Perseus, die Verkleidung des Steuerpults aufzubrechen. Mehrere bunte Kabelstränge fielen heraus.

»Wage es nicht!«, erscholl die monotone Stimme Visbys in ihren In-Ears. Die KI hatte sein Treiben irgendwie mitbekommen. »Gegenmaßnahmen einleiten.«

Jäh änderte sich der Kurs ihres Speedbootes, und sie jagten frontal auf ein am Ufer liegendes Hausboot zu.

»Elektra!«, brüllte Perseus. »Welche Farbe?«

»Grün!«, fauchte die Lettin erbost.

Im nächsten Augenblick erloschen am Armaturenbrett einige Lichter, und auch das angestrengte Summen des Servomotors am MG verstummte.

Kirke ließ sich zurück ins Cockpit fallen und riss das Steuer des Speedbootes gerade noch rechtzeitig herum, sodass sie haarscharf an dem Hausboot vorbeischrammten und wieder raus auf den Fluss steuerten.

»Scheiße, was war das eben?!«, schrie sie aufgebracht.

»Ich hab keine Munition mehr«, rief Daedalos, der sich offenbar durch nichts aus der Ruhe bringen ließ. Er entriss Lena umstandslos die Waffe, um weiter auf ihre Gegner zu schießen. Doch auch dieses Magazin war schnell geleert.

»Verdammt!« Er griff verärgert zu seiner Pistole, mit der er jetzt Einzelschüsse auf ihre Verfolger abgab. Allerdings schienen die zu bemerken, dass die Gegenwehr erlahmte. Begünstigt durch den Umstand, dass ihr Nachbrenner all seinen Treibstoff spätestens bei dem Manöver der KI verbrannt hatte, setzten sich die Speedboote hinter sie und kamen beständig näher.

Lena blickte sich alarmiert zu Perseus um, der sich längst wieder aufgerichtet hatte. Nur war er damit beschäftigt, auf das Speedboot vor ihnen zu schießen. Dabei schien er den Motor von Sokolows Boot getroffen zu haben, denn dieser begann jetzt zu rauchen.

Ihre Verfolger kamen derweil immer näher, als Lena eine Idee hatte.

Sie kramte Theodorus' seltsames Gel hervor und riss das Pad auf.

»Nehmt das!«

Unter Daedalos' irritierten Blicken warf sie das Pad hinter sich in die Fluten.

»Was machst du da? Unsere Granaten bewirken im Wasser ni…«

»Das war keine Granate«, entgegnete Lena, während sie zusahen, wie sich hinter ihnen auf den glitzernden Wellen plötzlich etwas Grünlich-Dunkles wölbte, schlickig aufblähte und beständig in die Breite wuchs – als eines ihrer Verfolgerboote auch schon in die Masse hineinjagte und abrupt ausgebremst wurde.

Im nächsten Augenblick überschlug sich das Boot, krachte schwer in die Fluten und brach auseinander, bevor es langsam unterging.

»Schätze, ich habe eine Verwendungsmöglichkeit für das Gel gefunden«, meinte Lena zufrieden, während Daedalos sie ungläubig ansah.

»Was auch immer das war: Hast du mehr davon?«

»Nein, leider nicht«, klagte Lena. »Ich habe blöderweise nur eines der Pads eingepackt.«

»Hier!«, machte sich vorn Perseus bemerkbar, der dem Iren jetzt Kirkes Waffe zuwarf und Lena anerkennend zunickte.

Gemeinsam nahmen die beiden Männer das letzte ihrer Verfolgerboote unter Beschuss, und diesmal gelang es ihnen, den Gegner auf herkömmliche Weise auszuschalten: Mit blubberndem Motor steuerte das Boot in die Flussmitte, wo es irgendwann still und bewegungslos in den Wellen dümpelte.

Mit leiser Genugtuung stellte Lena fest, dass ihre Lösung deutlich spektakulärer ausgefallen war.

Kirke raste derweil weiter über die Fluten, und sie konnten sehen, dass sich der Abstand zwischen ihnen und Sokolow beständig verringerte. Der Russe hatte mit immer größeren Motorproblemen zu kämpfen. Das Boot qualmte, und man konnte jetzt hören, dass die Maschine unsaubere Geräusche von sich gab. Sokolows Begleiter sprang auf und visierte sie mit einer Kalaschnikow an, doch Perseus riss ihn mit einem gezielten Schuss von den Beinen, und der Kerl kippte über Bord.

Augenblicke später ging Kirke längsseits, und Sokolow hob angesichts der vielen Waffen, die auf ihn gerichtet waren, wütend die Hände.

»Ende des Ausflugs!«, blaffte Perseus ihn an.

Er setzte mit einem Sprung auf das qualmende Boot über und überwältigte den Russen, dessen Arme er mit Kabelbindern fesselte.

»Beeil dich!«, mahnte Kirke mit einem skeptischen Blick zurück zu jener Flussbiegung, über die sie hergekommen waren.

Auch Lena sah jetzt, dass über der Skyline der Stadt gleich drei Polizeihubschrauber aufgestiegen waren. Außerdem waren in der Ferne Polizeisirenen zu hören.

Pollux meldete sich nun erstmals wieder bei ihnen.

»Hier ist gerade die Hölle los. Sehen Sie zu, dass Sie da wegkommen. Ihrem GPS zufolge müssen Sie nur knappe dreihundert Meter weiterfahren, dann erreichen Sie die Kanaleinfahrt der Rotherhithe Waterside. Verlassen Sie die Themse dort, und verstecken Sie das Boot irgendwo. Elektra und ich werden Sie aufsammeln.«

Kirke wartete, bis Perseus den Russen an Bord geschafft hatte, der jetzt auch geknebelt war. Dann nahm sie wieder Fahrt auf und folgte dem Ratschlag des britischen Agenten, in die Kanalzufahrt einzubiegen, gerade als auf dem Fluss zwei weitere Polizeiboote gen Westen brausten.

Leise tuckerten sie an den Uferbefestigungen eines begradigten Kanals entlang, auf denen jahreszeitlich bedingt und auch der späten Stunde wegen zum Glück wenig los war. Dennoch hielten sie wachsam die Häuser links und rechts im Auge, als sie etwas überraschend eine große Wasserfläche erreichten, die von Straßenlaternen, Bäumen und adretten Häuschen gesäumt wurde.

Kirke legte kurzerhand am Ufer an.

»Hier kann man nichts verstecken«, fluchte sie leise. »Also, raus mit euch. Um das Boot soll sich A.R.G.O.S. kümmern.«

Lena kletterte ans Ufer, und die anderen folgten ihr samt dem gefangenen Sokolow, als sie sah, wie die Griechin mit ihrer schalldämpfergeschützten Waffe mehrfach in den Bootsrumpf feuerte. Auch sie verließ jetzt das Speedboot, das allmählich voll Wasser lief und versank.

Daedalos führte sie über eine schmale Straße in den verschatteten Vorgarten eines der angrenzenden Häuser, wo Perseus den Russen zu Boden zwang, bevor sie den Gartenbewuchs als Deckung nutzten.

Ernst blickten sie einander an.

»Scheiße, was war das vorhin mit Visby?!«, zürnte Kirke, die jetzt an ihr Smart Glass griff. »Elektra, bist du bei uns?«

»Ja, bin ich«, ertönte die aufgebrachte Stimme der Lettin.

Lena konnte sich gut vorstellen, wie es ihrer Freundin gerade ging. Immerhin war Bob erschossen worden. Auch sie spürte einen Stich in ihrer Brust, wenn sie an all die aufregenden Erlebnisse mit der Drohne zurückdachte.

»Das war doch keine normale Fehlfunktion«, zürnte die Griechin. »Mit Visby stimmt etwas nicht. Und zwar ganz und gar nicht.«

»Ehrlich gesagt war das schon in Mailand seltsam«, meinte Perseus nachdenklich. »Erinnert ihr euch, wie mich dort dieser Stromstoß erwischt hat? Und auch während der Besprechung mit der Führungsspitze hatte Visby einige Ausfälle.«

»Ganz zu schweigen vorhin bei Kastor«, ergänzte Lena beunruhigt.

Ein weiterer Hubschrauber flog über den Stadtteil hinweg. Misstrauisch sahen sie auf.

»Wovon sprecht ihr?«, fragte Daedalos.

Der Algerienfranzose erläuterte es ihm.

»Ehrlich gesagt war Visby schon auf Station 3 etwas seltsam«, wandte Lena grüblerisch ein. »Ich wollte da eigentlich den Generator außer Kraft setzen, um Shadow und ihre Leute irgendwie aufzuhalten. Aber als ich in den Keller hineinwollte, hat mich Visby plötzlich mit äußerst seltsamen Sicherheitsfragen genervt.«

»Elektra?«, wandte sich Kirke fragend an ihre lettische IT-Spezialistin. »Denkst du das Gleiche?«

Die Lettin seufzte. »Dir sollte klar sein, dass so etwas eigentlich unmöglich ist. Visby ist eine KI, die sich nicht aus einem einzelnen Rechenzentrum speist, sondern aus dem kompletten Arachne-Netzwerk mit den Kontoren als Knotenpunkten. Schon damit ihr kein einzelner Systemausfall schaden kann. Was du jedoch andeutest, liefe darauf hinaus, dass die KI großflächig kompromittiert wurde. Dazu …«

»Warte mal«, mischte sich Lena alarmiert ein. »Kompromittiert? In Station 3 hat mich unsere Ausbilderin Otrere kurz vor ihrem Tod davor gewarnt, dass die Einrichtung kompromittiert sei. Genau genommen sprach sie von ›Code 13‹. Das ist doch das Codewort für so etwas, oder?«

»Code 13?«, stöhnte Elektra. »In Station 3? Also ausgerechnet dort, wo sich Andris zu schaffen gemacht hat?«

»Ja, schon …«, meinte Lena kleinlaut.

»Scheiße!« Sie konnten hören, wie Elektra einen zornigen Schrei ausstieß. »Diese elende Ratte. Sobald ich ihm wieder gegenüberstehe, werde ich mir seinen Rechner greifen und ihm diesen einmal quer in die Fresse schieben. Danach werde ich …«

»Komm runter!«, fuhr Perseus sie an. »Was willst du damit sagen?«

»Die Satellitenstation gehört zu den wenigen Nadelöhren, auf die das gesamte Arachne-System beständig zugreift«, antwortete Elektra wütend. »Sollte der Mistkerl dort ein Schadprogramm eingespeist haben, dann wäre es durchaus vorstellbar, dass sich das in Windeseile über das ganze Netzwerk ausbreitet.«

»Da wird es doch entsprechende Firewalls geben, um so etwas zu verhindern«, meinte Kirke entsetzt.

»Sicher gibt es die. Aber wenn Andris mit internen Informationen versorgt wurde und sein Schadprogramm nur trickreich genug programmiert war ... dann ist es durchaus möglich, dass die Firewalls es nicht erkannt haben. *Wenn* einer so etwas hinbekommt, dann ist er das!«

»Wir müssen die Agency unbedingt warnen«, erklärte Daedalos bleich. »Wenn auf Visby kein Verlass mehr ist und sich die KI jetzt gegen A.R.G.O.S. wendet, dann sind auch andere Agententeams gefährdet. Ganz davon abgesehen, welchen Schaden Visby in den Kontoren selbst anrichten kann.«

»Pollux?«, hub Perseus alarmiert an.

»Ich habe alles mitbekommen«, antwortete der Brite bestürzt. »Ihnen ist klar, dass ein Sicherheitsproblem wie dieses darauf hinauslaufen wird, dass A.R.G.O.S. Visby gegebenenfalls komplett abschalten muss? Das würde unsere Handlungsoptionen um gute zwei Jahrzehnte zurückwerfen.«

»Dann ist dem halt so«, zischte Kirke wütend. »A.R.G.O.S. ins Herz zu treffen, trägt doch exakt die Handschrift von H.A.D.E.S. Informieren Sie sofort Prinzipal Bellerophon und klären ihn über die Gefahr auf. A.R.G.O.S. muss sofort handeln. Das hat allerhöchste Dringlichkeit.«

»Betrachten Sie es als erledigt.«

Die Agenten blickten sich niedergeschlagen an, als sich Elektra wieder zu Wort meldete.

»Ihr könnt euch übrigens bereit machen. In zwölf Minuten wird euch Kastor einsammeln.«

»Irgendwelche Spuren zum Verbleib von Shadow?«, fragte Perseus wenig hoffnungsvoll.

»Nein, leider nicht«, antwortete die Lettin. »Die *Cartagena* ist dabei zu sinken. Gemäß Polizeifunk wurden bislang zahllose Mafiosi aus dem Wasser gefischt, aber niemand, zu der ihre Beschreibung passt. Und machen wir uns nichts vor. Jemand wie diese Frau wäre definitiv aufgefallen. Aber ich behalte das im Auge.«

»Das heißt dann wohl, dass allein *er* uns bleibt.« Daedalos wandte sich grimmig Sokolow zu, der sie lauernd über seinem Knebel hinweg ansah.

Perseus erhob sich, zückte seine Pistole, auf die er einen Schalldämpfer schraubte, und richtete die Mündung drohend auf den Russen, während ihm Kirke den Knebel abstreifte.

Sokolow spuckte aus und sah sie herausfordernd an. »Wer, zum Teufel, seid ihr eigentlich? Geheimdienst?«

»Offenbar sind Sie nicht auf den Kopf gefallen«, antwortete Perseus kühl. »Allerdings wird Ihnen diese Erkenntnis nichts weiter bringen, weil unsere Organisation Ihnen spätestens morgen das Gedächtnis löschen lässt.«

»Was bitte?«, entgeistert sah Sokolow ihn an. »Für wen haltet ihr euch?«

Perseus ging in die Hocke und fixierte ihn, ohne auf die Frage einzugehen. »Wem haben Sie in London als Statthalter gedient?«

»Statthalter?«, schimpfte der Russe empört. »Das alles hier ist mein Imperium!«

»Falsche Antwort!« Perseus schoss ihm ungerührt ins Bein.

Lena sah, wie Sokolow schmerzerfüllt aufschrie und erst verstummte, als ihm Kirke ein Messer an die Kehle drückte. Der Algerienfranzose presste die Mündung seiner Waffe jetzt gegen die Kniescheibe des anderen Beins.

»Das war nur ein Warnschuss«, erklärte er mitleidlos. »Beim nächsten Mal zerschieße ich Ihnen erst die eine Kniescheibe, danach die andere. Sie werden als Krüppel enden. Und jetzt noch einmal: Für wen arbeiten Sie?«

Sokolow wimmerte gepeinigt, und auch Lena schluckte, da sie ihre Mitstreiter noch nie so gnadenlos erlebt hatte. Andererseits schien es hier nun mal um die Existenz von A.R.G.O.S. selbst zu gehen.

»Er wird mich umbringen, wenn das je rauskommt«, greinte der Russe.

»Das können wir auch«, antwortete Perseus. »Allerdings erst, *nachdem* ich Sie zum Krüppel gemacht habe.«

Sokolow schluckte. »Sein Name lautet Dimitrios Papadopoulos.«

»Wie bitte?« Kirke versteifte sich. »Dimitrios?«

»Ja, verdammt. Sagte ich doch«, ächzte der Russe. »Er ist der führende Kopf hinter …«

»Ich kenne Dimitrios Papadopoulos!«, zürnte die Griechin. »Wäre er nicht gewesen, würden meine Schwester und ich heute nicht dieses Leben führen.«

Lena blickte zu Daedalos, der seinerseits Kirke mitfühlend musterte.

Die Griechin hatte sich selbst zwar nie zu ihrer Vergangenheit geäußert, doch der Ire hatte ihr mal erzählt, dass Kirke und ihre Schwester Europa in jungen Jahren auf die schiefe Bahn gelangt und so in die Fänge einer griechischen Mafiaorganisation geraten waren. Mehr noch; dass sie wohl auch für diese Leute gearbeitet hatten. Eine Organisation, aus der sie offenbar erst A.R.G.O.S. hatte rauspauken können, um sie dann anzuwerben.

Vor allem war sich Lena aber sicher, dass auch sie selbst den Griechen von irgendwoher kannte.

Perseus erhob sich und betrachtete Sokolow eingehend, der schmerzerfüllt die Zähne zusammenbiss.

»Wir behandeln Ihre Wunde im Wagen. Bis dahin bleiben Sie hier sitzen.«

Er zog ihm den Knebel wieder hoch und winkte sie mit sich.

»Glaubst du ihm?«, fragte er Kirke, die starr hinaus auf die nahe Wasserfläche blickte.

»Ja.« Sie schnaubte verbittert. »Nur wenige Menschen wagen es, sich auf Dimitrios persönlich zu berufen. Und schon damals reichten seine Ambitionen weit über die Grenzen Griechenlands hinaus. Mir war klar, dass ich ihm irgendwann wieder gegenübertreten würde. Allerdings dachte ich immer, dass dann Europa an meiner Seite wäre.«

Lena hörte kaum zu, denn vor ihrem inneren Auge zogen längst unzählige Berichte der Victualia Consulting Group vorüber, für die sie einst gearbeitet hatte. Und nicht nur die. Auch unzählige Yellow-Press-Artikel, die ihr fotografisches Gedächtnis abgespeichert hatte.

Endlich wusste sie, von wem die Rede war.

»Gehe ich recht in der Annahme, dass mit Dimitrios Papadopoulos dieser griechische Oligarch gemeint ist«, wandte sie sich an Kirke. »Patriarch des Papadopoulos-Clans? Seine ganze Familie ist doch in zahlreichen Branchen engagiert: Schifffahrt, Erdölraffinerien, ein Tankstellennetz, Hotels, Finanzwesen.«

»Ja. Allerdings.« Kirke musterte sie aufmerksam. »Was jedoch weniger bekannt ist, ist, dass sie sich auch im Waffen- und Falschgeldhandel tummeln. Der ganze Clan ist wie ein Krebsgeschwür, für das es keine Heilung gibt. Ich weiß das, denn ich war einst in seiner Hand. Papadopoulos ist dafür verantwortlich, dass ich heute die bin, die vor dir steht.«

»Dann ist *er* eines der neun Mitglieder des inneren H.A.D.E.S.-Zirkels?«

Kirke schnaubte. »Ich persönlich wüsste ehrlich gesagt keinen, der für eine solche Position besser geeignet wäre. Er ist größenwahnsinnig genug, um sich H.A.D.E.S. anzuschließen, und besitzt selbst fast unbegrenzte Mittel.«

»Aber das ist doch eigentlich eine gute Nachricht, oder?«, meinte Lena. »Jetzt wissen wir, wo wir mehr über die Pläne von H.A.D.E.S. erfahren können.«

Ihre Kollegen warfen sich Blicke zu, doch Kirke blieb skeptisch.

»Das Problem ist, dass Dimitrios aus naheliegenden Gründen ein noch abgeschotteteres Leben führt als unser russischer Freund da hinten.« Kirke nickte in Sokolows Richtung, der sich weiter unter Schmerzen krümmte. »Tatsächlich hält er sich die meiste Zeit des Jahres auf Karyfos auf, einer abgelegenen Privatinsel mitten im Myrtoischen Meer.«

»Ja, von Karyfos habe ich schon mal gelesen«, murmelte Lena nachdenklich. »Gelegen etwa auf halber Strecke zwischen der Südspitze der Halbinsel Peleponnes im Westen und der Insel Milos im Osten. Richtig?«

»Absolut richtig.« Kirke schürzte anerkennend die Lippen. »Hab ich dir schon mal gesagt, dass du mir manchmal ein kleines bisschen unheimlich bist?«

»Echt?« Bestürzt sah Lena die Griechin an.

»Das war ein Scherz.« Kirke zwinkerte ihr müde zu. »Karyfos liegt dummerweise gute sechzig Kilometer von der nächsten Küste entfernt. Dazwischen ist nichts als Meer.«

»Okay, das ist natürlich ... ärgerlich.«

»Eben. Denn ungesehen kommt da keiner so leicht hin. Und genau das ist das Problem.«

»A.R.G.O.S. verfügt über genug Möglichkeiten, um uns dort unentdeckt abzusetzen«, knurrte Perseus. »Die einfachste Möglichkeit wäre, uns mit einem U-Boot zur Insel bringen zu lassen. Der Rest ist dann gewissermaßen gutes altes Handwerk.«

»Nein, besser nicht«, widersprach Elektra unglücklich, die natürlich weiter zugehört hatte. »Solange das Problem mit Visby nicht geklärt ist, sollten wir auf unseren üblichen Fuhrpark besser verzichten. Bei A.R.G.O.S. ist fast alles mit der KI vernetzt. Das mag bisher ein Vorteil gewesen sein, aber wie wir jetzt wissen, ist es nun zu einem tödlichen Risiko geworden. Wir können es jedenfalls nicht riskieren. Und sei es auch nur, dass H.A.D.E.S. über jede unserer Bewegungen informiert würde.«

»Vielleicht ist das alles auch gar nicht notwendig«, sinnierte Lena laut.

Überrascht sahen die anderen sie an.

»Was meinst du damit?«, fragte Daedalos.

»Na ja, traut man der Yellow Press, hat dieser Dimitrios Papadopoulos einen Sohn namens Leon«, erklärte Lena, die sich die entsprechenden Seiten der Klatschpresse vergegenwärtigte.

»Er hat sogar zwei Söhne«, meinte Kirke kühl. »Leon ist der Ältere. Und er ist nebenbei ein ebenso arrogantes Arschloch wie sein Vater. Der jüngere Sohn heißt Philipos und ist auch nicht viel besser. Aber warum ist Leon von Interesse?«

»Der heiratet Ende der Woche«, führte Lena ihren Gedankengang fort. »In der Presse hieß es zwar bloß ›auf einer Privatinsel der Familie‹, aber ich gehe jede Wette ein, dass es sich dabei um Karyfos handelt.«

»Leon heiratet?« Überrumpelt sah Kirke sie an. »Verdammter Mist, das muss mir angesichts des Stresses in den letzten Monaten durchgerutscht sein. Dabei behalte ich die Aktivitäten des Clans eigentlich ständig im Auge.«

»Macht ja nichts«, fuhr Lena zuversichtlich fort. »Wurde auch nur in zwei Klatschartikeln erwähnt. Aber da trifft sich wohl die ganze High Society. Was, wenn es uns irgendwie gelingt, uns unter die Hochzeitsgäste zu mischen? Ich wollte schon immer mal Brautjungfer sein. Bisher hat mich bloß niemand dazu aufgefordert. Und dann räumen wir da auf.«

Papadopoulos Island

»Meine Güte, ist das hier schön«, rief Lena über den Lärm der dreihundert PS des Motors ihrer Cessna T206H hinweg. Begeistert warf sie einen Blick durch die verglaste Kanzel des schnittigen Wasserflugzeugs und genoss die Aussicht auf das strahlend blaue und im Sonnenschein glitzernde Meer. »Wann erreichen wir Karyfos?«

»Dauert nicht mehr lange!«, übertönte Kirke mit ihrer Stimme die lauten Fluggeräusche. »Schau mal, man kann die Insel schon sehen.«

Lena beugte sich vor und folgte Kirkes Fingerzeig. Auch sie entdeckte nun die halbmondförmige Insel am blauen Horizont. Selbst aus dieser Entfernung war zu erkennen, dass sie begrünt war und zahlreiche weiße Punkte die Küste säumten. Letzteres waren zweifellos die Jachten all der Reichen und Schönen, die bereits angereist waren.

»Ihr könnt euch schon mal bereit machen«, fuhr Kirke fort. »Wie abgesprochen werde ich sofort wieder aufbrechen, nachdem ich euch abgesetzt habe. Papadopoulos darf mich auf keinen Fall bemerken. Der würde das Flugzeug glatt vor den Augen aller übrigen Gäste in die Luft jagen. Das garantiere ich euch.«

»Hauptsache, du und Daedalos haltet euch an den Zeitplan«, meinte Perseus, der die Insel vom Nebensitz aus mit einem Feldstecher ins Auge fasste. In seinem teuren Designeranzug und mit der Rolex am Handgelenk sah er einfach nur zum Niederknien aus.

»Du glaubst doch wohl nicht, dass ausgerechnet ich die Gelegenheit verpasse, Papadopoulos in die Suppe zu spucken.« Kirke rückte entschlossen ihr Aviation-Headset zurecht. »Eben kam übrigens die Nachricht rein, dass die *Calypso* mit Daedalos an Bord ebenfalls unterwegs ist. Hat wohl Ärger mit dem Tauchequipment gegeben. Eine der Pressluftflaschen war defekt. Wir liegen trotzdem im Zeitplan und werden unseren Tauchgang so terminieren, dass wir etwa dreißig Minuten nach Sonnenuntergang die Küste der Insel erreichen. Wir melden uns dann über Funk bei euch.«

»Hoffentlich kriegt Daedalos keinen Ärger«, meinte Lena. »Wenn seine Frau herausfindet, wo er wirklich steckt, dann … oje.«

»Stahlmann Safes gehören zu den europaweit führenden Tresorherstellern«, murmelte Perseus. »Dass die einen Spezialisten bestellen, um ihre neuesten Produkte einem Qualitätstest zu unterziehen, dürfte auch sie überzeugen. Insbesondere bei *der* Bezahlung.«

»Konzentriert euch besser auf die Mission«, ermahnte Kirke sie. »Und dazu gehört vor allem, die Lage vor Ort zu sondieren. Die letzten Aufklärungsdaten sind fast zwei Wochen alt. Neuere haben wir nicht.«

»Verlass dich drauf.« Perseus setzte den Feldstecher endlich ab und studierte die älteren Satellitenfotos der Insel.

»Ich finde es übrigens noch immer unschön, dass Elektra abgeordnet wurde«, nörgelte Lena. »Irgendwie sind wir so nicht komplett.«

»Sei froh, dass wir Visbys Attacke vor drei Tagen überlebt haben.« Der Algerienfranzose sah sich zu ihr um. »Die beiden Teams in Marokko und Moskau hat es schlimmer getroffen. Visby hat sie direkt ins Verderben geführt. Die Agency kann von Glück sprechen, dass es nicht noch schlimmer gekommen ist. Elektra ist eine von A.R.G.O.S. fähigsten IT-Spezialisten, und außerdem kennt sie Andris wie keine Zweite. Wenn es jemanden gibt, der die KI wieder zum Laufen bringt, dann sie.«

»An Zeus' Stelle hätte ich sie ebenfalls dem elektronischen Sondereinsatzkommando zugeteilt«, pflichtete ihm Kirke bei. »Die Notabschaltung Visbys hat A.R.G.O.S. auf einen Stand Ende der 90er zurückgeworfen. Und vermutlich war es genau das, was H.A.D.E.S. geplant hatte. Hoffen wir also besser mal, dass es ihr gelingt, den eingespeisten Virus möglichst bald auszumerzen.«

Lena nickte betrübt.

Andererseits, so kam sie einen ganzen Nachmittag lang in den Genuss einer Spezialoperation an Perseus' Seite. Nur sie zwei. Und natürlich hatte sie vor, dabei zu glänzen.

»Also, Frau Becker, bereit?«, fragte Perseus augenzwinkernd.

Und wie sie bereit war.

Sie konnte es kaum erwarten.

»Aber klar.« Lena räusperte sich verlegen und nahm noch einmal das Tablet mit den Informationen ihrer Alias-Identität zur Hand. Nicht, dass sie das angesichts ihres fotografischen Gedächtnisses nötig gehabt hätte, aber Perseus' Blick und vor allem die besonderen Rahmenbedingungen ihres gemeinsamen Einsatzes ließen ihren Puls nun doch etwas höher schlagen. »Also, ich bin Nina Becker, zweite Tochter des Becker-Drogerieimperiums und gebürtig aus Stuttgart. Wir beide haben uns vor zwei Jahren im Casino Monte-Carlo in Monaco kennengelernt. Es war, äh, Liebe auf den ersten Blick.«

Lena spürte, dass sie feuerrote Ohren bekam.

»Verlobt sind wir seit etwa einem Jahr. Du hast mir anlässlich unseres Besuchs bei diesem Pferderennen in Dubai, dem Dubai Golden Shaheen, einen Antrag gemacht. Heiraten wollen wir allerdings erst im Dezember dieses Jahres.« Sie sah auf. »Warum eigentlich erst so spät? Ich meine, mal ehrlich: Welche Frau findet es toll, einen Antrag zu kriegen und dann gute zwei Jahre vertröstet zu werden?«

»Was weiß ich?« Perseus zuckte überrumpelt mit den Schultern. »Das haben die sich bei A.R.G.O.S. ausgedacht. Ich persönlich hätte das mit der Heirat ganz gestrichen.«

»Ach? Plötzlich willst du gar nicht mehr?«

»Doch. Ich meine … meine Güte.« Hilflos wandte er sich an Kirke, die aus irgendeinem Grund grinste.

»Ich schlage vor«, wandte die Griechin ein, »du machst genau das zum Teil deiner Agenda. Gerade bei einer Hochzeit hast du damit im Zweifel alle Frauen auf deiner Seite.«

»Da kannst du aber einen drauf lassen«, meinte Lena verstimmt.

»Ach so«, zog Kirke ihre Aufmerksamkeit weiter auf sich. »Wirf mal einen Blick auf die letzten Seiten des Briefings. Die habe ich vor dem Abflug ergänzen lassen. Du hast deine Schulzeit im traditionsreichen Le Rosey verbracht, einem Schweizer Elite-Internat im Nobel-Skiort Gstaad.«

»Echt?«, zeigte sich Lena erfreut. »Von dem Internat habe ich schon gehört. Da sind doch schon Prinz Edward, der Duke of Kent, und König Juan Carlos von Spanien zur Schule gegangen. Warum ausgerechnet da?«

»Weil wir erfahren haben, dass Leons Braut Alexandra Apostolou das Internat ebenfalls besucht hat. Präg dir die Infos aus den Unterlagen gut ein, das hilft dir im Zweifel, dich an sie ranzuwanzen, falls sich dazu die Gelegenheit ergibt. Die Hochzeit findet schließlich erst morgen statt. Und den orthodoxen Hochzeitsbräuchen nach sehen sich Braut und Bräutigam eine Woche vor der Trauung nicht. Insbesondere verbringen sie den Abend vor der Hochzeit getrennt, und dann für gewöhnlich mit ihren Freunden und Familien.«

»Gut, dass ich das noch erfahre.« Lena fasste die neuen Informationen ins Auge. »Dann lassen die auch einen Priester einschiffen?«

»Nicht irgendjemanden, sondern Bischof Vasilios Lefka, einst Taufpate von Leon Papadopoulos himself und ebenfalls ein ziemlich korrupter Hund.«

»Hat sich bei Perseus auch irgendwas Neues getan?«

»Nein, es bleibt dabei, dass ich mich für den Algerier Kamal Mansouri ausgebe«, erklärte der Algerienfranzose, »Bruder von Sirac Mansouri, Chef des berüchtigtsten Schlepper- und Diamantenhändlerrings in Algier. Wie wir ja alle wissen, hat die Agency dafür gesorgt, dass Sirac verhindert ist, sodass sein Bruder an seiner statt an der Hochzeit Leons teilnimmt. Ich will nur hoffen, dass es stimmt, dass weder Dimitrios Papadopoulos noch sein Sohn diesen Kamal persönlich kennen. Andernfalls bekommen wir gleich nach unserer Ankunft ein ernstes Problem.«

»Seht bloß zu, dass ihr euer Gepäck bei euch behaltet«, ermahnte Kirke sie, wobei Lena den Eindruck hatte, dass sich ihre Worte vor allem an sie richteten. »Die Security der Insel wird euch nach eurer Ankunft garantiert durchleuchten. Die Einzelteile für eure Kunststoffpistole sind daher in den Bauelementen der Koffer verarbeitet, inklusive dreier Patronen. Das Kaliber entspricht 9 mm Luger, heißt, dass ihr euch im Zweifel mit Munition aus den Beständen der Security eindecken müsst. Die sind unseren Informationen nach alle mit Walther PDPs ausgerüstet.«

»Ich werde sie hoffentlich nur kurz benötigen und mich dann mit Waffen aus dem Bestand von Papadopoulos eindecken«, erklärte Perseus mit gefährlichem Unterton.

»Ich verlasse mich ganz auf meinen guten alten Lady Shave«, meinte Lena.

Perseus warf ihr einen gequälten Seitenblick zu. »Hauptsache, du vergisst vor lauter Begeisterung nicht, dass du noch weiteres Spezial-Equipment dabeihast.«

»Natürlich nicht. Die Funkausrüstung befindet sich in unseren Radioweckern«, zählte Lena nun auf, »unsere Taser-Smartphones samt Elektras Mirror-App lassen sich auch auf Satellitenempfang umstellen, in die Kulis wurden Aeskulap-Stab und Artemis-Pfeil verbaut, der Anhänger meiner Kette enthält einen Niedrigfrequenzstörsender, der Funk auf kurze Distanzen unterbricht, und in meinem Taschenspiegel ist wieder so ein USB-Stick samt Programm versteckt, um Rechner anzuzapfen. Nur hat blöderweise niemand meinen schicken Chilispray-Ring neu aufgeladen. Überhaupt, warum kriege ich nicht wie du auch etwas, was mehr reinhaut?«

»Du kommst schon klar«, wiegelte Perseus ab. »Im Zweifel hältst du dich einfach an mich.«

»Toll …«

Allmählich gewann Lena den Eindruck, als wollten die anderen sie mit dem coolen Zeug ständig knapphalten. Den Parfumzerstäuber mit den K.-o.-Tropfen, die restlichen Narkose-Erfrischungstücher, das Deo mit dem Multipick zum Schlösseröffnen und die beiden verbliebenen Gel-Pads hatte sie daher lieber verschwiegen. Ganz abgesehen von diesem Brunft-Lippenstift. Und das ehrlich gesagt schon vorgestern beim Rapport im Kontor von Kampen, wohl wissend, dass A.R.G.O.S. all die Einsatzmittel bloß wieder zurückgefordert hätte, um sie dann einzulagern. Sie glaubte zwar nicht, dass ausgerechnet Kirke und Perseus ihr die Sachen abgenommen hätten, aber sie wollte auch nicht, dass die beiden sie für eine manische Sammlerin hielten. Dabei waren die Gadgets schon faszinierend, und sie überlegte bereits, in den kommenden Agentenjahren noch ein paar weitere abzuzweigen.

Immerhin, A.R.G.O.S. hatte sie dafür mit einem sündhaft teuren und unfassbar schicken lindgrünen Sommerkleid von Chanel ausgestattet, das hinten mit langem Rückenausschnitt versehen war und sich fast verboten an ihren Körper schmiegte. Dazu trug sie einen extravaganten und farblich passenden Sommerhut mit breiter Krempe, der eher zu einer Film-Diva als ausgerechnet zu ihr passte. Und in ihrem Gepäck waren weitere luxuriöse Kleidungsstücke dieser Art verstaut.

Vor einer halben Woche noch hätte sie sich in solch teuren Outfits vermutlich unsicher gefühlt, doch seit sie gewissermaßen halbnackt im Scorpio Club herumgelaufen war, waren all diese Vorbehalte auf die Größe eines Eyeliners zusammengeschrumpft. Das aufregende Agentenleben begann sichtlich, sie zu verändern.

»Ich gehe jetzt zum Landeanflug über«, erklärte Kirke, die das Steuerhorn der Cessna nach vorn drückte und so dichter über die Meeresoberfläche hinwegbrauste.

Papadopoulos' Privatinsel rückte zunehmend größer werdend in Lenas Blickfeld. Fasziniert ließ sie ihren Blick über das gut zwanzig Hektar große Eiland schweifen. Karyfos war definitiv ein Traum. Die Insel verfügte über einen begrünten Hügelkamm sowie über Klippen und weiße Sandstrände, zwischen denen eine weißblaue Luxusvilla samt Pool, zahllosen Anbauten und eigenem Hubschrauberlandeplatz thronte. Eine künstlich aufgeschüttete Landzunge führte raus aufs Meer, wo mehr als zwei Dutzend kleinere und größere Jachten dümpelten. Unter ihnen eine protzige russische Oligarchenjacht, deren schiere Größe alle übrigen Vergnügungsschiffe deutlich ausstach.

»Wir verfügen zwar über kein Schiff«, merkte Perseus trocken an, »dafür aber wird unsere Ankunft auf diese Weise sicherlich registriert.«

Kirke antwortete nicht, sondern konzentrierte sich endgültig auf die Landung. Sie beschrieb im Luftraum vor der Küste einen Bogen, was Perseus dazu nutzte, um einige Aufnahmen von der Insel zu machen. Dann suchte sie zwischen den vor Anker liegenden Segelschiffen eine geeignete Landestelle und zwang die Nase der Maschine endgültig nach unten.

Gespannt sah Lena dabei zu, wie sich die Cessna der glitzernden Meeresoberfläche näherte. Elegant setzten die Schwimmer der Maschine auf, und sie zogen weiße Gischtbahnen hinter sich her. Kirke drosselte die Geschwindigkeit und steuerte mit blubberndem Motor an einer der Jachten vorbei, hinüber zum Ende eines langen Stegs, an dessen Seiten Motorboote vertäut waren.

»Seht zu, dass ihr rauskommt«, wies die Griechin sie an. »Da hinten naht schon das Sicherheitspersonal.«

Auch Lena sah, dass von der Landseite aus drei Anzugträger mit Sonnenbrillen über den Steg auf sie zumarschierten.

Sie und Perseus öffneten die Seitentür, und Lena sprang nach draußen, wo sie Perseus dabei half, ihr Gepäck auf den Steg zu stellen. Erfreut stellte sie fest, dass das Wetter hier trotz der Jahreszeit herrlich war. Die Sonne lachte am Himmel, und wenn man sich nicht direkt dem Seewind aussetzte, war es angenehm warm. Leider roch sie noch immer nichts, dabei liebte sie es, wenn die Seeluft nach Salz und Gischt schmeckte.

Kirke verriegelte die Kabinentür, kaum, dass das Security-Personal eingetroffen war, startete den Motor wieder und steuerte die Cessna zurück aufs offene Meer hinaus.

»Sie sind?«, sprach einer der Anzugträger Perseus an.

»Kamal Mansouri«, erklärte Perseus selbstbewusst, der jetzt ebenfalls eine Sonnenbrille trug und dem Mann neben ihren gefälschten Pässen ein goldumrahmtes Einladungsschreiben mit holografischem Bild und QR-Code reichte. »Ich komme anstelle meines Bruders Sirac Mansouri, der leider verhindert ist. An meiner Seite sehen Sie meine Verlobte Nina Becker. Aber Sie sollten eigentlich informiert sein.«

Der Mann musterte sie durch die Sonnenbrille hinweg kurz und wandte sich an einen seiner Kollegen, der die Daten mittels eines Tablets überprüfte.

»Sind vermerkt«, erklärte der Kerl. »Die Änderung kam gestern rein.«

Der Anführer gab Perseus die Dokumente zurück.

»Willkommen auf Karyfos!« Er lächelte gezwungen. »Ich hoffe, Sie beide haben für einen kleinen Sicherheitscheck Verständnis. Die Familie Papadopoulos möchte so die Unversehrtheit aller Gäste garantieren.«

»Natürlich, machen Sie ruhig«, meinte Lena, die etwas affektiert ihren ausladenden Hut festhielt und genießerisch ihre Nase in den Seewind hielt. »Was für eine Luft! Kamal, riech doch mal.«

Perseus ließ sich auf das Spiel ein, während der dritte Securitymann mit einem mobilen Metalldetektor an sie herantrat und sie von oben bis unten überprüfte.

Bis auf gelegentliche Piepser, die sie rasch aufklären konnten, fanden die Männer nichts zu beanstanden. Dennoch kam Lena leicht ins Schwitzen, als der Mann sie bat, auch ihre Koffer und Taschen zu öffnen. Doch A.R.G.O.S. hatte ganze Arbeit geleistet, auch diese Kontrolle überstanden sie anstandslos.

Die Security winkte drei junge griechische Bedienstete herbei, die ihr Gepäck aufnahmen. »Bitte, folgen Sie dem Dienstpersonal. Sie wurden in einem der Gästehäuser einquartiert.«

»Hervorragend.« Perseus bot Lena seinen Arm, den sie nur allzu gern ergriff, und sie folgten den Kofferträgern an den Motorbooten vorbei und dann über einen ebenfalls hölzernen Bohlenweg, der den Strand querte, in Richtung der erhaben liegenden Luxusvilla.

Aus der Nähe betrachtet, wirkte der protzige Bau mit dem Pool im Zentrum noch beeindruckender. Das dreigeschossige, komplett in mediterraner weißblauer Optik gehaltene Hauptgebäude mit seinen antik gestalteten Säulen, verspielten Balkonen und kolonnadenartigen Außenverzierungen thronte dabei erhaben vor der Kulisse des bewaldeten Höhenzugs der Insel. Flankiert wurde die Villa von ausladenden Anbauten, in denen sich vermutlich die Gäste- und Nutzquartiere befanden, während sich zum Meer hin mehrere begrünte Terrassen aufspannten, auf denen sich bereits eine Vielzahl an Gästen eingefunden hatte, die dort oben parlierten und sich an Cocktails erfreuten.

»Schau mal, Schatz. Die haben hier sogar ein Gewächshaus!«, rief Lena begeistert und deutete zu einem etwas abseits liegenden Bauwerk, das fast gänzlich aus Glas bestand, und hinter dem grüne Bepflanzungen zu erkennen waren.

Einer der Gepäckträger wandte sich ihnen zu.

»Das ist kein Gewächshaus«, erklärte er angestrengt, »sondern der Privatzoo der Insel.«

»Ein Zoo?« Lenas Begeisterung schmolz angesichts des dort zu erwartenden Gestanks schlagartig dahin.

Sie stiefelte an der Seite von Perseus einige Treppenstufen empor, bis sie die stolzen Flügelbauten der Villa erreichten. Die jungen Männer führten sie im ersten Stock eines der Gebäude zu einer Tür, hinter der ein luxuriöses Gästequartier mit gleich drei Zimmern auf sie wartete. Weiße Vorhänge wehten verspielt im Luftzug der geöffneten Balkontür, und Lenas Blick schweifte über teure Designermöbel und geschmackvolle Bilder von antiken griechischen Bauwerken, bis er am zentral aufgestellten Doppelbett mit den Goodie Bags hängenblieb.

Sie seufzte innerlich. Es war zu schade, dass sie zwei nicht dazu kommen würden, es auch zu nutzen.

Perseus drückte den Bediensteten einen Fünfzig-Dollar-Schein als Trinkgeld in die Hand und legte kurz seine Fingerspitze an die Lippen, als die Helfer abgerückt waren.

»Sirac wird es freuen, zu erfahren, dass wir hier so gut einquartiert wurden«, erklärte er vernehmlich.

Unauffällig suchte er den Raum nach Kameras ab, während Lena die Geschenktüten samt den darin befindlichen Begrüßungskarten auf dem Bett inspizierte.

Ihr klappte der Mund auf, als sie die Präsente sah: sündhaft teure Parfums und Eau de Toilettes, Schokolade aus der Schweiz und sogar kleine Goldpräsente in Form wertvoller Ohrclips und Krawattennadeln. Natürlich mit den Initialen der Brautleute versehen.

»Übrigens werden Leon Papadopoulos und ich in den nächsten Tagen wohl einige geschäftliche Gespräche führen müssen.« Perseus klappte den Uhrdeckel seiner Rolex hoch, unter dem sich ein Wanzendetektor befand. »Ich hoffe, dass du dich auch ohne mich amüsierst.«

»Mach dir keine Gedanken, mein Schatz. Ich werde die Zeit hier ganz bestimmt genießen.« Lena studierte jetzt die Begrüßungskarten, auf denen der Ablauf der kommenden Tage skizziert war. Ungläubig sah sie, dass abgesehen von heute jeder Tag ab der Trauung morgen unter einem eigenen Festmotto stand. Darunter waren ein sogenannter Weißer Tag und ein Karibischer Tag, an denen vorgesehen war, dass sich alle Gäste entsprechend kleideten. Ärgerlicherweise hatte A.R.G.O.S. nichts davon mitbekommen, was nur ein Grund mehr war, die Mission rasch hinter sich zu bringen. Sie trat hinaus auf den Balkon und musterte von dort aus die Gästeschar vor dem Hauptgebäude der Villa.

»Unglaublich, wie schön es hier ist«, rief sie. »Ihr könntet euch eigentlich auch mal eine Privatinsel zulegen.«

Perseus suchte die Räume derweil weiter nach Wanzen und Kameras ab.

Schließlich signalisierte er, dass sie frei sprechen konnten, und sie kehrte zu ihm zurück.

»Das Fest hier muss ein Vermögen kosten«, stellte Lena kopfschüttelnd fest, während vom Meer her ein Hubschrauber nahte. »Ich frage mich, wie viele Gäste überhaupt kommen?«

»Kirke sprach von etwa dreihundert Leuten. Nur enge Freunde und Geschäftspartner der Familien.«

»Die Villa mag ja riesig sein, aber die finden hier doch unmöglich alle Platz.«

»Die meisten werden vermutlich eh auf ihren Jachten nächtigen.«

»Okay, und was jetzt?«, fragte sie mit konspirativem Unterton.

»Sieh dir das an.« Sie setzten sich aufs Bett, und Lena bemerkte aufgeregt, dass sich ihre Knie berührten, während er sein Handy zückte und die Fotos aufrief, die er aus der Cessna geschossen hatte. »Erkennst du das da, zwischen den Bäumen?«

Er deutete auf eine Stelle im bewaldeten Hügelzug hinter der Villa, in dem kantige, zweifellos künstliche Strukturen zwischen dem Bewuchs zu erahnen waren.

»Ist das so was wie ... ein Bunker?«, wollte Lena wissen.

»Zumindest ein getarnter unterirdischer Komplex. Auf den Satellitenaufnahmen war nichts davon zu erkennen.« Er wischte zurück zu den älteren Satellitenfotos, die ihnen zur Verfügung standen. »Dafür belegen die im Vergleich mit den Aufnahmen von heute etwas anderes. Siehst du hier? An zwei exponierten Stellen im Wald stehen Parabolantennen. In der Zwischenzeit«, er rief wieder die Luftaufnahmen auf, »ist jedoch noch eine dritte, deutlich größere Antenne hinzugekommen.«

»Und das heißt deiner Meinung nach was?«

»Ich glaube, dass es sich dabei um eine geheime Einsatzzentrale handelt«, erklärte der Algerienfranzose zufrieden. »So abgelegen, wie Karyfos liegt, würde man so etwas in diesem Meeresgebiet kaum vermuten.«

»Wir müssen da rein?«

»Ja. Leider habe ich keinerlei Hinweise gefunden, wie man von hier aus unauffällig dorthin gelangt.« Zu Lenas Leidwesen erhob sich Perseus wieder und begann damit, die Koffer auseinanderzunehmen, um ihre Kunststoffpistole zusammenzubauen. »Etwaige Wege sind auf keinem der Fotos auszumachen. Dabei liegen zwischen hier und diesen Strukturen gute sieben- oder achthundert Meter Luftlinie. Im Zweifel wird uns also nichts anderes übrigbleiben, als uns von hier aus durch die Wildnis der Insel zu schlagen und vor Ort nach einem Einstieg zu suchen. Nur glaube ich kaum, dass es den Gästen erlaubt ist, die Villa zu verlassen. Mal ganz davon abgesehen, dass es für derartige Ausflüge auch keinen nachvollziehbaren Grund gibt.«

»Aber irgendwie müssen die doch dort hingelangen, wenn das wirklich so eine wichtige Einrichtung ist?«

»Sicher«, seufzte Perseus. »Aber ich wette, der Weg ist streng geheim. Und uns wird man definitiv im Auge behalten. Auf der anderen Seite der Insel anzulanden, ist schwierig. Da erheben sich auf breiter Fläche hohe Klippen, die es Kirke und Daedalos unmöglich machen, von dort aus vorzudringen. Kirke ist auch bei Weitem keine so gute Taucherin wie Daedalos. Und das heißt, dass wir hier vor Ort für irgendeine Ablenkung sorgen müssen. Möglichst kurz nach Sonnenuntergang, damit wir uns von dieser Seite aus an den Wachen vorbeimogeln können.«

»Du willst damit sagen, dass wir uns trennen müssen?«

»Ich denke, darum kommen wir nicht herum.« Er betrachtete sie aufmunternd. »Ich setze im Moment ganz darauf, dass du einen Weg findest, die Wachen zu beschäftigen. Das gibt mir nachher die Gelegenheit, Kirke und Daedalos am Strand einzusammeln und mit ihnen zur Inselmitte vorzustoßen. So eine Anlage zu stürmen, bedarf eines erfahrenen und schlagkräftigen Teams.«

»Na gut«, meinte Lena etwas enttäuscht, »behalten wir also unsere Gastgeber und die Security im Auge und sehen uns hier um. Vielleicht hilft uns das weiter.«

»Ich hoffe es. Denk an das, was du ursprünglich auf Station 3 vorhattest. Auch hier sollte es Generatoren zur Stromversorgung geben. Ein Blackout wäre genau das, was wir brauchen.«

»Damals hatte ich aber Semtex dabei.«

Perseus warf ihr einen prüfenden Blick zu, hob schließlich einen seiner Lackschuhe und klappte den Absatz auf, in dessen Hohlraum sich ein kreisrundes gelbliches Paket befand. Er reichte es ihr.

»Vorsichtig damit. Das ist im Prinzip der gleiche Spezialsprengstoff wie die Kaugummis damals in den Alpen. Nur deutlich mehr davon.«

»Dieses instabile Zeug, das man kauen musste, obwohl es durch kinetische Energie gezündet wird?«

»Schon ...« Perseus räusperte sich. »Es wurde aber weiterentwickelt und klebt jetzt von selbst. Allerdings musst du wohl noch etwas Geeignetes finden, um das Paket zu zünden.«

Lena nahm den Sprengstoff vorsichtig an sich. »Reicht es nicht, dies Zeug einfach irgendwo zur Explosion zu bringen?«

»Eher nicht. Die Detonation läuft vergleichsweise gedämpft ab.«

»Na gut. Besser als nichts«, seufzte sie. »Blöderweise ist die Villa echt riesig. Kirke wäre jetzt sicher nützlich. Die war zwar noch nie hier, aber mit ihrem Insiderwissen über Papadopoulos' Organisation könnte sie uns sicher trotzdem weiterhelfen.« Sie musterte Perseus. »Was genau hat sie damals eigentlich angestellt, dass dieser Typ sie so hasst?«

Perseus steckte die zusammengebaute Waffe weg und sah wieder zu ihr auf.

»Wie du ja schon mitbekommen hast, haben Kirke und Europa früher für Papadopoulos gearbeitet«, erklärte er zögerlich und begann dabei, die Radiowecker auseinanderzunehmen, in denen die Einzelteile für ihr Funkgerät verborgen waren, das in den nächsten Stunden auch als Transmitterstation dienen würde. »Die beiden entstammen einer ziemlich reichen und auch ziemlich konservativen Politikerfamilie Griechenlands. Bereits als Teenager haben sie gegen ihr strenges Elternhaus rebelliert. Erst nur mit kleinen Straftaten, die jedoch zunehmend eskalierten. Anfänglich ging es dabei um Drogen. Erst für den Eigengebrauch, schließlich wurde das Netzwerk größer.«

»Echt? Kirke?«

»Was man halt so tut, wenn man Wut im Bauch hat, sich für unangreifbar hält und es seinen Eltern mal so richtig zeigen will. Die hatten am Ende einen ganzen Stadtteil Athens unter Kontrolle. Du ahnst, wessen Leuten sie damit auf die Füße traten?«

»Papadopoulos!«

Perseus nickte.

»Wow! Meine Schwester und ich haben auch mal richtig über die Stränge geschlagen«, ereiferte sich Lena. »Wir sind mal nachts ausgebüxt. So richtig mit aus dem Fenster des Obergeschosses klettern und so weiter. Bin dann leider in die Brombeerhecke gefallen, hab mir einen Zeh gebrochen und mich von oben bis unten zerkratzt. Sophia war damals ganz schön sauer, weil wir meinetwegen nicht auf diese Fete konnten.«

»Ja nun ...«, antwortete Perseus. »Bei Kirke und Europa war alles nur leider etwas schlimmer. Bei einer ihrer Unternehmungen kam schließlich ein Freund zu Tode. Und Papadopoulos, der das organisatorische Talent der zwei erkannt hatte, zwang sie danach in seine Dienste. Kirke und Europa stiegen so als Troubleshooter immer weiter in der Familienorganisation auf, bis sie schließlich sogar für einige lukrative Schmuggelrouten die Verantwortung übertragen bekamen.«

»Kirke ist ja heute noch gut im Organisieren.«

»Oh ja. Nur ging es damals um Waffen und Falschgeld. Das Fass war schließlich voll, als sich Papadopoulos' jüngerer Sohn Philipos an Europa ranmachte. Das war der Zeitpunkt, als A.R.G.O.S. an die beiden herantrat und ihnen eine Alternative bot: nämlich überzulaufen. Kirke und Europa haben nicht lange überlegt. Allerdings ging bei der nachfolgenden Operation etwas schief. Die Agency konnte zwar Papadopoulos' Falschgeldgeschäfte zerschlagen, seine Beteiligung daran aber nicht gerichtsfest nachweisen. Insbesondere kam bei dem Schlag seine Frau ums Leben. Seit Papadopoulos weiß, wem er den Verrat zu verdanken hat, sucht er nach den zweien. Genauer gesagt: Er hat auf jede der Schwestern ein Kopfgeld von fünf Millionen Euro ausgesetzt. Bis heute. Und es ist allein A.R.G.O.S. zu verdanken, dass jeder, der die Jagd nach ihnen ernsthaft betreibt, diese Entscheidung, sagen wir mal, nicht unbeschadet übersteht.«

Lena sah ihn betroffen an. »Ich werde jedenfalls alles tun, um ihr zu helfen, den Scheißkerl loszuwerden.«

»Ich weiß.« Perseus lächelte erstmals. »Und jetzt lass uns den Funk checken, bevor wir loslegen. Uns bleibt nicht viel Zeit.«

Er setzte sich, steckte sich einen In-Ear-Kopfhörer in den Gehörgang und nestelte an einem der Geräte. Es dauerte nicht lange, bis er Empfang hatte.

»Hier Perseus! Albatros ist im Nest ... Wiederhole: Albatros ist im Nest ...«

Perseus lauschte und nickte.

»Albatros schwärmt jetzt aus!«

Er warf Lena zwei weitere In-Ears zu, außerdem ein schmales Perlenarmband mit eingebautem Mikro. »Hier, für dich, damit wir Kontakt halten können. Sobald Kirke und Daedalos eintreffen, sollten die ebenfalls auf Empfang gehen.«

»Alles klar.«

Lena, die sich nun im Bad frisch machte, präparierte sich entsprechend und nahm anschließend ihre schicke Gucci-Handtasche mit den übrigen Gadgets an sich. Leider mussten sie hier auf ihre Smart Glasses verzichten, da die bei einer Kontrolle definitiv aufgefallen wären. Sie war dennoch zuversichtlich, dass sie auch ohne sie auskamen.

Sie verließen ihr Quartier und traten wieder in die Sonne, um den Weg zur Villa zu beschreiten.

»Mist!«, fluchte sie. »Hätten wir nicht ein Geschenk mitbringen müssen?«

»Die Trauung ist erst morgen«, widersprach Perseus. »Außerdem versicherte mir Kirke, dass die Übergabe von Geschenken in Griechenland traditionell bereits in der Vorwoche geschieht – was Sirac Mansouri hoffentlich veranlasst hat. Falls nicht, wird das angesichts der zu erwartenden Geschenkeflut eh keinem auffallen. Sorge dich lieber um die unbekannte Variable in diesem Spiel: Shadow! Wir wissen nicht, ob sie ebenfalls auf der Insel ist.«

Lena blickte mitfühlend zu ihm auf, während sie durch eine Weinlaube hindurch und dann über eine von Zypressen gesäumte Marmortreppe nach oben zu einer der von blauen Sonnenschirmen bestandenen Terrassen gingen.

»Wie geht es dir mit ihr überhaupt?«, wollte sie schließlich wissen.

Perseus warf ihr einen überraschten Blick zu.

»Wie soll es mir mit ihr schon gehen?« Er räusperte sich befangen. »Ich hoffe natürlich, dass wir es schaffen, sie einzufangen und unseren Spezialisten zu übergeben, damit diese die verdammten Einbauten wieder entfernen, die sie haben verrückt werden lassen.«

»Und falls nicht?«

»Dann …« Perseus blieb kurz stehen und atmete tief ein. »Dann wird mir vermutlich nichts anderes übrigbleiben, als sie zu erlösen.«

»Du kannst dich dabei auf mich verlassen«, erklärte Lena standhaft. »Also … ich meine bei Ersterem.«

»Ich weiß, dass auf dich Verlass ist.«

»Trotzdem scheinst du mich ständig aus dem Schussfeld raushalten zu wollen«, ging Lena aufs Ganze. »Nach allem, was ich bislang geleistet habe, verstehe ich das nicht. Kirke meinte mal, dass ich dich an Shadow erinnere. Aber wir beide sind doch so unterschiedlich wie Tag und Nacht.«

»Das hat Kirke gesagt?«

Lena sah ihn eindringlich an.

Perseus schüttelte leicht den Kopf. »Vielleicht kennt sie mich besser als ich mich selbst. Und vielleicht hat sie damit sogar recht. Weißt du, warum sich Shadow in dem Zustand befindet, in dem sie jetzt ist?«

»Sie hat sich bei einem Kampf gegen einen von A.R.G.O.S. Supergegnern übernommen.«

»Exakt.« Perseus betrachtete sie ernst. »Genau darin gleicht ihr zwei euch. Du besitzt den gleichen, sagen wir mal, leichtfertigen Enthusiasmus wie sie. Und genau der hat meine Schwester beinahe ihr Leben gekostet. Ich habe schon zu viele Freunde sterben sehen. Ich will nicht, dass du ihr Schicksal teilst.«

Lena lächelte.

Perseus hatte sie eben als Freundin bezeichnet.

Okay, vielleicht nicht gerade als *seine* Freundin, aber da sie gerade auch verlobt waren, und bald heiraten würden, war das immerhin schon dicht dran.

»Mach dir keine Sorgen«, meinte sie leichthin. »Mich haut so schnell nichts um.«

»Und genau das meinte ich«, sprach er besorgt.

Lena nahm die letzten Stufen, ihnen schlugen leise Musik, Gelächter und Wortfetzen in verschiedenen Sprachen entgegen. Auf der Terrasse erwarteten sie etwa zwei Dutzend vornehm gekleidete Gäste an Stehtischen. Zwischen ihnen eilten Kellner mit silbernen Tabletts hin und her, auf denen sie griffbereit Sektkelche, Cocktails und kleinere Appetithäppchen herumreichten. Die anwesenden Herren waren durchweg in vornehme Sakkos oder Anzüge gekleidet und trugen Sonnenbrillen, die Frauen hatten sich allesamt in ausnehmend luxuriöse Haute Couture gehüllt.

Die meisten der Gäste beachteten sie kaum. Lena lächelte dennoch unverbindlich in die Runde, schon, da sie nun auch zwei Securitys entdeckte, die die vornehme Gesellschaft vom Rand der Terrasse aus im Blick behielten. Sie nahm sich wie Perseus einen Sektkelch und folgte ihm hinüber zu der erhöht liegenden Nachbarterrasse. Dort lag nicht nur der große Pool, den sie schon aus der Luft hatte ausmachen können, nahe der hoch aufragenden Villa war auch ein großer Grill aufgebaut, auf dem Lammkoteletts und kleine Steaks brutzelten.

Angenehme Jazzmusik tönte aus unsichtbaren Lautsprechern, und auch hier hielten sich mehr als zwei Dutzend Gäste auf, die sich in diesem Bereich des Anwesens jedoch eher nach Frauen- und Männergruppen getrennt unterhielten.

»Schon jetzt ist alles da, was in den einschlägigen Kreisen Rang und Namen hat«, knurrte Perseus.

»Echt?«, zeigte sich Lena mit Blick zu einem gutaussehenden Enddreißiger in T-Shirt, Sakko und Sonnenbrille verwundert, der von zwei Schönheiten umrahmt wurde, die wie Mutter und Tochter aussahen. Teilten die sich den etwa? »Aber da hinten ist sogar Costa Sfakianakis, der berühmte griechische Schlagersänger!«

»Den haben sie gerade wegen massiver Steuerhinterziehung drangekriegt, wobei Papadopoulos ihm aus irgendeinem Grund aus der Patsche geholfen hat.« Perseus schnaubte abfällig. »Dass sich jedoch auch Kyriaki Pappas hierher verirren würden, hätte ich nicht gedacht.«

Lena folgte seinem Blick und erblickte eine elegant gekleidete Mittvierzigerin mit roten Haaren, knallrotem Kirschmund und eindrucksvoll hohem Diadem-Haarreif, die mit einem fettleibigen Kerl schäkerte, der sich trotz der angenehmen Seebrise ständig mit einem Taschentuch über die fleischige Stirn wischte.

»Wer ist das?«, fragte sie leise.

»Eine seit zwei Jahren von Interpol gesuchte Anlagebetrügerin, die Zehntausende in Südeuropa um zusammen gut sechzig Millionen Euro erleichtert hat. Darunter angeblich auch Papadopoulos selbst. Dass sie heute hier ist, bedeutet, dass er und sie inzwischen eng zusammenarbeiten. Er hat einen Blick für Talente. Andererseits, wer nicht für ihn ist, den behandelt er, als sei er gegen ihn. Und das endet meist tödlich. Vor allem aber solltest du dich vor Drogo Stavrou in Acht nehmen«, er wies unauffällig über den Pool hinweg zu einem alleinstehenden hageren Griechen mit stechenden dunklen Augen und auffällig dichtem Schnauzbart. Der Mann stach zwischen den übrigen Geladenen nicht nur hervor, weil er allein an einem der Stehtische einen Berg Grillfleisch in sich hineinschaufelte, sondern auch, weil er der einzige Mann ohne Sonnenbrille war.

»Sieht unangenehm aus«, wisperte Lena.

»Drogo trägt in einschlägigen Kreisen den Beinamen ›Der Bestatter‹«, erklärte Perseus. »Er betreibt in Griechenland eine große Kette an Beerdigungsunternehmen. In Wahrheit ist er für solvente Kunden als Cleaner unterwegs, der Tatorte aufräumt und Leichen entsorgt. Man kann nur vermuten, in wie vielen Gräbern er gleich mehrere Leichen verscharrt hat.«

»So jemanden würde ich doch nicht auf die Hochzeit meines Sohnes einladen«, wisperte Lena empört.

»Es sei denn, ich will Vorsorge treffen, für den Fall, dass es hier Ärger gibt.« Er deutete über die Terrasse zum Hauptgebäude. »Komm, wenn es irgendwie geht, sollten wir versuchen, unsere Gastgeber abzupassen.«

Lena folgte ihm in einen Saal mit einer Vielzahl mediterraner Gemälde an den Wänden, in dem sich ebenfalls zwei Dutzend überaus neureich aussehende Gäste zum Plausch eingefunden hatten. Durch gleich drei weitere Durchlässe ging es tiefer in den Villenbereich.

»Sollen wir uns aufteilen?«, schlug Lena vor.

»Gute Idee. Du kennst die Familien ja von den Fotos aus der Einsatzbesprechung.«

Sie teilten sich auf.

Obwohl es wie Plörre schmeckte, schnappte sich Lena aufgeregt ein weiteres Sektglas, da das erste zu ihrer Überraschung bereits leer war, und streifte nun eher ziellos durch die den Gästen zugänglichen Villenareale. Alles schien ihr hier eine Spur überdimensioniert. Dazu zählte auch der lichte Innenhof samt marmornem Wasserbecken, in dem ein protziger Springbrunnen in Gestalt der mythologischen Königstochter Leda samt ihrem Schwan stand. Da erblickte sie durch einen weiteren Durchlass eine Gruppe mit Goldschmuck behängter Sonnenbrillenträger, die sich um einen langbärtigen Mann in schwarzem Ornat versammelt hatten.

War das der Bischof, der die Trauung vollziehen würde?

»Nein, ehrlich«, führte der Würdenträger empört aus. »Und dann haben sie bei uns in der Diözese auch noch einen Großbäcker verhaftet. Wegen Drogenhandels. Da glaubt man, man kennt die Menschen, und dann so was.«

»Davon wusstet Ihr nichts, Eure Exzellenz?«, fragte einer der Typen im Raum leutselig.

»Nein. Die Diözese war fünf lange Jahre Großkunde des Mannes, hatte aber keine Ahnung, dass er Bäcker ist.«

Die Männer lachten schallend, und Lena zog sich konsterniert zurück. Allmählich fragte sie sich, ob es hier überhaupt jemanden gab, der nicht in kriminelle Geschäfte verwickelt war, als sie eine weite, von ionischen Säulen gesäumte und mit Zypressen geschmückte Halle erreichte, in der sich eine größere Menschenmenge versammelt hatte.

Gespannt blickte diese zu einer geschwungenen Freitreppe auf, über deren Stufen in diesem Augenblick die Braut Alexandra Apostolou an der Seite von drei Freundinnen hinunterglitt. Die dunkelhaarige Schönheit war Ende zwanzig, besaß glutvolle dunkle Augen, und ihre halboffenen langen Haare flossen in Wellen über ihre rechte Schulter. Bekleidet war sie mit einem traumhaften himmelblauen Sommerkleid aus Tüll mit Pailletten, das einen Vorgeschmack auf das gab, was sie bei der Trauung tragen würde. Auch ihre Freundinnen trugen Kleider in pastellfarbenen Tönen, die dem Anlass und der hiesigen Gesellschaft entsprechend ebenfalls sündhaft teuer wirkten, aber der Braut natürlich nicht die Show stahlen.

Die Gäste klatschten erfreut. Und das sicher auch deswegen, weil hinter den Frauen zwei Männer in hellen Sommeranzügen die Treppe herunterkamen, von denen der korpulentere Alexandras Vater war, der andere hingegen ihr künftiger Schwiegervater Dimitrios Papadopoulos: ein hochgewachsener Mann Anfang sechzig mit silbergrauen Haaren, grimmigen Gesichtszügen und sorgsam gestutztem Vollbart, der seine Augen hinter einer gewaltigen Sonnenbrille verbarg.

»Perseus«, aktivierte Lena aufgeregt ihr verborgenes Mikro. »Komm sofort in die große Halle. Hier schlägt gerade die Braut auf. Und zwar in Begleitung von Papadopoulos, der sich den Auftritt seiner künftigen Schwiegertochter offenbar nicht entgehen lassen will.«

»Komme!«, kam es zur Antwort.

Natürlich wurde Alexandra Apostolou sofort von Gästen umringt, die sie begrüßten und einander mit Schmeicheleien über ihr Aussehen, den exklusiven Ort der Hochzeit und manch anderem überboten.

Auch Perseus trat jetzt durch einen Durchgang und drängte sich in dem Treiben zu ihr durch. Doch es wurde schnell ersichtlich, dass sie angesichts der Menschentraube, die sich allmählich in Richtung Pool vorkämpfte, keine Chance hatten, bis zur Braut durchzukommen.

»Sie ist eh nicht so wichtig. Komm!«, murrte Perseus und zog sie mit sich zu Papadopoulos fort, der heute, obwohl Hausherr, etwas weniger umlagert war.

Perseus nutzte die erste Gelegenheit, um ihn anzusprechen.

»Herr Papadopoulos«, er setzte seine Brille ab, »ich darf Ihnen die besten Grüße meines Bruders Sirac ausrichten.«

Der Oligarch fixierte ihn durch seine schwarze Sonnenbrille.

»Sirac Mansouri«, setzte Perseus nach. »Ich bin sein Bruder Kamal. Ich bin mir sicher, er hat mich erwähnt.«

Geschäftstüchtig verzog der Grieche unter seinem Bart die Lippen. »Verstehe, unsere Auslandsinvestition in Algier. Mir wurde zugetragen, dass Sirac überraschend verhaftet wurde.«

»Ganz sicher nicht für lange.« Perseus lächelte abfällig. »Ein durchsichtiger Winkelzug unserer politischen Gegner im Land. Die Kautionsverhandlungen laufen bereits, und obwohl sie kaum mehr als eine Formalität darstellen, verhindern die Umstände es, dass Sirac der Hochzeit Ihres Sohnes beiwohnen kann. Dabei gehen uns Traditionen über alles. Da Ihr Sohn in den kommenden Tagen sicher anderweitig beschäftigt ist, hoffe ich, dass wir beide vielleicht noch einige Einzelheiten klären können. Natürlich nur, falls es Ihre Zeit erlaubt.«

»Für Geschäfte ist immer Zeit«, brummte der hochgewachsene Grieche zurückhaltend, der nun auch Lena ins Auge fasste. »Mein Zweitgeborener, Philipos, wird sich bei Ihnen melden. Vielleicht übermorgen, irgendwann am Nachmittag? Wenn Sie mich bis dahin entschuldigen würden?«

Er schob sich kurzerhand an ihnen vorbei und ließ sie stehen. Erst jetzt bemerkte Lena die beiden Bodyguards, die sie die ganze Zeit über im Auge behalten hatten.

»Was für ein blöder Kerl«, wisperte Lena.

»Ich habe mich eh weit aus dem Fenster gelehnt«, erklärte Perseus leise. »Denn um diese *Investition* kümmert sich eigentlich Leon Papadopoulos. Ich hatte die Hoffnung, in den privaten Teil der Villa geführt zu werden.«

Er blickte die Treppe hoch, über deren Stufen jetzt ein rotes Band baumelte.

»Schauen wir uns erst mal weiter hier unten um«, schlug Lena vor. »Bis Sonnenuntergang sind es nur noch drei Stunden, und ich habe bislang keinen Kellerzugang oder sonst etwas entdeckt, hinter dem sich ein Generator befinden könnte.«

»Na gut«, meinte Perseus unzufrieden. »Wichtig ist nur, dass wir bei alledem absolut unauffällig bleiben.«

Diesmal schlugen sie den Weg zu dem riesigen Garten, der den Villenkomplex zur Inselmitte hin umschloss, gemeinsam ein.

Natürlich war auch dieser Teil des Grundstücks festlich geschmückt. Vor der Kulisse des bewaldeten kleinen Höhenzugs der Insel lag ein geschmackvoll mit Zypressen, Olivenbäumen, Kiefern und bunten Blumenbeeten bepflanztes Areal. Umschlossen wurde es von einer überraschend hohen und mit wildem Wein bepflanzten Mauer aus grob behauenen Steinen. Zwischen dem Bewuchs erstreckten sich gepflegte Kieswege, die zu weißen Sitzbänken, weiteren Laubengängen und zwei weißblauen Pavillons führten. Letztere lagen am Ufer eines großen Teichs, der von Fischskulpturen gespeist wurde, aus denen unaufhörlich Wasser plätscherte.

Auch hier hielten sich siebzig oder sogar achtzig Gäste auf, und alles verströmte den Eindruck neureicher und doch elitärer Noblesse. Die meisten Männer waren eine Spur zu breit gebaut, die Frauen hingegen ein bisschen zu schrill gekleidet. Und sie alle ließen sich bereitwillig vom Villenpersonal mit Sekt, Cocktails und Horsd'œuvres bewirten. Lena und Perseus schlugen bereits den Weg zu den Nebengebäuden ein, als sie ein begeisterter Ruf innehalten ließ:

»Lenaaa! Huhu!«

Erschrocken fuhren beide herum, und Lenas Augen weiteten sich, als sie sah, wer sich da aus einer Gruppe Gäste löste: eine ausnehmend hübsche, schlanke junge Frau mit riesiger Chanel-Sonnenbrille im schwarzen Cocktailkleid, die juchzend auf sie zueilte.

»Das kann doch wohl bitte nicht wahr sein!«, ächzte Perseus schockiert. »Das ist doch …«

»Ja, ist sie«, unterbrach ihn Lena konsterniert. »Das ist Sophia. Meine Schwester.«

*

»Ich fasse es nicht, was machst du denn hier?!« Sophia fiel Lena gleich zweimal erfreut um den Hals und drückte sie fest. »Ich dachte eben, mich trifft der Schlag, als ich dich sah.«

Lena lachte unsicher. »Du wirst es nicht glauben, aber genau so ging es mir eben gerade auch … Was für ein irrer Zufall! Die Frage ist ja wohl eher, was du hier treibst?«

Sie nahm Sophia näher in Augenschein und stellte neidlos fest, dass ihre umtriebige jüngere Schwester wie immer hinreißend aussah. Heute hatte sie ihr langes blondes Haar streng nach hinten gekämmt, was ihrem hübschen Gesicht mit der Stupsnase und den kirschroten Lippen auch dank der großen Sonnenbrille einen fast schon aristokratischen Zug verlieh. Dazu passend trug sie ein die Figur betonendes schwarzes Cocktailkleid mit Chiffon-Rock, das oben aus Mesh mit Spitze bestand und bis hinauf zu den Spaghettiträgern gerade so unterlegt war, dass ihre makellose gebräunte Haut durchblitzte. Sie sah darin wie immer einfach sexy aus.

»Na ja«, meinte Sophia, die bereits neugierig zu Perseus schielte. »Ich bin in Begleitung meines neuen Freundes hier.«

»Stephen, den du vor einem Monat bei dieser Vernissage kennengelernt hast?«

»Ach je, erinner mich bloß nicht an den.«

»Ich dachte, der wäre dein absoluter Traumtyp?«

»Der hätte vieles sein können, aber pünktlich hätte schon gereicht.« Sie winkte ab. »Nein, ich spreche von Carlos! Carlos! Huhu!«

Sophia wandte sich zu einem lockigen Griechen Mitte dreißig um, der weiter hinten mit gleich drei Kameras behängt vor einem Baum stand und die Gäste fotografierte. Er winkte zurück, und Lena fand, dass er nett aussah.

»Carlos ist Fotograf und in der Szene der absolute Shootingstar! Ich habe ihn bei Stella McCartney kennengelernt«, plapperte Sophia weiter. »Die kommende Kollektion, du verstehst schon.« Sie zwinkerte hinter ihrer riesigen Sonnenbrille verschwörerisch, und Lena musste wieder daran denken, dass Sophia den Job nur hatte, weil A.R.G.O.S. sie damals beschäftigt halten musste. Allerdings deutete inzwischen alles darauf hin, dass sie zum Modeln geboren war.

Bei ihrem Aussehen auch kein Wunder.

»Und jetzt wurde er hier als Hochzeitsfotograf engagiert«, fuhr Sophia fort. »Und da durfte er mich mitnehmen. Hierher, auf die Privatinsel der Papadopoulos'. Ist das nicht der Wahnsinn?!«

Sie fassten sich an den Händen und hüpften kurz vor Freude, bis sich Lena wieder in den Griff bekam. Was auch daran lag, dass Sophia ihre Chanel-Brille zur Nasenspitze schob, um Perseus offen mit ihren rehbraunen Augen abzuchecken.

»Willst du mich nicht mal vorstellen?«, säuselte sie.

Lena kannte diesen Blick.

»Aber klar«, gab sie sich betont gleichmütig. »Das ist, äh …«

»Kamal Mansouri!«, stellte sich Perseus freundlich vor und reichte Sophia die Hand, bevor er Lena eindringlich ansah. »Ihre Schwester und ich haben uns in Monte Carlo kennengelernt.«

»In Monte Carlo?« Ungläubig fasste Sophia sie ins Auge. »Mit deinem Sekretärinnengehalt?«

»Assistentin der Geschäftsleitung«, widersprach Lena missmutig.

»Ich bin ein Geschäftsfreund von Leon Papadopoulos«, erklärte Perseus.

»Ach …« Sophia lächelte ihn verheißungsvoll an und musterte ihn mit zunehmend größer werdendem Interesse.

Versuchte ihre Schwester etwa, mit Perseus zu flirten?

Das durfte doch wohl nicht wahr sein.

»Kamal und ich sind übrigens verlobt«, platzte es säuerlich aus Lena heraus. »Und wir werden in ein paar Monaten heiraten.«

So, das hatte hoffentlich gesessen.

»Was?!« Ungläubig sah Sophia sie beide an, um abermals begeistert zu kreischen, was wieder mehr Blicke auf sie lenkte, als eigentlich gut war. »Das glaube ich ja nicht. Meine Lieblingsschwester heiratet, und ich erfahre das bloß durch Zufall?«

»Na ja, streng genommen hast du ja nur mich«, korrigierte Lena sie, doch Sophia war kaum zu halten. Sie kreischte abermals begeistert und winkte jetzt den jungen Frauen aus der Gruppe weiter hinten zu.

»Penelope, Iris, Jenny, kommt mal schnell her. Ich muss euch meine Schwester Lena vorstellen. Die *heiratet*!«

Perseus' Gesichtszüge verzogen sich gequält, und Lena konnte nur hoffen, dass das bloß an der Nennung ihres wahren Namens lag.

Was sie zugleich daran erinnerte, dass sie da unbedingt intervenieren musste.

»Sophia!« Rasch zog Lena ihre Schwester zur Seite, während die jungen Frauen zu ihnen herüberkamen. »Hier bin ich *Nina*«, beschwor sie sie.

»Nina?« Verwundert blickte Sophia sie an. »Wie die dumme Zicke damals, zwei Häuser weiter? Wieso das denn?«

»Pers … äh, Kamal hatte mal eine Katze«, legte Lena aufgeregt los. »So eine total niedliche.«

»Oh, wie süß!«

»Genau. Und die wurde, als er zehn Jahre alt war, von seinem Hausmädchen ermordet.«

»Was?! Von seinem Hausmädchen?« Sophia blickte erschrocken zu Perseus hinüber.

»Ja, absolut brutal. Mit einer Gabel.«

»Mit einer …? Wieso denn mit einer Gabel?«

Lena fragte sich ebenfalls, warum sie das gesagt hatte.

»Ja … das Messer, äh, steckte noch in einer anderen Leiche.«

»Oh Gott. Hatte er zwei Katzen?«

»Nein, schlimmer. Es steckte in seiner Tante.«

Lena begann zu schwitzen, denn langsam eskalierte ihre Geschichte.

»Und die Tante hieß Lena?«

»Nein, die Katze!«, erklärte Lena, und angesichts Sophias skeptischem Blick fuhr sie rasch fort. »Und nicht nur die Katze hieß Lena. Auch das Hausmädchen. Kannst du dir das vorstellen? Das war voll der seltsame Zufall. Aber auch schrecklich traumatisierend.«

»Das ist ja wirklich furchtbar.«

»Eben, und genau deswegen haben wir uns darauf geeinigt, dass er mich ab jetzt in der Öffentlichkeit Nina Becker nennt.«

»Becker? Wieso das denn jetzt schon wieder?«

»Weil Kamal das alles nur deswegen verarbeiten konnte, weil er jedes Mal an ihrem Todestag einen kalb el louz bekam.«

»Der Todestag der Katze oder der Tante?«

»Ehrlich gesagt von beiden.«

»Und da bekam er 'ne Fleischpastete?«

»Nein, ein kalb el louz ist ein algerischer Mandelkuchen.«

»Ach sooo.« Ein Leuchten zog sich über Sophias Gesicht. »Und den hatten sie … von einem Bäcker?«

»Genau.«

»Klar, alles andere wäre jetzt auch voll unlogisch gewesen.« Sophia sah zu Perseus rüber, der zunehmend alarmiert wirkte, doch ihr Gesichtsausdruck zerfloss jetzt vor Mitleid. »Der Arme!«

Ihre Freundinnen trafen ein, und Sophia stellte sie einander vor. Diesmal, zu Lenas Erleichterung, unter ihrem Aliasnamen. Was zwar angesichts Sophias Ausrufs vorhin leichtes Stirnrunzeln auslöste, aber natürlich leicht als Verständnisfehler erklärt werden konnte.

Perseus machte immer noch gute Miene zum bösen Spiel, doch Lena sah ihm an, dass er zunehmend unruhiger wurde.

»Schatz«, flötete sie – und das wieder sagen zu können, war so schön! –, »was hältst du davon, wenn du allein zu den Makris gehst. Wir treffen uns dann nachher, und Sophia und ich können uns ein bisschen unterhalten. Wir haben uns jetzt so lange nicht gesehen.«

»Aber sicher, Liebling!« Perseus hauchte ihr überraschend einen Kuss auf die Wange, was Lena fast ohnmächtig werden ließ und den jungen Frauen um sie herum wohlige Seufzer entlockte.

Die Stelle würde sie nie wieder waschen.

Perseus entfernte sich mit raschen Schritten, und alle schmachteten ihm hinterher.

Sofort wollten die Frauen wissen, woher Lena Perseus kannte, wie lange sie sich kannten, wo er ihr den Heiratsantrag gemacht hatte – und natürlich auch wann.

Wie erwartet löste die Antwort auf letztere Frage Irritationen aus.

»Ihr heiratet erst Ende dieses Jahres?«, fragte diese Penelope erstaunt. »Und das, obwohl ihr schon so lange verlobt seid?«

»Ich weiß«, hielt sich Lena an den Ratschlag Kirkes, »aber ständig kam die Arbeit dazwischen.«

»Die Arbeit?« Penelope schüttelte verärgert den Kopf. »Das kann doch wohl nicht sein.«

»Männer!«, fauchte Iris.

»Immer das gleiche mit denen«, grollte Jenny.

Lena fand, dass Sophias Freundinnen eigentlich ganz nett waren.

Die drei stimmten ein konzertiertes Klagelied über die mangelnde Entschlussfreudigkeit ihrer Liebhaber an, und Sophia orderte eine weitere Runde Sekt; inzwischen das dritte Glas, das Lena nicht ausschlagen konnte. Leider schmeckte das Zeug immer noch wie brackiges Mineralwasser, dafür entfaltete sie jedoch allmählich eine beschwingende Wirkung, die allerdings abrupt endete, als sie auf ihre Armbanduhr blickte. Denn inzwischen war eine weitere halbe Stunde ins Land gezogen, ohne dass sie irgendetwas erreicht hatte.

»Alexandra ist es mit ihrem Leon ja ebenso ergangen«, meinte diese Iris plötzlich.

»Das stimmt«, erklärte Penelope. »Aber am Ende hat sie ihn doch noch rumgekriegt. Meine Güte, was für eine Partie!«

»Du kennst die Braut?«, fragte Lena mit etwas schwerer Zunge.

»Penelope ist eine von Alexandras sieben Brautjungfern«, erklärte Sophia leicht angeschickert. »Sieben! Kannst du dir das vorstellen?«

»Echt?«

»Ja«, meinte Penelope angetan. »Wir beide sind Cousinen. Und meine Aufgabe ist es, mich um den Jungesellinnenabschied zu kümmern. Eigentlich dürfte ich gar nicht hier sein, denn wir Mädels treffen uns bereits vor dem Abendessen. Also, wenn die ganzen anderen Langweiler beschäftigt sind. Heute Abend lassen wir es noch einmal krachen. Aber so richtig!«

»Toll«, meinte Lena leichthin. »Ich kenne Alexandra ja auch noch aus meiner Zeit am Le Rosey.«

»Ernsthaft?« Die jungen Frauen sahen sie beeindruckt an.

»Woher?«, fragte Sophia auf Deutsch.

»Erklär ich dir später«, beschwichtigte Lena sie rasch. Sie musste vor Sophia besser Acht geben. Verdammter Alkohol. Hastig fuhr sie auf Englisch fort. »Aber leider nur entfernt. So vom Skifahren und so.«

»Du warst ohne mich Skifahren?«, fragte Sophia irritiert.

»Das ist ja ein Zufall«, zeigte sich Penelope hingegen erfreut. »Vielleicht erinnert sie sich ja auch an dich. Wurdest du ihr schon vorgestellt?«

»Nein, ehrlich gesagt kamen wir noch nicht …«

»Komm, dann holen wir das rasch nach.«

Penelope drehte sich zur Villa um, aus der unbemerkt von Lena Alexandra Apostolou samt ihrer Entourage herausgetreten war.

»Alexandra!« Penelope winkte der Braut zu und zog Lena begeistert mit sich. Sichtlich ernüchtert folgte Lena der Brautjungfer, die rasch einige andere Gäste vertrieb und sie direkt vor Alexandra schob, was einen der sie begleitenden Bodyguards sofort aufmerken ließ.

»Schau mal, Alexandra. Kennst du Nina noch? Sie war ebenfalls auf Le Rosey.«

Alexandra Apostolou musterte Lena verwirrt. »Ich kann mich im Moment gar nicht erinnern.«

»Verstehe ich sehr gut«, ging Lena aufs Ganze. »Da waren ja so viele. Ich war damals in Wohnhaus drei. Zusammen mit Petra.«

»Ach?! Etwa die Pferde-Petra?«

»Ja, genau die!«, pflichtete ihr Lena erleichtert bei, denn den Namen hatte sie aufs Geratewohl gewählt.

»Ist es nicht Wahnsinn, was mit ihr passiert ist?«

»Oh ja«, meinte Lena. »Absolut fantastisch.«

»Was? Aber die hat doch bei dem Unfall beide Beine verloren.«

»Ja … aber was sie jetzt mit dem Rollstuhl alles machen kann. Echt stark.« Lena räusperte sich. »Das hier ist übrigens die schönste Hochzeit, auf der ich je war.«

»Das ist … sehr nett«, bedankte sich Alexandra Apostolou noch immer leicht verwirrt.

»Nina heiratet im Dezember übrigens ebenfalls«, meinte Penelope jetzt. »Kamal Mansouri. Einen Geschäftsfreund von Leon aus Algerien.«

»Tatsächlich?«

»Was hältst du davon, wenn Nina und Sophia nachher mit zur Party kommen?«

»Okay … meinetwegen.« Die Braut blickte etwas überfordert auf ihre Weißgold-Cartier. »Ich hoffe, ihr treibt da keinen zu großen Blödsinn mit mir. Ihr wisst, dass ich morgen fit sein muss.«

»Nichts, was wir sonst nicht auch tun würden«, meinte Penelope kichernd.

Sie, Alexandra und ihre übrigen Freundinnen lachten, allein Sophia betrachtete Lena noch immer skeptisch.

»Also, seid pünktlich«, meinte Penelope an Lena und Sophia gewandt. »Wer zu spät kommt, muss trinken, was übrigbleibt.«

Die jungen Frauen verschwanden mit Alexandra und ihren übrigen Begleiterinnen im Garten, und Lena und Sophia waren wieder allein.

»Was ist dieses Le Rosey?«, wollte Sophia wissen.

»Eine Akademie für, äh, Geschäftsleitungsassistenten in Frankreich«, log Lena.

Ungläubig sah Sophia der Braut hinterher. »Alexandra Apostolou hat eine Ausbildung als Sekretärin hinter sich?«

»Na ja, eher als Fremdsprachenkorrespondentin«, flunkerte Lena, und sie hasste sich dafür, dass sie Sophia schon wieder anlügen musste. »Sie will ihren Leon sicher einmal bei seinen Geschäften unterstützen.«

»Die heiratet so einen Typen und will dann allen Ernstes arbeiten?« Sophia runzelte die Stirn. »Und ich dachte bis eben, die sei normal. Andererseits bedeutet, hübsch zu sein, ja nicht zwangsläufig, dass man auch dumm sein muss.«

»Genau.«

»Man kann ja auch beides sein.«

Irritiert musterte Lena ihre Schwester.

Die lachte wieder und ergriff begeistert ihre Hände.

»Ich glaub's immer noch nicht: Du bist verlobt!« Plötzlich schmollte sie. »Jetzt mal ehrlich: Warum hast du mir das die ganze Zeit über verschwiegen?«

»Tut mir voll leid.« Lena seufzte schwer. »Ehrlich gesagt war ich damals so baff, ich konnte es selbst kaum glauben.«

»Verstehe. Wenn ich an deinen Ex denke … Andy war auf einer Skala von eins bis zehn ja wohl eher so 'ne zwei. Vielleicht 'ne drei.«

»Jetzt tust du ihm unrecht. Der war … also mindestens 'ne vier.«

»Ja, aber dein Kamal ist eine glatte zehn. Kein Wunder, dass dich das verunsichert hat.«

»Das stimmt doch gar nicht«, meinte Lena leicht empört. »Ich habe bloß auf die richtige Gelegenheit warten wollen, um euch das mitzuteilen.«

»Deine Verlobung ist jetzt fast ein Jahr her«, empörte sich ihre Schwester. »Wann wolltest du uns das denn sagen?«

»Ehrlich«, meinte Lena zunehmend verzweifelt. »Die ganze Zeit schon. Aber irgendwie fand sich nie die richtige Gelegenheit. Ich wollte es euch schon Ostern erzählen. Und dann kam Pfingsten dazwischen. Und dann war auch schon Weihnachten. Und du … warst ja auch so mit Modeln beschäftigt.«

»Okay, der Job hält mich schon ganz schön auf Trab«, meinte Sophia noch immer argwöhnisch. »Trotzdem. Hattest du mir nicht erst vor einem halben Jahr noch gesagt, dass du da so einen Typen von einer Puzzleseite am Start hättest?«

Lena schluckte, da ihr allmählich die Ausreden ausgingen – als sich Sophias Augen überrascht weiteten.

»Warte! Du hattest doch nicht etwa was mit den beiden gleichzeitig?«

»Helena, seid ihr noch im Garten?«, meldete sich Perseus plötzlich über Funk.

»Ja, alle beide …«, antwortete sie ihm leise – was Sophia jedoch mitbekam.

»Ich wusste es! Du bist ja viel ausgekochter, als ich dachte.«

»Nee, warte …«, meinte Lena überrumpelt. »Mit dem von Puzzle Champion habe ich am Ende wirklich nur, äh, gepuzzelt.«

Sophia schlug sich feixend vor den Mund. »Ich frag jetzt besser mal nicht, wo ihr beide überall *gepuzzelt* habt. Und ich Dummerchen dachte immer, du bist so eine vertrocknete Primel, die kein Wässerchen befeuchten könnte.«

»Was?! Das hast du nicht wirklich über mich gedacht.«

»Natürlich habe ich das. Mama übrigens auch.«

»Mama auch?«

»Wenn die wüsste, was du in Wahrheit so treibst, würde sie der Schlag treffen.«

»Das sagt ja die Richtige …«

»Ja, aber von mir ist sie das gewohnt.« Sophia kicherte. »Und jetzt schleppst du einen Typen wie Kamal ab. Das ist wirklich der absolute Wahnsinn.« Sie betrachtete sie anerkennend. »Überhaupt, wie du inzwischen aussiehst. Wow! Nicht wiederzuerkennen. Ich hoffe, du hast all deine anderen Sachen gleich zur Wohlfahrt gebracht. Man merkt sofort, dass ihr beide auch ganz ordentlich *puzzelt*.«

»Sophia …«

»Weißt du, was das Irrste dabei ist?«, fragte ihre Schwester, ohne auf den Einwand einzugehen.

»Nein.«

»Ich glaube, Carlos will sich auch bald mit mir verloben.« Sie kiekste begeistert und präsentierte ihr ihren Ringfinger, an dem ein riesiger Brillantring steckte. »Schau mal, was er mir letzte Woche geschenkt hat.«

»Das ist ja ein Riesenklunker!«

»Du magst ihn?«

»Aber ja! Nur wüsste ich nicht, ob ich da noch die Hand heben könnte.«

»Wo ist eigentlich dein Verlobungsring?«, fragte Sophia unvermittelt.

Überrumpelt sah Lena sie an. »Der, äh, liegt noch in unserem Quartier.«

»Den hast du *liegen gelassen*?« Misstrauisch beäugte Sophia sie. »Wo seid ihr zwei eigentlich untergebracht? Wir sind ja schon seit gestern hier, und ich hab mir natürlich auch alle übrigen Gästehäuser angesehen. Da gibt es ja schon einige Unterschiede.«

»Warte!« Lena sah sie interessiert an. »Du kennst dich hier aus?«

»Na klar. Carlos ist ja die ganze Zeit am Arbeiten, da musste ich mich ja irgendwie beschäftigen. Dabei hab ich auch Penelope und die anderen Mädels kennengelernt.«

»Was hältst du davon, wenn du mich herumführst?« Unauffällig blickte Lena auf ihre Armbanduhr. Inzwischen blieben nur noch eineinhalb Stunden bis Sonnenuntergang. Ganz zu schweigen von der Party, auf der sie schon bald erwartet wurden, und die sie wohl besser nicht verpasste.

»Klar, ich zeig dir gern alles.«

»Warte, ich mach mich nur noch mal ganz kurz frisch.«

Lena löste sich von ihrer Schwester, sauste zurück in die Villa und suchte dort die Toilette auf, wo sie ihren Sprechfunk aktivierte.

»Perseus? Hier Helena!«, flüsterte sie aufgeregt ins Mikro ihres Perlenarmbandes. »Sorry, ich konnte eben nicht sprechen.«

»Na endlich«, meldete sich Perseus. »Ich hoffe, du hast das mit deiner Schwester im Griff?«

»Alles okidoki. Die frisst mir aus der Hand. Dafür bin ich jetzt auf den Jungesellinnenabschied von Alexandra Apostolou eingeladen worden.«

»Wie hast du denn das hingekriegt?«

»Ach, für 'ne ausgebildete Agentin wie mich war das eine total leichte Übung«, meinte sie angeberisch.

»Gut. Das gibt dir die Gelegenheit, dich *in* der Villa umzusehen, während Kirke, Daedalos und ich zu dem Komplex in der Inselmitte vorstoßen«, erklärte Perseus. »Wohlgemerkt, falls es uns gelingt, die Wachen am Strand abzulenken. Die sind hier unten nämlich ziemlich professionell organisiert. Fast so, als erwarteten sie unwillkommenen Besuch. Hinzu kommt ein weiteres Problem: Hier gibt es keine Generatoren. Darauf hätte ich bei einem genaueren Blick auf die Bilder der Insel selbst kommen können. Die komplette Anlage wird mittels Photovoltaik betrieben. Die Stromspeicher stehen vermutlich im Untergrund, zu dem wir überhaupt erst einen Zugang finden müssen.«

»Dann müssen wir uns eben was anderes ausdenken«, gab sich Lena zuversichtlich. »Sophia führt mich gleich rum. Ich melde mich.«

»Gut, denn ich bin raus. Papadopoulos hat mir bereits jetzt diesen Philipos auf den Hals gehetzt. Ich treffe ihn gleich und kann froh sein, wenn ich ihn bis Sonnenuntergang loswerde.«

»Verlass dich auf mich!«

»Da kommt er … Over and out.«

Lena nutzte die Zeit, um wirklich noch mal aufs Klo zu gehen, dann kehrte sie zu ihrer Schwester zurück, die sie bereitwillig auf dem Gelände herumführte. Während Sophia ihr begeistert von ihrem aufregenden Model-Job erzählte, erfuhr sie, dass die protzige Riesenvilla über Zimmer für fast einhundert Gäste verfügte. Sie lernte die in der Nähe liegenden Tennisplätze ebenso kennen wie die Minigolfanlage der Insel, die beiden Strandbars mit Ausblick auf das von Jachten erfüllte Meer, den Steg mit den Jetskis und das Quartier für das Tauchequipment. Und natürlich erhaschte sie auch wieder einen Blick auf den Privatzoo, auf den sie schon bei ihrer Ankunft aufmerksam geworden war. Angesichts des vielen Glases erinnerte er sie noch immer an ein Tropen- oder Gewächshaus.

Zugleich wanderte die Sonne immer tiefer dem Horizont entgegen. Lena wurde allmählich doch nervös, da sie einfach keine Möglichkeit für eine größere Ablenkungsaktion sah, während sie einen schmalen Weg erreichten, der hinein in den küstennahen Kiefernwald führte.

Lena wollte schon umdrehen, doch Sophia zog sie weiter mit sich.

»Komm, ich zeig dir noch die Volieren.«

»Volieren?« Lena war in Gedanken bereits bei der Party, die bald starten sollte. Vielleicht gab es ja im Haus eine Möglichkeit, die Wachen irgendwie zu beschäftigen. »Sollten wir nicht besser zurück zu den Mädels?«

»Unsinn, die sollen ruhig schon mal vorglühen«, meinte Sophia augenzwinkernd. »Penelope hat mir nämlich von einem Geheimnis erzählt, von dem Alexandra Apostolou nichts weiß.«

»Welches?«

»Ihr Vater hat zweihundert weiße Tauben auf die Insel schaffen lassen. Zweihundert! Kannst du dir das vorstellen? Und morgen Abend ist noch weit mehr als Überraschung geplant. Die haben nämlich vor, ein …«

»Zweihundert Tauben?«, unterbrach Lena sie ungläubig, denn ihr kam plötzlich eine Idee. »Wo sind die?«

»Die Volieren stehen da hinten«, erklärte Sophia, die sie jetzt mit sich in den lichten Bewuchs zog. »Ganz in der Nähe der Lagerschuppen.«

Sie eilten den sandigen Weg entlang, und Lena entdeckte tatsächlich drei große Volieren zwischen den Bäumen – unweit zweier ebenfalls neu errichteter Holzschuppen. In den großen Käfigen war ein beständiges Flattern auszumachen, und sie vernahm jetzt auch das vielstimmige und ebenso charakteristische Gurren der Vögel.

Leider waren sie hier nicht allein, denn hinter einem Baum erschien unvermittelt ein Security-Mitarbeiter mit Anzug und Sonnenbrille.

»Es tut mir leid, aber zu diesem Teil des Geländes haben Gäste keinen Zutritt.«

»Ach, kommen Sie«, maulte Sophia. »Nur ganz kurz. Gestern habe ich mir die Tauben doch auch ansehen können.«

»Dann hatten Sie schlicht Glück, Lady«, antwortete der Mann mitleidlos. »Dieser Teil der Anlage ist gesperrt.«

»Komm, Sophia, gehen wir.« Lena zog ihre Schwester wieder zurück.

»Echt, so eine Schikane lässt du dir gefallen? Jetzt, wo wir schon mal hier sind?«, grollte diese. »Haben die Angst, dass jemand die Tauben vergiftet? Und morgen sind sie alle weg!«

Lena zog sie energisch weiter mit sich und arbeitete in Gedanken an ihrem Plan.

»Was hältst du davon, wenn wir noch mal zurückgehen, und ihm schöne Augen machen?«, blieb Sophia hartnäckig. »Typen wie der sind doch dankbar für Aufmerksamkeit von jemandem wie uns. So, wie du jetzt aussiehst …«

»Wie meinst du das denn?«

»Du weißt genau, wie ich das meine. Das war übrigens ein Kompliment.«

Lena beschloss, nicht weiter auf diese Spitze einzugehen. Die Sonne stand inzwischen glutrot über dem Meer, und die Dämmerung setzte ein. »Müssten wir uns nicht längst für die Party fertig machen?«

Sie blickte noch einmal nachdenklich den Weg zurück, was Sophia nicht entging.

»Sag mal«, meinte sie, »heckst du irgendwas aus?«

»Ich? Blödsinn!« Lena fühlte, wie ihr Gesicht Farbe gewann. »Also, wie sieht's aus? Wir machen uns frisch, dann treffen wir uns in der großen Halle und schließen uns der Party an.«

»Okay.« Sophia schmollte, nickte aber. »Ich wollte mir eh noch ein neues Kleid anziehen.«

»Prima. Dann bis nachher.«

Lena umarmte ihre Schwester kurz und eilte in Richtung des Villentrakts mit ihrem Quartier. Sie grüßte im Eingang ein entgegenkommendes italienisches Pärchen, blieb jedoch auf der Treppe in den ersten Stock stehen, wo sie vorsichtshalber noch einmal nach draußen blickte.

Die Treppe runter zum Strand war leer.

»Helena an Perseus«, aktivierte sie das Mikro an ihrem Perlenarmband. »Ich habe eine Möglichkeit zur Ablenkung gefunden. Operation Aphrodite startet in, äh …«, sie blickte auf ihre Armbanduhr, »… in zwanzig Minuten.«

Sie hatte sich schon immer mal selbst einen Operationsnamen ausdenken wollen.

Perseus ließ seinen Sprechfunk zur Bestätigung dreimal knacken.

Offenbar befand er sich noch immer in der Unterredung mit diesem Philipos. Sie konnte nur hoffen, dass er sich an ihre Zeitvorgabe halten konnte.

Sie selbst überprüfte vorsichtshalber die Ausrüstung in ihrer Handtasche, atmete tief ein und machte sich heimlich wieder auf den Rückweg zu den Volieren. Diesmal mit ihrem A.R.G.O.S.-Taser-Smartphone in der Rechten.

Auch das Meer vor der Insel hatte sich inzwischen blutrot gefärbt. Kurz blieb sie stehen, um den malerischen Ausblick zu genießen. Dann besann sie sich wieder auf ihre Aufgabe und huschte weiter, bis sie erneut den Weg erreichte, der unter den Kiefern hindurch zu den Volieren führte.

Energisch beschritt sie ihn aufs Neue.

»Hallo?« Sie marschierte an den Holzschuppen zwischen den Bäumen vorbei auf ihr Ziel zu, als ihr der Security-Typ wieder in den Weg trat.

»Was machen Sie denn schon wieder hier?«, fragte er verärgert. »Ich sagte Ihnen doch, dass dieser Bereich gesperrt ist.«

»Och, bitte!«, meinte sie. »Ich will doch nur ein kurzes Foto machen, und dann bin ich auch schon wieder weg. Für Insta!«

»Nein. Und jetzt verschwinden Sie.« Er näherte sich ihr drohend.

»Und wenn ich Ihnen, sagen wir mal, ein kleines Trinkgeld gebe?« Lena öffnete ihre Handtasche. »Ich schätze, Sie verdienen gar nicht so viel, wie Sie bei Ihrer langweiligen Arbeit eigentlich müssten.«

»Es reicht jetzt.«

»Bitte, bitte. Nur ein Foto!« Sie hob das Smartphone, wartete, bis er nahe genug gekommen war, und löste den Elektroschocker aus.

Die Drähte schnellten hervor, die Projektile verhakten sich an Hals und Hemd ihres Gegenübers, und unter dem lieblichen Knistern fließenden Stroms ging der Überrumpelte in die Knie.

Leider war er erstaunlich widerstandsfähig.

Lena war bei ihm, bevor es ihm gelang, sich die Drähte abzureißen, und stellte ihn endgültig mit einem ihrer narkotisierenden Erfrischungstücher ruhig.

Sie durchsuchte ihn und fischte unter der Anzugjacke neben seiner Walther PDP auch Zigaretten, Feuerzeug, Funkgerät und Kabelbinder heraus. Die Waffe steckte sie weg, dann zog sie den Mann mühsam tiefer ins Kieferndickicht, wo sie ihn mit Hilfe der Kabelbinder an einen Baum fesselte und anschließend mit seiner Krawatte knebelte.

Zufrieden wischte sie sich zweimal über die Hände.

Das war leichter als gedacht.

»Lena, was, zum Teufel, machst du da?«

Mit einem erschrockenen Aufschrei fuhr Lena herum – und sah zu ihrem Entsetzen zwischen den Bäumen die Silhouette ihrer Schwester.

»Du?! Ich dachte, äh, du wärst …«

»Bist du komplett übergeschnappt?« Sophia trat endgültig ins rote Dämmerlicht, riss sich die Sonnenbrille vom Gesicht und starrte ungläubig den stillgelegten Security-Typen an.

»Das ist jetzt nicht das, wonach es aussieht«, krächzte Lena lahm.

»Ach, und was ist es dann?«, meinte ihre Schwester böse. »Denn so gut sieht der jetzt nicht aus, als dass es lohnen würde, den zu fesseln und zu knebeln. Also, was wird das hier?«

»Ich, äh …«

»Los, sag schon!«, fauchte Sophia. »Ich merke doch die ganze Zeit über, dass mit dir was nicht stimmt. Allein dein neues Aussehen. Wo ist die graue Maus geblieben?«

»Das ist jetzt etwas unfair.«

»Und dass Kamals Haushälterin angeblich Lena hieß, nehme ich dir auch nicht ab.« Sophia schnaubte abfällig. »Seit wann heißen Algerierinnen denn Lena mit Vornamen?«

»Vielleicht kam die ja aus Schweden«, entgegnete Lena schnippisch. »Schon mal daran gedacht?«

»Ich glaub dir trotzdem nicht. Denn das ist ja noch nicht alles.« Wütend baute sie sich vor ihr auf, und Lena wich beklommen zurück. »Ich hab vorhin gegoogelt. Dieses Le Rosey ist überhaupt keine Zuchtanstalt für Sekretärinnen, sondern ein Luxusinternat. Da warst du Hochstaplerin aber nie. Und schon gar nicht …«, sie tippte ihr schmerzhaft gegen die Brust, »… würdest du irgendwo deinen Verlobungsring liegen lassen! Damit hast du dich endgültig verraten!«

Lena stöhnte.

»Gib es zu, du und Kamal, ihr seid gar nicht verlobt! Aber was ihr wirklich seid, weiß ich auch nicht. Also, los jetzt!«

Lena blickte verzweifelt auf die Uhr und entschied sich, auf Ganze zu gehen.

»Okay, du lässt mir keine andere Wahl.« Tief atmete sie ein. »Wir sind Geheimagenten. Und zwar so richtig geheime Geheimagenten.«

Sophia starrte sie ungehalten an. »Willst du mich auf den Arm nehmen? Los, raus mit der Wahrheit: Wer seid ihr wirklich?«

»Nein, ehrlich. Wir sind tatsächlich Agenten.«

Lena drehte sich zu dem bewusstlosen Security-Typen um. »Denkst du, so was würde ich tun, wenn ich nicht Geheimagentin wäre?«

Sophia beäugte sie noch immer misstrauisch.

»Schau! Ich habe sogar ein paar richtige coole Gadgets wie in den Filmen dabei.« Lena öffnete ihre Handtasche und präsentierte stolz ihren Lady-Shave-Rasierer. »Das hier ist mein Liebling.«

»Toll. So einen habe ich auch.«

»Glaube ich nicht.« Lena schaltete den Taser an, der laut losknatterte.

»Woaaa!« Sophia riss die Augen auf. »Muss man sich damit nicht extrem vorsichti…«

»Ja, muss man«, meinte Lena, die jetzt das Deo mit dem verborgenen Multipick aus der Tasche zog. »Und das hier ist zum Schlösseröffnen da. Alles in harmlosen Alltagsgegenständen versteckt.«

Sie klappte die verborgene Sammlung an Dietrichen auf und drückte sie Sophia testweise in die Hand. Die nahm einen der Dietriche genauer in Augenschein. »Nicht schlecht, mit dem hier bekommt man sicher auch diese fiesen kleinen Verschlüsse von Halsketten auf.«

»Stiiiiimmt, du hast recht.« Lena besah sich den Dietrich ebenfalls genauer. »Ist mir noch gar nicht aufgefallen. Egal.« Sie steckte das Deo wieder weg. »Glaubst du mir jetzt?«

Sophia sah sie noch immer nachdenklich an – quiekte aber plötzlich begeistert.

»Ich fasse es nicht«, platzte es aus ihr heraus. »Meine Schwester ist voll die coole Geheimagentin!«

»Psssst!«, ermahnte Lena sie alarmiert.

»Dann war dein strunzlangweiliger Sekretärinnen-Job bloß Tarnung? Mann, war ich all die Jahre bescheuert. Ich hab dir wirklich geglaubt, dass du so was völlig Behämmertes machen würdest.«

»Nee, der war schon echt …«, meinte Lena pikiert. »Ich habe erst letztes Jahr … umgeschult.«

»Ernsthaft? Na ja.« Sophia verengte plötzlich die Augen. »Moment mal, dann hatte Kamal nie eine Katze?«

Lena seufzte. »Natürlich nicht. Und wenn, dann hätte die nicht Lena geheißen.«

»Oh.«

»Kamal ist … ein Kollege.«

»Ist er Single?«

»Was soll denn das jetzt?«

»Ich frag doch bloß«, gab Sophia grinsend zurück. »Ist das auf einmal verboten?«

»Von dem lässt du gefälligst deine lackierten Finger, klar? Sonst gibt's das hier!« Lena hob drohend ihren Lady Shave.

Beschwichtigend hob Sophia ihre Hände. »Ist ja gut. Trotzdem ganz schön heiß, der Typ.«

»Oh ja …«

»Und jetzt sag mir endlich, was das hier alles soll.«

»Ich bin hier, um ein Ablenkungsmanöver zu starten.« In kurzen Worten klärte sie Sophia über den kriminellen Hintergrund der Papadopoulos-Familie auf und erläuterte, was Perseus und ihre Kollegen planten.

»Echt?« Sophia seufzte enttäuscht. »Und ich dachte, die seien ganz nett. Ich meine, wer so viel Geld hat, braucht doch gar nicht kriminell zu sein.«

Lena verdrehte innerlich die Augen, entschied aber, nicht weiter zu diskutieren. »So, und jetzt musst du mich tun lassen, was ich tun muss. Du ziehst dich jetzt hübsch wieder zurück, denn ich werde gleich die ganzen Tauben freilassen. Wenn die Security das sieht, dann werden sie sicher sofort hereilen, und meine Kollegen können am Strand anlanden.«

»Du könntest auch …«

»Nein, Sophia!« Mahnend hob Lena einen Finger. »Du wirst zur Abwechslung mal auf mich hören und verschwinden. Das hier ist jetzt Sache der Profis. Wir treffen uns wie vereinbart in der Villa.«

»Aber es wäre wirklich einf…«

»Sophia!« Lena wurde allmählich böse.

»Na gut.« Schmollend warf Sophia dem Bewusstlosen einen letzten Blick zu und zog sich zurück.

Lena schloss die Augen und atmete tief ein. Wenn A.R.G.O.S. erfuhr, was hier gerade passiert war, würde sie ganz schönen Ärger kriegen. Und Sophia würde man vermutlich dem Thanatos-Programm zur Gedächtnislöschung unterziehen.

Nun, dem Problem würde sie sich beizeiten widmen.

Sie war jetzt schon zu spät dran.

Lena eilte hinüber zu den drei Volieren und betrachtete die riesigen Vogelbauer ehrfurchtsvoll. Dutzendweise stoben die weißen Tauben darin bei ihrem Eintreffen auf, und aus unzähligen Taubenkehlen schlug ihr ein aufgeregtes Gurren entgegen.

Gute Güte, waren das viele Vögel.

So schön die weißen Tauben aber auch waren, leider war da noch etwas. Nämlich dieser extrem eklige Gestank, der von den Vogelkäfigen ausging. So als habe sich soeben ein Mausoleum geöffnet, aus dem ihr extremer Modergeruch entgegenschlug.

Sie unterdrückte den Würgereiz, nahm tapfer das Multipick zur Hand und machte sich an der ersten Volierentür zu schaffen. Zum Glück war das Schloss nicht kompliziert, und so dauerte es nicht lange, bis sie offen stand. Lena öffnete auch die beiden anderen Volieren, nur wollten die trägen Vögel leider nicht so, wie sie wollte. Die meisten blieben einfach auf ihren Stangen und in ihren Nischen hocken.

»Los, raus mit euch!«, fluchte sie und trommelte mit den Fäusten gegen einen der Käfige.

Ein paar der Tauben flatterten nun tatsächlich hinaus ins Freie.

Lena nahm einen Ast zur Hand und hämmerte damit gegen die Holzverstrebungen. Endlich schaffte sie es, die aufgeregt flatternden Vögel ins Freie zu treiben, wo sie sich in einer zunehmend dichter werdenden Traube am Himmel über den Bäumen sammelten.

Rasch suchte Lena sich einen Platz, von wo aus sie zu dem leicht abschüssig liegenden Strand blicken konnte. Dort unten war sogar eine der Wachen zu sehen. Der Mann spähte raus aufs Meer, und zu Lenas Enttäuschung schien er die vielen Vögel am Abendhimmel hinter ihm nicht einmal zu bemerken.

Das durfte doch wohl bitte nicht wahr sein!

Lena überlegte schon, ob sie nicht einfach schreien oder gar einen Schuss abgeben sollte, als es hinter ihr, vom Weg her, laut krachte.

Was, zum Teufel …?

Lena fuhr herum, denn in das Krachen mischte sich jetzt ein lautes Jaulen und Heulen. Plötzlich war der lichte Wald hinter ihr vom hallenden Getöse zahlloser Explosionen erfüllt, in die sich grelle bunte Lichtblitze mischten.

Jäh raste etwas mit einem Feuerschweif zwischen den Bäumen auf sie zu, und Lena warf sich mit einem Aufschrei zu Boden, nur um fassungslos mitanzusehen, wie eine Silvesterrakete über den Strand in Richtung Meer schoss, um knapp über dem Wasser in einem rotgoldenen Sternenregen zu explodieren.

Das konnte doch nicht wahr sein.

Hinter ihr brannte gerade ein ganzes Feuerwerk unkontrolliert ab!

Und das Getöse wurde mit jeder Sekunde schlimmer.

Am Strand waren alarmierte Rufe zu hören, und auch aus dem Funkgerät des Vogelwächters, das sie mitgenommen hatte, schallten aufgeschreckte Stimmen.

Lena sprang japsend auf, hastete zurück in Richtung Villa und sah jetzt, dass die Explosionen von diesen Schuppen am Wegesrand herrührten, die sie vorhin nicht weiter beachtet hatte. Schuppen … von denen einer plötzlich mit Donnerhall explodierte, weil aus ihm ein regelrechter Vulkan an Feuerschweifen in den Abendhimmel schoss, die das Firmament in ein grellbuntes Sternenmeer verwandelten.

Ein Feuerrad fauchte jaulend an ihrem Kopf vorbei, und schräg hinter ihr geriet jetzt sogar eine der Kiefern in Brand, als sie es endlich zurück auf den Weg schaffte. Panisch wollte sie weiterlaufen, als ein flinker Schatten sie hinter einen Baum zog: Sophia! Ihre Schwester bewahrte sie so davor, direkt in die Arme zweier Securitys zu laufen, die über den Weg angerannt kamen.

»Gott, warst du das?!«, ächzte Lena.

»Aber so was von.« Stolz hielt Sophia ihr das Feuerzeug des bewusstlosen Security-Typen hin. »Du sagtest doch, dass du 'ne Ablenkung brauchst.«

»Das hättest du mit mir abstimmen müssen.«

»Ich wollte dir die ganze Zeit von dem Feuerwerk erzählen«, ereiferte sich ihre Schwester, in deren weit aufgerissenen Augen sich die Explosionen am Himmel spiegelten. »Das mit den Vögeln war schließlich 'ne Scheißidee.«

Über ihnen krachte es immerzu, und neben ihnen prasselten jetzt mehrere tote Tauben vom Himmel.

Beklommen starrten Lena und ihre Schwester die toten Vögel an.

»Bin ich jetzt eine Mörderin?«, fragte Sophia kleinlaut.

»Quatsch! Los, komm mit.«

Lena zerrte ihre Schwester mit sich zwischen die Bäume, da nun von überall her weitere Securitys angelaufen kamen. Erstmals war über ihre Funkverbindung wieder Aktivität zu hören.

»Haben Position Beta erreicht!«, ertönte Kirkes Stimme.

»Bin auf zwei Uhr«, kam es von Perseus zurück. »Dreier-Baumgruppe. Achtet auf meine Leuchtzeichen.«

»Gute Arbeit!«, meldete sich Daedalos kurz.

»Das war eigentlich ... Danke!«, meldete sich jetzt auch Lena.

»Ab jetzt wieder Funkstille!«, mahnte Perseus.

Unentdeckt erreichte Lena an der Seite Sophias die Nebengebäude der Villa, wo sie sich schwer atmend ein Versteck suchten. Von dort aus sahen sie zu, wie über dem bewaldeten Küstenstreifen der Himmel unter weiteren Explosionen regelrecht erstrahlte.

»Boah, ist das alles aufregend!«, jubelte Sophia. »Und was machen wir jetzt?«

»Wir?«

»Na klar *wir.*« Sophia sah sie aufgedreht an. »Wie in alten Zeiten. Wir zwei gegen den Rest der Welt.«

»Na gut.« Lena seufzte. »Aber nur, wenn du mir versprichst, dass du es ab jetzt etwas ruhiger angehen lässt, klar?«

»Klar.«

»Okay. Denn eigentlich solltest du ja wissen, dass wir noch ’ne Verabredung haben.«

»Au ja!«, Sophia ballte feixend ihre Fäuste. »Lass uns Alexandras Junggesellinnenparty crashen.«

Atomic Blondes

Lena und Sophia übten sich in lockerem Geplauder, während die rothaarige Sicherheitsbedienstete die private Gästeliste von Alexandra Apostolou checkte. Dabei behielt Lena die Halle mit der Freitreppe zu den oberen Villengeschossen argwöhnisch im Blick.

Die meisten Gäste hatten sich längst draußen auf der Terrasse oder im mit Lampions beleuchteten Garten zum Abendessen eingefunden, doch ihre Reaktionen zeigten, dass das Spektakel auf der Seeseite auch dort nicht unbemerkt geblieben war. Reaktionen, die vielleicht auch darauf zurückzuführen waren, dass die Securitys selbst in der Villa aufgeregt wie in einem angebrannten Bienenstock hin und her schwärmten.

»In Ordnung! Zweites Stockwerk, bitte.«

Ihr Gegenüber öffnete das Sperrband, gab über Headset leise etwas durch und trat beiseite, sodass sie über die Treppe zu den privaten Räumlichkeiten der Gastgeber gelangen konnten.

»Das hat schon mal super geklappt!«, wisperte Sophia aufgeregt, während sie die Stufen nach oben nahmen. »Und was machen wir jetzt genau?«

»Erst einmal die Lage sondieren«, wies Lena sie betont professionell an, als sie an den Zugängen zum ersten Stock vorübereilten, die nur leider ebenfalls bewacht waren. »Oben müsste es eigentlich Arbeitszimmer geben. Möglicherweise schaffen wir es, uns auf der Party abzusetzen, um dort nach dem Rechten zu sehen?«

»Du meinst, in einem der Zimmer liegt vielleicht 'ne Karte, die zeigt, wie man zu diesem unterirdischen Dings weiter hinten auf der Insel kommt?«

»Keine Ahnung. Ich wäre schon über einen Rechner oder Laptop froh, der von den Papadopoulos' genutzt wird. Wir sind ja ehrlich gesagt bloß Team B. Die eigentliche Arbeit machen Perseus, Kirke und Daedalos.«

»Wow, ihr tragt alle Geheimnamen?«

»Ja, tragen wir. Kamal ist übrigens Perseus.«

»Und du?«

»Helena.«

»Wahnsinn. Aber wieso denn wie dieses Mineralwasser?«

»Das heißt Hella.«

»Ist dieser Daedalos eigentlich auch so ein heißer Typ wie dein Kamal?«

»Echt jetzt?«

»Ist der Single?«

»Nein, verdammt. Ist er nicht. Und seine Frau killt dich, falls sie herausfindet, dass du dich an ihn herangemacht hast.«

»Also ist er heiß?«

»Sophia, es reicht! Könnten wir uns jetzt endlich wieder auf die wirklich wichtigen Dinge konzentrieren?«

»Tu ich doch«, maulte ihre Schwester.

Sie erreichten das obere Stockwerk, Sophia verstummte endlich, und sie wurden von einer weiteren weiblichen Security in Empfang genommen. Es handelte sich um eine kräftige Dunkelhaarige mit einem wie aus Stein gemeißelten Gesicht. Diesmal mussten sie auch eine kurze Leibesvisitation über sich ergehen lassen. Während die Frau ihre Handtasche checkte, beglückwünschte sich Lena dazu, die Pistole von vorhin doch lieber zusammen mit Perseus' Sprengstoff auf dem Grundstück versteckt zu haben.

»Bitte dort entlang!«

Die Dunkelhaarige gab Lena kühl lächelnd die Tasche zurück und deutete einen Flur entlang, an dessen Ende ausgelassene Musik zu hören war:

It's Raining Men von The Weather Girls.

»Partyyy!« Sophia zog sie aufgeregt mit sich, und Lena und sie gelangten in einen großen, von Säulen gestützten Festraum mit Balkon am hinteren Ende, der zu einer der seitlich gelegenen Villenseiten rausging. Ein ganzer Haufen junger Frauen feierte hier ausgelassen das morgige Ereignis. Der komplette Bereich war rosa geschmückt. Überall hingen rosa Girlanden, herzförmige rosa Wandhänger und rosa Tüllstoff-Vorhänge. Auch der riesige Schokobrunnen ganz in der Nähe war rosa, ebenso das Geschirr des Buffets und selbst die unter der Decke schwebenden Ballons mit ihren leuchtenden LED-Schnüren. Lena erinnerten die Dinger zwar unwillkürlich an fette Quallen, doch sie hielt sich nicht mit der raumgreifenden Geschmacksverirrung auf.

Ihre Aufmerksamkeit wurde längst von der mittig liegenden Tanzfläche unter einem breiten Banner mit der Aufschrift TEAM BRIDE – natürlich ebenfalls in Rosa – in Anspruch genommen. Dort, im bunten Licht einer Discokugel, tanzte ein gutes Dutzend junger Frauen ausgelassen zu den Klängen von den Weather Girls.

Nirgendwo war auch nur ein Mann zu sehen. Selbst der DJ war weiblich: eine Endzwanzigerin mit grünen Haaren und gewaltigem Kopfhörer, die mit dem Kopf wippte, während sie auflegte.

»Ist das cool hier!«, meinte Sophia aufgekratzt.

Sie nahm einer Bediensteten ein Cocktailglas mit einem Mix aus rosafarbenem Grapefruit-Gin ab und gönnte sich einen kräftigen Schluck.

»Okay«, meinte Lena, die ihrerseits zu einem Longdrink mit Himbeeren griff, um nicht aufzufallen; schmecken würde sie eh nichts. »Lass uns schauen, ob man von hier aus irgendwie tiefer in die Villa gelangt. Im Zweifel müssen wir uns an Alexandra Apostolou ranhängen. Die sollte sich hier auskennen.«

»Bingo!«

»Und immer dran denken: Wir sind hier nicht zum Spaß!«

»Weiß ich doch.«

Dennoch kreischte Sophia verzückt, als mit *It's raining men! Hallelujah!* der Refrain des Liedes wieder einsetzte. Schon stürmte auch sie zur Tanzfläche und mischte sich unter die grölenden Tänzerinnen, zu denen unter anderen diese Jenny gehörte, wie Lena erst jetzt bemerkte.

Kopfschüttelnd sah sie dem Treiben zu.

Sie waren keine zwei Stunden zu spät gekommen, dennoch schien es ihr, als hätten Alexandras Gäste bereits einen halben Nachmittag vorgeglüht. Ob es daran lag, dass strengere Familienmitglieder hier oben ausgeschlossen waren, oder daran, dass die Party angesichts der Trauung morgen nicht zu lange währte? Die Mädels hier feierten jedenfalls, als gäbe es kein Morgen.

Unweit von Lena wurde gerade eine Betrunkene mit käsigem Gesicht von einer Freundin zur Toilette geleitet, irgendwo gingen Gläser zu Bruch, und weiter hinten sprang eine Wasserstoffblondine auf einen der Buffet-Tische, bevor sie dort mit Mühe von zwei Bediensteten wieder heruntergeholt wurde.

Da auf Sophia kein Verlass war, beschloss Lena, die Räumlichkeiten alleine auszukundschaften. Tatsächlich zweigten vom Tanzsaal noch weitere Partybereiche ab, in denen sich ebenfalls eine Vielzahl junger Frauen aufhielt, die Wetttrinken veranstalteten, schwatzten und lachten.

In einem der Räume stand sogar eine komplette rosafarbene Limousine als exklusive Sitzgelegenheit. Das Vehikel musste dafür in Einzelteilen antransportiert und eigens zu diesem Zweck wieder aufgebaut worden sein. Und ein Raum weiter hinten lag eine Bar mit großem Karaoke-Bildschirm, in dem die Iris von heute Nachmittag gerade *Sweet Dreams* von Eurythmics zum Besten gab – allerdings in einer Stimmlage, die einem rostigen Eimer glich.

Wie viele Gäste waren hier eigentlich versammelt?

Vierzig oder fünfzig?

Jedenfalls weit mehr, als Lena erwartet hatte.

Allerdings schien bei den Papadopoulos' alles etwas größer auszufallen.

Lena schlug den Weg zum Balkon ein, auf dem gerade eine Gruppe junger Frauen eine Magnumflasche Champagner köpfte, und schaffte es, ohne nass zu werden, einen Blick nach draußen zu werfen. Auf diesem Teil des Geländes hielten sich zwar nicht so viele Gäste auf, allerdings bemerkte sie hinten bei den Bäumen mehrere

Securitys, die den Anschein erweckten, sich neu zu gruppieren. Vermutlich war das kein gutes Zeichen. Denn das bedeutete, dass die frühzeitige Zündung des Feuerwerks weit mehr Argwohn geweckt hatte als beabsichtigt.

Lena kehrte zu den Feiernden zurück und hielt jetzt gezielt nach der Braut Ausschau. Doch Alexandra Apostolou war nirgendwo zu sehen. Dafür fielen ihr zwei verschwiegen gelegene Seitentüren auf, die beide mit rosafarbenen Sperrbändern versehen waren. Bot sich da eine Möglichkeit, tiefer in die Villa zu gelangen?

Von der Tanzfläche her erscholl jetzt *I Will Survive* von Gloria Gaynor, in das die Feiernden begeistert einstimmten, und Lena nutzte die erstbeste unbeobachtete Gelegenheit, um sich einer der Türen zu nähern.

Zu ihrer Freude war sie unverschlossen. Und so schlüpfte sie ungesehen in ein menschenleeres Zimmer, in dem jedoch zu ihrer Überraschung ein fast mannshohes Paket auf Rädern stand. Es war von einem breiten Geschenkband samt riesiger Schleife umschlossen, natürlich ebenfalls in Rosa.

Wollten die Mädels der Braut eine Sonnenbank zum Geschenk machen?

Sie würde es wohl nie erfahren, denn weiter hinten befand sich eine weitere Tür. Und da musste sie durch.

Lena näherte sich dem Zugang bereits, als aus dem Paket eine gedämpfte Stimme ertönte. Erst auf Griechisch, dann auf Englisch.

»Ksch. Ist es so weit?«

Verblüfft starrte sie das überdimensionierte Geschenk an und näherte sich vorsichtig.

»Wer ist da?«

»Ich bin's, Sakis!«

Lena suchte und fand tatsächlich eine kleine Klappe, durch die sie ins Innere des großen Pakets spähen konnte. Zu ihrem Erstaunen hockte vor ihr in der Düsternis ein halbnackter und ziemlich gut gebauter Kerl mit dunklen Haaren und Cowboy-Outfit, der unglücklich zu ihr aufsah.

»Was, zum Teufel, machen Sie da drin?«, fragte Lena.

»Ich bin die Überraschung für die Braut!«

Ein Stripper?

»Ich habe ehrlich gesagt keine Ahnung, wann es losgeht«, antwortete Lena verlegen.

»Okay … aber könnten Sie bitte Penelope suchen?«, fragte Sakis leicht verzweifelt. »Es ist mir etwas unangenehm, aber, na ja, ich müsste mal. Allerdings fällt das hier alles auseinander, wenn ich die Box von innen öffne.«

»Das, äh, ist jetzt wirklich nicht so gut organisiert. Warten Sie.«

Lena ließ die Klappe fallen, beschloss, Sakis jedoch zu ignorieren und sich lieber um die gegenüberliegende Tür zu kümmern.

Dummerweise war die verschlossen.

Beherzt kramte sie ihr Deo mit dem verborgenen Multipick aus der Handtasche und machte sich am Türschloss zu schaffen. Doch so sehr sie auch im Schloss herumstocherte, sie bekam es nicht auf.

»So ein Mist!«

»Also ich müsste wirklich mal dringend«, kam es gepresst aus dem Paket.

»Meine Güte, ist ja nicht so, als hätte ich Sie nicht gehört«, antwortete Lena gereizt. »Warten Sie.«

Sie huschte zu jener Tür, über die sie in den Raum gelangt war, und drängte sich an zwei streitenden jungen Frauen vorbei zurück in den Tanzraum, wo jetzt *Sex Bomb* von Tom Jones lief. Da kam ihr überraschend Sophia mit einem neuen Drink entgegen. Immerhin, dieser war blau. Dafür hatte sich ihr langes Haar gelöst, und sie war sichtlich erhitzt.

»Lena!«, rief sie aufgekratzt gegen die Musik. »Ich hab dich schon gesucht.«

»Wie heiße ich hier?«, zischte Lena böse.

»Oh, sorry. Ich vergaß: Helena, natürlich.«

»Bist du irre? So schon gar nicht! Nina! Klar?«

»Mann, ey. Da kommt man ja auch voll durcheinander.«

»Also? Ich hoffe, es ist wichtig. *Ich* bin nämlich am Arbeiten.«

»Ich doch auch«, meinte ihre Schwester empört und senkte sogleich ihre Stimme. »Ich weiß zwar nicht, wie man von hier aus in die übrige Villa gelangt, aber dafür weiß ich, wo Alexandra Apostolou steckt.«

»Und wo?«

»Die hat sich mit Penelope und den anderen Brautjungfern zurückgezogen, um im kleinen Kreis zu feiern.« Sophia deutete über die Tanzfläche hinweg, hinüber zu einer der breiten Wanddekorationen aus rosafarbenem Tüll nahe dem DJ-Pult, vor der jedoch eine weibliche Security mit Anzug und Sonnenbrille stand. »Blöderweise steht da diese chefige Tussi, die einen nicht durchlässt. Hab's schon probiert.«

Lena bemerkte, dass sich die Wanddeko leicht im Luftzug bewegte. Dahinter musste es also weitergehen.

»Wir müssten die irgendwie weglocken«, meinte Lena.

»Kannst du die nicht einfach umhauen?«, schlug Sophia böse grinsend vor.

»Nein … Ich meine, klar … ähem … könnte ich natürlich«, murmelte Lena. »Aber wir wollen ja unauffällig bleiben. Übrigens ist mir gerade was eingefallen.«

Lena zog Sophia zurück zum Nachbarraum samt dem Riesenpaket und trat dort an die Box heran. »Sakis?«

»Ja«, tönte es gequält aus dem Innern.

»Ich befürchte, du musst dir dein dringendes Bedürfnis verkneifen, denn es geht los.«

»Shit!«

»Wer ist das?«, flüsterte Sophia erstaunt, während Lena sie dazu anhielt, das Riesenpaket gemeinsam mit ihr nach draußen zu schieben.

»Ein Stripper!«

»Ein Stripper?« Sophias Augen leuchteten.

Gemeinsam schoben sie das Paket auf den Rädern nach draußen, und spätestens als sie im Tanzsaal angelangt waren, hatten sie die Aufmerksamkeit auch der letzten weiblichen Gäste, die aus allen

Richtungen erwartungsvoll herbeiströmten. Lena sorgte dafür, dass der Wagen mit der Riesenbox in der Nähe des DJ-Pults zum Stehen kam, während sich überall im Saal die Menge sammelte und es zunehmend unübersichtlich wurde.

Die DJ sah erstaunt auf die Uhr, schien ansonsten aber zu wissen, was zu tun war, denn sie spielte einen dramatischen Jingle ein.

»Und nun ganz speziell für Alexandra!«, dröhnte ihre Stimme aus den Lautsprecherboxen, obwohl von der Braut weit und breit nichts zu sehen war. »Genieß deinen letzten Abend als freie Frau!«

Der Raum verdunkelte sich, und unter Stroboskoplicht dröhnte *Hot in Here* von Rapper Nelly aus den Lautsprechern.

Die Seitenteile des Pakets flogen auseinander, und vor den Augen der begeistert kreischenden Frauen gab der gute Sakis sein Bestes, indem er schwungvoll die Hüften kreisen ließ und seinen Cowboyhut in die Menge warf.

Allein Lena entging der leicht gepeinigte Ausdruck in seinen Augen nicht, und irgendwie tat er ihr leid.

»Los, wir müssen die Security vor dem Zugang wegkriegen!«, forderte sie Sophia auf, die zu Sakis' Auftritt ebenfalls pfiff und johlte.

»Ob der sich ganz auszieht?«

»Sophia!«

»Ist ja schon gut.«

Sie hatten sich in der johlenden Menge längst zum DJ-Stand vorgearbeitet, wo die Securityfrau zunehmend damit beschäftigt war, einige der kreischenden Frauen auf Abstand zu halten, die ihrerseits von der begeisterten Menge nach vorn gedrängt wurden. Lena rempelte schließlich eine schräg hinter ihr stehende Brünette derart hart an, dass diese samt einer Freundin mit Alexandras Türsteherin kollidierte.

Die Frauen gingen zu Boden, die Sicherheitsbedienstete herrschte die beiden Kollidierenden erbost an, und Lena und Sophia nutzten die Gelegenheit, um sich hinter ihr ungesehen durch den Wandbehang zu schieben.

»Wahnsinn! Das ist voll wie so ein Computerspiel«, meinte Sophia begeistert, die es irgendwie geschafft hatte, weiter ihren Drink in Händen zu halten. »Jetzt kommt das nächste Level!«

»Das hier ist kein Spiel, sondern tödlicher Ernst!«, ermahnte Lena sie, während sie leise einige Treppenstufen nach oben eilten.

»Mal ehrlich.« Sophia stoppte sie und musterte sie skeptisch. »Kannst du eigentlich kämpfen, wenn es drauf ankommt? Ich meine, auch so ohne deinen Rasierer?«

»Na klar«, antwortete Lena. »Wieso fragst du so was überhaupt?«

»Immerhin bist du damals sogar früher von deinem Selbstverteidigungskurs für Frauen heimgekehrt.«

»Kann ich mich nicht dran erinnern«, log Lena.

»Doch. Wohl. Du hast uns alle wegen eines abgebrochenen Fingernagels vollgejammert.«

»Ich habe damals trotzdem eine offizielle Teilnahmeurkunde bekommen«, antwortete Lena patzig. »Und nur, damit du es weißt, inzwischen bin ich Profi. Wir wurden in einem Mix aus den besten Kampftechniken ausgebildet: Karate, Judo, Escrima, Mai Tai, Mikado … und was es da sonst noch gibt.«

Lena schlich auf eine Tür zu, hinter der Musik und Stimmen zu hören waren.

»Glaube ich dir nicht«, meinte Sophia in ihrem Rücken.

»Ist aber so.«

»Ich glaub dir trotzdem nicht.«

»Ist mir völlig schnuppe, ob du mir glaubst«, blaffte Lena sie an. Böse deutete sie auf die Tür. »Mach lieber mal einen Vorschlag, wie wir denen erklären sollen, was wir hier oben eigentlich zu suchen haben.«

»Mann, stellst du dich an.« Sophia öffnete kurzerhand die Tür.

»Tadaaa!« Sie stellte sich samt ihrem Drink in Pose und rief laut: »Paaartyyyyy!!!«

Lachend stürmte sie in ein mittelgroßes Balkonzimmer, in dem im Hintergrund *Kiss* von Prince lief. Um einen niedrigen Tisch mit Sektflöten und gleich mehreren Champagnerkühlern waren große Sitzkissen gruppiert.

Dort hockten tatsächlich Alexandra und ihre sieben Brautjungfern, die aufgekratzt Schälchen mit Kaviar auslöffelten und jetzt verblüfft zu ihnen aufblickten.

»Wie seid ihr denn an der Security unten vorbeigekommen?«, fragte Penelope angeheitert.

»Pah, leichteste Übung«, winkte Sophia ab. »Fragt mich lieber, wie ich letzte Woche auf die geheime Geburtstagsparty von Robbie Williams gekommen bin. Das war deutlich schwieriger.«

Alexandra und ihre Freundinnen lachten, und Lena war jetzt wirklich froh, dass sie ihre Schwester an der Seite hatte. So etwas wie das hier war genau ihr Ding.

Alexandra klopfte grinsend auf ein Sitzkissen.

»Okay, dann rein mit euch, Ladys! Das da unten ist für die Spießer – hier steigt die wahre Party. Allerdings ist das hier nichts für Anfängerinnen.«

»Wusste ich's doch!« Sophia zog Lena begeistert mit sich und ließ sich rasch neben der Braut nieder. »Also, was geht ab, Mädels? Wir sind zu jeder Schandtat bereit!«

Eine der Brautjungfern, eine hübsche Endzwanzigerin mit Bubikopf und Stupsnase, zwinkerte ihr zu. »Bringen wir euch zwei erst mal auf unser Level.«

»Chloe hat absolut recht!«

Alexandra drehte sich grinsend um und präsentierte ein silbernes Tablett, das sie unter großem Hallo auf den Tisch stellte. Sie öffnete den Verschluss eines als Pille gestalteten goldenen Anhängers an ihrem Hals, aus dem sie weißes Pulver auf das Tablett streute, das sie dann mit einem Kärtchen routiniert zu zwei Linien formte.

Lena riss ängstlich die Augen auf.

War das etwa Kokain?

Ach du Scheiße!

»Winter is coming …«, jubelte Sophia, und die Brautjungfern lachten. »Okay, Mädels. Dann hoffe ich mal, dass das Zeug ebenso gut ist wie das, was wir Backstage kriegen.«

»Verlass dich drauf. Ist von Leon«, meinte Alexandra. »Angeblich brandneu und erst seit Kurzem auf dem Markt.«

Lena sah misstrauisch zu, wie ihre Schwester von Penelope ein Röhrchen entgegennahm, das sie sich an die Nase hielt. Entgeistert sah sie, dass Sophia ihre Line routiniert wegschnupfte.

»Wuuuuaaaaa!«, juchzte Sophia und wischte sich über die Nase, unter der danach noch ein paar weiße Pulverreste klebten. »Ihr seid euch sicher, dass hier kein Mann verfügbar ist? Nach so ’ner Line werde ich immer richtig rallig!«

Spätestens jetzt hatte sie alle im Raum gewonnen, denn die übrigen Weiber um sie herum bogen sich vor Lachen und gaben anzügliche Sprüche von sich, die Lena knallrot werden ließen. Unglücklicherweise reichte Alexandra nun auch ihr Tablett und Schnupfröhrchen.

»Auf geht's!«

Völlig überfordert blickte Lena Sophia an.

Das hier entwickelte sich allmählich schlimmer als alles, was sie im Scorpio Club erlebt hatte.

»Trau dich!« Sophia wandte sich kichernd an die anderen. »Nina ist nämlich noch Jungfrau, wenn ihr versteht, was ich meine.«

»Ich bin keine …«, verteidigte sich Lena lahm, doch schon tönte es lauthals aus neun Kehlen.

»Nina! Nina! Nina! …«

Mist. Andererseits hatte Sophia es auch getan.

Außerdem würde ihre Schwester sie sonst ewig aufziehen.

Schicksalsergeben nahm Lena das Röhrchen entgegen, beugte sich vor … und schniefte die Line ebenfalls mit einem Zug weg.

Begeistert kreischten die Mädels um sie herum, während sich Lena hustend, keuchend und mit geröteten Augen wieder aufrichtete – und darauf wartete, dass irgendetwas passierte.

Doch es passierte nichts. Stattdessen sah sie, wie sich Chloe erhob und zur Musikanlage stolperte. Aus den Boxen dröhnte jetzt *I Kissed A Girl* der von Lena geliebten Katy Perry. Mit anzüglichem Blick wandte sich die hübsche Brautjungfer Sophia zu.

»Männer haben wir hier nicht«, säuselte Chloe verheißungsvoll, während sie aufreizend zu tanzen begann. »Aber nicht jede hier ist so hetero wie unsere künftige Frau Papadopoulos.«

»Och, ich steh auch nicht ausschließlich auf Spargel.« Grinsend erhob sich Sophia und begann mit ihr auf Körperkontakt zu tanzen.

Ungläubig stierte Lena ihre Schwester an.

Sophia war … bi?

Die war ja viel durchtriebener, als sie geahnt hatte.

Ach, hätte sie nur etwas mehr von ihr.

Sie wollte sich da zwar nicht reinsteigern, doch statt hier rumzusitzen und sich darüber zu ärgern, dass Perseus sie fast zwei Jahre auf ihre Hochzeit warten ließ, sollte sie auch mal alle Hemmungen fallen lassen.

»Sag mal«, schniefend beugte sie sich zu Alexandra rüber, die die Tänzerinnen begeistert anfeuerte. »Leon hat dich doch angeblich auch mit der Hochzeit warten lassen. Wie, zum Teufel, hast du ihn am Ende rumgekriegt?«

»War nicht schwer.« Die Griechin grinste schadenfroh. »Meine Mutter hat mir geraten, während eines Interviews bei einem Promi-Sender in Athen Nägel mit Köpfen zu machen und die Hochzeit einfach anzukündigen. Bang! Das hat dann gesessen. Okay, dass Mama der dummen Schnalle, mit der Leon damals noch 'ne Affäre hatte, klargemacht hat, dass die mit ihren aufgespritzten Lippen bald die Bordsteinkante küsst, wenn sie nicht den Abflug macht, hat wohl auch geholfen. Das Flittchen wollte ihn danach nämlich komischerweise nicht mehr sehen.« Sie lachte fies. »Ab da lief alles wie am Schnürchen.«

»Wow, auf deine Mutter ist echt Verlass!«

»Ja, Familie halt. Die hat meinen Vater damals auch so rumgekriegt. Fragst du, weil dein Kamal zickt?«

»Ach, ich bin einfach viel zu weich«, murrte Lena, während sich ihre Gedanken ganz plötzlich neu sortierten.

Alles wurde jetzt irgendwie … klarer.

Prägnanter.

Präziser.

»Ich muss wohl auch mal neue Seiten aufziehen«, platzte es empört aus ihr heraus. »Kamal weiß offenbar gar nicht, was er an mir hat. Schon seit Monaten tue ich alles, um ihm zu gefallen: Ich kümmere mich um ihn, bin ständig an seiner Seite und erledige für ihn sogar seine Jobs.«

»Echt?«

»Ja«, sprudelte es jetzt nur so aus Lena heraus. »Und was ist der Dank? Genau, ich sag's dir: Ich darf warten. Warten! Warten! Warten! Wie so 'ne verklemmte kleine Sekretärin, die nichts anderes zu tun hat, als sich in ihren verheirateten Chef zu verknallen und von einer schönen Zukunft mit ihm zu träumen.« Verärgert wischte sie sich über die Nase. »Und jetzt mal ehrlich!« Lena blickte stolz an sich herab. »Ich bin doch absolut die heiße Schnitte! Ich könnte ehrlich gesagt jeden haben.«

»Absolut!«

»Du glaubst nicht, wie hart ich für ihn trainiert habe. Hier«, Lena erhob sich umständlich und präsentierte Alexandra selbstbewusst ihren Hintern. »Inzwischen habe ich einen Arsch, mit dem man Nüsse knacken könnte. Okay, erst seit dem Camp, aber ...«

»Was für ein Camp?«

»Na, um Schießen und so zu lernen«, erklärte sie euphorisch.

»Klar, normal.«

Lena setzte sich wieder. »Und jetzt stellt sich heraus, dass er bloß an seine Schwester denkt.«

»Was!?« Schockiert sah Alexandra sie an. »Der hat was mit seiner Schwester?«

»Nee, die arbeitet gewissermaßen für die Konkurrenz.«

»Ach so.«

»Sag, müsste nicht langsam mal die Wirkung von dem Zeug da einsetzen?« Lena deutete unwirsch zu den Pulverresten auf dem Tablett.

»Tut es schon.«

»Ah, okay. Die habe ich jedenfalls erst vor Kurzem kennengelernt«, plapperte Lena weiter. Sie war Alexandra wirklich dankbar, dass sie sich endlich mal aussprechen konnte. »Stell dir so eine Tussi wie in Terminator 3 vor. Absolut brutal. Ein Griff wie Stahl, und wenn sie dich anblickt, dann schießen Laser aus ihren Augen. Und jetzt kommt's: Von der wusste ich zuvor gar nichts.«

»Echt nicht?«

Im Hintergrund küssten sich Sophia und diese Cloe inzwischen auf Zunge, und auch Lena feuerte die zwei jetzt an.

»Also … fast nichts«, fuhr sie empört fort. »Es gab da letztes Jahr zwar schon so Andeutungen. Nur hatte ich mir nichts dabei gedacht. Was auch daran liegt, dass Kamal so ein Geheimniskrämer ist und ständig nur an die Firma denkt. Und das trotz so einer Zehn wie mir an seiner Seite.«

»Ich weiß, wovon du redest«, seufzte Alexandra. »Macht Leon auch. Sogar hier auf der Insel. Trotz der Hochzeit.«

»Der arbeitet? Hier?«

»Ja. Seit wir hier sind, hat er mich schon zweimal alleine gelassen.«

»Was für ein Arsch!«

»Ja, immer wieder muss er raus zu deren beschissenem Privatzoo. Genau wie die letzten Male. Und jedes Mal zusammen mit seinem Vater.«

»Wieso das denn?«

»Nicht zum Tieregucken, so viel ist klar«, empörte sich die Braut. »Die halten da ja nur zwei Viecher. Brutus und Nero. Ziemlich gefährlich übrigens. Die sind dann aber trotzdem immer gleich für mehrere Stunden weg.«

»Ach.«

»Einmal bin ich ihm hinterher, wurde aber erwischt. Dimitrios, also mein Schwiegervater, hat mir dann klargemacht, dass ich dort nichts zu suchen hätte. Jedenfalls nicht ohne Begleitung.« Alexandra beugte sich verschwörerisch zu ihr. »Ich wette, die lagern da drinnen irgendwas Geheimes.«

»Ist nicht wahr …«

Lena blickte Alexandra aufgewühlt an und war stolz darauf, ihr mit ihrer – im Nachhinein betrachtet – wirklich absolut brillanten Gesprächsstrategie derart wichtige Informationen entlockt zu haben.

Sie wollte schon aufstehen, um Perseus, Daedalos und Kirke über

Funk von ihrer Entdeckung zu künden – als plötzlich die Tür aufflog und drei bebrillte Securitys an der Seite der Türsteherin aus dem Tanzraum unten ins Zimmer drängten.

Unglücklicherweise war einer der vier der Kerl von den Volieren, nur dass seine rechte Gesichtsseite jetzt krebsrot war und seine Haare einen angesengten Eindruck machten.

Wieso besaß der Kerl überhaupt die Dreistigkeit, schon wieder wach zu sein?

»Das da sind die beiden Schlampen!«, zornig schnaubend riss er sich die Sonnenbrille vom Gesicht und deutete auf sie und Sophia.

Ihre Schwester löste sich alarmiert aus den Armen Chloes, stolperte zurück zur Musikanlage und blickte panisch zu Lena.

»Okay«, meinte die Securityangestellte, während sie zu ihrem Kopffunk griff, »ich gebe Bescheid, dass wir sie haben.«

»Gar nichts habt ihr!«

Glaubten diese vier Strullis ernsthaft, dass sie gegen eine ausgebildete A.R.G.O.S.-Agentin ankamen? Lena aktivierte kurzerhand den Anhänger an ihrer Kette mit dem Niedrigfrequenzstörsender.

Auf welcher Frequenz das Ding sein Störsignal auch immer abgab, aus ihren In-Ears ertönte plötzlich ein schrilles Pfeifen, das sie kurz zusammenzucken ließ. Allerdings nicht nur sie, sondern auch die vier Angeber vor ihr, die sich gepeinigt an die Köpfe griffen.

Showtime! Reaktionsschnell riss sich Lena den Stöpsel aus dem Ohr und hechtete im Flickflack über den niedrigen Tisch. Noch in der Luft erwischte sie den Kerl von den Volieren mit einem brutalen Tritt ins Gesicht, der ihn einmal um die Achse wirbeln ließ, bevor er stöhnend zusammenbrach. Schon war sie wieder auf den Beinen, packte die überraschte Security-Trulla an den Haaren, prügelte der Griechin zweimal gezielt die Faust auf die Nase und warf sie sodann mit dem Kopf voran gegen die Wand. Auch sie sackte röchelnd zu Boden.

Hinter ihr schrien Alexandra und die Brautjungfern verängstigt, doch die verbliebenen Securitys zückten Teleskop-Schlagstöcke und warfen sich auf Lena.

Endlich wehrte sich mal jemand.

Sie fühlte sich einfach großartig.

Gekonnt blockte sie die Schläge der Männer ab, fegte dem Ersten mit einem Roundhouse-Kick die Waffe aus der Hand und unterlief die Deckung des Zweiten, um ihn mit einem gezielten Karateschlag gegen seine Kronjuwelen außer Gefecht zu setzen.

Schon wirbelte sie wieder zu dem Ersten herum, dessen Schlagarm sie mit einem kühnen Satz auswich. Dabei schnappte sie sich eine der großen Champagnerflaschen und zog sie ihm bei einer erneuten Drehung brutal über den Kopf. Die Flasche zersplitterte in zahllose Scherben, und der Kerl stürzte ebenfalls zu Boden.

Schräg hinter ihr erhob sich der Kronjuwelen-König bereits wieder, doch bevor sich ihm Lena erneut zuwenden konnte, vernahm sie das vertraute Knattern ihres Lady Shaves. Unter spastischen Zuckungen sackte er wieder zusammen.

Lena schlug auch ihn mit einem gezielten Schlag bewusstlos und wandte sich nun Sophia zu, die mit dem Lady Shave und ihrer Handtasche in den Händen dastand und sie mit offenem Mund anstarrte.

»Boah! Du bist ja total guuuut! Voll die Emma Peel!« Ihre Schwester hüpfte vor Begeisterung.

Kühn wischte sich Lena ihr blondes Haar vor der Stirn zurück, sah sich zufrieden um – und bemerkte erst jetzt die vielen herumliegenden Perlen. Irgendwie war ihr das Perlenarmband beim Kampf abgerissen. Und einer ihrer Gegner war auf das verborgene Mikro getreten. Ärgerlich.

»Hattest du ernsthaft Zweifel?«

Lena genoss die bewundernden Blicke ihrer Schwester, nahm ihr betont lässig den Lady Shave ab und verstaute ihn wieder in der Handtasche. In einem stillen Winkel ihres Bewusstseins fragte sie sich, warum sie je selbst an sich gezweifelt hatte.

Sie war wirklich gut.

Sogar verdammt gut.

Hätte das Perseus doch bloß miterlebt.

Fast so als sorge allein der Gedanke an ihn dafür, verflogen die unbändige Euphorie und Energie, die sie bis eben erfüllt hatten, wieder.

»Okay, Ladys!« Unwillig den Kopf schüttelnd, zog sie die Aufmerksamkeit Alexandras und ihrer Freundinnen auf sich. »Jede greift sich jetzt ein Sektglas und schenkt sich auf den Spaß eben etwas Schampus ein.«

Zitternd gehorchten die verängstigten jungen Frauen, und Lena fischte aus ihrer Handtasche den Parfumzerstäuber mit den K.-o.-Tropfen, von denen sie jeder der Frauen etwas ins Glas tröpfelte.

»Und jetzt runter damit!«

»Was ist das?«, wimmerte Penelope.

»Die Alternative zu: ›Ich kann dich auch bewusstlos hauen‹.«

Sofort kippten alle acht Frauen ihr Glas. Es dauerte nicht lange, und sie sackten benommen zusammen.

»Und was machen wir jetzt?«, fragte Sophia aufgeregt, die bereits neben einem der bewusstlosen Männer hockte und interessiert dessen Pistole aus der Anzugjacke fischte.

»Ganz einfach.« Lena nahm ihr die Waffe energisch wieder aus der Hand. »Wir werden den Abend mit einem Zoobesuch abschließen.«

*

»Wie heißen die beiden Viecher nochmal«, wollte Sophia wissen, während sie im Dunkeln auf den abseits liegenden Privatzoo zustolperten, dessen Glaskuppel markant über den Bäumen aufragte.

»Brutus und Nero. Aber keine Angst, ich kann ganz gut mit Hunden«, klärte Lena sie auf, die fast über eine Unebenheit auf dem Weg stürzte.

Meine Güte, waren diese Sonnenbrillen in der Dunkelheit dämlich. Andererseits hatte sie das Outfit ihrer Gegner bislang davor bewahrt, von den übrigen Securitys auf dem Gelände angehalten zu werden.

Tarnen und Mimikry.

Genau so, wie sie es gelernt hatte.

Trotzdem war sich Lena nicht sicher, ob sie nicht am Ende vielleicht doch noch in eine Falle stolperten.

Irgendwo rechts von ihnen knackste es im Unterholz, und hektisch riss sie ihre Beutewaffe hoch.

»Was ist denn jetzt schon wieder?«, flüsterte Sophia.

»Ein Geräusch!«

»Ja, das sagst du ständig«, kam es genervt zurück. »Aber die meisten Securitys sind hinten bei der Villa.«

»Wir können einfach nicht vorsichtig genug sein«, meinte Lena beklommen. »Wir waren solche Idioten. Dass wir den Kerl bei den Volieren vergessen haben, war ein Fehler. Ein schwerer Fehler. War doch klar, dass sie den finden und er uns verrät. So etwas darf nicht noch einmal passieren.«

»Na, wenn schon. Wenn da jemand kommt, dann haust du den weg.«

»Nein, du verstehst das nicht.« Lena ließ niedergeschlagen die Waffe sinken und sah sich abermals um. »Uns könnte hier auch eine Übermacht entgegentreten.«

»Und was war das vorhin? Ein fairer Kampf?«

»Die haben doch sicher längst bemerkt, dass ein paar von denen fehlen«, meinte Lena verzweifelt. »Ich glaube … das alles hier bringt überhaupt nichts. Wir sollten lieber …«

Sophia trat vor sie und nahm ihr Gesicht in die Hände. »Lena, offenbar kommst du mit dem Kokain nicht zurecht. Sieht ganz so aus, als hast du Phase zwei erreicht.«

»Was für eine Phase zwei?«

»Na, erst glaubst du, Bäume ausreißen zu können. Und einen Laberflash hattest du auch, jedenfalls soweit ich das mitbekommen habe … Mann, konnte diese Chloe knutschen«, Sophia seufzte versonnen. »Und jetzt geht es eben abwärts.«

»Inwiefern abwärts?«, fragte Lena bestürzt.

»Na ja, Müdigkeit, Halluzinationen, Depressionen und so. Gerade wenn man mit so was keine Erfahrungen hat.«

»Ich bin doch nicht depressiv …« Lena blickte ihre Schwester an, ihre Lippen bebten, und plötzlich begann sie in Tränen auszubrechen.

»Gib's zu«, meinte sie in weinerlichem Tonfall. »In Wahrheit hältst du mich für eine ganz miese Agentin. Im Camp hat mich auch keiner ernst genommen. Manchmal denke ich, mein ganzes Leben ist so eine Phase zwei.«

»Oh Mann!« Sophia nahm sie in den Arm. »Das stimmt doch überhaupt nicht. Du bist meine große Schwester, und ich bin stolz auf dich. Egal, was alle sagen …«

»Wie, was alle sagen?« Lena sah sie misstrauisch an.

»Gar nichts. Ich meine, so viele kennst du ja auch gar nicht, weil du ja nie ausgehst. Du bist halt … etwas speziell. Aber das hat ja auch Vorteile. Erinnerst du dich noch an damals, als wir nachts aus dem Haus ausgebüxt sind, um uns zu Olivers Party zu schleichen?«

»Da bin ich doch in diesen Dornenbusch gefallen, und Papa ist so auf uns aufmerksam geworden?«

»Genau. Oder daran, wie wir uns heimlich über den Süßigkeitenschrank von Oma hermachen wollten?«

»Mann, war die sauer, als die uns erwischt hat.«

»Siehst du. Ohne dich wären wir damals gar nicht aufgeflogen.«

Verständnislos sah Lena Sophia an.

»Überleg dir mal, was andernfalls aus mir geworden wäre?«, meinte Sophia. »Also wenn wir Erfolg gehabt hätten? Wenn ich durch dich nicht gelernt hätte, dass alles im Leben Konsequenzen hat, dann wäre ich heute vermutlich völlig verkorkst. Oberflächlich, flatterhaft und ganz ohne moralischen Kompass. Aber zum Glück … hatte ich ja dich.«

Lena schniefte. »Ja, das stimmt natürlich.«

»Siehst du. So, und jetzt reiß dich zusammen. Deine Kollegen verlassen sich auf dich. Außerdem will ich heute auch noch etwas Spaß haben.«

Lena atmete tief ein und gewann ihre Fassung zurück.

»Wie machst du das eigentlich in dieser Phase zwei?«

»Ich schnupfe einfach noch was.« Sophia hielt ihr den goldenen Pillenanhänger Alexandras hin.

»Ist da noch was drin?«

»Nee, leider nicht.«

»Okay. Bleib hinter mir!«

Sie schlich weiter, und Sophia folgte ihr.

»Das war bis jetzt übrigens die wirklich coolste Party meines Lebens!«, wisperte sie.

Lena zog sie rasch in Deckung. »Ksch!«

Die leichte Bewölkung am Abendhimmel war aufgerissen, und das Mondlicht über der Insel setzte die Wache vor dem großen gläsernen Eingang des Privatzoos regelrecht in Szene.

»Da steht diesmal wirklich jemand, oder?«, fragte Lena vorsichtshalber trotzdem.

»Ja, ein Kerl«, bestätigte Sophia.

»Okay, warte hier und rühr dich nicht.« Lena griff zu ihrer Handtasche, reichte sie anschließend ihrer Schwester und ging offen auf den Unbekannten zu.

»Wachablösung!«, erklärte sie mit fester Stimme. »Ich übernehme. Du sollst in die Villa kommen.«

»Was soll das? Ich bin doch gerade erst vor fünfzehn Minuten herbeordert worden«, antwortete der Anzugträger.

»Mache ich die Regeln?« Lena baute sich in militärischer Haltung neben ihm auf und wies mit dem Kinn zum nächtlich verschatteten Weg. »Also los.«

»Moment mal, wer bist du eig…?«

Der Rest ging im Geknatter des Lady-Shave-Rasierers unter, und ihr Gegenüber brach zuckend zusammen.

Sie liebte dieses Teil wirklich.

Leider war das vorerst die letzte Ladung gewesen.

Sie fesselte den Stöhnenden mit Kabelbindern, knebelte ihn und winkte Sophia zu sich, um ihn gemeinsam hinter den Bau zu schaffen.

»Also, wenn man dir so zusieht, könnte man wirklich denken,

dass du ein gestörtes Verhältnis zu Männern hast«, meinte Sophia, als sie ihr Werk beendet hatten. »Zum Glück weiß ich es besser.«

Lena nahm dem Gefesselten eine schwarze ID-Card ab, die er um den Hals trug. Außerdem das Funkgerät, aus dem hin und wieder Stimmen quäkten, die darauf hindeuteten, dass seine Kollegen die Patrouillen verstärkt hatten.

»Sag mir lieber mal, seit wann du auch mit Frauen rummachst«, murrte sie.

»Schon seit der Neunten.«

»Warst du nicht damals mit diesem Chris zusammen?«

»Ja, und heimlich auch mit seiner älteren Schwester.«

Lena beschloss, das Thema nicht weiter zu vertiefen, sondern suchte im Eingangsbereich des Zoogebäudes einen passenden ID-Scanner. Rasch wurde sie fündig und zog die Karte durch.

Es summte, und die große gläserne Zugangstür des hohen Glasbaus sprang auf.

»Ich hoffe, du hast irgendwelche Leckerlis dabei?«, meinte Sophia.

»Wie gesagt, mach dir keine Sorgen.« Lena griff in ihre Anzugjacke und kramte eine von Alexandras Schmuckdosen hervor, die sie vorhin geleert und dann am Buffet neu aufgefüllt hatte. »Ich habe ordentlich Roastbeef mitgenommen. Außerdem habe ich Schokolade eingesteckt. Glaub mir, Hunde lieben Schokolade. Gerade weil die das eigentlich nicht essen dürfen.«

»Ja, geht mir genauso. Bei den Kalorien.«

Sie stiefelten durch den mit Planen verhängten Eingangsbereich, und sogleich schlug ihnen warme, feuchte Luft entgegen. Argwöhnisch sahen sie sich in dem hohen Glasbau um, denn im Halbdämmer vor ihnen, teils bis hinauf zur gläsernen Decke, erhob sich ein regelrechter Wald aus exotischen Bäumen, Farnen und Pflanzen, wie man sie eher im Amazonas erwartet hätte.

Zwischen den Pflanzen glitzerten dunkle Wasserflächen im Mondlicht. Und im Zwielicht konnte Lena einen hölzernen Steg ausmachen, der übers Wasser tiefer in die Anpflanzung hineinführte.

»Das hier ist also doch so was wie ein Tropenhaus«, meinte sie beeindruckt.

»Ja, und voll schwül«, meckerte ihre Schwester. »Und wie's hier stinkt.«

»Ich rieche nichts.« Lena zuckte ergeben mit den Schultern. »Aber es heißt, dass einige Tropenpflanzen ziemlich streng duften, wenn sie blühen.«

»Wieso riechst du nichts?«

»Na ja, nicht gar nicht nichts.« Lena seufzte und berichtete ihr in knappen Worten von den experimentellen Medikamenten, die sie nehmen musste. »Wenn, dann bloß so etwas wie Moschus oder Tierschweiß. So richtig hat sich mir das noch nicht erschlossen.«

Sie hielt inne, da sie erstmals seit London nun doch wieder etwas roch.

Lena schnupperte.

Ja, da war tatsächlich ein feiner, aber dennoch durchdringender Geruch, den sie kaum zuordnen konnte. Wie eine Mischung aus Brackwasser und Verwesung.

»Was ist?«, wollte Sophia wissen.

»Ich rieche *doch* was«, meinte Lena argwöhnend. »Ich habe bloß keinen Schimmer, was für Ausdünstungen das sind.«

»Die Wachhunde?«

»Schätze schon.«

Jetzt ärgerte sich Lena, dass sie ihr schickes neues Smart Glass mit der Nacht- und Wärmesichtfunktion nicht dabei hatte.

Sie setzten sich vorsichtig in Richtung Steg in Bewegung, und sie schnupperte weiter.

»Na, dann halte mal die Schoki bereit«, wisperte Sophia hinter ihr. »Ein Stück davon könntest du mir übrigens doch abgeben.«

Lena ignorierte sie, während sie behutsam voranschritt und in die exotische Pflanzenwelt eintauchte.

»Na, ihr beiden Wauwis, wo seid ihr?«

In einer Hand hielt sie jetzt ein Stück Roastbeef, in der anderen Schokolade. Allerdings war nirgendwo auch nur der Schatten eines

Hundes zu sehen. Ebenso war kein Bellen oder Knurren zu hören. Das war schon ungewöhnlich.

»Guck mal, da hinten, zwischen den Farnen«, flüsterte Sophia. »Da ist offenbar so etwas wie ein Gärtnerhäuschen.«

Lena sah den dunklen, halb von mächtigen Farnen verborgenen Innenbau ebenfalls. Da klang von schräg vor ihnen, auf einer der düsteren Wasserflächen, ein leises Platschen herüber.

Schlagartig intensivierte sich der seltsame Geruch.

Sie ruckte in die Richtung herum, aus der der Gestank an ihre Nase drang. Nur einer Reflektion des Mondlichts war es zu verdanken, dass sie den gewaltigen Schatten auf der düsteren Wasserfläche entdeckte, der dort auf sie zu glitt.

»Zurück!«, kreischte sie alarmiert.

Sie packte ihre überraschte Schwester an der Anzugjacke und warf sich mit ihr hinter einen der tropischen Bäume. Keinen Augenblick zu spät, denn mit nur einer Bewegung seines muskulösen Schwanzes schoss ein monströser, mindestens dreieinhalb Meter langer Alligator aus dem Wasser, dessen Kiefer dicht hinter dem Baumstamm zuschnappten.

Sophia schrie entsetzt auf, und Lena zerrte sie mit sich, tiefer hinein in die mit Farnen, Bäumen und Blumen bepflanzten Beete, als weiter hinten noch ein massiger Schatten aus dem Wasser hervorbrach.

Und das erste Biest machte schon Anstalten, ihnen ins Dickicht zu folgen.

»Rauf da!«, schrie Lena hektisch, als inmitten der Farne eine Art Stromkasten auftauchte, bei dem es sich den plätschernden Lauten in seinem Innern nach aber wohl doch eher um so etwas wie einen Wasserfilter handelte.

Ihr war es gleich. Hauptsache hoch.

Flink kletterten sie nach oben, als im Dickicht hinter ihnen auch schon die beiden Alligatoren heranwalzten. Enttäuscht verharrten die Reptilien schräg unter ihnen und starrten sie lauernd und mit aufgeklappten Mäulern an.

»Du sagtest, das wären Hunde!«, jammerte Sophia mit Blick auf die grässlichen Reißzähne. »Das sind aber verdammte Krokodile!«

»Das sind Alligatoren«, korrigierte Lena sie beklommen.

»Willst du jetzt spitzfindig werden? Wo ist denn da der Scheißunterschied?! Die wollen uns fressen!«

»Ja, sehe ich.«

»Was machen wir denn jetzt? Kannst du die Viecher nicht einfach abknallen?«

Lena hielt die Pistole längst in der Hand, zögerte aber.

»Ich kriege das einfach nicht übers Herz«, seufzte sie. »Sieh doch. Die Kleinen warten ganz ruhig. Die können doch nichts dafür, so missbraucht zu werden.«

»Die *Kleinen*!? Bist du irre?«, kreischte Sophia. »Das sind riesige Krokodile! Die werden uns fressen!«

»Alligatoren!«

»Ist mir scheißegal. Los, gib her!«

Panisch langte sie nach der Pistole.

»Nein, lass!«

»Doch, gib her!«

Sie rangen um die Waffe, als die Walther PDP aus Lenas Fingern rutschte und in die Tiefe fiel. Bestürzt sahen sie wieder auf, da sich einer der lauernden Alligatoren noch ein Stück weit auf sie zuschob.

»Super! Das hast du ja ganz toll hingekriegt!«, schimpfte Sophia. »Du hast gerade unsere einzige Chance zunichtegemacht, hier je wieder lebend rauszukommen.«

Ansatzlos begann sie zu heulen.

»Ich hatte noch so viel vor«, schluchzte sie. »Ich wollte Filmstar werden. Und berühmt. Und Carlos' Bruder verführen. Stattdessen lande ich jetzt im Bauch eines Krokodils.«

»Könntest du dich bitte mal beruhigen, du Drama-Queen?!«, blaffte Lena sie an. »Ich hab längst 'ne Idee.«

Sie kramte das übrige Roastbeef hervor und beträufelte es mit dem Rest ihrer K.-o.-Tropfen. »Wenn ein paar Tropfen von denen einen Menschen umhauen, sollte das hier ja wohl auch für zwei Alligatoren reichen.«

»Du bist genial!« Sophia blickte sie hoffnungsvoll an, während Lena das Fleisch teilte und bereits zielte, um die präparierten Stücke in die geöffneten Schlünde der Reptilien zu werfen. »Aber nicht daneben werfen, hörst du? Das ist jetzt wirklich unsere letzte Chance.«

Böse sah Lena sie an.

»Schon gut«, gab sich Sophia kleinlaut. »Ich wollte keinen Druck auf dich ausüben. Ich wollte dir bloß klarmachen, dass wir wirklich am Arsch sind, wenn du …«

Sie verstummte endlich.

Lena warf den ersten Fleischbrocken, dann den zweiten. Beide Alligatoren schnappten zu und schlangen die Steaks hinunter.

Dennoch dauerte es etwas, bis sie den Eindruck erweckten, dass sie ausgeschaltet waren. Da vernahm Lena von außerhalb des riesigen Alligatorengeheges Schüsse.

Die Laute waren zwar nur gedämpft zu hören, dennoch war sie sich sicher, dass auf der Insel gekämpft wurde.

Sogleich waren aus dem Funkgerät aufgeregte Stimmen zu hören, und auch Perseus meldete sich zum ersten Mal seit Längerem wieder.

»Helena, kommen! Haben Zielpunkt erreicht, sind aber aufgeflogen … Helena? Kommen! …«

Leider konnte sie nicht antworten, denn ihr Mikro war kaputt.

Mist!

»Die anderen brauchen uns!«, rief sie und sprang zurück auf den Erdboden, wo sie die Pistole aufhob.

»Komm zurück!«, jammerte ihre Schwester. »Vielleicht tun die Viecher ja nur so, als ob sie schlafen.«

»Mach dich nicht lächerlich. Aber du kannst ja gern da oben bleiben. Ich muss weiter.«

»Du würdest mich wirklich allein mit den Monstern lassen?«

»Ich mache mir eher Sorgen darüber, dass ich sie alleine mit dir zurücklasse.«

»Mann, bist du fies. Echt!«

Auch Sophia kraxelte nach unten, blieb aber hinter ihr, während sie beide an den Alligatoren vorbei zum Weg schlüpften, um sich dort durch die Farne hindurch zu dem seltsamen quadratischen Bau vorzuarbeiten, den sie vorhin entdeckt hatten.

Es wirkte oberflächlich wie ein Transformatorenhäuschen, war jedoch geziegelt und verfügte über keinerlei Fenster, dafür aber über eine Stahltür samt ID-Scanner.

War das wirklich alles?

Papadopoulos würde sich doch zum Schutz seiner Geheimnisse unmöglich bloß auf einen Türsteher und zwei Alligatoren verlassen.

Lena suchte sorgsam nach Kameras und entdeckte schließlich eine über ihnen zwischen den Bäumen, die direkt auf sie gerichtet war.

Wütend fixierte sie die Linse.

»Schätze, die wissen längst, dass wir kommen.«

»Heißt das, wir hauen wieder ab?«, fragte Sophia unsicher.

»Nein, das heißt, dass wir uns auf einen harten Kampf einstellen müssen. Perseus braucht uns. Und die anderen auch.«

Lena zog die schwarze ID-Card entschlossen durch den Scanner. Es piepste wieder, doch der Zugang blieb verschlossen.

»Na gut, dann eben anders.«

Sie kramte den Sprengstoff von Perseus unter ihrer Anzugjacke hervor, klebte ihn vorsichtig auf das Schloss der Tür und zog Sophia einige Meter mit sich zurück.

»Weg da, das wird gleich unangenehm.«

Lena hob die Pistole, zielte unter den erwartungsvollen Blicken ihrer Schwester … und verringerte den Abstand dann doch lieber wieder etwas, um sich im Zweifel nicht vor ihr zu blamieren.

Endlich schoss sie, und das Projektil traf das Sprengstoffpaket überraschenderweise sogar. Es gab einen dumpfen Knall, dessen Druckwelle ihre Haare anhob, und die Tür flog auf.

»Mann, ist das alles cool!«, meinte Sophia aufgeregt.

Sofort schlüpften sie ins Innere des aufgesprengten Häuschens und entdeckten Stufen, die nach unten führten. Beide zückten Taschenlampen, die sie ihren Gegnern abgenommen hatten, und schlichen – Lena voran – in die Tiefe.

Zu ihrer Überraschung kamen sie in einen menschenleeren Keller mit großer Tonnendecke, von dem aus zwei düstere, nebeneinanderliegende Röhren samt Schienen Richtung Inselmitte führten.

Auch hier war eine Kamera angebracht, die lautlos ihre Bewegungen mitverfolgte.

Sophia gab ihr einen Stinkefinger. »Ha, ihr werdet schon sehen. Meine Schwester macht euch fertig.«

»Hör auf, Sophia!«, murrte Lena, die jetzt doch Bammel vor ihrer eigenen Courage bekam. »Überleg dir lieber was, um die Kamera da oben unbrauchbar zu machen.«

»Alles klar.« Sophia klopfte suchend ihre Anzugjacke ab und entnahm ihr ein Fläschchen mit Nagellack. Anschließend stellte sie sich auf die Zehenspitzen, langte nach oben und überpinselte die Linse damit. »So?«

Lena seufzte nur, fand die Idee aber eigentlich auch ganz naheliegend.

Interessanter war, dass hier unten ein schmaler, elektrisch betriebener Gleiswagen mit drei hintereinanderliegenden Sitzen auf sie wartete.

»Das hier erklärt, warum die Luftüberwachung keine Wege zur Inselmitte entdecken konnte«, murmelte sie. »Die Verbindung von hier nach dort verläuft unterirdisch.«

»Darf ich ans Steuer?«, fragte Sophia.

»Vergiss es. Außerdem hat das Ding kein Steuer.«

Sie setzten sich, Lena orientierte sich kurz und fand einen Hebel.

Sie zögerte.

»Sicher, dass du wirklich mitkommen willst?«, fragte sie beklommen. »Es ist keine Schande, Angst zu haben. Das wird gleich verdammt hart. Und ich würde absolut verstehen, wenn du mich jetzt zu überreden versuchst, bei dir zu bleiben. Ich meine, es ist so, wie du vorhin gesagt hast: Ich bin deine große Schwester, und das hätte natürlich Priorität …«

»Fahr endlich los!«, entgegnete Sophia kämpferisch. »Ich will zusehen, wie du denen die Fresse polierst.«

Lena schloss ergeben die Augen – dann drückte sie den Hebel nach vorn.

Ein Elektromotor summte, ihr Untersatz beschleunigte, und sie sausten in eine der beiden Röhren, in der jetzt ein grünliches Notlicht ansprang, das die Gleise vor ihnen schwach beleuchtete.

Derweil verkrampften sich Lenas Finger um den Griff ihrer Pistole.

Auf was hatte sie sich da bloß eingelassen? Und das nur, um sich vor ihrer Schwester aufzuspielen.

Das hier war eine Todesfalle.

Sie waren doch längst entdeckt worden, und hier gab es keinerlei Schutz. Wenn sie in dem verborgenen H.A.D.E.S.-Bunker ankamen, würde man sie dort vermutlich mit einer MG-Salve erwarten.

Verzweifelt murmelte sie die A.R.G.O.S.-Losung. »Treue, Tapferkeit und Tod!«

Wenn sie schon sterben sollte, dann wenigstens an der Seite Sophias.

Gepresst atmete sie ein und aus, während ihr Gefährt das Gleis entlangsauste, bis am hinteren Ende des Tunnels auch schon wieder Licht zu sehen war. Es drang aus einem ähnlichen unterirdischen Bahnhof wie jener unter dem Zoo.

Nur etwas größer.

Und wie erwartet hatten sich da hinten drei bewaffnete Anzugträger aufgebaut. Bei ihrem Erscheinen hoben sie die Sturmgewehre … und legten sie hektisch vor sich ab, bevor sie sich flach, mit abgegrätschten Beinen und über den Köpfen verschränkten Händen mit den Gesichtern auf den Boden pressten.

Allein einer von ihnen, einer Blonder im schwarzen Anzug, hielt ein weißes Taschentuch in der Hand, das er jetzt schwenkte.

Sie fuhren mit dem Vehikel in das unterirdische Gewölbe ein, und ihr Untersatz stoppte.

Verwirrt starrte Lena die am Boden liegenden Bewaffneten an.

Die hatten sich tatsächlich ergeben.

Und das, ohne dass es einen einzigen Schusswechsel gegeben hatte.

Sie erhob sich konsterniert, als sie den Blonden mit dem weißen Taschentuch noch einmal genauer ins Auge fasste.

Entgeistert riss sie die Augen auf.

Das konnte doch wohl nicht wahr sein.

Das war der Kerl von damals aus den Diensten Pichlers, der ständig ihren Weg gekreuzt und dabei stets versucht hatte, sie umzubringen. Zugegeben, er hatte damit schon wirklich viel Pech gehabt. Und sie hatte es auch kaum für möglich gehalten, dass jemand bei einer derartigen Zahl an Verletzungen überhaupt noch Dienst schieben konnte.

Aber was machte der hier?

»Willibald? Sind Sie das?«

»Ich weiß, ich weiß«, ächzte er auf Deutsch. »Ich war ebenso überrascht, Sie wiederzusehen.«

Er hob verängstigt den Kopf, und sie sah, dass er noch nicht dazu gekommen war, all seine Zähne reparieren zu lassen.

»Und ich weiß auch, dass ich Ihnen damals im Alpenbunker versprochen hatte, mein Leben zu ändern. Aber Sie müssen das verstehen. Ich kann einfach nichts anderes. Und dann kam dieses Angebot und ich … Bitte! Sie sind doch selbst in der Branche tätig und wissen, wie schwierig das für unsereins ist. Sehen Sie das?« Er wies mit dem Kopf auf seine beiden Begleiter. »Ich habe meine Leute davon überzeugen können, dass Widerstand zwecklos ist. Sebastian wird bald Vater. Und Costas«, er wandte sich dem Kerl rechts von ihm zu, »muss das Geld für seine kranke Mutter aufbringen. Verstehen Sie? Wir sind doch alle irgendwie nur Menschen und wollen überleben.«

»Na gut …« Lena wirbelte lässig ihre Pistole am Finger, die plötzlich abrutschte, bevor sie sie hektisch wieder auffing.

Ein Schuss löste sich, der als Querschläger in die Decke einschlug und so einem vierten Mann weiter hinten die Waffe aus der Hand prellte, der in diesem Augenblick um eine Ecke gesprungen kam.

Der Kerl schrie schmerzerfüllt auf, ging mit blutender Hand in die Knie und sah sie fassungslos an. Auch Lena musterte ihn baff, hob jedoch hektisch ihre Waffe und visierte ihn böse an.

»Und was ist mit dem da?«

Die Männer am Boden stöhnten gequält.

»Oh, shit!«, stöhnte Willibald. »Alexeji, ich hatte dich doch gewarnt!«

Er wandte sich flehentlich Lena zu. »Glauben Sie uns bitte, den hatten wir eigentlich gefesselt, weil er hier den Helden spielen wollte. Ich hab keine Ahnung, wie er sich befreien konnte.«

»Okay, ich glaube dir mal.« Lena räusperte sich. »Also, hoch mit dir, und mach es diesmal besser. Und bei deinen übrigen Kollegen auch gleich.«

»Sicher. Natürlich.«

Umständlich und die Hände erhoben richtete sich ihr alter Gegner auf und fesselte seine drei Kameraden mit Kabelbindern an Rohrleitungen weiter hinten.

Derweil trat Sophia an Lena heran.

»Mann!«, flüsterte sie beeindruckt. »Du bist ja voll die Legende!«

»Na ja …« Lena, die ihr Glück kaum fassen konnte, winkte mit dem Lauf der Pistole zu dem Gang.

»Und jetzt, Willibald, zeigst du uns, was Papadopoulos hier unten versteckt.«

Der Blonde nickte eilfertig und führte sie hinein in den Gang, aus dem Alexeji aufgetaucht war. Der mündete schließlich in einen größeren Komplex aus drei Räumen, in denen ausladende Serverschränke, viele Computer und eine ganze Wand voller Bildschirme zu sehen waren. Auf gleich mehreren waren Satellitenbilder zu erkennen, von denen die meisten auf Orte in Südamerika gerichtet waren. Vor allem Kolumbien, Bolivien und Peru.

Unmöglich war dies ein Zufall.

Sie trat zu einem Pult mit zahllosen Knöpfen und Reglern, auf dem ein Kopfhörer lag, den sie sich testweise aufsetzte.

Sie hörte Stimmen. Wirklich! Offenbar ein Telefonat.

Sie probierte die Regler und Schalter aus und vernahm ständig neue Gesprächsfetzen. Die meisten von ihnen auf Spanisch, Englisch und Portugiesisch.

Hier wurden mithilfe von Satelliten Telefonate abgehört.

»Teufel, was ist das hier alles?«, fragte Lena den Blonden, kaum, dass sie die Kopfhörer wieder abgenommen hatte.

»Ich bin bloß Security, aber soweit ich das mitbekommen habe, läuft hier die Satellitenkommunikation von Herrn Papadopoulos zusammen.«

»H.A.D.E.S. verfügt über Satelliten?«

»Nein, äh, Herr Papadopoulos hat sie gekapert«, korrigierte Willibald sie. »Allesamt gehackte Satelliten großer Nationen. Also, soweit ich das mitbekommen habe.«

Lena musste unwillkürlich wieder an den Überfall auf Station 3 denken. »Wie viele Satelliten kontrolliert der Mann?«

»Keine Ahnung.« Ihr Gegenüber zuckte unsicher mit den Achseln. »Dürften so einige sein. Aber dafür kann ich nichts. Wie gesagt, ich bin bloß Befehlsempfänger.«

»Schon klar.« Lena blickte wieder auf zu den Satellitenbildern Südamerikas. »Was hat das da für eine Bedeutung?«

»Ich glaube, die überwachen einige Drogenkartelle.«

»Drogenkartelle?«

»Ja, sag ich doch. Außerdem das da.« Er trat an einen der Computer heran.

Lena fixierte ihn misstrauisch. »Aber ganz vorsichtig.«

»Selbstverständlich«, versicherte er und betätigte eine Tastenkombination.

Zwei Monitore im Raum sprangen um, und statt Satellitenbildern ploppten dort jetzt die Aufnahmen von Überwachungskameras auf, die auf die Zugänge von Gewächshäusern gerichtet waren.

»Was soll das sein?«

»Na ja, Gewächshäuser.«

»Das sehe ich.«

»Ich weiß nicht, was die da drin anbauen. Ich zeige Ihnen nur, was mir aufgefallen ist. Denn das können Sie doch sicher alles gebrauchen, oder? Übrigens werde ich ab heute echt mein Leben ändern. Versprochen. Diesmal wirklich. Wussten Sie, dass ich eine Lehre als Friseur hinter mir hatte, bevor ich damals zur Fremdenlegion ging?«

Lena ignorierte ihn und kramte sogleich ihren Schminkspiegel samt dem verborgenen USB-Stick hervor, den sie Sophia reichte.

»Los, einstöpseln!«

»Was ist das denn?«, fragte diese verständnislos. »So eine Art Nail-Clip?«

»Nein, verdammt. Das ist ein USB-Stick.«

»Noch nie gesehen. Was macht man damit?«

Lena starrte sie ungläubig an. »Schieb ihn einfach in eine Buchse am Rechner da hinten.«

Sophia suchte, und ihre Augen weiteten sich. »Oh, du hast recht, da sind wirklich so Löcher.«

»Und wenn du damit fertig bist, schnapp dir dein Handy und mach Aufnahmen!«

»Okay.«

Begeistert folgte Sophia ihrer Anweisung – als Lena einen Rechner entdeckte, auf dem offenbar eine eingegangene Mail aufgerufen war, deren Betreff sie angesichts ihrer Entdeckungen in London überrascht innehalten ließ:

ALERT! DARIO FELIPE GÓMEZ

Schon wieder dieser Ufologe mit der fetten Kopfgeldprämie?

Warum, zum Teufel, suchte H.A.D.E.S. so verzweifelt nach dem Spinner? Sie überflog die Mail rasch bis zum Ende und öffnete auch den Anhang.

Allerdings musste sie sich jetzt um Wichtigeres kümmern – als sie Sophia sah, die mit ihrem Handy in der Hand vor den Bildschirmen stand und Posen mit Kussmund einnahm.

Machte die da etwa Selfies?

»Sophia!«, herrschte Lena sie an.

»Sorry.«

Endlich tat sie das, was sie ihr aufgetragen hatte.

»Wo ist hier der offizielle Eingang?«, wandte Lena sich nun knurrend an Willibald.

»Äh, da hinten!«

Der Deutsche deutete zu einer Stahltür zwischen zwei großen Servern. »Da geht es raus. Allerdings gibt es da oben noch eine weitere Stahltür. Doppelt verstärkt. Da haben sich Ihre Kollegen schon die Zähne dran ausgebissen.«

»Meine Kollegen?«

Lena eilte besorgt hinüber und entdeckte an der Wand neben dem Zugang einen weiteren Bildschirm, der das Geschehen oben auf der Insel wiedergab.

In der Kameraeinstellung waren zu ihrem Befremden Perseus, Daedalos und Kirke auszumachen, die sich vor dieser doppelt verstärkten Tür oben verschanzt hatten. Sie lieferten sich ein erbittertes Feuergefecht mit zahllosen Angreifern, die immer wieder zwischen den Bäumen der Insel auftauchten.

Es schien gar nicht gut um sie zu stehen.

»Wieso schießen die nicht zurück?«, fragte Sophia, die plötzlich hinter ihr stand und ebenfalls auf den Bildschirm starrte.

Lena sah, dass die drei die Waffen überraschend gesenkt und die Köpfe eingezogen hatten, als sie begriff, dass Daedalos telefonierte.

»Ich befürchte, Daedalos hat gerade einen Anruf von seiner Familie gekriegt«, seufzte Lena. »Da muss er rangehen. Nur weiß die nicht, was er wirklich treibt.«

»Oh, ist das süß!«, seufzte Sophia. »Papa hat sich auf der Arbeit auch immer Zeit für uns genommen.«

»Ja, aber wenn wir denen nicht bald helfen, werden die gleich eine Ewigkeit Zeit haben.« Grimmig fuhr sie zu Willibald herum, der betreten dastand. »Öffnen! Und zwar sofort!«

»Ja, natürlich.« Er sprang vor und gab an einem Kasten an der Wand eine Nummernkombination ein.

Die Tür vor ihr entriegelte sich elektronisch, und auf dem Bildschirm war zu sehen, dass Perseus, Kirke und Daedalos herumruckten, als sie bemerkten, dass sich hinter ihnen der Zugang öffnete.

Einander Deckung gebend, verschwanden sie wie der Blitz außer Sicht.

Lena zog die Tür auf und sah zu, wie ihr die drei über Betonstufen von oben entgegenkamen.

»Du?!« Ungläubig senkte Kirke die Waffe und starrte sie an.

»Ja, klar. Wen hast du denn erwartet?«, fragte Lena, die rasch beiseitetrat, um sie und die nicht minder erstaunten Männer vorbeizulassen.

»Los, schließen!«, befahl sie Willibald, der dem Befehl eilig nachkam.

»Ich fasse es nicht!« Perseus legte Lena anerkennend die Hand auf die Schulter, während er sich ungläubig in dem Raum umsah. »Du hast die Zentrale ohne uns eingenommen? Wir dachten da oben schon, unser letztes Stündlein hätte geschlagen.«

Daedalos und Kirke visierten mit ihren Waffen argwöhnisch Sophia und Willibald an, die beide beklommen dreinblickten.

»Keine Bange, die zwei gehören zu mir«, versicherte Lena. »Darf ich vorstellen: Das da ist Willibald. Mein Gefangener. Wir kennen uns noch von unserer Zeit bei Pichler. Ob ihm allerdings wirklich zu trauen ist, weiß ich ehrlich gesagt nicht.«

»Pichler?« Kirke starrte ihn wütend an.

Der Blonde lächelte unsicher, doch sein Lächeln erstarb, als ihm Kirke kurzerhand den Kolben ihrer Waffe über den Schädel zog, und er vor ihnen zusammenbrach.

»Jetzt können wir ihm schon trauen«, erklärte sie mitleidlos.

»Ja, äh …« Mitleidig blickte Lena auf den Blonden herab, bevor sie auf Sophia wies, die schüchtern lächelte. »Und das da ist Sophia. Meine Schwester.«

»Deine Schwester? Ernsthaft?« Daedalos sah Lena, Kirke und Perseus ungehalten an. »Erst Kirke mit Europa, dann Perseus mit Shadow, und jetzt du auch noch? Hat Elektra auch noch eine Schwester, von der ich wissen sollte?«

»Sorry, ich hätte euch vorwarnen müssen.« Perseus, der sich längst an einem der Kontrollpulte im Raum zu schaffen machte, seufzte. »Ich kam nicht dazu.«

»Aber ja. Die Kleine, die wir bei Stella McCartney untergebracht haben«, meinte Kirke wohlwollend, während sie ein Gerät hervorkramte, das sie eilig an einen der Terminals anschloss. »Ihr zwei seid euch wirklich ähnlich.«

»Hä?«, meinte Sophia verständnislos. »Ich wurde beim Shoppen von einem Talent-Scout entdeckt.«

»Ich sag's ja.« Kirke zwinkerte Lena zu. »Ganz deine Schwester.«

»Leute, da oben tut sich was!«, mahnte Lena mit Blick auf den Monitor neben der Tür.

Flankiert von vier wie Söldner bewaffneten Securitys trat oben nun Dimitrios Papadopoulos vor die Linse. Der hochgewachsene Grieche mit den silbergrauen Haaren und dem sorgsam gestutzten Vollbart setzte seine Sonnenbrille ab und starrte finster in die Kamera.

Offenbar wollte er gesehen werden.

Kirke weiter hinten erhob sich und blickte hasserfüllt zum Monitor.

Papadopoulos hob ein kleines Gerät gut sichtbar an und drückte auf einen Knopf.

Im selben Moment sprang im Bunkerkomplex die rote Notbeleuchtung an, und eine Alarmsirene schrillte rhythmisch. Die Bildschirme an den Wänden flackerten, und statt der Satellitenaufnahmen war dort jetzt ein Countdown von neunzig Sekunden zu sehen, der unerbittlich runterzählte.

»Scheiße! Schätze, der Kerl wird hier gleich alles in die Luft jagen!« Perseus wandte sich alarmiert Lena zu. »Wie bist du hier reingekommen?«

»Da hinten ist so eine Art Zug.« Sie deutete beklommen zu dem Gang.

»Dann los, raus jetzt!«

»Ich brauche noch ein bisschen«, schimpfte Kirke mit Blick auf das Gerät, das sie gerade erst eingestöpselt hatte.

»Haben wir schon gemacht!«, meinte Lena und deutete hinüber zu dem USB-Stick.

»Lass stecken«, rief Perseus. »Die Kollegen müssen sehen, was davon am Ende auszuwerten ist. Aber jetzt weg!«

Er, Kirke und Daedalos stürmten bereits zum Gang, doch Lena und Sophia sahen sich kurz an und schleiften auch Willibald mit sich.

»Was macht ihr da?!«, blaffte Daedalos.

»Er hat uns versprochen, sein Leben zu ändern«, erklärte Lena.

»Meine Güte!« Daedalos verdrehte entnervt die Augen, kam aber zurück und half ihnen dabei, den Blonden mit sich zu schleifen, der wieder wach wurde, kaum, dass sie das Gewölbe mit dem Elektrovehikel erreicht hatten.

»Da!« Sophia drückte ihm eine Nagelschere in die Hand. »Für die Fesseln Ihrer Kollegen.«

»Hier geht gleich alles in die Luft!«, warnte ihn Lena. »Bringen Sie sich im Tunnel in Sicherheit. Mehr kann ich nicht für Sie tun.«

»Danke!« Ohne zu zögern, rannte der Deutsche hinüber zu seinen gefesselten Kumpanen.

Sie, Sophia und Daedalos stiegen rasch zu Perseus und Kirke auf das überfüllte Elektrovehikel und zogen die Köpfe ein, denn Kirke startete sofort. Zunehmend schneller werdend rauschten sie über das Gleis in den Tunnel, und der Endpunkt unter dem Privatzoo kam erstmals in Sicht – als hinter ihnen dumpfer Donnerhall zu hören war.

»Hoffen wir mal, Papadopoulos merkt nicht sofort, dass wir entkommen sind«, knurrte Perseus, kaum, dass sie in das unterirdische Gleisgewölbe eingefahren waren.

»Er wird garantiert schon Leute herbeordert haben«, murrte Kirke.

Sie stürmten die Treppe empor ins große Alligatorengehege, und Lena erklärte der Truppe aufgeregt, wo sie überhaupt gelandet waren, während Sophia begeistert von ihren bisherigen Abenteuern erzählte.

Nicht unerwartet stießen sie vor dem Ausgang auf gerade eintreffende Bewaffnete, die umgehend von Perseus und Daedalos erledigt wurden. Dann führte Kirke sie durchs Unterholz etwas weiter gen Westen.

Lena fragte sich bereits, wie sie eigentlich von der Insel wegkommen sollten, als vor ihnen überraschend der Hubschrauberlandeplatz auftauchte. Dort stand ein blauer Helikopter im Mondlicht, und auch Lena bemerkte in der Nähe zwei Bewaffnete mit Sturmgewehren. Sofort gingen sie wieder in Deckung.

»Wie willst du die Kiste ohne den Piloten starten?«, fragte Lena leise.

»Um den haben wir uns vorhin schon gekümmert«, erklärte Kirke kühl und präsentierte ihr die Zündschlüssel des Hubschraubers. »Perseus, Daedalos, könntet ihr bitte mal?«

Die Männer visierten ihre Gegner an und erschossen sie mitleidlos.

»Los!«

Sie rannten zu dem Helikopter, und während die Übrigen nach allen Seiten sicherten, öffnete Kirke die Cockpittür, und Lena und Sophia stürmten hinein.

Allein Perseus und Daedalos blieben draußen hocken und sicherten Richtung Inselmitte.

»Wünscht uns Glück, dass der Alarmstart Erfolg hat.«

Schon startete die Griechin die Turbine, und sie sahen, wie sich über ihnen unter jaulenden Geräuschen die Rotoren in Bewegung setzten und zunehmend beschleunigten.

Lena und Sophia hielten sich an den Armen gefasst, rechneten jederzeit damit, dass von der Villa her weitere Bewaffnete kamen. Tatsächlich dauerte es aber überraschend lang, bis draußen das Knattern von Waffen zu hören war.

Perseus und Daedalos schossen zwei von ihnen nieder und stürzten jetzt selbst in den Hubschrauber, den Kirke mühsam in die Luft zwang.

Schräg unter ihnen waren Mündungsblitze zu sehen, und sie konnten Einschläge hören. Doch die Agenten schossen durch die offen stehenden Kabinentüren zurück, sodass Kirke weiter über der Insel aufsteigen und die Maschine in Richtung Meer absetzen konnte.

Irgendwann schlossen Perseus und Daedalos die Türen, Kirke checkte vorne die Instrumente, und sie flogen in westliche Richtung, dem griechischen Festland entgegen.

»Whoaaa! Ist das alles aufregend«, freute sich Sophia. »Ich will auch Agentin werden. Unbedingt!«

Perseus drehte sich zu ihr um, lächelte und applizierte ihr ohne Vorwarnung einen Pen. »Das, meine Liebe, glaube ich weniger.«

Bekümmert sah Lena dabei zu, wie ihre Schwester neben ihr bewusstlos zusammensackte.

»War das wirklich nötig?«

»Tut mir leid.« Perseus sah sie mitfühlend an. »Aber schon die schiere Existenz von A.R.G.O.S. ist topsecret. Sie wird jetzt Teil des Thanatos-Programms.«

Operation Empusa

Lena saß mit einem Kaffee in der Hand im Speisewagen des Eurocity von Mailand nach Nizza und blickte ebenso wie Perseus, Kirke und Daedalos müde aus dem Zugfenster.

Seit sie vor einigen Stunden in Genua zugestiegen waren, kamen sie immer wieder an Dörfern und Kleinstädten vorbei, die die italienische Küste säumten. Unter ihnen Savona, Albenga und zuletzt Sanrema. Dennoch überwog die Aussicht auf jahreszeitlich bedingt menschenleere Strände, bewaldete Küstenstreifen und vor allem: das strahlend blaue Mittelmeer, das sich im Südosten bis zum Horizont spannte.

Doch der malerische Anblick gewährte ihnen keine wirkliche Erholung.

Seit vor zwei Tagen die Flucht von Papadopoulos' Privatinsel zum griechischen Festland geglückt war, konnte jeder von ihnen die Anspannung spüren, die die gesamte Agency bis in ihre feinsten Verästelungen erfasst hatte.

Ihre Kontaktleute bei A.R.G.O.S. hatten sich zwar gierig auf jeden der Informationsfetzen gestürzt, den sie erbeutet hatten, aber zugleich schien sich die Agency in heller Aufregung zu befinden. Statt sie jedoch über den Grund dafür in Kenntnis zu setzen, oder sie wenigstens über das weitere Vorgehen aufzuklären, hatte man sie erst via Flugzeug nach Neapel und von dort mittels unauffälliger Karossen weiter in den Norden geschafft. Dabei war nicht zu übersehen gewesen, dass die Kollegen die Kontore in Rom und Mailand mieden. Stattdessen hatte man sie in den letzten beiden Nächten in Safe Houses untergebracht.

Hinzu kam, dass Lena immer wieder an Sophia denken musste.

Ihre Schwester war fortgeschafft worden, kaum dass der Hubschrauber den Erdboden berührt hatte. Und sie wusste, was das bedeutete:

Thanatos-Programm.

Also Gedächtnislöschung!

Auch wenn sie weitgehend Vertrauen zu A.R.G.O.S. hatte, dass Sophia den Eingriff ohne größeren Schaden überstehen würde, stimmte sie der Gedanke traurig. Irgendwie hatte es sich gut angefühlt, so wie früher Abenteuer mit ihr zu erleben. Dabei verstand sie absolut, dass A.R.G.O.S. seine Geheimnisse wahren musste. Dass Sophia aber schon bald nichts mehr über ihre gemeinsamen Erlebnisse wissen würde, war andererseits auch irgendwie … traurig. Und blöd.

Seit Jahren schon kam es ihr so vor, als sei ihre umtriebige kleine Schwester längst an ihr vorbeigezogen. Dabei war sie die Ältere. Mal ganz davon abgesehen, dass sie auch nicht vergessen hatte, wie Sophia insgeheim über sie dachte. So als habe Lena rein gar nichts in ihrem Leben in den Griff bekommen.

Von wegen.

Nur zu gern erinnerte sie sich an Sophias verdatterten Gesichtsausdruck, als sie ihr gesteckt hatte, was sie wirklich so trieb.

Geheimagentin!

Dagegen kam auch sie mit ihrem Model-Job nicht an.

Mehr noch, am Ende war Sophia sogar voller Bewunderung für sie gewesen. Und das hatte sich schon ziemlich gut angefühlt.

Umso mehr ärgerte sie sich darüber, dass rein gar nichts davon übrigbleiben würde.

»Ich komme mir im Moment wirklich ausgebremst vor!«, schimpfte Daedalos plötzlich los. »Als hätten die da oben beschlossen, den Resetknopf zu drücken.«

»Ja«, schnaubte Lena geistesabwesend. »Reicht schon, dass mich sogar meine Mutter für eine vertrocknete Primel hält. Aber dass sich Sophia jetzt insgeheim wieder für etwas Besseres halten darf, ist so was von …«

»Ich bezog mich jetzt eigentlich auf die Informationssperre, die man offenkundig über uns verhängt hat«, korrigierte der Ire sie.

»Oh …«

Lena sah auf, und angesichts der Blicke, mit denen ihre Kollegen sie maßen, wäre sie am liebsten in ihrem Sitz versunken.

»Wir sollten uns lieber fragen, warum man uns jetzt nach Nizza schafft«, überging Perseus ihren frustrierten Ausbruch. Argwöhnisch spähte er zu dem knappen Dutzend Fahrgäste, die im Speisewagen Platz genommen hatten und beim Essen den Ausblick auf das Mittelmeer genossen. Angesichts der Tatsache, dass sie selbst hier kaum etwas verzehrt hatten, fragte sich Lena allmählich, warum sie der Kellner nicht längst fortkomplimentiert hatte.

»Es wird schon seinen Grund haben, warum wir uns hier einfinden sollten«, meinte Kirke, die einem jungen Pärchen hinterhersah, das soeben den Waggon verließ.

»Das hat es auch«, kam es überraschend vom Sitz hinter ihnen, kaum dass sich die Verbindungstür hinter den zweien geschlossen hatte.

Dort erhob sich jetzt ein älterer Italiener mit Hut, Schnurrbart und Nickelbrille, der seine Zeitung zusammenklappte, und sich auf die gegenüberliegende Seite des Abteilgangs setzte, wo sie ihn besser sehen konnten.

Herrje, das war Bellerophon!

Ohne seinen dunklen Bart und den eleganten blauen Zweireiher hätte Lena den Prinzipal Mailands fast nicht wiedererkannt. Immerhin, auch ihre Gefährten wirkten von seinem unerwarteten Erscheinen überrascht, was bewies, dass der Italiener sein Handwerk verstand.

Er gab von seinem Platz aus ein Handzeichen, und plötzlich erhoben sich unisono alle übrigen Passagiere im Waggon, um diesen geordnet durch die Türen vorn und hinten zu verlassen.

Das waren alles A.R.G.O.S.-Agenten?

Lena blickte erstaunt ihre drei Gefährten an, die ebenfalls überrumpelt wirkten.

Sie waren jetzt allein.

»Bitte setzen Sie Ihre Smart Glasses auf«, kommandierte der Prinzipal Mailands.

Sie kamen seinem Wunsch nach, und sogleich erschienen zwei Bildeinstellungen in den Gläsern.

In einer von ihnen war Elektra zu sehen, die zur Begrüßung missmutig die Hand hob, die andere Bildkachel zeigte eine weiße Wand. Allerdings fuhr die dortige Kamera jetzt herunter und erfasste ein Krankenhausbett, in dem eine verletzte ältere Frau mit Kopfbandagen lag: Zeus!

Lena, Perseus, Kirke und Daedalos richteten sich alarmiert in ihren Sitzen auf.

»Meine Güte, Göttervater, was ist passiert?«, entfuhr es Kirke.

»Ein Anschlag, Agentin Kirke.« Zeus lächelte bitter, während ihr eine Krankenschwester ein Kissen in den Rücken schob, sodass sie besser in die Kamera blicken konnte.

»Während Ihres Einsatzes auf Karyfos haben H.A.D.E.S.-Söldner zeitgleich Angriffe auf drei geheime Kommandobasen der Olymp-Ebene gestartet.« Zeus' Augen blitzten zornig. »Darunter auch die Villa in Thessaloniki, die einige von Ihnen ja noch aus dem letzten Jahr kennen.«

»Wie konnten die wissen, wo …?«, entfuhr es Daedalos, doch Zeus schnitt ihm das Wort ab.

»Dafür dürfte entweder die Verräterin Demeter mit ihren Insiderkenntnissen verantwortlich sein, oder unsere kompromittierte KI. Es war nur eine Frage der Zeit, wann H.A.D.E.S. losschlagen würde. Übrigens freut es mich, dass Ihre Kameraden Sie wieder reaktivieren konnten, Agent Daedalos.«

»Das war doch selbstverständlich«, murmelte der Ire.

»Nein, das ist es nicht. Sie gemeinsam sind derzeit unser schlagkräftigstes Team an der Front. Das war auch der Grund, warum ich Sie alle habe aus der Schusslinie bringen lassen. Ich wollte Sie persönlich instruieren, bin aber leider erst seit heute wieder arbeitsfähig. Da wir immer noch nicht wissen, wer gegebenenfalls intern für Demeter spioniert, werden Sie auch weiterhin im Untergrund agieren.«

»Wurden noch weitere Mitglieder des Olymps verletzt?«, wollte Perseus wissen.

»Nein, zum Glück nicht. Wir hatten zuvor die Sicherheitsprotokolle verschärft«, erklärte Zeus. »Die Angriffe zielten offenbar sowieso vor allem auf mich. Und wie Sie selbst wissen, gibt es keine hundertprozentige Sicherheit. Trotz aller Vorkehrungen werde ich wohl dringend ein paar meiner Gewohnheiten ändern müssen.« Sie seufzte. »Aber wie Sie sehen, haben mich Kadmos und die übrigen meiner Bodyguards vor dem Schlimmsten bewahrt.«

»Leider ist das nicht alles an schlechten Nachrichten«, mischte sich Bellerophon vom Nachbarsitz aus ein. »Gestern wurden überdies Angriffe auf die Kontore in Lübeck, Visby und Madrid ausgeführt. Sie konnten zwar abgewehrt werden, in Madrid gelang es den Eindringlingen jedoch, weitere vertrauliche Daten der Organisation an sich zu reißen. Und zwar geheime Listen mit den Namen von Informanten aus dem Untergrund. Leider konnten wir sie nicht alle retten.«

»Scheiße!«, entfuhr es Kirke undamenhaft. »Aber da Visby kompromittiert wurde, wären diese Informationen über kurz oder lang vermutlich auch so an das Syndikat durchgesickert.«

»Das ist … nur zum Teil korrekt«, antwortete der Prinzipal Mailands verlegen. »Die Organisationsstrukturen haben glücklicher- oder unglücklicherweise dazu geführt, dass bei Weitem nicht alles digital erfasst wurde.«

»Welche Organisationsstrukturen?«, hakte Kirke irritiert nach. »Visby ist seit fast zwei Dekaden aktiv.«

»Etatkürzungen, alte Gewohnheiten und, äh, auch gewisse Widerstände in der Verwaltung.«

Lena, Perseus, Kirke und Daedalos warfen sich verärgerte Blicke zu, und auch Elektra schüttelte den Kopf.

»Um auf den Punkt zu kommen«, fuhr Zeus fort, »A.R.G.O.S. befindet sich jetzt im offenen Krieg mit H.A.D.E.S. Der Feind hat sich zwar immer noch nicht offiziell zu erkennen gegeben, doch das Syndikat weiß inzwischen, dass wir über sein Wiedererstarken im Bilde sind.«

»Klar«, meinte Lena niedergeschlagen, »wir waren auf der Insel ja auch nicht gerade unauffällig.«

»Dafür war Ihr Team nicht alleine verantwortlich, Helena«, widersprach die A.R.G.O.S.-Chefin. »Zeitgleich zu Ihnen operierte in Hongkong noch ein weiteres unserer Einsatzkommandos.«

»In Hongkong?«, fragte Daedalos überrascht.

»Ja. Nach Ihrer Abreise aus London haben wir uns Sokolow noch einmal vorgeknöpft. Der Russe wusste mehr, als ihm offenbar selbst bewusst war. Er war es, der uns auf die Spur eines weiteren Mitglieds des Führungszirkels von H.A.D.E.S. gebracht hat. Und zwar Chang Chen Lu, eine Hongkong-Chinesin und bekannte Waffenhändlerin. Leider ist das Team, das wir zu ihrer Ergreifung ausgeschickt haben, gescheitert. Die Dame hat sich am Ende lieber zusammen mit ihrer Einsatzzentrale in die Luft gesprengt, als uns in die Hände zu fallen. Das ist zwar ärgerlich, bedeutet aber auch, dass H.A.D.E.S. augenblicklich nur noch über acht Syndikatsmitglieder verfügt. Und dank Ihres Teams wissen wir jetzt sicher, dass Dimitrios Papadopoulos ebenfalls zum inneren Kreis zählt.« Zeus atmete tief ein. »Aus alledem kann H.A.D.E.S. natürlich schließen, dass wir längst über die Neugründung des Syndikats informiert sind. Weitere Verschleierungstaktiken bringen ihnen also keine Vorteile. Der Olymp hat daher entschieden, die Bedrohungslage offenzulegen. Seit heute Morgen wissen auch die übrigen A.R.G.O.S.-Agenten in ganz Europa über H.A.D.E.S.' Wiedererstarken Bescheid.«

»Und es gibt noch immer keine Spur über Demeters Verbleib?«, fragte Perseus. »Was ist mit Shadow? Ich kenne sie. Im Zweifel verrät sie sich durch ihr Temperament.«

»Ich will offen sprechen«, erklärte Zeus, während sie sich das Kissen in ihrem Rücken zurechtrückte. »Bislang gibt es keine Hinweise, die auf den derzeitigen Aufenthaltsort von Demeter schließen lassen. Was hingegen Ihre Schwester betrifft, die hat den Überfall auf unser Kontor in Madrid angeführt. Sie lebt also und ist nach wie vor aktiv.«

Lena sah, wie ein Schatten über Perseus' Gesicht huschte.

»Es gibt aber auch gute Nachrichten. Denn Ihre Mission auf Karyfos, liebe Agenten, war durchaus erfolgreich. Wir wissen jetzt, welche Absichten H.A.D.E.S. verfolgt.«

»Bitte, klären Sie uns auf.« Kirke beugte sich gespannt vor, obwohl das keine Auswirkungen auf die Übertragungen ihres Smart Glasses hatte.

»Gern. Bevor ich jedoch das Wort an Elektra übergebe, möchte ich noch jemand anderes zuschalten«, meinte Zeus, und ein weiterer Bildschirm ploppte in Lenas Smart Glass auf.

Es zeigte Agentin Antigone.

Die Afroeuropäerin trug einen Kampfanzug und stand zusammen mit einer weiteren bewaffneten A.R.G.O.S.-Agentin in einem Gewächshaus, das auffallend jenen Gewächshäusern ähnelte, die Lena bereits auf den Überwachungsmonitoren im Bunker erblickt hatte. Im Hintergrund blühten zahllose grüne Sträucher.

»Antigone«, forderte Zeus sie auf, »wenn Sie Ihre Kollegen bitte ins Bild setzen könnten.«

Die Afroeuropäerin lächelte freudlos und drehte sich zu den grünen Sträuchern im Hintergrund um. »Der Datenstrom, den die Agency durch Ihre Mission empfangen hat, ist zwar bedingt durch die Selbstzerstörung des Bunkers unvollständig geblieben, unsere Experten konnten dennoch einige interessante Erkenntnisse gewinnen. Darunter GPS-Daten von Orten, die von der Insel aus überwacht wurden. Wie Sie sehen, stehe ich hier in einem Gewächshaus, in dem Sträucher gedeihen, die Sie sicher leicht identifizieren können.«

»Das sind Kokasträucher«, murmelte Kirke verwundert. »Wo genau sind Sie?«

»Na, vermutlich in Südamerika«, meinte Lena. »Ich hab euch doch gesagt, dass sie die Länder mit Satelliten überwachen.«

»Nein, Agentin Helena«, Antiope blickte ernst in die Kamera. »Wir befinden uns hier in Norwegen.«

»Norwegen?«, entfuhr es Perseus und Daedalos unisono.

»Allerdings.« Antiope schnaubte besorgt. »H.A.D.E.S. pflanzt hier eine genetisch veränderte Variante des natürlichen Kokastrauchs an, deren Wuchsbedingungen weitaus weniger anspruchsvoll sind als die üblichen Kokasträucher, die die Kartelle in Südamerika, Teilen

Afrikas, Indien oder Sri Lanka anbauen. Die hier«, sie deutete nach hinten, »benötigt zum Gedeihen weder die speziellen Höhenbedingungen des Originals, noch scheint sie größere Ansprüche an die Bodenbeschaffenheit zu stellen. Den Informationen nach, die wir hier sammeln konnten, werfen die Blätter dennoch einen Kokainertrag ab, der um den Faktor 1,3 über dem gewöhnlicher Sträucher liegt. Ahnen Sie, was das bedeutet?«

»Natürlich!«, stöhnte Kirke. »Das bedeutet, dass die das Zeug jetzt überall auf der Welt anbauen können. Wie viele von diesen Gewächshäusern konnten identifiziert werden?«

»Unsere Experten gelang es lediglich, die GPS-Positionen dreier dieser Einrichtungen zu rekonstruieren.« Antiope zuckte unglücklich mit den Schultern. »Aber es dürften mehr sein. Weit mehr. Wahrscheinlich Hunderte. Und die vermutlich überall in Europa verstreut. Und das zeigt, dass niemand Geringeres als H.A.D.E.S. hinter dem derzeitigen Drogenkrieg in Europa und anderen Teilen der Welt steckt. Das Syndikat will den Kokainmarkt offenbar komplett und weltweit übernehmen. H.A.D.E.S. flankiert dieses Vorhaben durch gezielte Attacken auf die übrigen Drogenkartelle, sodass der Bruch der üblichen Logistikketten zu einem deutlich höheren Marktpreis der Droge führt.«

»Und nicht nur das«, ergänzte Perseus unheilvoll. »H.A.D.E.S. verschärft die Marktsituation zusätzlich, indem sie auch noch die aktuellen Liefermengen verknappen. Genau so, wie wir es in London miterlebt haben.«

Die Afroeuropäerin nickte. »Was das bedeutet, können Sie sich ausrechnen. Mit Kokain wird jedes Jahr weltweit ein Umsatz von geschätzten fünfhundert Milliarden US-Dollar erzielt. Das entspricht den Staatseinnahmen Spaniens. Wenn dieser Markt komplett in H.A.D.E.S.' Hände fällt, wäre das der größte kriminelle Coup der Weltgeschichte. Ganz davon abgesehen, dass die Gewinne des Syndikats weitaus höher liegen, da sie praktisch keine Kosten durch aufwendige Schmuggelanstrengungen haben.«

»Trotzdem«, Kirke wog skeptisch den Kopf. »Die Drogenkartelle sind mächtige Gegner. Es wird Jahre oder Jahrzehnte dauern, bis das Syndikat den Drogenmarkt auf diese Weise an sich zu reißen kann. Ganz zu schweigen von den Anstrengungen der Nationen, die das ebenfalls nicht ohne Weiteres zulassen werden.«

»Nun, Kirke«, mischte sich Zeus wieder ein, »wie effektiv die ›Anstrengungen der Nationen‹ bislang waren, sieht man daran, dass diese fünfhundert Milliarden US-Dollar *trotz* aller bisherigen Interventionen erzielt wurden. Aber ja, Sie umreißen das Problem recht deutlich. Auch wir gehen davon aus, dass H.A.D.E.S. nicht über genug Geduld verfügt, so lange zu warten. Allzumal immer die Gefahr besteht, dass die neue Strauchmutation irgendwann auch in die Hände der Konkurrenz fällt. Nein, das Syndikat wird auf einen weiteren Masterplan bauen, um den geschäftlichen Erfolg rasch voranzutreiben und endgültig abzusichern. Und diesem müssen wir unbedingt auf die Spur kommen. Was vermutlich auch der Grund war, warum das Syndikat in der jüngeren Vergangenheit auf das Herz von A.R.G.O.S. zielte. Sie müssen uns aus dem Spiel nehmen. Allerdings hat das bislang nicht ganz geklappt. Aber dazu übergebe ich jetzt an Agentin Elektra.«

»Okay«, seufzte Lenas lettische Freundin. »Wo beginne ich? Am besten bei Visby. Inzwischen konnten wir das Schadprogramm, mit dem Andris, dieser elende Wichs… Also, es ist uns gelungen, den Code, mit dem er unser internes Ariadne-System infiziert hat, zu identifizieren und teils auch zu isolieren. Allerdings hat sich das Programm wie eine Rotte Maulwürfe in die Eingeweide unseres Netzwerks gegraben. Und wir sind immer noch dabei, herauszufinden, welche internen Informationen abgeflossen sind. Der angerichtete Schaden ist auch nicht in allen Sektionen der gleiche. Insbesondere scheint das Virus darauf abgezielt zu haben, Visbys … Persönlichkeit, wenn man so will … derart zu manipulieren, dass sich die KI gegen uns wendet.«

»Das haben wir ja in London am eigenen Leib erlebt«, knurrte Daedalos.

»Nicht nur wir.« Elektra seufzte unglücklich, und Lena sah ihr an, dass sie der Verlust Bobs noch immer schmerzte. »Das Eigenartige bei alledem ist«, fuhr sie fort, »dass der Quellcode des Schadprogramms derart komplex ist, dass Andris ihn eigentlich unmöglich allein geschrieben haben kann. Das Programm ist so effizient und schnörkellos, wie ich keines zuvor gesehen habe. Dass es sich nicht tiefer in die Eingeweide Visbys gefressen hat, liegt allein daran, dass Visbys Firewalls so stark waren. Und auch daran, dass ihre autarken Reparaturprogramme rechtzeitig anschlugen. Hat nur leider nicht geholfen.«

»Und das heißt was?«, fragte Lena.

»Das heißt, dass wir Visby selbst bei bestem Willen nicht retten können.«

Um Lena herum war entsetztes Stöhnen zu hören.

»Also … zumindest nicht die aktuellste Version Visbys«, korrigierte Elektra. »Tatsächlich führt A.R.G.O.S. zur Sicherheit alle sechs Monate ein Back-up des kompletten Systems durch. Ihr könnt euch vermutlich vorstellen, was das bei einer selbstlernenden KI für ungeheure Datenmengen sind. Die nächstjüngere Version Visbys ist zum Glück unbeschädigt. Die Kollegen und ich haben zwar die letzten Tage über versucht zu retten, was wir retten konnten, aber so kommen wir nicht weiter. Wir haben uns daher zu einem radikalen Schritt entschlossen: Wir führen gerade europaweit ein komplettes Reset all unserer Rechenzentren und Computersysteme durch. Absoluter Kahlschlag, wenn ihr versteht. Schon in Kürze«, die Lettin blickte auf die Uhr, »werden wir das Back-up aufspielen. Visby ist dann allerdings für alles blind, was sich im letzten halben Jahr zugetragen hat. Aber«, ätzte sie, »das lässt sich dank unserer Freunde aus der Verwaltung, die ja offenbar immer noch damit beschäftigt sind, alles auf Papier aufzubewahren, in den nächsten Monaten sukzessive korrigieren.«

»Außerdem«, forderte sie Zeus auf, zum Punkt zu kommen, »handelt es sich dabei um ein Vorgehen, das uns neue Handlungsoptionen ermöglicht, wie Sie uns erklärt haben.«

»Genau!« Elektras Augen funkelten böse. »Visby befindet sich dann zwar auf dem Stand von letztem Jahr, aber das eigentlich Entscheidende ist, dass das letzte System-Back-up durchgeführt wurde, kurz bevor Demeter gezwungen war unterzutauchen. Ihr ahnt, was das bedeutet?«

»Du meinst, kurz bevor sie all ihre Daten und Spuren im System gelöscht hat?« Perseus richtete sich gespannt auf.

»Exakt!« Elektra lächelte triumphierend. »All ihren Verschleierungsversuchen zum Trotz sollte das damalige Back-up ihre verräterischen Aktivitäten bewahrt haben. Denen auf den Grund zu gehen, wird auch das Erste sein, was die Kollegen und ich nach dem Reboot tun werden.«

»Kann man das nicht jetzt schon?«, fragte Daedalos. »Dazu müsstet ihr euch doch bloß das gespeicherte Back-up vornehmen.«

»Nein, das funktioniert so leider nicht.« Elektra seufzte. »Visby ist eine KI. Ihre Algorithmen sind auf das komplette Ariadne-Netzwerk angewiesen. Stellt euch das so vor, als müssten sich Visbys Verstand und Gedächtnis zunächst neu entfalten. Erst dann können wir – gewissermaßen – auf ihre Erinnerungen zurückgreifen. Aber wie gesagt, wir machen aus der Not eine Tugend und sorgen so dafür, dass sich der Angriff von H.A.D.E.S. in sein Gegenteil verkehrt.«

»Wann könnt ihr mit eurer Recherche loslegen?«, fragte Perseus ungeduldig.

»In etwa drei Stunden«, Elektra zwinkerte ihnen zu. »Sobald das Back-up aufgespielt ist, können wir bereits Teilfunktionen Visbys nutzen. Beginnend mit den Diensten für die Olymp-Ebene. Vollständig nutzbar wird Visby erst nach Abschluss des Prozesses sein, also in etwa zwei Tagen.«

»Kommen Sie bitte zu den Erkenntnissen, die für das Team relevant sind«, bat Zeus.

»Natürlich, Göttervater.« Elektra atmete tief ein. »Also, ihr werdet derzeit nicht ohne Grund nach Nizza überstellt. Dank der Daten, die wir durch eure Hilfe aus Papadopoulos' Kontrollstation absaugen konnten, in Verbindung mit einer Mail, die uns Le… äh … Helena mittels Gedächtnisprotokoll übermittelt hat, sind wir einer laufenden

Kommandooperation von H.A.D.E.S. auf die Spur gekommen. Und die müsst ihr unbedingt vereiteln. Und zwar noch heute!«

»Noch heute?« Kirke seufzte.

»Ja. Es geht um diesen Dario Felipe Gómez.«

»Der kolumbianische UFO-Spinner?«, fragte Daedalos. »Geht es hier um Außerirdische, oder was?«

»Kaum anzunehmen«, antwortete Elektra. »Wartet: Das hier ist eine der wenigen Aufnahmen des Mannes. Geschossen vor vier Jahren während einer UFO-Convention in Brasilien.«

Elektras Bildeinstellung verschwand, stattdessen spielte sie die verwaschene Aufnahme eines dunkelhäutigen Enddreißigers mit krausen Haaren, buschigen Augenbrauen und leicht irrem Blick ein, der vor dem ikonischen Akte-X-Filmplakat mit der Aufschrift »I WANT TO BELIEVE« stand.

»Er glaubt offenbar tatsächlich an das Zeug, das er auf seinen Internet-Plattformen verbreitet«, war Elektras Stimme zu hören. »Außerdem ist er ein ausgemachter Verschwörungstheoretiker. Unter den wenigen, die ihn persönlich kennenlernen durften, gilt er überdies als ziemlich paranoid – was wohl auch erklärt, warum er H.A.D.E.S. bislang entwischen konnte.«

Perseus schüttelte den Kopf. »Was, zum Teufel, will das Syndikat von ihm?«

»Wissen wir nicht«, antwortete Elektra. »Seine Ergreifung oder Ausschaltung scheint für H.A.D.E.S. jedoch derart wichtig zu sein, dass das Syndikat die interne Kopfgeldprämie auf ihn von zuletzt 300000 Pfund während eures Aufenthaltes in London, auf aktuell umgerechnet 1000000 Euro hochgesetzt hat.«

»Okay, das kann dann nur bedeuten, dass dieser Gómez irgendetwas weiß oder besitzt, das H.A.D.E.S. überaus gefährlich werden könnte«, meinte Kirke. »Anscheinend sehr viel gefährlicher, als wir bislang angenommen haben.«

»Genau das ist auch unsere Einschätzung.« Elektra blendete das Bild des Kolumbianers wieder aus und schaltete stattdessen ihres wieder zu.

»Wir haben natürlich auch Sokolow nach Gómez befragt«, mischte sich Bellerophon wieder ein. »Er wusste zwar nicht, warum er nach dem Kolumbianer Ausschau halten sollte, versicherte uns aber, dass die Angelegenheit für seinen Auftraggeber Papadopoulos von allerhöchster Dringlichkeit war.«

»Gemäß den Informationen, die wir dank eures Einsatzes in Griechenland abschöpfen konnten«, fuhr Elektra fort, »hat H.A.D.E.S. kürzlich neue Hinweise auf seinen Verbleib entdeckt. Und denen zufolge wird sich Dario Felipe Gómez heute Nachmittag in Nizza aufhalten.«

»Was will er da?«, fragte Lena. »Den Karneval besuchen?«

»Karneval?« Irritiert drehte sich Daedalos zu ihr um.

»Aber ja«, meinte Lena. »Sag bloß, du kennst den berühmten Karneval von Nizza nicht? Das ist der wichtigste Karneval in ganz Frankreich. Der lockt jedes Jahr Tausende Einheimische auf die Straßen, zusammen mit fast einer Million Besuchern aus der ganzen Welt.«

»Helena hat recht. Er steht diesmal unter dem Motto ›Weltraumkönig‹.« Perseus nickte ihr wohlwollend zu. »Dort dürfte derzeit ordentlich was los sein.«

»Äh, nein.« Elektra schüttelte den Kopf. »Der Karneval ist nicht der Grund, warum sich Gómez dort aufhält. Nahe der Stadt läuft noch eine andere Veranstaltung. Und zwar der ›Achte Futurologische Weltkongress‹ im Technologie- und Wissenschaftspark Sophia Antipolis. Er gilt als französische Variante des Silicon Valley. Dort treffen sich jedes Jahr Grenzwissenschaftler und echte Experten gleichermaßen. Die Vorträge, die dort gehalten werden, bewegen sich in der Grauzone von absolutem Spinnertum bis hin zu ernsthafter Wissenschaft: UFOs, Marsforschung, Überlichttechnologie, Kryotechnik, Zeitreisen – es gibt kaum ein entsprechendes Thema, das dort nicht behandelt wird. Manchmal übrigens mit wirklich prominenten Überraschungsrednern. So ist heute durchgesickert, dass dieses Jahr kein Geringerer als der Multimilliardär Elton Rusk sprechen wird.«

»Ach, der spinnerte finnische Satellitenkönig, der in Kürze als

Weltraumtourist zur ISS aufbrechen will?« Perseus seufzte. »Warum wundert mich das nicht?«

»Noch mal: Was will Gómez auf dem Kongress?«, hakte Kirke nach.

»Er will dort eine ganz bestimmte Veranstaltung besuchen«, antwortete ihr Zeus, »und zwar den heutigen Programmpunkt dreizehn mit dem Titel ›Sauerstoffleerstellen im Kristallgitter. Zur Bedeutung der elektrodynamischen Effekte von Calciumaluminat bei der Bekämpfung von Weltraumschrott‹.«

»Was bitte?«, fragte Lena verwirrt.

»Na ja«, wiegelte Bellerophon ab, »offenbar geht es dabei weniger um den Vortrag als die Vortragende, mit der sich Gómez anschließend treffen will. Denn das ist die französisch-spanische ESA-Wissenschaftlerin Dr. Maria Fournier. Die Gute hat in Materialwissenschaft promoviert, arbeitet seit sechs Jahren für die spanische ESA-Sektion, ist aber privat, sagen wir mal, ebenfalls sehr an grenzwissenschaftlichen Themen interessiert. Unter anderem untersucht sie in ihrer Freizeit Materialien und Menschen, die angeblich mit UFOs Kontakt hatten.«

»Es wird irgendwie nicht besser.« Daedalos schüttelte den Kopf.

»Davon unbenommen, ist sie eine der wenigen Vertrauten des Kolumbianers. Gewissermaßen eine Internetfreundin, denn die beiden sind sich unseres Wissens nach im richtigen Leben noch nie begegnet. Und doch sieht es ganz so aus, als wolle sich ihr Gómez anvertrauen. Mit was auch immer.«

»Das heißt also, wir sollen die Dame observieren, um so Gómez' habhaft zu werden?«, fragte Perseus.

»Nicht ganz«, widersprach Zeus. »Die Angelegenheit ist für A.R.G.O.S. zu wichtig, als dass wir da irgendetwas dem Zufall überlassen können. Was auch immer der Kolumbianer weiß oder besitzt, könnte für A.R.G.O.S. absolut entscheidend sein, um den Krieg gegen H.A.D.E.S. zu gewinnen. Daher steht zu erwarten, dass auch H.A.D.E.S. seine Leute heute nach Nizza entsendet. Hinzu kommt, dass Frau Dr. Fournier Zivilistin ist, die vermutlich gar nicht weiß, welches Damoklesschwert da über ihrem Haupt schwebt.« Zeus rückte sich ihr Kissen wieder zurecht. »Ich habe daher angeordnet, Frau Dr. Fournier in ihrem Hotel in Nizza einen Besuch abzustatten, um sie vorsichtshalber aus der Schusslinie zu nehmen.«

Elektra spielte auf ein Nicken der A.R.G.O.S.-Chefin das Bild einer ziemlich ungepflegt wirkenden Mittdreißigerin mit aufgeschwemmtem Gesicht, griesgrämig hängenden Lippen, Siebziger-Jahre-Hornbrille und unvorteilhafter Dauerwelle ein, bei der sich Lena unwillkürlich fragte, warum sie nicht gleich noch die Haarwickler dringelassen hatte.

»Meine Güte«, entfuhr es ihr. »Wann hat die sich denn aufgegeben?«

»Nun ja.« Zeus räusperte sich. »Sie werden das vielleicht ergründen können, denn die Agency hat Sie, Agentin Helena, zum Mittelpunkt der Operation Empusa bestimmt, die noch heute Nachmittag anlaufen wird.«

»Empusa wie Schreckgespenst?« Lena hob misstrauisch eine Augenbraue.

»Äh, ja. Und zwar werden Sie die Rolle von Frau Dr. Fournier einnehmen.«

»Was bitte?!« Lena richtete sich entsetzt in ihrem Sitz auf. »Wollen Sie damit etwa andeuten, dass ich ihr auch nur entfernt ähnlich sehe?«

»Vordergründig natürlich nicht«, erklärte Prinzipal Bellerophon diplomatisch. »Allerdings sind unsere Verwandlungsexperten der Ansicht, dass Sie die einzige unter unseren hiesigen Agentinnen sind, die wir für diese Rolle zurechtmachen können.«

»Ernsthaft jetzt?«

Lena sah, dass ihr Kirke einen mitleidigen Blick zuwarf. Elektra hingegen tat so, als sei sie mit etwas anderem beschäftigt.

Der Prinzipal tippte derweil gegen sein Smart Glass. »Das liegt unter anderem auch daran, dass in Ihrer Akte vermerkt ist, dass Sie unter einer Pollenallergie leiden.«

»Na und?«

»Diese begünstigt die Wirkung eines neuen Präparats zur Veränderung der Physiognomie, mit der wir Ihr Erscheinungsbild an jenes von Frau Dr. Fournier angleichen werden.«

»Sie wollen mich verschandeln?«

»Machen Sie sich keine Sorgen, das Präparat ist komplett biologisch abbaubar.«

Sauer lehnte sich Lena in ihrem Sitz zurück. »Und was ist mit diesem Vortrag? Ich habe doch überhaupt keine Ahnung von Materialforschung. Jedenfalls nichts, was über die Bestellung von Büromaterialien hinausgeht.«

»Machen Sie sich darüber bitte keine Gedanken«, beschwichtigte sie Bellerophon abermals. »Die Originalunterlagen von Frau Dr. Fournier werden Ihnen natürlich direkt nach unserer Ankunft in Nizza überstellt. Ebenso, wie alle nötigen Ausweispapiere und Dokumente. Als einstige Sekretärin ...«

»Assistentin der Geschäftsleitung!«

»Natürlich.« Er räusperte sich. »Als einstige Assistentin der Geschäftsleitung verfügen Sie über genau das handwerkliche Rüstzeug, den Vortrag glaubwürdig vorzutragen. Anschließend müssen Sie dann nur noch darauf warten, von Gómez angesprochen zu werden. Sobald das passiert, geben Sie das Signal zum Zugriff, bei dem Ihnen die Kollegen natürlich helfen werden. Ganz einfach.«

»Sieht man mal von den H.A.D.E.S.-Söldnern ab, die vermutlich das Gleiche vorhaben«, wandte Perseus besorgt ein.

»Haben Sie etwas mehr Vertrauen zu Ihrer neuen Kollegin«, erhob Zeus ihre Stimme. »Agentin Helena hat in der Vergangenheit mehrfach bewiesen, dass sie komplizierte Situationen zu bewältigen vermag – und das, obwohl ihre zuweilen unkonventionellen Methoden nicht unbedingt dem Lehrbuch entsprechen.«

Lena war der A.R.G.O.S.-Chefin durchaus dankbar für die Bemerkung, war jedoch noch immer nicht glücklich über die ihr zugedachte Rolle.

»Gut«, schloss Zeus ihre kleine Ansprache ab. »Alle anderen werden sich Prinzipal Bellerophon anschließen, der Sie entsprechend einweist. Ihre Aufgabe besteht im Wesentlichen darin, Agentin Helena nach ihrer Ankunft in Nizza unauffällig zum Technologie- und Wissenschaftspark Sophia Antipolis zu folgen und ihr dort gemeinsam mit den übrigen Kollegen Flankenschutz zu geben. Noch Fragen?«

Perseus, Kirke und Daedalos sahen einander an und schwiegen.

»Agentin Helena«, wandte sich Zeus jetzt direkt an sie. »Ich muss noch einmal betonen, dass Sie die tragende Säule der anstehenden Mission sind. Operation Empusa darf auf gar keinen Fall scheitern. Geht auf dem Kongress irgendetwas schief, oder durchschaut Dario Felipe Gómez, dass Sie *nicht* Dr. Fournier sind, verlieren wir unsere einzige Chance, H.A.D.E.S.' Pläne vielleicht doch noch zu durchkreuzen. Mehr noch: Das könnte der Anfang vom Ende von A.R.G.O.S. sein.«

»Verstehe.« Lena presste missmutig die Lippen aufeinander.

Bloß kein Druck …

Zeus war gerade wie Sophia.

»Gut, Agenten, dann wünsche ich Ihnen Erfolg!«

Zeus' Videokachel verschwand, und einzig jene mit Elektra blieb übrig.

»Ihr werdet das schon schaffen«, meinte die Lettin. »Helena wird das schaffen!«

Sie lächelte freudlos, und auch sie unterbrach die Verbindung.

»Gut.« Bellerophon nickte ihnen zu. »Agentin Helena, wenn Sie bitte die Zugtoilette aufsuchen würden, dort erwartet Sie bereits Agentin Idomena, um Sie, äh, umzugestalten. Die Übrigen folgen mir, denn wir möchten natürlich vermeiden, dass Ihre Kollegin nach unserer Ankunft in Nizza mit uns gesehen wird.«

Tatsächlich hatten sie längst die Landesgrenze nach Frankreich überquert. Die Kollegen erhoben sich, Perseus, Kirke und Daedalos schenkten Lena ein aufbauendes Lächeln, und sie schaute ihnen missmutig hinterher, als die Gruppe den Speisewagen verließ.

Sie war nun wieder allein.

Und die Agency verließ sich auf sie.

Lena blickte missmutig aus dem Fenster, entdeckte dort ihr fahlblasses Abbild, das sie tatsächlich etwas an ein Gespenst erinnerte, und versuchte, sich einzureden, dass es eigentlich kaum schlimmer werden konnte.

Nur glaubte sie selbst nicht daran.

*

Lena steuerte die ihr zugewiesene Zugtoilette an und klopfte. Eine schlanke Blondine, die ihr gar nicht einmal unähnlich sah, öffnete und zog sie rasch in die Kabine.

»Ich habe schon auf Sie gewartet«, sprach sie sie auf Französisch an. »Ich bin Agentin Idomena.«

»Ich bin Agentin Helena.«

»Ich weiß.«

»Ja, ich auch.«

Idomena öffnete einen von zwei Koffern, die neben der Zugtoilette standen. Sein Inhalt ähnelte einer Mischung aus Schminkkoffer und Chemiebaukasten. »Das wird jetzt etwas jucken, aber Sie brauchen sich überhaupt keine Sorgen zu machen.«

»Na toll.«

Die Französin stach ihr mit einer Nadel und unter Lenas gequälten Lauten mehrfach in Wangen, Kinn, Nase und Stirn unter die Haut. Anschließend schob sie sie vor den Spiegel, und Lena sah entsetzt dabei zu, wie sich auf ihrem Gesicht allmählich rote Quaddeln ausbildeten, die rasch in veritable Schwellungen übergingen.

»Oh nein, ich beginne ja wirklich auszusehen wie Quasimodo«, jammerte sie.

»Ach, das ist erst der Beginn«, meinte die Französin unverschämt gut gelaunt. »Sie gewöhnen sich rasch daran.«

»Daran werde ich mich ganz gewiss nicht gewöhnen!«

»Denken Sie einfach an die A.R.G.O.S.-Losung«, meinte Idomena. »Treue, Tapferkeit und Tod!«

»Da war aber nicht von so etwas wie dem hier die Rede gewesen. Außerdem juckt das allmählich wirklich.«

Lena wollte sich kratzen, doch die Französin wischte ihre Hand weg.

»Nicht! Sonst bleiben am Ende Wunden, die wir dann wirklich nicht mehr wegkriegen. In einer guten Viertelstunde wird es besser.«

Gequält blickte Lena die Agentin aus ihren sich entwickelnden Schweinsäuglein an.

»Glauben Sie mir, ich fühle mit Ihnen.« Die Französin trug jetzt anscheinend wahllos Schminke auf ihre gepeinigte Haut auf. »Aber das sind eben die Opfer, die jeder von uns für die Verteidigung Europas zu erbringen hat.«

»Sie haben das selbst schon mal durchgemacht?«, stöhnte Lena, die sich krampfhaft am Waschtisch festhielt, um sich angesichts all des Kribbelns im Gesicht nicht doch noch zu kratzen.

»Nein. Dabei hatte die Agency ursprünglich sogar mich für den heutigen Einsatz vorgesehen.«

»Ernsthaft? Und wieso musste ich dann einspringen?«, ächzte Lena, während sich ihr Gesicht zunehmend in einen aufgedunsenen Ballon verwandelte. »Sie haben doch vermutlich sogar viel mehr Erfahrungen als ich.«

»Ja, da haben Sie nicht ganz unrecht«, antwortete die Agentin, während sie Lena in den Mundwinkeln noch ein Nervengift applizierte. Das sorgte für einen extra freudlosen Kick, obwohl das inzwischen wahrlich nicht mehr nötig war. »Ich habe in den letzten fünf Jahren tatsächlich schon an allen möglichen Fronten gekämpft. Aber zu meinem Leidwesen musste ich die Einsatzleitung darüber in Kenntnis setzen, dass ich keinerlei Kontaktlinsen vertrage.« Sie seufzte. »Ganz schwere allergische Reaktion.«

Immerhin, das Kribbeln und Jucken ebbte nun tatsächlich langsam ab.

Idomena stülpte ihr eine graue Perücke aus dem zweiten Koffer über, die wirkte, als käme sie vom Flohmarkt. Darin baumelten tatsächlich noch vereinzelte Lockenwickler, die sie rasch entfernte. Sie reichte Lena eine mausgraue Strickjacke, dazu passend einen farblosen Mantel sowie eine angeranzte Ledertasche, bevor sie ihr zum

Schluss eine Hornbrille aufsetzte, die dem Modell entsprach, das auch diese Dr. Fournier auf dem Foto trug.

Lena stierte dumpf in den Spiegel, denn ihr zerstörtes Antlitz ähnelte inzwischen dem Zustand eines völlig durchzechten Wochenendes ohne Schlaf.

Nein. Dreier durchzechter Wochenenden.

Inklusive eines massiven Alkoholproblems.

Allerdings musste sie sich eingestehen, dass sie dieser Dr. Fournier jetzt tatsächlich ähnelte. Hatte diese Wissenschaftlerin denn überhaupt keine Würde?

»Ich weiß, das hat wenig Relevanz«, erklärte die Französin, »aber seien Sie während Ihres Einsatzes vorsichtig im Umgang mit Opioiden.«

»Opioide?« Verständnislos starrte Lena die Agentin an.

»Ja«, sie betrachtete Lenas Gesicht zufrieden. »Einige Opioide haben das Zeug dazu, unser hübsches Werk hier vor der Zeit zu zerstören.«

»Ernsthaft? Na, dann bitte ich sogar darum«, meinte Lena sauer.

»Da wir keinerlei Risiken eingehen dürfen«, erklärte die Französin, ohne auf die Bemerkung einzugehen, »und wir damit rechnen müssen, dass H.A.D.E.S. jeden Ihrer Schritte überwacht, muss Ihre Ausrüstung leider minimal bleiben. Unsere Gegner sind Profis, denen selbst Kleinigkeiten auffallen dürften.«

»Das heißt was genau?«, grollte Lena, die lieber nicht fragte, wie lange die Schwellungen wohl anhalten würden.

»Das heißt, dass Sie außer einem Morpheus-Stab, mit dem Sie Ihre Zielperson zum Abtransport ruhigstellen können, nur das absolut notwendige Basis-Equipment dabei haben werden.«

»Lassen Sie mich raten: Dieser Morpheus-Stab lässt das Opfer einschlafen?«

»Richtig.«

»Das ist doch ein Opioid, richtig?«

»Also, wenn Sie den Auftrag gefährden und sich damit selbst außer Gefecht setzen wollen, versuchen Sie es ruhig.« Idomena reichte ihr einen als Kugelschreiber getarnten Pen, der wie Aeskulap-Stab und Artemis-Pfeil zu funktionieren schien. Wütend nahm Lena den Pen entgegen.

»Kontakt mit den übrigen Agenten halten Sie hiermit«, die französische Agentin reichte ihr ein A.R.G.O.S.-Taser-Handy. »Die Nummern Ihrer Kollegen sind dort unter den Buchstaben K, D und P eingespeist.«

»Wie kreativ.«

»Ja, wir haben tatsächlich lange überlegt. Im Zweifel können Sie sich damit natürlich auch wehren.«

»Ich kenne die Dinger«, murrte Lena, die froh darüber war, frühzeitig noch weiteres Equipment beiseitegeschafft zu haben. Insbesondere ihren Lady-Shave-Rasierer, ohne den sie schon mal nirgendwo hingehen würde.

»Gut.« Die Französin betrachtete sie gequält. »In spätestens zehn Minuten sollte sich Ihr Gesicht beruhigt haben. Verhalten Sie sich nach Ihrer Ankunft in Nizza wie eine ganz normale Zivilistin. Nehmen Sie ein Taxi, um zum Kongress zu gelangen. Am Bahnhof wird man Ihnen zuvor alle notwendigen Unterlagen übergeben. Toi, toi, toi!«

Die Agentin schloss ihre Koffer und verließ hastig die Zugtoilette.

Lena packte niedergeschlagen ihre verbliebene Geheimausrüstung um, rückte die dämliche Hornbrille zurecht und betrachtete sich noch einmal widerwillig im Spiegel – als ihr auffiel, dass man ihr überhaupt keine Kontaktlinsen gegeben hatte.

Dieses selbstsüchtige Miststück!

Wütend kehrte sie in den Speisewagen zurück, in dem sich jetzt einige echte Passagiere eingefunden hatten. Unter ihnen eine Familie, deren etwa vierjährige Tochter bei ihrem Anblick spontan in Tränen ausbrach.

Lena setzte sich erschöpft, bestellte sich bei einem Zugkellner, der sie zunächst lieber ignorieren wollte, einen neuen Kaffee, um ihre Koffeindosis anzuheben, und versuchte dann, sich abzulenken, indem sie sich auf den prachtvollen Ausblick auf die Côte d'Azur konzentrierte. Sie hatten inzwischen schon das Fürstentum Monaco erreicht, für dessen spektakulären Jachthafen sie sich angesichts ihres desaströsen Spiegelbildes in der Zugfensterscheibe jedoch ebenso wenig erwärmen konnte wie am Ausblick auf die übrige Strecke. Kaum überraschend überreichte ihr der lustlose Kellner ihren Kaffee erst zehn Minuten vor der Ankunft in Nizza.

Gereizt schnappte sie sich am Hauptbahnhof Nice-Ville-Ledertasche und Pappbecher und fand sich kurz darauf auf einem Bahnsteig wieder, auf dem sie eine große Menschenmenge erwartete. Viele der Anwesenden hatten sich sichtlich bereits auf den Karneval eingestimmt. Sie entdeckte zwischen den Reisenden Blumenverkäufer mit gelben Mimosen, zwei Samba-Tänzerinnen in auffälligen Kostümen und einen Mann mit Bauchladen, der bunte Masken verkaufte.

Allzu gern hätte sich Lena eine Maske besorgt, aber das ging leider nicht.

Sie verließ den im Frühbarock gehaltenen Bahnhofsbau und sah sich stattdessen nach etwaigen Verfolgern um. Doch sie entdeckte in der Menschenmenge auf den Vorplatz nicht einmal Perseus, Kirke und Daedalos.

Immerhin, die Sonne schien und es waren angenehme siebzehn Grad. Zügig eilte sie weiter zum Taxistand, wo mehrere Touristen auf eintreffende Fahrzeuge warteten. Sie stellte den inzwischen leeren Becher auf einem Poller ab und hielt missmutig nach etwaigen Kontaktleuten Ausschau, die ihr die Unterlagen dieser Materialforscherin bringen sollten. Doch niemand erschien.

Sie rief daher Kirke an, die auch sofort ranging.

»Ich hoffe, ihr seid noch bei mir?«, fragte Lena verärgert. »Falls ihr mich nicht erkennt, ich bin dieser verlebte Wal am Taxistand.«

»Wir sind bei dir. Und du siehst wirklich … gar nicht so schlimm aus«, antwortete die Griechin aufbauend. »Sorry, es hat etwas gedauert, bis die Kollegen den Sperrcode von Dr. Fourniers Tablet knacken konnten.«

»Wie jetzt? Ich kriege keinen Ausdruck des Vortrags?«

»Nein, dafür hat die Zeit nicht gereicht, das Tablet muss reichen.

Du musst dich übrigens etwas sputen, denn du bist bereits in einer Stunde dran.«

»Toll, dass ich das jetzt auch schon erfahre.«

»Übergabe ist gerade erfolgt«, meinte Kirke, ohne auf den Einwand einzugehen.

Lena steckte das Handy weg, wandte sich um und sah zu ihrer Überraschung, dass jetzt neben dem Poller eine Jutetasche stand.

Sie hatte keine Ahnung, wie diese, ohne dass sie es bemerkt hatte, dorthin gelangt war.

Rasch überprüfte sie den Inhalt: Dr. Fourniers Personalausweis, eine persönliche Einladung für den Kongress, ein Flyer, der auf die Programmpunkte des Futurologischen Kongresses aufmerksam machte, sowie eben dieses Tablet der Materialwissenschaftlerin.

Sie erhob sich gerade wieder, als ihr ein mitleidig blickender Tourist eine Münze in den Pappbecher warf, bevor er weiterhastete.

Lena ging diese Operation Empusa wirklich auf die Nerven.

Und zwar gehörig.

Sie steckte die Münze trotzdem ein und eilte zu einem der Taxis, dessen Fahrer bei ihrem Nahen jedoch einfach anfuhr, um lieber die beiden rassigen Samba-Tänzerinnen von vorhin einzusammeln. Dem nachfolgenden Taxi versperrte sie daher kurzerhand den Weg.

»Einmal zum Technologie- und Wissenschaftspark Sophia Antipolis«, erklärte sie gereizt und gab die genaue Adresse an.

Skeptisch musterte sie der Fahrer. »Können Sie überhaupt zahlen?«

»Ja, kann ich.« Wütend stieg sie ein, und endlich ging es los.

Sie fuhren zügig durch die malerische Altstadt Nizzas mit ihren vielen Baumonumenten im Stile der Belle Époque. Lena erhaschte nur zufällig einen Blick auf zwei bunte, in Seitenstraßen stehende Karnevalswagen, bevor sie an der farbenprächtigen Cathédrale Saint-Nicolas de Nice vorbeikamen.

Da der Technologiepark etwa fünfundzwanzig Kilometer außerhalb der Stadt lag, scherte ihr Fahrer auf die Stadtautobahn Richtung Westen ein. Von dort aus brauste er im Affenzahn am Flughafen

Nizza Côte d'Azur und wenig später, über eine Küstenstraße, an der Pferderennbahn Nizzas vorbei, von der Lena nur wusste, dass es sich bei ihr um die zweitgrößte Galopprennbahn Frankreichs handelte.

Zeit und Muße, sich auf ihre Aufgabe zu konzentrieren, fand sie kaum, denn ihr Fahrer schien entschieden zu haben, sie so schnell wie möglich abzusetzen. Sein Fahrstil war ruppig, die Musik vorne laut, und erst als er erfuhr, dass sie auf dem Futurologischen Kongress einen Vortrag halten würde, gewann sie sein Interesse. Denn er hielt ihr nun seinerseits einen engagierten Vortrag über die Neue Weltordnung und finstere Mächte, die hinter den Regierungen die Strippen zogen. Wobei er sich selbst noch nicht so sicher war, ob es sich dabei um Reptiloide aus der Hohlwelt, die jüdische Weltverschwörung oder nicht vielleicht doch eher die bayerischen Illuminaten handelte.

Zunehmend genervt kramte Lena das Tablet aus ihrer Tasche.

Immerhin, das Dokument mit dem Thema *Sauerstoffleerstellen im Kristallgitter. Zur Bedeutung der elektrodynamischen Effekte von Calciumaluminat bei der Bekämpfung von Weltraumschrott* lag auf dem virtuellen Schreibtisch für sie bereit.

Wer, bitte, interessierte sich für so etwas?

Sie überflog die ersten Zeilen lustlos und beschloss, den Text später einfach abzulesen.

Stattdessen warf sie einen Blick auf den Flyer und sah, dass ihr Programmpunkt tatsächlich kurz bevorstand. Und das sogar in Kongresssaal 1 des Veranstaltungsgebäudes, was auf ein größeres Publikum hindeutete.

Bei dem Vortrag vor ihr war jedoch nur »Überraschungsredner« eingetragen.

Misstrauisch geworden suchte sie mit ihrem Handy die Webseite des Kongresses auf und fand ihren Verdacht bestätigt. Die Programmaktualisierung bestätigte, dass es sich dabei um niemand Geringeren als den Multimilliardär Elton Rusk handelte, der einen Vortrag mit dem Thema *Geo-Engineering-Revolution: Moderne Solar Radiation Managementtechnologien im Kampf gegen die globale Klimaerwärmung* halten würde.

Lena seufzte, denn ein solch prominenter Vorredner bedeutete erfahrungsgemäß, dass deutlich mehr Zuhörer im Saal sitzen bleiben und auch ihrem Vortrag lauschen würden. Wie sollte sie bloß auf die Nachfragen reagieren, die es am Ende einer solchen Veranstaltung immer gab?

Einen Toilettengang vortäuschen?

Leider ging das nicht, denn A.R.G.O.S. verließ sich auf sie.

Sie erreichten schließlich einen riesigen Park mit modernen Universitäts- und Bürobauten, in denen sich der Straßenbeschilderung nach mehrere wissenschaftliche Institute, IT-Unternehmen und Forschungseinrichtungen niedergelassen hatten. Weiter hinten erblickte sie sogar ein eigenes Wohnviertel für die vielen Beschäftigten mit Einkaufsmöglichkeiten und Gastronomie. Ihr Fahrer fuhr jedoch weiter, bis sie auf einem großen zu einem Parkplatz umfunktionierten Vorplatz haltmachten, der zu einem mehrgeschossigen Flachbaukomplex gehörte.

Über dem Eingang hing ein Banner mit dem Aufdruck:

8. FUTUROLOGISCHER KONGRESS

Unweit des Eingangs hatten sich gleich fünf Foodtrucks positioniert, die von »Original italienischem Raketen-Eis« über »Glutenfreie Bio-Froschschenkel« bis hin zu »Super-Croissants aus dem Gentechniklabor« alles im Angebot hatten, was das hiesige Publikum begehrte. Und das war, freundlich ausgedrückt, divers.

Tatsächlich wurde das Veranstaltungsgebäude von gleich drei Demo-Gruppen belagert, die mit Schildern, Bannern und Flyern für ihre Anliegen warben. Irritierenderweise forderte die eine Gruppe die Einstellung jedweder Weltraumforschung zugunsten der weltweiten Armutsbekämpfung, während die zweite für die Mars-Kolonisation mobil machte, da die Erde ihrer Ansicht nach eh nicht zu retten sei. Insofern war es vermutlich nur konsequent, dass die dritte Gruppe Wissenschaft generell für eine Erfindung des Teufels hielt und die Rückbesinnung auf Gott pries.

Lena bezahlte ihren Fahrer, rückte die Hornbrille zurecht und reihte sich in die Schlange vor dem Eingang ein, die zum Glück unbehelligt von den Demonstranten blieb, da die genug mit sich selbst zu tun hatten.

Endlich erreichte sie die Einlasskontrolle mit der Tageskasse, hinter der die große Eingangshalle des Kongresses lag. Sie war mit unzähligen Infoständen bestückt und von Menschen aus aller Herren Länder bevölkert, die unter einem als Blickfang von der Decke hängenden Original-Nachbau eines Kommunikationssatelliten hin und her wuselten. Warnaufsteller und Plakate warnten vor Taschendieben und kündigten Vorträge an. Als Referentin wurde Lena immerhin recht schnell durch den VIP-Zugang geführt, an dessen Ende zwei bullige Anzugträger samt Sonnenbrillen und Spiralschlauch-Headsets auf sie warteten, die Taschenkontrollen durchführten.

Lena bemerkte sofort, dass sich auffällig viele Securitys in der gefüllten Eingangshalle befanden. Allerdings hielt sie das angesichts prominenter Gäste wie dem Multimilliardär für wenig verwunderlich – bis sie den Ansatz des Hals-Tattoos eines ihrer Kontrolleure bemerkte.

Das war ohne Zweifel das H.A.D.E.S.-Erkennungszeichen!

Der Mann musterte sie aufmerksam, während er sie professionell abtastete. Lena war jetzt überaus froh, dass sie nichts Verdächtiges bei sich trug. Anstandslos brachte sie die Kontrolle hinter sich, doch sah sie, wie der Typ über Funk etwas durchgab, kaum, dass sie in der Menschenmenge untertauchte.

Mist! Das Syndikat war jetzt ohne Zweifel über ihre Ankunft informiert.

Sie blickte nervös auf ihre Armbanduhr und suchte verzweifelt nach einem Ort, wo sie unbeobachtet war.

Weiter hinten gab es eine Sektion mit Ständen, in der bedeutende europäische Technologiefirmen um Berufseinsteiger warben, der vordere Bereich jedoch war Erfindern und Durchgeknallten gleichermaßen vorbehalten. Zwei Studenten präsentierten vor einer Gruppe Schaulustiger ihren selbstgebauten Haushaltsroboter, an einem anderen Stand flogen Miniaturdrohnen durch die Luft, während nur zwei Infostände weiter eine Frau in Batikkleid einen Bücherstand mit Werken zu »Verbotenen Erfindungen«, »Freier Energie« oder der Macht von »Orgon-Akkumulatoren« betrieb.

Lena stellte sich hinter einen Stand, an dem Virtuell-Reality-Brillen demonstriert wurden, und schickte eine SMS über ihre Entdeckung an Perseus.

Der reagierte mit einem »Hab ihn im Blick« sowie einem nachgesetzten »Halte du weiter nach Gómez Ausschau«.

Stimmt, der musste hier ja auch irgendwo sein.

Lena steckte das Handy weg und klappte den Flyer mit dem Lageplan auf, um sich so auf die Suche nach diesem Konferenzsaal 1 zu begeben. Da kollidierte sie im Treiben mit – zumindest der Ähnlichkeit der beiden nach – einem Gespann aus Mutter und Tochter, das mit Büchern und Broschüren vollgestopfte Jutetaschen trug.

Lena und die Ältere gingen zu Boden. Die Unbekannte empörte sich bei ihr mit einem Redestrom auf Italienisch, während die Jüngere unter vielen Entschuldigungen beiden aufhalf. Dann ging es weiter, und Lena folgte dem Weg, den ihr der Lageplan auf dem Flyer wies.

Sie erreichte den Flur zu Konferenzsaal 1 und entdeckte auch den bulligen H.A.D.E.S.-Agenten mit der Sonnenbrille vom Eingang wieder. Lena tat ganz arglos, doch es war klar, dass er sie im Auge behielt.

Immerhin, sie entdeckte auch eine elegante, äußerst französisch wirkende Frau an einem Stand drei oder vier Meter hinter dem Typen, bei der es sich eindeutig um Kirke handelte. Überhaupt waren da auffällig viele weitere Anzugträger und Sonnenbrillenträger in ihrer Nähe, die sich irgendwie zu positionieren schienen.

Das alles versprach nichts Gutes.

Lena atmete tief ein und marschierte auf den Security-Angestellten vor der Doppeltür zum Saal zu, der sie brüsk aufhielt.

»Das hier ist der Konferenzsaal. Das Team der Putzkolonne trifft sich in Raum …«

»Ich bin die Referentin des nächsten Vortrags, Sie Arsch!«

»Entschuldigung.« Der Mann musterte sie verlegen, und so

wusste sie wenigstens, dass er zur normalen Security gehörte. »Herr Rusk überzieht gerade etwas. Ich gebe dem Veranstalter Bescheid, dass Sie da sind.«

Er öffnete leise einen der Türflügel, und Lena gelangte in einen abgedunkelten und zunächst an eine riesige Aula gemahnenden Saal, in dem sich mindestens zweihundert Zuhörer eingefunden hatten. Sie korrigierte sich rasch. Denn angesichts der großen Bühne rechts von ihr sah sie, dass das hier eigentlich eine Art Theatersaal war. Vermutlich fanden hier tatsächlich hin und wieder entsprechende Vorstellungen statt.

Die anwesenden Besucher jedenfalls hingen an den Lippen eines schlanken, etwa fünfzig Jahre alten Mannes mit Dreitagebart in dunkler Jeans und schwarzem Rollkragenpulli, der auf der Bühne hinter einem Podium stand und große Ähnlichkeit mit Steve Jobs aufwies.

Ähnlich wie der einstige Apple-Gründer sonnte sich Elton Rusk im Scheinwerferlicht, während hinter ihm auf einem gewaltigen Screen die Animation der Erdkugel samt übergroß dargestellten Landmassen, Atmosphärenschichten und dem Erdorbit zu sehen war. Darüber schien grell die Sonne, und Pfeile verdeutlichten deren Einstrahlung, die teilweise von Wolken und Atmosphäre reflektiert wurde.

»Aber wo sind die Visionen!?«, schallte seine charismatische Stimme durch den Saal. »Der Zug ist doch längst abgefahren. Die Weltgemeinschaft hat sich wie trotzige Kinder verhalten, die die Katastrophe nicht sehen *wollen*. So als würde sie deswegen nicht stattfinden. Doch die Klimaerwärmung *ist* real, und die Bewältigung ihrer Folgen werden allein die USA jährlich mit über zweihundertfünfzig Milliarden US-Dollar belasten. Frankreich und Deutschland, als die ökonomisch führenden Nationen innerhalb der EU, übrigens mit jeweils über sechs Milliarden Euro pro Jahr. Noch einmal: *Jährlich*! Allein für die *Folgen*! Und gerade erst haben Wissenschaftler meiner Heimatstadt Helsinki herausgefunden, dass sich die Arktis in Wahrheit sogar viermal schneller aufheizt als prognostiziert.«

Ein Raunen ging durch den Saal.

»Als ich vor fünfzehn Jahren gefragt wurde: Elton, was ist dein Beitrag? Wo ist deine Vision? Da war meine Antwort: Fortschritt!« Der Milliardär hob einen Finger. »Diese Katastrophe wurde durch den technischen Fortschritt ausgelöst, also kann diese Katastrophe auch nur durch den technischen Fortschritt aufgehalten werden. Kein Zögern. Kein Innehalten. Aber wer hat damals schon auf mich gehört, der ich in der Presse ja bis heute gern als weltfremder Spinner und Technikgläubiger dargestellt werde?«

Elton Rusk machte eine Kunstpause, die im Saal von zustimmendem Gelächter und Pfiffen begleitet wurde.

»Wir können uns nicht auf unsere Regierungen verlassen«, fuhr er fort. »Macht euch klar, dass ein jeder von uns Teil der Weltgemeinschaft ist. Und an einem jeden von uns liegt es, das Zepter selbst in die Hand zu nehmen, um unseren Planeten zu retten. Jeder nach seinen Möglichkeiten, natürlich …« Der Milliardär lächelte gewinnend. »So lange die CO_2-Emissionen weiter ansteigen – und sie *werden* weiter ansteigen –, werden wir den Temperaturanstieg mit gewöhnlichen Maßnahmen nicht in den Griff bekommen. Nicht, wenn wir nicht neben dem Umbau unserer Energiesysteme auch konsequent auf die Techniken des Solar Radiation Management setzen. Die Erhöhung der Reflexionsfähigkeit der Erdoberfläche, der Wolken und der Atmosphäre durch großflächige Ausbringung von Aerosolen lässt sich gegenwärtig aber nun einmal politisch nicht durchsetzen. Angeblich zu viele *Risiken* …« Er verdrehte genervt die Augen. »Natürlich kommt diese Kritik aus der gleichen Ecke, die es auch für zu riskant gehalten hat, rechtzeitig auf erneuerbare Energien zu setzen. Die gleiche Ecke, für die das eigentliche Risiko vor allem darin bestand, ihre lukrativen Einnahmequellen durch fossile Energieträger zu verlieren. Merkt ihr was? Genau da setzt das Stardust-Satelliten-Programm von Rusk Industries an. Es ist in seiner visionären Konsequenz einmalig. Denn wir operieren da oben in Gefilden, die gerade *nicht* durch nationale Unzulänglichkeiten beeinflusst werden können. Unsere Stardust-Satelliten wurden nämlich eben nicht bloß dazu ausgebracht, um den Markt der globalen Kommunikation zu revolutionieren – also nicht nur …« Sein Einschub löste Erheiterung aus. »Nein, wir wollen uns auch als Unternehmen konsequent unserer Verantwortung stellen. Unseren Teil dazu beizutragen, unser aller Planeten zu retten. Versteht ihr? Die riesigen Spiegel, die jeder einzelne unserer bislang über zweihundert Stardust-Satelliten aufspannen kann, wirken zusammen wie ein gewaltiger Schutzschild, der bloß noch zwischen Sonne und Erde installiert werden muss. Ein Schutzschild, der sich – allen Kritikern zum Trotz – in den kommenden Jahren und Jahrzehnten sukzessive ausbauen und auf die künftigen Bedürfnisse unseres Planeten einrichten lässt. Wir werden damit allen Zauderern zum Trotz final den Beweis antreten, dass kleinkrämerisches Bedenkenträgertum nicht das probate Mittel zur Lösung der Probleme des 21. Jahrhunderts ist. Sondern Wissenschaft, Fortschritt und vor allem: die Macht der Visionen!«

Elton Rusk griff sich an seinen Kopfhörer.

»So, genug geredet. Und auch genug meiner Redezeit überzogen.« Der Milliardär trat lächelnd an den Bühnenrand und hielt den Konferenz-Flyer in die Höhe. »Denn gerade höre ich, dass Dr. Maria Fournier von der ESA eingetroffen ist.«

Er wies zur Eingangstür des Saals, und Lena wurde spontan schlecht, da sich jetzt gute zweihundert neugierige Augenpaare auf sie richteten.

»Speziell meine Kritiker sollten ihr gut zuhören«, fuhr Rusk fort. »Denn gleich erläutert sie euch die Lösung für das Weltraumschrott-Problem, an dem meine Firma ja auch nicht ganz unschuldig ist. Der Fortschritt lässt sich eben auch auf diesem Gebiet nicht aufhalten.« Er winkte gut gelaunt. »In diesem Sinne: Danke für eure Aufmerksamkeit!«

Applaus brandete auf, und Lena sah, wie einer der Veranstalter zu Rusk auf die Bühne trat, dem Milliardär noch einmal für seine diesjährige Schirmherrschaft des Kongresses dankte und eine Pause von fünfzehn Minuten ankündigte.

Lena sah sich derweil beklommen im Saal um, doch natürlich war es völlig unmöglich, bei der Vielzahl an Besuchern zu erkennen, ob unter ihnen dieser Dario Felipe Gómez war. Allerdings war das gerade auch nicht ihre größte Sorge. Denn wie befürchtet blieben jetzt tatsächlich fast alle Besucher sitzen.

Einer der Veranstalter trat zu ihr, während einige Zuhörer die Gelegenheit nutzten, sich draußen mit neuen Erfrischungen einzudecken.

»Frau Dr. Fournier, möchten Sie gleich mit auf die Bühne kommen?«

»Ja, natürlich.« Seufzend nahm Lena ihre Tasche hoch, um das Tablet mit der Rede der Materialwissenschaftlerin herauszuholen – doch sie griff ins Leere.

Bestürzt durchwühlte sie die Tasche, aber das Tablet war fort. Und nicht nur das Tablet, wie sie einen schreckgeweiteten Augenblick später feststellte, auch Handy und Portemonnaie waren verschwunden.

Das durfte einfach nicht wahr sein!

Lena spürte, wie ihr aufgedunsenes Gesicht jede Farbe verlor.

Dafür gab es nur eine Erklärung: diese verdammten Weiber vorhin, mit denen sie zusammengestoßen war. Ganz ohne Zweifel waren das Taschendiebinnen gewesen. Dabei hätte sie schon durch den Hinweis am Eingang gewarnt sein müssen.

»Frau Dr. Fournier? Alles in Ordnung?«, fragte sie der Helfer besorgt.

»Ja, ich …«, krächzte Lena. »Ich schätze … ich bin bloß etwas unterzuckert.«

Was sollte sie jetzt bloß tun?

A.R.G.O.S. verließ sich auf sie.

Zeus höchstpersönlich verließ sich auf sie.

Die Operation Empusa war gescheitert, bevor sie überhaupt richtig begonnen hatte.

Sie brauchte unbedingt Hilfe.

»Äh … warten Sie bitte einen Moment.«

»Natürlich.«

Lena stürzte aus dem Saal und sah sich im Flur zum Konferenzraum hilfesuchend nach Kirke, Perseus und Daedalos um. Doch die einzige Person, den sie draußen entdeckte, war dieser bullige H.A.D.E.S.-Typ, der sie weiter unverhohlen durch seine Sonnenbrille beobachtete.

Von ihren Gefährten war nichts zu sehen. Dabei wäre es ihr ohne ihr Handy vermutlich eh unmöglich gewesen, unbemerkt mit ihnen Kontakt aufzunehmen.

Herrje, was sollte sie jetzt tun?

Lenas Beine zitterten, als sie sich panisch umsah. Da kam ihr eine verzweifelte Idee. Rasch wog sie die Alternativen ab, doch ihr blieb gar nichts anderes übrig. Dabei erschien ihr selbst dieser Einfall als völlig aussichtslos.

Sie stürmte rüber zu einer der Damentoiletten, sah sich dort suchend um und entdeckte vor einem Spiegel eine rothaarige französische Besucherin mit Handy am Ohr, die mit einer Freundin telefonierte, während sie sich die Hände wusch.

»Bitte, darf ich einmal kurz Ihr Handy benutzen?«, flehte sie die Frau an. »Ein Notfall.«

Pikiert musterte die Französin sie, und Lena spürte, wie sie bei ihrem Anblick abwog, ob sie es nicht vielleicht bloß mit einer Pennerin zu tun hatte, die sich mit dem Gerät davonmachen wollte.

»Na gut.« Die Unbekannte beendete das Gespräch und reichte ihr mit gequälter Miene das Telefon.

»Danke.« Zittrig nahm Lena das Handy entgegen und wählte jene Rufnummer, die sie eigentlich nicht kennen durfte, mit der sie aber die einzige Person erreichte, die sie vielleicht doch noch irgendwie aus diesem Schlamassel herausholen konnte.

Die Nummer des … Revisors!

»Bestellhotline«, ertönte eine leidenschaftslose männliche Stimme.

»Hier spricht Agentin Helena«, wisperte Lena mit kläglicher Stimme. »Ich weiß, ich bin nicht Kirke, aber ich befinde mich auf Zeus' Weisung im Technologie- und Wissenschaftspark Sophia Antipolis, wo ich einen Vortrag halten soll. Operation Empusa.«

Auf der anderen Seite der Leitung blieb es still.

»Ich wurde von Taschendieben beklaut«, jammerte sie. »Tablet mit dem Vortrag, Handy zur Kontaktaufnahme mit den Kollegen, selbst die Geldbörse … alles weg. Außerdem stehe ich unter der Beobachtung von H.A.D.E.S.-Agenten. Ich habe keine Ahnung, was ich tun soll. Hier geht gerade alles den Bach runter, wenn ich nicht ganz schnell eine Kopie des Vortrags erhalte.«

»Sie haben das Original erhalten, Agentin. Es blieb keine Zeit für eine Kopie.«

»Dann … bin ich verloren.«

»Schinden Sie Zeit. Von jetzt an genau zwanzig Minuten. Ihr Problem wird gelöst. Diese Rufnummer wird jetzt gelöscht.«

Die Verbindung wurde unterbrochen.

»Hallo?« Verwirrt starrte Lena auf das Handy. Was genau meinte der Revisor mit »Ihr Problem wird gelöst«?

Gar nichts hatte er gelöst.

Lena warf einen Blick auf ihre Armbanduhr … die jedoch ebenfalls fort war, wie sie entsetzt feststellte, und gab der skeptisch dreinblickenden Französin das Handy nach einem Blick auf die Zeitangabe zurück.

Zwanzig Minuten.

Sie musste zwanzig Minuten rausschlagen, was zehn Minuten länger als die eigentliche Pause war.

Sie stürmte zurück zu dem Veranstaltungshelfer, der noch immer im Eingang des Saals auf sie wartete, und vertröstete den Verblüfften mit dem Ansinnen, dringend ein paar Tabletten holen zu müssen. Anschließend tauchte sie wieder in der Eingangshalle ab, wo sie erfolglos nach den Taschendiebinnen Ausschau hielt.

Natürlich entdeckte sie die Frauen nicht, stattdessen aber eine Wanduhr.

Nägelkauend ging sie auf und ab. Dann, als die Zeit gekommen war, flitzte sie wieder zum Saal zurück, wo das allmählich unruhig werdende Publikum noch immer wartete. Der Saalhelfer führte sie erleichtert auf die Bühne, während sich die Türen zum Konferenzraum schlossen. Ein Techniker klemmte ihr rasch ein Mikro an den

Kragen, und eine Maskenbildnerin puderte sie noch einmal kurz ab. Die Frau schüttelte bei ihrem Anblick jedoch den Kopf und gab rasch auf.

»Und jetzt unsere nächste Referentin«, kündigte sie der Saalhelfer an, »auf die viele von euch schon gewartet haben: die bekannte Materialforscherin und offizielle Vertreterin der spanischen Sektion der ESA, Frau Dr. Maria Fournier, mit ihrem Vortrag ›Sauerstoffleerstellen im Kristallgitter. Zur Bedeutung der elektrodynamischen Effekte von Calciumaluminat bei der Bekämpfung von Weltraumschrott‹.«

Das Publikum klatschte nicht gerade begeistert, aber doch zumindest höflich.

Das Licht im Saal wurde gedimmt, und Lena trat verkrampft ins Scheinwerferlicht des Podiums. Die Lampen blendeten sie unglücklicherweise derart, dass sie kaum jemand in den Sitzreihen erkennen konnte.

»Hallo?« Sie tippte nervös gegen das Mikro am Kragen, darauf hoffend, dass irgendetwas geschah. Nur geschah nichts.

»Tja …«, begann sie fahrig. »Wer hat sich nicht schon immer mal gefragt, was Sauerstoffleerstellen eigentlich sind? Und vor allem: Was haben die überhaupt in einem Kristallgitter zu suchen?«

Jemand im Publikum lachte.

Ihr hingegen war das Lachen schon lange vergangen.

»Also ehrlich gesagt nichts«, fuhr sie schwitzend fort. »Und was sind überhaupt diese, äh, elektrodynamischen Effekte von Kalium …, ich meine, Calciumillu … äh, -aluminat? Vor allem: Was machen die da draußen im Weltraum? Ihr wisst schon … unendliche Weiten und so.«

»Komm zum Punkt, du Topmodel!«, witzelte jemand im Publikum, und einige der Zuhörer lachten.

Lena lächelte verkrampft und nahm zugleich einen seltsamen süßlichen Geruch wahr. Sie roch etwas?

Suchend sah sie sich auf der Bühne um, fand aber nicht einmal eine herumlaufende Maus.

»Also, welche Bedeutung mag das wohl alles haben?«, fuhr sie unentschlossen fort. »Eine gute Frage. Und zugleich eine Frage, die ich heute ...«

Lena glaubte, so etwas wie ein leises Rauschen zu hören, und sie musste blinzeln, da sie jetzt irgendwie verschwommen sah. Zugleich spürte sie eine aufsteigende Euphorie wie zuletzt unter dem Einfluss des Kokains. Lena wollte bereits fortfahren, bekam jedoch seltsamerweise kein Wort heraus.

Stattdessen schien die Welt plötzlich ... zu kippen.

Sie sah noch, wie die Scheinwerfer verblassten – dann wurde die Welt schwarz.

Über den Dächern von Nizza

Lena öffnete die Augen zu grellem, schmerzhaftem Scheinwerferlicht. Sie musste ohnmächtig geworden sein, denn sie lag vornübergekippt auf dem Pult, von wo sie sich bestürzt wieder aufrichtete, als sie hörte, wie jemand vor ihr im Saal laut applaudierte. »Bravo! Fantastisch!« Begeisterte Pfiffe ertönten, die rasch aufgegriffen wurden, während immer mehr Menschen klatschten; ein Beifall, der sich in frenetischen Applaus verwandelte. Irgendwo setzte sogar begeistertes Fußgetrommel ein, dem sich eine wachsende Anzahl von Leuten im Publikum anschloss.

Völlig überwältigt winkte Lena dem tobenden Saal zu, in dem sich jetzt sogar einige Besucher zu stehenden Ovationen erhoben. Ach du meine Güte …

Dann hatte sie die verdammte Rede also gehalten?

Nur konnte sie sich an nichts erinnern. Und zwar an so wirklich gar nichts.

Was auch immer sie denen aber erzählt hatte, es schien ihre Zuhörer begeistert zu haben.

»Danke! Danke!«, sprach sie mit belegter Stimme in ihr Mikro, denn in ihrem Kopf war noch immer alles wie weggewischt. Das Einzige, woran sie sich erinnerte, war dieses euphorische Gefühl, bevor sie irgendwie gar nichts mehr wusste.

Jetzt setzten sogar Sprechchöre ein: »Fournier! Fournier! Fournier!«

Lena lächelte überfordert und griff nach dem unberührten Wasserglas. Irgendwie war ihre Kehle trocken, und ihr Hals schmerzte leicht.

Was, bitte, hatte dieser Revisor getan, wenn nicht einmal sie wusste, was geschehen war?

War es möglich, dass sie sich wie auf Alexandras Junggesellinnenparty unkontrolliert in einen Redeflash hineingesteigert hatte? Das würde vermutlich auch ihre kurze Ohnmacht und die Heiserkeit erklären. Aber wenn dem so war, was genau hatte sie vorgetragen, um den Saal derart zum Kochen zu bringen?

Offenbar hatte sie irgendwas improvisiert.

Und da war noch etwas: Ihr Gesicht juckte unerträglich.

Der Saalhelfer von vorhin näherte sich ihr applaudierend, und Lena sah, dass eine Beule an seiner Stirn prangte, als sei er gestürzt.

»Wow. Danke!«, rief er mit Blick auf das begeistert applaudierende Publikum. »So kann der erste Eindruck täuschen. Wer hätte gedacht, dass Sie selbst Elton Rusk ausstechen würden? Vielleicht beehren Sie uns nächstes Jahr wieder?«

»Gern.« Lena räusperte sich. »Darf ich fragen, was Ihnen an meinem Vortrag am besten gefallen hat?«

»Ach, das würde jetzt zu weit führen«, winkte er ab. »Einfach alles … vor allem, das mit dem Kaliumzitat. Toll!«

»Calciumaluminat.«

»Natürlich. Meinte ich.«

Er trat zum Bühnenrand.

»Leute«, er winkte dem noch immer Beifall klatschenden Publikum zu, »ich habe gerade die Zusicherung von Frau Dr. Fournier bekommen, dass sie nächstes Jahr erneut einen Vortrag hält. Ist das was?«

Eine neue Welle des Applauses brandete durch den Saal, doch die ersten Besucher erhoben sich und drängten jetzt zum Ausgang. Lena war es nur recht.

»Wir hingegen machen nun wieder eine kleine Pause«, rief er, »bevor es mit Vortrag 14 weitergeht.«

Der Saalhelfer drückte Lena dankbar die Hand und verließ eilig die Bühne.

Irritiert blickte sie ihm nach, als der Techniker zu ihr kam, um ihr das Mikro abzunehmen.

»Toll. Erlebt man auch nicht häufig, dass jemand das Publikum so mitreißt.«

»Danke. Darf ich fragen, was Ihnen an dem Vortrag am besten gefallen hat?«

»Ganz ehrlich? Einfach alles. Insbesondere die Stelle mit den Löchern im Kristallgitter. Brillant!«

»Sie meinen die Sauerstoffleerstellen?«

»Genau. Die meine ich.« Er entfernte sich rasch, während die Maskenbildnerin unter freundlichem Nicken das Wasserglas forttrug.

»Warten Sie«, hielt Lena die Frau misstrauischer werdend auf. »Ihnen hat mein Vortrag ebenfalls gefallen?«

»Der war großartig!«, versicherte die junge Frau.

»Und welche Stelle genau fanden Sie besonders großartig?«

»Ich gestehe, ich bin keine Wissenschaftlerin, aber Sie haben das alles wirklich auch ganz, ganz toll für Laien erklärt. Richtig plastisch. Entschuldigen Sie, aber ich muss mich jetzt um den nächsten Referenten kümmern.«

Die Frau schien nun regelrecht von der Bühne zu flüchten.

Lena schüttelte verwirrt den Kopf, bemerkte wieder diesen aufkommenden Juckreiz in ihrem Gesicht und kratzte sich, bevor ihr wieder einfiel, dass sie das eigentlich nicht tun sollte.

Noch immer verblüfft über das Geschehene, besann sie sich auf ihren Auftrag und hielt im Publikum nach dem Ufologen Gómez Ausschau. Sie entdeckte den Kolumbianer nicht, dafür fiel ihr auf, dass niemand von den Besuchern nach vorn kam.

Es gab auch keine einzige Nachfrage.

Seltsam. So, wie alles hier gerade.

Auffällig war leider ebenfalls, dass noch immer einige sonnenbebrillte Anzugträger in den Reihen sitzen blieben und sie nicht aus den Augen ließen.

Lena ging zum Podium zurück, nestelte abwartend in ihrer Tasche, als sich die Vorhänge am Bühnenrand plötzlich in Bewegung setzten und sich zuzogen.

»Maria!«, zischte unvermittelt eine Stimme von der Beleuchterbrücke, kaum dass sich die Vorhänge geschlossen hatten.

Lena blickte überrascht auf und entdeckte über ihrem Kopf ein

Seil samt Fußschlaufe, das von oben zu ihr herabfuhr. Außerdem war da ein gedrungener Schatten in der Obermaschinerie, der winkend auf sich aufmerksam machte.

War das etwa Gómez?

»Stell deinen Fuß in die Schlaufe, und dann festhalten!«, forderte sie der Kolumbianer auf. »Schnell!«

Lena blickte überrumpelt zu dem Vorhang, kam der Aufforderung jedoch nach, und schon ging es aufwärts, während sie schräg unter sich sah, dass sich neben dem Podium eine Klappe öffnete, über die man unter den Bühnenboden gelangen konnte.

Ohne Zweifel war die Öffnung als falsche Fährte gedacht.

Denn vor der Bühne war längst das Geräusch eiliger Schritte zu hören, dann Kommandos und schließlich Krach, der sich zunehmend nach einer schweren Schlägerei anhörte. Dort gerieten offenbar gerade ihre A.R.G.O.S.-Kollegen mit den H.A.D.E.S.-Schergen aneinander.

Der gesuchte Dario Felipe Gómez hingegen reichte ihr eilig die Hand, kaum dass der Seilmechanismus sie nach oben transportiert hatte, und zog sie mit sich auf den dämmrigen Bühnenboden.

Gómez hatte sich optisch völlig verändert. Er war mit einer braunen Hose und einer hässlichen braunen Jacke bekleidet, und sein Kopf war komplett kahl geschoren. Dafür trug er jetzt einen dichten Schnauzbart und eine Schirmmütze samt UFO-Symbol, unter dem der Schriftzug »They are real!« prangte.

Allein der flackernde Blick war definitiv der, den sie vom Foto her kannte. »Komm mit!«, forderte er sie angespannt auf. »Schnell, bevor uns die MIBs erwischen.«

MIBs? Oje.

Als Ufo-Gläubiger hielt Gómez die Agenten im Saal offenbar für Men in Black: ominöse Regierungsangestellte, von denen die Szene behauptete, dass sie die Anwesenheit der Aliens auf der Erde verschleierten.

»Wo willst du mit mir hin?«, ließ sie sich leicht überfordert auf sein Spiel ein.

»Erst mal in Sicherheit«, antwortete er.

Er balancierte mit ihr über einen Steg nach hinten und lauschte dann an einer Tür.

»Du glaubst nicht, wie lange schon ich dich endlich mal real life treffen wollte«, flüsterte Gómez. »Du siehst viel besser aus als auf den Fotos.«

»Das ist jetzt nicht dein Ernst?«

Er zog die Tür ein Stück auf und lauschte.

»Doch. Und dass du den Applaus bekommen hast, den du verdienst, das freut mich auch.«

Er zog sie mit sich in einen kleinen Gang, der weiter hinten an Treppenstufen endete.

»Warte!« Lena kratzte sich die unerträglich juckende Wange. »Du hast den Vortrag gehört?«

»Natürlich.«

»Okay«, meinte sie störrisch. »Sag mir, was dich an meiner Rede am meisten begeistert hat.«

Gómez blickte angespannt zur Treppe. »Wir müssen jetzt wirklich weg hier.«

»Sag schon!«

Auch vom Bühnenboden her waren jetzt Kampfgeräusche zu hören, aber Lena war das inzwischen fast egal. Sie wollte endlich verstehen, was passiert war.

»Dafür ist jetzt keine Zeit!« Der Kolumbianer zog sie weiter mit sich.

»Ich will das jetzt wissen!«, herrschte sie ihn an.

»Meine Güte, willst du mich testen? Ich bin es wirklich: Dario Felipe!« Der Kolumbianer lüpfte seine Mütze und sah sie flehend an. Schließlich rollte er mit den Augen. »Aber gut, wenn du es unbedingt wissen willst: Ich habe kein Wort mitgekriegt. Ich bin weggenickt, als du losgelegt hast. Ich bin erst wieder aufgewacht, als der Applaus losging. Okay? Sorry, aber du hast keine Ahnung, was ich hinter mir habe. Jetzt geht es um viel mehr. Die Beweise! Es bleibt dabei, dass du sie veröffentlichst?«

»Natürlich.« Lena rückte sich zerstreut die Hornbrille zurecht, während er sie die Treppenstufen nach unten lotste. Sie kramte jetzt nach dem Morpheus-Stab. »Vielleicht könntest du mir einfach verraten, was …?«

»Sie greifen uns an!«, unterbrach Gómez sie harsch.

Er drehte sich zu ihr um, kaum dass er die Tür unten am Fuß der Treppe erreicht hatte, und sie sah den verstörten Ausdruck in seinen Augen.

»Die Aliens wollen uns auslöschen! Uns alle!«

»Die wollen … was bitte?«

Lena fingerte sich im Gesicht, da dieses verdammte Jucken allmählich unerträglich wurde.

»Ich schrieb es dir doch: Tabula rasa!« Gómez blickte qualvoll zur Tür. »Die rotten uns aus, und dann übernehmen sie den Planeten. Ich habe das seit Ende der Neunziger prophezeit. Und jetzt hat es begonnen. Was glaubst du, warum mich die MIBs so hartnäckig jagen? Die wollen verhindern, dass jemand die Menschheit aufrüttelt. Aber wir müssen sie aufhalten, verstehst du? Wir müssen! Wenn ein offizieller Kanal wie die ESA die Menschen warnt, dann haben wir vielleicht noch die Chance …«

Verwundert starrte Gómez sie an, während Lena fast wahnsinnig wurde, so, wie ihr Gesicht inzwischen juckte und kribbelte.

»Scheiße, was ist mit dir?«, murmelte er beunruhigt.

»Was soll mit mir sein?« Lenas Rechte lag längst am Pen, schon, um sich davon abzuhalten, sich weiter zu kratzen. Allerdings bemerkte sie, dass sich der Ausdruck in seinen Augen allmählich veränderte.

Lena griff bestürzt an ihre Wange.

All dieses Jucken … Offenbar schien das Präparat ausgerechnet jetzt seinen Dienst zu versagen. War sie etwa mit irgendwelchen Opiaten in Verbindung gekommen? Wann sollte das geschehen sein?

Konsterniert riss sie die Augen auf.

War es das, was der Revisor getan hatte?

Hatte er sie etwa alle im Saal mit irgendeinem Gas außer Gefecht gesetzt, und dann darauf gesetzt, dass die Zuhörer ihrem Herdentrieb folgen und alle nach dem Erwachen applaudieren würden, wenn erst mal einer damit loslegte? Mutmaßlich er selbst? Weil sich niemand so rasch eingestehen würde, während des Vortrags eingeschlafen zu sein?

So dreist konnte niemand sein?

Oder etwa doch?

Der Kolumbianer indes musterte sie immer eindringlicher. »Dein Gesicht …«

»Äh, das ist nur das Make-up.«

Der Gesichtsausdruck ihres Gegenübers wechselte zu blankem Entsetzen.

»Scheiße, ich hätte es wissen müssen!«, schrie Gómez plötzlich los. »Du bist gar nicht Maria! Du bist ein außerirdischer Gestaltwandler!«

Bevor Lena reagieren konnte, versetzte er ihr einen brutalen Stoß, der sie gegen die Wand schleuderte, dann riss er die Tür auf und stürmte hindurch.

Lena berappelte sich, hetzte hinter ihm her und fand sich zu ihrem Erstaunen in der mit Infoständen und Menschentrauben gefüllten Eingangshalle des Konferenzgebäudes wieder.

Zwischen den Besuchern eilten weitere Gestalten mit Sonnenbrillen rüber zum Konferenzsaal, wo jetzt tumultartige Zustände herrschten. Sie jedoch hielt weiter nach dem Kolumbianer Ausschau und sah ihn in diesem Augenblick aus der Halle nach draußen zum Parkplatz flüchten.

Sofort stürmte sie durch die Menschenmenge hinter ihm her, als sie jemand packte und brutal zu Boden warf.

Lena japste angesichts des harten Aufschlags und erblickte über sich den bulligen H.A.D.E.S.-Türsteher, der sie mitleidlos durch seine Sonnenbrille hindurch anstarrte.

»Wo ist dein Kumpel?«, fauchte er sie an.

»Er ist …«

Lena stach ihm wütend den Morpheus-Stab ins Bein.

Der Unbekannte schrie auf, fegte ihr Handgelenk beiseite und packte sie an den Aufschlägen ihrer Jacke. Lena rang verzweifelt mit ihm, als seine Bewegungen plötzlich erlahmten, und er auf ihr zusammenbrach.

Mühsam zerrte sie ihn von sich runter und erhob sich schwankend.

Mehrere Besucher starrten sie beide erschrocken an.

»Manchmal werden diese Fans echt aufdringlich«, erklärte sie mit entschuldigendem Achselzucken und eilte weiter.

Sie erreichte den Ausgang ebenfalls – und konnte ihr Glück kaum fassen, da ihr von draußen Daedalos entgegenkam, der völlig unpassend mit Strohhut, Smart Glass und zu enger Jeansjacke bekleidet war.

»Daedalos!«, keuchte sie.

Der Ire ruckte zu ihr herum – und riss bestürzt die Augen auf. »Helena? Ach du Scheiße, du siehst ja fürchterlich aus. Als wärst du für 'ne Woche unter 'ner Sonnenbank eingeschlafen.«

»Danke für das Kompliment«, schnaubte sie angesäuert. »Gómez ist übrigens gerade raus und an dir vorbei.«

»Was? Scheiße!«

Sie stürmte durch den Ausgang, und er schloss sich ihr an, während er in ein Mikro an seinem Kragen sprach. Lena sah sich auf dem Parkplatz um und entdeckte den Kolumbianer, der weiter hinten in einen grünen Fiat sprang.

Verdammt!

Sie wollte schon losrennen, als es hinter ihr krachte. Daedalos hatte soeben einem der Anzugträger das Plakat einer der Demogruppen über den Kopf gezogen. Bewusstlos blieb der Kerl vor dem Eingang liegen.

»Nieder mit den Schergen der Wissenschaftslobby!«, skandierten die zugehörigen Demonstranten begeistert. »Gott erkennt die Seinen!«

»Daedalos, er haut ab!«, rief Lena alarmiert und deutete zu dem davonbrausenden Fiat.

Der Ire fasste aufgebracht die Foodtrucks vor dem Konferenzgebäude ins Auge und stürmte hinüber zu dem Eiswagen mit dem

»Raketeneis«, vor dessen Verkaufsfenster eine kleine Schlange Besucher stand.

Rücksichtslos riss er die Hecktür des Eiswagens auf, zerrte den schreienden Eisverkäufer ins Freie und packte ihn grob an der Kehle. »Die Zündschlüssel! Sofort!«

»Die stecken …«, ächzte der arme Kerl.

Eine Verfolgungsjagd! Das war ihre Chance.

Lena rannte an den bestürzt dreinblickenden Eiskunden vorbei zur Fahrerseite, doch Daedalos stoppte sie.

»Nix da! Ich fahre.«

»Du hast Kinder.«

»Die können nicht Auto fahren. Und jetzt rüber mit dir.«

Sauer rückte Lena auf den Beifahrersitz, während der Ire den Zündschlüssel des Vans drehte und mit quietschenden Reifen anfuhr.

»Daedalos an alle!«, gab er über Funk durch, während er mit wachsender Geschwindigkeit über den Parkplatz brauste, »Bogotá flieht in einem grünen Fiat 500! Wiederhole: Bogotá flieht in einem grünen Fiat 500! Benötige Unterstützung!«

Lena warf einen Blick in den Rückspiegel und sah besorgt, wie weitere Anzugträger aus dem Kongressgebäude rannten, ihnen kurz hinterherblickten und dann die übrigen Foodtrucks enterten.

Allerdings vermochte sie nicht zu sagen, ob das nun ihre oder H.A.D.E.S.' Leute waren. Ehrlich gesagt, sahen die alle gleich aus.

»Wo sind Perseus und Kirke?« Lena riss sich Perücke und Hornbrille vom Kopf, während Daedalos mit heulendem Motor auf eine der Zufahrtsstraßen einscherte. Der grüne Fiat mit Gómez am Steuer verschwand derweil weiter hinten zwischen den Bäumen des Technologieparks.

»Unterwegs!«, grunzte er. »Ich sollte draußen Wache halten. Hat ja bestens geklappt.«

Er klemmte sein Handy samt eingeschaltetem Navi an der Konsole fest, um ihre Position im Blick zu behalten.

»Sag mir lieber, ob Gómez geplaudert hat.«

»Wie man es nimmt.« Lena hielt sich an der Tür fest, da Daedalos schwungvoll eine Kurve nahm, während hinter ihnen im Fahrzeug die noch immer offen stehende Verkaufsklappe schepperte. »Er meinte, dass Außerirdische die Erde überfallen würden.«

»Und wegen diesem Irren geben wir uns so viel Mühe? Ich glaub's einfach nicht.«

Zornig hupend überholte er einen VW Käfer, den er mit dem Eiswagen unerbittlich an den Straßenrand drängte. Daedalos reichte ihr nun eine MP, eine tschechische Skorpion samt Ersatzmagazin, während er in den Seitenspiegel blickte. »Das ist die Kanone von dem Typen, den ich am Eingang erledigt hab. Sieh zu, dass du nach hinten kommst, um uns Deckung zu geben.«

»Okay.« Lena wollte gerade in den Verkaufsraum des Wagens steigen, als Daedalos' Handy mit der *Drei Haselnüsse für Aschenbrödel*-Melodie anschlug.

Auf dem Display war das hübsche Gesicht einer rothaarigen Frau zu sehen.

»Ich glaube, deine Frau ruft gerade an. Soll ich drangehen?«

»Auf gar keinen Fall! Obwohl, so, wie du gerade aussiehst, könntest du dich via Video-Call sogar als … Nein, das lassen wir lieber. Oh Shiiit!«

Vor ihnen, auf einem Zebrastreifen, sprangen zwei Typen mit Aktentaschen zur Seite, als sie mit dem Eiswagen zwischen ihnen hindurchrasten.

Hektisch scheuchte Daedalos sie nun wieder nach hinten, während er weiter Gas gab.

Lena folgte seiner Anweisung und stolperte im Laderaum durch zahllose Eiswaffeln und Becher, die angesichts der ruppigen Fahrweise über den Boden kollerten.

Wind blies ihr durch das offene Verkaufsfenster ins Gesicht, und auch die Hecktür klapperte, da Daedalos sie vorhin nicht geschlossen hatte.

Während der Ire vorne mit seiner Frau flötete, nahm er abermals eine enge Kurve, und Lena stürzte auf die Theke mit den Eissorten.

Noch immer juckte ihr Gesicht, als würden Hunderte Ameisen darauf herumkrabbeln.

Verzweifelt griff sie zum Vanilleeis und klatschte sich etwas davon ins Gesicht.

Himmel, tat das gut!

Daedalos schwenkte jetzt hart auf einen Zubringer zur Autobahn ein, über den es zurück in Richtung Nizza ging, und abermals verlor sie ihr Gleichgewicht. Zum Glück, denn neben der Hecktür durchschlugen in diesem Augenblick mehrere Kugeln die Heckkarosserie und pfiffen dicht an ihrem Kopf vorbei. Es wurde wirklich Zeit, sich wieder auf den Job zu konzentrieren.

Lena entsicherte die Skorpion, woraufhin blöderweise das Magazin aus der Waffe herausfiel, das sie rasch aufhob – nur um dadurch einer weiteren Salve zu entgehen, die dicht über ihrem Kopf hinwegpfiff. Dann, endlich, war sie kampfbereit.

Sie trat die polternde Hecktür auf und sah, dass sie der grüne Foodtruck mit den glutenfreien Bio-Froschschenkeln verfolgte. Keine Ahnung, wie der so schnell aufgeholt hatte, aber hinter ihm waren noch drei weitere Foodtrucks auszumachen, die ebenfalls auf die Autobahn einscherten und erbittert versuchten, an dem Frogmobil vorbeizukommen. Sorgen bereiteten Lena jedoch vor allem die beiden Typen mit Sonnenbrillen in der Fahrerkabine des Wagens hinter ihr, von denen sich einer gerade wieder mit einer MP aus dem Fenster lehnte.

Was für Arschlöcher.

Lenas Beute-MP ratterte und spuckte seitlich Hülsen aus. Zufrieden sah sie dabei zu, wie der Fahrer hinter ihnen auf der Autobahn abbremste, während ihre Kugeln den Kühler des Fahrzeugs perforierten, dann über die Frontscheibe tanzten, diese mit einem Spinnennetz aus Rissen übersäten und zum Platzen brachten.

Die H.A.D.E.S.-Schergen in der Fahrerkabine duckten sich und versuchten seitlich auszubrechen, doch im selben Moment wurde ihr Wagen von dem Foodtruck hinter ihnen gerammt. Das Frogmobil geriet ins Schlingern, drehte sich plötzlich im Kreis und kollidierte so mit einem vorwitzigen roten Ferrari, der auf der Überholspur heranschoss.

Mit kreischenden Bremsen blieben die beiden Fahrzeuge zurück und versperrten so die Autobahn, während es den übrigen Foodtrucks gerade so eben gelang, an ihnen vorbeizukommen.

Schade.

Lena duckte sich und visierte jetzt den heranrasenden weißen Brötchen-Foodtruck mit diesen »Super-Croissants aus dem Gentechniklabor« an, der auf der Fahrbahn hin und her schlingerte, um zu verhindern, dass ihn die Fahrzeuge weiter hinten überholten.

Ärgerlicherweise klemmte der Abzug ihrer Waffe. Mist!

Dann eben anders. Lena stürmte zum Verkaufstresen und riss den Behälter mit dem Stracciatella-Eis heraus. Kaum, dass der Gebäckwagen nahe genug war, schleuderte sie ihm mit einem Aufschrei den Eisbehälter entgegen. Klatschend landete das Speiseeis auf der Windschutzscheibe, und unter Zurücklassung einer schlierigen Stracciatella-Spur polterte die Box auf die Fahrbahn. Der überraschte Fahrer verriss das Lenkrad, und sie sah zufrieden dabei zu, wie der Foodtruck in die Mittelleitplanke der Fahrbahn krachte.

Yessss!

Lenas triumphierendes Lachen verging ihr jedoch, als sie die Beifahrerin des ausgeschalteten Wagens erkannte.

Agentin Idomena?

»Was ist da hinten los?«, brüllte Daedalos vorne. »Haben die etwa gerade unser einziges Unterstützerteam ausgeschaltet?«

»Ja, äh, sieht ganz so aus …«

Der nächste Foodtruck raste heran, diesmal einer mit einem großen Bratwurstschild auf dem Dach. Und dahinter setzten noch zwei weitere Speisen-Wagen zum Überholmanöver an. Immerhin, diesmal war sich Lena sicher, dass das H.A.D.E.S.-Agenten waren, da sich soeben wieder ein Sonnenbrillen-Träger aus dem Beifahrerfenster lehnte und sie mit seiner MP anvisierte.

Eilig tauchte sie weg, während aus dem Heck des Vans dumpfe Einschüsse ertönten. Verzweifelt riss sie die übrigen Kühlboxen mit

Eis aus ihren Aussparungen und schleuderte sie aus der Hecktür. Doch ihre Verfolger hatten aufgepasst. Gekonnt wichen sie den auf die Fahrbahn polternden Boxen aus und feuerten unerbittlich weiter auf sie. Einer der drei Wagen, ein bunt bemaltes Kuchenmobil, versuchte jetzt sogar, sie zu überholen. Ein Versuch, den Daedalos abwehrte, indem er hektisch nach links ausbrach, ihn am Kühler rammte und so weiter auf Abstand hielt.

Lena stürzte abermals zu Boden und wusste langsam auch nicht mehr, was sie tun sollte. Sie hatten längst die Abfahrt zur Pferderennbahn passiert, die sie bereits vom Hinweg kannte, und die Rückseite ihres Vans ähnelte mittlerweile einem Sieb. Sie hatte auch alle Eiskübel längst verfeuert und fasste gerade einen Kühlschrank ins Auge, als sie hinter den Foodtrucks ein schwarzes Motorrad heranrasen sah. Auf ihm saß ein Fahrer in Lederjacke und Smart Glass, den sie vermutlich auch im Dunkeln wiedererkannt hätte: Perseus!

Sie hatte gewusst, dass er irgendwann kommen würde.

Der Algerienfranzose schoss mit seiner Automatikpistole gezielt auf die Reifen des letzten Fahrzeugs, das daraufhin ins Schlingern geriet und zum Straßenrand hin ausbrach. Dann raste er zwischen die beiden verbliebenen Vans und warf etwas durch das Bedienungsfenster des Wurstwagens, bevor er sich rasch wieder zurückfallen ließ.

Im Foodtruck explodierte ein greller Lichtblitz, und Lena sah, wie sich der Wagen mit Rauch füllte. Schon brach das Fahrzeug zum rechten Fahrbahnrand aus, wo es brachial gegen ein Autobahnschild prallte und sich mehrfach überschlug.

»Perseus ist da!«, rief Lena begeistert.

»Ich weiß!«, kam es von vorn.

Perseus und die Insassen des verbliebenen Kuchenmobils lieferten sich derweil ein erbittertes Feuergefecht, während die Autobahn hinter ihnen weitgehend leer war. Weitgehend. Denn während sie am Flughafen vorbeirasten, entdeckte Lena noch weiter hinten neue Verfolger.

Allerdings solche mit Polizeisirenen auf dem Dach.

Daedalos eröffnete von vorn nun ebenfalls das Feuer auf die

verbliebenen H.A.D.E.S.-Söldner, und er und Perseus nahmen den Truck in die Zange. Sie hatten längst die Vorstadt Nizzas erreicht, als auch das Kuchenmobil ausscherte und in die Mittelleitplanke krachte, wo es rauchend liegen blieb.

Perseus jagte mit dem Motorrad heran, und Lena deutete hektisch nach hinten.

»Da kommt die Polizei!«, schrie sie ihm lauthals entgegen.

Der Algerienfranzose blickte in den Seitenspiegel seiner Maschine und warf kurzerhand eine Rauchgranate hinter sich, die die Fahrbahn einnebelte.

Anschließend brauste er auf seiner Maschine an ihnen vorbei, und auch Lena kletterte wieder nach vorne zu Daedalos auf den Beifahrersitz.

»Wo ist Gómez?«, wollte sie wissen, kaum dass sie Platz genommen hatte.

»Er ist da hinten bei dem Autobahnkreuz in Richtung Flughafen abgefahren«, knurrte Daedalos. »Du hast da übrigens Eis im Gesicht. Ziemlich viel Eis.«

Lena wischte sich verlegen das Gesicht ab, während der Ire Perseus folgend die Abfahrt in südliche Richtung nahm. Dort gabelte sich die Straße.

»Versuch du es Richtung Stadtmitte«, gab Daedalos an Perseus durch. »Ich suche die Strandpromenade ab.«

Perseus vor ihnen ballte kurz die Faust, und ihre Wege trennten sich.

Daedalos raste jetzt mit dem demolierten Eiswagen am Flughafen vorbei, und sie gelangten auf die von Palmen, Casinos, Restaurants und Hotels gesäumte Strandpromenade Nizzas, die sich in einem Bogen über Kilometer hinweg an der blauen Cote d'Azur bis zum Hafen erstreckte.

Hartnäckig überholte er mehrere Luxuskarossen und brauste an Touristen und Einheimischen gleichermaßen vorbei, die rechts von ihnen vor der Kulisse des strahlend blauen Meeres entlangflanierten.

»Siehst du ihn irgendwo?«, fragte Daedalos aufgebracht.

Lena nahm die mit Autos gefüllte Strandpromenade in Blick, als sie den grünen Fiat tatsächlich entdeckte. Gómez hatte gute zwei- oder dreihundert Meter Vorsprung herausgeschlagen und setzte ebenso wie sie immer wieder zu riskanten Überholmanövern an.

»Da! Da hinten ist er!«, rief sie aufgeregt und deutete voraus.

»Sehe ihn.« Daedalos gab die Entdeckung an Perseus durch, trat wieder aufs Gas und knüppelte den Eiswagen an einem am Straßenrand parkenden roten Bugatti vorbei, dessen Fahrer soeben aussteigen wollte.

Es gab einen lauten Knall, als ihm Daedalos die Fahrertür abfuhr. Der Franzose sprang erschrocken zurück, nur um ihnen sofort mit der Faust zu drohen und einen wütenden Tanz aufs Trottoir zu legen.

Der Ire hatte zunehmend Schwierigkeiten, an der Vielzahl von Fahrzeugen vorbeizukommen, die sich vor ihnen drängten. Es war überhaupt auffällig, wie sehr der Verkehr hier ins Stocken geriet. Sie passierten weitere wild parkende Autos und sahen rechts und links der Promenade immer mehr Fußgänger, die in Fahrtrichtung strömten.

Da entdeckte Lena den Grund für den Stau.

Etwas voraus war die Seepromenade abgesperrt, während etwa hundert Meter hinter der Absperrung Zuschauertribünen sowie eine ausgelassene Menschenmenge auszumachen war, die bunt bemalten Karnevalswagen mit riesigen Figuren zujubelten.

»Oh nein, der elende Karneval!«, fluchte Daedalos. »Den hatte ich völlig vergessen.«

»Sieh doch!«, rief Lena alarmiert. »Gómez hat seinen Fiat da vorn geparkt. Er versucht, sich im Treiben abzusetzen.«

»Nicht mit mir!«

Daedalos hämmerte energisch auf die Hupe des Wagens und trieb so die vielen Menschen vor ihnen auseinander.

»Behalte den Mistkerl im Blick!«, ermahnte er sie.

Rücksichtslos hielt er auf die Absperrung mit den beiden Polizeibeamten zu, die soeben die Sperre öffneten, um einen Wagen der Sécurité Civile durchzulassen. Bevor es die Polizisten verhindern konnten, raste auch er mit dem Eiswagen an ihnen vorbei und beschleunigte weiter, um den Kolumbianer einzuholen, der sich bereits in den Strom der Schaulustigen eingereiht hatte.

Der hiesige Abschnitt der Promenade war von Ständen gesäumt, die provenzalische Souvenirs, Lavendel, bunte Stoffe und sogar Lebensmittel verkauften. Längst schallte ihnen auch laute Musik sowie das rhythmische Lärmen von Trommeln entgegen, in dem die wütenden Rufe der Polizisten hinter ihnen schlicht untergingen. Daedalos bahnte sich in der Menschenmenge weiter hupend seinen Weg und kam so immer dichter an den Straßenzug mit den Tribünen heran, wo zahllose in fantasievolle Kostüme gewandete Zuschauer saßen.

Lena hatte einen Moment lang nur Augen für den prachtvollen Karnevalskorso, der sich vor ihnen über die Promenade schob. Animateurinnen in Dompteurskostümen ließen im Rhythmus von Trommeln und Pfeifen Stöcke durch die Luft wirbeln, während ihnen einer der für Nizza berühmten festlich bunt geschmückten Blumenwagen folgte, von dem aus Umzugshelfer der jubelnden Menge gelbe Mimosen und Stielblumen zuwarfen. Gleich dahinter marschierten Musiker mit weißen Gesichtern und schwarzer Kleidung, denen wiederum ein Traktor samt Festwagen folgte, auf dem eine riesige, sicher zehn Meter hohe Rakete stand, deren Spitze sich durch ein mondförmiges Stück Riesenkäse gebohrt hatte.

Richtig, der diesjährige Karneval stand ja unter dem Motto »Weltraumkönig«. Lena warf einen sorgenvollen Blick in den Seitenspiegel und sah, dass jetzt zwei Polizeiwagen die Absperrung passierten. Außerdem näherte sich am Himmel über dem Meer ein Polizeihubschrauber, was nach der wilden Schlacht auf der Autobahn wohl nicht verwunderlich war.

Sie selbst kamen dagegen kaum noch voran.

Gómez, der sich offenbar recht sicher gewähnt hatte, blickte sich erstmals wieder um und starrte sie entsetzt an.

Panisch rannte er los.

»Scheiße, raus!«, fauchte Daedalos.

Sie ließen den Eiswagen endgültig stehen, hetzten ins Freie und setzten dem Kolumbianer inmitten des ausgelassenen Treibens nach.

Lena, die alle Mühe hatte, weder Gómez noch Daedalos aus dem Blick zu verlieren, kämpfte sich wie ihr irischer Kollege tapfer zu dem Blumenkorso durch. Sie sah, wie Gómez einem Besucher eine Schweinsmaske vom Kopf riss und sich an einer der Zuschauertribünen entlang weiter nach vorn durchdrängelte.

Sie stürmten hinter ihm her, als Daedalos völlig überraschend von einem Anzugträger mit Sonnenbrille zurückgerissen wurde, der unerwartet in der Menge aufgetaucht war.

H.A.D.E.S. war ebenfalls hier?

Wie, zum Teufel, hatten die das geschafft?

Daedalos rammte seinem Gegner die Faust in den Magen und schrie ihr zu, den Kolumbianer weiter zu verfolgen. Dann lieferte er sich einen erbitterten Zweikampf mit dem Kerl, was die teilnahmslosen Umstehenden offenbar für eine Prügelei zwischen zwei Betrunkenen hielten.

Darauf vertrauend, dass Daedalos mit der Bedrohung schon fertigwürde, rannte Lena weiter hinter Gómez her. In der Umzugskolonne hinter ihr knallte es derweil. Eine Wolke pinkfarbener Riesenkonfettis stob dort hoch in die Luft und regnete auf die begeisterte Menge herab.

Der Kolumbianer sah sich in seiner Schweinsmaske panisch um, entdeckte sie und überwand kurzerhand die Straßenabsperrung, die das Straßenpublikum vom lärmenden Umzugskorso trennte. Er stolperte zwischen feenhafte Gestalten auf Stelzen, denen Trommler folgten, die dem Publikum ordentlich einheizten.

Er versuchte, zwischen beiden Gruppen hindurch auf die andere Seite der Straße zu gelangen, doch auch dort tauchte in diesem Moment ein sonnenbebrillter H.A.D.E.S.-Söldner auf. Der Kerl blieb dicht hinter der Absperrung, um Gómez den Fluchtweg abzuschneiden. Der bemerkte ihn jedoch ebenfalls und stürmte jetzt an den Trommlern vorbei weiter nach hinten, den nahenden Umzugswagen entgegen.

Lena, die sich an unzähligen Menschen vorbeidrängte und zunehmend Mühe hatte, den Überblick zu behalten, sah ihn plötzlich zwischen den Animateuren wegtauchen, kaum dass ein von einem Traktor gezogener Persiflagewagen nahte. Auf diesem thronte die gut acht Meter hohe Pappfigur eines dicken französischen Politikers, der sich zu einer deutlich kleineren, mit seinem Laborkittel klar als Wissenschaftler erkennbaren Gestalt bückte, um ihm gönnerhaft eine übergroße 1-Cent-Münze zu reichen.

Verdammt, wo war der Kolumbianer hin?

Lena lief weiter suchend an der Absperrung entlang, während ihr H.A.D.E.S.-Gegner auf der gegenüberliegenden Straßenseite Verstärkung bekam – als sie Gómez wiederentdeckte. Der Kerl hatte irgendwie unbemerkt den Persiflagewagen geentert. Erstaunt sah sie dabei zu, wie er durch ein Loch im Bein der riesigen Politikerpuppe kroch.

Offenbar versuchte er, sich da drinnen zu verstecken.

Da der Wagen immer näher rollte, hatten ihre Gegner den Flüchtenden nur leider ebenfalls bemerkt, und auch sie flankten unerschrocken über die Straßenbegrenzung hinweg.

Verzweifelt sah sich Lena um.

Unweit der Promenade kreiste jetzt der Polizeihubschrauber, der sicher auf sie aufmerksam wurde, wenn es hier zu viel Tumult gab. Trotzdem musste sie dem Kolumbianer helfen – als ihr eine Idee kam.

Der Persiflagewagen war gerade vorbeigefahren, als Lena einer begeistert kreischenden, dann jedoch empört schreienden jungen Frau deren venezianische Maske vom Gesicht riss und sich diese aufsetzte. Sie warf die elende Strickjacke weg, kletterte zur Empörung der Umstehenden ebenfalls über die Absperrung und mischte sich jetzt wild die Hüften schwingend zwischen einige heißblütige Samba-Tänzerinnen, die sie befremdet anstarrten. So schaffte sie es tatsächlich, sich rasch zu dem mit zahllosen bunten Blüten geschmückten Festwagen hinter den Tänzerinnen zurückfallen zu lassen, von dem aus Helferinnen unablässig weitere Blumen in die Menge warfen. Ihr eigentliches Ziel war jedoch der blaue Pick-up, der den Blumenwagen zog und auf dessen Ladefläche der schräg aufgesetzte Nachbau eines Spaceshuttles stand.

Sie stürmte hinüber, kletterte eilig hinten auf die Ladefläche und sah sich dort einem jungen Mann in Astronautenanzug gegenüber, der soeben eine Leiter im Innern des Raumgleiters herunterkam, die hoch zur Spitze mit der dort montierten Konfettikanone führte.

Meine Güte, war das Ding da oben ein Monster!

»Hey, was machen Sie hier?«, blaffte er sie an.

»Kuckuck!« Lena zückte die nutzlose Skorpion und richtete sie drohend auf den Mann, der jetzt hinter seinem offenen Raumfahrerhelm ziemlich blass wurde.

»Los, zeig mir, wie das Ding da oben funktioniert!«, kommandierte sie.

Zitternd wies sie der Franzose in die Vorrichtung samt Gebläse und einem Sack mit Riesenluftschlangen ein.

»Bitte, Sie müssen damit vorsichtig sein«, jammerte er. »Die haben wir … ein wenig aufgemotzt.«

»Das wollte ich hören.«

Lena stürmte die Leiter nach oben, entfernte die metallische Sperre, die verhinderte, dass sich die Kanone kippen ließ, und drehte den Gasdruck der zugehörigen Edelstahlflasche auf Maximum.

Längst hatte sie den Persiflagewagen vor ihr ins Visier genommen, auf dem bereits die beiden H.A.D.E.S.-Söldner standen, von denen einer soeben ebenfalls in die Pappfigur hineinkletterte. Lena zielte mit der Kanone auf den Zurückgebliebenen und drückte auf den Auslöser. Mit einem puffenden Geräusch entlud sich die Kanone, und zwei Dutzend flatternde Riesenpapierschlangen fauchten über die Samba-Tänzerinnen hinweg und fegten den Überrumpelten von den Beinen. Zufrieden sah sie dabei zu, wie der Schurke mit dem Kopf gegen eine hölzerne Verstrebung krachte und bewusstlos zusammensackte.

Wow, das funktionierte ja besser als gedacht.

Lena wartete, ob sich bei der gebückt dastehenden Riesenfigur etwas tat. Tatsächlich zitterte diese leicht, was auf Auseinandersetzungen im Innern hindeutete. Plötzlich riss die Pappmaché-Umhüllung am Hinterteil auf. Pikiert verfolgte sie, wie dort Gómez in seiner braunen Kluft herausfiel und neben dem Bewusstlosen auf dem Wagen landete.

Das belustigte Johlen des Publikums am Straßenrand nahm sie nur am Rande wahr, denn der Kolumbianer erhob sich sofort wieder und sprang vom Wagen, als aus dem Loch nun auch sein Verfolger stürzte.

Lena nahm diesen Mann ebenfalls mit den Riesenkonfetti-Schlangen unter Beschuss, doch leider schaffte sie es gerade mal, ihm die Sonnenbrille vom Gesicht zu blasen – und ihn so auf sich aufmerksam zu machen.

Wütend fuhr er zu ihr herum und hob, gedeckt von der Wagenverkleidung, eine Pistole mit Schalldämpfer.

Sofort ging Lena in Deckung. Keine Sekunde zu spät, denn neben ihr, bei der Konfettikanone, knallte es zweimal metallisch. Hastig rutschte sie über die Leiter wieder nach unten und hüpfte an dem ängstlich dreinblickenden Astronauten vorbei vom Pick-up, wo sie sich erneut unter die Kostümierten mischte, die den Blumenwagen begleiteten.

Auch ihr H.A.D.E.S.-Gegner sprang vom Persiflagewagen und mühte sich an den Samba-Tänzerinnen vorbei in ihre Richtung, als Lena Gómez entdeckte. Der Kolumbianer kletterte umständlich über die Straßenabsperrung, um dort im Publikum unterzutauchen. Sie überwand das Hindernis ebenfalls und drängte sich durch die verärgert dreinschauenden Karnevalsbesucher energisch zu dem Flüchtenden durch, der keine Skrupel hatte, zwei Kinder zur Seite zu stoßen. Nicht mit ihr. Lena hetzte voran und schaffte es endlich, ihn an seiner Jacke festzuhalten.

»Mann, bleib stehen. Ich versuche, dir zu helfen!«

»Ihr kriegt mich nicht!«

Panisch schlug der Kolumbianer um sich und erwischte sie schmerzhaft an der Lippe – als ihn eine plötzlich auftauchende Gestalt in Leder und Sonnenbrille von hinten packte und zu Boden warf: Perseus!

Lena starrte den Algerienfranzosen erleichtert an, auch wenn sie keine Ahnung hatte, wie er sie beide in diesem Gewühl gefunden haben mochte.

Er nahm den Schreienden in den Polizeigriff, und erstmals blieben einige Besucher stehen und empörten sich wegen der groben Behandlung. Perseus zückte eine Polizeimarke und zog Gómez mit einem auffordernden Nicken an Lena weiter zum Straßenrand.

»Da hinten ist noch einer von denen!«, warnte Lena ihn mit Blick zurück zum lärmenden Umzug, doch Perseus tippte sich kurz ans Smart Glass und schüttelte den Kopf.

»Nein, der Kerl wurde gerade ausgeschaltet.«

Lena sah sich suchend um und entdeckte jetzt überraschend Daedalos, der sich im Treiben zu ihnen durchkämpfte.

»Sorry«, knurrte er, »ich wurde leider aufgehalten.«

Perseus stieß den wimmernden Kolumbianer in Richtung einer Nebenstraße, während Lenas irischer Kollege weiter nach hinten sicherte.

»Wie hast du uns in dem Tumult gefunden?«, wollte Lena atemlos von Perseus wissen.

»Die Agency hatte euch die ganze Zeit im Blick.« Er sah kurz zum Himmel auf, wo Lena nun einen Quadrocopter entdeckte, der Bob ziemlich ähnelte.

»Die da hinten ist allerdings nicht von uns!«, zürnte Daedalos und deutete zu einer etwas kleineren, komplett schwarzen Drohne, die gerade über einem Hausdach erschien. Er hob kurzerhand eine Pistole mit Schalldämpfer, feuerte, und das tückische Ding schmierte ab. »Und jetzt weg hier!«

Perseus führte sie samt ihrem Gefangenen tiefer in die Nebenstraße, an deren hinterem Ende ein Krankenwagen stoppte, dessen Hintertür sich kurz darauf öffnete.

Niemand Geringeres als Kirke kletterte dort ins Freie, die ihnen hektisch zuwinkte.

Daedalos übernahm Gómez und zwängte ihn in die Ambulanz, während Perseus auf der Beifahrerseite einstieg.

»Was ist mit meinen Rechten?«, jammerte der Kolumbianer.

»Ich geb dir gleich meine Linke!«, knurrte der Ire.

»Bitte, bleib freundlich!«, ermahnte ihn die Griechin. »Wir sind nicht seine Feinde.«

Sie nickte Lena beim Einstieg zu und reichte ihr eine Ledertasche mit ihrer Pistole, ihrem Smart Glass und der restlichen Funkausrüstung. Anschließend setzte sich Kirke wieder hinters Steuer, fuhr an und scherte mit Blaulicht auf der Straße in den Verkehr ein.

Daedalos fesselte den verzweifelten Gómez derweil mit Handschellen auf der Pritsche. Lena sah, wie Kirke ein Stück in die Innenstadt hineinfuhr und dann in eine weitere Nebenstraße einscherte. Sie selbst setzte sich neben den Kolumbianer und versuchte, ihn zu beruhigen.

»Ich weiß, das wirkt gerade echt nicht so, aber wir sind nicht Ihre Feinde.«

»Und was soll das dann alles hier?« Verängstigt starrte Gómez sie an. »Okay, Sie scheinen offenbar doch keiner von denen zu sein … aber Maria sind Sie auch nicht. Geben Sie es doch endlich zu. Sie wissen von denen da oben. Wollen Sie die Menschheit opfern und als ihre Sklaven dienen, wenn die uns kolonisieren? Ist es das? Ein entwürdigendes Dasein als Gefängniswärter auf unserem eigenen Planeten?«

»Hör mal her, du Knalltüte«, fauchte Daedalos. »Sehen wir aus wie Marsmenschen? Wir sind hier, weil wir dich vor einem Verbrechersyndikat in Sicherheit bringen.«

Gómez lachte rau. »Ich lasse mich von keinem MIB einlullen. Ich weiß, wer Sie sind!«

Um sie herum wurde es plötzlich düster, denn sie fuhren jetzt überraschend in die Tiefe, und Lena begriff, dass Kirke den Krankenwagen in eine Tiefgarage gesteuert hatte, wo sie schwungvoll auf einen Parkplatz fuhr.

Der Wagen stoppte abrupt, und sie und Perseus blickten nach hinten.

Bleich starrte der Kolumbianer sie an.

»Ist es jetzt so weit? Töten Sie mich? Oder pflanzen Sie mir einen außerirdischen Parasiten ein, der mich kontrolliert?«

Kirke seufzte, wechselte einen kurzen Blick mit Perseus und kam nach hinten.

»Okay. Reden wir nicht lange um den heißen Brei herum.« Sie hockte sich vor Gómez hin, setzte ihr Smart Glasses ab und sah ihn ernst an. »Wir wissen, dass Sie zu den Wissenden gehören. Angesichts der fortwährenden Aktivitäten der Greys auf der Erde, war es vermutlich nur eine Frage der Zeit, bis auch andere auf ihre Anwesenheit aufmerksam werden.«

Mit weit aufgerissenen Augen starrte nicht nur Gómez Kirke an, sondern auch Lena und Daedalos.

»Ich will daher offen zu Ihnen sein«, fuhr die Griechin fort. »Meine Kollegen und ich sind Agenten der ultrageheimen UNSF, der United Nations Space Force. Unsere global operierende Einheit wurde ursprünglich von Präsident Harry S. Truman gegründet. Und zwar schon 1947 nach dem Roswell-Zwischenfall. Sie wissen doch – als uns erstmals eines von deren Schiffen in die Hände fiel, und sich ihre Existenz nicht mehr leugnen ließ. Heute sind wir allerdings der UN unterstellt.«

»Dann … halten Sie wirklich einige von ihnen in Area 51 gefangen?«, stammelte der Kolumbianer.

»Ja, aber nicht mehr. Die gefangenen Greys haben nur einige Jahre überlebt.« Kirke seufzte, während Daedalos sie weiter irritiert ansah. »Das aber reichte, um uns Teile ihrer Technologie anzueignen und herauszufinden, was sie hier vorhaben. Und leider haben Sie recht mit Ihrer Vermutung: Sie wollen die Erde nach dem Vorbild ihres Herkunftsplaneten umformen und zu einem Außenposten ihres intergalaktischen Reiches machen. Der derzeitige Klimawandel ist ein Teil davon, denn die Greys stammen von einem Planeten aus dem Sternenbild des Sagittarius, auf dem es viel wärmer ist als bei uns.«

»Ich … wusste es!«, ächzte Gómez.

»Nur irren Sie, was unsere Motive angeht«, erklärte Kirke ruhig. »Meine Kollegen und ich tun, was wir tun müssen, um eine Panik auf der Erde zu vermeiden. In Wahrheit dienen wir jedoch dem Schutz des Planeten. Wir operieren global, und unser Anspruch ist es ebenfalls. Unsere Aufgabe besteht darin, außerirdische Aktivitäten zu identifizieren, ihre Absichten zu entschlüsseln und entsprechende Verteidigungsmaßnahmen einzuleiten. Zu unserem Glück«, sie blickte ihn vielsagend an, »stehen wir in diesem Kampf nicht alleine.«

»Wie meinen Sie das?«

»Wir halten Kontakt zu der intelligenten Spezies, die vor uns die Erde bevölkerte – und die sich schon vor Jahrzehntausenden ins Innere des Planeten zurückgezogen hat, um so der Aufmerksamkeit der Greys zu entgehen.«

Lena blickte Kirke stirnrunzelnd an, da das jetzt irgendwie unlogisch wurde, doch Gómez schien das anders zu sehen.

»Meine Güte, ja, die Reptiloiden aus der Hohlwelt!«, keuchte er. »Das alles ergibt plötzlich Sinn.«

»Und doch sind uns unsere interstellaren Feinde weit voraus«, mahnte Kirke. »Nicht nur technologisch, sondern auch, weil sie menschliche Kollaborateure in viele entscheidende Machtpositionen eingeschleust haben.«

»Das habe ich auch schon lange vermutet.«

»Wir von der United Nations Space Force«, Kirke zuckte bedauernd mit den Achseln, »können nur leider nicht überall sein. Manche der Grey-Aktivitäten entgehen uns, obwohl sich diese gewissermaßen vor unseren Augen abspielen. Und da kommen Zivilisten wie Sie ins Spiel. Querdenker, die im Gegensatz zu den Schafen da draußen längst begriffen haben, dass wir kurz vor der Umsetzung einer Neuen Weltordnung stehen. Die sich clever im Internet vernetzen und sich nicht von den angeblichen Fakten des etablierten akademischen Systems einlullen lassen. Seien wir ehrlich: Schulbildung und natürlich auch Schulmedizin haben für die meisten längst den Blick für das Nicht-Offensichtliche vernebelt. Die meisten von uns sind nicht mehr in der Lage, tiefer zu blicken und das geheime Muster hinter alledem zu erkennen. Dabei haben Menschen wie Sie die Wahrheit längst ins Internet gestellt. Klar erkennbar für alle, die zu suchen bereit sind.«

»Ja, ja, genau …«

»Sehen Sie. Erwachte wie Sie im Kampf gegen die außerirdische Bedrohung zu finden und zu rekrutieren, zählt ebenfalls zu unseren Aufgaben.«

»Sie … wollen mich rekrutieren?« Gómez schluckte aufgeregt.

»Ist das nicht offensichtlich?«, meinte Kirke in gespielter Verwunderung. »Es geht hier doch um nichts Geringeres als den Aufbau einer globalen Heimatfront. Allerdings …«

Sie seufzte.

»Allerdings was?«

»Allerdings bekommen wir es immer wieder mit Schwätzern zu tun, denen es in Wahrheit nur um Aufmerksamkeit auf dem Markt der Eitelkeiten geht.«

»Nein, dazu gehöre ich nicht«, ereiferte sich der Kolumbianer. »Ich habe es Ihrer Kollegin schon gesagt: Ich habe Beweise!«

»Gut, denn bevor wir Sie in unsere Reihen aufnehmen können, müssen wir diese Beweise auf ihre Glaubwürdigkeit hin untersuchen.«

»Und falls ich mich weigere?«, fragte Gómez lauernd. »Bringen Sie mich dann um?«

»Natürlich nicht. Wir kämpfen für jeden Menschen auf diesem Planeten. Wir werden Sie einfach wieder oben auf der Straße absetzen. Sie können dann gern weiter bloggen und sich ganz Ihren bisherigen Aktivitäten widmen.«

»Ernsthaft?«

»Sicher. Als stummer Mahner unter vielen, die man nicht ernst nimmt, und deren Leben am Ende in völliger Bedeutungslosigkeit endet.«

»Nein, warten Sie.« Gequält sah er Daedalos an, der auf ein Zeichen von Kirke seine Fesseln öffnete.

Gómez griff zu seinem rechten Schuh und klappte die Schuhsohle zurück, um einen USB-Stick hervorzuziehen.

»Geben Sie es zu, mit so viel Raffinesse haben Sie nicht gerechnet?«

Lena und Perseus wechselten einen kurzen Blick, und sie sah, wie der Algerienfranzose stumm seine Stirn massierte.

»Sie sind sogar verdammt clever«, lobte Kirke ihn, die den USB-Stick entgegennahm und Perseus zunickte, der ihr nun einen Laptop aus einer Tasche reichte, die im Fußraum des Krankenwagens verstaut war. »Auf dieses Versteck wären nicht einmal die Greys gekommen. Darf ich wissen, was da drauf ist?«

»Klar, natürlich. Da ist ein Film drauf, der von Esteban stammt.«

»Esteban?«

»Ja, einem meiner Kontakte. Einer meiner Patreon-Kontakte, genauer gesagt. Er arbeitet im Sanquianga National Park als Ranger. Das heißt, er hat da gearbeitet.« Unglücklich sah Gómez sie an. »Denn kurz nachdem er mir den Film zugespielt hatte, haben sie ihn umgebracht.«

Kirke stöpselte den Stick im Laptop ein, und eine Videoaufnahme spielte, die eine weitläufige neblige Dschungelregion im Abendlicht zeigte, über der der Himmel am Horizont plötzlich hell aufleuchtete. Jäh brach dort ein greller Lichtstrahl aus der Wolkendecke hervor, der sich wie ein Schneidbrenner in die dampfende Landschaft fräste und diese auf breiter Front in ein Meer aus Flammen verwandelte.

»Scheiße, was ist das denn?«, ächzte Daedalos erschrocken, während Kirke den Film ebenso ungläubig noch ein weiteres Mal abspielte.

»Ich sagte es doch«, meinte der Kolumbianer triumphierend. »Die greifen uns an!«

»Wo genau wurde die Aufnahme gemacht?«, wollte Perseus wissen.

»Der Nationalpark liegt in der Provinz Neriño an der Grenze zu Ecuador.«

Lena und ihre Kollegen warfen einander alarmierte Blicke zu.

»Brennen da etwa Koka-Felder?«, fragte Lena, die noch nicht vergessen hatte, dass die Vernichtung der dortigen Frühjahrsernte den derzeitigen Drogenkrieg losgetreten hatte.

»Die sind doch völlig latte«, ereiferte sich Gómez. »Viel wichtiger ist, dass wir das Objekt identifizieren konnten, das die Erde beschossen hat. Es handelt sich dabei um den Black Knight! Unsere Gruppe behält die Positionsdaten dieses mysteriösen Objekts schon seit seiner Entdeckung vor zwanzig Jahren im Blick. Und dieses Jahr hat es nun erstmals Aktivität gezeigt.«

»Der Black Knight?« Fragend sah Kirke ihn an.

»Meine Güte, den kennen Sie nicht?«, fragte Gómez ungläubig. »Der hat doch sogar seinen eigenen Wikipedia-Eintrag. Das ist ein Alien-Satellit, der uns ausspäht und angeblich schon vor Beginn der irdischen Raumfahrt gesichtet wurde. Es existiert sogar ein Foto von ihm. Es wurde 1998 von der Besatzung des US-amerikanischen Spaceshuttle *Endeavour* aufgenommen – aber anschließend natürlich vertuscht. Fragen Sie einfach Ihre Kollegen.«

»Sie sind sich sicher, dass der Beschuss von diesem Black Knight stammt?«

»Aber so was von.« Der Kolumbianer schniefte. »Wir haben das lückenlos berechnet, und zwei weitere Eingeweihte sind für dieses Wissen gestorben. Denken Sie, ich bin umsonst auf der Flucht? Die Greys – oder Ihre Kollaborateure – wollen um jeden Preis verhindern, dass die Welt das sieht.«

»Haben Sie noch mehr Beweise?«, fragte Daedalos.

»Reicht das nicht?« Ihr Gegenüber sah ihn irritiert an.

»Okay, ich denke, damit haben Sie sich für die Rekrutierung qualifiziert«, erklärte Kirke und zückte einen Kugelschreiber, der Lena verdächtig an einen der A.R.G.O.S.-Pens erinnerte. »Sie müssen bloß noch das Antragsformular ausfüllen.«

Sie beugte sich zu ihm rüber und stach ihm den Pen in den Arm.

Gómez schrie kurz, sein Blick wurde glasig, dann kippte er Lena entgegen, die ihn rasch auffing und auf der Pritsche ablegte.

»Das ist doch unmöglich wirklich ein Alien-Satellit?«, fragte sie zögernd.

»Ganz gewiss nicht«, grollte die Griechin, die sich nun wieder ihr Smart Glass aufsetzte. »Wir müssen Bellerophon kontaktieren.«

Lena folgte ihrem Beispiel, während Perseus bereits an seiner Brille nestelte. Es dauerte nicht lange, bis eine Bildkachel mit dem Prinzipal von Mailand aufploppte, der in einer Limousine saß.

»Perseus? Hatten Sie Erfolg?«

»Kann man so sagen.« Der Algerienfranzose berichtete in knappen Worten, was geschehen war, und wiederholte die Aussagen des Kolumbianers. »Die Frage ist, ob A.R.G.O.S. diesen Black Knight kennt?«

»Sie können von Glück sprechen, dass Visby seit einer Stunde wieder online ist.« Bellerophon nahm besorgt ein Tablet zu Hand, auf dem er etwas eingab, dann runzelte er die Stirn. »Interessant, das Objekt ist tatsächlich mit einem Querverweis gelistet, jedoch als topsecret klassifiziert. Warten Sie, ich muss dazu die internen Datenbanken des Olymps aufrufen, zu denen mir Zeus dankenswerterweise Zugriff gewährt hat.«

Sein Gesichtsausdruck verfinsterte sich.

»Unglaublich. Das ist tatsächlich ein Satellit. Und zwar einer aus russischer Fertigung, den H.A.D.E.S. angeblich kurz vor der damaligen Vernichtung des Syndikats gestohlen hat. Sein echter Name lautete Tsiklop, allerdings galt er bis heute als inaktiv. Es gibt aber Hinweise, dass er einen experimentellen thermonuklearen Laser zur Vernichtung terrestrischer Ziele an Bord haben könnte.«

»Könnte?«, stöhnte Kirke.

»Ich habe von diesen Laserexperimenten schon gehört«, meinte Daedalos skeptisch. »Solche Konstruktionen wurden irgendwann verworfen, weil sie den Aufwand nicht lohnen. Die können höchstens ein oder zwei Schüsse abgeben, dann ist der Fusionsbrennstoff verbraucht.«

»Ich versuche gerade, die restlichen technischen Daten unserer Aufklärung zu finden«, murmelte Bellerophon. »Nur kann ich die Anhänge nicht öffnen.« Er sah wieder auf. »Allerdings meldet sich gerade Agentin Elektra. Vielleicht kann sie uns weiterhelfen?«

Eine neue Bildkachel mit Elektras Konterfei erschien, die ziemlich besorgt dreinblickte.

»Elektra«, sprach der Prinzipal sie an. »Gut, dass Sie sich melden, denn wir benötigen Ihre Hilfe.«

»Ich befürchte, das muss warten«, meinte sie finster. »Denn es hat gleich mehrere Gründe, warum ich Sie kontaktiere. Der erste ist, dass ich hoffe, dass Sie wissen, wo sich Elton Rusk gerade aufhält?«

Lena spannte sich unmerklich, als sie den Namen des Multimilliardärs hörte.

»Ja, wir haben unauffällig dafür gesorgt, dass er unbeschadet zu seinem Domizil im Viertel Mont Boron zurückkehren konnte«, antwortete der Prinzipal argwöhnend. »Wieso?«

»Ich hatte Ihnen doch versprochen, nach Visbys Neustart als Erstes die gelöschten Aktivitäten von Demeter zu überprüfen. Erinnern Sie sich an den damals von H.A.D.E.S. zusammengerafften Goldschatz im Wert von vierhundert Millionen Euro, der bis heute als verschollen gilt?«

»Natürlich.«

»Demeter hat große Anstrengungen unternommen, die Barren zu finden. Allerdings wirkt es ganz so, als sei ihr dabei jemand zuvorgekommen. Sie konnte nämlich herausfinden, dass sich daran nach H.A.D.E.S.' Vernichtung mutmaßlich niemand Geringeres als Elton Rusk bereichert hat.«

»Wie bitte?«, entfuhr es Perseus.

Die Lettin seufzte. »Den gelöschten Daten zur Folge hat Rusk vor etwa fünfundzwanzig Jahren für einen italienischen Mafioso namens Luca Muratori gearbeitet. Der wiederum war Teil des Führungszirkels des alten Syndikats, bis er dann zusammen mit den anderen Verschwörern ums Leben kam. Muratori war damals für die Finanzen von H.A.D.E.S. verantwortlich, und Rusk als seine rechte oder linke Hand wusste offenbar, wo der Mann die Kriegskasse des Syndikats versteckt hatte.«

»Wieso ist dieses brisante Detail der Agency verborgen geblieben?«

»Kann ich Ihnen auch nicht sagen. Rusk scheint aber mit dem Gold den wahren Grundstock für sein heutiges Vermögen gelegt zu haben. Seine ganze Agenda als grandioser Geschäftsmann ist also reine PR. In Wahrheit ist er bloß ein Dieb und Blender.«

»Heißt das, dass Rusk heute Teil des neugegründeten Syndikats ist?«, fragte Kirke lauernd.

»Möglich wäre es.« Elektra blickte sie ernst an. »Das werden wir aber wohl erst erfahren, wenn ihr ihn schnappt. Vielleicht finden wir dann auch heraus, wo Demeter jetzt steckt.«

»Das war aber nicht das Einzige, warum Sie sich gemeldet haben«, hakte Bellerophon mit steinernem Gesicht nach.

»Ja, leider. Mein Team hat außerdem herausgefunden, dass das H.A.D.E.S.-Virus kurz vor unserem Reset noch einige streng geheime Daten der Olymp-Ebene abschöpfen konnte. Zum einen alle Informationen der Astraios-Datenbank. Darin sind alle bekannten Killer- und Spionagesatelliten der unterschiedlichen Nationen, Militär- und Geheimdienste aufgeführt. Der Grund dafür erschließt sich mir jedoch noch nicht. Denn einfach wird es nicht, die gegebenenfalls zu hacken.«

Lena sah, dass ihre Kollegen ratlos dreinblickten.

»Alarmierender ist jedoch, dass es unseren Gegnern auch gelang, Informationen aus der Knossos-Datei abzuschöpfen. In dieser …«

»Ja, verdammt, ich weiß, was das bedeutet«, unterbrach sie der Prinzipal von Mailand verärgert. »In ihr sind alle geheimen Einrichtungen und Liegenschaften von A.R.G.O.S. gelistet. Nicht nur die Standorte der Kontore, sondern auch die der Forschungseinrichtungen, Trainingsplätze, Safe-Houses und noch vieles mehr. Geben Sie das sofort an die Olymp-Ebene weiter, damit überall die Sicherheitsvorkehrungen verstärkt werden.«

»Das haben wir als Erstes gemacht.«

Perseus richtete sich aufgewühlt auf. »Prinzipal, wenn ich den Vorschlag machen dürfte, das mit dem Satelliten, diesem Black Knight, zunächst hintenanzustellen. Wir sollten stattdessen besser sofort aufbrechen, um Rusk dingfest zu machen. Nicht, dass uns dieser Mistkerl noch durch die Lappen geht.«

*

»Wie konnte sich A.R.G.O.S. von diesem Milliardär nur so täuschen lassen?«

Perseus munitionierte wütend das Magazin seiner automatischen Pistole auf, während Kirke mit dem Krankenwagen über eine Serpentinenstraße durch das von bewaldeten Hügeln durchzogene Nobelviertel Mont Boron kurvte. Das östlich von Nizza gelegene Stadtviertel ragte als Landzunge aufs Mittelmeer hinaus, und sie kamen sowohl an gewöhnlichen Häusern als auch an Nobelrestaurants, vornehmen Anwesen und edlen Villen vorbei.

Hinter ihnen, dort wo der Höhenzug abfiel, waren noch immer die bunten Häuser des Hafenviertels Le Port auszumachen, wo auch die Kreuzfahrtschiffe an- und ablegten. Linkerhand hingegen erhob sich der Parc du Mont Boron, ein Berg mit Grünanlagen, auf dem Pinien, Eukalyptus, Zypressen und wilde Orchideen wuchsen. Lena war sich sicher, dass man von den alten Festungsanlagen dort oben einen sensationellen Blick auf die Côte d'Azur und die nahegelegene Stadt hatte.

Leider würde sie wohl kaum dazu kommen, die Ruinen zu besuchen. Denn ihr Ziel war das Palais Mont Boron, eine protzige Villa aus dem 19. Jahrhundert, die unmittelbar an der Felsenküste des Nobelviertels lag. Die Felswand zog sich dort als schroffe Küstenlinie vom Cap de Nice bis weit nach Osten zum Pointe du Gaton. Die Villa hingegen war den Touristeninformationen nach vor allem durch ihre Säulenhallen sowie ein monumentales Musikzimmer berühmt. Früher war sie öffentlich zugänglich gewesen. Allerdings war das komplette Anwesen vor einigen Jahren von einem Russen aufgekauft worden, der es seitdem an Freunde und Geschäftspartner verlieh, wenn er nicht selbst in Nizza weilte.

Diesmal hatte sich dort Elton Rusk samt seiner Entourage einquartiert, was nichts Gutes erahnen ließ. Denn sie konnten sich kaum vorstellen, dass seine Ergreifung ohne Widerstand ablaufen würde.

»Ich hoffe, ihr seid bereit«, mahnte Kirke, die jetzt voraus deutete. »Denn wir sind da.«

Lena, die neben Gómez saß, der friedlich auf der Liege dämmerte, erhob sich und blickte ebenso wie Daedalos nach draußen.

Rechts der Straße, umgeben von einem stattlichen Park aus Palmen und Pinien, lag eine neoklassische Villa mit hoch aufragendem sechseckigem Turm, der oben von einem mit Arkaden ausgestatteten Aussichtspunkt gekrönt wurde. Eindeutig das Palais Mont Boron.

An die Villa grenzte ein stattlicher Seitenflügel mit hohen Säulen, die in korinthischen Kapitellen ausliefen.

»Okay, hier lässt es sich leben«, brummte Daedalos. »Allerdings war ich schon immer der Meinung, dass all diesen reichen Säcken nicht zu trauen ist.«

»Was macht die Verstärkung?«, wollte Perseus wissen.

»Die Kollegen sind bereits aufgebrochen, aber frühestens in einer halben Stunde hier«, antwortete Kirke, die den Wagen langsam an dem hohen Metallzaun des Grundstücks entlangrollen ließ. »Immerhin konnten sie im Wissenschaftspark einige der H.A.D.E.S.-Leute dingfest machen. Die Frage ist nur, wie viel die über das Syndikat wissen.« Perseus schnaubte. »Mich ärgert mehr, dass wir hier nicht mal Luftaufklärung haben. Es wird dringend Zeit, dass Elektra wieder in den Felddienst überstellt wird.«

»Ist ja nicht so, als würde sie uns gar nicht unterstützen«, beschwichtigte Lena ihn, die wie der Rest ihrer Truppe darauf wartete, dass sich die Lettin endlich meldete. Bei dem, was sie vorhatten, kam ihr ein entscheidender Part zu.

»Ihr habt aber nicht vor, auf die Verstärkung zu warten, oder?«, fragte Daedalos.

»Nein, keinesfalls!«

Kirke deutete zum gusseisernen Eingangstor der Parkanlage, hinter dem sich ein Kiesweg an Büschen und Bäumen vorbei zur Villa schlängelte. An dessen anderem Ende waren durch den Gartenbewuchs zwei schwarze Limousinen auszumachen, von denen eine von einem Angestellten gerade mit einem Koffer beladen wurde. »Denn das da hinten sieht ganz so aus, als wolle unser Vögelchen ausfliegen.«

»Oh, bevor ich das vergesse«, meinte Lena und hielt Daedalos die Skorpion hin. »Kannst du die hier schnell noch reparieren? Die klemmt leider seit dem Kampf auf der Autobahn.«

»Das sagst du erst jetzt?« Der Ire nahm die Waffe entgegen, fummelte kurz an der Mechanik, und gab sie ihr zurück. »Ist wieder einsatzbereit. Ich hoffe, du hast das Ersatzmagazin dabei?«

»Äh.« Lena durchsuchte ihre Taschen, fand es aber nicht. »Ich befürchte, das liegt noch im Eiswagen.«

»Ernsthaft?« Daedalos musterte sie auf eine Art und Weise, die Lena verlegen den Blick senken ließ.

»Na ja, ich hab ja noch meine Pistole«, meinte sie leise.

Kirke parkte schließlich etwas weiter den Serpentinenweg runter.

»Okay, raus mit euch!«

Geduckt eilten sie zurück zum Villengrundstück.

»Was dich betrifft«, ermahnte Perseus Lena, »bleibst du hübsch im Hintergrund und sicherst uns den Rücken.«

»Meinetwegen«, antwortete sie wenig begeistert.

Sie platzierten sich neben der Hecke eines Nachbargrundstücks, und Kirke funkte Elektra an.

»Elektra? Ich hoffe, du bist so weit?«

Die Bildkachel mit dem Konterfei der Lettin ploppte in Lenas Smart Glass auf, und sie sah, wie ihre Freundin konzentriert etwas tippte, bevor sie zu ihnen aufsah.

»Sorry, war nicht so leicht, in das Sicherheitsnetzwerk der Villa einzudringen. Heftige Firewall. Aber das Programm ist eingespeist, und die Überwachungskameras auf dem Grundstück sind in … 3 … 2 … 1 … aus! Beeilt euch, denn das dürfte bald auffallen.«

Ihre Einblendung verschwand wieder, und Perseus setzte sich an die Spitze, als sie zu dem Zaun hinübereilten, an dessen Streben er sofort Kletterhilfen festklemmte.

Schon stieg er nach oben und setzte mit einem beherzten Sprung auf das Grundstück über.

Kirke folgte ihm, dann Daedalos.

Allein Lena mühte sich trotz der Kletterhilfen auf dem Weg nach oben ab.

»Wartet nicht auf mich, ich sichere ja … eh bloß.«

Enttäuscht sah sie, dass ihre Gefährten bereits zwischen dem Bewuchs verschwanden, ohne überhaupt das Ende ihrer Bemerkung abgewartet zu haben. Umso mehr strengte sie sich an und schaffte es irgendwann ebenfalls, über den dämlichen Zaun zu kommen. Als sie zu Boden sprang, riss sie ihre Hose an einer der Metallspitzen auf.

Das ging ja super los.

Geduckt eilte sie von Baum zu Baum und sah in ihrem Smart Glass, dass ihre Kameraden längst über eine Grünfläche hinweg zur Villa gestürmt waren. Sie pressten sich dort gegen eine Gebäudewand, während Daedalos routiniert ein verschlossenes Fenster aufhebelte.

Sie selbst huschte über die Einfahrt hinweg auf die andere Seite des Grundstücks, um von dort aus den von hohen Säulen geschmückten Anbau im Auge zu behalten. Leider tat sich da nicht viel.

Immerhin hatte der Seewind etwas aufgefrischt, was ihrem unverändert erhitzten Gesicht guttat. Ihre Wangen waren zwar noch leicht geschwollen, allerdings fand sie zunehmend zu ihrem wahren Äußeren zurück.

Lena verfolgte mithilfe ihrer Smart Glasses, wie ihre Gefährten durch einige protzige Zimmer der Villa schlichen und soeben einen Hausdiener ausschalteten, der überraschend durch eine Tür trat. Vorn, vor dem Haupteingang, schleppte derweil erneut einer von Rusks Angestellten einen Koffer zu den Limousinen.

Lena überlegte bereits, ob es nicht vielleicht eine Möglichkeit gab, die Autos zu sabotieren – als sie hochschreckte, weil der Wind einen eigenartigen Geruch an ihre Nase trug. Und Gerüche waren in der letzten Woche stets ein Alarmzeichen gewesen.

Sie sah sich um und entdeckte auf der Rasenfläche unweit ihres Verstecks einen großen blauen Pfau. Argwöhnisch schritt der Laufvogel auf sie zu und blieb stehen.

Plötzlich schlug er mit seinem Federkleid ein Rad, und inmitten der Federn blitzten scheinbar Dutzende Augen auf. Dann begann der Pfau zu schreien. Ein klagender Ruf, der wie eine Abfolge verstopfter Trompetenlaute klang.

»Ksch! Fort mit dir!«, versuchte Lena ihn leise zu verscheuchen, doch das Federvieh dachte nicht daran, sondern lief jetzt sogar einige

Schritte und mit weiterhin gespreiztem Federkleid auf sie zu. Und mit dem Trompeten hatte er auch nicht aufgehört.

Der Kerl vorne bei den Limousinen drehte sich zu dem Pfau um, folgte der Blickrichtung des Vogels … und entdeckte sie.

Alarmiert griff er zu seinem verkabelten Ohr und lief zurück in die Villa.

Oh nein!

»Scheiße, Leute, ich wurde von einem Pfau entdeckt!«, warnte Lena die Kollegen.

»Von was, bitte?«, ertönte Perseus' Stimme.

Er und die anderen schlichen gerade durch eine riesige und von einer geschwungenen Marmortreppe dominierte Freihalle der Villa, als dort nicht nur der Angestellte, sondern auch zwei Bewaffnete in cremefarbenen Sakkos hereinstürzten und sie natürlich sofort bemerkten.

Schon entbrannte in der Villa ein Feuergefecht.

Lena verzog gequält das Gesicht.

Daran war allein sie schuld!

»Hau ab, du blödes Mistvieh!« Lena sprang auf, um den Pfau zu verscheuchen, doch der dachte immer noch nicht daran, klein beizugeben. Stattdessen stürzte sich der Vogel laut schreiend auf sie.

Lena verließ fluchtartig ihr Versteck und rannte tiefer hinein in den Villengarten. Doch das aggressive Federvieh blieb an ihr dran, bis es ihr im letzten Moment gelang, sich auf eine Pinie zu retten. Noch immer kreischte der Vogel mit gespreiztem Gefieder.

In der Villa hingegen regierte derweil das Chaos.

Schockiert sah Lena durch ihr Smart Glass, wie Perseus, Kirke und Daedalos zurückwichen, als auch oben auf der Treppe Leibwächter erschienen, die sie unter Feuer nahmen. Eine Rauchgranate polterte die Stufen hinunter, und die drei zogen sich gezwungenermaßen in ein Schauzimmer mit Kostbarkeiten aus Porzellan zurück. Die Pretiosen vergingen unter dem feindlichen Beschuss in einem Scherbenregen, als Lena von ihrem Baumversteck aus sah, wie zwei Leibwächter aus dem rauchgeschwängerten Haupteingang stürzten.

Sie deckten ihren geduckt dahineilenden Auftraggeber und brachten ihn in einer der Limousinen in Sicherheit.

»Rusk haut ab!«, rief Lena alarmiert ins Mikro.

Zwei weitere Bewaffnete liefen aus dem luxuriösen Gebäude und stiegen in die verbliebene Limousine ein. Einer von ihnen hielt so etwas wie eine Fernbedienung in den Händen, die er auf die Villa richtete, dann ließ auch er sich in den Wagen fallen.

Im Innern des Gebäudes hatten die Schussfolgen inzwischen deutlich abgenommen, als Lena in den Sichten ihrer Kameraden sah, dass vor den Fenstern der Räume automatische Stahlgitter herunterfuhren.

Kirke sprang reaktionsschnell auf und warf sich mit Schwung durch eines der Fenster, kurz bevor die Gitter endgültig heruntergefahren waren. Perseus und Daedalos hingegen hatten nicht so viel Glück. Die zwei kämpften in den verqualmten Sälen einen zurückgelassenen Leibwächter nieder, dann erst bemerkten sie, dass sie in der Falle saßen. Sie rannten zurück in die große Halle, doch auch die Eingangstür der Villa war entsprechend versperrt.

»Helena!«, war die wütende Stimme Kirkes zu hören. »Sieh zu, dass du die beiden da rausbekommst. Ich verfolge Rusk!«

Die Griechin stürmte hinter der Villa hervor auf den begrünten Vorplatz und rannte hinter den Limousinen her, die jetzt das Grundstück verließen.

»Okay, ich gebe mein Bestes!«

Lena blickte vom Geäst des Baums aus unglücklich nach unten, denn dort lauerte noch immer der Pfau, während Perseus und Daedalos im Innern des Palais die Zimmer abliefen auf der Suche nach einer Möglichkeit, das Gebäude zu verlassen. Na gut, dann sollte es vermutlich so sein.

Schreiend ließ sie sich vom Ast auf den Rasen fallen und wedelte wild mit den Armen, doch der Pfau zuckte nur kurz, bevor er abermals zum Angriff überging. Schmerzhaft schnappte das blöde Vieh nach ihrem Arm, dann versetzte Lena ihm mit ihrem Lady-Shave-Rasierer einen knatternden Stromstoß.

Wie vom Blitz gefällt, fiel der große Vogel um.

Mitleidig sah sie ihn an, dann rannte sie los und umrundete den hoch aufragenden Turm, bis sie in den stattlichen, bis zum Meer reichenden Garten gelangte, der von einem großen Pool sowie einigen schmucken marmornen Vogelbecken und Springbrunnen geschmückt wurde. Ärgerlicherweise war die Villa auch auf dieser Seite gesichert wie Fort Knox: Überall vor den Fenstern und Türen waren Stahlgitter heruntergefahren.

Während Kirke in den Rettungswagen sprang, um die Verfolgung der davonbrausenden Limousinen aufzunehmen, versuchte sich Daedalos in einem der Säle wenig erfolgreich daran, die Gitter mit seinem Einbruchswerkzeug aufzustemmen. Lena rannte daher zu einem Gartenhäuschen, dessen Tür sie kurzerhand aufbrach. Gehetzt sah sie sich nach passenden Werkzeugen um, als sie draußen leise Männerstimmen vernahm, die sie innehalten ließen.

Argwöhnend spähte sie durch ein Laubenfenster nach draußen und sah so, dass weiter hinten im Garten, bei einem Pavillon mit Meerblick, zwei dieser Leibwächter mit ihren cremefarbenen Sakkos auftauchten, die einem Dritten mit anthrazitfarbenem Hemd, dunkler Lederjacke und Jeans aus einer Luke im Rasen halfen.

Lena zoomte ihn mithilfe ihrer Brille heran und verengte wütend ihre Augen, da sie ihn angesichts seiner schlanken Gestalt und des Dreitagebarts sofort wiedererkannte.

Das war Elton Rusk.

»Kirke!«, zischte sie in ihr Mikro. »Siehst du das? Die Autos waren eine Finte. Rusk ist noch hier.«

»Scheiße!«, fluchte die Griechin wenig damenhaft und bremste den Rettungswagen sofort ab. »Ich kehre um.«

Rusk und seine Leute verschwanden auf der Seeseite zwischen den Büschen und Bäumen.

»Versuch irgendwie, ihn aufzuhalten!«, forderte Perseus sie auf. »Daedalos und ich finden schon einen Weg raus.«

»Okay.«

Lena packte ihre Pistole, atmete noch einmal tief ein, dann eilte sie in Richtung Pavillon und kam so an der gut getarnten Luke im Erdreich vorbei, die den Endpunkt eines Kellergangs aus der Villa bildete.

Wer, zum Teufel, stattete sein Heim mit all diesen aufwendigen Sicherheitsvorkehrungen aus? A.R.G.O.S. sollte dem Russen, dem das Palais gehörte, unbedingt mal auf den Zahn fühlen.

Sie quetschte sich zwischen den Büschen und Bäumen hindurch und sah dabei, dass das Grundstück hinten von einer hohen Mauer aus Bruchsteinen umgrenzt wurde. Inmitten der Mauerblöcke jedoch, verborgen von dem Gartenbewuchs, war eine schmale Pforte auszumachen, deren Tür halb offen stand.

Lena schlüpfte hindurch, spürte, wie der Seewind ihr Haar hob, und musste sich kurz gegen die tief stehende Sonne abschirmen. Denn unmittelbar vor ihr erstreckte sich bis zum Horizont die weite See.

Die Grundstücksgrenze verlief unmittelbar entlang der steilen Felsenküste, und sie konnte unter sich, inmitten des schroffen Gesteins einen provisorischen Weg ausmachen, der bis zur Brandung gute fünfzehn oder zwanzig Meter unter ihr führte.

Dort lag ein schnittiges Motorboot im Wasser, in dem ein Schwarzer mit gestreiftem T-Shirt auf Rusk wartete, der gemeinsam mit seinen Leibwächtern zwischen den Felsen in die Tiefe kletterte.

Nicht mit ihr.

Lena kraxelte mit gezückter Waffe ebenfalls zum Ufer runter. Sie rutschte einmal fast auf dem glatten Gestein aus, fing sich wieder und trat dabei ein faustgroßes Felsstück los, das nach unten polterte, über die Felsen sprang und einen der Leibwächter frontal am Kopf traf.

Der Kerl klappte bewusstlos auf den Steinen zusammen, und im nächsten Moment sah sich Lena den Mündungen dreier Waffen gegenüber. Allerdings zielte auch sie auf Elton Rusk, der keine drei Meter unter ihr stand.

»Ergeben Sie sich!«, rief sie.

Wütend blickten Rusk und seine verbliebenen Männer sie an, dann an ihr vorbei.

»Sie sind alles?«, fragte Rusk ungläubig.

»Ich bin top ausgebildet und werde schon mit Ihnen fertig, wenn es drauf ankommt«, erklärte Lena unerschrocken. Dabei sah sie allerdings im Smart Glass, dass Perseus und Daedalos noch immer im Haus beschäftigt waren, während Kirke eben erst wieder auf die Straße vor dem Grundstück einscherte.

Rusk blickte sie nachdenklich an und senkte überraschend die Waffe. »Ich muss schon sagen, Sie sind recht unerschrocken, junge Frau. Verraten Sie mir noch, welchem Verein Sie angehören? H.A.D.E.S. oder A.R.G.O.S.?«

»Wie bitte?«

»Nun, wären Sie eine H.A.D.E.S.-Killerin, hätten Sie mich vermutlich schon längst erschossen. Also werden Sie wohl zu der anderen Truppe gehören.«

»Wollen Sie mir weismachen, Sie hätten nichts mit H.A.D.E.S. zu tun?«

»Wie ich es mir gedacht habe: A.R.G.O.S.!«, stellte der Finne zufrieden fest. »In diesem Fall dürften Sie meine Verbindung zum Syndikat kennen, und Ihre Frage erübrigt sich. Ich habe ehrlich gesagt schon deutlich früher mit einem Ihrer Kollegen gerechnet. Allerdings war H.A.D.E.S. schneller als Sie. Oder sollte ich sagen …«, seine Lippen verzogen sich spöttisch, »… professioneller?«

»Was soll denn das heißen?«

»Zunächst: Wie wäre es, wenn wir uns wie zivilisierte Menschen benehmen? Es sind zwei Waffen auf Sie gerichtet. Egal, was Sie tun, meine Männer werden Sie erschießen. Also?«

Lena schluckte und senkte ihre Waffe.

Rusk gab dem Bootsführer ein Zeichen, und dieser sammelte den Bewusstlosen ein, während sein anderer Leibwächter zögernd die Waffe senkte, sich jedoch bereithielt.

»Noch mal«, meinte Lena forsch. »Wie ist das zu verstehen?«

»Ist das so schwer zu erraten?«, seufzte Rusk. »H.A.D.E.S. jagt mich. Das Syndikat ist bereits vor drei Jahren bei mir vorstellig geworden, um das Vermögen, das ich einst, sagen wir mal, privat angelegt hatte, zurückzufordern. Das habe ich getan. Leider hat dort jemand entschieden, dass auch noch Zins und Zinseszins fällig seien. Da war dann jedoch mein Goodwill erschöpft. Denn wer immer dort heute das Zepter führt, ist selbst bloß … ein Erbe. Seitdem fallen meine Auftritte in der Öffentlichkeit jedoch gezwungenermaßen spärlicher aus.«

»Das soll ich glauben?«

»Na, Sie waren doch heute bei dem Kongress mutmaßlich Zeugin, dass die es schon wieder auf mich abgesehen hatten«, knurrte der Milliardär.

Er lag zwar falsch, aber irgendwie war Lena froh, dass er sie nicht wiedererkannte.

»Ich will einfach meine Ruhe haben«, fuhr er fort. »Und das alles hier«, er deutete auf sie und sich, »bringt doch ebenfalls nichts. Also, was halten Sie davon, wenn ich Ihnen den Klarnamen eines Mitglieds des heutigen Syndikats liefere? Im Gegenzug lassen Sie mich fortan in Ruhe. Sagt Ihnen der ›Kardinal‹ etwas?«

»Sollte es das?«, fragte Lena skeptisch.

»Fragen Sie Ihre Kollegen. Bei ihm handelt es sich um Lorenzo Rossi, einstiger Aufsichtsratsvorsitzender der Vatikanbank. Es sind seine Männer, die mich jagen. Zufällig weiß ich, dass sich der Kardinal derzeit im Atlantis The Palm in Dubai aufhält. Und zwar unter dem Namen Lorenzo Rocci.«

»Ernsthaft?«

»Niemand behauptet, dass er bei der Wahl seiner Aliase besonders kreativ ist. Ich wäre durchaus froh, wenn ihm jemand das Handwerk legt.«

Lena sah, dass Kirke inzwischen in die Einfahrt der Villa raste.

»Was ist mit Demeter?«

»Ihre Führungsebene bedient sich noch immer dieser Götternamen?« Er lächelte geringschätzig. »Auch nicht besonders kreativ. Aber sorry, keine Ahnung. Sollte ich wissen, was mit ihr ist?«

»Sie hat Ihnen nachgeforscht.«

»Ja, möglich. Aber da wäre sie eh zu spät gekommen.«

»Dann wissen Sie auch nichts über die heutigen Pläne des Syndikats? Diese neuartigen Kokapflanzen? Oder der reaktivierte Black-Knight-Satellit, den H.A.D.E.S. einst den Russen gestohlen hat?«

»Ach, sieh an! Der war tatsächlich noch funktionsfähig? Allerdings irren Sie da in einem Punkt«, erklärte er nicht ohne eine gewisse Genugtuung. »H.A.D.E.S. hat diesen Satelliten damals nicht den Russen gestohlen, sondern A.R.G.O.S.«

Lena hob verblüfft eine Augenbraue.

»Überrascht?« Rusk zwinkerte spöttisch. »H.A.D.E.S. war Ihrer Organisation überhaupt stets eine Spur voraus. Ihre Kollegen damals hatten einfach nur Glück. Aber … das alles ist lange her.« Er seufzte. »Ich weiß nicht, wie H.A.D.E.S.' Absichten heute aussehen. Ich bezweifle auch, dass das Syndikat je wieder die alte Performance erreichen wird. Denn wer auch immer dort heute die Fäden zieht, er kann unmöglich mit der Genialität des einstigen Gründers mithalten. Also: War's das? Denn ich muss los, da ich noch hoch hinaus will. Außerdem nehme ich an, dass Ihre Kollegen jeden Moment hier eintreffen.«

Lena sah in ihrer Brille, dass sie das tatsächlich taten. Nur wusste sie nicht, wie sie Rusk noch weiter hinhalten sollte.

»Denken Sie an den Kardinal, Teuerste. Und an unsere Abmachung. Viel Glück!«

Rusk sprang ungerührt ins Boot, dann folgte ihm sein Leibwächter, der sie noch immer misstrauisch im Auge behielt. Der schwarze Bootsmann hinter dem Milliardär ließ den Motor aufheulen, und das Motorboot brauste entlang der Küste davon, während Rusk sich als letzten Gruß an die Stirn tippte.

Es dauerte nicht lange, und oben bei der Pforte waren Geräusche zu hören. Lena sah jetzt, wie Kirke über die Felsen zu ihr herunterkam.

»Tut mir leid!« Lena seufzte niedergeschlagen. »Ich wusste nicht, wie ich ihn weiter hätte aufhalten sollen.«

»Ich habe alles mitangesehen«, meinte die Griechin, die dem Motorboot ebenfalls nachblickte. »Das hätte auch anders ausgehen können.«

»Vielleicht kriegen wir ihn noch?«, meinte Lena hoffnungsvoll.

»Der fährt nicht ohne Grund an der Küste entlang«, murrte Kirke. »Bis die Kollegen das Boot aufgespürt haben, hat der sich irgendwo absetzen lassen.«

»Glaubst du ihm?«

Kirke wog zweifelnd ihr Haupt. »Rusk ist in jedem Fall ausgebufft. Zwar wirkt er so, als würde er dem einstigen Syndikat hinterhertrauern. Wie es allerdings mit dem neuen aussieht ... Ich weiß nicht. Prinzipiell traue ich ihm alles zu. Sollte jedoch an der Sache mit dem Kardinal etwas dran sein, könnte seine Story sogar stimmen.«

»Und was machen wir jetzt?«, klagte Lena. »Irgendwie stehen wir doch nun schon wieder am Anfang.«

»Nicht unbedingt«, widersprach die Griechin nachdenklich. »Da wäre zum einen die Sache mit dem Kardinal. Zum anderen aber auch seine andere Bemerkung eben.«

»Welche andere Bemerkung?«

»Die über den Black-Knight-Satelliten. Bellerophon darf uns gern mal erklären, warum der in den Akten als russischer Satellit vermerkt ist, wenn dir Rusk süffisant unter die Nase reibt, dass H.A.D.E.S. ihn damals angeblich von uns gestohlen hat.«

»Ja, und?« Lena sah sie fragend an.

»Wenn Rusk von ihm weiß, dann vielleicht auch noch andere, die in den Coup involviert waren. Irgendjemand von damals muss also mit dem heutigen Syndikat unter einer Decke stecken – sonst hätten sie den Satelliten nie einsetzen können.«

»Demeter?«

»Das überzeugt mich nicht.« Kirke schüttelte ihr Haupt. »Wenn ich Elektra richtig verstanden habe, dann ist Demeter Rusk in den Monaten oder Wochen vor ihrem Untertauchen auf die Schliche gekommen. Rusk erzählte aber, dass H.A.D.E.S. bereits vor drei Jahren bei ihm vorstellig wurde. Angenommen, das stimmt, dann würde es bedeuten, dass das Syndikat vielleicht schon viel länger im Untergrund aktiv ist, als wir bislang ahnten. Was, wenn nicht Demeter H.A.D.E.S. neu aus der Taufe gehoben hat, sondern das neue Syndikat an sie herangetreten ist? In diesem Fall sitzt da jemand an der Spitze, der ebenfalls über altes Insiderwissen verfügt. Jemand, den wir nur aufspüren, wenn wir wirklich keinen Stein auf dem anderen lassen.«

HEPHAISTOS

»Da bist du ja endlich wieder!«

Lena umarmte Elektra herzlich, kaum, dass diese mit vier schweren Koffern aus dem Zug gestiegen war. Die Lötschberg-Bergstrecke, die das Berner Oberland mit dem Wallis verband, galt als Geheimtipp, um in aller Ruhe das schweizerische Oberbergland zu bewundern. Doch obwohl über dem Kandertal die Sonne schien und die bewaldeten Berge mit ihren in den Wolken liegenden Kuppen ein Panorama boten, das Motive für gleich mehrere Postkarten hergegeben hätte, hatte sich heute nicht ein Tourist in den verschwiegen gelegenen Ort verirrt.

Ihnen war es nur recht.

»Ja, wurde auch Zeit!«, meinte Elektra mit Nachdruck. »Im Gegensatz zu früher ist so ein Bürojob auf Dauer nichts mehr für mich.«

»Gut so«, meinte Kirke, die sie ebenfalls kurz umarmte, dabei jedoch auffällig ernst blieb. Im Hintergrund fuhr die Bahn wieder los. »Wir haben dich nämlich schon vermisst.«

»War ja klar, dass ihr ohne mich nichts gewuppt kriegt«, antwortete Elektra respektlos. »Aber das wird sich ab jetzt wieder ändern.«

»Ganz schön frech, unser Kampfzwerg.« Perseus nahm grinsend die beiden größeren ihrer Koffer auf und musterte diese verwundert. »Meine Güte, was schleppst du denn mit dir rum? Ziegel?«

»Der Kampfzwerg trägt bloß sein Computerequipment bei sich. Außerdem …« Elektra sah sich auf dem verwaisten Bahnsteig verstohlen um. »… meinen neuen Freund für alle Fälle: Oleg!«

Sie nahm ihm den größeren der beiden Koffer ab, klappte ihn auf und präsentierte stolz einen schwarzen Hexacopter.

»Darf ich vorstellen?«, sprach sie feierlich. »Das ist Bobs großer Bruder. Erhöhte Reichweite, Traglast, Flugstabilität und Flugdauer. Außerdem lässt er sich noch mit ein paar Extras mehr ausrüsten als Bob.«

Sie wies zu einem dritten Hartschalenkoffer.

Lena bemerkte, dass Oleg bereits das stiftförmige Lasermikrofon trug, das Elektra damals Theodorus geklaut hatte.

»Ich werde Bob trotzdem vermissen«, meinte sie traurig.

Elektra nickte nur.

»Na gut.« Perseus seufzte. »Verlieren wir keine Zeit.«

Sie verließen den kleinen Bahnhof, und Lena warf noch einmal einen Blick auf die atemraubende Bergkulisse, die sich hinter den ländlichen Häusern und landwirtschaftlichen Betrieben der Ortschaft aufspannte. Dann stiegen sie und Elektra samt den Koffern hinten in einen weißen Van ein, während Perseus und Kirke vorn Platz nahmen.

»Wo ist Daedalos?«, fragte die Lettin verwundert.

»A.R.G.O.S. hat ihn gleich nach unserem Einsatz in Nizza vorgestern zurück zu seiner Familie nach London geschickt.« Perseus startete den Wagen. »Jede weitere Abwesenheit wäre aufgefallen.«

»Unschön.«

»Keine Bange, er beehrt uns bald wieder.«

»A.R.G.O.S. weiß, wie wichtig er für das Team ist«, mischte sich Lena ein. »Die Agency hat dafür gesorgt, dass ein ursprünglich gecancelter Schulausflug seiner Kinder nach Hastings doch noch stattfindet – unter der Voraussetzung, dass weitere Elternteile als Begleitpersonen für die Mädchen mitfahren. Rate mal, wen die Schule dazu überreden konnte?«

»Seine Frau?«

Lena zwinkerte gut gelaunt. »Daedalos wird sich uns also bald wieder anschließen.«

»Vorausgesetzt natürlich«, wandte Perseus ein, »dass wir hier Erfolg haben.«

Er steuerte das Fahrzeug an den Häusern der Ortschaft vorbei über eine Landstraße, die tiefer hinein in das berückend schöne Gebirgstal führte.

»Um zu dem geheimen A.R.G.O.S.-Sanatorium zu kommen, musst du hier nach rechts.«

Kirke, die bislang auffallend wortkarg geblieben war, deutete zu einer Abzweigung, die zwischen begrünten Hügeln hindurch ins waldreiche Gebirge führte.

Perseus tat wie ihm geheißen und beschleunigte den Van.

»Also, sag schon«, forderte er Elektra nach einem Blick in den Rückspiegel auf. »Irgendwas Neues von Rusk und dem Kardinal?«

»Was Rusk betrifft, musst du bloß die Zeitungen verfolgen. Der ist heute auf seinem privaten Weltraumbahnhof in Texas eingetroffen«, berichtete Elektra. »Sein Space Trip als Weltraumtourist steht kurz bevor. Und da wir wissen, wo er ist, und auch, wann er wieder zurückkommt, hat die Führungsebene beschlossen, ihn einstweilen in Ruhe zu lassen. Auch deswegen, weil sein Tipp mit dem Kardinal heute Morgen zur Ergreifung des Italieners geführt hat. Die Kollegen sind noch dabei, Lorenzo Rossi unbemerkt aus Dubai rauszuschaffen. Aber spätestens morgen werden sich unsere Verhörspezialisten seiner annehmen.«

»Sieht ganz so aus, als würde sich H.A.D.E.S. allmählich ausdünnen«, meinte Lena zufrieden. »Diese Trulla aus Hongkong ist tot, der Kardinal in A.R.G.O.S.-Gewahrsam, und von Papadopoulos wissen wir ebenfalls, dass er dazugehört. Wenn wir jetzt noch rausfinden, wo er untergetaucht ist, dann hätten wir schon drei der neun Syndikatsmitglieder ausgeschaltet.«

»Nicht so voreilig«, ermahnte sie Kirke. »Zum einen haben wir Dimitrios Papadopoulos noch nicht, zum anderen kennen sich die Mitglieder des inneren Zirkels nach unseren Erkenntnissen ausschließlich unter ihren Codenamen. Erwischt man einen von ihnen, heißt das noch lange nicht, dass wir dadurch auch den anderen auf die Schliche kommen. Deren Identitäten kennt allein der Obermotz, der sich als Alpha bezeichnet. Um H.A.D.E.S. wirklich auszuschalten, müssen wir den Kopf der Schlange abtrennen. Und davon sind wir noch ein gutes Stück entfernt.« Die Griechin sah sich zu Elektra um. »Bring uns lieber mal auf den aktuellen Stand, was die Sache mit dem Black-Knight-Satelliten und dem damaligen Hephaistos anbelangt.«

Auch Lena blickte Elektra fragend an, als der Name des einstigen technischen Chefentwicklers des Olymps fiel.

Der Mann war ein Genie gewesen. Und er war der Grund, warum ihre derzeitige Mission sie in die Schweiz führte. Genauer gesagt, zum Sanatorium Hygieia, einer geheimen A.R.G.O.S.-Einrichtung, die die Agency als Rehabilitations- und Erholungszentrum für Agenten unterhielt, die bei der Ausübung ihrer Pflichten Verletzungen und Traumata erlitten hatten. Lena wusste zwar nicht, wer den Posten des Hephaistos heute in der Führungsebene des Geheimdienstes ausfüllte, aber man konnte den damaligen Namenshalter des Schmiedegotts ohne Zweifel als eine der schillerndsten Gestalten in der Geschichte der Agency bezeichnen.

Lena hatte mit ihm, oder besser: mit einer seiner Hinterlassenschaften, erst vor einem halben Jahr in Thessaloniki zu tun bekommen. Der einstige Hephaistos war Konstrukteur des Orakels gewesen, einer streng geheimen A.R.G.O.S.-Einrichtung, die einstmals dazu geschaffen worden war, den unablässig fließenden Informationsstrom der Agency und zahlloser weiterer Nachrichtendienste zu filtern und daraus verwertbare Vorhersagen zu konkreten Problemstellungen zu destillieren. Leider waren sowohl er als auch das Orakel in den Neunzigern Opfer einer Attacke von H.A.D.E.S. geworden. Zeus hatte ihnen letztes Jahr anvertraut, dass es das Syndikat damals geschafft hatte, Hephaistos ein Nervengift zu verabreichen, das ihn den Verstand gekostet hatte. Seitdem war er nicht mehr er selbst. Und die Aussagekraft des Orakels ähnelte somit auch mehr den verwirrend mehrdeutigen Weissagungen des antiken Orakels von Delphi, als dass es wirklich nützlich gewesen wäre.

Oder besser gesagt: Die Antworten galten als ebenso verrückt wie ihr Erfinder.

»Nun«, seufzte Elektra. »Details zu unserem Patienten werden wir erst im Sanatorium erfahren, aber die neuerliche Sichtung der Archive hat ergeben, dass Rusk auch in diesem Punkt richtiglag. A.R.G.O.S. hatte beim Tsiklop – oder wie die UFO-Szene ihn heute bezeichnet: Black Knight – offenbar tatsächlich seine Hände im Spiel.«

»Dann stammt der Satellit gar nicht von den Russen?«, fragte Perseus.

»Doch, tut er«, meinte Elektra. »Entwickelt wurde er noch zu Zeiten der Sowjetunion. Und zwar als Antwort auf die von US-Präsident Ronald Reagan in den Achtzigern ins Leben gerufene Strategic Defense Initiative, die die Errichtung eines ganzen Gürtels moderner land-, see-, luft- und weltraumgestützter Waffensysteme zur Abwehr sowjetischer Interkontinentalraketen vorsah. A.R.G.O.S. hat dann die Wirren nach dem Zerfall der Sowjetunion dazu genutzt, den Satelliten im Rahmen einer streng geheimen Kommandomission in den Gewahrsam der Agency zu überführen. Das war die Zeit, in der der Olymp den Geheimdienst massiv für das 21. Jahrhundert fit gemacht hat: Visby als KI wurde entwickelt, mit den Perseiden haben wir uns drangemacht, unsere eigene Flotte an Nachrichtensatelliten im All zu stationieren, und, tja, auch das Orakel fällt in diese Zeit. An all diesen Projekten war unser Hephaistos maßgeblich beteiligt. Allerdings nicht nur er, sondern …«, sie machte eine bedeutungsvolle Pause, »… auch Hades als damaliges dreizehntes Mitglied des Olymps.«

»Hades?« Lena riss die Augen auf. »Du meinst, *der* Hades? Der ursprüngliche Gründer des Syndikats?«

»Exakt!« Elektra sah sie missmutig an. »Er und Hephaistos waren die eigentlichen Triebkräfte hinter all diesen Entwicklungen. Die beiden haben in jener Zeit so eng zusammengearbeitet, wie keine zwei anderen Götter des damaligen Olymps. Hephaistos als technischer Entwickler, Hades als Stratege. Es wusste ja niemand, dass Hades die Agency für seine eigenen Zwecke missbrauchte.«

»Und H.A.D.E.S. hat uns dann den Black Knight abgenommen?«, hakte Lena nach.

»Sieht ganz so aus.« Elektra zuckte mit den Schultern. »Wie genau das Syndikat das angestellt hat, weiß sogar Zeus nicht. Alle Unterlagen dazu wurden entweder vernichtet oder gingen anderweitig verloren. Die Agency weiß nicht einmal, wie H.A.D.E.S. den Black Knight überhaupt ins All zu schaffen vermochte.«

»Moment!« Perseus blickte verwirrt in den Rückspiegel. »Ich dachte, mit diesem geheimen Kommandounternehmen sei gemeint gewesen, dass A.R.G.O.S., und meinethalben später H.A.D.E.S., lediglich die Kontrolle über den Satelliten übernommen hätten? Jetzt sagst du, die Russen kamen nicht mal mehr dazu, ihn ins All zu schicken. Wie ist er dann da oben gelandet?«

»Das ist es ja gerade: Das weiß keiner.«

»Mal 'ne doofe Frage«, meinte Lena nachdenklich. »Wie hat es die Agency eigentlich geschafft, ihre Perseiden-Flotte heimlich im All zu stationieren? Verfügt A.R.G.O.S. über einen geheimen Weltraumbahnhof?«

»Die Frage ist alles andere als dumm«, meinte Perseus vorn. »Nach allem, was man hört, wurden sie sukzessive als geheime Huckepack-Nutzlast in andere Satellitenmissionen eingeschmuggelt.«

Elektra nickte bestätigend. »A.R.G.O.S. hat nicht ohne Grund Leute bei Raumfahrtbehörden wie der ESA eingeschleust. Auch bei privaten europäischen Weltraumunternehmen und angeblich sogar bei Roskosmos. In Russland gibt es schließlich genug korrupte Wissenschaftler, die zu solchen Deals bereit sind.«

»So was fällt nicht auf?«

»Unsere Perseiden-Satelliten sind nicht groß. Ganz im Gegenteil. Stell dir baseballgroße Würfel vor, vollgepackt mit modernster Optik.«

»Und der Black Knight?«

»Der ist ungefähr so groß wie ein Schulbus. Das ist ja gerade das Rätsel. Und das kann nur der alte Hephaistos lösen. Wenn …«, sie atmete tief ein. »Wenn wir bei seinem Zustand überhaupt etwas Vernünftiges aus ihm herausbekommen. Er wird ja nicht ohne Grund seit Jahrzehnten im Sanatorium behandelt.«

»Gibt es denn keinen anderen aus dem damaligen Olymp, der mehr über all das wissen könnte?«, fragte Perseus.

»Die gleiche Frage habe ich Zeus ebenfalls gestellt: Offenbar nicht.« Elektra wischte sich über die Nase. »Die damaligen Götter sind heute entweder tot, gesundheitlich zu angeschlagen oder schlicht nicht genügend in die Projekte der beiden involviert gewesen, als dass sie weitere sachdienliche Informationen beisteuern könnten. Unsere einzige Hoffnung ist also der alte Hephaistos. Nur er kann uns sagen, was er und Hades damals getrieben haben. Und vor allem: Wer noch in ihrer beider Pläne involviert war.«

»Da lang!«, meinte Kirke wortkarg und machte Perseus links auf eine asphaltierte Straße aufmerksam, die durch einen Wald höher hinauf in die Bergwelt führte.

Grübelnd musterte Lena Kirke, denn sie ahnte plötzlich, warum sie den Weg zu dem Sanatorium kannte.

»Sagt mal, Kirke, kann es sein, dass in dieser Heilstätte auch deine Schwester Europa behandelt wird?«

Kirke wandte sich ihr kurz zu, nickte und lächelte bitter.

Lena und Elektra, die ebenfalls überrascht wirkten, warfen sich Blicke zu. »Erhalten wir Gelegenheit, sie zu besuchen?«

»Ich hoffe es«, antwortete die Griechin knapp.

Perseus, der das wohl gewusst hatte, warf der Griechin einen mitfühlenden Seitenblick zu.

»Wurde Shadow ebenfalls in diesem Sanatorium behandelt?«, wollte Lena von ihm wissen.

»Nein.« Er schüttelte den Kopf, während sie an einem Schild vorbeifuhren, das erstmals auf das Sanatorium hinwies. »Ihre Einbauten erfolgten in einer speziellen Klinik für plastische Chirurgie in Spanien. Aber sollte es uns gelingen, sie lebend zu schnappen, dann wird man sie an diesen Ort überstellen.«

»Sonst noch was?«, wechselte Kirke das Thema, indem sie sich wieder an Elektra wandte.

Die räusperte sich. »Ja, und das ist vielleicht die einzig gute Nachricht. Von dem Black Knight geht tatsächlich keine Gefahr mehr aus. Der Olymp hat die alten Konstruktionspläne des Satelliten gefunden. Der Fusionsbrennstoff für den Laser sollte nach dem Beschuss Kolumbiens aufgebraucht sein. Das Schlimmste, was jetzt noch passieren könnte, ist, dass er irgendwann abstürzt.«

»Ich weiß nicht«, Perseus wog sein Haupt. »Irgendwas sagt mir, dass das noch nicht alles war.«

Sie fuhren weiter durch das gebirgige Tal, auf der Strecke wurde es zunehmend waldiger, und jeder von ihnen hing seinen Gedanken nach, als der Algerienfranzose nach vorn deutete.

»Da ist es!«

Lena beugte sich vor und entdeckte zwischen den Bäumen einen wunderschönen dreigeschossigen, weiß verputzten Bau mit Fachwerkteilen, Walmdächern und Stichbogenfenstern, der sich harmonisch in die imposante Bergkulisse einfügte. Vor dem Sanatorium lag ein umfriedeter Park mit großem gusseisernem Tor. Als sie näher heranfuhren, sah sie, dass der größte Teil des Sanatoriums im neugotischen Stil erbaut war, was auf ein gewisses Alter des Gebäudes hinwies. Haupteingang und zwei Loggien lagen dabei in der Mittelachse des Hauptgebäudes, das durch ein Zwerchhaus abgeschlossen wurde, wobei zum Park hin zwei ebenfalls weiß verputzte Türme mit Hauben und Dachlaternen aufragten.

Alles hier strahlte Ruhe, Erholung und Gastfreundschaft aus.

Perseus fuhr an das Tor heran, über dem in geschwungenen Lettern »Sanatorium Hygieia« stand. Er kündigte sich mittels einer Sprechverbindung links der Zufahrt an, und das Tor vor ihnen öffnete sich summend. Durch die reizvolle, mit Bäumen und Büschen bepflanzte Parklandschaft rollten sie bis unmittelbar vor das Hauptgebäude.

Lena entdeckte sofort die marmorne Statue der Hygieia, die im antiken Griechenland als Göttin der Heilkunst verehrt wurde. Sie erhob sich zentral auf einer der Parkflächen, um die Wege verliefen, auf denen Patienten mit Krücken und Gehstöcken spazierten. Weiter hinten schob ein Pfleger eine junge Frau in einem Rollstuhl zu einer Kneipp-Anlage mit Becken zum Wassertreten, und nahe einer Parkbank tollte sogar ein kleiner Beagle, der zu einem kräftigen Kerl gehörte, dessen linke Hand sichtbar zitterte.

Sie stiegen aus, und Lena atmete die klare und recht kühle Februarluft ein.

»Noch etwas«, meinte Kirke. »Ihr kennt A.R.G.O.S. Offiziell ist das hier ein Privatsanatorium. Sprich: Hier gibt es auch normale Patienten, wenn sie nur solvent genug sind. Sie tragen dazu bei, die Einrichtung zu finanzieren. Die Ärzte und Pfleger gehören zwar alle zur Agency, aber frei sprechen können wir erst, wenn wir in die entsprechenden Abteilungen gelangt sind.«

Die Tür des Haupteingangs öffnete sich, und eine brünette Krankenschwester um die vierzig mit auffallend kräftigen Armen und wachen blauen Augen kam ihnen auf der Treppe neben der Rollstuhlrampe entgegen.

»Frau Michailidis!«, sprach sie Kirke mit Blick auf einen grau melierten Herrn in Sportanzug und Strickjacke an, der begleitet von einem dunkelhaarigen Pfleger in weißer Kleidung ebenfalls aus der Tür trat, bevor die beiden im Park verschwanden. Offenbar ein Zivilist. »Schön, Sie wieder bei uns zu sehen. Entschuldigen Sie, aber hatten Sie einen Besuchstermin vereinbart?«

»Nein, wir kommen in der Tat unangekündigt«, antwortete Kirke kühl. »Aus Gründen …«

Interessiert hob die Frau eine Augenbraue. »Und Ihre Familie haben Sie diesmal ebenfalls mitgebracht?«

»Ja, das ist heute ein ziemlich wichtiges Familienjubiläum.«

»Verstehe. Haben Sie Gepäck? Bleiben Sie länger?«

»Nein.«

»Gut. Dann schlage ich vor, dass Sie mir folgen. Allerdings müssen Sie den Wagen auf dem Parkplatz abstellen.«

»Das übernehme ich«, erklärte Elektra überraschend, die erstaunte Blicke erntete.

Die Lettin lächelte gequält. »Sorry, aber Kliniken aller Art sind einfach nicht mein Ding. Aber wenn Ihr das Cousinchen zu einem Spaziergang im Park überredet, dann werde ich mich gern anschließen. Meldet euch.« Sie spreizte Daumen und kleinen Finger und machte die Telefongeste.

»Na gut.« Kirke und Perseus folgten dem Pfleger durch den Haupteingang, während Lena Elektra erstaunt dabei zusah, wie diese sich hinter das Steuer des Vans klemmte und dann zum Rand des Geländes davonbrauste.

Bislang hatte sie nicht einmal gewusst, dass Elektra einen Führerschein besaß.

Ohne Fahrzeug vor dem Haus sah der Park auch gleich schöner aus. Der Wind rauschte leise in den Bäumen, das Gebell des kleinen Hundes weiter hinten war zu hören, und irgendwo aus dem Tal schallten das dumpfe Ploppern eines Hubschraubers sowie ein akustisches Signal der Lötschberg-Bergbahn an ihre Ohren.

Lena lächelte und freute sie sich für Kirkes Schwester, dass sie an einem Ort wie diesem umsorgt wurde.

Sie folgte ihren Gefährten nach drinnen und eilte ihnen durch ein geschmackvoll gestaltetes Vestibül hinterher, in dem zwei vornehme Damen Kaffee tranken, hinüber zu einer etwas abseits liegenden Treppe, die ins Obergeschoss führte.

Oben angelangt versperrte eine gläserne Sicherheitstür den Weg, über der sich ein A.R.G.O.S.-Auge mit Kamera befand.

Als ihre Begleiterin einen Fingerabdruck-Sensor berührte, leuchtete über ihnen ein rotes Licht auf und ein Laser tastete ihre Gesichter ab.

»Willkommen in der A.R.G.O.S.-Sektion, Agenten!«, ertönte die vertraute Stimme Visbys, und irgendwie fühlte sich das gut an.

Die Tür öffnete sich automatisch, und die Krankenschwester forderte sie auf, ihr in die dahinterliegenden Flure des Sanatoriums zu folgen.

»Sie waren noch nicht hier, oder?«, sprach sie Perseus und Lena an, kaum, dass sich die Tür hinter ihnen geschlossen hatte.

»Nein, wir hatten noch nicht das Vergnügen«, bestätigte Perseus freudlos.

»Hier beginnt die A.R.G.O.S.-Sektion«, erklärte die Frau und deutete auf die Beschilderungen über ihnen an der Decke. »Damit Sie sich hier grob zurechtfinden: In diesem Stockwerk finden Sie die Einrichtungen für die medizinische und therapeutische Rehabilitation. Vor allem jene der Orthopädie. Weiter hinten den Flur hinunter geht es zur Kardiologie und der Inneren. Und dort«, sie deutete zu einer Treppe neben einem Fahrstuhl, »rauf zur Psychologie, Neurologie und den Behandlungsräumen für das Thanatos-Programm. Allerdings ist der Bereich oben nur der Ärzteschaft zugänglich. Ach so, entschuldigen Sie bitte, ich bin übrigens Agentin Panakeia.«

Thanatos-Programm? Konnte das tatsächlich sein?

Lena stierte hinüber zu Treppe und Fahrstuhl, während Kirke etwas ungeduldig das Wort ergriff. »Das heute ist keiner meiner üblichen Besuche. Wir sind hier auf Weisung des Olymps!«

Agentin Panakeia hob beeindruckt eine Augenbraue. »Darf ich fragen, um was genau es geht?«

»Wir müssen zum einstigen Hephaistos.«

»Patient Nr. 1?« Die brünette Sanitätsagentin atmete tief durch. »Sie wissen, dass ich Sie nicht ohne Weiteres zu ihm lassen darf? Er leidet nach wie vor unter paranoider Schizophrenie in Kombination mit Verfolgungswahn. Zumindest kann ich das nicht, ohne zuvor den Professor zu verständigen.«

»Dann tun Sie das bitte, und geben Sie ihm auch gleich das hier«, meinte Perseus reserviert und reichte ihr etwas altmodisch ein Schreiben. »Das ist die Olymp-Direktive.«

Panakeia betrachtete den Schrieb beeindruckt.

»Meine Güte«, entfuhr es ihr. »Sie handeln im Auftrag von Zeus persönlich? Bitte, folgen Sie mir.« Sie eilte schnellen Schrittes den Flur entlang. »Die geschlossene Abteilung ist in den Flügelbauten untergebracht. Aber wie gesagt, für den Zugang bedarf es der Zustimmung des Professors.«

Sie erhaschten Blicke auf offene Therapieräume mit ergonomischen Behandlungsgeräten, dann ging es durch eine weitere Glastür in den Bereich mit der Kardiologie und der inneren Medizin, wo Panakeia sie in ein geräumiges Büro führte.

»Bitte setzen Sie sich. In den Thermoskannen finden Sie Kaffee. Ich suche den Professor und bringe ihn sofort zu Ihnen.«

»Entschuldigen Sie«, hielt Lena die Sanitätsagentin auf. »Ich müsste dringend mal auf die Toilette.«

Perseus und Kirke musterten sie erstaunt, sagten aber nichts.

»Natürlich.« Panakeia deutete den Flur zurück. »Bitte einfach der Beschilderung folgen. Ich bin so schnell wie möglich wieder da.«

Sie rauschte davon, und auch Lena setzte sich ab. Sie schlüpfte durch die Glastür zurück zu den Behandlungsräumen, wo ihr ein Therapeut entgegenkam, der einen Kerl mit kantigem Kinn, aber nur noch einem Bein begleitete. Dann stand sie wieder vor der Treppe und dem Fahrstuhl, die hinauf in den Bereich der Neurologie führten.

Verstohlen sah sie sich um.

Thanatos-Programm!

Wenn die da oben tatsächlich diese Gedächtnislöschungen vornahmen, dann befand sich dort auch Sophia. Es musste einfach so sein.

Lena stiefelte rasch die Stufen hoch und stand ärgerlicherweise schon wieder vor einer Sicherheitstür mit A.R.G.O.S.-Auge.

Das hatte sie ganz vergessen: Der Bereich hier oben war ja nur für die Ärzteschaft zugänglich. Wie sollte sie da reinkommen?

Das A.R.G.O.S.-Auge über der Tür flammte plötzlich rot auf und scannte sie, bevor sie sich abwenden konnte. Doch anstelle einer Ermahnung Visbys sprang die Tür zu ihrer Überraschung anstandslos auf.

Lena grinste. Nix da mehr mit Clearance 1.

Ihre Beschwerde bei Zeus hatte offenbar Früchte getragen.

Sie drückte die Tür auf und gelangte statt in einen schlichten Flur in eine Art Vorraum samt Empfangstresen, von dem links und rechts breite Gänge mit zahllosen Türen abzweigten. Unglücklicherweise war der Vorraum nicht leer. Ganz im Gegenteil, denn vor ihr scherzten gerade eine Krankenschwester und ein Arzt miteinander, die sich jetzt beide überrascht zu ihr umdrehten.

»Wer, zum Teufel, sind Sie denn?«, sprach sie der Weißkittel verärgert an. »Wie sind Sie hier überhaupt reingekommen? Sie haben hier oben nichts verloren.«

Mist! Das hatte ihr gerade noch gefehlt.

»Entschuldigung.« Lena spürte, wie ihr das Blut ins Gesicht schoss. Ihr Plan war gescheitert, bevor sie auch nur in die Nähe seiner Erfüllung gelangt war. »Agentin Helena. Ich, äh, muss mich irgendwie in der Tür geirrt haben. Und ich wäre froh, wenn Sie mein Erscheinen für sich behalten könnten. Ich bin gewissermaßen, äh, topsecret unterwegs, wenn Sie verstehen.«

»Topsecret?!«, zürnte der Arzt. »Sie spinnen wohl. Ein derartiger Sicherheitsverstoß muss …«

Die Frau hinter dem Tresen packte ihn energisch am Arm, drehte ihm ihren Computer zu, und der Mann verstummte.

»Um Gottes willen, entschuldigen Sie bitte.« Er sah sie jetzt regelrecht ergeben an.

»Leider hat uns niemand auf Ihren Besuch vorbereitet.«

»Was soll ich erst sagen?« Lena lachte befangen. »Ich bin auch gleich wieder weg.«

Sie wollte bereits zurück ins Treppenhaus schlüpfen, doch der Arzt hielt sie auf.

»Nein, warten Sie.« Lächelnd trat er an sie heran. »Es ist mir wirklich eine Ehre. Ich bin Telesphoros. Vielleicht kann ich Ihnen irgendwie helfen? Ich weiß, das Sanatorium ist groß, und Sie suchen offenbar irgendeine Abteilung.«

»Na ja.« Lena musterte ihn eingehend, da sein plötzlicher Sinneswandel sie etwas misstrauisch stimmte. Andererseits … Vermutlich siegte bei ihm gerade sein Respekt vor Agenten, die anders als er im unmittelbaren Feldeinsatz standen. Und eine bessere Chance bekam sie vermutlich nicht. »Wie gesagt«, sie räusperte sich. »Das alles ist topsecret!«

»Sie können sich auf unsere Diskretion verlassen«, versicherte der Arzt, und auch die Krankenschwester hinter ihm nickte dienstbeflissen.

»Okay, Agent …«

»Telesphoros.«

»Richtig. Ich suche eine Zivilistin. Ihr Name ist Sophia Kaufmann.«

»Aber ja, die liegt hier. Eine von derzeit zwei Zivilisten, die das Thanatos-Programm durchlaufen.«

»Dieses däm … äh, Programm läuft schon?«

»Ja, Phase eins wurde heute Morgen abgeschlossen.« Er lächelte gewinnend. »Ihre Synapsen sind jetzt empfänglich, und wir haben vor einer Stunde mit Phase zwei begonnen.«

»Phase zwei?«

»Ja. Die wichtigste Phase.« Telesphoros atmete tief ein. »Wir führen ihr gerade die Präparate zur mentalen Kontextveränderung zu. Sie fragen vermutlich, weil die junge Frau so spät bei uns eingetroffen ist? Aber da müssen Sie sich keine Gedanken machen. Wir liegen absolut im Zeitrahmen.«

»Ärgerlicherweise war sie eine wichtige Zeugin«, flunkerte Lena. »Ich müsste sie also noch einmal sprechen.«

Der Arzt runzelte die Stirn. »Dazu kommen Sie jetzt ehrlich gesagt etwas spät … Was Sie bitte nicht als Kritik auffassen mögen. In Ihrer Position haben Sie sich natürlich um zahllose Dinge gleichzeitig zu kümmern. Aber ich befürchte …«

»Also, kann ich sie jetzt sehen?«, unterbrach Lena ihn, da sich die anderen sicher allmählich über ihre Abwesenheit Gedanken machten.

»Natürlich! Bitte folgen Sie mir.«

Er marschierte einen Korridor hinunter, bis er vor der Tür zu einem Zimmer Halt machte und diese bereitwillig öffnete.

»Bitte sehr. Allerdings ist sie im Augenblick nicht ansprechbar. Und ich befürchte, da können wir derzeit auch nichts dran ändern.«

Der Raum war wie ein typisches Krankenhauszimmer eingerichtet, und tatsächlich lag dort Sophia in einem Bett. Lena trat zu ihr und presste unglücklich die Lippen aufeinander. Ihre Schwester hatte die Augen geschlossen, war etwas blass und lag reglos da wie Schneewittchen.

Im Unterschied zu der steckten in ihrem Mund jedoch nicht die Reste eines vergifteten Apfels, stattdessen waren Schläuche an ihren Armen befestigt, die zu Infusionsbeuteln führten. Außerdem war ihr Kopf von einer Haube mit vielen Drähten umschlossen, die ihrerseits an einem gelegentlich piepsenden Gerät mit Monitoren angeschlossen war, auf denen elektrische Signale oszillierten.

»Hat sie ihr Gedächtnis an die Ereignisse auf der Insel schon verloren?«

»Na ja.« Der Arzt hinter ihr räusperte sich. »Der Prozess wird gerade eingeleitet. Und wir sollten ihn auch besser nicht stören, wenn wir ihn nicht gefährden wollen.«

Lena rang mit sich, doch je länger sie nachdachte, desto mehr stand ihr Entschluss fest. Völlig egal, ob das Ärger gab.

Sie wollte nicht, dass Sophia vergaß, was sie zusammen erlebt hatten.

Und der Eingriff war ja auch nicht von Pappe.

Klar, sie war da als Familienmitglied natürlich etwas befangen. Aber ging Familie nicht über alles? Was, wenn Sophia durch das Thanatos-Programm psychische Schäden davontrug?

Durfte sie all das als ihre große Schwester wirklich zulassen?

Natürlich nicht.

Das wäre vollkommen herzlos gewesen.

Ebenso, wie sie es auch nicht zulassen durfte, dass Sophia sie noch einmal als vertrocknete Primel bezeichnete. Oder irgendwie sonst auf ihr Leben herabblickte, statt wie zuletzt bewundernd zu ihr aufzuschauen.

Speziell Letzteres galt es in jedem Fall zu bewahren.

»Ich befürchte, wir müssen das Programm abbrechen«, erklärte sie. »Die Aussagen von Frau Kaufmann sind für die Agency einfach zu wichtig.«

»Sie sind sich da ganz sicher?«, fragte Telesphoros erstaunt. »Ihnen ist klar, dass ein Abbruch einen Neustart des Programms unmöglich macht?«

»Ja, damit müssen wir dann leider leben.« Lena versuchte, eine wichtige Miene aufzusetzen. Aber der Arzt schien noch immer genug Respekt vor ihr zu haben, dass er nicht zu widersprechen wagte. »Prioritäten – verstehen Sie?«

»Prioritäten. Ich verstehe absolut.«

Er seufzte, klemmte die Infusionsbeutel ab und stellte irgendetwas an dem piepsenden Gerät neu ein, als Lena von außerhalb des Gebäudes Laute vernahm, wie sie sie vorhin schon bei ihrer Ankunft vernommen hatte.

Das Ploppern.

Wie von einem Hubschrauber.

Ihr Blick wanderte zum Fenster, das nach hinten raus zum dortigen Teil des Sanatoriums-Parks führte.

Tatsächlich ging dort soeben im Schutz der Bäume ein großer schwarzer Helikopter nieder.

»Bekommen Sie eigentlich häufig Patienten eingeflogen?«

»Nein, aber gelegentlich kommt das vor.« Der Arzt sah auf, da er die Fluggeräusche jetzt ebenfalls vernahm. »Aber wieso landet der da hinten? Das Helipad befindet sich bei den Sportplätzen.«

Lenas Augen weiteten sich, als sie sah, wie aus dem Hubschrauber Bewaffnete sprangen. Sofort setzte sie ihr Smart Glass auf, mit dem sie die Szene näher heranzoomte.

Als Letzter, und mit dem Gestus eines Feldherrn, entstieg dem Helikopter ein hochgewachsener Mann, der sich soeben eine Sturmhaube überstreifte. Die silbergrauen Haare, der sorgsam gestutzte Vollbart – das war niemand Geringeres als Dimitrios Papadopoulos!

»Scheiße!«, fluchte Lena. »Lösen Sie sofort Alarm aus! Und danach kümmern Sie sich weiter um meine … um Frau Kaufmann! Verstanden?«

Alarmiert lief sie zur Zimmertür.

»Was ist denn?«

»Das Sanatorium. Es wird angegriffen!«

*

Die roten Lichter des stummen Alarms waren längst überall im Gebäude angesprungen, als Lena keuchend die Zwischentür zum Bereich der Inneren aufriss. Noch bevor sie das Büro erreichte, stürzten dort bereits Perseus und Kirke heraus, denen aufgeregt Sanitätsagentin Panakeia in Begleitung eines korpulenten Mannes mit Halbglatze und Nickelbrille folgten, der ebenfalls weiße Kleidung trug.

Das musste der Professor sein, der Chef von Sanatorium Hygieia.

»Die Eingänge werden bei Auslösen des Alarms automatisch versperrt«, lamentierte Letzterer gestresst. »Aber ich verstehe nicht, was hier gerade …«

»Helena! Was ist los?«, wandte sich Perseus an Lena, kaum, dass er sie entdeckt hatte.

»Das Sanatorium wird angegriffen!«, warnte sie ihn und Kirke. »Hinten ist ein Hubschrauber mit Bewaffneten gelandet. Ihr Anführer ist kein Geringerer als Dimitrios Papadopoulos!«

»Papadopoulos?« Kirke blickte sie entgeistert an. »Scheiße, das hat uns gerade noch gefehlt!«

Die Griechin stürmte in ein Behandlungszimmer, das auf der anderen Seite des Haupteingangs lag, und kippte die Jalousien vor den Fenstern.

»Vorne sind sie auch!«, fauchte sie zornig.

Lena sah, dass sich im vorderen Teil des Parks ebenfalls ein Helikopter herabsenkte, aus dem sich soeben ein halbes Dutzend weiterer Angreifer an Seilen auf den Rasen herabließ.

»Wie steht es um Ihre Verteidigungsfähigkeiten?«, fuhr Perseus den Professor an.

»Gott, das hier ist ein Sanatorium«, meinte der überfordert. »Wir haben nur drei Mann Sicherheitsdienst. Ich habe sie schon angepiepst.«

»Wie sieht es mit Waffen aus?«

»Ein Waffenschrank mit Handfeuerwaffen befindet sich in jedem Stockwerk«, erklärte Panakeia an Stelle ihres Chefs. »Der hiesige ist gleich hier.«

»Öffnen!«

Kirke, die ebenso wie Perseus längst ihre eigene Waffe gezogen hatte, eilte mit ihr ins Büro zurück. Lena sah, wie die Agentin einen Schlüsselbund zückte und umständlich einen Schrank aufschloss, in dem ein halbes Dutzend automatische Pistolen samt Munition verstaut waren.

Lena und Perseus versuchten in der Zwischenzeit, Elektra zu kontaktieren, die sich daraufhin mittels Smart Glass zuschaltete. Ihre lettische Freundin versteckte sich hinter dem Van und war gerade dabei, den großen Koffer mit Oleg aus dem Laderaum zu ziehen.

»Sorry, ich war im Park«, meldete sich Elektra zerknirscht. »Bin jetzt am Start.«

»Wie viele?«, wollte Perseus lediglich wissen.

»Ein Hubschrauber vorn, einer hinten«, meinte Elektra angespannt. »Und ein dritter kreist noch immer über dem Sanatorium. Ich tippe also auf insgesamt fünfzehn bis zwanzig Angreifer.«

»Papadopoulos führt sie an«, informierte Lena auch sie.

»Shit!«

»Lass mich raten«, schnaubte Perseus. »Das Sanatorium war ebenfalls in der Knossos-Datei aufgeführt?«

»Du erlebst gerade die Antwort«, antwortete Elektra verärgert. »Also, ich habe eure Standorte und weiß, was ich zu tun habe. Wünscht uns Glück!«

Sie schaltete sich weg, während der Professor wieder loslegte.

»Hören Sie«, meinte er schwitzend, »wir haben es hier doch eindeutig mit einer Übermacht zu tun. Meine Leute absolvieren zwar einmal im Jahr die obligatorischen Schießübungen, aber gegen einen solchen Angriff sind die völlig chancenlos. Meinen Sie nicht vielleicht, dass es besser wäre, wenn wir …«

»Treue, Tapferkeit, Tod!«, fuhr ihn Kirke an. »Schon vergessen? Wir übernehmen ab jetzt! Wie viele Agenten werden hier behandelt?«

»Derzeit? Sechzehn.«

»Das sind alles erfahrene Agenten.« Kirke räumte den Waffenschrank aus. »Und es ist mir auch scheißegal, ob die traumatisiert oder sonst wie lädiert sind. Wir werden jeden bewaffnen, der eine Waffe halten kann. Und dann wollen wir doch mal sehen, wie chancenlos wir tatsächlich dastehen.«

Sie reichte Panakeia eine der Pistolen.

»Worauf warten Sie? Geben Sie den Befehl weiter.«

Die Sanitätsagentin zückte ein Funkgerät und gab die Order durch, während irgendwo draußen erste Schüsse fielen. »Glauben Sie, die haben es auf Patient Nr. 1 abgesehen?«, fragte der noch immer fassungslose Professor.

»Glauben Sie an Zufälle?«, antwortete Perseus gereizt.

Kirke wandte sich an Lena und Perseus. »Seht zu, dass ihr Hephaistos in Sicherheit bringt. Ich sorge dafür, dass wir es denen nicht zu leicht machen.«

Sie schlug Panakeia gegen die Schulter.

»Los jetzt! Bringen Sie mich zu den Agenten. Und zwar beginnend bei meiner Schwester!«

Die beiden Frauen stürmten aus dem Raum.

»Sie haben meine Kollegin gehört.« Perseus packte den noch immer wie gelähmt dastehenden Professor an der Jacke und trieb ihn an. »Führen Sie uns zu Patient Nr. 1!«

Der Chef der Einrichtung setzte sich in Bewegung, und sie liefen zum Ende des Korridors, wo er eine Tür zu einem Treppenhaus mit Fahrstuhl öffnete. Irgendwo unter ihnen hallte bereits eine dumpfe Explosion. Dennoch drückte er allen Ernstes auf einem Fahrstuhlknopf herum, bis Perseus ihn brüsk die Treppe hinaufschob. Es ging über weitere Flure tiefer hinein in das alte Sanatorium. Vereinzelt kamen ihnen aufgeschreckte Ärzte und Pfleger entgegen, die die sichtlich verstörten zivilen Patienten in diesem Teil des Gebäudes in Safe Rooms führten. Von draußen, aber auch in den Stockwerken unter ihnen war jetzt das Rattern von MPs und Gewehren zu hören.

»Hier ist die Geschlossene«, keuchte der Professor, als sie eine weitere Sicherheitstür mit A.R.G.O.S.-Auge erreichten. »Patient Nr. 1 ist der Einzige, den wir hier untergebracht haben.«

Das Auge über ihnen scannte sie, die Tür öffnete sich, und sie eilten in einen Empfangsbereich, in dem sie eine blasse Krankenschwester erwartete.

»Professor, was geht da draußen vor sich?«

»Wir müssen zu Patient Nr. 1!«, antwortete Perseus anstelle des Arztes. »Sehen Sie zu, dass Sie sich in Sicherheit bringen.«

Die Frau zögerte erst, eilte dann aber davon.

»Müssen wir eigentlich irgendetwas im Umgang mit Hephaistos beachten?«, fragte Lena den Chef des Sanatoriums.

»Ich war gerade dabei, Ihre Kollegen über seinen Zustand aufzuklären«, antwortete der gepresst. »Um es in aller Kürze auszudrücken: Er ist noch immer ziemlich durch den Wind. Und paranoid. Aber seit wir vor einigen Jahren mit der neuen Verhaltenstherapie begonnen haben, hat sich sein Zustand deutlich gebessert.«

»Was für eine Verhaltenstherapie?«, wunderte sich Perseus – als sie einen großen halbrunden Raum betraten, dessen Anblick sie abrupt innehalten ließ.

Denn der Raum ähnelte … einer unaufgeräumten Werkstatt.

Oder einer Bastelstube für Modellspielzeuge und andere Seltsamkeiten. So genau ließ sich das nicht sagen.

An den Wänden standen Tische, auf denen einfaches Werkzeug, Holzstücke, Wickeldraht, Batterien und sonstige Bastelmaterialien lagen. Der Boden war mit altem Pappmaché sowie Zeitungsresten übersät, in deren Seiten Löcher geschnitten waren. An der Decke blinkten unzählige elektrische Weihnachtsbaumkerzen, die das Zimmer in ein unruhiges Licht hüllten. Überhaupt hatte sich der Schöpfer des Ganzen an der Decke ganz besonders ausgetobt. Denn von dort oben baumelten zahllose Mobiles, deren Fäden an Kugeln aus Aluminiumpapier endeten. Bei alledem war das ungewöhnlichste Objekt, das dort oben befestigt war, ein aufgespannter Regenschirm, der innen mit Alufolie ausgekleidet war. Und als wäre all das nicht seltsam genug, thronte auf einem Tisch in der Raummitte das übergroße Modell eines Spaceshuttles aus Pappmaché, das sich an Seilzügen und von einem kleinen Elektromotor betrieben selbständig zwischen Tischplatte und Mobiles auf und ab bewegte.

Regelrecht gespenstisch muteten jedoch die unzähligen an die Wände gehefteten Zeichenblätter an, die überall im Raum in Vierergruppen verteilt waren. Auf einem jeden von ihnen war ein großes

Auge gemalt. Und es waren sicher siebzig oder achtzig dieser Augen, die den Betrachter bedrohlich von allen Seiten anstarrten.

Die einzige Ausnahme bildete ein Bereich an der Stirnseite des Zimmers, wo an der Wand gut sichtbar eine alte Klobrille montiert war. In das Sitzrund war zentral ein längliches zylindrisches Objekt aus einigen miteinander verbundenen Mundwasser-Sprays eingespannt, an dessen Enden jeweils mehrere große Suppenlöffel befestigt waren, deren konkave Vertiefungen die Konstruktion wie die Flügel von Schmetterlingen umrahmten.

»Was ist das denn hier?«, entfuhr es Perseus, während im Hintergrund weiter gedämpfte Schüsse fielen, die auf ungute Weise näher zu kommen schienen. Sein Blick heftete sich auf eine zerbrochene, fast unterschenkelgroße Figur aus Legosteinen, die wie eine Mischung aus Godzilla und Zyklop anmutete, und aus deren einem Auge ein feuriger Blitz aus rot angemalter Pappe stach. Sie lag auf einem der Basteltische neben der Eingangstür, und die losen Fäden an seinen Gliedmaßen sowie der Haufen Legos daneben deuteten darauf hin, dass auch sie an der Decke gehangen hatte, jedoch irgendwann abgefallen war. »Wie ich schon sagte«, erklärte der Arzt, »wir erlauben es Patient Nr. 1, sich spielerisch etwas auszutoben. Auf diese Weise haben wir es nach fast zwei Jahrzehnten erstmals geschafft, sein Vertrauen zurückzugewinnen. Seitdem ist sein Medikamentenverbrauch gesunken, und er ist auch deutlich zugänglicher geworden. Er spricht sogar hin und wieder mit uns. Und vor allem: Er beißt jetzt nicht mehr.«

»Der Mann ist Konstrukteur. Ist das nicht etwas … gefährlich?«, meinte Perseus misstrauisch.

»Jetzt wollen wir mal nicht übertreiben«, beschwichtigte der Professor ihn. »Patient Nr. 1 ist kein Monster, sondern das Opfer eines Nervengifts. Wäre er je mit einem Schraubenzieher oder etwas Ähnlichem auf einen von uns losgegangen, hätten wir die Therapie sofort abgebrochen. Speziell die Werkzeuge werden sowieso alle zwei Tage durchgezählt. Der Rest ist harmlos: ein Lämpchen hier, ein paar Gummibänder da, ein paar Schräubchen dort …«

Lena trat an das große Pappmodell eines Teleskops auf einem Nebentisch heran, dessen Okular auf das Foto eines Schneesturms gerichtet war, das zwischen den vielen Augenmalereien ebenso heraus-stach wie die Klobrille weiter hinten. Das Foto stammte offenbar aus einer Zeitung, und daran war eine kleine russische Fahne geheftet. Darunter waren in zwei Reihen Zahlen aus rotem Plastik aufgereiht, wie man sie für Geburtstagstorten verwendete.

»Er kriegt jedes Jahr eine Torte«, erklärte der Professor hinter ihr. »Er war immerhin Teil des Olymps.«

»Was bedeuten die vielen Augen?«, fragte Lena, die sich noch immer von allen Seiten angestarrt fühlte.

»Na, die stehen natürlich für A.R.G.O.S.«, antwortete der Arzt. »Das Monster mit den vielen Augen. Was sonst? Und das heißt, er erinnert sich daran, für wen er einst gearbeitet hat. Ein echter Fortschritt.«

»Nur ist das alles gerade völlig unwichtig«, fauchte Perseus ungeduldig. »Wir müssen Hephaistos wegschaffen. Und zwar sofort. Wo steckt er?«

Ein leises Summen war zu hören, und durch eine Tür zu einem Nebenzimmer rollte ein elektrischer Rollstuhl herein. Darin saß ein greiser, sicher über achtzig Jahre alter Mann mit faltigem Gesicht, auffallend dürrem Hals und schlohweißen, wirr abstehenden Haaren. Misstrauisch starrte er sie durch eine quadratische Hornbrille mit dicken Gläsern an, während er in seiner Hand eine grüne Kinderschere hielt.

Lena, die in Thessaloniki ein Foto des einstigen Hephaistos gefunden hatte, erkannte ihn sofort wieder. Nur war er deutlich älter geworden. Doch noch immer glomm in seinem durchdringenden Blick ein unstetes Feuer.

Perseus umrundete den Tisch mit dem Shuttle-Modell mit wenigen Schritten, und der Alte wich in seinem elektrischen Rollstuhl vor ihm zurück.

»Ich bitte Sie, Hephaistos«, sprach der Professor am Eingang, »vertrauen Sie uns. Wir müssen Sie leider …«

»H.A.D.E.S. ist gekommen. Verstehen Sie das?«, ging Perseus unerbittlich dazwischen. »Die wollen Sie entweder umbringen oder entführen. Begreifen Sie? Wir müssen Sie in Sicherheit bringen!«

»Hades …«, brabbelte der Alte verstört. »H.A.D.E.S.!«

Wild mit der Kinderschere gestikulierend, deutete er zu dem aufgespannten Regenschirm inmitten der Mobiles über ihnen.

»H.A.D.E.S.! H.A.D.E.S.! H.A.D.E.S.!«

Perseus trat gerade einen Schritt auf ihn zu, als im Empfangsbereich der Geschlossenen eine laute Explosion zu hören war, der das prasselnde Geräusch zahlloser Scherben folgte.

Der Professor wirbelte entsetzt herum, dann ratterten Schüsse, und er brach vor ihren Augen von vielen Kugeln durchbohrt zusammen.

»Helena! Bring Hephaistos in Sicherheit!« Perseus flankte mit einem Satz über den Tisch mit dem Shuttle-Modell hinweg, das er auf diese Weise zertrümmerte. Schon hockte er mit der Waffe im Anschlag neben dem Eingang und feuerte auf zwei dunkle Schatten, die über den Flur auf sie zustürmten.

Lena duckte sich panisch und zog ihre eigene Waffe.

Trotz einiger Kugeln, die an ihr vorbeipfiffen und in der Wand neben dem Toilettensitz einschlugen, hetzte sie hinüber zu Hephaistos, der verstört zur Tür blickte. Weitere Schüsse ertönten, und eines der Mobiles fiel klappernd zu Boden. Dennoch schob sie ihn energisch zurück in den Raum, aus dem er gekommen war: ein Behandlungszimmer mit ergonomischen Geräten und einem Tisch, der völlig von Buntstiften und Zeichenblockblättern übersät war, auf denen zahllose weitere der riesigen Augen gemalt waren.

»PLAN!«, brüllte der Greis störrisch, während hinter ihnen weiter das Rattern der Waffen ertönte. Wild deutete er mit der Kinderschere in der Hand in den Nachbarraum. »PLAN! H.A.D.E.S. … ALTER PLAN!«

»Wir müssen jetzt erst mal hier weg!«, herrschte Lena den alten Mann an.

Mühsam drehte sie den Rollstuhl und schob ihn gegen den Willen seines Besitzers durch eine offene Tür in einen Flur mit weiteren Türen.

»AUFHALTEN!«, greinte der störrische Greis. »AUFHALTEN!«

»Himmel, das versuchen wir doch!«, schrie sie ihn an. »Und jetzt sperren Sie sich nicht so!«

Überrascht blickte Hephaistos zu ihr auf und starrte sie durch seine Hornbrille hindurch an.

»Ich bin übrigens Agentin Helena«, ächzte sie etwas freundlicher, während sie den Rollstuhl ruckelnd den Flur entlangschob – als erstmal wieder der Servomotor des Untersatzes ansprang.

»Warum nicht gleich so.«

Aus dem Bastelraum weiter hinten hallten immer noch Schüsse, als vor ihnen unter Getöse und viel Rauch eine Tür aufflog. Ein maskierter Bewaffneter drang in den Gang ein.

Schockiert starrte Lena auf die Waffenmündung, als es vorne an einer der Lehnen des Rollstuhls einen lauten Knall gab und ihr Gegner von einem Geschosshagel aus Schrauben von den Beinen gefegt wurde, von denen einige sogar in der aufgesprengten Tür stecken blieben. Reglos blieb der Unbekannte liegen.

»He, he, he!« Der alte Hephaistos lachte hämisch.

»Ein Lämpchen hier, ein paar Schräubchen dort … Schon klar!«

Die beiden kurvten an dem Kerl vorbei, und dann durch die aufgesprengte Tür in einen Flur, der offenbar aus der Geschlossenen zurück ins Hauptgebäude führte.

Da sich nur Perseus zugeschaltet hatte, sah sie in ihrer Smart Glass, wie der jetzt der heranstürmenden Übermacht weichen musste und sich aus dem Werkraum zurück- und eine neue Verteidigungsposition bezog. Allerdings waren inzwischen überall im Sanatorium Kampfgeräusche zu hören. Und bei einem Blick durch die Außenfenster des Flurs sah Lena, dass auch im Park vor dem Sanatorium erbittert Widerstand geleistet wurde.

Der kräftige Kerl mit dem Hund, den sie bei ihrem Eintreffen auf dem Gelände bemerkt hatte, rang dort unten auf einer Rasenfläche mit einem Maskierten, während sich sein Beagle in dessen Bein verbissen hatte. Und im Schutz der Hygieia-Statue lieferten sich eine Frau im Morgenmantel und ein Asiate in einem rosafarbenen Sportanzug ein erbittertes Feuergefecht mit der verbliebenen Besatzung des Hubschraubers, der noch immer auf Baumwipfelhöhe schwebte. Die beiden drohten gegen das MG, mit dem sie von oben beschossen wurden, zu unterliegen – als ihnen Elektra mit Oleg zu Hilfe kam.

Erstaunt sah Lena mit an, wie sich vom Hexacopter mit feurigem Schweif ein Geschoss löste, das durch die geöffnete Seitentür des Cockpits jagte und dort in einem Feuerball explodierte.

Der Hubschrauber kippte mit qualmendem Cockpit talwärts ab, verschwand mit zunehmend mühsamer rotierenden Rotoren hinter den Bäumen und zerschellte in einer feurigen Explosion im Wald. In dem Moment versagten Lenas Smart Glasses schlagartig, und in Perseus' Bildeinstellung war nur noch Schnee zu erkennen.

Mist! Da war ein Jammer am Werk.

»Hm, hm, hm!«, machte Hephaistos alarmiert auf sich aufmerksam.

Lena fuhr herum und bemerkte, dass hinter der Glastür am Ende des Flurs ebenfalls zwei Bewaffnete aufgetaucht waren.

Wütend zertrümmerten sie die Tür mit ihren Schusswaffen, während Lena hektisch auf den Knopf eines Fahrstuhls hämmerte, dessen Tür sich zum Glück öffnete.

Grunzend lenkte der Alte seinen Rollstuhl in die Kabine, während Lena verzweifelt Gegenwehr leistete und dabei ihr Magazin auf die eindringenden H.A.D.E.S.-Schergen entleerte.

Ihre letzte Kugel traf tatsächlich etwas. Nämlich den Feuerlöscher an der Wand neben den beiden, der unvermittelt losfauchte und die zwei in eine weiße Wolke Löschpulver einhüllte.

Dann war auch Lena im Fahrstuhl. Zufrieden drückte Hephaistos auf den Knopf fürs Erdgeschoss. Die Türen schlossen sich, melodische Walgesänge ertönten, und es ging abwärts.

»Sie sagten etwas von einem Plan?«, sprach Lena den Greis schwer atmend an.

»H.A.D.E.S.!« Die hinter den dicken Brillengläsern viel zu groß wirkenden Pupillen des einstigen Chefkonstrukteurs hefteten sich auf sie. »PLAN!«

»Ja, verdammt, ich weiß. Was für ein Plan?«

Der Alte runzelte die Stirn und musterte sie durchdringend. »ORION-PROTOKOLL!«

»Was bitte?«

Die Fahrstuhltüren öffneten sich wieder, und Lena schob den Rollstuhl hektisch in einen holzgetäfelten Vorraum, der mit Schildern versehen war, die auf eine Schwimm- und Saunalandschaft aufmerksam machten.

Bevor sie es verhindern konnte, schloss sich der Fahrstuhl hinter ihnen und fuhr nach oben. Mist!

Unglücklich sah Lena sich um und schlug den Weg zu den Umkleiden ein.

Sie mussten hier irgendwie raus. Nur wusste sie nicht, wie.

Sie drückte mit dem Rollstuhl eine der Türen zu den Gruppenumkleiden auf, rollte den vor sich hin brabbelnden Hephaistos an den Spinden vorbei – und fand sich kurz darauf im Saunabereich wieder.

Vor ihr lag ein verlassener und durchweg gekachelter Raum mit Duschen an den Seiten und großem Kaltbecken in der Mitte, von dem aus Türen zu verschiedenen Saunaräumen abzweigten. Leider erweckte der halb einsehbare Ruheraum mit den Liegestühlen weiter hinten nicht den Eindruck, als käme man dort so ohne Weiteres auch wieder raus.

Hephaistos sah fragend zu ihr auf, als sie hörten, dass sich die Fahrstuhltür weiter hinten erneut öffnete. Leise Kommandos waren zu hören.

Lena überprüfte noch einmal ihre Pistole, doch die war leergeschossen. Und ein Ersatzmagazin hatte sie nicht mit ins Sanatorium genommen. Da schoss ihr ein kühner Plan durch den Kopf.

»Können Sie aufstehen?«, flüsterte sie.

Hephaistos erhob sich ohne Probleme und grinste.

»Warten Sie mal«, blaffte sie ihn misstrauisch an. »Haben Sie Ihre Gehprobleme etwa die ganze Zeit über simuliert?«

Der Alte wirkte jetzt wie ein ertappter Lausbub und deutete glücklich auf seinen Untersatz, während es begeistert aus ihm raussprudelte: »Pro Ultralight Citylight-Rollstuhl 256, maximale Belastbarkeit 135 Kilogramm, Speedlight New Technology-Motor, bis zu 10 km/h Spitzengeschwindigkeit, elektromagnetische Bremsen, Vollgummi…«

»Ja, ja, ja«, unterbrach ihn Lena verärgert. »Ich fasse es einfach nicht. Sie sollten sich wirklich was schämen!«

Lena gab dem Rollstuhl einen Stoß in Richtung Ruheraum mit und zerrte den Alten in eine der Saunen.

»Still jetzt!«, forderte sie etwas gehässig, während sie in ihre Taschen griff. »Das Folgende wird Ihnen gefallen!«

Erwartungsvoll blickte der Greis sie an, während Lena auf die Schritte ihrer Verfolger lauschte, die jetzt den Saunabereich betraten.

»Da ist die Karre von dem Alten!«, war eine triumphierende Stimme zu hören.

Schon stürmten gleich drei Maskierte mit gezückten Waffen an dem Kaltwasserbecken vorbei, als Lena die Saunatür aufriss und eines von Theodoros' Gel-Pads ins Becken warf.

Es platschte, einer der Männer wirbelte noch zu ihr herum und feuerte eine Salve ab, die die Saunatür perforierte, doch Lena hatte sich längst geduckt. Drüben im Vorraum setzte plötzlich ein dumpfes Brodeln ein, das von entsetzten Schreien begleitet wurde, die rasch leiser und erstickter klangen.

Lena wartete kurz, öffnete die Saunatür vorsichtig und riss erstaunt die Augen auf. Denn der gekachelte Vorraum wurde jetzt von einem riesigen, schräg stehenden blauen Blob ausgefüllt, der die verzweifelt mit den Armen rudernden Männer mit seiner klebrigen Masse bis weit hinten gegen die Kachelwand gepresst festhielt.

Einer der Kerle versuchte noch mitgenommen, seine Waffe aus der zähen Masse zu ziehen, doch es gelang ihm nicht. Die übrigen Männer hatten mehr damit zu kämpfen, nicht gänzlich in das Zeug eingeschlossen zu werden.

»Na, geht doch!«, meinte Lena an Hephaistos gewandt. »Ich weiß echt nicht, was mit euch Technikern manchmal los ist. All dieses Zeug funktioniert im Feldeinsatz doch ganz hervorragend. T bekommt jedenfalls einen Bericht, der sich gewaschen hat.«

Erstaunt blickte der Alte auf die blaue Masse und grinste wieder.

»Slimy!«

Immerhin, sie hatten Glück gehabt, denn auf ihrer Seite des Vorraums blieb ein schmaler Pfad an der Wandseite, auf dem entlang sie zurücklaufen konnten.

Hephaistos folgte Lena bereitwillig, und diesmal schlug sie mit ihm gezielt den Weg in die Schwimmhalle ein, dessen großes Wasserbecken still und nahezu unbewegt vor ihnen lag.

Von irgendwoher waren wieder leise Schüsse zu hören.

Außerdem das gedämpfte Wummern eines Hubschraubers.

Lena zog den einstigen Chefkonstrukteur am Beckenrand entlang auf eine Außentür der Schwimmhalle zu, die hinaus in den Park führte. Da schwangen sich jenseits der riesigen Glasscheiben plötzlich vier vermummte Gestalten an Seilen herab. Sie zertrümmerten die Glasfronten mit ihren Waffen und setzten inmitten eines gewaltigen Scherbenregens im Halleninnern auf.

Die H.A.D.E.S.-Söldner wandten sich ihr und Hephaistos gerade zu, als auf der anderen Seite des Hallenbades vier A.R.G.O.S.-Agenten hereinstürmten, die sofort das Feuer auf die Maskierten eröffneten.

Angeführt wurde die Truppe von Kirke und … deren Schwester Europa!

Letztere trug wie die beiden übrigen Patienten einen hellen Trainingsanzug, und im Gegensatz zu ihrer letzten Begegnung vor einem halben Jahr besaß sie jetzt auch wieder Haare und wirkte deutlich kräftiger. Viel entscheidender jedoch war, dass sie nicht weniger geschmeidig als Kirke hinter einem Sprungsockel in Deckung ging und die H.A.D.E.S.-Schergen von dort aus mit einem erbeuteten Sturmgewehr ins Visier nahm.

Die Schwimmhalle versank im Kreuzfeuer der Kontrahenten.

Weitere Scheiben und Liegestühle gingen zu Bruch, irgendwo

zündete eine Rauchgranate, und einer der Angreifer, der sich ebenso wie seine Kumpane hinter Sitzbänken aus Beton nahe der zerstörten Scheibenfront verschanzt hatte, ging im Kugelhagel zu Boden. Unglücklicherweise jedoch auch ein rothaariger Agent, der auf der gegenüberliegenden Seite ins Schwimmbecken stürzte, dessen Wasser sich rot färbte.

Aus dem Park, aus jener Richtung, wo noch immer der Hubschrauber mit schwirrenden Rotoren stand, den Lena vom Zimmer Sophias aus gesehen hatte, stürmten derweil zwei weitere Maskierte heran. Einer der vier Angreifer im Schwimmbad hingegen riss sich beim Anblick der Schwestern seine Sturmhaube vom Kopf. Es handelte sich um Dimitrios Papadopoulos!

Der Grieche brüllte zornentbrannt und konzentrierte sein Feuer auf sie. Immerhin, beim Zugang zu den Duschen war jetzt auch Perseus zu sehen, der die Heranstürmenden aus einer MP beharkte.

Lena, die sich gemeinsam mit Hephaistos längst auf den Hallenboden geworfen hatte, sah, dass mittlerweile auch die Glastür hinaus zum Park in Scherben lag. Und dank des vielen Rauchs, der inzwischen durch die Schwimmhalle waberte, schien irrwitzigerweise auch keiner der abgelenkten H.A.D.E.S.-Söldner auf sie beide zu achten.

»Los, raus!«, kommandierte sie und half dem alten Hephaistos schwerfällig auf die Beine.

Der folgte ihr wimmernd ins Freie, und sie setzten sich in Richtung einer nahen Baumgruppe ab, als ihr vermeintliches Glück auch schon endete.

Denn über den Dächern des Sanatoriums lauerte ein weiterer Hubschrauber mit kreisenden Rotoren, der den Park von oben sicherte, und in dessen geöffneter Seitentür plötzlich Shadow erschien.

Der weibliche Cyborg stand zu Lenas Entsetzen an einer schweren, im Innenraum des Helis verankerten Kanone, deren große Mündung der einer Bazooka ähnelte.

Der Hubschrauber setzte sich schwungvoll über sie. Der von den Rotoren erzeugte Sturmwind brachte Lena und Hephaistos zum Taumeln, und sie begriff, dass Shadows rot leuchtendes Cyberauge längst auf sie gerichtet war.

Entsetzt wartete sie auf das Unausweichliche, als von oben ein seltsam aussehendes Gespinst auf Hephaistos zuraste, das den Greis von den Beinen riss, ihn wie ein klebriges Spinnennetz umhüllte und mit einem Ruck in die Höhe zog.

Der Alte kreischte panisch, während ihn das Geflecht unerbittlich hinauf zum Hubschrauber zog. Auch Lena schrie verzweifelt.

Schon pfiffen ihr Kugeln aus dem Schwimmbad um die Ohren, die sie schleunigst in Deckung gehen ließen. Panisch stürzte sie zu der Baumgruppe, warf sich hinter einen der Stämme und sah von dort aus mit an, wie Papadopoulos und drei seiner ihm verbliebenen Männer zu dem Heli zurückrannten, der sie vorhin abgesetzt hatte.

Im Schwimmbad explodierten derweil Granaten.

Shadow, die gerade Hephaistos an Bord zog, wechselte zu einem schweren MG und deckte den Rückzug des Griechen. Kurz darauf startete auch der zweite Hubschrauber mit Papadopoulos an Bord, woran auch Elektras Hexacopter nichts ändern konnte, der endlich über den Dächern des Sanatoriums auftauchte. Oleg feuerte zwar noch mit seinem MG auf den Heli, doch die beiden Hubschrauber stiegen zum Himmel auf und verschwanden in Richtung Bergwelt schon bald außer Sicht.

Dann kehrte Ruhe ein.

Lena verließ niedergeschlagen ihr Versteck und sah erleichtert, wie Perseus, Kirke, Europa und ein ihr unbekannter Asiate über die Glastrümmer der Fensterfront hinwegstiegen.

Kirke und der Asiate bluteten beide am Arm, doch es schienen sich bei den Verletzungen um harmlose Streifschüsse zu handeln.

»Es tut mir leid«, meinte Lena niedergeschlagen. »Shadow hat in einem der Helikopter gesteckt. Sie hat Hephaistos mit irgend so einer futuristischen Waffe wie eine Spinne eingefangen und dann an Bord gezogen. Ich konnte nichts tun.«

»Ich weiß, ich hab sie noch gesehen.« Perseus seufzte schwer und musterte sie besorgt. »Wichtiger ist erst mal, dass dir nichts passiert ist.«

Auch Kirke und Europa wandten sich ihr jetzt zu, und Lena bemerkte, dass Europa bei ihrem Anblick interessiert eine Augenbraue hob.

Lena, die sie zuletzt vor einem halben Jahr gesehen hatte, und das in einem mehr als desolaten Zustand, freute sich, dass sie inzwischen wieder so gefestigt wirkte.

»Sieh an«, sprach Europa sie an, »Ihnen habe ich doch meine Befreiung aus der Alpenfestung zu verdanken. Irgendwie scheinen Sie ein Talent dafür zu haben, ständig in die Schusslinie zu geraten.«

»Oh ja, das hat sie, unsere Helena«, meinte Kirke, die kurz überprüfte, ob Lena verletzt war. »Vor allem aber ist sie die Einzige von uns, die nennenswerte Zeit mit Hephaistos verbracht hat. Also?« Die Griechin musterte sie aufmerksam. »Hat er irgendetwas erzählt, das erklären könnte, was die von ihm wollen?«

»Ja, schon …« Lena atmete tief ein. »Die ganze Zeit hat er von einem ›Plan‹ gesprochen. Und je mehr ich darüber nachdenke, desto überzeugter bin ich, dass wir vielleicht noch einmal zu seiner Bastelstube zurückkehren sollten. Irgendwie habe ich den Verdacht, dass er sich da nicht bloß zum Vergnügen ausgetobt hat.«

»Bastelstube?«

»Ein Raum zur Verhaltenstherapie«, brummte Perseus. »War das alles?«

»Nein, da war noch etwas. Klingelt bei euch etwas, wenn ihr den Begriff ORION-Protokoll hört?«

*

Lena ließ ihren Blick resigniert über die Werkstatt des Alten schweifen, denn dort herrschte heilloses Chaos. Mindestens drei der Mobiles waren von der Decke gefallen, der Tisch in der Mitte umgekippt und die Wände von Einschusslöchern durchsiebt. Zahllose der Augen-Zeichnungen lagen durchlöchert auf dem Boden.

»Ich frage mich, ob wir hier noch etwas von Wert finden?«, meinte Perseus, der neben ihr stand.

»Und ich, wie so etwas hier auf einen Plan hindeuten könnte.« Kirke, die gemeinsam mit ihrer Schwester den Boden absuchte, hob eines der Augen-Blätter auf und blickte die Zeichnung kopfschüttelnd an.

»Ich weiß es doch auch nicht«, meinte Lena verzagt. »Trotzdem sprach Hephaistos mehrfach von einem Plan. Und er deutete dabei vorhin einmal auf das da oben.«

Sie stellte sich unter den noch immer von der Raumdecke hängenden und auf der Innenseite mit Alufolie ausgekleideten Regenschirm. »Leider habe ich keine Ahnung, was er gemeint haben könnte.«

»Wenn wir in seine Bemerkungen mal nicht zu viel hineininterpretieren.« Perseus seufzte. »Der Mann ist schließlich hochgradig verwirrt.«

»Und wie erklärst du dir dann den Aufwand, den Papadopoulos betrieben hat, ihn in seine Finger zu bekommen?«, wollte Europa wissen, und ihre Augen funkelten grimmig. »Aus irgendeinem Grund ist Hephaistos für H.A.D.E.S. wichtig, auch in seinem derzeitigen Zustand. Und ihr solltet diesen Grund besser schnell herausfinden.«

»Ich kann euch nur meinen Eindruck wiedergeben«, ergänzte Lena. »Als der Name des Syndikats fiel, wirkte er wie elektrisiert. Und seht euch doch um. Vielleicht hat diese Verhaltenstherapie bei ihm ja doch etwas ausgelöst. Denn das alles hier … wirkt doch schon etwas seltsam, oder?«

Im Vorraum waren Schritte auf Scherben zu hören. Elektra kam angestiefelt.

»Und?«, wandte sich Kirke an die Lettin.

»Wir haben leider insgesamt fünf Tote zu beklagen«, antwortete Elektra. »Fünf weitere werden gerade mit Schusswunden und anderen Verletzungen behandelt. Aber dafür, dass wir hier ganz schön improvisieren mussten, haben sich unsere Leute gut geschlagen.«

»Und der Feind?«

»Vier Tote. Wahrscheinlich sogar mehr, denn gerade ist ein Team raus zur Absturzstelle des dritten Hubschraubers gefahren. Alle Verletzten haben sie mitgenommen. Allerdings haben wir unten in der Sauna drei von den Typen lebend zu fassen bekommen. Die steckten in so einer Art Blob fest, dessen Herkunft das Sanatorium noch checkt. Ist natürlich auch möglich, dass es sich dabei um eine Geheimwaffe des Gegners gehandelt hat, die nach hinten losgegangen ist.«

Elektra warf Lena einen misstrauischen Seitenblick zu, die jedoch so tat, als wüsste sie von nichts.

»Ach so«, fuhr ihre Freundin fort, während sie sich nun erstmals selbst im Raum umsah, »die Eingreiftruppe aus Bern ist inzwischen auf dem Weg hierher.«

»Als ob die jetzt noch was ausrichten könnten«, murrte Perseus. »Aber gut. Nehmen wir mal an, hier im Raum versteckt sich tatsächlich ein Hinweis. Was könnte das sein?«

Aufmerksam sahen sie sich um, als Elektra vor das hoffnungslos zerstörte Shuttle-Modell am Boden trat.

»Also angesichts des Shuttles hier«, sie deutete auf das zertrampelte Flugmodell, »wirkt das da oben auf mich so wie der Weltraum.« Sie sah zu den immer noch blinkenden Weihnachtsbaumkerzen auf, mit denen die Raumdecke übersät war. »Findet ihr nicht?«

Alle hoben die Köpfe.

»In dem Fall ergibt sogar das da irgendwie Sinn.« Kirke wies auf die kaputte Legofigur, die wundersamerweise noch immer auf dem Tisch lag. »Seht ihr die Fäden?« Sie hob die schwere Figur mit dem Blitzauge an. »Die hing vor Kurzem offenbar ebenfalls unter der Decke.«

»Und welchen Sinn soll die ergeben?«, fragte Europa stirnrunzelnd.

»H.A.D.E.S. hat vor einiger Zeit über Südamerika einen alten russischen Killersatelliten aktiviert«, erläuterte Kirke ihren Gedankengang. »In bestimmten Kreisen war er bekannt als Black Knight. Sein ursprünglicher Name lautete jedoch Tsiklop. Und das hier ist doch ein Zyklop, oder?«

»Ja, ihr habt recht«, murmelte Perseus nachdenklich. »Das Modell des Shuttles, die angedeuteten Sterne über uns, und jetzt der Hinweis auf den alten Killersatelliten. Dann sollen die Kugeln an den Mobiles vielleicht ebenfalls Sterne darstellen?«

»Ich frage mich ja eher, was das da sein soll?«

Europa wies zur Stirnseite des Raums mit der von Kugeln durchlöcherten Klobrille an der Wand.

»Da hing vorhin noch ein Modell aus Mundsprays und Löffeln drin«, merkte Lena an und deutete auf die Einzelteile, die jetzt auf dem darunter befindlichen Tisch verstreut lagen. Nachdenklich presste sie die Lippen aufeinander.

»Elektra, was hat eigentlich dieses mysteriöse ›ORION-Protokoll‹ ergeben?«, wollte sie wissen. »Du hast das doch hoffentlich an Bellerophon weitergegeben?«

»Natürlich habe ich das. Allerdings muss er dazu erst noch Nachforschungen anstellen. Er selbst will von so einem ominösen Protokoll noch nie etwas gehört haben. Wenn, dann muss es sich seiner Aussage nach ›um ein altes und streng gehütetes Geheimnis der Olymp-Ebene‹ handeln.«

Enttäuscht sahen sie einander an. »Mir ist da gerade noch etwas aufgefallen«, meinte Perseus, der neben Kirke trat, die noch immer eines der Zeichenblätter in der Hand hielt. »Diese vielen Augen mögen natürlich tatsächlich für A.R.G.O.S. stehen.« Er sah sich zu den Wänden um. »Aber ist es nicht auffällig, dass sie stets zu Vierergruppen angeordnet sind?«

»Stimmt.« Europa betrachtete die Zeichnungen eingehender. »Ein übliches A.R.G.O.S.-Außenteam besteht aus vier Mitgliedern.«

»Ehrlich gesagt kommt mir dazu eine ganz andere Assoziation in den Sinn«, erklärte Kirke, »nämlich das Vier-Augen-Prinzip!«

»Aber ja!«, meinte Lena aufgeregt. »Das könnte passen!«

Sie wandte sich an Perseus und Elektra. »Erinnert ihr euch: Nach diesem Prinzip hat Hephaistos auch das Orakel in Thessaloniki konstruiert. Er hat auf diese Weise sichergestellt, dass es keiner der Götter allein aktivieren kann. Genau deswegen hatte Poseidon damals vor seinem Tod seine Götterrechte auf mich übertragen. Nämlich, damit ich seine Rolle ausfüllen, und Zeus mit meiner Hilfe das Orakel befragen konnte, ohne dass einer der anderen Götter Wind davon bekam.«

»Zu Recht, wie wir heute wissen.« Elektra seufzte. »Denn mit Demeter saß damals ja tatsächlich eine Verräterin im Olymp.«

»Entschuldigt, dass ich das frage«, machte Europa wieder auf sich aufmerksam. »Aber wenn ihr dem Orakel damals doch eine sinnvolle Antwort entlocken konntet, wieso befragt der Olymp es nicht heute noch einmal?«

»Das Orakel wurde befragt!«, antwortete Elektra für alle überraschend. »Hat euch Bellerophon darüber nicht unterrichtet?«

»Nein, hat er nicht.« Perseus schüttelte den Kopf.

»Es hat nur Herzen als Antwort ausgespuckt. Zeus vermutet, dass das daran liegt, dass das Orakel damals von H.A.D.E.S. kompromittiert wurde. Offenbar kann man ihm keine Fragen stellen, die das Syndikat betreffen.«

Perseus stöhnte. »Wäre ja auch zu leicht gewesen, wenn wir damit noch einmal Erfolg gehabt hätten …«

»Sagt mal, könnten die Silberkugeln an den Mobiles vielleicht für Satelliten stehen?«, fragte Lena einer plötzlichen Eingebung folgend. »Ich meine, das sind doch ziemlich viele. Und ihr habt mir erzählt, dass Hephaistos damals an der Entwicklung der Perseiden beteiligt war.«

»Gar nicht schlecht.« Kirke betrachtete eines der noch hängenden Mobiles genauer. »Dazu müsste man klären, was er damals mit den Perseiden überhaupt zu schaffen hatte.«

»Fragen wir doch Visby!«, schlug Perseus vor. »Wenn wir hier schon Zugriff auf unsere KI haben, dann sollten wir diesen Vorteil auch ausspielen.«

Die Agenten folgten ihm zum Eingang der Geschlossenen, wo er sich unter das noch intakte A.R.G.O.S.-Auge stellte.

»Visby, weißt du, in welcher Verbindung der einstige Hephaistos mit den Perseiden steht?«

»Er ist einer der Schöpfer des Satellitenprogramms, Agent Perseus«, antwortete Visby mit ihrer freundlichen Frauenstimme. »Für detailliertere Informationen reicht Ihre Clearance leider nicht aus.«

Perseus' Augen verengten sich wütend.

»Glaub mir, ich weiß so gut, wie du dich gerade fühlst«, meinte Lena.

»Vielleicht müssen wir die Frage anders formulieren?«, schlug Europa vor.

»Checken wir doch erst mal, was wir sonst noch alles herausbekommen«, meinte Lena, die sich nun ihrerseits unter das Auge stellte. »Visby, was hat es mit dem ORION-Protokoll auf sich?«

»Du glaubst doch wohl nicht ...«, schnaubte Elektra – und verstummte, da Visby überraschend antwortete.

»Das ORION-Protokoll ist eine streng geheime Initiative der Olymp-Ebene«, erklärte Visby bereitwillig. »Inspiriert von der Strategic Defense Initiative der US-Amerikaner in den Achtzigern, suchte A.R.G.O.S. unter Federführung des damaligen Hephaistos und des damaligen Hades nach kostengünstigen Wegen, eine potente Weltraumverteidigung aufzubauen. Man wollte auf diese Weise nicht nur feindliche Spionagesatelliten ausschalten können, sondern hoffte auch, ein Mittel gegen die damals geplanten mit Atombomben bestückten Satelliten der Supermächte zu finden. Zu diesem Zweck wurde die erste Generation der Perseiden neben der obligatorischen Spionageausrüstung mit einem einfachen Antrieb versehen, der nicht nur zur automatischen Flugbahn-Korrektur genutzt werden kann. Angelehnt an den mythischen Jäger Orion, lassen sich diese Triebwerke durch das Protokoll zünden, um die Perseiden im Notfall zu Killersatelliten umzufunktionieren. Der Kill Switch bewirkt einen schlichten Rammstoß, dessen Wucht geeignet ist, Feindziele je nach Größe zu pulverisieren oder aus der Flugbahn zu werfen. Die Selbstzerstörung der aktivierten Perseiden wird dabei in Kauf genommen. Das Protokoll ist inaktiv, da das dazu notwendige Interface zur Zielbestimmung und Auslösung nach dem Krieg gegen H.A.D.E.S. verloren ging. Die neueste Perseiden-Satellitengeneration wird aus Kostengründen ohne den Zündmechanismus konstruiert.«

Lena sah, wie die anderen sie mit offenem Mund anstarrten.

»Na ja«, meinte sie verlegen. »Vielleicht solltet ihr Zeus das nächste Mal auch um eine Aufwertung eurer Clearance bitten? In Mailand war ich noch auf Stufe eins. Könnt ihr euch das vorstellen?«

Kirke schüttelte erstaunt den Kopf.

»Wie viele Satelliten der ersten Generation gibt es?«, fragte Lena.

»Noch dreißig«, antwortete die KI.

»Danke, Visby.«

»Na gut.« Elektra blickte verdutzt in die Runde. »Dann sucht H.A.D.E.S. dieses Interface, um die Perseiden als Killersatelliten zu nutzen? Aber wozu? Weitere Koka-Felder lassen sich mit denen nicht abfackeln.«

»Vielleicht befindet sich die Antwort auf diese Frage in Hephaistos' Bastelstube?«, meinte Lena aufgeregt. »Schauen wir uns die noch mal an.«

Sie marschierten wieder zurück, und diesmal nahmen sie sich die mit Aluminiumpapier umhüllten Kugeln der Mobiles vor. Doch deren Inneres bestand lediglich aus Tischtennisbällen oder Stoffresten. Da fiel Lenas Blick erstmals wieder auf das zerstörte Modell des Teleskops, das zertrampelt an der Wand lag.

Sie hob es auf, blickte auf die herumliegenden Plastikzahlen der Geburtstagstorten, die Hephaistos über die Jahre gesammelt hatte, und schließlich auf das noch immer an der Wand hängende Foto des Schneesturms samt der kleinen daran befestigten russischen Flagge.

»Ich frage mich, was es hiermit auf sich hat?«, wandte sie sich an Kirke, die neben ihr eines der Mobile-Bällchen auseinandernahm.

Kirke beugte sich interessiert vor.

»Was war das hier?«

»Das Spielzeugteleskop war auf das Foto da gerichtet«, erklärte ihr Lena. »Nur weiß ich nicht, ob das auch eine Bedeutung hatte.«

»Vielleicht … einen Blick auf etwas haben?«, schlug die Griechin vor.

»Auf den Schneesturm?«

Kirke pflückte das Russland-Fähnchen vom Foto und grübelte. »Der russische Name für Schneesturm lautet … Buran. Leider weiß ich nicht, wie …«

»Was sagst du da?«, ertönte hinter ihnen die aufgeregte Stimme Europas.

Kirkes Schwester trat zwischen sie, ließ sich erklären, wie Kirke auf den Begriff gekommen war, und drehte sich aufgewühlt dem kaputten Shuttlemodell auf dem Boden zu.

Auch Perseus und Elektra waren jetzt dazugetreten.

»Was?«, fragte der Algerienfranzose misstrauisch.

»Sagt euch der Begriff wirklich nichts?«

»Sollte er das?« Elektra musterte sie skeptisch.

»Ja, denn das verweist auf ein wichtiges Relikt aus dem Kalten Krieg«, erläuterte Europa. »Ihr erinnert euch an das Star-Wars-Programm Reagans in den Achtzigern zur Abwehr von russischen Interkontinentalraketen? Die Sowjets planten als Reaktion darauf einen eigenen Raketenabwehrschild aus orbitalen Raketenplattformen und Lasersatelliten.«

»Dann war der Tsiklop – oder Black Knight – ein Teil davon?«, fragte Perseus.

»Ganz sicher sogar«, meinte Europa aufgewühlt. »Um diesen Abwehrschild jedoch bauen zu können, benötigten die Sowjets ein eigenes orbitales Transportsystem. Vielen im Westen ist das verborgen geblieben, aber nur vier Jahre, nachdem das erste Spaceshuttle der Amerikaner flog, starteten auch die Sowjets erste Testflüge für ihr eigenes Spaceshuttle-Programm. Ratet, wie sein Name lautete?«

»Buran?« Kirke sah sie aufmerksam an.

»Genau. Übersetzt: Schneesturm. Die Buran-Orbiter sahen den amerikanischen Spaceshuttles sehr ähnlich. Was kein Zufall war, da die Sowjets erhebliche Spionageanstrengungen betrieben hatten, um an die Konstruktionspläne zu gelangen.« Sie schürzte abfällig die Lippen. »Es gab eine ganze Reihe von Testflügen, aber nur einen dokumentierten Orbitalflug Ende der Achtziger, wozu eine Buran mit einer speziellen Rakete huckepack ins All geschossen wurde. Und das sogar ohne Besatzung. Diese Buran landete später vollautomatisch, was eine gewisse Überlegenheit über die Amerikaner demonstrieren sollte. Allerdings stoppten die wirtschaftlichen Schwierigkeiten der UdSSR das Programm.«

»Wieso habe ich davon noch nie gehört?«, fragte Elektra, die längst ihren Laptop aufgeklappt hatte und im Internet nachforschte. Perseus stellte sich neben sie, sah ihr zu und schüttelte ungläubig den Kopf.

»Meine Güte«, murmelte er. »Die Sowjets besaßen sogar gleich acht dieser Raumfähren. Allerdings in unterschiedlichen Entwicklungsstadien, wie ich gerade sehe. Die Buran, die damals erfolgreich den Orbit umkreiste, wurde 2002 am Weltraumbahnhof Baikonur Kosmodrom beim Zusammenbruch eines Hangars zerstört. Zwei Schwesterschiffe befinden sich angeblich in unterschiedlichen Stadien des Zerfalls. Eines davon in Kasachstan, das andere nahe Moskau. Außerdem gibt es noch zwei Test-Shuttles, die man in Museen gesteckt hat. Eines davon sogar in Deutschland.« Perseus blickte zu Lena. »Die übrigen waren offenbar nie flugfähig und wurden nur für bestimmte Tests gebaut.«

»Was sind das hier für herumliegende Zahlen?«, fragte Kirke zunehmend misstrauischer werdend.

Sie deutete auf die Tortenverzierungen.

»Na ja, die waren hier in zwei Reihen aufgestellt«, antwortete Lena.

»Kriegst du die noch zusammen?«, wollte Kirke wissen. »Du bist doch die mit dem fotografischen Gedächtnis.«

Lena ging in sich und konzentrierte sich.

»Okay. Die hintere Reihe war die Ziffernfolge 782231558 und die vordere 156463656. Telefonnummern sind das wohl nicht, oder?«

»Nein, das sind definitiv GPS-Koordinaten!«, rief Elektra aufgeregt. »Wartet.«

Die Lettin beugte sich über ihren Laptop, tippte und runzelte die Stirn.

»Wie ich es mir dachte. GPS-Koordinaten. Und sie verweisen auf … Longyearbyen.«

»Worauf?«, fragte Lena.

»Das ist der größte Ort und zugleich auch das Verwaltungszentrum der von Norwegen verwalteten Inselgruppe Spitzbergen.«

»Was soll da sein?« Perseus beugte sich über ihren Rechner.

»Eben, ich habe keine Ahnung.«

»Fragen wir doch einfach wieder Visby«, meinte Lena hoffnungsfroh. Sie marschierte in Begleitung der Agenten zurück zum Eingang der Geschlossenen und stellte sich abermals unter das A.R.G.O.S.-Auge.

»Visby, gibt es irgendetwas für die Agency Interessantes in, äh, Longyearbyen auf Spitzbergen? Bitte grenze die Suche auf alles ein, was mit Weltraum und Satelliten zu tun hat.«

»Longyearbyen war bis zum Kriegsbeginn gegen H.A.D.E.S. der Standort einer A.R.G.O.S.-Faktorei«, antwortete die KI freundlich. »Sie wurde in ihrer Endphase zur Einlagerung und Umrüstung von OK-9M genutzt. Die Faktorei wurde im Kampf gegen das Syndikat zerstört und nicht wieder neu aufgebaut.«

»Moment mal!« Perseus nahm Elektra den Laptop ab und starrte auf den Bildschirm. »Die OK-irgendwas Bezeichnungen sind doch die Original-Produktionsnummern dieser Buran-Orbiter. Aber wieso 9? Die Russen hatten doch angeblich nur acht.«

»Visby, bitte kläre uns auf, was mit OK-9M gemeint ist?«, bat Lena.

»OK-9M lautet der Name des letzten gefertigten Orbiters des Buran-Raumfahrtprogramms der ehemaligen Sowjetunion«, bestätigte Visby. »Zugleich war es der fortschrittlichste. Das Shuttle wurde von A.R.G.O.S. 1995 im Rahmen der Operation Persephone während eines von den Sowjets geheim gehaltenen Testflugs entführt. Die Agency sah vor, das Shuttle umzubauen und als Nutzlastfähre zur Stationierung der Perseiden-Satelliten-Flotte zu verwenden.«

»Wow! Und dazu kam es nicht?«

»Nein, die Fähre wurde zusammen mit der Faktorei zu Beginn des Krieges gegen H.A.D.E.S. durch einen Anschlag des Syndikats zerstört.«

»Sicher?«, hakte Lena misstrauisch nach, denn ihr kam ein

schlimmer Verdacht. »Wenn die Faktorei zu Kriegsbeginn gegen H.A.D.E.S. zerstört wurde, wer hat die damalige Untersuchung der Agency eigentlich geleitet?«

»Das war Hades.«

»Mir schwant Fürchterliches«, stöhnte Elektra.

»Ja, mir auch«, pflichtete Kirke ihr bei. »Hades kann dem Olymp damals alles Mögliche weisgemacht haben. Die wussten zu dem Zeitpunkt ja noch nicht, dass er in Wahrheit als Kopf hinter dem Syndikat steckte. Was, wenn seine Leute den Raumgleiter gestohlen haben, und die Zerstörung der Faktorei nur dazu diente, diesen Diebstahl zu vertuschen? Das würde auch erklären, wie das Syndikat später den Black Knight in den Orbit schaffen konnte.«

»Was uns zu der Frage bringt«, knurrte Perseus, »wo die Raumfähre heute steckt? Allerdings ist das so lange her, dass wir das wohl kaum noch herausfinden werden.«

»Da sei dir mal nicht so sicher«, widersprach Elektra kämpferisch. »Wenn Hades damals die Olymp-Ebene angelogen hat, wird von denen keiner weitere Nachforschungen angestellt haben. Genau das muss die Agency jetzt nachholen. Beginnend bei den archivierten Satellitenbildern aus den Tagen vor dem Anschlag auf die Faktorei. So ein Buran-Orbiter ist fünfunddreißig Meter lang. Der muss vorher unter erheblichem Aufwand abtransportiert worden sein. Vermutlich mit einem Schiff. Finden wir den Namen des Schiffes heraus und auch wohin es damals unterwegs war, dann haben wir vielleicht doch eine Chance, den weiteren Verbleib des Shuttles zu rekonstruieren. Und darauf aufbauend werden wir möglicherweise auch mehr darüber herausfinden, was H.A.D.E.S. heute plant.«

Space Oddity

»Ladys und Gentlemen!« Prinzipal Bellerophon stellte sich in seinem schwarzen Kampfanzug auf eine Munitionskiste und richtete seinen Blick auf die kleine Schar Agenten im Laderaum des alten Fischtrawlers. »Ich bitte um Aufmerksamkeit!«

Neben Lena waren Perseus, Elektra, Daedalos, Kirke und deren Schwester Europa, die sich nach dem Überfall auf das Sanatorium vor vier Tagen wieder zum aktiven Dienst zurückgemeldet hatte, anwesend. Außerdem vier weitere Einsatzkräfte. Unter ihnen zwei Agenten aus Spanien und Schweden, die Lena nicht kannte. Die Spanierin, eine drahtige Mittdreißigerin mit kurzen dunklen Haaren, hörte auf den Codenamen Io, der Schwede, ein athletischer blonder Typ mit energischem Kinn, auf den Namen Ajax. Beide waren eher wortkarg, allerdings hatten Daedalos und Europa mit beiden schon zusammengearbeitet und vertrauten ihnen. Die dritte war die Afroeuropäerin Antiope, auf die besonders Zeus große Stücke zu halten schien, und von deren Fähigkeiten sich auch Lena damals bei der Schlacht in den Alpen hatte überzeugen können. Der vierte hingegen war der bärtige Däne Encheleus, der im Ausbildungscamp als Sicherheitschef gearbeitet hatte.

Speziell ihn starrte Lena zunehmend empört an.

Und das lag nicht etwa an seinen eisblauen Augen, sondern daran, dass Encheleus auf dem Brustpanzer seines Kampfanzugs stolz ihr altes Apollon-Auge trug, das Prinzipal Aktaion während ihrer Ausbildungszeit gemeinerweise einbehalten hatte.

Wieso, bitte, trug er jetzt die hübsche Multifunktions-Kristallbrosche aus Visby, die von Laserschneidbrenner bis Infrarotsicht so viele nützliche Gimmicks zu bieten hatte? Das war ihr Beutestück!

»Unser Trawler«, fuhr Bellerophon in eindringlichem Tonfall fort, »hat inzwischen das Zielgebiet hier in der Barentssee erreicht. Sie alle wurden bereits grob in Ihre Aufgaben eingewiesen. Da uns jedoch neue Instruktionen der Olymp-Ebene erreicht haben, tritt die Operation Aithon jetzt in die Phase orange.«

Die Lichter im Frachtraum erloschen, und ein Projektor unter der Decke sprang an, der die Luftüberwachungsaufnahme einer großen Bohrinsel inmitten einer rauen See an die Wand projizierte. Der futuristische Anblick sorgte für erregtes Gemurmel unter den Anwesenden.

Jeder konnte sehen, dass die Bohrinsel aufwendig zu einem Offshore-Weltraumbahnhof umgebaut worden war. Der einstige Bohrturm der ehemaligen Förderanlage war zu einer kolossalen, drehbaren Arbeitsbühne aufgestockt worden. Direkt daneben erstreckte sich eine große Abschussplattform, auf der eine riesige Trägerrakete mit vier Boostern und angedocktem weißem Shuttle thronte. Unweit davon erhoben sich gleich drei Drehkräne, und die einstigen, vermutlich sowieso explosionsgeschützten Büros und Mannschaftsquartiere, waren zusätzlich mit Lärmdämmsystemen und Hitzeschutzvorrichtungen ausgestattet. Ebenso die Ballasttanks, der exponiert liegende Hubschrauberlandeplatz, die Rettungsboote und die einstige Anlage zur Notfallabfackelung, die jetzt auffällig viele Satellitenschüsseln trug.

Allerdings interessierte Lena das alles im Moment nur am Rand, da sie die Dunkelheit dazu nutzte, um sich Stück für Stück an Encheleus heranzuschieben, der zusammen mit Io ganz vorne stand.

»Was Sie hier vor sich sehen«, rief Bellerophon gegen das anhaltende Raunen an, »ist die OK-9M Buran! Ein einstmals russischer Orbiter, der Ende der Neunziger H.A.D.E.S. in die Hände fiel und der, soweit wir wissen, bereits einen erfolgreichen Orbitalflug absolviert hat. Und zwar am Ende des damaligen Krieges gegen H.A.D.E.S. Der Start erfolgte in der Nähe von Murmansk, und das vermutlich mit Wissen und Inanspruchnahme korrupter russischer Militärs und Wissenschaftler. Wie unsere Aufklärungsabteilung aus alten A.R.G.O.S.-Datenbanken sowie nachrichtendienstlichen Erkenntnissen anderer Geheimdienste rekonstruieren konnte, landete die Buran anschließend auf einem Militärflughafen in der russischen Republik Komi, von wo aus das Shuttle in einen geheimen Hangar nach Naryan Mar verbracht wurde. Dort wurde der Orbiter mehr als einundeinhalb Jahrzehnte versteckt und vermutlich auch umgerüstet, bis er vor drei Wochen mittels Frachtschiff an diesen entlegenen Ort in der Barentssee gelangte.«

»Wie konnte den Geheimdiensten so was entgehen?«, fragte der schwedische Agent Ajax fassungslos.

»Abgesehen davon, dass H.A.D.E.S. offenkundig russische Militärs geschmiert hat, beklagen die raumfahrenden Nationen seit Monaten seltsame Störungen ihrer Spionagesatelliten in der nördlichen Hemisphäre. Auch dafür zeichnet vermutlich das Syndikat verantwortlich.«

Bellerophon atmete tief ein.

Er präsentierte weitere Aufklärungsbilder der geheimen Startplattform, die diese aus leicht veränderter Perspektive und mit Fokus auf die Tätigkeiten der Arbeiter vor Ort zeigten. »Wie Sie alle sehen können, steht ein neuer Start der Buran mit unbekannter Nutzlast kurz bevor. Und nach Ansicht unserer Experten …« Er unterbrach sich irritiert. »Ja, Agentin Helena?«

Lena blieb überrumpelt stehen.

Sie war so auf das Apollon-Auge auf der Brust des Dänen konzentriert gewesen, dass sie erst jetzt bemerkte, dass sie wohl etwas zu auffällig vorgerückt war.

»Nein, äh, ich habe keine Frage.« Sie lächelte verlegen. »Ich kann von hier aus bloß besser sehen.«

Encheleus musterte sie skeptisch, und auch die übrigen Agenten blickten im Halbdunkel zu ihr.

»Gut, denn Fragen beantworte ich erst später.« Der Prinzipal Mailands nahm einen Laserpointer zur Hand, während er fortfuhr. »Also, wenn ich davon spreche, dass der Start kurz bevorsteht, meine ich damit: vermutlich heute noch! Nach Ansicht unserer Experten sind alle Startvorbereitungen so gut wie abgeschlossen. Wir können daher nicht auf die Verstärkung durch die *Hippokamp* warten. Das U-Boot befindet sich derzeit auf der Höhe von Tromsø und benötigt noch knappe drei Stunden, um sich uns hier draußen anzuschließen. Angesichts der für unseren Einsatz günstigen Wetterlage hat der Olymp daher angeordnet, dass wir uns der Abschussplattform so weit wie möglich annähern sollen, um dann autark zuzuschlagen. Dabei verfolgen wir zwei strategische Ziele: zum einen, den Start der Buran zu verhindern, zum anderen, herauszufinden, welche Nutzlast die Raumfähre an Bord hat. Wir werden dazu zwei Teams aufstellen.« Bellerophon zückte ein Tablet, auf dem er eine Datei aufrief. »Team 1 wird aus allen ausgebildeten Kampfschwimmern unter Ihnen bestehen. Das sind die Agenten Daedalos, Io, Ajax, Antiope und Encheleus. Wobei Agent Encheleus das Kommando anführen wird.«

Der Däne spannte sich bei der Nennung seines Namens, und Lena ließ rasch ihre Hand fallen, mit der sie bereits unauffällig nach der Brosche an seiner Brust zu fassen versucht hatte.

»Aufgabe von Team 1 wird es sein«, fuhr Bellerophon fort, »sich der Startplattform unter Wasser anzunähern, um sich dann über die Stützkonstruktion und die Ballasttanks nach oben vorzuarbeiten. Versuchen Sie, die Energieversorgung und speziell den Antennenturm zu zerstören, da die Mission Control von dort ihre Telemetriedaten empfängt.«

Agentin Io, die neben dem Dänen stand, meldete sich. »Mein letzter Einsatz als Kampfschwimmerin liegt bereits zwei Jahre zurück.«

»Nun, angesichts Ihrer beeindruckenden Akte bin ich mir sicher, dass Sie sich da schnell wieder einfinden werden.« Bellerophon räusperte sich. »Kommen wir zu Team 2. Team 2 wird einen Vorstoß auf dem Luftweg mittels Jetpacks wagen. Ziel ist das Gebäude mit den Büros und den Mannschaftsquartieren. Dort vermuten wir zum einen das Kontrollzentrum der Startplattform. Zum anderen sollte von dort aus auch die Steuerung der Ballasttanks erfolgen. Für beide Ziele gilt: Ausschalten und den Start der Buran unmöglich machen! Erfahrungen im Umgang mit den Fluggeräten haben die Agenten Perseus, Kirke, Europa und … sieh an: Helena.«

Der Prinzipal blickte irritiert auf, und Lena ließ ihre Hand, die längst wieder zu Encheleus' Brust gewandert war, abermals fallen.

»Helena, ausgerechnet Sie verfügen über Erfahrung mit Jetpacks?«

»Äh, ja. Durch einen Einsatz in Schweden«, erklärte Lena nicht ohne Stolz.

»Sieh an.« Bellerophon schürzte anerkennend die Lippen. »Nun gut. Team 2 wird von Agent Perseus angeführt. Bei mir, gewissermaßen als Team 3, verbleibt somit Agentin Elektra, die die Aufklärung und Luftunterstützung für beide Teams übernimmt.« Besorgt blickte er noch einmal auf die Reihen der Agenten vor ihm. »Herrschaften, ich hoffe, Sie wissen, wie wichtig Operation Aithon ist. Unglücklicherweise ist die Plattform gut geschützt. Ein gutes Drittel der Besatzung ist unseren Aufklärungsdaten nach bewaffnet. Und auf einem der alten Öltanks konnten wir sogar ein modifiziertes Kurzstrecken-Flugabwehrsystem des Typs Strela-10 identifizieren. Erschwerend kommt hinzu, dass die Buran von einem Flüssigkeitsraketentriebwerk angetrieben wird. Sie können sich also denken, welches Risiko das für etwaige Kämpfe auf der Plattform darstellt. Sollten Sie unvorsichtig sein, enden Sie alle dort drüben in einem Glutball, den man noch an den Küsten Norwegens und Russlands sehen wird. Also, Fragen?«

Niemand meldete sich.

»Gut. Ihre Gruppenanführer wissen bereits Bescheid. Sammeln Sie sich bei ihnen.«

Bellerophon gab nach hinten ein Zeichen, der Projektor schaltete sich aus, und für einen Moment wurde es stockdunkel.

Lena ging auf Ganze und nutzte die Gelegenheit, die Brosche zu stehlen.

Allzu rasch ging das Licht im Frachtraum jedoch wieder an, und sie begriff schlagartig, dass sie nicht etwa an der Brust des Dänen herumfummelte, sondern an jener von Agentin Io.

Irgendwie hatten sie und der Däne im Dunkeln unbemerkt die Positionen gewechselt. Peinlich berührt zuckte Lena zurück, doch Io funkelte sie erbost an.

»Für wen halten Sie sich, Helena?«, zischte die Agentin leise.

»Sollten wir den Einsatz überleben, werde ich Sie ganz oben wegen sexueller Belästigung anzeigen.«

Io marschierte wütend hinüber zu Encheleus, der ein paar Worte mit Perseus wechselte und dann sein Team versammelte. Lena hingegen trottete ebenso kleinlaut wie verlegen zu Kirke, Europa und Elektra, die sich von Daedalos verabschiedeten.

»Also, Leute, passt auf euch auf!«, meinte der Ire trocken. »Das Team, das die Buran als Erstes lahmlegt, gibt später eine Runde Guinness aus.«

»Wehe, dir passiert was!«, warf Elektra ungewohnt ernst ein.

Daedalos zwinkerte ihnen aufmunternd zu, und er und Perseus stießen wortlos die Fäuste gegeneinander, bevor das Team der Kampfschwimmer nach hinten verschwand.

»Okay, die Damen. Bereit?«

Perseus blickte sie eine nach der anderen an.

»Bereit, wenn du es bist«, antwortete Kirke trocken. Europa schürzte kämpferisch die Lippen.

»Gut, folgt mir nach oben.«

Perseus führte sie über eine metallene Treppe hoch aufs Deck des Fischtrawlers, wo sie ein schwacher, aber nasskalter Wind erwartete. Es herrschte leichtes Nieselwetter, und an Deck liefen Helfer in gelber Regenschutzkleidung herum, die damit beschäftigt waren, eine große Heckschleppe mit Fischen einzuholen, um so den zivilen Eindruck ihrer Fahrt aufrechtzuerhalten. Da die Sichtverhältnisse auf See eher schlecht waren, hatte der Kapitän des Trawlers die Gelegenheit genutzt, sich der umgebauten Bohrinsel möglichst weit zu nähern. Doch noch immer waren ihre Positionslichter etwa vier oder fünf Kilometer entfernt. Näher heranzufahren, wagte Bellerophon offenbar nicht, um bloß keine wie auch immer geartete Reaktion ihres Gegners zu provozieren.

Perseus führte sie eilig zu einem Aufbau auf dem Vordeck, und gemeinsam betraten sie einen Lagerraum, in dem vier schwarze Raketenrucksäcke hingen, wie Lena sie bereits von ihrem Einsatz in Stockholm her kannte.

Außerdem standen im Raum Hartschalenkoffer, die Perseus nun aufklappte und in denen zum einen MPs und Pistolen samt Schalldämpfern sowie die üblichen Blend- und Rauchgranaten verstaut waren. Hinzu kamen Pakete mit Semtex-Plastiksprengstoff. Die übrigen Koffer enthielten das übliche Equipment für Außenmissionen, wie Taschenlampen, Sätze mit Pens sowie Kletter-, Funk- und Einbruchswerkzeug.

»Okay, bedient euch!«, forderte Perseus sie auf. »Wir müssen in fünfzehn Minuten einsatzbereit sein. Wobei Team 1 zuerst aufbricht.«

Ebenso wie ihre Kameraden rüstete sich auch Lena aus, wobei sie natürlich die übrigen ihr verbliebenen Gadgets nicht vergaß. Umständlich legte sie sich einen der futuristischen Jetpacks samt seiner vier Turbinen an und klappte testweise den Steuerhebel aus.

Immerhin, heute musste sie nicht aus einem Flugzeug in die Tiefe springen.

»Für wie lange haben diese Dinger eigentlich Treibstoff?«, wollte Europa wissen.

»Ich dachte, du seist damit schon einmal geflogen?«, fragte Kirke erstaunt.

»Nein, ich kenne die ehrlich gesagt nur aus der Theorie«, antwortete ihre Schwester gleichmütig. »Ich habe bei den Einsatzerfahrungen einfach alles angekreuzt außer Tauchen. Ich hasse die Dunkelheit da unten.«

Kirke und Perseus warfen sich knappe Blicke zu, und der Algerienfranzose zuckte mit den Schultern.

»Die Tankfüllung reicht für fünfzehn Minuten«, erklärte er, »bei knapp 100 km/h Spitzengeschwindigkeit. Reicht also locker für hin und zurück.«

Er überprüfte den Sitz aller Raketenrucksäcke, sie setzten ihre Helme auf, dann marschierten sie wieder raus aufs Deck. Die Maschinen des Trawlers hatten inzwischen gestoppt, und Perseus lief rüber zur Steuerbordreling, um nach hinten zu blicken.

Lena und die Griechinnen tat es ihm nach. Dort wurden gerade ihre fünf bewaffneten Kollegen in Tauchermontur zu Wasser gelassen, wie Lena aufgeregt erkannte. Ein jeder war mit einem Tauchscooter samt Düsentriebwerk ausgestattet, und Perseus klärte sie darüber auf, dass die Tauchhilfen es ihren Kollegen ermöglichen würden, die Distanz zur Raketenplattform unter Wasser in weniger als zwanzig Minuten zurückzulegen.

Encheleus gab das Startzeichen, und schon tauchten die fünf ab. Kurz glaubte Lena, unter der Wasserlinie schlanke Schatten ausmachen zu können, die flink am Schiff vorbeiglitten, da meldete sich Bellerophon via Smart Glass.

»Team 2, bereit machen! Für den Fall, dass die Annäherung des Trawlers für Unruhe auf der Plattform gesorgt hat, werden wir unseren Kurs jetzt leicht ändern. Sie starten, sobald wir annehmen, dass die Aufmerksamkeit dort drüben etwas nachlässt.«

Tatsächlich sprangen die Turbinen des Fischereischiffs wieder an, und der Trawler änderte seinen Kurs ein wenig.

Perseus trat plötzlich an Lena heran und zwinkerte ihr zu.

»Kann es sein, dass das hier dir gehört?«

Er reichte ihr das Apollon-Auge.

Ungläubig sah Lena ihn an, lachte glücklich und nahm ihm das Hightech-Kleinod ganz vorsichtig wie einen kostbaren Schatz aus der Hand.

»Du hast es Encheleus geklaut?«

»Das hast du jetzt gesagt.« Er lächelte schmal. »Ich würde ja eher behaupten, dass er es da unten im Frachtraum verloren hat. So was passiert sogar den Besten.«

Glücklich steckte Lena das Apollon-Auge ein und schenkte Perseus einen schmachtenden Blick, was dieser jedoch nicht mehr mitbekam, da er sich bereits in Richtung Heck des Schiffes bewegte. Sie folgten ihm zum Achterdeck, wo weiterhin das Schleppnetz eingeholt wurde, und führten beobachtet von den angeblichen Fischern letzte Checks an den Jetpacks durch.

Dann war es so weit.

Perseus gab das Startzeichen.

»Bleibt dicht über der Wasserlinie!«

Perseus zündete seine Turbinen, die ihn sogleich anhoben, dann verlagerte er sein Gewicht und flog über die Reling hinweg in Richtung der einstigen Ölbohrplattform, die sich im trüben Grau am Horizont abhob. Kirke und Europa folgten seinem Beispiel, und auch Lena stieg auf, winkte zweien der als Fischer verkleideten Unterstützungskräfte noch einmal zu, und flog ihren Kameraden hinterher.

Es dauerte bei der nasskalten Brise, die über das Meer strich, zwar etwas, bis sie die Steuerung wieder sicher handhabte, dann jedoch schloss sie zu Perseus, Kirke und Europa auf. Kirkes Schwester war einfach cool. Man merkte ihr nicht im Mindesten an, dass sie noch nie mit einem solchen Raketenrucksack geflogen war.

Dicht schossen sie über die Wellen hinweg auf die zunehmend größer werdende Startplattform zu. Lena hoffte sehnlichst, dass sie dort niemand bemerkte.

Sie rückte die einstige Bohrinsel mittels ihrer Smart Glasses näher heran und sah, dass unter der mächtigen Rakete, an der das Shuttle hing, bereits leichter Dampf aufstieg, der einige Möwen über der Plattform aufgeschreckt hatte.

Arbeiter entdeckte sie in den Außenbereichen der Meeresplattform nur wenige.

»Schon irgendwas von Daedalos und den anderen?«, war Kirkes Stimme in ihren In-Ear-Kopfhörern zu hören.

»Nein«, antwortete Perseus ebenfalls über Funk. »Aber wenn die den Zeitplan einhalten, treffen wir ungefähr zum gleichen Zeitpunkt ein. Konzentrieren wir uns besser auf uns. Kirke, Europa, erinnere ich mich richtig, dass ihr beide bereits vor Schottland einen gemeinsamen Einsatz auf einer Bohrinsel bestritten habt?«

»Korrekt!«, antwortete Europa, während sie weiter dicht über die Wasseroberfläche hinwegschossen. »Ist allerdings vier Jahre her.«

»Gut, denn euer Wissen von damals kann uns im Zweifel nutzen«, antwortete Perseus. »Wir werden uns in zwei Gruppen aufteilen. Europa und ich werden das Unterdeck anfliegen, um die Kontrolleinheit über die Ballasttanks der Bohrinsel in unsere Gewalt zu bringen. Gelingt es uns, die Plattform in Schieflage zu manövrieren, war's das mit einem sicheren Start. Kirke und Helena, ihr beide steuert das Mitteldeck an, um von dort aus zum Kontrollzentrum vorzustoßen, den Start zu sabotieren und die Festplatten der dortigen Rechner sicherzustellen.«

Es dauerte etwas, bis Kirke antwortete. »Okay.«

Lena ahnte, dass ihre Gefährtin nicht glücklich über die Entscheidung war. Vermutlich hatte sie darauf gehofft, an der Seite ihrer Schwester kämpfen zu können. Aber vielleicht war genau diese Befangenheit der Grund dafür gewesen, warum Bellerophon Perseus die Führung ihres Teams anvertraut hatte.

Die Raketenplattform ragte immer monströser vor ihnen in die Höhe. Auf ein Kommando von Perseus teilten sie sich auf – als zu ihrer aller Entsetzen von einem der alten Öltanks eine Rakete mit kurzem Feuerschweif in den Himmel schoss.

Jemand an Bord hatte das Kurzstrecken-Flugabwehrsystem ausgelöst.

Entgeistert sah Lena dabei zu, wie die Rakete in einem flachen Bogen über die See fauchte, dann erst begriff sie, dass dies Geschoss gar nicht sie ansteuerte, sondern: den Fischtrawler!

Sekunden später flammte hinter ihnen im grauen Dunst über dem Meer ein Feuerball auf, und der Donnerhall einer Explosion rollte an ihre Ohren.

»Elektra!«, keuchte Lena entsetzt.

Sie stoppte ihren Anflug, drehte sich mittels der Steuerdüsen und sah bestürzt, dass es da hinten auf dem Meer brannte.

Entweder hatten die auf dem Schiff irgendeinen Fehler begangen, oder H.A.D.E.S. hatte prophylaktisch entschieden, alle potenziellen Zeugen des Raketenstarts in diesem Meeresgebiet zu versenken.

»Aufschließen, Helena!«, ermahnte Perseus sie. »Auf das da hinten haben wir im Augenblick keinen Einfluss. Fokussiert euch auf die Mission!«

Er und Europa jagten nach links weg, hinüber zum Unterdeck der einstigen Bohrinsel. Lena hingegen folgte nun wieder Kirke, die bereits rechter Hand zum Mitteldeck aufgestiegen war und auf der dortigen Außengalerie landete. Die Griechin hatte gerade ihren Raketenrucksack abgeworfen, als unmittelbar vor ihr zwei schwarz gekleidete Söldner durch eine Tür ins Freie traten, die sich von dort aus offenbar die Folgen des Raketenabschusses ansehen wollten.

Ging denn gerade alles schief?

Lena sah, wie die beiden auf Kirke losstürmten. Die schoss den Ersten zwar nieder, doch schon war der Zweite heran, der die Griechin in einen erbitterten Nahkampf verwickelte.

Leider das war noch nicht alles. Eine Tür weiter tauchten jetzt auch noch zwei Arbeiter in Blaumännern auf der Außengalerie auf, die ursprünglich offenbar die gleiche Absicht verfolgt hatten wie ihre Kollegen. Auch sie stürmten ohne Umschweife auf Kirke los. Wütend beschleunigte Lena und jagte unter dem fauchenden Geräusch ihrer Miniturbinen auf die Außengalerie zu – und kollidierte in der Luft jäh mit einem flatternden weißen Etwas, das schwer gegen eine ihrer Miniturbinen prallte, bevor es hilflos in die See stürzte. Eine Möwe!

Die getroffene Turbine fauchte und stotterte auf ungute Weise.

Bevor Lena es verhindern konnte, schoss sie ruckartig nach oben, trudelte unkontrolliert durch die Luft und überschlug sich einmal. Keuchend vor Schwindel versuchte sie gegenzusteuern, doch das Jetpack gehorchte einfach nicht mehr. Stattdessen beschrieb sie am Himmel einen neuerlichen Salto, brach unvermittelt nach links aus, dann nach rechts, bevor es rasant wieder abwärts ging. Japsend krachte Lena auf die Außengalerie, auf der Kirke weiterhin verzweifelt mit den drei Männern kämpfte, fällte bei ihrem Aufprall brutal einen der Arbeiter, überschlug sich einmal mehr, und wurde vom Schub der Düsen hart gegen die Außenwand des Gebäudes geworfen. Allerdings geriet dabei auch der zweite Arbeiter in den Schubstrahl der Turbinen. Schreiend flog er gegen die Brüstung, kippte hintenüber und verschwand in der Tiefe.

Endlich schaffte es Lena, den Düsenmotor abzuschalten. Und das etwa zum gleichen Zeitpunkt, als Kirke ihren letzten Gegner mit einem harten Roundhouse-Kick ebenfalls über die Brüstung beförderte.

Schwer atmend sah Kirke Lena an und half ihr auf.

»Dank dir für deine Hilfe. Verdammt gute Idee!«

»Na klar, das war doch, äh, selbstverständlich«, erklärte Lena, die sich ihre schmerzende Schulter rieb.

Sie befreite sich ebenfalls vom Jetpack und blickte nach Süden, wo die Flammen auf dem Meer nun etwas zusammengesunken waren.

»Glaubst du, dass Elektra ...?«

»So was denken wir nicht mal!«, fuhr Kirke sie entschieden an. »Verstanden?«

Lena schluckte, nickte und half Kirke dabei, die beiden herumliegenden Männer zu knebeln und zu fesseln. Anschließend drangen sie ins Innere des mehrstöckigen Plattformgebäudes vor und erreichten so eine leere Kantine, auf deren Tischen benutzte Kaffeetassen und volle Aschenbecher standen. Das rote Licht eines stummen Alarms flackerte an der Decke, und im Gebäude waren Laufgeräusche zu hören.

»Wohin?«, fragte Lena leise.

Kirke stand bereits vor einem Decksplan neben der Kantinendurchreiche und orientierte sich.

»Folg mir!«

Geduckt huschten sie zu einem von zwei Ausgängen, erreichten einen Flur mit einer Treppe am hinteren Ende und kamen auf ihrem Weg überraschend an einem Raum mit halb offen stehender Tür vorbei. Darin überwachten zwei Männer mit Kopfhörern sowie eine Frau in grüner russischer Militäruniform Monitore und Konsolen.

»Praporschtschik!«, rief einer der Männer der Frau auf Russisch zu. »Von drüben kommt gerade die Meldung, dass die Sensoren unter der Plattform angeschlagen haben!«

Die Fremde schnaubte gereizt. »Lösen Sie sofort auch in unserer Sektion roten Alarm aus!«

Kirke schob Lena grob beiseite und erledigte die drei mit ebenso vielen kurzen Feuerstößen ihrer MP. Schon aktivierte die Griechin ihr Smart Glass.

»Encheleus, ihr wurdet bemerkt. Bereitet euch auf einen heißen Empfang vor!«

Beklommen sah Lena dabei zu, wie Kirke ungerührt über die Leichen hinwegstiefelte und ein Semtex-Paket unter den Konsolen befestigte, dessen Zeitzünder sie einstellte.

»In zehn Minuten geht das Paket hoch und sorgt hoffentlich für etwas Ablenkung«, erklärte die Griechin kalt. Sie wandten sich bereits ab, als ihnen ein Monitor ins Auge stach, der das Bild einer Überwachungskamera von einem der hiesigen Fluren zeigte.

Dort war ein Trupp aus vier Leuten zu sehen, darunter ein Techniker in weißem Kittel sowie eine Frau Anfang sechzig in Tarnfleckanzug, die mit ihren blondierten halblangen Haaren und einer Sonnenbrille besonders auffiel.

Hektisch drehte Kirke an den Einstellungen, und sie vernahmen jetzt Stimmen aus dem überwachten Bereich. »… mir völlig egal«, schnauzte die Unbekannte mit portugiesischem Akzent. »Wir ignorieren den Wetterbericht. Leiten Sie alles Nötige für einen Notstart ein. Ich will, dass sich die Closeout-Crew bereit macht.«

Die vier marschierten durch eine Tür, und Kirke fluchte.

»Was?«, fragte Lena.

»Das war Narcisa Machado Salazar«, knurrte die Griechin, »illegitime Großenkelin von Antonio de Oliveira Salazar, dem ehemaligen Diktator Portugals. Ihr Familienzweig hat während der Nelkenrevolution erhebliche Reichtümer beiseitegeschafft, und heute führt sie die zweitgrößte faschistische Partei in Portugal an. Ihre Familie hockt außerdem im Vorstand eines portugiesischen Militärkonsortiums. Sieht ganz so aus, als hätten wir soeben ein weiteres Mitglied des inneren Zirkels von H.A.D.E.S. identifiziert. Aber darum müssen wir uns später kümmern.«

Sie führte Lena aus dem Raum, dann weiter den Gang hinunter, und von dort aus über metallene Treppenstufen nach oben.

In den dortigen Korridoren herrschte hektische Betriebsamkeit. Techniker und Bewaffnete gleichermaßen wuselten in dem Bereich herum, und sie mussten sich mehrfach in Gangfluchten und angrenzenden Räumen verstecken. Dennoch schien Kirke unbeirrt ein Ziel zu verfolgen.

Auf diese Weise gelangten sie in einen Korridor mit WCs und Zugang zu den Sanitärmitteln, an deren Ende jedoch eine auffällige verschlossene Metalltür lag. Kirke zückte ihr Multipick und machte sich an der Tür zu schaffen, als hinter ihnen Schritte zu hören waren.

»Los, schalte sie aus!«, kommandierte Kirke angespannt, während sie weiter versuchte, das Schloss aufzukriegen.

Lena eilte zurück und wollte ihre MP in Anschlag bringen, die noch immer über ihrer Schulter hing. Ärgerlicherweise verhedderte sich der Tragegurt an einer der Schließen ihres Kampfanzugs.

Sie nestelte noch an dem Riemen herum, als ihr unvermittelt zwei muskulöse Arbeiter mit Schutzhelmen und Pistolen an den Gürteln gegenüberstanden, denen sie den Weg versperrte.

»Was soll das?«, knurrte einer von ihnen mürrisch.

Überrumpelt nahm Lena Haltung an.

»Diese Sektion ist bis zum Start gesperrt!«, erklärte sie tapfer. »Die Toiletten sind übergelaufen, weil schon wieder irgendein Honk seinen Abfall reingeworfen hat.«

»Mann, nicht schon wieder«, grunzte der andere und spähte an ihr vorbei.

Lena folgte seinem Blick und entdeckte Kirke, die samt einer Klobürste hinter der nun offen stehenden Tür zu den Sanitärmitteln zum Vorschein kam. »Wir könnten durchaus Hilfe gebrauchen!«, rief die Griechin.

»Vergesst es!«

Die beiden kehrten um, und Lena atmete erleichtert aus.

Rasch kehrte sie zu Kirke zurück, die in Wahrheit ihre MP hinter der Tür bereitgehalten hatte, sich jetzt aber wieder an der Metalltür zu schaffen machte.

»Das gibt es einfach nicht«, ärgerte sie sich. »Ich krieg die nicht auf.«

»Wohin geht's da überhaupt?«, fragte Lena.

»In ein Treppenhaus, das nach oben führt. Dürfte seine Gründe haben, warum der Zugang dicht gemacht wurde.«

»Warte!« Lena zückte zu Kirkes Verwunderung das Apollon-

Auge, aktivierte den Laserschneidbrenner und brannte mit ihm das Schloss aus der Tür.

»Sag mal«, meinte Kirke fassungslos, »ist das da etwa das Apollon-Auge von damals aus Visby?«

»Na ja, ich gebe zu, das gute Stück hat eine lange Reise hinter sich.« Lena räusperte sich, steckte die Brosche weg und drückte die Tür auf.

Kirke stiefelte kopfschüttelnd an ihr vorbei, und dann eine verlassene Wendeltreppe nach oben, als plötzlich eine dumpfe Explosion ertönte, der alarmierte Rufe folgten.

Ihr Semtex-Paket in dem Überwachungsraum war hochgegangen.

»Weiter!«, zischte die Griechin und stürmte nach oben.

Erstmals waren jetzt auch irgendwo da draußen auf der Plattform Schüsse zu hören.

Perseus schaltete sich plötzlich zu, dessen Sicht in ihren Glasses einen Raum zeigte, der mit seinen Konsolen und Monitoren wie ein Shuttle-Cockpit designt war. »Das Steuerungszentrum für die Ballasttanks wurde verlegt«, schimpfte er. »Hier befindet sich jetzt ein Flugsimulator für die Shuttle-Crew. Wo seid ihr?«

»Wir kämpfen uns gerade nach oben zum Kontrollzentrum durch«, erklärte Kirke grimmig. »Jedenfalls hoffe ich das. Beschäftigt die Wachen, das würde uns helfen.«

»Wird erledigt!«

Perseus schaltete sich wieder weg, und Kirke nahm eilig die letzten Stufen, während Lena mit Seitenstichen hinterher stapfte.

Kirke stoppte vor einer weiteren Metalltür, die Lena abermals mit dem Laserschneidbrenner öffnete, und sie gelangten in einen Flur mit drei Türen. Vor einer stand eine Wache, die sich überrascht zu ihnen umwandte.

Kirke erledigte ihn mit zwei gezielten Schüssen, als er noch seine Waffe hochriss, und fing ihn geschwind auf, bevor sein Sturz Aufmerksamkeit erregen konnte.

»Hilf mir!«

Gemeinsam zogen sie den Mann in einen leeren Besprechungsraum, auf dessen zentralem Tisch große Orbitalkarten lagen. Außerdem flimmerten unter der Decke Bildschirme, deren Kameraeinstellungen allesamt auf das Shuttle und seine Trägerrakete gerichtet waren.

Lena grübelte, wo sie waren, doch Kirke eilte bereits wieder auf den Flur und lauschte an der Tür, die der Tote bewacht hatte.

»Ich höre Stimmen!«, wisperte sie. »Mach dich bereit.«

Lena hob ihre MP, als Kirke machtvoll die Tür aufstieß und in einen Raum mit zwei weiteren Türen stürmte, der mit seinen großen Spinden auf den ersten Blick wie eine Umkleide wirkte.

Die eigentliche Überraschung stellten jedoch die beiden Frauen dar, die einander gerade dabei halfen, in rote Launch-Entry Suits zu steigen.

Lenas Blick fiel auf die Raumfahrerhelme auf dem zentral stehenden Tisch, und sie begriff spätestens jetzt, dass sie es hier mit Kosmonautinnen zu tun hatten.

Schockiert blickten die beiden Frauen auf die erhobenen Waffenmündungen.

»Sieh einmal an«, ätzte Kirke. »Haben wir die Damen etwa in flagranti ertappt?«

Ihre beiden Gegenüber hoben vorsichtshalber die Hände, und die größere der beiden schnaubte verärgert, während die andere eher verunsichert wirkte.

»Was wird das hier?«, sprach die Erste sie auf Russisch an.

»Können Sie sich das nicht denken?«, antwortete Kirke in eisigem Tonfall. »Wir werden verhindern, was auch immer Sie vorhaben. Und Sie werden uns jetzt sagen, welchem Zweck Ihre Mission dient.«

Die Größere spuckte vor ihnen zu Boden.

»Gar nichts werde ich, Genossin. Ich werde einfach darauf warten, dass die Wachen kommen und euch dekadente West-Schlampen von der Plattform werfen.«

Kirke trat vor und zog ihr brutal den Kolben ihrer Waffe über den Schädel.

Hart kollidierte die Widerspenstige mit dem Spind und sackte stöhnend zusammen. Längst hatte die Griechin ihre Waffe auf die andere gerichtet.

»Soll ich noch mal …?«

»Wir sollen eine Reihe Schwarmsatelliten im Orbit aussetzen«, antwortete die Zweite ebenso verängstigt wie bereitwillig, und das ebenfalls mit russischem Akzent. »Allerdings hat die Mission noch einen Geheimauftrag, den wir zuvor erfüllen sollen. Darüber werden wir jedoch erst während des Flugs unterrichtet.«

»Was sind das für Satelliten?«, fragte Lena.

»Ich weiß es nicht. Angeblich kommerzielle Satelliten, über deren Funktion wir nicht weiter aufgeklärt wurden. Wir sollen lediglich dafür sorgen, dass sie ihre Umlaufbahn erreichen.«

»Für wann ist der Start geplant?« Kirke trat zu einer der Türen, die nach draußen führte, und Lena hörte von dort gedämpfte Schüsse.

»Von jetzt an«, die Frau blickte auf eine Armbanduhr, »in achtundsiebzig Minuten.«

»Wo liegt das Kontrollzentrum?«, wollte Kirke jetzt wissen.

Die Frau schluckte. »Im Gebäude ganz oben. Allerdings wird die Zentrale gut bewacht. Aber man kann sie natürlich auch über die Außengalerie erreichen.« Sie nickte in Richtung der Tür, vor der Kirke stand. »Da der Weg raus aber zum Fahrstuhl der Arbeitsbühne führt, darf sich dort draußen keiner außer uns blicken lassen, ohne … dass scharf geschossen wird. Es ist also völlig egal, was Sie tun, Sie werden es nicht schaffen, die Mission zu stören. Selbst, wenn Sie uns töten … Da ist nämlich immer noch unser Kommandant.«

Kirke grübelte und hob ihre Waffe.

»Ziehen Sie den Raumanzug aus. Sofort!«

»Was?«

»Sie haben mich gehört. Ausführung! Sonst fangen Sie sich eine Kugel!«

»Was hast du vor?«, fragte Lena, die sah, dass Kirke bereits damit begann, auch die Bewusstlose zu entkleiden.

»Wir werden uns als diese beiden ausgeben«, antwortete Kirke. »Anschließend werden wir uns vor den Augen der Wachen da draußen zum Kontrollzentrum begeben und ihnen einen feurigen Überraschungsbesuch abstatten. Und jetzt denk nicht nach, sondern sieh zu, dass das Mädel keine Faxen macht.«

Lena tat, wie ihr geheißen. Die Unbekannte entkleidete sich, und Lena fiel auf, dass es sich bei diesen Suits nicht um diese klobigen Astronautenanzüge handelte, wie man sie oft im Fernsehen sah. Das hier waren deutlich leichtere Anzüge, die offenbar ausschließlich für die Bedürfnisse von Start und Landung gefertigt waren. Man konnte durch ein Rückenteil in sie hineinsteigen. Entsprechend zügig lagen beziehungsweise standen beide Kosmonautinnen in Astronautenunterwäsche vor ihnen.

Kirke stach der Niedergeschlagenen kurzerhand ihren Morpheus-Pen in den Nacken und sah auffordernd zu der anderen Kosmonautin rüber.

»Was ist das?«, fragte diese verunsichert.

»Ein Schlafmittel«, erklärte Lena mitfühlend. »Glauben Sie mir, das ist in Anbetracht der Umstände das Beste, was Ihnen derzeit passieren kann.«

Sie verpasste auch der Zweiten einen Schuss mit ihrem Pen und legte sie am Boden ab, kaum, dass sie besinnungslos wurde.

»Da können sie nur leider nicht bleiben.«

Kirke deutete auf die offenen Spinde. Gemeinsam wuchteten sie die Frauen in die Schränke und hämmerten die Türen zu.

Irgendwo auf der Plattform war eine dumpfe Explosion zu hören, und kurz flackerten die Lichter, doch schon schien ein Notgenerator anzuspringen, denn das Flackern endete.

»Los!«, meinte Kirke angespannt.

Lena nahm sich an ihrer Gefährtin ein Beispiel, schälte sich so schnell wie möglich aus ihrem Kampfanzug und zwängte sich ebenso wie die Griechin in einen der roten Launch-Entry Suits. Ihrer zwickte etwas im Schritt, der von Kirke schien jedoch gut zu passen.

Draußen auf der Plattform wurde weiterhin gekämpft, und Kirke gab ihren Plan an Perseus und Encheleus durch, die beide in Bedrängnis geraten waren.

Die Griechin warf die Catsuits in eine weitere der Umkleiden, und Lena verstaute ihre Gadgets soeben in den Außentaschen des Anzugs, als im Gang vor der anderen Tür Stimmen zu hören waren.

»Σκατά! Offenbar eine Kontrolle!« Alarmiert warf Kirke auch die Waffen in den Spind und donnerte ihn zu. Schon waren sie bei den Helmen, die sie sich rasch überstülpten.

Nicht einen Moment zu spät, denn die Tür öffnete sich, und zu Lenas Schrecken kam keine Geringere als Narcisa Machado Salazar in ihrem Tarnfleckanzug zu ihnen herein, begleitet von drei bewaffneten Söldnern.

Lena geriet ins Schwitzen.

Die ältliche Wasserstoffblondine nahm ihre Sonnenbrille ab und musterte sie von oben bis unten.

»Sie sind fertig? Sehr gut. Denn es gibt eine kleine Planänderung: Es geht sofort los.«

»Wie bitte?«, antwortete Kirke auf Russisch. »Gemäß Zeitplan sind es doch bis zum Start noch …«

»Offenbar begreifen Sie nicht, was da draußen los ist!«, unterbrach die Portugiesin sie barsch. »Sie starten jetzt!«

»Was ist mit den ausstehenden Sicherheits-Checks?«, meinte Kirke überrumpelt.

»Wir verzichten drauf. Unsere Techniker werden schon sauber gearbeitet haben«, erklärte Narcisa Machado Salazar kalt.

Kirke wirkte fassungslos. »Sie wollen uns allen Ernstes bei den derzeitigen Wetterbedingungen und ohne ausreichende Systemtests in den …«

»Sie haben offenbar vergessen, für wen Sie arbeiten, Kosmonautin«, schnauzte die Salazar sie drohend an. »Es ist notwendig, dass Sie noch heute fliegen! Erledigen Sie gefälligst Ihren Job und gehorchen Sie.«

Auf ein Nicken der Salazar hin hoben ihre drei Begleiter die Waffen.

»Und jetzt raus mit Ihnen!«, schnaubte die Portugiesin. »Mein Boss ist nicht für seine Geduld bekannt, und im Zweifel werden wir gern auf eine von Ihnen beiden verzichten.«

Lena warf Kirke durch den Helm hindurch einen alarmierten Blick zu, und sie sah, wie die Griechin kurz zu dem Spind blickte, in dem ihre Waffen, die Granaten und das Semtex lagen. Sie selbst trug zwar immerhin ihren Lady-Shaver bei sich, aber sie wusste nicht, ob Kirke ebenfalls bewaffnet war.

Im Moment blieb ihnen also nichts anderes übrig, als sich zu fügen.

Einer der Waffenträger öffnete die Tür zur Außengalerie, und die Portugiesin scheuchte sie ins Freie. »Ducken Sie sich! Nicht, dass Sie auf den letzten Metern noch von einer Kugel erwischt werden.«

Tatsächlich hörten sie auf der Plattform Schusssalven. Aus einem kleineren Nachbargebäude quoll schwarzer Rauch, und auch der viele Dampf, der an den Seiten der monströsen und zum grauen Himmel aufragenden Trägerrakete unmittelbar vor ihnen aufstieg, behinderte ihre Sicht. Dennoch glaubte Lena, an den Rändern der Startrampe Gestalten ausmachen zu können, die sich erbitterte Feuergefechte lieferten.

Energisch führten ihre Bewacher sie über den metallenen Laufsteg zu der mobilen Arbeitsbühne. Allmählich beschleunigte sich Lenas Puls.

Sie mussten es dringend schaffen, aus dieser Situation wieder rauszukommen.

Ärgerlicherweise wurden sie hinten bereits von einem Techniker erwartet, der ihnen aufgeregt die Tür zu einem Fahrstuhl öffnete.

Zunehmend beunruhigt blickte sich Lena um, doch nichts da unten auf der Plattform erweckte den Eindruck, als würde rasch Hilfe eintreffen. Auch von Perseus und Europa war keine Spur zu sehen.

Das alles hier eskalierte allmählich.

Und zwar rasant.

Die Bewaffneten stießen sie in den Fahrstuhl, und der Techniker sowie zwei der Söldner stiegen mit ein, ohne sie aus den Augen zu lassen.

»Sorgen Sie für den Erfolg der Mission!«, rief ihnen die Salazar hinterher, bevor sie mit ihrem verbliebenen Bodyguard davoneilte.

Die Tür des Fahrstuhls schloss sich, und schon ging es aufwärts.

Lena sah durch das Visier ihres Helms, wie Kirke die Lage abwog und die beiden Bewaffneten taxierte, doch die hielten noch immer grimmig ihre Waffen auf sie gerichtet. Ohne Zweifel hatten sie den Auftrag, jeden möglichen Widerstand im Keim zu ersticken.

Lenas Beunruhigung steigerte sich allmählich zu nackter Panik.

Sie wollte da nicht rauf.

Die Fahrstuhltüren öffneten sich erneut. Fassungslos blickte sie auf eine Arbeitsbühne samt Ziehharmonika-Laufgang, der geradewegs hinüber zu einer Öffnung im Cockpit des riesig vor ihnen aufragenden Shuttles führte.

Auch hier oben warteten zwei Techniker auf sie.

»Beeilung!«, herrschte sie einer der Männer an, während unten von der Rampe unverändert gedämpfter Kampflärm an ihre Ohren schallte.

All das hinderte ihre Begleiter nicht, sie trotz leichter Gegenwehr über den Laufgang und dann durch die Einstiegsluke ins Unterdeck des Shuttle-Cockpits zu bugsieren, um sie von dort an einer im Augenblick waagerecht liegenden Leiter vorbei in den Raum mit Piloten- und Kommandantensitz zu schaffen.

Auf Letzterem lag bereits ein dunkelhaariger Kosmonaut mit markanten Wangenknochen und Dreitagebart, der sichtbar konzentriert die Geräte an den Avionik-Konsolen unter den Beobachtungsfenstern checkte.

»Kommandant!«, höhnte einer der Bewaffneten. »Hier ist der Rest Ihrer Crew.«

Der Kosmonaut drehte sich gereizt zu ihm um.

»Fuchteln Sie hier nicht mit Ihren Waffen herum, sondern verschwinden Sie!«, fuhr er ihn auf Englisch an. Dem Akzent nach war er Amerikaner. »Das hier ist ein hochsensibler Bereich.«

Er griff nun ebenfalls zu seinem Helm und setzte ihn sich auf.

Kirke, die pragmatisch genug war, zu erkennen, dass Widerstand in ihrer Situation nichts brachte, kletterte an Lena vorbei auf den Pilotensitz, während die sich wie gelähmt in einen der Sitze hinter den beiden legte.

Das durfte doch alles nicht wahr sein!

Wann genau war ihnen die Situation derart entglitten, dass es sie plötzlich an die Spitze dieser fliegenden Riesenbombe verschlagen hatte?

Fahrig legte sie die Gurte an, und nur am Rande bekam sie mit, wie die Söldner das Shuttle wieder verließen. Die Einstiegsluke und auch die Abluftventile der Kabine wurden geschlossen. Kirke und der Kommandant über ihr wechselten ein paar Worte auf Englisch miteinander, bei denen es offenbar um die Konfiguration des Orbiter-Computers und irgendwelche Back-up-Systeme ging. Doch auch das rauschte irgendwie an Lena vorbei.

Vielmehr drohte sie, in eine Art Schockstarre zu fallen.

Sie musste sich regelrecht zwingen, sich zu bewegen. Und nun sah sie auch noch durch die Fenster über ihr, wie der Zugriffsarm zum Orbiter eingefahren wurde.

Jetzt kamen sie hier nicht einmal mehr raus.

Hatten die denn allen Ernstes vor, sie wirklich ins All zu schießen!?

Sie trug ja nicht einmal eine Windel unter ihrem Astronautenanzug, wie sie es aus den Zeitungen kannte – als ihr plötzlich klar wurde, dass ihre Freunde auf der Plattform gewarnt werden mussten. Dringend.

Wenn diese Rakete allen Ernstes startete und sie keinen Schutz suchten, würden sie im Schubstrahl verglühen.

Verzweifelt öffnete Lena ihr Visier, kramte nach dem Smart Glass in ihren Außentaschen und kontaktierte Perseus und Daedalos. Deren aufploppende Bildkacheln warfen zwar leichte Schlieren, doch sie konnte erkennen, dass beide in Kämpfe verstrickt waren.

»Perseus! Daedalos!«, wimmerte sie. »Kirke und ich … wir sitzen im Cockpit der Buran.«

»Wo bitte?«, keuchte Perseus erschrocken. »Wie konnte das denn passieren?«

»Es wird einen Notstart geben. Wer auch immer von euch unten auf der Rampe ist: Bringt euch sofort in Sicherheit!«

»Scheiße!«, fluchte der Algerienfranzose.

»Alles klar!«, antwortete Daedalos kurz angebunden. »Unser Team zieht sich zurück.«

»Okay«, meldete sich Perseus wieder. »Passt auf euch auf und macht das Beste draus. Toi, toi, toi!«

Fassungslos sah sie mit an, wie die Bildkacheln der beiden erloschen.

Das Beste und *toi, toi, toi*?

Das war alles?

Dann würde Perseus wirklich nicht kommen, um sie hier irgendwie noch rauszuholen?

Lena verzog weinerlich das Gesicht, klappte ihr Visier wieder nach unten und kämpfte gegen den wachsenden Drang an, einfach loszuschreien. Stattdessen nahm sie sich den Kommandanten schräg über ihr zum Vorbild und stöpselte, ebenso wie sie es bei ihm sah, zittrig die Schläuche und Kabel neben dem Sitz an ihren Anzug.

Überhaupt verlor sie allmählich jedes Zeitgefühl.

Alles, was zu ihr durchdrang, tat das, als fließe es durch einen Filter.

Nur am Rande bekam sie mit, wie das Shuttle von Boden- auf interne Energieversorgung umgeschaltet wurde. Ebenso, dass der Start-Sequenzer im Cockpit längst angesprungen war und gnadenlos ablief.

Kurz darauf begann die Buran erst leicht, dann immer stärker zu vibrieren. Die Triebwerke der Trägerrakete hatten ihre Arbeit aufgenommen.

Lena stieß ein gepresstes Quietschen aus.

Oh nein! Sie würden ganz sicher beim Aufstieg explodieren.

Das war doch der Grund, warum es diese Shuttles nicht mehr gab.

Die explodierten alle!

Lena schrie nun tatsächlich in ihren Helm.

Nahezu gemächlich erhob sich die Raumfähre. Das Vibrieren wurde stärker, sie wurden durchgerüttelt, und Lena spürte einen zunehmenden Druck, der auf ihren Körper einwirkte und sie immer heftiger in den Sessel presste.

Stärker und stärker.

Nicht einmal schreien konnte sie mehr.

Stattdessen japste sie nur noch, und ihre Augen fühlten sich an, als würde jemand mit seinen Daumen Druck darauf ausüben. Verzweifelt keuchte sie, ihr Sichtfeld begann zu flimmern – und dann wurde es schwarz um sie.

*

Als Lena wieder zu sich kam, fühlte sich alles um sie herum mit einem Mal ganz leicht an.

Von irgendwoher war ein dumpfes Rauschen wie von Flugzeugtriebwerken zu hören, ihre Füße kribbelten, und sie hatte den unangenehmen Eindruck, als sei ihr Kopf angeschwollen. Benommen und etwas schwindelig blinzelte sie.

Tief atmete sie die Luft in ihrem Anzug ein.

Anzug?

Anzug!

Lena riss endgültig die Augen auf und stellte fest, dass im Cockpit eine Notbeleuchtung angesprungen war, während jenseits der Cockpitfenster gähnende Schwärze herrschte – vor die sich plötzlich im linken Fenster ganz allmählich aufsteigend der riesige blau-weiße Horizont der Erdkugel schob.

Ungläubig starrte Lena das Spektakel an, und endlich sickerte die Erkenntnis in ihr Bewusstsein, dass sie nicht explodiert waren.

Dass sie sich tatsächlich im All befanden.

Sprachlos saß sie da, denn all das war so unglaublich unfassbar.

Nur war ihr leider auch etwas übel.

»Okay«, meldete sich vorne der Kommandant.

Er setzte seinen Helm ab und betätigte einige Schalter am Armaturenbrett. »Wider Erwarten haben wir den Lift-off überstanden, ohne draufzugehen. Das würde ich schon mal als Erfolg verbuchen. Zeit für Phase zwei. Ich gebe die neuen Zielkoordinaten ein.«

»Sollten wir nicht mal langsam darüber aufgeklärt werden, was es mit der Geheimmission auf sich hat?«, fragte Kirke, während sie umständlich an ihrem Helm herumnestelte.

»Ich kläre euch beide schon noch über die Details auf«, meinte der Amerikaner. »Erstmal nur so viel: Wir fliegen zur ISS.«

Lena, die noch immer mit leichter Übelkeit kämpfte, klappte ungläubig ihr Visier hoch. »Die internationale Raumstation ISS?«

»Kennst du noch eine andere?«, der Mann lachte. »Hast du dich nie gefragt, warum unseren Auftraggebern das Raumkampftraining so wichtig war? Aber, sag mal, was ist eigentlich aus deinem Dialekt geworden?«

Stirnrunzelnd drehte er sich zu ihr um und starrte sie entgeistert an.

»Wer, zum Teuf...?«

Kirke riss sich den Helm vom Kopf und hämmerte ihn gegen seinen Schädel.

Der Amerikaner schrie auf, war jedoch hart im Nehmen. Sofort machten die beiden sich an ihren Sitzen zu schaffen und schwebten Sekunden später frei im Cockpit. Allerdings hielt auch der Amerikaner jetzt seinen Helm in der Hand, und Lena sah entsetzt mit an, wie die beiden mit ihren Helmen in der Schwerelosigkeit aufeinander eindroschen.

Verzweifelt löste auch Lena ihren Gurt und versuchte, sich zu den beiden abzustoßen, als die Verkabelungen an ihrem Anzug sie zurückrissen.

Lena klemmte auch diese Fessel mühsam ab, während sie hilflos dabei zusah, wie der Amerikaner einen weiteren Schlag Kirkes abwehrte, plötzlich in der Luft um die eigene Achse wirbelte und ihr einen kraftvollen Tritt versetzte, der die Griechin hart gegen die rückwärtige Kabinenwand schleuderte.

Er selbst wurde von der kinetischen Kraft seiner Aktion nach rechts getrieben, wo er sich sofort an der Wandverkleidung neben seinem Sitz zu schaffen machte.

Kirke, die kurz mit der Schwerelosigkeit kämpfte, stieß sich gerade wieder in seine Richtung ab, als der Amerikaner eine seltsam klobige Pistole in der Hand hielt, die verdächtig der Druckluftwaffe von Perseus ähnelte, mit der er in London gegen seine Schwester angetreten war.

Unter einem Fauchen feuerte der Amerikaner eine Salve aus nadelförmigen Geschossen auf Kirke ab. Eines von ihnen konnte die Griechin mit ihrem Helm abwehren, zwei weitere blieben in ihrem Raumanzug stecken. Eine vierte Nadel schoss dicht an ihrer Stirn vorbei, durchschlug dabei jedoch ihr rechtes Ohrläppchen und blieb darin hängen.

Schmerzerfüllt schrie Kirke auf.

Das waren tatsächlich Betäubungspfeile, denn aus der Kanüle spritzte harmlos etwas Flüssigkeit in die Luft. Der Treffer reichte jedoch aus, Kirke so weit abzulenken, dass ihr Gegner abermals auf sie feuern konnte. Die Griechin riss noch ihre behandschuhte Linke hoch, doch diesmal durchschlug die Kanüle das Material, und das Geschoss blieb in ihrer Handfläche stecken.

Kirke riss sich den Pfeil sofort heraus – als Lena endlich heran war.

Schreiend packte sie den Amerikaner an den Haaren und rammte ihm den Lady-Shave gegen den Hals.

Die Waffe knatterte, und der überrumpelte Amerikaner zuckte spastisch, bevor er stöhnend und gelähmt in Richtung Beobachtungsfenster aufstieg.

»Kirke!« Die Griechin schwebte mit getrübtem Blick über ihrem Sitz.

Auch Lena musste sich an den Konsolen festhalten, um in der ungewohnten Schwerelosigkeit nicht davonzutreiben. Sie wühlte in ihren Taschen, entschied sich für den Artemis-Pfeil mit dem Adrenalin und rammte Kirke den Pen unter die Haut.

Ihre Gefährtin stöhnte leicht, als Lena den nahenden Schatten bemerkte.

Sichtlich mitgenommen, doch voller Zorn, glitt der Amerikaner bereits wieder auf sie zu.

Lena fuhr erneut mit ihrem Lady-Shaver zu ihm herum und geriet unwillkürlich ins Driften, was dafür sorgte, dass sie sich weiter um ihre Achse drehte, als sie seinen Griff an ihrem Arm spürte, und dann Hände, die ihr den Lady-Shaver brutal entrissen. Verzweifelt schlug sie nach ihrem Gegner, als seine Hand überraschend mit dem erbeuteten Rasierer vorstieß.

Es knatterte abermals, und diesmal schrie Lena schmerzerfüllt auf.

Ausgehend von ihrem Schlüsselbein jagte ein Stromstoß durch ihren Körper, der sie durchschüttelte und ihren Kopf schier zum Explodieren brachte.

Die Schmerzen ähnelten jenen des elektrischen Weidezauns damals in ihrer Kindheit, den sie wegen einer verlorenen Wette gegen Sophia hatte anfassen müssen. Nur viel schlimmer.

Ihre Muskulatur krampfte, selbst ihr Herzschlag setzte für einen Moment aus.

Triumphierend lachte ihr Gegner, während sie hilflos zuckend zur hinteren Kabinenwand trieb.

Schon war der Amerikaner über ihr und packte sie am Kragen.

»Na, Schätzchen«, brach es angestrengt aus ihm heraus, »wie gefällt es dir, deine eigene Medizin zu schmecken?«

Lena starrte ihn paralysiert an, unfähig, eine Antwort zu geben.

Sie hatte mit dem Rasierer so viele Gegner unschädlich gemacht, dass es ihr nie in den Sinn gekommen war, dass jemand die Waffe auch einmal gegen sie selbst richten könnte.

»Bevor ich euch Grazien in der Luftschleuse auf Nimmerwiedersehen entsorge«, keuchte ihr Gegenüber, »werdet ihr mir noch ein paar Fragen beantworten.« Grob stieß er sie zu ihrem Sitz an der Wand und gurtete sie umständlich fest. »Und wir beginnen damit, wer ihr eigentlich seid?«

Lena lallte.

»Was?«

Lena lallte abermals, doch eher um ihn von Kirke abzulenken, die mit glasigem Blick hinter ihm heranschwebte, um ihm sodann mit einer ungeheuren Willensanstrengung von oben einen Schraubenzieher in den Hals zu rammen.

Der Amerikaner gurgelte und riss sich das Werkzeug aus der Wunde, woraufhin Blut aus seiner Halsvene ins Cockpit spritzte, die dann in Form unzähliger Tropfen auf bizarre Weise in der Luft hängen blieben.

Verzweifelt versuchte er, zu einem an der Wand hängenden Sanitätskoffer zu kommen, doch Kirke hielt sich an ihm fest. Es kam zu einem Handgemenge zwischen den beiden, das Kirke angesichts ihrer Benommenheit zu verlieren drohte, als es Lena ihrerseits schaffte, ihre gepeinigte Muskulatur wieder unter Kontrolle zu bringen.

Beschwerlich löste sie den Gurt, stieß sich stöhnend ab und schloss sich dem Kampf gegen den Amerikaner an, aus dessen Hals immerzu weiteres Blut quoll.

Auch seine Bewegungen wurden zunehmend fahrig.

Kirke schlug seine Deckung beiseite und zog sich mühsam an ihm hoch.

»Welches Ziel verfolgt ihr auf der ISS?«, ächzte sie.

Der Amerikaner starrte sie verzweifelt röchelnd an.

»Los, sag schon, wenn wir dich retten sollen!«

»Wir … Wir sollen … Rusk …«

Seine Lider flatterten, und er erschlaffte.

Lena barg den Sanitätskoffer, aus dem sie mit zitternden Händen Mullbinden kramte, die sie gegen seine Halswunde presste. Sie legte ihm einen Druckverband an, der die Blutung stoppte, ihn jedoch nicht allzu sehr am Atmen hinderte. Sein Puls blieb jedoch schwach und ungleichmäßig.

Als Lena wieder aufsah, bemerkte sie, dass überall in der Kabine Blutstropfen schwebten, von denen manche die Wände erreicht hatten, wo sie sich in hässlichen Lachen sammelten.

Kirke trieb derweil benommen vor ihr durch die Kabine.

Lena stieß sich zu ihr ab. »Alles in Ordnung?«

»Ja«, Kirke lächelte verkrampft. »Von diesem Mistzeug eben ist zum Glück mehr in den Handschuh gelangt, als dass es in meinen Blutkreislauf geraten wäre. Sollte ich trotzdem einschlafen, verpass mir auch meinen Pen.«

Lena nickte.

»Hilf mir nach vorn«, ächzte die Griechin. »Und dann versuch, das Blut einzusammeln, damit es nicht in die Elektronik gelangt. Ich sehe mal, ob ich hier irgendwas ausrichten kann.«

Lena half der Griechin zurück auf ihren Sitz und stellte fest, dass die Aufregung immerhin dazu beigetragen hatte, dass ihr nicht mehr übel war.

Sie schnappte sich weitere Mullbinden, mit denen sie durch die Kabine schwebte, um die Blutstropfen einzufangen, sammelte ihren Lady-Shaver ein, als er an ihr vorüber driftete, und kümmerte sich dann wieder um den bewusstlosen Amerikaner.

Schließlich stieß sie sich Richtung Kommandantensitz ab. Kirke trug bereits ein Headset und studierte die Geräte und Computer am Armaturenbrett.

»Bislang hat die Zentrale unten auf der Bohrinsel nicht versucht, uns zu erreichen«, meinte sie angestrengt. »Keine Ahnung, ob wir da unten am Ende doch noch Erfolg hatten, oder ob am Ende alles in Feuer versunken ist.«

»Ich habe Perseus und Daedalos vor dem Start noch gewarnt«, erklärte Lena unsicher.

»Gut.« Kirke schenkte ihr ein aufbauendes Lächeln. »Bald dürfte die *Hippokamp* bei der Plattform eintreffen. Also mach dir nicht so viele Sorgen. Auch nicht um Elektra. Die sind alle hart im Nehmen. Selbst hier oben haben wir Glück im Unglück. Denn soweit ich das erkenne, läuft der Anflug auf die ISS vollautomatisch.« Kirke atmete tief ein und rief die Anflugdaten der Buran auf einem Monitor auf.

»Wir sind noch etwa drei Stunden unterwegs, bevor wir andocken.«

»Okay, aber … Versuchst du nicht, uns wieder zurückzufliegen?«

»Dafür müsste ich mich erst mal näher mit diesem verdammten Shuttle beschäftigen. Nein«, Kirke sah auf, »ich denke, wir sollten diesen Trip durchziehen. Allein schon, um herauszufinden, was das alles hier überhaupt soll.«

»Hat er doch angedeutet.« Lena drehte sich zu dem Amerikaner um. »Ich glaube, H.A.D.E.S. hat das Shuttle ausgesandt, um Elton Rusk zu entführen. Der hält sich doch gerade als Weltraumtourist auf der Raumstation auf. Die versuchen doch schon lange, den abtrünnigen Milliardär zu schnappen. Dass H.A.D.E.S. ihn auf diese Weise in die Hände bekommt, damit rechnet der doch nie.«

»So ein gewaltiger Aufwand für eine einzelne Person?« Kirke zog nachdenklich die Stirn in Falten. »Und selbst wenn: Was, zum Teufel, ist an dem Kerl dran, dass er für das Syndikat so wichtig ist? Irgendwas entgeht uns da.«

»Dann sollten wir ihn vielleicht noch einmal ins Kreuzverhör nehmen«, schlug Lena vor. »Auf der ISS kann er uns jedenfalls nicht noch einmal entwischen.«

Kirke nickte nur, kramte an ihrem Sitz und reichte Lena drei dicke Kladden mit Spiralheftung.

»Versuch, herauszufinden, wie man einen Blick in den Frachtraum werfen kann.«

»Cool, die haben hier technische Handbücher? Das ist ja wie bei unserem Brian-Air-Flug damals.«

»Erinnere mich nicht daran. Andererseits …« Kirke blickte zu dem riesigen gekrümmten Erdball jenseits der Beobachtungsfenster auf, der wie eine gigantische blaue Murmel vor dem tiefschwarzen Nichts erstrahlte. »So katastrophal das auch häufig endet, wenn wir beide einen Flieger betreten, ich hätte mir niemals vorstellen können, so was wie das da mal selbst zu erleben.«

Lena folgte ergriffen ihrem Blick, und für eine ganze Weile starrten sie auf blaue Meere, dunkle Kontinente und die viel zu dünn erscheinende Atmosphäre ihres Heimatplaneten, auf der weiße Wolkenfelder dahintrieben.

Lena kam sich bei dem prächtigen Anblick klein und bedeutungslos vor, und angesichts all der Schönheit dort drüben wurde ihr die Kehle trocken.

»Ehrlich«, flüsterte sie überwältigt, »wenn ich das Sophia erzähle, dann wird sie mir vor lauter Neid bestimmt ein Jahr lang jeden meiner Misserfolge unter die Nase reiben.«

»Was?«

»Ja, echt. Das hat sie schon mal so gemacht. Das war, als ich …«

»Du solltest doch langsam wissen, dass das nicht geht.« Kirke blickte sie ernst an. »Schon vergessen, dass du mit niemandem außer uns über all das sprechen darfst? Mit deiner Schwester schon gar nicht. Deren Festplatte«, sie tippte sich an die Stirn, »wird ja nicht ohne Grund gerade gelöscht.«

»Ja, klar. Weiß ich natürlich …« Lena räusperte sich und bekam ein schlechtes Gewissen. »War ja auch nur theoretisch. Also, ich werde dann mal.«

Hastig zog sie sich von ihrem Sitz nach hinten und versuchte, den Gedanken an Sophia erst einmal zu verdrängen. Es gelang ihr nur nicht.

Klar, wenn A.R.G.O.S. feststellte, dass das Thanatos-Programm bei ihr nicht angeschlagen hatte, dann würde es natürlich Probleme geben.

Andererseits … wer würde Sophia schon glauben, wenn diese sich verplapperte?

Lena grinste breit.

Sophia würde sooo neidisch auf sie sein …

Lena begann ihren Spacetrip allmählich sogar zu genießen. Sie mussten jetzt bloß noch irgendwie heil wieder runterkommen.

Sie blätterte die Kladden durch, die sie ständig festhalten musste, damit sie nicht davonschwebten, und fand dabei im Unterdeck nahe der Luftschleuse das Kontrollmodul für den Teleskopgreifarm im Frachtraum. Am dortigen Panel ließen sich auch Kameras aktivieren, über die man einen Blick in den mit Isolationsmaterialien verkleideten Nutzlastraum werfen konnte.

Lampen flammten drüben auf, und sie starrte auf zehn tonnenförmige Behälter mit Kabeln und Schläuchen, bei denen es sich offenbar um Auswurfvorrichtungen für ballförmige Satelliten handelte. Die ähnelten mit ihren flügelartigen Reflektoren übergroßen Federbällen, wobei Letztere den Eindruck erweckten, dass sie sich zu immenser Größe ausfahren ließen.

Grübelnd kehrte Lena ins Cockpit zurück.

»Da sind tatsächlich Satelliten«, berichtete sie Kirke und beschrieb ihren Fund. »Gibt leider keinerlei Hinweise, wofür die dienen.«

»Na gut.« Kirke, die ebenfalls Handbücher wälzte, atmete tief ein. »Dafür weiß ich inzwischen, warum wir keine Nachrichten reinkriegen. Riechst du das?«

»Sorry«, antwortete Lena. »Ich habe heute Morgen die letzten meiner blöden Pillen genommen und rieche leider immer noch nichts.«

»Die Funkanlage ist offenbar durchgeschmort. Wenn nicht schon beim Start, dann vorhin beim Kampf.«

»Und jetzt?«

»Jetzt warten wir ab, bis wir die ISS erreichen. Ich schätze, Überraschungsgäste wie uns gab es da noch nie. Also, entspann dich.« Sie fischte nach einer der Kladden, die über ihrem Schoß davontrieb. »Ich sehe zu, dass ich in der Zwischenzeit etwas über Andockmanöver lerne.«

Lena nickte, zog sich wieder zu ihrem verletzten Gefangenen hinüber, dessen Puls schwach, aber stabil blieb, und begab sich dann auf einen Erkundungsgang durch Ober- und Unterdeck des Shuttles, bei dem sie Essenvorräte entdeckte. Zu gern hätte sie einen Orangensaft mit dem beiliegenden Strohhalm angestochen. Angesichts ihrer schwachen Blase verzichtete sie jedoch lieber darauf.

Stattdessen platzierte sie sich wieder neben Kirke, die weiter aufmerksam die Handbücher studierte.

Sie selbst verfolgte derweil mit, wie die Internationale Space Station, die sich in der Ferne als silbriger Punkt abzeichnete, Stück für Stück näher rückte.

Lena hatte schon davon gehört, dass die Raumstation inklusive der fächerförmig aufgespannten Solarflügel an den Seiten des zentralen Druckmoduls etwa die Größe eines Fußballfelds hatte. Dieses Wunder menschlicher Ingenieurskunst jedoch mit eigenen Augen zu sehen, war etwas völlig anderes.

Die Labor- und Wohnmodule mit ihren hervorstechenden Material-, Personen- und Andockschleusen schimmerten silbrig. Auf den Gitter- und Auslegesegmenten sowie den aufgespannten Photovoltaikflügeln blitzte grell die Sonne, während dahinter die tiefe Schwärze des Alls gähnte.

Die Buran schob sich immer näher an die stetig riesiger werdende ISS heran. Die Manövriertriebwerke sprangen irgendwann an, und die Anzeigen der Monitore wechselten, während sich das Shuttle allmählich unter die Andockschleuse an einer der Spitzen des Druckmoduls setzte und dort schließlich verharrte.

»Die Luftschleuse muss ich manuell ausfahren.« Kirke löste sich von ihrem Sitz und glitt nach hinten.

Wenig später hörte Lena, wie sich die Frachtklappen des Orbiters automatisch öffneten. Dank eines scharf umrissenen Schattenwurfs auf der glänzenden Außenhaut der ISS-Aufbauten konnte sie sogar mitverfolgen, wie die Luftschleuse der Buran ausfuhr und an die ISS andockte.

Dennoch dauerte es eine Weile, bis Kirke sie zu sich rief.

Lena schob sich nach hinten und vernahm ein leises Zischen, dann stand sie neben der Griechin, die bereits in die Schleuse lugte.

»Dir ist klar, dass wir da oben vermutlich einen ganz schönen Wirbel auslösen?«, stellte ihre Gefährtin fest. »Da dürfte es gerade ziemlich hektisch zugehen. Überlass alle Erklärungen mir.«

Sie schob sich nach oben in die Schleuse hinein und klopfte am Ende des Tunnels mit einem Schraubschlüssel gegen die Schleusenluke der ISS.

Lena folgte ihr, und tatsächlich wurde ihnen irgendwann geöffnet.

In der Öffnung zeigte sich ein Asiate mit japanischer Kennung am Raumanzug, der sie konsterniert ansah, kaum, dass er sie erblickte.

»Wie … Wer sind Sie?«, fragte er fassungslos auf Englisch, der Lingua franca der Weltraumfahrt.

»Das erklären wir Ihnen gerne später ausführlich«, erklärte Kirke möglichst freundlich. »Ich weiß, das klingt jetzt verrückt, aber die ISS sollte mit Hilfe der Raumfähre unter uns gekapert werden. Das konnten wir aber zum Glück vereiteln, wenn auch nicht den Start.

Wir würden daher gern mit Ihrem Kommandanten sprechen und die Erlaubnis einholen, an Bord zu kommen. All das hat nämlich vermutlich mit Ihrem zivilen Passagier zu tun: Elton Rusk!«

Misstrauisch blickte der Japaner sie an.

»Sie sind Militärs?«

»Nicht wirklich.«

»Sie warten hier!«

Er schloss die Schleusenluke wieder, und Lena und Kirke warfen sich Blicke zu.

Es dauerte ein wenig, bis sich die Luke erneut öffnete und der Japaner wieder auftauchte.

»Hier herrscht gerade eine gewisse Anspannung.«

»Das kann ich mir denken«, antwortete Kirke.

»Sind Sie irgendwie bewaffnet?«

»Nein, sind wir nicht«, versicherte die Griechin.

Der Japaner musterte sie misstrauisch. »Ich muss Sie trotzdem untersuchen. Vorher werden die anderen die Schleusen in den Übergangstunneln nicht öffnen.«

»Absolut verständlich.«

Kirke und Lena schlüpften an ihm vorbei in ein Modul, das vollgestopft mit Kabeln, Isoliermaterialien und festgezurrten Kisten war. Der Japaner schloss die Luke hinter ihnen und tastete ihre Anzüge angespannt nach Waffen ab. Stirnrunzelnd befühlte er den Inhalt von Lenas Taschen, kramte ihren Lady-Shave-Rasierer hervor und starrte ihn ungläubig an, bevor er ihn ihr zurückgab. Schließlich nickte er.

»Sie haben einiges zu erklären.« Er schwebte voran zu einer weiteren Luke, die er mittels eines Panels öffnete, und sie glitten an ihm vorbei, hinein in ein Forschungslabor mit Astronautenarbeitsplätzen, Bedienpulten und Kontrollständen, an dessen Ende ein weiteres Besatzungsmitglied der ISS in Raumanzug und Helm auf sie wartete.

Lena und Kirke zogen sich aufrecht – als der Unbekannte sein Visier öffnete.

Elton Rusk.

Ungläubig wanderte der Blick des Milliardärs von Kirke zu Lena.

»Sie?!«

Lena hingegen starrte bestürzt auf die Pistole, die er jetzt auf sie beide gerichtet hielt.

»Wieso …? Also haben Sie mich angelogen«, brach es enttäuscht aus ihr heraus. »Sie gehören in Wahrheit doch zu H.A.D.E.S.«

Rusk zuckte gleichmütig mit den Schultern. »Nun, das abzustreiten, wäre im Augenblick wohl sinnlos.«

»Verdammt, ich hatte so etwas geahnt.« Kirke drehte sich zu dem Japaner um, der lauernd hinter ihnen schwebte und eine ähnlich aussehende Waffe in Händen hielt. Dann wandte sie sich wieder dem Finnen zu. »Wollen Sie es wirklich riskieren, ausgerechnet hier eine Schusswaffe abzufeuern? Ihnen sollte klar sein, was auch Ihnen blüht, wenn das Projektil die Außenwand durchschlägt.«

»Ganz ehrlich? Doch, das würde ich.« Rusk lächelte überlegen. »Das ist der Grund, warum ich einen Helm trage und Sie nicht.«

»Aber Sie haben uns doch sogar diesen Kardinal ausgeliefert«, warf Lena ein.

»Ein notwendiges Opfer, und ersetzbar«, erklärte Rusk kühl. »Er war eh das schwächste Glied in unserem Kreis. Außerdem weiß er nicht viel. Seine Ergreifung hat Ihre Organisation hinreichend abgelenkt, sodass wir unser eigentliches Ziel weiter in Angriff nehmen konnten. Er hat damit seine Schuldigkeit getan.«

»Dann sind Sie … Alpha?«, mutmaßte Lena.

Rusk grinste selbstzufrieden. »Ich befürchte, über die Interna unserer Organisation kann ich Sie nicht weiter aufklären. Stattdessen werden Sie mir jetzt …«

»Nein, ist er nicht«, unterbrach Kirke ihn respektlos. »Sieh dir die Knarren an. Das sind Waffen aus dem 3D-Drucker. So etwas wäre dem echten Alpha nie passiert.«

»Was wollen Sie damit andeuten?« Wütend verengte sich Rusks Augen. »Es war eine logistische Meisterleistung, den 3D-Drucker der ISS zu hacken und die Waffen an der übrigen Besatzung vorbei zu fertigen. Ganz zu schweigen von der Produktion der Spezialmunition. Und das alles innerhalb von nur zwei Tagen.«

»Sind Sie nicht mit Ihrer eigenen Rakete hergekommen?«

»Stimmt«, wunderte sich der Japaner hinter ihnen. »Warum haben Sie die Waffen nicht einfach direkt von der Erde mitgebracht? Das mit dem 3D-Drucker war wirklich total umständlich.«

Überrumpelt starrte Rusk auf seine Pistole und räusperte sich.

»Das alles ist im Augenblick völlig zweitrangig«, wich er aus. »Wir sind bewaffnet, Sie nicht. Fällt Ihnen nichts auf?«

»Sie meinen, abgesehen von Ihrer zu kleinen Nase?«

»Sie elendes Miststück!« Der Milliardär zielt erbost auf Kirkes Kopf. »Offenbar bestehen Sie auf einem Funktionstest. Nein, ich meine natürlich die ungewöhnliche Stille hier.«

Lena fand es ehrlich gesagt gar nicht so still auf der ISS. Ganz im Gegenteil.

Um sie herum rappelten Luftfilter, und die Klimaanlage dröhnte. Der Lärmpegel war vergleichbar mit Straßenlärm. Sie fragte sich, wie die Besatzungsmitglieder hier je zur Ruhe kamen – als sie die Augen aufriss.

»Wo sind die anderen Astronauten?«, fragte sie alarmiert.

»Ah, jetzt nähern wir uns dem Kern der Sache.« Rusk schürzte die Lippen.

Er glitt zur Seite und deutete mit der Pistolenmündung auf den Übergangstunnel hinter ihm.

»Ich finde, Sie sollten sie unbedingt kennenlernen. Auch wenn Sie im Augenblick keine größeren Unterhaltungen mit ihnen erwarten dürfen …«

Lena und Kirke warfen sich beunruhigte Blicke zu, dann zog sich Lena vorsichtig an dem Milliardär vorbei, der nervös die Mündung seiner Waffe auf sie gerichtet hielt. Anschließend folgte ihr Kirke, die ihrerseits von dem Japaner bewacht wurde.

Rusk und sein offensichtlich korrupter Helfer trieben sie durch weitere leere Raumlabore und Arbeitsmodule, von denen eines regelrecht zerstört wirkte. In der Luft schwebten Klappen, Schrauben, Schläuche und große Teile der Wandverkleidung, die sie erst aus dem Weg wischen mussten.

Hatte es hier einen Kampf gegeben?

Der Milliardär stoppte sie in einem Übergangssegment und deutete mit der Waffe nach rechts, wo der Japaner eine weitere Schleusentür öffnete, die in eine Wohneinheit führte.

Lena blickte auf Stauräume, ausklappbare Schlafmodule und Tische sowie eine Bordküche und mehrere Fitnessgeräte. An den Wänden hingegen waren vier Astronauten unterschiedlicher Nationen festgeschnallt. Zwei Männer und zwei Frauen. Und alle wirkten wie paralysiert. Mühsam hob eine der Frauen den Kopf, doch ihre Pupillen waren zu groß, und sie blinzelte trunken.

»Rein da!« Der Japaner schob sie beide grob in das Modul.

»Das hier wird in den kommenden Stunden auch Ihr Aufenthaltsort sein«, meinte Rusk zufrieden. »Jetzt, da Sie uns wie vorgesehen die Buran gebracht haben, können wir uns endlich unserer eigentlichen Aufgabe zuwenden.«

»Ach ja?« Zornig funkelte Kirke ihn an. »Was wollen Sie hier oben überhaupt? Wozu das alles?«

»Offenbar glauben Sie, wir befänden uns hier in einem schlechten Film, bei dem Ihnen der Bösewicht am Ende den ultrageheimen Masterplan verrät?« Rusk schnaubte geringschätzig, während er weiter mit seiner Pistole auf sie zielte.

Und doch sah Lena in seinem Gesicht, wie es in ihm arbeitete.

Auch der Japaner blickte ihn erwartungsvoll an.

»Ach, scheiß drauf. Sie werden eh alle sterben!«, platzte es triumphierend aus Elton Rusk heraus. »H.A.D.E.S. plant nichts Geringeres, als schon bald die Welt zu beherrschen!«

»Wie bitte?« Lena starrte ihn ungläubig an.

»Dachten Sie allen Ernstes, das Stardust-Satelliten-Programm von Rusk Industries dient dazu, die Erde mit einem Schutzschirm gegen die Sonnenstrahlung auszustatten? Ich bitte Sie! Diese Umwelt-Kasperei ist doch lächerlich.« Er lachte abfällig. »Nein. Vom Black Knight haben Sie ja schon gehört. Stardust ist das Projekt Black Knight 2.0! In langen Jahren heimlich geplant und aufgebaut, harrt es nun seiner Vollendung.«

»Das sind auch alles Laser?«, fragte Lena verständnislos. »Ein bisschen klein, oder?«

»Meine Güte, sind Sie wirklich so naiv?« Rusk sah sie voller Verachtung an. »Thermonukleare Laser wie die des einstigen Black Knight gehören zu den Technologien von vorgestern. Teuer, ineffizient und viel zu auffällig. Ihn endlich zu aktivieren, war bloß ein Testlauf. Und doch hat er uns den Weg zu neuen Ufern gewiesen. Eine visionäre Idee, die H.A.D.E.S. schon vor zwei Jahrzehnten entwickelt hat, zu deren Umsetzung das Syndikat damals bloß nicht mehr kam.«

»Was meinen Sie damit?«

»Die Stardust-Satelliten wurden als Schwarmsatelliten konstruiert!«, ereiferte er sich. »Ihre Reflektoren lassen sich im All zu einem gewaltigen Brennspiegel zusammenschließen. Begreifen Sie es jetzt?« Seine Augen blitzten fanatisch. »Wir nutzen die Sonne selbst als Kraftquelle. Mit dem monströsen Brennstrahl, den wir auf diese Weise erzeugen können, kann H.A.D.E.S. jedes nur denkbare Ziel auf der Erde verdampfen. Jedes!«

Lena musste unwillkürlich an den aufgespannten Regenschirm in Hephaistos' seltsamer Bastelstube zurückdenken, dessen Sinn sie jetzt begriff. Rusk hingegen lachte wie irre, bevor er fortfuhr.

»Das tun wir natürlich nicht einfach nur, weil wir es technisch können.« Er zögerte. »Also gut, wir tun es schon, weil wir es können. Und ich kann es ehrlich gesagt auch kaum abwarten, bis die Testphase von Black Knight 2.0 anläuft. Doch in Wahrheit nähern wir uns so dem edelsten aller Ziele.«

»Was soll das denn bitte sein?«, zischte Kirke.

»Geld zu machen, natürlich.« Verständnislos sah Elton Rusk sie an. »Viel Geld. Noch mehr Geld. Was denn sonst? Die Vernichtung der Kokafelder und die damit einhergehende Komplettübernahme des Drogenmarktes waren erst der Anfang. All das dient nur der Finanzierung weiterer Ausbaustufen. Die erste ist abgeschlossen, sobald wir die letzten Satelliten, die Sie uns freundlicherweise mitgebracht haben, ausgesetzt und positioniert haben. Aber wir werden weitermachen. Stufe um Stufe. Irgendwann wird der Brennspiegel im All so groß sein, dass wir mit seiner Hilfe nicht bloß irgendwelche Felder in Brand setzen oder Kleinziele ausschalten können. Wir werden mit seiner Hilfe in der Lage sein, ganze Städte einzuäschern – wenn uns die Nationen nicht einen entsprechenden Ablass zahlen. Zu einem vertretbaren Preis, natürlich. Abermilliarden Dollar für Abermilliarden Leben! Das ist nur fair. Und nebenbei ist es das größte denkbare Geschäft überhaupt.«

»Sie sind ja vollkommen durchgeknallt«, entfuhr es der Griechin. »Sie glauben doch nicht wirklich, dass die raumfahrenden Nationen tatenlos dabei zusehen werden, wie Sie Ihren orbitalen Brennspiegel in Betrieb nehmen? Glauben Sie, die waren in den letzten Jahrzehnten untätig? Der Weltraum gilt längst als Kampfzone. Alles, was im Orbit an Waffen verfügbar ist, wird man dazu einsetzen, Ihre schicke Satellitenflotte zu zerstören.«

»Sehen Sie«, Rusk lächelte breit, »um genau dem zuvorzukommen, bin ich hier. H.A.D.E.S. weiß genau, was hier oben alles an Killersatelliten rumfliegt. Doch bevor die gegen uns eingesetzt werden können, werden wir sie aus dem Weg räumen. Und das wird uns mit Ihrer Perseiden-Flotte gelingen!«

»Das ORION-Protokoll«, stöhnte Lena, die nun verstand. »Sie wollen unsere Killersatelliten gegen die anderen Killersatelliten einsetzen?«

»Na endlich haben Sie es.« Rusk nickte gönnerhaft. »Alles, was wir dazu noch benötigen, ist dieses verschwundene Interface Ihres Hephaistos, um das ORION-Protokoll auslösen zu können. Und dann … gehört die Welt uns!«

»Das Interface ist hier auf der ISS versteckt?«, fragte Kirke ungläubig.

Irritiert blickte Rusk sie an. »Wollen Sie mir weismachen, dass Ihre Bosse Sie nicht darüber aufgeklärt haben, dass Ihr einstiger Chefkonstrukteur an der Entwicklung der ISS beteiligt war?«

Erstaunt sahen Lena und Kirke einander an.

»Nein.«

»Du meine Güte!« Er lachte. »Andererseits … auch wir haben etwas länger gebraucht, um dahinterzukommen. Am Ende erfuhr er ja, dass sein damaliger Kollege Hades ihn die ganze Zeit über verraten hatte. Eine Erkenntnis, die vermutlich dazu beitrug, dass sein eh schon zerrütteter Geist endgültig zerbrach. Aber …«, Rusk seufzte schwer, »… so ist das eben mit den eigenen Kindern. Man mag sie nur ungern opfern. Stattdessen sorgte Ihr alter Hephaistos in seiner Verwirrtheit dafür, dass das Interface möglichst weit außer Reichweite seines Erzfeindes geschafft wurde. Und welcher Ort ist weiter von der Erde entfernt als dieser hier?«

»Dann haben Sie den alten Mann deswegen entführt?«, fragte Lena bekümmert. Der Milliardär verdrehte die Augen.

»Wir hätten ihn uns schon viel früher geschnappt, wenn wir gewusst hätten, wo A.R.G.O.S. ihn hat unterbringen lassen. Die Existenz dieses Sanatoriums hat sich uns leider viel zu spät offenbart. Unglücklicherweise hat sich gezeigt, dass der Alte inzwischen viel zu plemplem ist, als dass er uns bei der Suche hier noch hätte helfen können. Er wird seine Rolle dennoch erfüllen. Trotzdem … es gibt hier schließlich nicht viele Orte, wo das Ding liegen kann. Das Versteck muss sich zwingend irgendwo bei den ältesten Modulen der ISS befinden. Denn nur auf die hatte er Zugriff.«

Lena begriff jetzt, warum eines der Druckmodule hinten so verwüstet war.

»Boss!« Der Japaner trat grübelnd an Rusk heran. »Wenn die Weiber den Start der Buran einfach nur hätten verhindern wollen, dann hätten sie das auch auf der Erde tun können. Warum sind die eigentlich hier?«

Der Milliardär betrachtete sie lauernd.

»Eine wirklich gute Frage«, erklärte Rusk irgendwann gefährlich leise. »Warum sind Sie eigentlich hier?«

Diesmal zielte er mit seiner Waffe auf Lena.

»Das war, äh, reiner Zufall!«, versicherte diese eilig und hob die Hände. »Bitte glauben Sie uns. Ich gebe zu, ein ziemlich blöder Zufall. Sie glauben doch wohl nicht ernsthaft, dass sich jemand, der noch ganz bei Trost ist, freiwillig in ein fremdes Raumschiff setzt und sich dann mir nichts, dir nichts in den Weltraum schießen lässt? Nur war die Situation die, dass …«

»VERARSCHEN SIE MICH NICHT!«, brüllte Rusk sie an.

Er wandte sich an den Japaner. »Die beiden glauben offenbar wirklich, dass wir Idioten sind.« Dann wandte er sich wieder Lena und Kirke zu. »Niemand schaltet zufällig unsere Leute aus, um sich dann zufällig in den Orbit schießen zu lassen. Und das bedeutet, dass Sie beide ganz und gar nicht zufällig hierhergekommen sind. Sie beide wissen, wo das Interface versteckt ist. Habe ich recht? Sie sind hier, um es sich selbst für Ihre lausige Organisation anzueignen.«

Kirke warf ihm einen irritierten Blick zu. »Nein. Ihre Leute haben uns tatsächlich irrtümlich ins All geschossen.«

»Schwachsinn! Aber das werden wir gleich herausfinden.«

Er zielte auf die übrigen Besatzungsmitglieder, die ihn schlaff anstarrten.

»Da Sie etwas zugänglicher als Ihre Kollegin zu sein scheinen«, wandte er sich an Lena, »dürfen Sie entscheiden, wen ich zuerst erschieße. Oder Sie verraten es mir einfach.«

»Was!?«, ächzte Lena erschrocken.

»Ja, um unserer beider Verbindung willen.« Rusk lächelte, ohne dass dieses Lächeln seine Augen erreichte. »Also, verraten Sie mir, wo Hephaistos das Interface versteckt hat?«

»Aber das weiß ich nicht!«, jammerte Lena panisch.

»Na gut. Sorgen wir dafür, dass sich Ihre Erinnerung auffrischt. Wen also darf ich als Erstes erschießen? Den Kommandanten?« Er zielte auf einen drahtigen Amerikaner mit roten Haaren und Bart. »Oder lieber eine der Damen?«

Er visierte die angsterfüllt dreinblickenden Astronautinnen an.

»Die Blondine, okay? Nicht, dass mir noch jemand nachsagt, ich würde Blondinen bevorzugen.«

Er spannte den Hahn, zielte und …

»Warten Sie! Nicht!«, hielt ihn Lena auf, der plötzlich ein Verdacht kam. »Wir beide wissen es wirklich nicht. Aber im Sanatorium hatte Hephaistos so ein seltsames Modell aus Deos und Löffeln hängen, das … bei genauerem Nachdenken tatsächlich Ähnlichkeit mit der ISS hatte.«

»Weiter.«

»Es hing inmitten einer Klobrille.«

Alle im Raum starrten sie an.

»Inmitten einer … Klobrille?«, wiederholte Rusk irritiert.

»Ja. Ich meine … Was, wenn das ein Hinweis war?«, meinte sie aufgeregt. »Hier oben wird es doch sicher Space-Toiletten geben. Und dort würde niemand nach einem Interface suchen.«

»Hier gibt es zwei Toiletten«, erklärte der Japaner aufgeregt. »Die ältere liegt tatsächlich hinten bei den ersten Modulen der Station.«

»Na also, geht doch.« Rusk nickte zufrieden. »Nimm sie auseinander. Von der Absaugdüse bis zum Fäkalienbehälter.«

»Ich?«

»Ja, wer denn sonst?«, schnauzte er ihn an.

Der Japaner stöhnte und verschwand aus ihrem Sichtbereich, während Rusk weiter im Zugang wartete und sie mit seiner Waffe bedrohte.

»Was haben Sie mit der Crew gemacht?«, wollte Kirke mit Blick auf die schlaff da hängenden Besatzungsmitglieder wissen.

»Ein Nervengas«, erklärte Rusk zufrieden, »das direkt auf das Großhirn wirkt und seine Opfer zielsicher für einen halben Tag lähmt. Sie werden selbst noch in den Genuss kommen.«

Sie warteten, während aus der Ferne ein gelegentliches Dröhnen und Lärmen schallte. Lena hatte kein Gespür dafür, wie viel Zeit verstrich, doch irgendwann kehrte der Japaner wieder zurück, und Rusk wie auch Kirke rümpften die Nasen.

»Ich habe es tatsächlich gefunden!«, sprach der Japaner begeistert und präsentierte ein Gerät von der Größe eines alten Schallplattenspielers, das eine auffällige Sichtblende aufwies. »Offenbar ein Retina-Scanner. Wie man das Ding korrekt anschließt und mit den Perseiden verbindet, das müssen die Spezialisten herausfinden. Aber das hier sollte es sein.«

»Perfekt! Dann mach dich zum Abflug bereit, ich komme gleich nach.«

Der Japaner verschwand samt dem Interface, während sich Elton Rusk zufrieden über seinen Dreitagebart fuhr.

»Sieht ganz so aus, als wäre es für uns an der Zeit, sich zu verabschieden.«

»Sie glauben doch nicht, dass Sie damit durchkommen?«, meinte Kirke wütend.

»Doch, ich denke schon«, antwortete der Milliardär. »Denn angesichts des bevorstehenden Unglücks wird bald kein Hahn mehr danach krähen, was hier vorgefallen ist. Und das Irrwitzige ist: Danach werden alle auf unserem Heimatplaneten bloß meinen dramatischen Tod beklagen, während Sie andere hier höchstens eine Plakette im NASA-Hauptquartier erhalten.«

»Welches Unglück?«

»Nun, wir haben vorhin dafür gesorgt, dass die Kommunikation zu Mission Control auf der Erde abgebrochen ist. Man ahnt da unten also bereits, dass es hier oben zu einer technischen Störung gekommen ist. Bevor wir uns mit der Buran verflüchtigen, werden wir noch den angedockten russischen Progress-Transporter manipulieren, der zur gelegentlichen Kurskorrektur verwendet wird. Und zwar derart, dass die ISS einen ordentlichen Schubs Richtung Erde erhält. Sie wird sodann den Weg alles Irdischen gehen. Oder anders ausgedrückt: Sie alle werden schon bald in der Atmosphäre verglühen.«

Er zückte eine Art Deo-Zerstäuber, klappte sein Visier nach unten und sprühte damit den Raum voll.

»Also, noch gutes Gelingen!«

Er verriegelte die Tür zum Wohnmodul und wartete draußen.

Lena und Kirke, die beide die Luft anhielten, versuchten, das Schott aufzubekommen, doch Rusk, den sie auf der anderen Seite durch ein Sichtglas feixen sahen, verhinderte, dass sie die Tür aufbekamen.

Irgendwann rang Lena nach Atem, dann auch Kirke.

Keine von ihnen schaffte es, dem Nervengas zu entgehen, und

schon setzte ein Taubheitsgefühl in Lenas Gliedmaßen ein. Auch Kirkes Bewegungen erlahmten zunehmend, bis sie nahezu regungslos durch den Raum trieben.

Rusk verschwand, und irgendwann glaubte Lena, zu fühlen, dass ein leichter Stoß durch die Raumstation ging. Weitere Zeit verstrich, in der sie verzweifelt versuchte, gegen die Starre anzukämpfen, die sie erfüllte – als es ihr überraschenderweise gelang, einen Finger zu bewegen. Und dann die ganze Hand.

Und da war noch etwas.

Erstmals seit vielen Tagen begann sie wieder etwas zu riechen.

Und zwar … einen leichten Geruch nach menschlichen Fäkalien.

Und Schweiß. Und verbrauchte Luft. Und Gummi.

Und Elektrizität, Leder, Haare, Essensreste …

Die Sinneseindrücke waren so mächtig, dass sie weit die Augen aufriss und keuchend nach Luft schnappte. Ihr Körper zuckte, und hämmernder Kopfschmerz setzte ein.

»Oh … Gott …«, ächzte sie gepeinigt.

Ihr Körper drehte sich im Raum, die rasenden Kopfschmerzen verebbten allmählich, und sie begriff, dass sie die Einzige war, die sich bewegen konnte. Alle anderen waren weiterhin paralysiert. Und noch immer stürmten all die Gerüche im Raum wie eine Flut über sie herein.

Was, in Herrgotts Namen, geschah mit ihr?

Plötzlich dämmerte ihr der Grund.

Die Pillen, die sie bis heute hatte nehmen müssen.

Sie wusste nicht, wie oder warum, aber sollten die tatsächlich mal eine positive Wirkung haben?

Und in der Tat meldeten sich zunehmend ihre Reflexe zurück. Ihr kam eine Idee. Sie schaffte es, sich umständlich auf Kirke zu abzustoßen, während sie mühsam nach dem Aeskulap-Stab in ihrer Tasche fischte, um der Griechin das Antidot zu verabreichen. Die schien auch mitzubekommen, was sie vorhatte, doch irgendwie starrte sie sie warnend an und drehte ihre Augäpfel immer wieder hektisch nach rechts.

Lena folgte ihrem Blick und begriff, dass Kirke zum Kommandanten der ISS blickte.

Die Griechin hatte recht, sie musste versuchen, ihn wieder reaktionsfähig zu machen.

Lena glitt an ihn heran und applizierte ihm den Pen.

Und doch dauerte es fast zehn Minuten, bis auch er sich erstmals regte.

Lena durchsuchte Kirkes Taschen, fand dort noch einen zweiten Aeskulap-Stab.

»Wer … ist noch wichtig hier?«, sprach sie den Kommandanten an, der zunehmend agiler wurde. Sogar sehr viel agiler als sie.

»Was auch immer das ist, verabreichen Sie das Zeug Barbara!« Stöhnend wandte der Rothaarige sich der blonden Astronautin zu. »Ich brauche sie, um den Progress-Transporter umzuprogrammieren.«

Lena tat, wie ihr geheißen, und innerhalb der nächsten zwanzig Minuten waren beide wieder handlungsfähig.

Alarmiert machten sie sich auf, um die ISS vor dem Absturz zu bewahren, während Lena Kirke und die übrigen Besatzungsmitglieder in angrenzende Module zog. Leider brachte das wenig. Sie würde vermutlich darauf warten müssen, bis sich das Gift von selbst abgebaut hatte. Eine weitere Stunde verging, bis der Kommandant endlich wieder zu ihr zurückkehrte.

»Okay«, sprach er verärgert. »Die ISS ist wieder auf Kurs, aber jetzt werden Sie mir einige Fragen beantworten. Was ist das für eine Organisation, der Sie angehören?«

»Das alles muss warten«, entgegnete Lena ernst. »Sie haben ja mitbekommen, was dieser Mistkerl vorhat. Gibt es hier eine weitere Möglichkeit, auf die Erde zu kommen?«

Der Mann blickte sie ernst an. »Ja, hier ist eine Rettungskapsel angedockt.«

»Gut, denn sobald sich meine Kollegin wieder rührt, werden wir die benutzen müssen, um zurückzukehren. Wir müssen Rusk um jeden Preis aufhalten. Und«, sie atmete tief ein, »wir müssen irgendwie Kontakt zur Erde aufnehmen.«

»Leider haben die unseren Funk zerstört.«

»Das ist so nicht ganz richtig«, meldete sich die Astronautin Barbara zu Wort, die aus einem der Nachbarmodule zu ihnen stieß. »Da ist noch die Anlage in der Progress. Die sollte funktionieren.«

»Gut«, meinte Lena. »Führen Sie mich bitte dahin, und ich sage Ihnen, welche Frequenz wir anwählen müssen. Denn wenn wir diesem Milliardär zuvorkommen wollen, muss mein Arbeitgeber unbedingt alle nötigen Maßnahmen einleiten …«

Hades

Ein kalter Wind blies Lena ins Gesicht, als sie und Kirke mühsam die Luke ihrer Sojus-Raumkapsel aufstießen. Feine Schneeflocken wehten ihnen entgegen, und sie vermochten erstmals einen Blick auf die dämmrige, schneebedeckte Ebene um sie herum zu werfen.

In einiger Entfernung hatte sich das Eis zu hohen Kämmen aufgefaltet, doch hier, am Platz des Aufschlages der Kapsel, dessen Schneedecke Rußspuren aufwies, war das Gebiet weitgehend flach und eben.

Den einzigen Farbklecks in der weißen Ödnis bildete der rotweiße Fallschirm ihrer Raumkapsel, der westlich von ihnen auf dem Schnee lag und hin und wieder vom Wind angehoben wurde.

»Wie einladend«, murrte Kirke, die sich nach der unsanften Landung durchstreckte und vorsichtig die Außenhaut der Kapsel berührte. Nach ihrem heißen Ritt durch die Erdatmosphäre war sie fast schwarz und noch immer warm, wie Lena angesichts des aufsteigenden Dampfes sehen konnte.

Und doch war ihr Gefährt nicht heiß genug, als dass es Kirke daran gehindert hätte, gänzlich aus der Kapsel zu steigen und vor der Luke in den Schnee zu springen.

Mit einem Seufzer folgte Lena ihr und war nun froh, dass ihre roten Launch-Entry Suits auch einigermaßen gegen die Kälte isolierten. Die Frage war bloß: Für wie lange?

»Bist du dir sicher, dass wir die richtigen Koordinaten erreicht haben?«, fragte sie.

Die Griechin schlug ihr dunkles Haar zurück und schnaubte unwillig.

»Ich will's mal hoffen.« Sie streckte ihre Hand in den Wind. »Ein bisschen abgetrieben dürften wir vermutlich schon sein. Aber du weißt ja, wie sehr die sich bemüht haben, uns den richtigen Eintrittswinkel in die Atmosphäre zu weisen. Nur eines ist sicher: Das hier ist definitiv das Nordpolarmeer. Offenbar sind wir hier auf einer Schelfeisplatte gelandet.«

»Du hoffst es, oder du weißt das?« Lena ließ trotz der allgegenwärtigen Düsternis ihren Blick über die trostlose Weite streifen.

Kirke blickte sie ungehalten an.

»Ich mein ja nur.« Lena räusperte sich. »Ich sehe hier schließlich weder die gelandete Buran noch einen Hubschrauber oder so als Begrüßungskomitee. Nur Schnee, Schnee und noch mehr Schnee. Und, ach ja, Eis.«

»Jammer nicht so rum.« Kirke marschierte zur Kapsel zurück und kletterte hinein. »Mach dir klar, dass wir vermutlich die ersten A.R.G.O.S.-Agentinnen sind, die je im All waren. Man wird uns schon finden. Ich checke aber noch mal, ob der Peilsender funktioniert.«

Lena wartete, bis sie wieder herauskam. »Und?«

»Tut er.«

»Und was machen wir jetzt?«

»Warten. Und weiter Ausschau halten.«

Sie setzten sich in den Windschatten der Kapsel und lehnten sich gegen die warme Außenhaut, wo jede für sich die zurückliegenden Ereignisse Revue passieren ließ.

Aufgekratzt, wie Lena jedoch war, wurde ihr irgendwann langweilig.

»Wir könnten uns Witze erzählen«, schlug sie vor.

»Wie bitte?«

»Ja, ich kenne einige Astronautenwitze«, meinte sie begeistert. »Was macht ein Astronaut am Computer? Die Space-Taste drücken!«

Kirke starrte sie an.

»Okay, ich kenne einen besseren«, korrigierte sich Lena rasch. »Was tun sich Astronauten in ihren Kartoffelsalat? MayoNASA!«

»Lena, deine Witze sind so flach, wie …«

Kirke hielt plötzlich inne, und auch Lena spürte jetzt das leichte Beben.

Erschrocken richteten sie sich auf und starrten die Raumkapsel an. Doch nicht die Sojus war es, die die Erschütterung verursachte. Eine Erschütterung, die zunehmend anschwoll und jetzt auch von einem dumpfen Reißen und Knirschen begleitet wurde. Gute dreißig Meter entfernt brach plötzlich der weiße Untergrund auf. Schwere Eisplatten wurden meterhoch emporgedrückt, und zwischen ihnen stieg der gewaltige Turm eines U-Boots aus der Tiefe auf.

Sprachlos starrte Lena das Schauspiel an, einzig Kirke schnaubte zufrieden.

»Ich sagte doch, dass sie uns finden.«

Oben am Turm öffnete sich eine Luke, und eine den beiden wohlbekannte dunkelhaarige Agentin winkte ihnen zu: Europa!

Lena und Kirke eilten zu dem großen Turm des Unterseebootes hinüber, wo sich nach und nach auch Perseus, Daedalos und zuletzt Elektra blicken ließen. Alle trugen Schneeanzüge.

Freudig begrüßten sie sich, wobei Lena vor allem Elektra in die Arme fiel.

»Du lebst!«, rief Lena begeistert.

»Na, das sagt ja die Richtige!« Elektra grinste. »Mann, du musst mir unbedingt erzählen, wie es da oben war.«

»Euch ist klar, dass euer ungeplanter Spacetrip vermutlich in die Annalen von A.R.G.O.S. eingehen wird.« Perseus lächelte und schüttelte zugleich ungläubig den Kopf, während er die beiden Frauen kurz drückte. Lena hatte ihn noch nie so emotional erlebt.

»Na, wir hingegen sind froh, dass ihr den Start der Buran heil überstanden habt«, meinte Kirke.

»Haben wir«, brummte Daedalos. »Wir hatten uns zwar schon gewundert, warum sich unsere Gegner nach und nach zurückzogen, aber Lena hat uns zum Glück rechtzeitig gewarnt. Bis die *Hippokamp* und später dann die Bergungskräfte eintrafen, hatten wir jedoch alle Hände voll zu tun, um uns dieser Mistkerle zu erwehren.«

»Leider haben wir das nicht ganz ohne Verluste geschafft«, trübte Europa ihre Freude. »Zwei von uns sind dabei ums Leben gekommen. Unter ihnen Encheleus. Und wir haben eine ganze Reihe Verwundeter zu beklagen.«

Betroffen sah Lena sie an.

»Allerdings haben auch unsere Gegner Federn lassen müssen«, meinte Daedalos grimmig. »Unter ihnen Narcisa Machado Salazar. Ich hab sie erschossen, als sie sich mit einem Speedboot auf und davon machen wollte.«

»Wenigstens das!« Kirke seufzte.

»Herrschaften, für Begrüßungsfeiern ist später Zeit!«, erscholl an der Spitze des Turms die Stimme Antigones.

Die Afroeuropäerin winkte ihnen zu, und einer nach dem anderen schlüpften sie durch die Einstiegsluke des Turms in das U-Boot. Drinnen kletterten sie als Erstes nach unten in die vergleichsweise geräumige Operationszentrale des Schiffs, vor dessen Pulten und Monitoren Offiziere sowie Schiffs- und Sonartechniker hockten. Sie wandten sich Lena und Kirke zu, als sie eingetroffen waren, und applaudierten kurz.

Selbst Kirke lächelte daraufhin, wenn auch schmal, und nickte kurz in die Runde, als ein Mann Anfang sechzig mit krausem Haar und in schwarzer Uniform an sie herantrat und dann Haltung annahm.

»Agentin Kirke, Agentin Helena. Willkommen zurück auf der Erde. Mein Name ist Odysseus, und ich bin der Kommandant der *Hippokamp*.« Er deutete auf eine metallene Treppe, die durch eine Luke weiter nach unten führte. »Ich hoffe, Sie fühlen sich einsatzfähig?«

»Was bleibt uns anderes übrig?«, seufzte Kirke.

»Gut, denn leider hat uns der Einsatz auf der Bohrinsel einen gewissen Tribut abverlangt, und wir sind über jede Verstärkung dankbar. Folgen Sie mir bitte, später wird man Sie neu einkleiden und ausrüsten.«

Er wandte sich zwei Männern in der Operationszentrale zu.

»Xanthos, Turmluk schließen! Nauplios, klarmachen zum Tauchen und Kurs setzen. Schleichfahrt! Bringen Sie uns zum vorgegebenen Ziel.«

»Aye, aye, Kaleu!«, antworteten die Offiziere zackig. »Turmluk wird geschlossen. Klarmachen zum Tauchen. Ziel setzen und Schleichfahrt!«

Während die Befehle umgesetzt und die Ballasttanks geflutet wurden, sprang der Elektromotor des U-Boots an. Odysseus führte sie derweil nach unten in eine Schiffsmesse.

Dort und in dem abzweigenden Mittelgang warteten fünf weitere Agenten in weißen Schneeanzügen auf sie, unter ihnen Io und Ajax sowie eine alte Bekannte von Lena: Agentin Persephone.

Die drahtige Kämpferin mit den halblangen dunklen Haaren war damals ebenso wie Antiope beim Kampf in Pichlers Alpenfestung mit dabei gewesen.

Anerkennend nickte sie Lena zu, und Lena lächelte schüchtern.

»Das sind alle?«, entfuhr es Kirke.

Der Kommandant drängte sich zu einem Bildschirm an der Stirnseite der Messe durch und wandte sich ihnen zu.

»Agenten! Sie, die Sie hier versammelt sind«, griff er die Bemerkung Kirkes auf, »sind leider alle Kräfte, die uns im Augenblick zur Verfügung stehen, um den entscheidenden Schlag gegen H.A.D.E.S. zu führen.« Er blickte in Richtung Lena und Kirke. »Die zurückliegende Schlacht an der schwimmenden Startplattform verlief leider nicht ohne Verluste. Da Prinzipal Bellerophon bei dem zuvor erfolgten Beschuss des Trawlers schwer verwundet wurde, wurde mir für den Zeitraum Ihrer Überführung an den neuen Einsatzort das Kommando übertragen.«

Wie damals auf dem Trawler wurde das Licht gedimmt, und auf dem Bildschirm erschienen Satellitenaufnahmen einer eisigen Fläche, auf der die Buran zu sehen war.

»Wie Sie bereits wissen, hat uns die Landung des Shuttles zur mutmaßlichen Geheimbasis von H.A.D.E.S. hier im Polarmeer geführt.«

Die Luftaufnahmen einer Polarstation mit Iglu-förmigen Bauten, weißen Baracken und auffälligem Antennenturm wurde eingespielt.

»Wieso haben Superschurken immer das Bedürfnis, sich so aufwendige Geheimbasen zuzulegen?«, fragte Lena leise an Elektra gewandt.

»Ich schätze, das ist bei denen pathologisch«, murmelte diese.

»Was Sie hier sehen«, führte Odysseus weiter aus, »ist die ehemalige russische Forschungsstation Moroz, keine drei Kilometer von der Landezone der Buran entfernt. Sie liegt inzwischen am nördlichen Rand der hiesigen Schelfeisplatte, weshalb sie bereits vor Jahren offiziell aufgegeben wurde. Tatsächlich aber wurde sie offenbar von korrupten russischen Bürokraten an das Syndikat abgetreten. Die Satellitenauswertung hat ergeben, dass die Basis seitdem regelmäßig von einem norwegischen Walfangschiff angesteuert und versorgt wird. Wir müssen sogar davon ausgehen, dass die Station deutlich in die Tiefe ausgebaut wurde. Warum, wissen wir leider nicht.«

Der Kommandant seufzte. »A.R.G.O.S. hat natürlich seine informellen Kanäle benutzt, um die Nationen, die wir zu schützen versuchen, über die derzeitige Bedrohungslage in Kenntnis zu setzen. Da wir uns hier jedoch nahe der Inselgruppe Franz-Josef-Land befinden, also in der russischen Einflusszone, dürfen wir keine offizielle Hilfe erwarten. Bis unsere Kontakte unsere Informationen weitergeleitet, überprüft und sich dann auch noch abgestimmt haben, wäre es eh zu spät. Denn gemäß den Nachrichten, die uns von den Radarstationen erreichen, formiert sich die Stardust-Satellitenflotte bereits auf beunruhigende Weise im Orbit. Bei alledem wissen wir nicht einmal, ab wann H.A.D.E.S. in der Lage sein wird, das erbeutete Interface einzusetzen, um so jede internationale Gegenwehr im Keim zu ersticken.« Ernst sah er sie an. »Alles, was uns bleibt, ist also ein Überraschungsschlag. Sie werden die Station daher angreifen und die Pläne von H.A.D.E.S. vereiteln, bevor das Syndikat sie umsetzen kann.«

Gemurmel setzte unter den Agenten ein.

»Noch etwas: Der riesige Brennspiegel, den H.A.D.E.S. im All aufspannt, wird mutmaßlich schon in drei Stunden betriebsbereit sein. Und die Inbetriebnahme dieser Superwaffe markiert zugleich den Endpunkt der Frist, innerhalb derer wir Erfolg haben müssen.« Der Kommandant betrachtete sie unglücklich. »Angesichts der Gefahrenlage wurde ich angewiesen, dass sich die *Hippokamp* unter der Schelfeisplatte auf Lauer zu legen hat. Sollte von Ihnen bis Ablauf dieser Frist keine Erfolgsmeldung kommen, wurde ich damit beauftragt, die Station von unten her mit allen Torpedos zu beschießen, die wir an Bord haben. Und das eingedenk aller Gefahren, die das gegebenenfalls für Sie bedeutet.«

»Warum machen wir das nicht gleich so?«, fragte Elektra.

»Glauben Sie nicht«, antwortete der Kommandant, »dass der Führungsstab diese Option nicht als Erstes durchgespielt hätte? Angesichts der Dicke des Eises wissen wir jedoch nicht, wie erfolgversprechend ein solcher Angriff überhaupt ist. Anschließend wären unsere Gegner jedoch gewarnt, und wir hätten mit der Überraschung unseren einzigen Vorteil verspielt. So ist nun mal leider die Lage.«

Erregtes Gemurmel erfüllte die Schiffsmesse.

»Wann erreichen wir das Einsatzgebiet?«, fragte Persephone.

»Wir werden plangemäß in dreißig Minuten wieder auftauchen«, erklärte der Kommandant. »An einem Ort, an dem das Eis nicht allzu dick ist. Unterstützung erhalten Sie von einer in der Nähe liegenden Wetterstation, bei der es sich tatsächlich um einen kleineren A.R.G.O.S.-Beobachtungsposten handelt. Die geleistete Hilfe wird es Ihnen erlauben, sich der H.A.D.E.S.-Basis in einem annehmbaren Zeitrahmen von Süden her zu nähern. Wie Sie vor Ort vorgehen, bleibt Ihnen überlassen, wobei Sie den dienstältesten Agenten unterstellt sind: Perseus und Antiope. Sie beide hingegen«, er wandte sich jetzt Lena und Kirke zu, die noch immer in ihren Raumanzügen dastanden, »lassen sich jetzt neu ausstatten, der Rest ruht sich aus. Perseus, Antiope, Sie beide folgen mir nach oben.«

Der Bildschirm erlosch, und das Licht im Raum sprang wieder an.

»Ich sorge dafür, dass wir diesmal zusammenbleiben«, raunte ihnen Perseus zu, bevor er zusammen mit der Afroeuropäerin dem Kommandanten in den Kontrollraum des U-Boots folgte.

Lena und Kirke wurden von einer Wachoffizierin in einen Raum des U-Boots geführt, wo bereits Schneeanzüge, Waffen und Verpflegung auf sie warteten.

Daedalos blieb angesichts der Umstände zurück.

Elektra und Europa jedoch ließen sich nicht davon abhalten, sie zu begleiten. Während sie ihnen bei der Einkleidung halfen, wollten sie natürlich alles über ihren Weltraumausflug wissen. Leider reichte die Zeit kaum, von all ihren Eindrücken zu berichten, da schon bald ein Seemann hereinstürmte, der sie darüber unterrichtete, dass die *Hippokamp* das Ziel ihrer Mission erreicht hatte.

Abermals durchstieß das U-Boot die Eisdecke über ihnen, und Lena und die übrigen schwerbewaffneten Agenten wurden ausgeschifft.

Draußen war es stockdunkel, und zu ihrer Überraschung erwarteten sie im leichten Schneetreiben außerhalb des Schiffes Männer mit Schneeanzügen, die Hundeschlitten mitgebracht hatten, die von sibirischen Huskys gezogen wurden.

Drei der Schlitten waren für sie bestimmt, und Lena nutzte die Gelegenheit, auf dem Schlitten mit Perseus Platz zu nehmen, während hinter ihr Deadalos und Elektra zustiegen. Kirke und Europa nahmen zusammen mit Io und Ajax den zweiten Schlitten in Beschlag, während sich Antiope und Persephone den dritten mit den beiden übrigen Agenten teilten, die Lena bislang noch nicht vorgestellt worden waren.

Ohne Umschweife ging es los, und unter lautem Hundegebell fuhren sie trotz eisigem Wind und Dunkelheit über die tief verschneite Ebene nach Nordosten und damit einer Region entgegen, wo sich das Schelfeis ein Stück weit aufgefaltet hatte.

Eine weitere halbe Stunde schlidderten sie in rasender Fahrt über Schnee und Eis hinweg, und Lena stellte nicht zum ersten Mal fest, dass Kälte auf Dauer einfach nichts für sie war. Ihr Gesicht unter den Smart Glass war jedenfalls halb steifgefroren, als die Hundeschlitten endlich stoppten.

Die kleine Schar stieg ab, und unter der Führung von Perseus und Antiope erklommen sie in einer langen Reihe einen vereisten Hügel.

Lena und Elektra, die rasch zurückfielen, robbten keuchend als Letzte zwischen die Agenten, die sich längst in den Schnee geworfen hatten, um über den vereisten Kamm hinweg zu spähen.

Lena sah nun ebenfalls, dass vielleicht dreihundert Meter entfernt und etwas abschüssig unter ihnen die von vereinzelten Lichtinseln beleuchtete H.A.D.E.S.-Station lag.

Leichter Schneefall trieb über die großen Iglu-förmigen Bauten hinweg, zwischen denen gelegentlich Röhren aufragten, aus deren Enden Dampf aufstieg. Etwas entfernt waren große Antennenmasten auszumachen, ein Beobachtungsturm ragte inmitten der Gebäude auf. Als Lena die gegnerische Basis näher mit dem Smart Glass heranrückte, sah sie, dass das Schelfeis nur einen knappen halben Kilometer entfernt vor der Kulisse des mit treibenden Eisbergen und Eisschollen übersäten Polarmeers abfiel. Unweit der Abbruchkante gab es sogar einen beleuchteten Kran, der darauf hindeutete, dass dort Versorgungsschiffe anlegten. Außerdem führte von der Kante eine unter Schneewehen halbversteckte Gleisanlage geradewegs in die Basis. Sie war ganz ohne Zweifel zum Transport größerer Lasten geschaffen worden.

Nicht nur, dass die Satellitenbilder offenbar veraltet waren, in der Basis herrschte noch mehr Betrieb, als sie befürchtet hatten. Der Wachturm war besetzt, und gerade brausten zwei Typen mit geschulterten Gewehren auf Schneemobilen zu einer vage kreisförmigen, kaum verschneiten Fläche weiter hinten, die in der Düsternis nach einem Hubschrauberlandeplatz aussah.

Perseus, der rechts von Lena lag, unterhielt sich leise mit Antiope über Funk. Schließlich erschallte seine Stimme in ihren In-Ears.

»Daedalos, Kirke, Europa, Elektra, Helena, wir stellen Team 1.« In seiner Bildkachel zoomte eine der kleineren Hütten mitten in der Anlage heran. Deren Außentür öffnete sich soeben, und zwei weitere Bewaffnete in Schneeanzügen und mit Taschenlampen in den Händen stiefelten ins Freie. »Dieser Anbau ist unser Ziel. Da sind eben schon Bewaffnete rausgekommen. Das scheint aber kein einfaches Quartier zu sein. Wir halten es vielmehr für einen Zugang zu den unteren Ebenen, eine Art Treppenhaus.«

Er zoomte jetzt ein größeres der Iglu-förmigen Gebäude nahe den Gleisen heran, das ein ausladendes Tor aufwies. Dann wanderte sein Blick zu der Antennenanlage.

»Das da hinten scheint eine Lagerhalle zu sein. Auch dort könnte es in die Tiefe gehen. Team 2 wird dort sein Glück versuchen und außerdem einen Vorstoß zu der Antennenanlage wagen, um die zu zerstören. Und an uns allen ist es natürlich, die hiesigen Generatoren auszuschalten, die sich offenbar sämtlich im Untergrund befinden.« Er seufzte. »Leider waren wir deutlich langsamer, als wir gehofft hatten. Uns bleibt von jetzt an nur noch eine knappe Stunde, bis die Frist endet und uns die *Hippokamp* die Hölle heiß macht.«

Lena und Elektra wechselten skeptische Blicke, doch Lena, die bereits mit den Zähnen klapperte, nahm sich an Perseus, Kirke, Europa und den übrigen Agenten ein Beispiel, die trotz der Kälte ruhig liegen blieben. Leider hatte sie nur allmählich das Gefühl, dass sich ihre Zehen in Eiszapfen verwandelten. In der H.A.D.E.S.-Basis flammten derweil zwei weitere Lampen zwischen den Gebäuden auf, die die Wege mehr schlecht als recht beleuchteten.

Persephone und Ajax brachten sich mit schallgedämpften Scharfschützengewehren in Position, und auf ein Zeichen von Antiope hin, schalteten sie den Wächter im Turm sowie eine Wache im Süden aus. Während Persephone zurückblieb, um ihren Vormarsch zu sichern, stürmte der Rest von ihnen in zwei Gruppen durch hohe Schneelagen den Abhang hinunter auf ihre jeweiligen operativen Ziele zu.

Lena und die ihren hatten sich endlich zum Rand der Basis vorgearbeitet, als vor ihnen ein Bewaffneter aus einem Iglu-förmigen Gebäude trat.

Noch bevor er eine Reaktion zeigte, räumte ihn Persephone mit einem gezielten Schuss ihres Scharfschützengewehrs beiseite.

Als die Agenten in das Gebäude eindrangen, fand sich dort lediglich eine Werkstatt inklusive aufgebocktem Schneemobil. Sie ließen die Garage hinter sich und eilten weiter auf den gesuchten Anbau zu, über dem eine Lampe brannte – als unvermittelt Alarmsirenen auf der Station losschrillten.

Drüben, bei der vermeintlichen Lagerhalle, ertönten jetzt Schüsse.

»Shit!«, entfuhr es Perseus. »Team 2 wurde bemerkt. Daedalos, öffnen!« Tatsächlich zeigte sich, dass der Zugang, vor dem sie standen, mit einem Zahlencode-Schloss gesichert war. Der Ire eilte heran und stattete die Tür kurzerhand mit einem Sprengstoffpaket aus.

Kirke und Europa sicherten derweil zu den Seiten hin, als Elektra plötzlich einen Warnruf ausstieß: »Achtung!«

Sie riss ihre MP nach oben und feuerte auf eine gegnerische Drohne, die auf einmal über einer der umliegenden Baracken aufgetaucht war. Daneben. Sie feuerte noch mal. Und schließlich ein drittes Mal, bis ihre Salve den Quadrokopter endlich zum Abschmieren brachte. »Was?!«, raunzte sie Lena und Europa an, die ihr fragende Blicke zuwarfen. »Mit einer Drohnen-MP bin ich halt besser. Richtet euch lieber darauf ein, dass die jetzt auch über uns Bescheid wissen.«

»Beiseite!«, knurrte Daedalos.

Kurz darauf gab es einen Knall, und die Tür des Anbaus flog auf.

Perseus und Kirke sicherten sich gegenseitig und eilten hinein, und sie alle konnten jetzt sehen, dass die Hütte im Wesentlichen dazu diente, eine quadratische Wendeltreppe in die Tiefe zu überdachen.

»Okay, Freunde! Von jetzt an heißt es alles oder nichts!« Perseus ließ am Geländer vorbei eine Blendgranate fallen, die unten in einem Lichtblitz explodierte.

Dann stürmten sie los.

*

Das Rattern von MPs hallte durch den frostklirrenden Korridor, und an der vereisten Decke schlug berstend ein Querschläger ein. Lena duckte sich und verschanzte sich panisch hinter einer Gangecke, während sie dabei zusah, wie Perseus und Daedalos im Tunnel zwei Wachen beiseiteräumten, die soeben aus einem Raum stürmten. Dann eilten die beiden von Kirke gedeckt weiter, und Europa, die nach hinten sicherte, gab Lena und Elektra einen Schubs, damit sie nicht zurückfielen.

Noch immer war Lena verblüfft über den ungewöhnlichen Komplex. H.A.D.E.S. hatte das unterirdische Labyrinth aus Gängen und Kammern, die sich ihnen im Licht von Grubenlampen präsentierten, tatsächlich durch Bohrungen im harten Eis erschaffen. Entsprechend glitzerten Boden, Wände und Decke eisigblau. Sie mussten höllisch aufpassen, um auf dem glatten Untergrund nicht auszurutschen. Die Ingenieure des Syndikats hatten die Räume zwar mit Dämmmaterialien ausgekleidet, auf den Gängen war stellenweise jedoch bloß Sand ausgestreut worden. Lena bewegte sich daher die meiste Zeit wie auf Eiern.

»Hier rein!«, gab Perseus vorn durch. Er stiefelte über die beiden Leichen hinweg und kundschaftete zusammen mit Daedalos den Raum aus, aus dem ihre Gegner gestürmt waren.

Es handelte sich dabei um einen verdammt kühlen Mannschaftsraum mit Tisch, Stühlen, Spinden und Feldbetten, auf denen Isomatten und Schlafsäcke lagen. Weiter hinten schob Daedalos einen Vorhang beiseite, der zu einer Duschkabine führte, von der aus isolierte Rohre in die Eiswände abgingen.

»Wer will denn in so etwas vegetieren?«, knurrte er.

»Hier, Leute, das könnte uns weiterhelfen«, rief Kirke, die vor einer Wand mit nackten Kalenderschönheiten stand. Zwischen denen hing jedoch ein Plan, der die Ebenen des Tunnel- und Wegesystems zeigte.

Perseus tippte sich gegen das Smart Glass und fotografierte den Plan ab. In dem Moment ploppte bei allen eine Bildkachel auf, deren Sicht eine große Lagerhalle mit aufeinandergestapelten Containern zeigte. An der Decke war eine Tragekonstruktion für einen frei beweglichen Kran inklusive Greifarm zu sehen. Und den empfangenen Geräuschen nach, wurde dort erbittert gekämpft.

»Leute, wir stecken hier fest!«, erscholl Antiopes angestrengte Stimme. Das unentwegte Rattern eines MGs war im Hintergrund zu hören. Ihr Blick wanderte kurz über die Leiche eines der namenlos gebliebenen Agenten, um den herum sich eine Blutlache ausbreitete, während sich der andere hinter einem Container verschanzte und dort aus einem Sturmgewehr das Feuer erwiderte. Lena erblickte auch Ajax, der am Bein verwundet war.

»Was ist los!?«, fragte Perseus alarmiert.

»Wir haben hier unglücklicherweise ein Problem mit KSC-7.«

»Shadow?!«, entfuhr es Lena.

Unvermittelt war die abtrünnige Agentin zu sehen, wie sie von Container zu Container sprang. Antiope gab einen kurzen Feuerstoß auf die Cyberkriminelle ab – daneben. Shadow hingegen visierte jetzt mit ihrem rot leuchtenden Auge die gegnerischen Positionen an, und ihr schweres MG deckte die Agenten mit einem Kugelhagel ein.

Dass sich in der Halle noch andere Bewaffnete verschanzt hatten, die Team 2 unter Feuer nahmen, ging bei den aufsehenerregenden Aktionen der Cyberqueen fast unter.

»Scheiße!«, fluchte Perseus und sah sie unglücklich an.

»Geh schon«, meinte Kirke. »Wir kommen klar.«

»Ich darf nicht, ich bin immerhin euer …«

»Geh!«, forderte ihn nun auch Europa auf.

»Okay, ich finde euch!« Perseus wollte schon forteilen, als ihn Daedalos zurückhielt.

»Nicht ohne mich. Schon vergessen?« Ernst sah er ihm in die Augen. »Ich hatte dir versprochen, sie zurückzubringen. Das ist der Hauptgrund, warum ich an eurer Seite stehe.«

Daedalos drehte sich zu ihnen um. »Ist das okay für euch?«

»Schnappt sie euch, Tiger!«, meinte Elektra nur. »Wir wissen, was zu tun ist.«

»Hast du denn einen Plan?«, fragte Lena Perseus.

»Den gleichen wie letztes Mal.« Der Algerienfranzose legte seine Hand auf eine Waffentasche, in der seine Betäubungspistole steckte. »Nur muss es diesmal wirklich klappen.«

»Pass aber auch ja auf dich auf!«

Perseus lächelte freudlos, gab Daedalos ein Zeichen, und sie huschten aus dem Raum.

Lena mochte die Trennung gar nicht, aber sie verstand ihn natürlich.

Dennoch machte sie sich große Sorgen.

»Okay, Ladys, weiter!« Kirke deutete auf den Plan, auf dem zwei größere Hallen in dem Tunnelgewirr verzeichnet waren. »Die da sind unser Ziel, was auch immer sich dort verbirgt. Unterwegs suchen wir noch den Generatorenraum dort auf.« Sie wies auf einen dritten Raum, der gemäß Plan nur ein paar Korridore entfernt lag und mit einem Hochspannungszeichen versehen war.

Ergeben nickte Lena, und sie schlichen zu einer Kreuzung. Weiter hinten verschwanden gerade Perseus und Daedalos um eine Gangbiegung, sie hingegen marschierten einen der vereisten Korridore in nördliche Richtung entlang. Nur, dass diesmal an einigen Stellen Schmelzwasser durch einen langen Riss an der Decke herabplätscherte, das sich zu noch rutschigeren Lachen am Boden gesammelt hatte.

»Wirkt auf mich nicht so, als könne H.A.D.E.S. diese Basis noch lange halten«, meinte Europa skeptisch. »Die Eisplatte befindet sich offenbar weiter in Bewegung.«

»Müssen sie vielleicht auch gar nicht«, murrte Elektra. »Nicht, wenn sie den riesigen Brennspiegel im All errichtet und die irdische Gegenwehr zertrümmert haben.«

»Weiter!«, stoppte Kirke den Redefluss.

Sie eilte leichtfüßig voran, während Lena zweimal fast ausglitt und dabei drohte, in eine der Schmelzwasserpfützen zu fallen. Einmal pressten sie sich gegen eine der Wände, weil vor ihnen drei Wachen in östliche Richtung liefen. Dann, endlich, erreichten sie einen mit einer Kette versperrten Raum, hinter dem das Brummen von Dieselmotoren zu hören war.

Kirke durchtrennte die Kette mit einem Bolzenschneider, während die Übrigen nach vorne und hinten sicherten. Die Griechin schob die Tür auf und enthüllte einen schallisolierten Raum mit zwei ratternden Dieselgeneratoren sowie einen Stapel Kanister, die jedoch leer schienen.

»Okay, klemmen wir ihnen den Strom ab!«, schnaubte Kirke.

Sie platzierte an jedem der Generatoren ein Semtex-Paket und stellte die Zeitzünder ein. Dann winkte sie die anderen drei mit sich. Sie verließen den Bereich eiligen Schrittes, als sie im Gang vor und hinter ihnen unvermittelt stampfende Stiefel und Kommandorufe hörten.

»Shit!«, fluchte Europa. »Wo kommen die denn plötzlich her?«

»Da vorn ist noch ein weiterer Lagerraum«, meinte Kirke. »Los, rein da!«

Sie stürmten voran und erblickten den Zugang etwa im gleichen Moment, als ihnen auch schon zwei Gegner entgegenkamen, die sofort auf sie zu schießen begannen. Kirke und ihre Schwester duckten sich und erwiderten das Feuer. Kirke schaffte es sogar, einen von beiden von den Beinen zu reißen, als auch hinter ihnen erste Schüsse knallten. Dort nahte offenbar ein ganzer Trupp.

Elektra und Lena ließen ihre MPs rattern, und sie zogen sich eilig in den eisigen und mit Holzkisten vollgestellten Raum zurück. Nur saßen sie hier in der Falle.

Draußen ertönten unentwegt die Garben von Sturmgewehren, die sie nicht zurück in den Gang ließen, als links von ihnen lauter Donnerhall durch den eisigen Korridor rollte. Die Grubenlampen an der Decke flackerten und erloschen.

Ihre Semtex-Pakete waren hochgegangen.

Allerdings war die Dunkelheit nicht alles, was als Reaktion auf die Explosion folgte, denn um sie herum war jetzt ein dumpfes Knirschen und Rumpeln im Eis zu hören. Lena gewann den unguten Eindruck, dass sich hinter den Wandverkleidungen des Lagerraums Risse bildeten.

Weitaus dramatischer hatte sich die Detonation jedoch im Tunnel ausgewirkt, denn da draußen in der Dunkelheit war jetzt das laute Plätschern hereinbrechenden Schmelzwassers zu hören.

Ihre Gegner schien das nur leider nicht zu stören.

Taschenlampen flammten links und rechts im Gang auf, und sofort setzte wieder Beschuss von allen Seiten ein, der sie weiter im Raum festhielt.

»Die *Hippokamp* hätte den ganzen Laden gleich mit Torpedos beschießen sollen«, zürnte Elektra. »Das alles hier wirkt nicht so, als sei es sehr stabil.«

»In einer halben Stunde kommst du in genau diesen Genuss, wenn wir es hier nicht zuvor noch rausschaffen«, schnaubte Europa.

Ebenso wie sie alle hatte sie ihr Smart Glass längst auf Wärme- oder Nachtsicht umgestellt und versuchte, die wütenden Gegner zusammen mit Kirke weiter auf Distanz zu halten.

»Wartet!«

Lena drängte sich an Kirke vorbei, als diese ihr Magazin wechselte, und linste kurz in Richtung des Trupps, der sich über den zunehmend unter Wasser stehenden Korridorbereich auf sie zubewegte.

Sie zählte sechs oder sieben Mann.

»Werdet ihr mit den Typen rechts fertig?«, fragte sie die Griechin, die jetzt für ihre Schwester einsprang.

»Das sind nur zwei. Was hast du vor?«

»Uns die auf der anderen Seite vom Hals schaffen.« Lena warf etwas linkisch ihre Blendgranate in den Korridor, und sie und Kirke zogen sich rasch zurück, um der Wirkung zu entgehen.

Die Granate explodierte mit einem grellen Lichtblitz, der Beschuss draußen stoppte kurz, und Lena nutzte die Gelegenheit, das letzte ihrer Gel-Pads weit hinein in den Tunnel zu schleudern.

Erstaunt blickten Kirke und Europa sie an, während aus dem Gang ein dumpfes Brodeln tönte. Alarmiertes Geschrei ertönte, in das sich Schüsse mischten, die jedoch zunehmend gedämpfter klangen.

Fassungslos blickten die Schwestern auf den gewaltigen blauen Blob, der den Korridor links von ihnen bis zur Decke ausfüllte und langsam auch auf sie zuwalzte.

»Meine Güte, was ist das denn?«, ächzte Kirke.

»Ein … äh … Give-away von T.« Lena räusperte sich. »Hatte ich dir nicht schon von ihm erzählt? Ich mache euch demnächst mal miteinander bekannt.«

»Ich wusste schon im Sanatorium, dass du das gewesen bist«, meinte Elektra lakonisch.

»Egal, weiter!« Kirke und Europa nahmen ihre verbliebenen Gegner rechter Hand unter Feuer, und es dauerte nicht lange, bis es auch dort ruhig wurde.

Lena schaltete sich derweil auf Perseus' Brille auf und sah, dass er und Daedalos die Lagerhalle inzwischen erreicht hatten. Sofort nahmen sie den überraschten Feind von hinten unter Beschuss und verschafften Antiope und ihren Leuten weiter vorn etwas Luft. Überrumpelt wirbelte Shadow zu ihrem Bruder herum, brüllte zornentbrannt und deckte ihn mit einem Kugelhagel ein.

Rasch konzentrierte sich Lena wieder auf ihre Begleiter, die in einen Überwachungsraum mit zahlreichen Monitoren an den Wänden eindrangen. Dort sprang eine Frau in Schneeanzug und zernarbtem Gesicht auf und drohte, sie mit einem Sturmgewehr ins Visier zu nehmen, bevor sie von Europa mit einer gezielten Salve ausgeschaltet wurde.

Elektra und Lena sicherten den Tunnel ab, während die Schwestern die Monitore unter die Lupe nahmen.

»Kirke!«, rief Europa alarmiert. »Sieh!«

Die Griechin eilte zu ihr, und beide starrten sie auf einen Monitor, auf dem ein Trupp aus sechs Kämpfern in Schneeanzügen zu sehen war, die einen Tunnel entlanghasteten.

»Verdammt!« Kirke beugte sich vor. »Der Kerl ganz vorne, das ist doch Dimitrios Papadopoulos.«

»Eben.«

»Wo wollen die hin?«

Die Schwestern berührten ihre Brillen, offenbar, um den Plan der Anlage aufzurufen.

»Gibt gleich zwei Möglichkeiten«, knurrte Europa. »Entweder die fallen Perseus, Daedalos und Antiope in den Rücken, oder sie wollen über diese Rampe raus zum Antennenmast. Wenn ich das richtig sehe, kämpfen Io und Persephone da draußen allein.«

Unruhig blickte sich Kirke zu Lena und Elektra um.

»Geht schon!«, erklärte Elektra leichthin. »Die brauchen eure Hilfe. Helena und ich kommen hier klar.«

»Wirklich?«, fragte Kirke besorgt.

»Was steht ihr noch rum?«

Kirke und Europa nickten dankbar und stürmten an ihnen vorbei nach draußen, wo ihre Schritte rasch verhallten.

»Ich hoffe, du haust jetzt nicht auch noch ab«, meinte Lena unglücklich.

»Wollte ich auch gerade sagen«, erklärte die Lettin.

»Und wieso hast du sie dann gehen lassen?« Lena starrte ihre Freundin ungläubig an.

»Wie wäre das denn sonst rübergekommen?«, meinte Elektra. »Wir beide hätten doch als die absoluten Feiglinge dagestanden.«

»Stimmt auch wieder.« Lena verzog das Gesicht. »Andererseits, ich hab schon ein bisschen Schiss. Aber bei so einer Schweinekälte geht es mir nie besonders gut.«

»Echt, du hast dir keinen von diesen Taschenwärmern eingesteckt?«, fragte Elektra. »Die hatten auf der *Hippokamp* einen ganzen Karton davon. Wie hast du denn bitte die Anfahrt überstanden?«

»Da gab es Taschenwärmer?«, empörte sich Lena. »Hast du noch einen?«

Elektra reichte ihr einen, Lena knickte ihn und stopfte ihn unter ihren Schneeanzug.

Erleichtert stöhnte sie, da ihr nun allmählich wieder warm wurde.

»Die Frage ist jetzt eher: Wohin wenden wir uns?«, meinte Elektra.

Lena rief aus dem Gedächtnis den Plan der Anlage auf und grübelte. »Ich denke, wir sollten wie geplant weiter zu einer der beiden großen Hallen vorstoßen.«

»Und welche davon? So richtig viel Zeit bleibt uns nicht mehr.« Lena starrte zu den flimmernden Monitoren, und ihr fiel erst jetzt auf, dass die trotz ihrer Sabotage vorhin noch Strom hatten. Ganz offensichtlich reichte die Zerstörung eines Generatorraums bei Weitem nicht aus, um den Komplex lahmzulegen.

Sie checkte die Bildschirme, überprüfte die Koordinaten und tippte auf einen Monitor, dessen Überwachungskamera auf eine kreisrunde Halle mit riesiger Parabolantenne gerichtet war.

Das Ding stand auf einer Hebebühne, die sich plötzlich nach oben bewegte, während sich über der Antenne das Dach der Halle wie eine übergroße Irisblende öffnete. Schnee rieselte herab.

Lenas Augen verengten sich.

»Das muss die Stelle sein, die ich vorhin für einen Hubschrauberlandeplatz gehalten habe.«

»Ja. Offenbar ist dieser Scheißantennenturm nicht unser vordringlichstes Problem«, stellte nun auch Elektra fest. »Lass uns das Mistding kaputtmachen.«

»Nein, warte!«

Lena suchte die Monitore weiter ab, fand aber nicht, was sie suchte.

»Da ist noch die andere Halle«, murmelte sie. »Die ist gemäß Plan sogar etwas größer. Komischerweise wird die von hier aus nicht erfasst.«

Die Lettin hob eine Augenbraue. »Du glaubst, dass dort das wirklich geheime Zeug ist?«

»Was, wenn dem so ist?«

Sie sahen einander nachdenklich an.

»Okay.« Elektra nickte. »Ich informiere die anderen über die Entdeckung, und dann versuchen wir beide unser Glück mit Terra incognita.«

Elektra meldete ihre Entdeckung über Funk den anderen, während sich Lena wieder bei Perseus und Daedalos zuschaltete.

Die trugen einen heftigen Kampf mit Shadow aus, der Ähnlichkeiten mit der Auseinandersetzung in dem Frachter hatte. Perseus erweckte auch hier vornehmlich den Eindruck, von seiner mörderischen Schwester einmal quer durch die Lagerhalle gejagt zu werden.

Immerhin, er lenkte die Cyberqueen so von den anderen Agenten ab, die sich endlich mit Erfolg der übrigen Bewaffneten erwehren konnten.

Sorgen um Perseus machte Lena sich dennoch.

»Lena!«, zischte Elektra. »Wir haben gerade unsere eigene Suppe am Köcheln!«

»Ja, ja, ich komme ja schon.«

Beide eilten zurück in den kalten Korridor, und Elektra kramte ein Etui hervor, dem sie eine Miniaturdrohne entnahm.

»Bobby!«, meinte Lena erfreut, als sie Bobs kleinen Bruder aus

Budapest wiedererkannte. »Ich wusste gar nicht, dass du ihn dabeihast.«

»Natürlich hab ich ihn dabei«, meinte Elektra empört. »Ich habe Bobby in den letzten Monaten auch etwas aufgemotzt. Unter anderem lässt er sich jetzt via Smart Glass steuern.«

Die kleine Drohne stieg auf und sauste den Tunnel vor ihnen entlang, wo sie nach verdächtigen Bewegungen Ausschau hielt.

Sie kamen so sicher an weiteren leeren Schlafquartieren vorbei und eilten durch Tunnel, in denen sich zwar hin und wieder Männer und Frauen blicken ließen, die jedoch alle den Eindruck erweckten, eher zur technischen Besatzung zu gehören.

Die ließen sie passieren, um nicht aufzufallen, bis sie in einen eisigen Korridor gelangten, der hinten an einer glitzernden Wand endete. Ganz offensichtlich ein totes Gangstück, dessen Ausbau von den Arbeitern nicht zu Ende geführt worden war.

Überrascht fing Elektra Bobby wieder ein und verstaute ihn.

»Wie kann das sein?«, brummte Lena, die sich den Plan vor ihr geistiges Auge rückte. »Eigentlich müsste es hier einen Quergang geben, der …«

Sie konzentrierte sich und seufzte, als sie den Fehler erkannte.

Der Quergang, den sie eigentlich erreichen wollten, war auf dem Plan eher grau statt schwarz eingezeichnet gewesen. Ebenso die ominöse Halle und die davor liegenden Räumlichkeiten.

»Was?«, fragte Elektra leise.

Lena schaltete die Wärmesicht ihrer Smart Glasses ein und untersuchte den Boden, während sie ein Stück zurücklief. Sie blieb stehen, als sie unter sich eine quer verlaufende Wärmesignatur erkannte.

»Mist«, meinte sie. »Der Gang, in den wir müssen, verläuft offenbar unter uns.«

»Unter uns?«, meinte Elektra entgeistert. »Du meinst, die Halle ist auf einer ganz anderen Ebene?«

»Ja, deutlich tiefer. Zwischen hier und dort befindet sich mehr als ein Meter Eis.«

Elektra trat neben sie. »Das war's dann wohl.«

»Nicht unbedingt.«

Lena grinste und fischte ihr Apollon-Auge unter der Kleidung hervor.

»Wo hast du denn das schon wieder her?«, fragte Elektra ungläubig.

Lena aktivierte den Laserschneidbrenner und schmolz mit diesem vor ihnen einen kreisförmigen Bogen in den eisigen Untergrund. Sie war fast fertig, als sie plötzlich Geräusche aus Richtung des Querkorridors vernahmen, aus dem sie gekommen waren.

Sie schaffte es gerade noch, den Schneidbrenner auszuschalten, als sie von dem grellen Licht einer Taschenlampe geblendet wurden.

Ein Schuss peitschte, und neben Elektra, die bereits an ihrer MP herumnestelte, fetzte eine Kugel ein Stück Eis aus der Wand.

Sofort verharrten sie und wichen geblendet vor dem Unbekannten zurück. »Schön vorsichtig!«, ertönte eine Stimme, die Lena kannte.

Das war der japanische Astronaut.

»Sieh an, wen haben wir denn da?«, wunderte er sich. »Ich fass es ja nicht.«

Lena und Elektra wichen weiter zurück, während der Japaner lauernd näher kam. Trotz des grellen Lichtscheins sahen sie, dass er eine großkalibrige Pistole auf sie gerichtet hielt.

»Waffen runter!«, herrschte er sie an.

Lena und Elektra folgten dem Befehl und legten ihre Waffen ab.

Höhnisch lachend kam er auf sie zu.

»Wenn Rusk herausfindet, wen ich hier …«

Unter ihm knirschte es, und mit einem hässlichen Rumpeln sackte er jäh weg und rauschte in die Tiefe.

Aus dem kreisrunden Loch, das sich unter seinen Füßen aufgetan hatte, drang das Krachen eines zerschellenden Eisblocks, in das sich kurze Stöhnlaute mischten, bevor auch die verebbten.

Lena und Elektra hoben ihre Waffen auf und traten an das aufgeschmolzene Loch im Boden heran, das sich unter dem Gewicht des Japaners aufgetan hatte.

»Armer Kerl«, meinte Lena.

»Ich hatte uns so eine Fifty-fifty-Chance gegeben«, erklärte Elektra mitleidlos.

»Ich hatte eher auf siebzig zu dreißig gesetzt«, antwortete Lena. »Auf jeden Fall hat er für uns das Problem gelöst, den Eispfropfen rauszukriegen.«

Sie nahmen ihre Kletterausrüstung zur Hand und seilten sich durch das Loch hindurch in die Tiefe ab, wo sie über die großen Bruchstücke und den Bewusstlosen hinweg in den gesuchten Eiskorridor gelangten.

Besorgt hielt Lena via Smart Glass wieder nach ihren Freunden Ausschau.

Kirke und Europa befanden sich mittlerweile an der Oberfläche, wo sie sich zusammen mit Io und Persephone ein erbittertes Gefecht mit Dimitrios Papadopoulos und seinen Leuten lieferte.

Bei Perseus schien die Lage sogar völlig aussichtslos.

Entsetzt sah sie, dass der Algerienfranzose mit dem Rücken auf einem der Container lag. Vor ihm hatte sich Shadow böse lächelnd aufgebaut, deren rotes Laserauge auf ihn gerichtet war. Mit hasserfüllter Miene stellte sie einen Fuß auf seine Brust, während sie den Magazingurt des MGs nachlud, das sie hoch erhoben in ihrem Cyberarm hielt.

Sie sagte etwas, das Lena nicht hören konnte, was aber verdächtig nach den berühmten letzten Abschiedsworten aussah. Doch gerade, als sie die Mündung des MGs auf ihren Bruder richten wollte, fuhr der große Greifarm des unter dem Hallendach hängenden Krans auf sie nieder und schnappte zu.

Der Greifarm packte ihren Cyberarm samt des MGs und zerquetschte ihn.

Shadow brüllte auf und konnte doch nicht verhindern, dass sie von dem Kran in die Höhe gerissen wurde, wo sie lächerlich herumstrampelte.

Perseus richtete sich mühsam auf und feuerte gleich zwei Betäubungsgeschosse auf seine Schwester ab, die in der Folge zunehmend erschlaffte.

Endlich war auch Perseus' Stimme wieder zu hören.

»Wir … haben Shadow!«, keuchte er schweratmend.

Die Bildkachel von Daedalos ploppte auf, und Lena begriff, dass er es war, der den Kran gesteuert hatte.

»Wo seid ihr?«, wollte der Ire von Lena wissen.

»Wir nähern uns der Höhle des Löwen!«, erklärte sie und berichtete den beiden, wo sie steckten.

»Ihr wisst, dass die Frist bald abläuft?«, ächzte Perseus.

»Schon klar, aber was sollen wir anderes tun?«

»Okay. Daedalos, schaff Shadow raus. Danach schließt du dich Kirke und Europa an. Ich werde versuchen, ebenfalls zu dieser Halle zu gelangen.«

»Na gut, meinetwegen«, murrte der Ire. »Passt auf euch auf!«

Lena schaltete das Smart Glass wieder aus und sah, dass Elektra im wahrsten Wortsinn ebenfalls im Bilde war.

»Los jetzt!«, schnaubte ihre lettische Freundin.

Sie liefen den eisigen Tunnel entlang, der eine leichte Biegung nahm, als sie voraus eine Männerstimme hörten.

»Ist mir egal. Rauf mit euch! Hier geht es gerade um alles oder nichts. Seht zu, dass ihr diese Bastarde aufmischt!«

Stiefelschritte entfernten sich zügig.

Eine Tür klappte, und Lena und Elektra sahen sich entgeistert an.

»Das war doch Andris' Stimme!« Elektras Augen verengten sich zornig, kaum dass ihr der Name ihres Erzfeindes über die Lippen gekommen war.

»Ja, war es. Aber wir beide verhalten uns jetzt trotzdem planvoll und vernünftig. Klar?«

»Na klar«, antwortete die Lettin kurz angebunden.

Rasch schlichen sie weiter und erreichten eine eisige Gangkreuzung, die an einer Metalltür mit Nummerncode-Display endete.

Elektra schnaubte abfällig und kramte einen kleinen Laptop hervor, den sie flink an die elektronische Türverriegelung anschloss. Es dauerte nicht lange, bis sie das Schloss geknackt hatte.

Die Elektronik summte, und die Lettin schürzte zufrieden ihre Lippen.

»Ich hab dafür gesorgt, dass die Tür jetzt entriegelt bleibt«, flüsterte sie. »Nur für den Fall einer schnellen Flucht.«

Sie zogen die Tür vorsichtig auf und hörten von der anderen Seite Stimmen.

Andris und eine Frau.

Lena und Elektra zückten ihre Waffen und schlichen in einen kurzen Korridor, der in einen größeren Raum samt einer Tür an der Stirnseite mündete. Mit den Ablagen und den Regalen voller Ordner ähnelte er einem Großraumbüro mit mehreren Computerarbeitsplätzen.

Derzeit hielten sich jedoch nur zwei Personen in dem Raum auf.

Andris mit seinen bläulich eingefärbten Haaren war weiter rechts über einen Computer gebeugt, auf dem Programmzeilen zu erkennen waren, während linker Hand eine etwa vierzigjährige mürrisch dreinblickende Frau mit mausgrauem Dutt, Nickelbrille und Wollpulli hinter einem Schreibtisch saß und etwas auf einer Tastatur tippte.

»Upload läuft problemlos!«, rief Andris in ein Mikro.

Lena und Elektra hielt nichts mehr.

»Hände hoch!«

Sie stürmten mit erhobenen Waffen ins Zimmer.

Doch auch die Brillenträgerin war blitzartig hochgeschnellt und hielt jetzt eine Pistole in der Hand.

Andris hingegen fuhr auf seinem Drehstuhl zu ihnen herum und starrte sie völlig perplex an.

»Das kann ja wohl nicht wahr sein«, entfuhr es ihm ungläubig. »Elektra! Wer hätte gedacht, dass wir beide uns noch mal wiedersehen würden.«

»Ja, du Arsch! Das hast du schon in Dresden gesagt. Und doch stehe ich jetzt vor dir!«

»Und wer sind Sie?«, fragte Lena die Dutt-Trägerin, die noch immer auf sie beide zielte.

»Ich arbeite für Herrn Rusk«, erklärte die Unbekannte stolz. »Und ich werde schießen. Glauben Sie mir besser.«

»Elton Rusk hat seine Sekretärin mit in diese Einöde gebracht?«, entfuhr es Lena ungläubig.

»Assistentin der Geschäftsführung, du Flittchen!«, zürnte diese.

Ungeachtet der Waffen, die sie in Händen hielten, feuerte Rusks Sekretärin plötzlich ihre Pistole auf sie ab.

Elektra sprang zur Seite, was auch Andris dazu brachte, reaktionsschnell von seinem Stuhl zu rutschen. Lena hingegen war viel zu verblüfft, als dass sie sich hätte bewegen können.

Doch keine der Kugeln traf.

Alle schlugen rings um sie herum in der Wand ein.

Andris nutzte seine Chance und sprang auf Elektra zu, die zwar noch schoss und ihn am Arm traf, dann jedoch umgerissen wurde.

Lena hingegen ließ ihrerseits ihre MP rattern, zertrümmerte den Computer und einige Akten auf dem Tisch ihrer Gegnerin – traf sie jedoch ebenfalls nicht.

Beide wechselten rasch die Magazine, während Andris und Elektra am Boden rangen und aufeinander eindroschen. Dann feuerten die Frauen abermals.

Wieder beide ohne Erfolg.

Sie bewarfen einander mit ihren leergeschossenen Waffen, diesmal mit mehr Erfolg. Dann gingen auch sie aufeinander los, wobei Lenas Gegnerin plötzlich einen silbernen Brieföffner in Händen hielt, mit dem sie auf sie einstach.

Lena reichte es jetzt.

Sie ließ die letzte Ladung ihres Lady-Shave-Rasierers knattern, Rusks Sekretärin zuckte zusammen und fiel bewusstlos zu Boden.

»Blöde Kuh!«

Lena wollte sich gerade Elektra und Andris zuwenden, als sie sah, wie Andris die Lettin in ihre Richtung schubste und jetzt mit ihrer Waffe auf die Beine kam.

»Du blödes Drecksstück kannst einfach keine Ruhe geben!«, zürnte der Hacker schweratmend, während Lena besorgt zu Elektra eilte, die sich nun ebenfalls auf die Beine mühte.

»Ich hatte dir gesagt, dass ich dich eines Tages erwischen würde«, ätzte die Lettin. »Und ich hatte dir versprochen, dich für deinen Verrat im Namen unserer gesamten damaligen Hackergruppe zu erledigen!«

Andris lachte überheblich.

»Ach ja? Und wer von uns beiden ist jetzt am Drücker?«

Er richtete ihre MP auf sie beide, und Lena umklammerte ängstlich Elektras Arm.

»So, wie ich das sehe«, meinte Elektra unerschrocken, »du … und Bobby.«

Im Raum sirrte es, und hinter Andris stieg die Miniaturdrohne auf.

Der Lette fuhr noch herum, als ein Schuss losging, der Andris zurückriss und dessen Rückstoß Bobby gegen die gegenüberliegende Wand schleuderte.

Andris stürzte rücklings zu Boden, und Lena sah schockiert, dass in seiner Stirn ein Einschussloch klaffte, aus dem ein Blutfaden rann.

Er war tot.

Elektra trat neben ihn, nickte zufrieden und sammelte Bobby wieder auf, der wie ein brummender und auf dem Rücken liegender Käfer vor einem der Regale lag.

»Irgendwie ist Schießen nichts für den Kleinen«, meinte Elektra nur.

Lena atmete tief ein und bekam von Elektra eine Pistole überreicht, während diese ein neues Magazin in ihre MP schob.

»Endspiel!«, erklärte Elektra unheilvoll, als sie zu der Tür an der Stirnseite des Raums deutete. »Dort geht es in diese ominöse Halle?«

Lena nickte, und sie stiefelten los.

Sie öffnete die Tür, Elektra schlüpfte mit gezückter MP hindurch. Als Lena ihr folgte, sah sie, dass sich hinter der künstlich eingezogenen Wand ein Saal von nahezu der Größe einer Turnhalle aus glitzerndem Eis aufspannte.

Etwas vor ihnen war auf einem runden Podest ein Kontrollstand mit Monitoren aufgebaut. Die Halle selbst war hinten mit schränkefüllenden Großrechnern vollgestellt, an deren Fronten bunte Lichter blinkten.

Beide zielten sie auf einen Mann im Laborkittel, der sich hinter den Kontrollstand duckte. Allerdings war da hinten noch jemand.

Ein alter Mann mit Brille und Rollstuhl.

Hephaistos.

»Hände hoch!«, schrien sie den Kittelträger unisono an.

»Genau das möchte ich Ihnen auch raten!«, erklärte da eine Stimme in ihrem Rücken.

Lena fuhr ebenso wie ihre Freundin herum, denn natürlich hatte sie die Stimme erkannt: Elton Rusk!

Sie waren solche Narren gewesen.

Der Finne hatte unmittelbar hinter der Tür auf sie gelauert.

Der Milliardär hielt eine Pistole in der Hand, sprang vor und hielt sie jetzt gegen Elektras Kopf gedrückt.

»Waffen fallen lassen. Ich werde mich nicht noch einmal wiederholen.«

Wütend gehorchten Lena und Elektra, schon zum zweiten Mal an diesem Tag, und Rusk trat die Waffen rasch beiseite.

»Und jetzt die verdammten Brillen runter. Sofort!«

Widerwillig gehorchten beide auch diesem Befehl, und Rusk zertrat die Smart Glasses unter seinen Stiefelabsätzen. Ein Anblick, der Lena regelrecht schmerzte.

Triumphierend blickte er sie an.

»Sie erstaunen mich, A.R.G.O.S.-Agentin«, meinte er zu Lena. »Sie sind die hartnäckigste Klette, der ich je in meinem Leben begegnet bin. Es gibt offenbar keinen Ort im Himmel und auf Erden, an dem man vor Ihnen sicher ist.«

»Ich fasse das dann mal als Kompliment auf«, murrte Lena, die verzweifelt überlegte, was sie tun konnte. Doch leider fiel ihr nichts ein.

Elektras enttäuschtem Blick entnahm sie, dass es ihr ähnlich ging.

»Nein, das war nicht wirklich als Kompliment gemeint«, antwortete Rusk sauer. »Eher im Sinne einer Schmeißfliege, die man einfach nicht loswird.«

»BETA!«, dröhnte in diesem Moment eine überlaute Männerstimme durch die eisige Halle. Über dem Kontrollpult und an den Hallenseiten mit den Großrechnern sprangen große Monitore an, auf denen sich das vergrößerte Gesicht eines hohlwangigen Mannes mit Mittelscheitel, hoher Stirn und stechenden Augen hinter einer runden Brille abzeichnete. »BRING DIE BEIDEN AGENTINNEN VOR DIE KAMERA, DAMIT ICH SIE SEHEN KANN.«

Überrascht blickten Lena und Elektra zu dem Gesicht auf, das da von oben auf sie herabblickte.

Rusk folgte der Anweisung und trieb sie zum Kontrollpult, über dem tatsächlich eine Kamera aufragte, die sich automatisch auf sie richtete. Auch der Weißkittel hinter dem Kontrollpult wagte jetzt wieder, sich zu rühren.

Er schnappte sich den Rollstuhl mit Hephaistos und schob den Greis in Richtung Kontrollpult, sodass dieser ebenfalls einen Blick auf den dortigen Großmonitor werfen konnte.

»Neiiiinnnn!«, ächzte Hephaistos gequält.

Schon bückte sich der Techniker nach der Pistole Lenas und stellte sich hündisch ergeben hinter den Milliardär.

»Wir können jederzeit loslegen!«, sprach er leise, doch Rusk nickte nur.

»Scheiße, das gibt es doch nicht«, ächzte Elektra, die sich sogar die Augen rieb. »Sind Sie es wirklich?«

»Wer wirklich?«, meinte Lena, die ihr nicht folgen konnte.

»Das da ist der echte Hades«, erklärte die Lettin fassungslos. »Der von damals. Ich habe mir aus Visbys Datenbanken ein Foto von ihm gezogen. Aber das kann nicht sein. Er ist überhaupt nicht gealtert.«

»BETA, VIELLEICHT KLÄREN SIE UNSERE VORWITZIGEN FREUNDE AUF.«

»Was Sie beide hier vor sich sehen, ist nicht Alpha. Und zugleich ist er es doch.« Rusk lächelte siegesgewiss. »Es handelt sich hierbei um sein virtuelles Gegenstück, das Hades vor seinem Tod einspeiste, und das die Zeit überdauert hat.«

»Meine Güte«, stöhnte Elektra. »Hades ist eine KI? So wie Visby?«

»RATEN SIE, WER DAMALS MASSGEBLICH DAZU BEITRUG,

VISBY ZU ENTWICKELN«, dröhnte Hades Stimme aus den Lautsprechern. »MEINE MACHT ÜBER DEN IRDISCHEN TOD HINAUS AUSZUDEHNEN, WAR DER LOGISCHE SCHRITT ALL MEINER ANSTRENGUNGEN. DENN SICH AUS DEM TOTENREICH ZU ERHEBEN, DAS IST WAHRE UNSTERBLICHKEIT. UND EINES TOTENGOTTES WÜRDIG!«

Lena schluckte. Diese KI war größenwahnsinnig.

»Ich war es übrigens, der Hades aufgespürt und wieder zum Laufen gebracht hat«, erklärte Rusk zufrieden. »Aber das ahnen Sie vermutlich schon. Ich will damit nicht sagen, dass ich so genial wie der einstige Alpha wäre, aber irgendwie war das schon ganz schön schlau. Finden Sie nicht?«

Elektra schnaubte abfällig. »Das erklärt wenigstens, warum ihr H.A.D.E.S.-Typen so auf Geld fixiert seid. Das war vermutlich einst die Grundprogrammierung der KI.«

»Ach, kommen Sie«, meinte Rusk achselzuckend. »Alphas Genialität hat mir in all der Zeit maßgeblich bei meinen Geschäften geholfen. Ohne ihn besäße ich heute nicht mein Vermögen. Und ohne ihn würde ich jetzt nicht noch mehr Geld machen. Mehr Geld, als je ein Mensch zuvor auf diesem Planeten besessen hat. Ich versteh eh nicht, was Sie alle dauernd gegen eine kleine Absicherung haben.«

»Dann war das der Grund, warum Sie Visby sabotierten?«, mischte sich Lena ein. »Weil Sie wussten, dass nur eine KI gegen eine KI bestehen kann?«

»NEIN, AGENTIN«, dröhnte die Stimme von Hades von den Wänden, »UNSER PLAN SAH VOR, SIE DAZU ZU VERLEITEN, EINEN REBOOT VISBYS DURCHZUFÜHREN.«

»Wieso, zum Teufel, das denn?«, ächzte Elektra bestürzt.

»WEIL DIES NOTWENDIG IST, UM MITTELS INTERFACE DAS ORION-PROTOKOLL ZU AKTIVIEREN.«

»Ich verstehe nicht …«

»DAS ORION-PROTOKOLL KANN NUR VON EINEM AMTIERENDEN FÜHRUNGSMITGLIED DES OLYMP AKTIVIERT WERDEN«, rollte die Stimme der KI an ihre Ohren.

»Für Sie arbeitet aber kein amtierendes Mitglied des …«, Elektras Stimme versagte. »Oh Gott. Demeter! Natürlich. Indem wir Visby zurückgesetzt haben, wurde auch sie wieder in den Götterstatus rückversetzt. Wo ist sie?«

Suchend sah sie sich um, doch der Weißkittel trat auf Rusks Geheiß vor und fischte unter dem Kontrollpult einen Koffer hervor. Aus dem entnahm er ein Glas mit einer farblosen Flüssigkeit, in der zwei glanzlose Augen schwammen.

»Igitt! Was ist das denn?«, rief Lena angewidert.

»DAS SIND DIE AUGEN IHRER DEMETER«, hallte Hades' Computerstimme an ihre Ohren. »DAS SYNDIKAT KONNTE AUF SIE VERZICHTEN. SIE IST SCHON LANGE TOT. DA DAS INTERFACE DIE IDENTIFIKATION MITTELS RETINA-SCAN VORNIMMT, BEDURFTE ES LEDIGLICH IHRES BLICKS. UND WIE SIE SEHEN KÖNNEN, HABEN WIR DEN BEWAHRT.«

»Ärgerlicherweise«, führte Rusk weiter aus, »hat sich vor Kurzem herausgestellt, dass Ihr alter Hephaistos, dieser Schlawiner, den Scan mittels Vier-Augen-Prinzip gesichert hat.«

»Dachte ich mir«, murmelte Lena.

»Ach ja?« Rusk blickte sie mürrisch an. »Nun ja. Tatsächlich sind also sogar zwei amtierende Götter nötig, um das ORION-Protokoll zu aktivieren.« Er trat an den alten Mann heran und legte ihm gönnerhaft die Hand auf die Schultern.

»Aber wie das so ist, konnte unser Hephaistos sein Baby nicht wirklich aus den Händen geben.«

Der alte Mann begann wieder zu wimmern.

»Er hat sich selbst ebenfalls dauerhaft ins System eingespeist«, fuhr Rusk fort. »Dummer Fehler. Er konnte uns zwar nicht wirklich bei der Suche des Interface helfen, aber bei dessen Aktivierung wird er das sehr wohl tun.«

Der alte Hephaistos wiegte sich winselnd vor und zurück, doch der Weißkittel hielt ihn fest und fuhr ihn nun vor das Kontrollpult.

Lena begriff erst jetzt, dass das Interface längst dort eingebaut war.

Rüde zwang der Techniker Hephaistos dazu, seinen Kopf an die

Sichtblende zu legen, wo nun ein grünliches Licht seine Augen abtastete.

»Ihr miesen Schweine!« Elektra sah zu dem Abbild der Hades-KI auf. »Völlig egal, ob Sie das Protokoll aktivieren oder nicht, unsere Kollegen werden hier schon in Kürze alles dem Erdboden gleichmachen. Und dann war es das mit Ihrer Unsterblichkeit.«

»ICH BEFÜRCHTE, SIE UNTERSCHÄTZEN MICH«, hallte die KI-Stimme aus den Lautsprechern. »ICH GEBE MEINE ERDGEBUNDENE EXISTENZ ENDGÜLTIG AUF. WÄHREND WIR HIER MITEINANDER REDEN, LÄUFT EIN UPLOAD, DER ALL MEINE DATEN AUF DIE RECHNER DES STARDUST-SATELLITEN-SCHWARMS TRANSFERIERT.«

Lena ächzte, als sie begriff, was das bedeutete.

»ICH SELBST WERDE FÜR DIE NOTWENDIGE KONFIGURATION DES PROGRAMMS BLACK KNIGHT 2.0 SORGEN UND FORTAN WIE EIN GOTT ÜBER WOHL UND WEHE DER MENSCHHEIT BESTIMMEN.«

Rusk lachte. »Und durch die Aktivierung des ORION-Protokolls werden wir auch gleich dafür sorgen, dass niemand Hades mehr …«

Ein dumpfes Donnergrollen war plötzlich von irgendwoher zu hören, das die Halle erbeben ließ. Selbst die Großrechner weiter hinten zitterten.

Offenbar war die Frist abgelaufen, und die *Hippokamp* feuerte ihre Torpedos ab. »Scheiße, was war das?«, fuhr Rusk aufgeschreckt hoch.

»Ich sagte doch, dass meine Kollegen hier schon bald alles hochjagen werden«, fauchte Elektra gehässig. Eine weitere Explosion erschütterte den Boden. Und diesmal schien sie deutlich näher. Von der Decke prasselten kleinere Eisbrocken auf die vielen Großrechner in der Halle, und Lena sah, wie sich an den Wänden Risse bildeten.

Das alles sah gar nicht gut aus.

»Verdammt, wo bleiben meine Leibwächter?«, schrie Rusk in die Düsternis.

»UPLOAD ERFOLGT«, übertönte Hades mit monotoner Stimme

die fortwährenden Erschütterungen der Halle. »BETA, MEIN VIRTUELLER GEIST BEFINDET SICH NUN SICHER IN STERNENHÖH. FAHREN SIE FORT, DAS ORION-PROTOKOLL ZU AKTIVIEREN!«

»Los, aktivieren Sie das Protokoll«, wandte sich Rusk zornig an den Techniker, während er Lena und Elektra weiter mit seiner Waffe bedrohte.

Der Angesprochene schob Hephaistos vom Kontrollpult fort und griff zum Augenglas.

Eine dritte, noch gewaltigere Explosion erschütterte die Halle in diesem Moment. Und diesmal überzogen sich die Wände mit einem regelrechten Netz aus Rissen, durch die erstmals Schmelzwasser in den Saal strömte.

»Wenn wir hier nicht bald rauskommen«, fluchte die Lettin, »werden wir alle draufgehen!«

»Sie vielleicht!«, höhnte der Milliardär. »Dieser Eistempel war Hades' Idee. Ich habe dem Standort der Basis noch nie wirklich über den Weg getraut und mir sicherheitshalber einen Rettungsweg gesichert, falls …«

Durch einen dunklen Gang an der Seitenwand hinter Lena, über dem sie tatsächlich ein schwach leuchtendes Notausgang-Schild bemerkte, kamen zwei Bewaffnete in die Halle gestürmt.

»Da sind Sie ja endlich!«, herrschte der Milliardär die beiden an.

»Boss, der Komplex wird offenbar beschossen. Bringen wir Sie in Sicherheit!«

»Ich komme gleich. Schnappen Sie sich die beiden Weiber und erschießen Sie sie, wenn sie Zicken machen.«

Eine vierte Detonation erschütterte die Halle, und diesmal lösten sich riesige Eisbrocken von der Decke, die krachend niederfuhren. Zwei der Großrechner wurden eingedrückt, während im hinteren Drittel bereits alles unter Wasser stand.

»Machen Sie schon!«, brüllte Rusk den Techniker an, der noch immer konsterniert dastand.

»Ja, ja!«, ächzte der und trat mit dem Glas an das Interface heran, als berstend und knackend der Hallenboden aufriss und eine gezackte Kluft inmitten der stürzenden Großrechner auf sie zuraste.

Der Weißkittel verlor seinen Halt, stürzte, und das Augenglas polterte zu Boden, direkt auf den Riss zu, der sich jetzt auch links neben dem Kontrollpult auftat.

Mit einem Aufschrei sprangen Elektra und Rusk vor, doch wurde die Lettin im letzten Moment von einem der Leibwächter festgehalten.

Auch Lena spürte, wie sie der andere Bewaffnete packte und zurückzog.

Rusk hingegen gelang es, das Glas im letzten Moment vom Boden zu fischen, bevor es in den Spalt kollern konnte.

Erleichtert erhob er sich samt seiner Beute.

»Scheiß drauf, dann mache ich es eben selbst!«

Er wollte gerade über den sich weitenden Riss zum Interface springen, als ein Schuss knallte und das Glas in seinen Händen zersprang.

Kreischend fuhr der Milliardär herum, und auch Lena sah jetzt, dass im Eingang des Büroraums Perseus mit erhobener Waffe stand.

»Erschießt ihn!«, brüllte Rusk, während er zwischen den Scherben niederstürzte und nach einem der beiden Augen langte, das über den eisigen Boden rollte. »Bringt sie alle um!«

Perseus erschoss von seinem Standort aus erst den Techniker, der mit der Pistole zu ihm herumfuhr, dann den Bewaffneten, der in diesem Augenblick Elektra brutal niederschlug und auf ihn anlegte. Lena spürte, wie ihr Peiniger sie als lebenden Schild benutzen wollte, und wehrte sich mit aller Kraft. Wüst trat und schlug sie auf ihn ein und biss dem Mann sogar in die Hand.

Derweil liefen immerzu weitere Stöße durch die Halle, und beständig prasselten Eismassen von der Decke. Kaltes Polarwasser flutete jetzt von hinten auf sie zu, und auch der Spalt vor ihnen verbreiterte sich zunehmend.

Hier stürzte alles in sich zusammen.

Perseus sprang beherzt über den klaffenden Riss, der jetzt bis zur Wand reichte, und rannte zu Lena herüber, während der Kerl, der weiter versuchte, sie im Klammergriff zu halten, zwei blinde Schüsse auf den Algerienfranzosen abgab. Allerdings sorgte Lenas Widerstand dafür, dass die Schüsse danebengingen. Im nächsten Moment war Perseus heran, stieß Lena zur Seite und erschoss auch diesen Mann.

»Alles in Ordnung?«, keuchte er, als jetzt auch die Decke über ihnen knirschte.

Perseus blickte kurz auf und warf sich über sie, als von oben zentnerschwere Eismassen auf sie herabstürzten und sie unter sich begruben.

Lena hustete und keuchte, angesichts des vielen Eisstaubes, der ihr in Mund und Nase drang. Panisch befreite sie sich von den auf ihr liegenden Eisbrocken und sah, dass Perseus mit blutender Kopfwunde liegen blieb.

Rasch fühlte sie nach seinem Puls, der schwach, aber vorhanden war.

Gott sei Dank, nur bewusstlos.

Sie wollte ihn bereits anheben, als sie Rusk erblickte, der triumphierend mit einem der geretteten Augen in der Hand am Rand des eisigen Spalts stand, aus dem lautes Rauschen und Gurgeln drang. In der anderen Hand hielt er die Pistole des toten Technikers.

»Sehen Sie das, Sie Miststück?!«, rief er Lena zu. »Nichts kann H.A.D.E.S. aufhalten. Nehmen Sie das mit in Ihr Grab!«

Er zielte wütend auf sie – als er von hinten einen Schubs erhielt, der ihn laut aufschreien ließ. Mit rudernden Armen kippte er voran in den klaffenden Eisspalt und war ebenso plötzlich verschwunden, wie seine Schreie verstummten.

Jenseits des Spalts hingegen stand der alte Hephaistos, der böse lächelnd in die Tiefe blickte.

Lena beglückwünschte sich dazu, niemandem erzählt zu haben, dass der Alte in Wahrheit gar keinen Rollstuhl benötigte.

Zugleich kam ihr bei seinem Anblick eine Idee!

Konnte das wahr sein?

Mit einem raschen kurzen Blick auf Perseus humpelte sie trotz des anhaltenden Bebens rüber zum Kontrollpult.

Auch Elektra auf der gegenüberliegenden Seite des breiten Spalts war inzwischen wieder auf die Beine gekommen.

»Lena, was machst du da?«, schrie sie ihr gegen den allgegenwärtigen Lärm in der Halle zu. »Verschwinde!«

»Ich muss Hades aufhalten!«, brüllte sie zurück und wich einem kopfgroßen Eisbrocken aus, der neben ihr zerschellte. »Schnapp du dir Hephaistos, und bringt euch in Sicherheit!«

»Was willst du denn tun?«

»Sagte ich doch! Ihn aufhalten!« Lena zog sich vor das Pult. Denn jetzt begriff sie endlich, warum nicht nur der Arzt im Sanatorium auf sie gehört hatte, sondern ihr Visby auch alles über das ORION-Protokoll verraten hatte. »Wenn Visby auf den Stand von vor einem halben Jahr rückversetzt ist«, rief sie, »dann ist Demeter nicht die Einzige, die wieder Götterrechte besitzt. Ich auch, und zwar die von Poseidon!«

Sie sah noch, wie die Lettin sie ungläubig ansah, dann stellte sie sich dem Retina-Scan des Interface.

»Identifikation abgeschlossen!«, war die leise Stimme Visbys zu hören. »Kill Switch der Perseiden-Flotte aktiv. Bitte nennen Sie das Ziel.«

»Vernichte die Stardust-Satelliten!«, kommandierte Lena finster. »Und zwar mit allen verfügbaren Perseiden!«

»Kill Switch eingeleitet!«

Elektra zog Hephaistos bereits zu dem leicht erhöht liegenden Büroraum zurück, während Lena spürte, dass inzwischen Wasser ihre Stiefel umspülte. Die gigantische Eisscholle schien endgültig auseinanderzubrechen.

Sie rannte zu Perseus zurück und schleifte ihn mit Mühen in den Gang, aus dem Rusks Leibwächter gekommen waren. Angestrengt zerrte sie ihn ins Dunkle, als sich nur etwa sechs Meter weiter eine ebenfalls von Rissen übersäte Kammer samt einsamer Notbeleuchtung auftat, in deren Wand ein großes stählernes Rohr eingelassen war.

Ungläubig sah sie, dass dort eine Rettungskapsel steckte. Ganz ähnlich jenen Vehikeln, wie man sie auch auf Kreuzfahrtschiffen fand. Mit dem Unterschied jedoch, dass dieses Exemplar einen Raketenantrieb besaß, der die Kapsel nach oben schießen würde.

Natürlich! Das war eine Konstruktion von Rusk. Seine Rückversicherung.

Während das Beben, Brechen und Bersten um sie herum beständig zunahm und jetzt auch Wasser in den Seitengang sprudelte, öffnete sie die Luke, wälzte den bewusstlosen Algerienfranzosen ins Innere und kletterte mit der letzten ihr verbliebenen Kraft hinterher.

Lena schloss die Luke, ignorierte angesichts der akuten Gefahr, in der sie schwebten, die Sitze vor ihnen und suchte stattdessen den Zündmechanismus. Da: ein gut sichtbarer roter Knopf mit der Aufschrift START.

Schicksalsergeben drückte sie ihn. Hinter der Luke ertönte ein Fauchen, und schon presste sie und Perseus eine gewaltige Kraft gegen die Rückwand, während sie steil nach oben geschossen wurde.

Sicher nicht wieder ins All, aber doch hoffentlich dem Himmel entgegen.

Epilog

Am Nachthimmel über dem Polarmeer ging ein Sternenregen nieder.

Lena hockte eingemummelt in eine Decke und mit einem Sektglas in der Hand in der Luke der Rettungskapsel und betrachtete das Himmelsphänomen entzückt.

Derweil schwappte die Brandung lauschig gegen den wulstigen Luftgummiring der Rettungsinsel, während gar nicht so weit entfernt Eisberge vorüberzogen.

Mächtige Kolosse in Weiß und Blau, deren steile Zacken und Grate nach dem Himmelszelt zu greifen schienen. Klar, das da oben waren natürlich nicht die echten Perseiden. Aber die Sternschnuppen, die über ihr vom Zenit regneten, kamen denen schon recht nahe.

Derweil quäkten aus dem Funkgerät, das sie hier gefunden hatte, die Stimmen der Rettungsmannschaften, die unterwegs waren, um die verstreuten Überlebenden der zerbrochenen Basis einzusammeln.

Am wichtigsten war natürlich, dass bis auf zwei aus ihrem kompletten Team alle überlebt hatten.

Agentin Io war gefallen, außerdem einer der anderen Agenten, die ihnen zugeteilt worden waren und dessen Codename offenbar Äneas gelautet hatte. Weit mehr von ihnen waren verletzt worden, aber die Hauptsache war natürlich, dass ihre Freunde dem Chaos entronnen waren.

Kirke und Europa war es gemeinsam gelungen, Papadopoulos im Kampf zu bezwingen, und Lena ärgerte sich etwas, dass sie nicht dabei gewesen war, als die beiden ihre Nemesis gestellt hatten. Daedalos hatte Shadow in die Obhut der Agency bringen können, und auch Elektra war es gelungen, Hephaistos an die Oberfläche zu schaffen.

Sowohl er als auch Perseus' Schwester würden fortan sicher in ein neues Sanatorium geschafft werden, wo man sich ihres zerrütteten Verstands annahm.

Zumindest konnte sie sich kaum vorstellen, dass die Agency die alte Heilanstalt weiterbetreiben würde. Nicht nach dem Überfall, der dort stattgefunden hatte.

Und damit war die Welt irgendwie wieder so, wie sie sein sollte.

Und auch ihr selbst ging es gut.

Mehr als gut sogar.

Leicht beschwipst betrachtete sie den Sektkelch in ihrer Hand mit dem sprudelnden Champagner. Sie konnte es ehrlich gesagt immer noch nicht fassen, wie sich Rusk seine Rettung vorgestellt hatte.

Denn die Rettungsinsel war mit allem vollgestopft gewesen, was man zum Überleben so brauchte. Darunter eine Kiste mit Köstlichkeiten aller Art: Champagner, Kaviar, eingepackte Lachsbrötchen, leckere Cracker … alles nur vom Allerfeinsten. Und sogar beheizt.

Angesichts des Todes des Milliardärs wäre es eine absolute Verschwendung gewesen, da nicht zuzugreifen. Ärgerlicherweise blinkte schon wieder Perseus' Smart Glass.

Seufzend setzte sie die Brille auf, und vor ihr enthüllte sich eine Bildkachel, die Elektra zeigte. Sie saß offenbar im Funkraum der *Hippokamp*.

»Weiter alles in Ordnung bei dir, Helena?«

»Na klar. Alles in Ordnung.« Sie seufzte. »Geht es Hephaistos gut? Du weißt schon, er ist ja nicht gerade der Jüngste.«

»Alles bestens.« Elektra grinste. »Er sitzt in der Schiffsmesse, und wie ich hörte, schaufelt er gerade mit großem Appetit die dritte Portion Käsenudeln in sich rein.«

»Ach, der Gute!« Lena lächelte. »Ich glaube, ich werde ihn ab und an mal besuchen, wenn man mir verrät, wo man ihn jetzt unterbringt. Er hat ja sonst niemanden. Und irgendwie mag ich den verrückten Alten.«

»Ja, ihr beide passt gut zueinander.«

»Das sagst du jetzt, weil er so mutig war, oder?«

»Sicher, was denn sonst?« Elektra räusperte sich. »Übrigens kam gerade die Meldung rein, dass der Schlag gegen die Stardust-Satelliten ein voller Erfolg war.«

»Ja, sehe ich.« Lena blickte ergriffen zu den Sternschnuppen am Nachthimmel hoch.

Sie hatte sich natürlich schon längst etwas gewünscht.

»Allerdings ist die Olymp-Ebene nicht gerade glücklich, dass wir dadurch den Großteil unserer Perseiden-Flotte verloren haben. Fortan ist die Agency auf einem Auge blind, aber da muss sie wohl durch.«

Lena zuckte nur mit den Achseln.

»Davon ab ist es Antiope gelungen, irgendwie an eine geheime H.A.D.E.S.-Datei ranzukommen, aus der hervorgeht, wer in dem Club noch alles Mitglied war. A.R.G.O.S. hat inzwischen die Jagd auf den Rest des Inneren Zirkels eröffnet.«

»Perfekt.«

»Und euch holen wir da auch bald raus«, erklärte die Lettin. »Perseus geht es gut?«

»Aber klar.« Lena drehte sich um und blickte auf den Algerienfranzosen, der hinter ihr lag, und dessen Kopf sie natürlich längst bandagiert hatte.

Er war noch immer bewusstlos, aber sie war sich sicher, dass er schon bald zu sich kommen würde. Und doch sah er selbst in diesem Zustand einfach zum Anbeißen aus.

»Eure Positionsdaten habe ich ja. Ich werde euch als vorrangig einstufen und …«

»Elektra!«, unterbrach Lena sie hastig. »Das ist wirklich nicht nötig. Wir sind bestens ausgestattet. Hier ist alles vorhanden: Sekt, Häppchen, einfach alles. Kümmert ihr euch erst mal um die anderen. Ich, äh, denke, bei euch herrscht gerade genug Chaos.«

»Na ja …« Elektra blickte eine Weile in die Kamera, und sie wirkte plötzlich überaus amüsiert. »Du meinst, du hältst es noch eine Weile aus? Da draußen. Ganz alleine auf dem Meer. Weit, weit abgeschieden von jedweder Zivilisation. Zusammen mit … Perseus.«

»Auf jeden Fall!«, schoss es aus Lena heraus. »Also, ich meine, ich denke schon.«

Sie räusperte sich.

»Na gut.« Elektra grinste anzüglich. »Ich denke, angesichts dieser Umstände ist es vertretbar, dass ich euch auf dem Rettungsplan etwas nach hinten verlege. Wir sammeln euch dann morgen früh ein.«

»Da ist … ähm … völlig in Ordnung.«

»Gut, ich melde mich.«

Elektra zwinkerte ihr zu und schaltete sich weg.

Lena hingegen seufzte, drehte sich endgültig zu Perseus um und legte sich mit dem Sektglas in der Hand neben ihn.

Endlich hatte sie ihn mal ganz für sich alleine.

Bis zum frühen Morgen.

Nur sie und er.

Und wenn er erwachte, würden sie zusammen ihren hart verdienten Sieg über Hades feiern, den sie gewissermaßen tatsächlich in die Unterwelt zurückgeschickt hatten.

Und dann würde sich zeigen, was dann so passierte.

Zwischen ihm und ihr.

Sie betrachtete ihn und seufzte.

Sie liebte dieses Leben.

Denn sollten wider Erwarten alle ihre Verführungsversuche versagen, nun, sie war schließlich Agentin. Für solche Fälle hatte sie ja zum Glück noch eine Geheimwaffe.

Lena kramte nach dem Lippenstift aus London – und drehte ihn testweise auf …

Ende

Keine Zeit zu sterben – oder doch?

Thomas Finn
A.R.G.O.S. -
NIEMAND LEBT FÜR
IMMER
Die geheimsten
Geheimagenten Europas im
Einsatz

528 Seiten
ISBN 978-3-404-18488-0

Nachdem die unauffällige Assistentin Lena Kaufmann miterlebt hat, wie ihr Chef durch ein Killerkommando umgebracht wurde, kommt sie in Kontakt mit der geheimen europäischen Agentenorganisation A.R.G.O.S., für die ihr Chef offenbar arbeitete. Als Zeugin und im Besitz von wichtigen Geheiminformationen ist nun auch Lena im Visier der Killer. Eine Gruppe um den Agenten Perseus übernimmt ihren Schutz. Gemeinsam folgen sie einer Spur, die ihr Chef noch vor seinem Tod für seine Kollegen gelegt hat. Auf der lebensgefährlichen Jagd steht Lena einem Gegner gegenüber, der nur ein Ziel kennt: die Welt, wie wir sie kennen, zu zerstören.

Lübbe

Es ist Zeit, einen Mörder zu fassen

David Baldacci
FINSTERE LÜGEN
Thriller
Aus dem amerikanischen
Englisch von
Rainer Schumacher
496 Seiten
ISBN 978-3-7857-2851-2

„Sie ist tot." Diese Nachricht unterbricht den Alltag des ehemaligen US-Army-Rangers Travis Devine. An seinem Arbeitsplatz erfährt er, dass seine Ex-Freundin und Kollegin Sara ermordet aufgefunden wurde. Und er steht ganz oben auf der Liste der Tatverdächtigen. Ein zweischneidiges Angebot des US-Geheimdienstes scheint der einzige Ausweg zu sein: als Undercover-Agent dem illegalen Treiben seines Arbeitgebers auf die Spur kommen und dabei Saras Mörder finden. Anderenfalls droht sein dunkelstes Geheimnis an die Oberfläche zu gelangen. Travis begibt sich in das Fadenkreuz der Finanzwelt, nicht ahnend, dass er für den Mörder längst zur Zielscheibe geworden ist …

Lübbe